ro
ro
ro

Michaela Carter ist eine preisgekrönte Autorin. Sie studierte Theaterwissenschaften und Creative Writing an der Universität von Kalifornien. Sie ist Mitbegründerin einer Buchhandlung in Prescott Arizona, wo sie gemeinsam mit ihren Kindern lebt. Michaela Carter lehrt zurzeit Creative Writing am Yavapai College.

«Ein sehr interessantes Buch.» *NDR*

«Unbedingt entdecken!» *Emotion*

«Nicht nur ein interessanter Ausschnitt aus der Biografie einer außergewöhnlichen Künstlerin, sondern auch ein Appell für die Gleichberechtigung von Frau und Mann in der Kunst.» *kultura-extra.de*

«Michaela Carters Roman [...] zeichnet auf spannende Weise die Lebensgeschichte der vielseitigen Künstlerin Leonora Carrington nach.» *Buch Aktuell Erlesen*

Michaela Carter

Die Surrealistin

Roman

Aus dem Englischen von
Silke Jellinghaus und
Katharina Naumann

ROWOHLT TASCHENBUCH VERLAG

Die englische Originalausgabe erschien 2021 unter dem Titel «Leonora in the Morning Light» bei Harper Collins, New York.

Veröffentlicht im Rowohlt Taschenbuch Verlag,
Hamburg, Dezember 2021

Redaktion Annekatrin Heuer
Zitat S. 5 aus: Leonora Carrington, Das Haus der Angst. Aus dem Englischen von Heribert Becker und Edmund Jacoby.
Copyright © 1988 by Leonora Carrington. Copyright © 2008 by Suhrkamp Verlag, Frankfurt am Main
Zitat S. 77 aus: Walt Whitman, Grashalme. Übersetzt von Wilhelm Schölermann, Leipzig, Eugen Diederichs, 1904
Zitate S. 239 und 265 aus: Rainer Maria Rilke, Duineser Elegien, Insel Verlag, Leipzig, 1923
Covergestaltung any.way, Barbara Hanke/Cordula Schmidt
Coverabbildung Marka/Getty Images
Satz aus der ITC Legacy
bei Pinkuin Satz und Datentechnik, Berlin
Druck und Bindung CPI books GmbH, Leck, Germany
ISBN 978-3-499-00034-8

Die Rowohlt Verlage haben sich zu einer nachhaltigen Buchproduktion verpflichtet. Gemeinsam mit unseren Partnern und Lieferanten setzen wir uns für eine klimaneutrale Buchproduktion ein, die den Erwerb von Klimazertifikaten zur Kompensation des CO_2-Ausstoßes einschließt.
www.klimaneutralerverlag.de

FSC
www.fsc.org
MIX
Papier aus verantwortungsvollen Quellen
FSC® C083411

Loplop stellt die Windsbraut vor

Auf der Schwelle des einzigen, aber überwältigend großen Hauses einer aus Donnerstein errichteten Stadt liegend, halten sich zwei Nachtigallen eng umschlungen. Das Schweigen der Sonne waltet über ihrem Treiben. Die Sonne streift ihren schwarzen Rock und ihre weiße Bluse ab. Man sieht sie nicht mehr. Mit lautem Getöse bricht auf einmal die Nacht herein.

Max Ernst, Vorwort zu «Das Haus der Angst» von Leonora Carrington

Das Mädchen, das das Aussehen eines Pferdes angenommen hatte, rührte sich nicht, doch seine Nüstern bebten.

Leonora Carrington, «Die ovale Dame»

November 1997,
New York City,
Brewster Arts Gallery

Bei der ersten Gesprächspause strebt die Künstlerin in Richtung Tür. Sie hört jemanden ihren Namen rufen, aber sie möchte eine Zigarette, und sie läuft, so schnell ihr achtzigjähriger Körper es ihr erlaubt, weiter durch die überfüllte Galerie. Sie versteckt sich hinter einer Säule – um eine Pause zu machen, um Atem zu holen – und geht weiter. Ihre Hüften und Knie und Füße schmerzen von all dem Herumstehen. Sie hat Ausstellungseröffnungen noch nie gemocht, die Blicke des Publikums, die auf ihr ruhen, als sei *sie* Teil der Schau. Wenn sie nur unsichtbar sein könnte, dann würde es ihr vielleicht nichts ausmachen. Sie gibt sich Mühe, nicht weiter auf die Leute zu achten, die sie in Augenschein nehmen und Hypothesen aufstellen. Auch ihre Gemälde will sie nicht ansehen – die gegen sie in Stellung gebrachten Beweismittel, sozusagen. Die Schau ist eine Retrospektive, die gesamte Galerie ist mit ihrer Kunst gefüllt. Mit sechzig Jahren ihres Lebens. Natürlich kennt sie jeden Zentimeter einer jeden Leinwand so genau, als wären es Erweiterungen ihres eigenen Körpers. Die Hyäne und das Pferd; das Labyrinth, der

Minotaurus, das Ei und der Kohlkopf, die weiße, alchemistische Rose; Geister, Hexen, ein spiralförmiger Tanz. Ihre Menagerie aus Hybriden, den Bestien, die sie gekannt und geliebt hat. So viele ihrer Visionen sind hier ausgestellt – es ist ein bisschen, als habe sie vergessen, ihre eigene Haut überzuziehen. Sehnen, Knochen, Herz und Venen, vor aller Augen ausgebreitet.

Als sie die Tür aufstößt und den frischen Windstoß von draußen einatmet, steht sie einer jungen Frau gegenüber, die Stift und Notizbuch in der Hand hält. «Ms. Carrington!», sagt die Frau und lächelt strahlend. Richtig, sie hat für ein Interview zugesagt. Und es ist ein Mann dabei, mit Kamera über der Schulter. Ein weiteres Foto. «Könnten wir anfangen?», fragt die Reporterin. Leonora folgt ihr wieder hinein. «Wie wäre es, wenn wir uns hier aufstellen, vor *Sidhe, das Weiße Volk von Tuátha de Danann*?» Die Frau spricht es korrekt aus. Sie hat ihre Hausaufgaben gemacht.

Als Leonora sich dem Bild der goldenen Küche von vor über vierzig Jahren nähert, schaut der Bulle mit diesem wissenden Funkeln in den Augen direkt in sie hinein, so, wie er es immer getan hat. Dann steht sie vor der offenen Tür neben dem Rahmen des Gemäldes, neben den glatzköpfigen, leuchtenden Wesen, die sich über Suppe und Yamswurzeln hermachen. Leonora wendet den Blick ab, sieht hinaus durch die Glasfront der Galerie, wo auf dem Gehweg ein Paar stehen geblieben ist. Sie beobachtet, wie die Frau in ihrem dunklen Mantel sich auf die Zehenspitzen stellt und der weißhaarige Mann den Kopf beugt, um sie zu küssen. Ein Blitz. Der Fotograf schießt sein Foto. Für einen Augenblick hat Leonora das Gefühl, in ihrem Gemälde zu sein, zurück in dieser anderen Welt. Ein weiterer Blitz, und sie erspäht in dem spiegelnden Fenster eine geisterhafte

Gestalt, die durch die gegenüberliegende Wand der Galerie verschwindet. Schwindel überkommt Leonora, und sie richtet sich gerade auf, so gut sie kann, und presst die Füße in den Boden. Den größten Teil ihres Lebens hat sie dieses eigenartige Land nach ihren eigenen Maßgaben betreten, hat es sich durch ihre Gemälde zu eigen gemacht, und dennoch überrumpelt es sie immer noch gelegentlich.

«Könnten wir uns setzen?», fragt die Frau und führt sie zu einem kleinen Ledersofa.

«Ich habe nicht viel Zeit», sagt Leonora. Für gewöhnlich verabscheut sie Interviews, all die Fragen, die sie festnageln wollen, und gleichzeitig zu wissen, dass sie abgedruckt werden wird – nicht *sie*, sondern wie der Interviewer sie sieht. Wenngleich es sich, das muss Leonora zugeben, herrlich anfühlt, ihre Füße zu entlasten.

«Ihre Kunst ist so greifbar und dennoch geheimnisvoll. Woher nehmen Sie Ihre Inspiration?»

«Darüber spreche ich nicht.» Leonora blickt aus dem Fenster, aber das Paar ist weitergegangen.

«Dieses Gemälde zum Beispiel. Die Sidhe waren ein irisches Volk, ein Feenvolk, nicht wahr? Ich habe gelesen, dass Ihre Mutter und Ihre Nanny Ihnen Geschichten darüber erzählt haben.»

«Ja. Meine Großmutter hat meiner Mutter erzählt, dass wir von ihnen abstammen.»

«Womit jongliert dieser eine da? Mit Monden?» Die Reporterin zeigt auf die leuchtenden Himmelskörper in dem Gemälde. «Warum hat dieser andere ein Spinnennetz?» Die Frage hängt in der Luft. Es ist nicht so, dass Leonora nicht antworten möchte – sie kann nicht. Sie konnte die Dinge, die sie sieht, noch nie erklären. Sie seufzt, denkt an die Zigarette. Die Frau fährt fort. «In Ihrer ersten großen Arbeit, dem Selbstporträt, ist auf dem Boden etwas Verwischtes zu erkennen. Haben Sie dort etwas gemalt und es dann entfernt?» Leonora bleibt stumm. Die Reporterin verlagert ihre Position auf dem Kissen, blättert eine Seite in ihrem Notizbuch um. «Oder *Die Riesin*? Ich bin hingerissen davon, dass ihr Haar ein Weizenfeld ist. Ist die Figur an Demeter angelehnt? Oder vielleicht an die altnordische Göttin Sif?»

Leonora greift in ihre Manteltasche. Sie zieht die weiche Packung Vantage heraus und fingert vorsichtig nach einer Zigarette, als hielte sie ein rohes Ei in der Hand. «Ich spreche nicht über meine Kunst. Gemälde sind dazu da, Unsagbares auszudrücken.» Die Frau errötet. Sie beugt sich über ihr Notizbuch und schreibt schnell. Armes Mädchen. Es kann nicht leicht für sie sein. Leonora steht auf, benutzt dabei die Armlehne als Stütze. Es scheint eine Ewigkeit zu dauern. «Kommen Sie», sagt sie. «Lassen Sie uns frische Luft schnappen.»

Draußen geht ein starker Wind. Leonora bindet sich den Gürtel ihres langen Mantels um, schließt dann den Knopf unter dem Kinn. Sie atmet die kalte Luft ein und riecht die beißenden Abgase des vorüberfahrenden Lasters. Dann zündet sie sich eine Zigarette an und atmet aus. Schon besser. Sie bietet der Reporterin ebenfalls eine an. Die Frau nimmt mit einem Lächeln an. Ein Waffenstillstand, denkt Leonora und wünscht sich, sie könnte all dies mehr genießen. Sie hat ihr ganzes Leben darauf hingearbeitet, aber sie konnte sich an die Aufmerksamkeit nie gewöhnen, an den Gedanken, dass das, was aus ihrem Mund kommt, irgendwie bemerkenswert ist. Aber die Frau hält ihren Stift und ihren Block in der Hand, und ihre Finger sind von der Kälte gerötet. Leonora tritt einen Schritt näher auf die Reporterin zu, damit sie leise sprechen kann und die Frau sie trotzdem hört. «Gibt es noch irgendetwas, das Sie erfahren wollen?»

«Verstehen Sie sich als Surrealistin?»

Leonora stockt bei dem Wort, das sie ihre gesamte Karriere als Künstlerin hindurch so treu verfolgt hat wie ein Hund, als könnte man sie in einem Wort zusammenfassen. «Als Teil der Altherrenriege?» Leonora lacht. «Frauen konnten nicht beitreten, wissen Sie. Nicht offiziell. Aber die Wahrheit ist, ich verstehe mich selbst als überhaupt nichts.» Sie lehnt sich gegen die Fensterscheibe der Kunstgalerie und gibt sich Mühe, das zu erklären. «Egos sind gefährlich, zerbrechlich; zu groß, das ist nicht gut für sie. Wie Humpty Dumpty, nicht wahr?»

Die Reporterin nickt, schreibt und stellt die nächste Frage auf ihrer Liste. «Haben Sie als weibliche Künstlerin das Gefühl, dass Ihre Arbeit die Anerkennung gefunden hat, die sie verdient?»

Leonora denkt an die Männer. Dalí, Miró, Picasso, und an die enormen Summen, die ihre Gemälde noch vor ihrem Tod erzielt haben. Sie denkt daran, mit welcher Genügsamkeit sie selbst ihr Leben gelebt, sich von Bohnen, Reis und den billigsten Stücken Fleisch ernährt hat. Sie gluckst, hustet und holt tief Luft. Es hat keinen Zweck, verbittert zu sein. «Weibliche Kunst wird für einen Bruchteil dessen verkauft, was männliche Kunstwerke erzielen, und Frauen brauchen zweimal so lang, um sich einen Namen zu machen. Ich bin eine der Glücklichen. Ich bin alt. Ich habe lang genug gelebt, um noch mitzubekommen, dass die Welt wenigstens beginnt, uns wahrzunehmen – als Künstlerinnen, meine ich, nicht als Inspiration für Kunst, diese fürchterliche Vorstellung von einer Muse.»

«Und Paris? Wie war es in den dreißiger Jahren? Sie waren zwanzig?»

«Zwanzig, einundzwanzig.» Leonora nimmt einen Zug von ihrer Zigarette. Auf einer Nikotinwelle schwebend erinnert sie sich an ihre Wohnung in der Rue Jacob, an das weiße Schaukelpferd im Wohnzimmer, ihre Staffelei vor dem Fenster. «Paris bedeutete Freiheit», sagt sie und denkt an das Café de Flore und die Künstler – Leonor, Lee, Man und die Éluards, Duchamp, Breton, Picasso, und vor allem Max.

«Max Ernst war Ihr Liebhaber?» Die Frau grinst, als habe sie etwas in Leonoras Gesicht gelesen, irgendeine unerklärliche Veränderung in ihren Gesichtszügen bemerkt. Sie scheint zu glauben, sie sei die Erste, die den Mut aufbringt zu fragen, aber Leonora wird niemals interviewt, ohne dass man sich bei ihr nach ihm erkundigt – dem großen Mann –, als wäre sie nichts anderes als eine weitere Galatea. «Wie war das, mit ihm zusammen zu sein?»

Während Leonora auf das schmale Stück Himmel blickt, an dem ein einzelner Stern durch den Lichtdunst der Stadt hindurch sichtbar bleibt, ertappt sie sich dabei, wie sie an das morgendliche Kirchengeläut von Paris denkt und daran, wie sie ihn, wenn die Glocken sie weckten, enger an sich zog, wie die Wärme seines Körpers sie wieder in den Schlaf sinken ließ. «Es war perfekt», erwidert sie zu ihrer eigenen Überraschung.

«Leidenschaftlich?»

Leonora kann sich eines Schmunzelns nicht erwehren. «Das Thema werden wir nicht anschneiden.»

Teil I

Zwei Kinder werden von einer Nachtigall bedroht

Leonora, Juni 1937, London

Es war Leonoras erste Dinnerparty als erwachsene Frau, und ihre Freundin Ursula und sie waren die Gastgeberinnen. Der Garten gehörte Ursula, aber die Party war Leonoras Idee – eine vom Vollmond erleuchtete Gartenparty mit weißen Speisen und Kleidern, weil das Mondlicht danach verlangte und weil Max Ernst gerade in der Stadt war und beschlossen hatte zu kommen.

Sie hatte vor einem Jahr Werke von ihm gesehen, im Rahmen der Internationalen Surrealistischen Ausstellung, die in London gezeigt worden war. Neben Hans Bellmers zerrissener, lebensgroßer Puppe, bei deren Anblick Leonora speiübel wurde, hatte Max eine Assemblage ausgestellt – den in Gips modellierten Kopf eines Mädchens, der wie ein Jojo an einer Schnur befestigt war. Leonora hatte das Objekt sofort erfasst. Sie war dieses Spielzeug gewesen, das auf und ab baumelnd von jemandem manipuliert worden war, der die Schnur, das Geld und die Macht in Händen hielt. Zeit, die Schnur zu zerschneiden, hatte sie gedacht. Dann hatte sie Max Ernsts Gemälde *Zwei Kinder werden von einer Nachtigall bedroht* angeschaut. Es sprach zu ihr in einer Sprache, die sie verstand, vielleicht immer verstanden hatte, auch wenn sie nie in der Lage gewesen war, sich in ihr auszudrücken. Das Bild stellte den Höhepunkt einer unheimlichen Geschichte dar, ein Mädchen bewusstlos auf einem smaragdgrünen Rasen und ein zweites mit einem Messer in der Hand, die heimtückische Nachtigall gerade außerhalb ihrer Reichweite. Das auffälligste Merkmal des Gemäldes war der Rahmen, der in Leonora das unwiderstehliche Verlangen auslöste, ihn zu berühren. Sie fuhr mit der Fingerspitze über den Knauf, den der Künstler daran befestigt hatte und der den Bilderrahmen zu einer Tür werden ließ. Teil der Szene war ein Mann, er rannte auf einem Hausdach entlang und streckte die Hand nach dem Knauf aus – als wollte er die Tür öffnen und das Gemälde verlassen. Der Mann trug ein Mädchen auf den Armen. Aber würde er sie retten können?, überlegte Leonora und spürte, wie ihre Haut von innen nach außen brannte.

Und nun sah sie durch das Küchenfenster Max und Lee Miller und Roland Penrose am Tisch auf der Backsteinterrasse ihrer Freundin sitzen, unter einem Jasminspalier, an dem sich ein paar sternenweiße Blüten geöffnet hatten. Sie waren unglaublich interessant, die Surrealisten – sie beschäftigten sich nicht mit Kunst, sie lebten sie. Lee lehnte sich in ihrem Stuhl zurück, die langen Beine an den Knöcheln überschlagen, barfuß. Sie blies Zigarettenrauch in den Himmel und reichte die Kippe dann an Roland weiter, der einen langen, lässigen Zug nahm. Max sprach gerade, seine Hände waren überall zugleich. Die Tatsache, dass er hier war, schien Leonora unfasslich, und doch leuchtete es ihr ein. Ihre Freundin Ursula war schließlich mit Erno verheiratet, einem Architekten, der wiederum zufällig mit Roland befreundet war, dessen Londoner

Galerie eine Ausstellung mit Max' Werken zeigte. Aber Leonora glaubte nicht an Zufälle. Der Grund, weshalb Max hier saß, war ganz einfach und nicht von der Hand zu weisen. Ihre Liebe zu seiner Kunst hatte irgendwie den Mann selbst angezogen.

Auf einem weiß-blauen Porzellanteller richtete Leonora die Shortbread-Kekse an, die sie und Ursula gebacken hatten. Sie füllte Zitronensorbet in eine Schüssel und stibitzte dabei einen Löffel. Sie lächelte. Gerade die richtige Menge Zucker, um die Zitronensäure auszubalancieren. Sie probierte einen Keks. Er war nach dem Rezept ihrer irischen Großmutter zubereitet, buttrig und krümelig, genau so, wie er sein sollte. Leonora steckte sich auch den Rest in den Mund. In ihrer winzigen Wohnung lebte sie von Eiern, mehr konnte sie sich als Kunststudentin nicht leisten, und daher war Ursula die kulinarische Gönnerin dieses Abends.

Ursula war einmal Miss Blackwell von Cross und Blackwell gewesen, den Marmeladenherstellern. Sie beide stammten aus wohlhabenden Familien. Was den entscheidenden Unterschied in ihren Lebensumständen ausmachte, war die Tatsache, dass Mr. Blackwell seine Tochter in ihren künstlerischen Bestrebungen unterstützte und ihr erlaubte, nach eigenem Belieben zu heiraten, wohingegen Mr. Carrington nur genau so viel Geld herausrückte, wie Leonora benötigte, um wie eine arme Schluckerin zu leben. Seiner Ansicht nach waren Künstler genau das – arme Schlucker, Bettler und Zigeuner, und je früher Leonora das begriff, desto besser. Sie hatte darum gekämpft, nach London zu kommen. Ihr Vater glaubte nicht, dass sie es ohne seine Unterstützung schaffen würde, das wusste sie. Er ging davon aus, dass Leonora nach Hause zurückkehren, sich vorteilhaft verheiraten und der Familie den Titel bescheren würde, den sein Geld allein nicht zu kaufen vermochte. Leonora konnte sich kein schlimmeres Schicksal vorstellen.

In diesem Moment lachte Max, seine Augenwinkel explodierten in Strahlen. Er warf den Kopf in den Nacken, sein weißes Haar schien von Licht erfüllt. Da klatschte etwas gegen die Fensterscheibe vor ihr, und Leonora zuckte zusammen. Sie wischte sich die Krümel von den Lippen und rannte nach draußen, wo sie einen Vogel fand, der mit geschlossenen Augen auf der Seite lag. «Ich hole eine Kehrschaufel», sagte Ursula. Ohne nachzudenken, legte Leonora den Vogel auf ihre Handfläche. Sie verabscheute es, die Tiere sterben zu sehen, wenn sie mit voller Geschwindigkeit gegen ein Fenster flogen. Ein Tod durch Spiegelung, durch Illusion. Sie berührte die weiche orangefarbene Brust des Vogels. Es war ein Rotkehlchen, und es war noch warm. Zu Hause auf dem Land in Lancashire, wo sie aufgewachsen war, hatten viele von ihnen gebrütet, aber seit sie vor einem Jahr nach London gezogen war, hatte sie keine Rotkehlchen mehr entdeckt. Und wieso war das Tier in der Dämmerung herumgeflogen? Plötzlich spürte sie jemanden neben sich. Max streckte die Hand aus und streichelte den Flügel des Vogels. Leonora merkte, wie sich ihre Nackenhaare aufrichteten wie bei einem Gewitter. Max' Nähe war bestürzend. Nichts dergleichen hatte sie jemals zuvor erlebt. Sie sahen einander an. War es eine Art Wiedererkennen? Spürte er sie auch, diese unmittelbare Anziehung? Es war, als habe sie ihn schon immer gekannt.

Ursula kehrte mit einem Besen und einer Kehrschaufel zurück. «Du solltest tote Vögel nicht anfassen.»

«Er ist nicht tot», sagte Leonora und erkannte die Energie, die um das Tier herum pulsierte, die Kraft des Möglichen.

Das Rotkehlchen öffnete seine Augen, schwarz und glänzend. Sie setzte es in einen Jasmintopf, und alle sahen zu, wie es seine Federn aufplusterte und in den Park unter ihnen segelte.

Leonora und Ursula trugen die Servierschüsseln hinaus zu dem Terrassentisch, der mit seiner langen weißen Tischdecke im Dunkeln zu schweben schien. Als Ursula die Schüssel mit dem Steckrüben- und Kartoffelpüree vor Max absetzte, kicherte sie. Leonora war ebenfalls ganz schwummrig zumute, aber sie würde keinesfalls lachen. Sie trug das Herrenoberhemd, das sie gern zum Malen anzog, in eine graue Hose gesteckt, zusammen mit bequemen Slippern. Sie verdrängte jeden Schwindel aus ihrem Kopf und bemühte sich, ihre Stimme zu senken. «Ich hoffe sehr, ihr mögt alle Heilbutt.» Sie setzte den gedämpften Fisch vor Lee ab, deren seidenes Sommerkleid sich um ihre kleinen Brüste und Hüften schmiegte, als sei sie gerade den Seiten der *Vogue* entstiegen, des Magazins, für das sie modelte. Kühl und glänzend, nahm Lee einen Schluck von ihrem Drink, irgendetwas Bräunlichem. Eis klirrte in ihrem Glas, und Ursula nahm es mit in die Küche, um es wieder aufzufüllen.

Sie hatte Leonora alles über Lee erzählt, die angeblich die berühmtesten Brüste von Paris hatte. Aus den Vereinigten Staaten in die Stadt gekommen, um von Man Ray zu lernen, hatte Lee als seine Muse Berühmtheit erlangt. Sie fühlte sich hinter der Kamera genauso wohl wie davor und nahm bald auch einen Platz in der Dunkelkammer ein, sodass niemand mehr ihre von Mans Bildern unterscheiden konnte. Irgendwann brach sie ihm das Herz, ging nach New York und eröffnete ihr eigenes Porträtstudio. Doch nach ein paar Jahren ließ sie wieder alles stehen und liegen und zog nach Ägypten, um einen reichen Mann zu heiraten, dessen Ring noch immer an ihrem Finger glitzerte, obwohl sie mit nassen Lippen und ihrem ganzen Mund Roland küsste. Lee war zehn Jahre älter als Leonora und wirkte so selbstbewusst und frei, ganz Herrin ihres Schicksals. Leonora hatte noch nie zuvor eine Frau wie sie getroffen und konnte nicht aufhören, sie zu betrachten. Als Lee mit unbewegten, blassen Augen zurückblickte, erstarrte Leonora, als hätte man sie bei etwas ertappt. Lees Blick war herausfordernd, aber zugleich voll reiner, natürlicher Neugierde.

Als Lee in ein Radieschen biss, studierte Leonora ihren Mund – dünn, elegant, wie alles an ihr. Man Ray hatte sie gut eingefangen. Leonora hatte in der Ausstellung auch seine Gemälde gesehen. Lees Lippen, riesig, die über einen blauen, wolkengetupften Himmel flogen. «Nachdem sie ihn verlassen hatte, verbrachte Man den Großteil eines Jahres damit, das zu malen», hatte Ursula ihr erzählt.

Wie herrlich es sich anfühlen muss, so geliebt zu werden, dachte Leonora.

Gegenüber von Lee saß Max und trank sein Bier. Leonora fiel ein, was Ursula am Morgen gesagt hatte: «Er hat eine Frau. Natürlich nimmt er sich auch Geliebte. Das tun alle Surrealisten.» Leonora spürte seinen Blick auf sich ruhen und merkte, wie ihr das Blut in die Wangen stieg. «Wollen Sie sich nicht setzen, Miss Carrington?», fragte Max und zog den Stuhl neben sich heraus. Sie warf ihm ein Lächeln zu und setzte sich. Flirtete er?

Der Tisch erzitterte, und sie schreckte auf. Ursulas

Mann Erno schlug mit der Faust auf die Tischplatte wie mit einem Auktionshammer, genau so, wie es Leonoras Vater immer tat. Ernos Stimme war voller Empathie, sein ungarischer Akzent deutlich vernehmbar. «Wir haben jeden Grund, Hitler jetzt zu stürzen, mein Freund. Als er das Rheinland besetzte, hat er den Versailler Vertrag gebrochen. Er will Rache. Du bist ein Narr, wenn du glaubst, dass er es dabei belassen wird.»

Er sprach mit Roland, doch Lee zeigte mit ihren großen, starken und ausdrucksvollen Händen wieder auf ihn. «Und wenn Hitler einen Krieg anfängt, werden ein paar phantastische Fotos dabei herausspringen, nicht wahr? Rauch sorgt für Atmosphäre.»

Erno blinzelte sie an und schmatzte mit seinen trockenen Lippen. Roland legte Lee die Hände auf die Wangen und küsste sie. «Die erste weibliche Kriegsfotografin, bei Gott!»

«Genug von Krieg», sagte Max. «Wir haben gerade Sommer, und das sollte für alle ausreichen.»

«Ist ja gut, Loplop!» Roland erhob sein Glas. Loplop, der Vogelobere. Der Spitzname war Leonora schon in der Ausstellung aufgefallen. Ein plumper Name.

Ursula reichte Lee ihren Drink und Leonora eine Flasche Bier. «Wollen wir anstoßen?», fragte sie. Ihr Grinsen, das wie der Rest von ihr überschwänglich war und gewitzt im besten Sinne, holte Leonora von einem Punkt tief in ihrem Inneren hervor, dem Ort, an den sie sich zurückzog, wenn vom bevorstehenden Krieg die Rede war. Hier saß sie an einem mondbeschienenen Tisch. Hier neben ihr lächelte Max Ernst. Als sie an ihm vorbei nach dem Flaschenöffner griff, machte ihr Herz einen Hüpfer, wie flache Steine auf dem Wasser, und sandte, da war sie sich sicher, kleine Wellen in jede Richtung aus. Ihr Kopf fühlte sich leicht an. Sie bemühte sich um eine feste Hand und öffnete den Flaschendeckel.

Ihr Bier schäumte, quoll über, und Leonora geriet in Panik. Der Tisch hatte perfekt ausgesehen! Wieso war sie es immer, die alles ins Chaos stürzte? Bevor sie die Flasche von sich halten konnte, verschloss Max sie mit seinem Daumen. Die unvermittelte Bewegung überraschte Leonora. Sie hielt den Atem an. Ein elektrisches Summen kroch ihren Rücken hinauf. *Auf diese Weise geschieht es*, dachte sie. Seine Augen waren wie Eis, ein kaltes, klares Feuer. «Damit es nicht auf den Tisch tropft», sagte er. Der Schaum zischte in der Flasche. Roland und Lee, die so eng aneinandergepresst saßen, dass sie wie ein Körper mit zwei Köpfen wirkten, die lachende Ursula, Erno mit seinem noch immer roten Gesicht – die anderen Partygäste wurden zur Szenerie. Es gab nur noch sie beide. Leonora wollte den Moment festhalten, in dem vergeblichen Versuch, Max mit einem Funken Objektivität zu betrachten. Sein braunes Gesicht, die sehnigen Arme und Beine, die von seinen Augenwinkeln aus explodierenden Fältchen, die Augen von einem Blau, in dem Leonora sich einen klaren, verlassenen Himmel vorstellte. Es war zu spät. Sie hielt den unteren Teil der Bierflasche fest und er den oberen. Es war, als arbeiteten sie zusammen.

«Das Essen wird kalt», sagte Lee. «Lasst uns anfangen.»

«Aber zuerst den Trinkspruch!», wandte Max ein.

Der Mond spähte über die Häuserreihe und brachte den Tisch, das Essen und sie alle in ihren weißen Kleidern zum Leuchten. Maxens Haar glänzte auf, und Leonoras Augen wurden feucht.

Irgendetwas in ihr hatte nachgegeben, ein Dammbruch.

Er nahm seinen Daumen von der Bierflasche, hörte jedoch nicht auf, sie anzusehen.

«Auf die Zukunft!», sagte er und stieß seine Flasche gegen ihre.

«Auf die Zukunft!», pflichtete die Tischgesellschaft ihm bei, stieß an und trank.

Hatte sie ihn verführt, oder hatte er sie verführt? Leonora war sich nicht sicher. Sie wusste nur, dass ihr Leben nie wieder so sein würde wie vorher. Schon jetzt spürte sie, wie sein Blick sie schärfte, sie durch sein ungestümes Verlangen definierte. Es war wie eine Art Beschleunigung, als sei ein Teil von ihr erwacht, der bislang geschlafen hatte. Sie nippte an ihrem Bier, löffelte sich das weiche, weiße Wurzelgemüse auf den Teller. Weitere Jasminblüten hatten sich der Nacht geöffnet und dufteten so stark, dass die Kartoffeln und Steckrüben, selbst der Fisch nach Jasmin schmeckte. Aber die Öffnung ihrer Flasche war salzig. Sie schmeckte nach Max' Daumen.

Max, Juni 1940, Südfrankreich

Ruckartig fährt der Zug an.

Wie lange hat man sie aufgehalten?

Noch immer herrscht Nacht, schwarz und kalt und still. Und irgendwie ist Max noch immer an der Reihe. Es gibt nicht für alle Männer einen Platz zum Sitzen, geschweige denn einen Platz, wo sie sich zum Schlafen niederlegen könnten, und so haben sie einen wechselnden Turnus vereinbart. Die Hälfte der Männer in dem Viehwaggon sitzt für zwei Stunden, die andere Hälfte steht, dann wechseln sie. Sie stehen und sitzen und stehen, bis die Nacht vorüber ist. Und immer noch ist er hier, belegt einen wertvollen Platz auf dem Boden und träumt.

Er hat geträumt! Keinen dieser Albträume, wie Max sie seit dem Ersten Weltkrieg hat, sondern einen Kindheitstraum. Einen von der Sorte, in der man schwebt und über dunkle Wälder fliegt, ein Traum mit einer Heldin und einem Helden. Er ist noch immer da, kitzelt Max mit seinen sich auflösenden Fingern im Nacken. Leonoras Stimme ruft ihn. Er will ihr sagen, dass sie bleiben soll, wo sie ist – er wird zu ihr kommen, irgendwie –, aber seine

Lippen sind zu taub, um Worte zu formen. Seine Lunge ist ein Sack voll nassem Sand. Er will den Traum einfangen! Zurückkehren!

Er zittert und schmiegt sich enger in seinen dünnen, feuchten Mantel. Regen tropft durch die Bretter des Dachs auf seinen Kopf. Max schlägt den Mantelkragen hoch, zieht den Kopf ein, legt die Hände an die Wangen, stützt die Ellenbogen auf die Knie und schließt die Augen. Wenn sein Leben ein Albtraum ist, darf er da nicht von anderem träumen? Wenn er sich zurückfallen lassen kann in den Strudel der Geschichte, die sie ihm gerade erzählt hat mit ihrer Stimme, die so warm und endlos war wie ihr Haar, dann kann er es vielleicht aushalten, eine weitere Stunde ohne Wasser und ohne Essen, und dann noch eine.

Er ist schon seit Tagen in diesem Zug. Zwei? Drei? Er ist sich nicht sicher. Sein Gehirn funktioniert nicht richtig, aber nichts funktioniert mehr richtig.

«Gott meiner Väter, Gott meiner Väter, Gott meiner Väter», erschallt die Stimme eines Mannes über die weiten Felder und in den Wald hinein, in dem er geht, in dem er ihre Hand hält.

«Möge Gott dir das Maul stopfen, du alter Esel», knurrt jemand, und jetzt ist Max wach. Der frische Gestank erreicht ihn als Erstes. Der Eimer befindet sich irgendwo in der Gruppe von Männern. Max wird gegen die Holzwand des Waggons gedrückt, so weit von dem Eimer entfernt wie nur möglich, und trotzdem ist der Gestank unerträglich. Nein. Nicht unerträglich, ermahnt er sich und vergräbt die Nase noch tiefer in seinem Mantel. Wenigstens gehört er nicht zu den armen Tröpfen mit der Ruhr, er muss sich nicht an den Metalleimer klammern, um sich inmitten dieses nasskalten Haufens zu erleichtern.

Der Mann hinter ihm versetzt ihm einen Klaps auf die Schulter. Seine Zeit ist abgelaufen. Jetzt ist Max an der Reihe zu stehen. Er kippt nach vorne und kommt auf die schmerzenden Füße.

Im Halbschlaf nass und erschöpft in der Dunkelheit zu stehen, ist eine Tortur. Er hat es nicht für möglich gehalten, dass das Leben noch schlimmer werden könnte als im Camp des Milles, wo er auf etwas Heu in einem ehemaligen Ziegelbrennofen schlafen musste und sich seine Kehle beim Aufwachen anfühlte, als sei sie aus Papier. Seine Lippen waren geborsten wie Brotrinde, denn die Ziegel hatten seinem Körper jegliche Feuchtigkeit entzogen. Doch nun wäre es ein solcher Luxus, sich flach auszustrecken, dass Max es nicht ertragen kann, auch nur daran zu denken.

Wann kommt der Tag, das Licht?

Er schwankt zusammen mit den anderen Männern im Rhythmus des Zuges. «Was würdet ihr für ein warmes Getränk geben?» Das ist sein Freund, der Künstler Hans Bellmer, der neben ihm schwankt. «Für eine Tasse Rinderbrühe?»

Max hustet, um seine Stimme zu finden, ein raues Flüstern. «Wie kannst du nur an Essen denken?»

«Nicht Essen. Wärme, Brühe, Mark.» In der tropfenden Dunkelheit klingt sein Freund voll, satt, als hätten die Worte genügend Gewicht, um ihm Kraft zu geben. Hans hätte auch Dichter werden können.

«Wann können wir diese Türen öffnen? Ich brauche Luft!», ruft ein Mann.

«Genug!», schnauzt einer der algerischen Wachmänner. Tagsüber sind die Wachleute einigermaßen freundlich, aber nachts werden sie so reizbar wie alle anderen. Und die Türen zu öffnen hieße, dass sie sichtbar werden würden.

Wenn sie an einer motorisierten Kolonne der Nazis vorüberkämen, könnten sie sich nicht verstecken.

«Dieser Zug», murmelt Hans, «ist ein Geisterzug. Wir sind Geister in einem Geisterzug.»

Max nickt und spürt, wie ihm die Augen wieder zufallen. Unmöglich, im Stehen zu schlafen. Aber er kann sich an den Traum erinnern. Er spürt ihn um sich herum. Den Wald. Und wie Leonora sagte, dass sie ihn finden wird. Nur wie kann sie ihn finden, wenn er selbst nicht weiß, wo er ist?

Als der Zug aus dem Lager in der Provence abfuhr, hatten sie gehört, die Nazis kämen von Norden, die Italiener von Osten. Und so waren sie nach Westen gefahren – niemand schien zu wissen, wohin. Selbst der Lokführer behauptete, auf weitere Anweisungen zu warten. Andererseits war ganz Frankreich im Chaos versunken, alle flohen an die spanische Grenze. Max hätte während des Einsteigens und Beladens eine Möglichkeit finden müssen, sich davonzumachen. Er hätte weglaufen sollen. Vom Camp des Milles in Aix-en-Provence aus wäre er näher an Saint-Martin-d'Ardèche gewesen, näher an zu Hause. Näher bei ihr. Es sei denn, die Nazis waren bereits dorthin vorgedrungen, in dem Fall wäre sie nicht mehr da. Was bedeuten würde, dass sie auf der Flucht wäre. Sie könnte überall sein.

Durch einen Spalt in der Holztür erblickt er einen schwachen Schimmer. Die Wiederkehr der Sonne nach einer solchen Nacht ist etwas unglaublich Schönes. Ein Wunder.

Max späht durch die Ritze. Die Felder sind verschwommen, dunkles Gelb, dunkles Grün.

Zusammen mit dem Regen sickert spärliches Licht durch die Dachbretter. Max mustert die Männer, die hier und da davon erleuchtet werden. Sie sind in graue Lumpen gekleidet, versetzt mit Teilen von Uniformen französischer Soldaten, sie tragen grüne Mützen und Mäntel, Sachen, die sie auf dem Schwarzmarkt erstanden haben in der Hoffnung, dass sie damit bei einem Fluchtversuch in der Menge untergehen. Aber wie sollten sie fliehen? Sie sind zerbrochene Marionetten aus Asche und Schatten, aus Knochen und loser Haut, und ihre Fäden sind verwickelt und nutzlos.

Boches nennen die Franzosen sie. Deutsche. Da spielt es keine Rolle, dass diese Deutschen ebenfalls von den Nazis verfolgt werden. Schriftsteller, Künstler, Juden. Die Geister im Geisterzug waren einmal Menschen – Menschen, die aus Deutschland geflohen sind, als die Nazis die Macht übernahmen, die legal oder illegal die Grenze nach Frankreich überquert haben, in die Freiheit. Natürlich sind einige, wie er selbst, lange vor der Machtergreifung der Faschisten hergekommen. Aber der Krieg hat aus ihnen allen feindliche Ausländer gemacht. Sie sind Feinde in einem Land, das sie willkommen geheißen hat, das sie inzwischen lieben.

Dann hörte der Krieg so schnell wieder auf, wie er begonnen hat. Eingesperrt ins Camp des Milles, saßen sie wie auf dem Präsentierteller und warteten darauf, dass die Deutschen sie mitnahmen. Der Kommandant tat, was in seiner Macht stand, um die Internierten in Sicherheit zu bringen. Es war ihm gelungen, diesen Zug aufzutreiben, er hat die Männer nach Westen geschickt, und nun haben sie bei ihrem Versuch, vor den Nazis davonzulaufen, beinahe die Küste erreicht.

«Öffnet die Tür», sagt ein Geist.

«Ja, öffnet die Tür», wiederholt ein anderer.

Der Wachmann ächzt, und die Tür schiebt sich auf.

Max bahnt sich mit den Schultern einen Weg nach vorn, setzt sich neben seinen Freund auf das Geländer vor der offenen Tür, und sie lassen die Beine baumeln. Max legt den Kopf in den Nacken und streckt seine trockene Zunge aus. Regen. Jeder Tropfen ein Wunder.

Ein weiterer langer Zug voller Flüchtlinge fährt vorüber. Die Leute sitzen auf den Tritten, liegen oben auf den Waggons, die ganze Welt drängt in Richtung Grenze. Max sucht zwischen den unscharfen Gesichtern nach ihrem, glaubt eine Frau mit langem, dunklem Haar zu erkennen, doch dann ist der Zug vorüber, und er ertappt sich dabei, dass er betet. Er betet zum ersten Mal seit Jahren zu einem Gott, an den er nicht glaubt, betet, dass sein Mädchen in Saint-Martin geblieben ist und auf ihn wartet.

Auf einmal kann er das Meer riechen. «Der Hafen von Bayonne», sagt sein Freund und deutet auf einen leuchtenden Fleck in der Ferne.

Der Zug erwacht in einem aufgeregten Fragengewirr. Sie haben es bis zur Küste geschafft, aber warum? Da ist das Meer – sie können es jetzt sehen – und die Schiffsmasten, die darauf warten, sie – wohin zu bringen? Nach Übersee? In die Kolonien? Um die Trans-Sahara-Bahnlinie zu bauen?

Der Zug wird langsamer. Ein junger Mann rempelt sich den Weg zur offenen Tür frei. «Wenn ihr nicht nach Übersee verschifft werden wollt, müsst ihr jetzt die Gelegenheit ergreifen», sagt er und springt. Sein ramponierter Koffer purzelt neben ihm hinaus.

Schließlich hält der Zug vor dem Bahnhofsgelände. Passagiere springen aus dem Waggon, um sich zu erleichtern. Junge und Alte ziehen sich die Hosen hinunter und gehen an der nächstgelegenen schlammigen Stelle in die Hocke. Max öffnet an einem niedrigen Zaun den Reißverschluss und wartet. Und wartet. Und endlich rinnt ein langsames, ockerfarbenes Bächlein in den Regen.

Er schließt seinen Reißverschluss wieder und starrt über den Zaun. Die Szenerie ist schwarzgrau lasiert, und dann bewegt sie sich, der Matsch wirkt wie ein nach vorn drängendes Feld. Max wird klar, dass er auf eine Fernstraße blickt, die von allen Arten von Fahrzeugen überquillt, eine monströse Prozession, die auf die spanische Grenze zuruckelt. Auf jedem Wagendach sind mindestens zwei Matratzen festgebunden – um die Autos vor Luftangriffen zu schützen, begreift er mit neuem Entsetzen. Er fragt sich, wie weit die Leute schon gefahren sind. Den ganzen Weg von Paris hierher? Da sind hochaufragende Lastwagen und Handkarren voll mit Menschen und ihren Habseligkeiten, mit allem, was sie tragen können. Einem Stuhl, den der Großvater gezimmert hat. Einer Lampe aus dem vorigen Jahrhundert. Einer Geige. Da sind Menschen zu Fuß mit Fahrrädern unterwegs, mit Eseln, Pferden. Und alle schieben sich vorwärts. Die Luft ist dicht erfüllt von ihrer Hoffnung, schwer wie eine nasse Wolldecke.

Ein Bahnhofsvorsteher läuft auf die Männer zu, ruft etwas, schwenkt die Arme. «Steigen Sie wieder ein! Sie kommen! Die Deutschen werden in weniger als zwei Stunden hier sein!» Schnell ziehen sich die Männer die Hosen hoch und rennen zum Zug. Max rennt ebenfalls, rennt in Zeitlupe in einer Welt in Zeitlupe, in der alle rennen, aber nicht annähernd schnell genug. Die Männer drängen sich in den Zug. Max setzt sich auf das Geländer, Hans ist neben ihm. Wenn die Deutschen hier sind, sind sie hier. Sich in einer Ecke des Waggons zu verstecken wird niemandem helfen.

Der rotgesichtige Kommandant kommt mit großen Schritten und triefend nass vom Regen vorbei. «Wir müssen wieder zurück», sagt er immer wieder, damit jeder der zweitausend Männer ihn hört. Aber der Zug bewegt sich nicht, und bald versammeln sich die Männer draußen vor den Waggons und rufen laut durcheinander.

Die Franzosen haben schon wieder versagt.

Die spanische Grenze ist nah. Ist es nicht besser, sich dem Flüchtlingsstrom anzuschließen? Oder sich allein durchzuschlagen?

Die spanische Grenze ist geöffnet, aber man braucht eine Einreiseerlaubnis. Nur französische Staatsbürger werden durchgelassen.

Die Franzosen werden uns für Feinde halten.

«Gehen Sie!», brüllt der Kommandant. «Sie sind keine Gefangenen mehr!»

«Frei? Wir sind frei!», rufen die Männer.

«Aber Sie werden nicht überleben», sagt der Kommandant. «Entweder kommen die Nazis oder die Gendarmen. Sie werden gefangen genommen oder erschossen werden. Wir haben die Chance, Sie in ein Gebiet zu bringen, das sich bei Zustandekommen des Waffenstillstands nicht unter deutscher Kontrolle befindet.»

Manche Männer greifen nach ihren Habseligkeiten, umarmen ihre Freunde und streben auf die Fernstraße voller Menschen zu. Andere Züge, die mit Soldaten, mit Zivilisten gefüllt sind, fahren aus dem Bahnhof, und noch immer bewegt sich ihr Zug nicht. Mehr Männer machen sich auf den Weg. Ohne Geld, ohne Papiere, ohne Wasser oder Nahrung.

Hans läuft auf und ab. «Der Zug ist auffällig. Hitlers Leute werden davon erfahren. Aber Frankreich ist ein Pandämonium. Es wird einfach sein, unterzutauchen.»

«Bleib hier. Da draußen wirst du sterben», sagt Max, doch er ist selbst nur halb davon überzeugt. Hans ist ein willensstarker, scharfsinniger Mann. Er wird eine Möglichkeit finden, am Leben zu bleiben.

Der Zug beginnt zu brummen, und die Männer springen auf. Alte Männer werden noch an Bord geschoben und gezogen, während die Waggons schon in die Richtung rucken, aus der sie gekommen sind. Ihm wird bange.

Hans steht auf dem Lehmboden. «Komm mit mir.»

Max sehnt sich danach, mit ihm irgendwie über die Grenze zu gelangen. Zusammen würden sie es wohl schaffen. Aber nein. Er schüttelt den Kopf, weil er keine Wahl hat. Er muss nach Hause. Er muss versuchen, Leonora ausfindig zu machen. Vom Zug aus sieht er seinen Freund kleiner werden, bis die Schienen eine Kurve beschreiben und Hans verschwunden ist.

Den Nachmittag über und in den Einbruch der Dämmerung hinein fahren sie durch dasselbe verschwommene Grün. Der Zug wird langsamer, und Max entdeckt auf einem Hügel ein grasendes Pferd. Es hebt seinen braunen Hals und scheint ihn anzublicken, als der Zug zum Stehen kommt.

«Der Strom ist abgestellt», sagt der Kommandant, der an den geöffneten Waggons entlanggeht. Er schwitzt, seine Haut hat einen grünlichen Farbton, und er schaut beinahe so schlecht aus wie der Rest der Männer. «Verbrennen Sie Ihre Papiere – jeden Eid, den Sie gegenüber Frankreich geschworen haben.»

Ein kleines Lagerfeuer erfüllt den Waggon mit Rauch. Max wirft seine Papiere hinein und beobachtet, wie der Name *Max Ernst* sich kräuselt und aufflammt und verkohlt. Dann wird er zu Asche.

Leonora,
Juni 1937,
England

Leonora öffnete im Nachthemd die Tür und fuhr sich mit der Hand durch das wirre Haar. Die Mittagsstunde war bereits vorbei, und auf der Türschwelle ihrer Erdgeschosswohnung stand ein Mann mit schwarzem Hut und ordentlich gebügeltem, makellosem Anzug. Er verbeugte sich leicht, bevor er ihr einen kleinen Briefumschlag überreichte. Sie wusste, ohne fragen zu müssen, von wem er war. Max. Sie riss den Umschlag auf und las den Brief sofort, als könne er sich in ihren Händen in Luft auflösen.

Komm mit mir auf ein Picknick in den Wald, ja? Wenn du möchtest, hole ich dich heute Nachmittag um zwei ab.

Bevor sie es sich selbst ausreden konnte – immerhin war er verheiratet und doppelt so alt wie sie –, schickte sie den Boten mit einer gefalteten Nachricht zurück, die schlicht *Ja* lautete.

Es war vollkommen irrsinnig, mit ihm allein in den Wald zu fahren, das war ihr klar. Es konnte alles Mögliche passieren. Sie kannte ihn kaum. Und doch war es genau diese Wildheit, die Unberechenbarkeit, die sie anzog. Es war versponnen und romantisch; kein Brite würde wagen, einen solch dreisten Vorschlag zu machen. Und erst recht nicht, wenn er wüsste, wer ihr Vater war. *Natürlich* würde sie mitgehen.

Leonora sah auf die Uhr: zehn vor zwei. In ihrer dunklen Wohnung roch es nach Zigarettenasche und verkochten Eiern. Sie saß über den Küchentisch gebeugt und arbeitete im Licht der nackten Glühlampe an ihrer Serie von Skizzen – Frauen ohne Lächeln, ohne Brüste, Frauen mit kurzen Haaren unter Baskenmützen, die Zigaretten zwischen den Lippen stecken hatten. Den ganzen Frühling hindurch hatte Leonora sich damit beschäftigt. Jedoch nicht in Amédée Ozenfants Schule – wo sie in dem Versuch, in einer einzigen makellosen Linie eine Frucht wiederzugeben, Apfel um Apfel zeichnete –, sondern hier, in ihrer Wohnung, wenn sie allein war. Sie breitete die Zeichnungen auf dem Tisch aus und kniff die Augen zusammen, als könnte sie, wenn sie die Ränder der Seiten verwischte, diese Frauen als Freundinnen betrachten, als Teile einer einzigen Szene. Vielleicht aßen sie zusammen zu Mittag und planten dabei nicht, wen sie wann heiraten würden oder welches Porzellanmuster sie dann auswählen würden, wie es die Debütantinnen, die Leonora kannte, getan hätten. Vielmehr diskutierten sie, was sie malen würden, was sie fotografieren wollten, und wie die Welt sie als Künstlerinnen wahrnehmen und ihre Kunst kaufen sollte. Ihre Bilder würden in Galerien und Museen hängen. Sie waren sich nicht sicher, wie sie das erreichen sollten, aber sie würden sich nicht mit dem Leben begnügen, das ihre Mütter geführt hatten, das war so sicher wie das Amen in der Kirche. Es war eine Gruppe, der Leonora gerne beitreten würde.

Wenn sie konzentriert lauschte, konnte sie ihr Gespräch

hören. «Funkelt», sagte eine, «aber bewahrt ein Geheimnis.» «Steckt die Waffe wieder ins Halfter», sagte eine andere. «Hört auf euer Herz, euer Blut.» Eine Frau begann einen Zigarillo zu rauchen und drückte die Asche auf dem Holz aus. Sie hinterließ einen Brandfleck auf dem Tisch. Leonora kniff die Augen noch mehr zusammen, bis ihre Sicht verschwamm und die Welt um die Frauen herum scharf wurde. Wenn sie diese Welt zu sehen vermochte, könnte sie in sie eintreten und ihren eigenen Brandfleck auf dem Holz hinterlassen.

Rat-ta-tat. Max war pünktlich.

Leonora griff nach ihrer Tasche und rannte zur Tür. Anstelle von Max stand dort Serge. Er hob eine Augenbraue und nahm seinen Fedorahut ab. «Hast du jemanden erwartet?», fragte er und ging an ihr vorbei in die Wohnung. Er lief durch das gesamte Zimmer, die Hände in die Jackentaschen gesteckt. Leonora versuchte zu atmen. *Serge?* Was machte er hier?

Serge war ein Bekannter ihres Vaters, ein Architekt, der ihr geholfen hatte, in Ozenfants Schule aufgenommen zu werden. Sie betrachtete ihn als eine Art Aufsichtsperson. Vom ersten Augenblick ihrer Begegnung an hatte sie gewusst, was seine wahre Rolle war – herauszufinden, was sie vorhatte, und alles an ihren Vater zu berichten. Zufälligerweise war Serge auch ihr allererster Liebhaber, mit dem sie noch nicht einmal Schluss gemacht hatte. Aber normalerweise kam er abends vorbei, nach der Arbeit, nicht mitten am Nachmittag. Dass Serge jetzt hier war, bedeutete, dass er Bescheid wusste und ihr Vater ebenfalls.

Als Leonora vor einem Jahr nach London gezogen war, hatten sie sich einmal pro Woche in einem Café getroffen. Bei einer Tasse Kaffee erzählte sie ihm das, was Vater hören wollte. Und dann begann Serge, nach der Arbeit in ihrer Wohnung vorbeizuschauen. Sie machte ihm Tee und zeigte ihm ihre Zeichnungen. Sie redeten. Er war siebzehn Jahre älter als sie und kannte die Londoner Kunstszene. Er war mit Erno befreundet und genauso ernsthaft wie dieser, wenn auch nicht ganz so humorlos.

«Ozenfant sagt, du seist vielversprechend», verriet Serge ihr eines Abends. Er schien sich wirklich darüber zu freuen. Und da hatte sie über den Tisch gefasst, ihm die Brille abgenommen und ihn geküsst. «Wirst du das auch Vater erzählen?», hatte sie ihn geneckt. Einen Augenblick später lagen sie im Bett.

Die Macht, die sie auf diese Weise über ihren Vater hatte, war berauschend. Serge gab zwar Berichte ab, aber er würde ihrem Vater nichts sagen können, das darauf hindeutete, dass er Leonora intim kannte, und deswegen würde ihr Vater nicht mehr über sie wissen, als sie ihn wissen lassen wollte. Als sie Ursula von ihrer Affäre erzählte, strahlte ihre Freundin. «Heirate ihn», sagte sie. «Ihr würdet die reizendsten Kinder bekommen!»

«Ich werde überhaupt niemanden heiraten», hatte Leonora daraufhin geantwortet. «Er ist mein erster Liebhaber. Und das ist alles.» Ihrer Ansicht nach wurde Jungfräulichkeit überbewertet, und sie war froh, damit aufgeräumt zu haben.

Die Affäre dauerte im Verborgenen monatelang an. Doch dann hörte Serge nicht damit auf, Anspielungen auf eine Heirat zu machen, und er begann sich in Leonoras Augen vom gutaussehenden Spion in einen einsamen Junggesellen zu verwandeln. Er wurde gewöhnlich, und sie begann sich Ausreden auszudenken. Sie sagte ihm, sie bräuchte Zeit, um über alles nachzudenken. Sie wusste, sie musste die Affäre beenden, aber sie konnte es sich nicht leisten, Serge gegen sich aufzubringen. Wenn er die Empfehlung aussprach, man solle sie nach Hause holen, würde ihr Vater dafür sorgen, dass eine Stunde später ein Wagen vor ihrer Wohnung wartete.

Sie lachte, versuchte lebhaft zu wirken, aber das Lachen klang flach und forciert. «Ursula und ich wollen gleich nach Brighton, um Austern zu essen und das Meer und den Pier zu malen. Jedenfalls wollen wir das versuchen», sagte sie so beiläufig wie möglich. Sie setzte sich an den Tisch, nahm ihren Graphitstift und fügte dem Zigarillo der Frau etwas Rauch hinzu. Sie musste Serge nicht ansehen, um zu wissen, dass er sich in ihrer Einzimmerwohnung umblickte, ihr Doppelbett inspizierte, in dem sie einander, wie Leonora nun überzeugt war, auf wenig bemerkenswerte Weise geliebt hatten, dann die Stapel, die sich die Wand entlangzogen – Zeichnungen, Bücher, Berge von Kleidung. Er schien nach etwas zu suchen, nach irgendeinem Hinweis. Als sie spürte, wie sein Blick zu ihr zurückkehrte, blickte sie auf. Er drehte an der rechten Seite seines dunklen Schnurrbarts, und sie ertappte sich dabei, dass sie ihn in eine Ecke zeichnete, neben die Frau mit dem Zigarillo. Serge war deren zwergenhafter Diener und hatte einen eierförmigen Kopf, auf den sie kein Haar malte.

Schließlich trat Serge hinter sie und legte ihr die Hand auf die Schulter. Leonora spürte, wie sich ihr Körper verspannte, und legte einen Arm über ihre Zeichnung. «Du warst also gestern Abend auf einer Party? Erno sagte, es war ein echtes *Surrealisten*-Treffen. Lee Miller, Penrose, Max Ernst.»

Also hatte Erno es ihm bereits erzählt. *Deswegen* war er hier. Sie verkrampfte sich und begann zu husten, lang und laut. Ihre Stimme war heiser. «Ja, na ja, also ich hatte wenig Spaß. Ich habe mir etwas eingefangen.»

Er trat zurück und bedeckte Nase und Mund mit seiner Hand. Serge war ein Hypochonder, und sie wusste, dass die Flunkerei ihn mindestens eine Woche von ihr fernhalten würde. Bald würde sie ihm erklären, dass es vorbei war, aber jetzt musste sie dafür sorgen, dass er ging. «Das ist eine gefährliche, unmoralische Truppe, Leonora.» Serge öffnete die Tür. Sie hustete erneut. Ein Tropfen Spucke schwebte durch die Luft. «Pass auf dich auf», sagte er und schloss die Tür hinter sich.

Seine Schritte wurden auf der Treppe hinauf zur Straße immer leiser. Das war knapp gewesen. Es hatte eine Zeit gegeben, da hatte sie von Adrenalin gelebt, hatte Zigaretten in die Klosterschule eingeschmuggelt oder war im Mädchenpensionat in Florenz aus dem Fenster geklettert, um allein durch die Stadt zu streifen und, solange sie wollte, in den Uffizien zu bleiben. Aber nun war sie zu alt für ein doppeltes Spiel. Wäre sie ein Mann gewesen, hätte sie leben können, wie sie wollte. Leonora sah nicht ein, inwiefern die Gegebenheiten ihres Körpers und seine Fähigkeit, Kinder zur Welt zu bringen, dazu führen sollten, dass sie dies nicht tun konnte. Aber Vater würde die Dinge niemals so sehen. Er würde sie nicht in Frieden lassen, bis sie verheiratet war.

Sie hörte etwas wie einen Ball die Treppe herunterspringen und griff nach ihrer Tasche. Es war Max, das wusste sie. Er war so voller Energie, dass sein Klopfen wonnige Wellen in den Raum sandte. Leonora öffnete die Tür und stand vor seinem schiefen Grinsen. Er überraschte sie damit, dass er sie umarmte und in die Luft hob. Sie vergaß Serge und ihren Vater, lachte und warf die Arme um ihn. Er drückte seine Lippen auf ihre.

Sie hatte bei einem Kuss noch niemals die Empfindung gehabt, sich aufzulösen. Doch plötzlich hatte sie das Gefühl, weit aufgespannt zu werden, so weit wie die Strecke zwischen Erde und Neptun, und sie schwebte schwerelos im Raum und drehte sich in tausend Überschlägen um sich selbst, ohne einmal Luft zu holen. Sie traten aus der Tür und stiegen nach oben. Noch nie war sie mit einem Mann auf der Straße gegangen, aber nun nahm Max ihre Hand in seine, und sie waren wie Elefanten am Flussufer, die mit verschränkten Rüsseln hin und her schwankten in einer Gebärdensprache, die keiner Interpretation bedurfte. Mitten auf dem Gehweg zog er sie an sich. Leonora drehte sich um, da sie fürchtete, Serge könnte sie beobachten, aber sie blickte nur in die Gesichter vorübereilender Fremder. Sie küssten sich wieder. Ihre Augen schlossen sich, sie waren jetzt wie Giraffen, deren kleine Köpfe sich zwischen den Sternen verloren und deren Wimpern sich in der Dunkelheit berührten.

Max ließ sie los, und die Straße flutete zurück, ihre nachmittägliche Geschäftigkeit mit dem Durcheinander aus Automobilen und Menschen. Männer schlenderten nebeneinander her, ihre Stimmen zogen geräuschvoll und schleppend an ihr vorüber. Frauen spazierten Arm in Arm. Ihr Gelächter blubberte und spritzte. Der Tag war feucht geworden, und der Geruch von London im Sommer üppig und wollüstig – Käse, der in der Sonne weich wurde, Ruß und Zigaretten, Fettstücke und überreife Früchte in den Mülltonnen.

Rolands Bentley stand lächerlich schief mit einem Rad

auf dem Randstein, als sei er in Eile geparkt worden. Max hielt ihr die Tür auf, glitt hinter das Steuer, und schon waren sie unterwegs. Er umrundete Autos und Fußgänger und sprach die ganze Zeit über französisch. Er nahm an, dass sie ihn verstand. Obwohl es eine ganze Weile her war, dass ihr Hauslehrer sie in Französisch unterrichtet hatte, stellte Leonora fest, dass sie dem meisten, was Max sagte, folgen konnte. Ein unbekanntes Wort hier und da machte nichts aus; seine Begeisterung erzählte ihr alles, was sie wissen musste. Er habe Erdbeeren und Scones und eine Decke mitgenommen, berichtete er, und er könne es nicht erwarten, mit ihr allein zu sein. Da war etwas, das er ihr zeigen wollte.

«O», erwiderte sie und beließ es dabei. Was konnte er ihr wohl zeigen wollen? Und was erwartete er? Sie hatte noch keine hundert Worte zu ihm gesagt, und doch glaubte er zu wissen, was sie mochte? Aber als sie beobachtete, wie der Wind durchs offene Fenster sein weißes Haar in alle Richtungen wehte, entspannte sie sich. Max war zu wild für dieses Auto mit seinem Gewicht und seinem Glanz, vielmehr sah er aus wie der Vogel, der zu sein er behauptete – aufgeplustert in seinem Nadelstreifenanzug, die Nase wie ein großer gekrümmter Schnabel. Sie hatte das Vogelartige an ihm bis jetzt nicht bemerkt, seine knochige Anmut. Seine langen abgewinkelten Beine, die Knie an den Ellenbogen. Er war ein Kranich. Wenn sie erst aus der Stadt hinaus waren, würde er ihr vielleicht seine Flügel zeigen.

Der dunstige, von Rauchschwaden durchzogene Himmel wurde blau, und die Gebäude wichen offenen grünen Feldern. Max bog in eine schmale, baumgesäumte Straße, die sich an verstreut liegenden Häusern vorüberwand und vor einem bewaldeten Hügel endete. Er nahm einen Korb vom Rücksitz und eine dünne, gelb-weiß karierte Decke. Da war ein Zaun und ein Tor, das er für sie öffnete, als wäre er der Besitzer. Sie betraten ein fremdes Grundstück. So etwas würde Leonora normalerweise nicht tun. Das Risiko und Max' Anspruchshaltung gefielen ihr.

Unter dem Laubdach eines Ahornbaums breiteten sie ihr Picknick aus. Sie schlüpften aus den Schuhen und spürten das kühle Gras unter ihren Füßen.

Ein Chor von Zikaden erweckte die Luft zum Leben. Sie klangen, wie sich Leonoras Haut anfühlte – die Härchen auf ihren Armen hatten sich aufgestellt, nur um allein mit Max zu sein. Um gelassen zu wirken, lehnte sie sich zurück und stützte sich auf ihren Ellenbogen, den Rock über den Knien. Sie knabberte an einem Scone. Wenn wir nur etwas Tee dabeihätten, dachte sie. Auf einmal öffnete Max eine Flasche weißen Bordeaux, setzte sie sich an die Lippen und trank. «Für dich ist er auf alle Fälle gut genug.» Er grinste und bot ihr die Flasche an. Leonora probierte den Wein – viel besser als Tee – und aß eine Erdbeere.

«Es gibt zwei Prinzipien», sagte Max. In seinem Rucksack hatte er ein Holzbrett dabei. Er breitete Blätter, Zweige, winzige Steine darüber aus. Dann legte er ein Stück Zeichenpapier darauf und befestigte es mit Klammern. Er schraffierte mit einem schräg gehaltenen Bleistift darüber, und die Dinge wurden als dunkle Linien sichtbar. Wie Träume, dachte Leonora, die den ganzen Tag über in einem Körper leben, in den Knochen der Handgelenke und Ellenbogen, in dem schwammartigen Gewebe von Leber und Lunge. Der logische Verstand weiß nichts von ihnen, und erst wenn man loslässt und sich dem Schlaf ergibt, wagen die Träume ihr Gesicht zu zeigen.

«Die beiden Prinzipien», sagte Max, «heißen Glück und

Intuition – was erscheint und was du darin erkennst. Du und ich könnten nach derselben Frottage arbeiten und zu vollkommen unterschiedlichen Szenen gelangen.»

«Frottage?» War das etwas, was sie seiner Meinung nach kennen musste? Ozenfant hatte ihnen nichts über Frottage beigebracht.

«Abreiben. So nenne ich das.» Max schüttelte die Steine und Blätter heraus und blies das überschüssige Blei weg. Im Sonnenlicht studierten sie das Bild gemeinsam, seine Hand warm auf ihrem Rücken, ein wunderbarer Druck. «Wie wenn man als Kind die Wolken betrachtete», erklärte er, und Leonora wusste, dass sie kein Kind war, nicht mehr. Sie saß nicht mehr an einem Pult und starrte aus dem Fenster in die Wolken und träumte von ihrem Leben. Sie war hier, mittendrin. Sie war mit Max Ernst zusammen und träumte auf eine neue Weise.

«Da ist eine Königin.» Sie fuhr den Umriss dessen, was sie erkannte, mit dem Finger nach. «Und hier ist ihr Elefant, siehst du? Sie reitet von ihrem Königreich fort, das hier ist.» Leonora berührte die Ecke der Seite. «Auf dem Hügel hinter ihr. Sie steht auf einer Klippe und überblickt die Wüste, die sie durchqueren wird. Sie kann nicht erkennen, wo sie herauskommen wird – da ist nur Weite, nur Wüste und Meer, und am Ufer liegt ein Schiff, das sie und den Elefanten erwartet.»

Max beugte sich weiter vor. «Ich würde so gerne sehen, wie du das malst.» Er küsste ihre Stirn, ein Augenlid, einen Wangenknochen, ein Ohr. Sie spürte ihr Herz in den Fingerspitzen pulsieren und legte sich die Hände in den Schoß. Halte stand, dachte sie. Bleib ruhig. «Zeigst du mir irgendwann einmal deine Arbeiten?»

«Irgendwann», erwiderte sie, auch wenn sie sich unmöglich vorstellen konnte, dass sie jemals gut genug malen würde.

Er legte seinen Kopf in ihren Schoß, und Leonora vergaß zu atmen. Sie streichelte seine gebräunte Stirn, die sich glatt anfühlte unter ihren Fingerspitzen. Langsam, dachte sie. Wir haben den ganzen Nachmittag Zeit. Sie fütterte ihn mit einem Bissen Erdbeere und steckte sich den Rest selbst in den Mund.

«Erzählst du mir eine Geschichte?», fragte er.

Sie schnippte die grünen Blätter der Erdbeere ins Gras, wo sie neben einem Pilz landeten. Früher hatte Leonora Geschichten aufgeschrieben, nicht nur laut gesprochen. Vielleicht wäre eine wahre Geschichte das Einfachste. «Willst du von der ersten Klosterschule hören, die mich rausgeworfen hat?»

«Unbedingt.»

«Als ich neun war, hat Vater mich zu den Nonnen vom Heiligen Grab verfrachtet», begann sie, «und ich habe diesen Ort gehasst. Eines Morgens während der Messe, ich ging gerade mit herausgestreckter Zunge auf den Priester zu und wartete darauf, dass er mir die Oblate des heiligen Abendmahls darauflegte, habe ich meinen Rock bis zur Taille hochgehoben. Ich trug keine Unterwäsche, und ich sah zu, wie der Priester rot wurde wie ein glühendes Stück Kohle und vor mir davonlief, ein schwabbeliger Mann mit Hängebacken. Da habe ich den Rock wieder fallen lassen, denn ich war mir sicher, dass ich gewonnen hatte.» Ein Lächeln breitete sich über Max' Gesicht aus. Sie hatte sich schon gedacht, dass ihm die rebellische Aufsässigkeit dieser Darbietung gefallen würde.

«Aber die Tage verstrichen, und nichts geschah. Der Priester reiste in eine neue Gemeinde ab, und ich saß bei den Nonnen fest. Sie konnten mich zwingen, an einem Pult zu sitzen, aber sie konnten mich nicht dazu zwingen, vorwärts zu schreiben, also tat ich es nicht. Stattdessen habe ich geübt, in Spiegelschrift rückwärts zu schreiben.» Leonora erzählte ihm, wie die Nonnen sie auf ihr Zimmer geschickt hatten. Erzählte ihm, wie man ihr befohlen hatte, den Satz «Ich werde nicht rückwärts schreiben» fünfzigmal zu Papier zu bringen, und wie sie stattdessen einen Brief an ihre Nanny in Spiegelschrift verfasst hatte, die diese ihr beigebracht hatte, und wie sie gehofft hatte, er würde sie auf magische Weise nach Hause transportieren. «Und als ich den Brief vor den Spiegel auf meiner Kommode hielt, bin ich verschwunden.»

«Verschwunden?»

«Im Spiegel, meine ich. Mein Bild verblasste, und dann konnte ich mich selbst nicht mehr sehen und fiel zu Boden», fuhr sie fort. «Mein Kopf fühlte sich so leicht an wie ein Blatt.»

Sie blickte auf ihn hinab. Max war still und verfolgte den Tanz des Sonnenlichts auf den Blättern. Es steckte natürlich noch mehr hinter der Geschichte, aber Leonora war sich nicht sicher, ob sie es ihm erzählen konnte. Es war eine eigenartige, unterirdische Bleibe; der Ort, an den sie ging, wenn sie fiel, während die Welt so tat, als sei sie nie weggegangen. Und wie sie mitten im Satz dort ankam, als sei sie irgendwie schon die ganze Zeit dort gewesen.

Max sah sie an, sah in sie hinein. «Und was ist dann passiert?»

Leonora lachte nervös auf und trank einen Schluck Wein. Sie hatte noch niemals versucht, über die Welt zu sprechen, die sie an jenem Tag in der Klosterschule betreten hatte, die Welt der Sidhe, und sie hatte jahrelang nicht mehr daran gedacht. Sie war sich nie sicher gewesen, ob diese Welt echt war oder nur ein lebhafter Traum. Es jemandem zu erzählen, selbst Mutter oder Nanny, hatte sich falsch angefühlt, als wollte man ein Pferd anleinen. Aber sie dachte, Max könnte es vielleicht verstehen.

«Ich fand mich in einer anderen Welt wieder. Aber sie war mir vertraut. Es war ein Ort, den ich kannte. Eine der Sidhe schwebte vor mir her und führte mich durch dieses unterirdische Labyrinth.»

«Die Sidhe?», fragte er.

«Kennst du die Geschichten nicht? Die Sidhe sind ein altes irisches Feenvolk, das Volk der Winzlinge. Sie sind unter die Erde gegangen, als die Christen erschienen. Aber manchmal steigen sie herauf und besuchen die Menschen. Diejenigen, deren Augen offen sind. Das hat mir zumindest Nanny so erklärt.» Leonora lachte, um sich selbst zu hören. Max' Gesicht war ausdruckslos. Sie hatte recht gehabt, die Geschichte war zu schwierig, um sie zu erzählen. Sie verlor sein Interesse. Es war wohl das Beste, wenn sie zum bewussten Teil der Geschichte zurückkehrte. Vielleicht würde sie Max den Rest berichten, wenn sie ihn besser kannte, denn irgendwie war sie sich sicher, dass sie ihn besser kennenlernen würde.

«Und dann bin ich zu mir gekommen. Da lag dieses Tuch über meiner Nase und meinem Mund. Es war mit etwas durchtränkt, und der Geruch war so scharf, dass ich meine Augen öffnete. Ich lag auf dem Bett. Ein Arzt zog das Tuch weg, und er und eine Nonne beugten sich über mich. ‹Gehirnerschütterung›, sagte der Arzt. Und ich erinnerte mich an die letzten Sätze, die ich geschrieben hatte. Mein Brief an Nanny war auf dem Fußboden gelandet. Es hatte nicht funktioniert. Ich war keine Hexe, bloß ein ungehorsames Kind. Die Schwester schüttelte den Kopf und meinte, ich sei ein hoffnungsloser Fall. Ich solle meine Sachen packen. Meine Nanny würde in einer Stunde da sein.»

Sie blickte wieder hinab. Max war da und nicht da. Er betrachtete die Blätter und war in sich selbst versunken, weit weg. Sie würde ihm nicht von ihrem Vater erzählen und davon, wie erbost er über diesen Rauswurf gewesen war und wie überraschend gut sich das angefühlt hatte – stark, als nähme er sie zum ersten Mal wahr. Nicht, weil sie seiner Vorstellung von einem ordentlichen Mädchen entsprochen hätte, sittsam und hübsch und mit einer Schleife im gebürsteten Haar, sondern weil sie ihm Ärger bereitete. Leonora hatte jedoch schreckliches Mitleid mit ihrer Mutter gehabt, wie sie da neben Vater stand und sich ein Haar nach dem anderen ausriss. Das Ploppen der sich lösenden Haarwurzeln hatte sie beruhigt, und die Mutter hatte weitergemacht und eine kahle Stelle über ihrem linken Ohr produziert – eine Stelle, die sie mit Haar bedeckte, Leonora aber zeigte, wenn sie ihr vor Augen führen wollte, was sie mit ihrem Verhalten bewirkt hatte.

Leonora biss in ihren Fingernagel und zog sich den schmalen Splitter mit den Zähnen ab. Max pflückte ihn zwischen ihren Lippen hervor und bog den halbmondförmigen Nagel zwischen seinen Fingern. Eine Pfütze aus Sonnenlicht klatschte auf sein Gesicht. Er strich ihr eine Haarsträhne hinters Ohr. «Und Nanny kam dich abholen?»

«Ja.»

Er griff nach oben, nahm eine Handvoll Haar in die Hand und zog sie zu sich herunter. Sie leistete keinen Widerstand. Sie konnte nicht. Sie lag auf ihm und küsste ihn richtig, ihr offener Mund fragte – was genau wollte er? Was auch immer es war, sie wusste, sie wollte es auch. Max schmeckte nach Erdbeeren und Wein, ein süßer Geschmack. Auf ihm passte sich ihr Herzschlag seinem langsameren an. Und dann lag er auf ihr. Sie spürte ihn durch seine Hose an ihrem Schenkel und bewegte sich nicht. Sie stellte sich Ursula vor, wie sie über ihnen stand und den Kopf schüttelte. *Man bekommt einen Mann nicht dazu, sich in einen zu verlieben, wenn man dem eigenen Verlangen nachgibt*, würde sie sagen. *Du musst dich wehren. Du musst ihn dazu bringen, dich so sehr zu wollen, dass er bereit ist, alles für dich zu opfern.* Aber das hier war Max, ein Mann, der zu wissen schien, was er wollte. Die Surrealisten hielten sich nicht zurück. Sie vertrauten auf ihr Bauchgefühl, ihre unbewussten Gelüste. Leonora wusste, sie gehörte zu ihnen, gehörte zu *ihm*. Sie und Max verstanden einander, sie verstanden, dass dieser Augenblick, diese Chance nicht noch einmal kommen würde. Sie atmete aus. Sie liebte das Gewicht seines Körpers und wie es sie auf die Erde drückte. Wie konnte sie etwas anderes sein als sie selbst? Und sie gehörte nun einmal nicht zur passiven Sorte, schlussfolgerte sie, fasste unter sein Hemd und zog ihre Nägel über seinen Rücken.

Max löste sich und richtete sich auf. Er setzte die Weinflasche an die Lippen und gab sie dann ihr. Leonora nahm einen großen Schluck. Max hielt ihren Fuß fest. Seine Finger zeichneten das Gewölbe nach und drückten zu. Seine Hand wanderte weiter zu ihrer Kniescheibe, ihrem Schenkel. Sie spürte, wie ihre Wangen brannten, wie ihr gesamter Körper brannte. Seine Fingerspitzen waren nun unter der Spitzenborte ihrer Unterwäsche. Max zog sie in einer einzigen flüssigen Bewegung bis zu ihren Knöcheln herab und über ihre Füße. Er schob ihr Knie zur Seite.

Leonora hatte noch niemals so stillgehalten.

Sie spürte, wie ein Fluss durch sie hindurchströmte, spürte, wie die Innenseite ihrer Schenkel von einer Brise gekühlt wurden.

Er betrachtete sie nur.

Sie hatte noch niemals tagsüber Sex gehabt, nur nachts, im Dunkeln. Und als Max sie nun anstarrte, konnte sie ihr eigenes Blut hören, eine heranflutende Gezeit, und sie empfand ihre Nacktheit als eine neue Art Macht. Max knöpfte das Oberteil ihres Kleides auf, streifte die Träger über ihre Schultern. Er nahm ihre Brust in die Hand, dann ihre andere Brust, und hielt sie einen Augenblick fest. Sie war sein Modell, wurde Leonora mit einem aufgeregten Schauer klar. Mit dem Bleistift in der Hand nahm er ein weiteres Blatt Papier, setzte sich zu ihren Füßen und zeichnete. Sie bewegte sich nicht.

Er blickte sie an, sah hinunter auf seine Zeichnung und wieder zu ihr. In diesem Augenblick war Leonora vollkommen im Besitz ihrer selbst. Sie spürte die Energie, die ekstatische Anziehung, welche die Luft zwischen ihr und Max auflud. Sie war sich sicher, wenn er ein Streichholz anzündete, würden sie beide in Flammen aufgehen. Seine Stimme war ein Flüstern. «Berühre dich.»

Da? Meinte er das wirklich? Leonora versteifte sich. Falls er das meinte, würde sie damit anfangen, wenn *sie* dafür bereit war.

Sie fuhr mit einer Hand leicht über ihre Brüste und ihr Kleid nach unten und ließ sie auf ihrem Schenkel liegen. «Da», sagte er und legte ihre Hand auf ihr Haarbüschel. Er zeichnete wieder, aber sie wusste, worum er bat. Ursula war es lustigerweise gewesen, die ihr davon erzählt hatte. Dass man diesen Teil von sich berühren kann, bis das

Kitzeln unerträglich wird und man nicht glaubt, es noch weiter aushalten zu können, und dann macht man weiter und die Welt stürzt ein, zersplittert, dreht sich, rollt wie eine große Welle ans Ufer und zieht sich wieder zurück. Leonora hatte es ausprobiert, als sie allein gewesen war, und festgestellt, dass Ursula recht hatte. Licht war durch ihr Knochenmark geschossen, und sie hatte dagelegen wie nach einem Stromschlag, entzündet, war über die Grenzen ihrer Haut hinausgeflogen.

Würde sie ihm geben, wonach er verlangte? Eine Explosion von Licht, hier im Wald? War dies überhaupt ein Wald? Die Gegend war ländlich, das stimmte, aber dieses Land gehörte jemandem, und nicht weit die Straße hinunter stand ein Haus, gleich hinter der Kurve. Konnte sie jemand sehen?

Max zeichnete und schaute sie ohne Entschuldigung an. Sie erwiderte den Blick. Seine feurigen, genau beobachtenden Augen standen eng zusammen und waren tief in ihren Höhlen verankert, und Leonora fragte sich, ob sie sich genauso schnell wieder zurückziehen würden, wie Schildkröten den Kopf in ihren Panzern verstecken konnten. Er blinzelte kaum. Aber unter dieser quecksilbrigen Unverfrorenheit steckte jemand Stilleres, Entrücktes. Da war, sie konnte es sehen, ein Junge – verloren und schrecklich allein.

Leonora tauchte einen Finger in die warme Feuchtigkeit und strich damit langsam über sich, auf und ab. Max verschwamm vor ihren Augen, kam ihr nun vor wie ein Teenager, schlaksig und verlegen, seine bewusste Lässigkeit nur ein Deckmantel. Seine Augen glommen. Er war lebendiger als jeder andere Mensch, den Leonora kannte. Und was er noch mehr wollte als Sex, war, sie zu beobachten, sie zu malen. Er wollte, dass ihr Rausch auf sein Blatt Papier schwappte. Und sie wollte das auch. Sie wollte, dass sein Blick sie erneuerte.

Auf der Decke in der Sonne fielen ihr die Augen zu. «Lass sie offen», flüsterte er. «Ich will dich sehen. Ich will dir dahin folgen, wo du hingehst.» Seine Stimme floss durch sie hindurch wie warmer Whiskey. Leonora legte sich zurück und hörte, wie sein Bleistift über das Papier kratzte. Sie betrachtete die zitternden Blätter über sich, betrachtete den Himmel, der weiß wurde und alles verschlang. Und plötzlich schrie sie auf. Es war ihr egal, ob jemand in dem Haus hinter der Kurve sie dabei vernahm.

Es war ihre erste Nacht ohne Max. Seit dem Picknick vor einer Woche waren sie unzertrennlich gewesen. Doch an diesem Abend saß Leonora im Dunkeln an ihrem Küchentisch. Ihr Rührei war gummiartig, aber es gelang ihr, es mit einem Schluck kalten Tee hinunterzuwürgen. Max aß mit einer Gruppe von Kunstsammlern zu Abend – nur Männer, erläuterte er, als wäre das vollkommen einleuchtend. Ihr Körper verzehrte sich nach ihm. Wie konnte sie ihn vermissen, wo er erst seit Stunden fort war?

Sie vermisste seinen sauberen, zitrusartigen Duft auf ihrer Haut, den Klang seiner Stimme, sein leises, beinahe unhörbares Lachen. Sie vermisste den Geruch seines Atems, diesen Duft nach Rauch und Moos, vermischt mit noch etwas Würzigem – waren es Nelken? Oder Zimt? Seit ihrem Picknick war Leonora nur in ihrer Wohnung gewesen, um sich umzuziehen und zu duschen, und nun kam ihr die Behausung winzig und muffig vor. Sie fragte sich, wie sie ohne das Gewicht seines Körpers neben ihr schlafen sollte. Sie dachte daran, wie sich ihre Gliedmaßen ineinander verwoben und wie sie ihn, wenn die Schrecken seiner Träume durch seine Venen peitschten und ihn zittern und stöhnen ließen, festhielt und besänftigend auf ihn einsprach, als wäre er ein Kind. Max wachte dann schweißgebadet auf. Wenn er sie am meisten brauchte, wurde sie ein Quell der Ruhe, stärker, als sie es sich jemals zugetraut hätte. Mehr.

Und dann war da die Art, wie er sie ansah. Wie sie in seinen Augen, die in der Lage waren, Magisches zu erkennen, zur Zauberin wurde. *Femme-sorcière* war der Begriff, den er benutzt hatte. Eine von Bretons Kategorien für Frauen, hatte er ihr erklärt. Sie bezogen sich allesamt auf die Weise, wie Frauen den Männern Musen sein konnten, begriff Leonora. Es gab auch noch die *femme-enfant*, die Kindfrau, die ihrem eigenen kindlichen Unbewussten noch so nah war, dass sie als Verbindung zwischen dem Künstler – dem Mann – und seiner eigenen künstlerischen Inspiration diente. Da sie erst zwanzig war, nahm Leonora an, dass Max auch das in ihr sah, aber sie hielt sich nicht damit auf. Sie würde die Frau sein, die sie in seinem Leben sein wollte.

Mit dem letzten Schluck Tee aß sie ihr Ei auf. Ihr fiel wieder ein, was sie ihm am Tag ihres Picknicks nicht hatte sagen können. Über die Zeit, als sie neun Jahre alt gewesen war und in der Klosterschule das Bewusstsein verloren hatte und die Sidhe sie mitnahmen in ihre unterirdischen Höhlen und sie in die Alchemie einführten. Sie hatten Leonora mit einer blassen Suppe aus Wurzeln und Rosenblättern gefüttert, um sicherzugehen, dass sie wiederkehren würde. Doch dann hatte Vater sie auf weitere Klosterschulen geschickt, auf Mädchenpensionate, eins nach dem anderen – und Leonora hatte diese erste, eigenartige Unterrichtsstunde vergessen, bis Max die eigentümlichen Rückstände davon in ihr gekostet hatte.

Femme-sorcière. Ihr gefiel der Klang.

Leonora wusch das Geschirr ab und machte sich daran, eine Leinwand – die Max ihr zu spannen geholfen hatte – mit Gesso zu grundieren. Sie wollte etwas malen, was sie ihm zeigen konnte. Ihre erste echte Arbeit. Sie reihte ihre Farbtuben auf, goss Terpentin in ein Glas. Dann hielt sie den Pinsel in der Hand und starrte auf die weiße Leinwand. Alles, was sie wollte, war mit offenen Augen zu träumen und zu malen, was sie sah. Und was sie erblickte, waren die Sidhe, die durch die blauen Wände ihres Kinderzimmers glitten wie durch Luft. Also malte sie ein blaues Zimmer. Sie war sich noch nicht sicher, wer darin wohnen sollte. Man muss erst die Bühne bauen, damit sich das Drama darauf entfalten kann.

Auf einmal vernahm sie ein Klopfen, laut und fest, und rührte sich nicht. Serge! Es musste Serge sein. Er hatte vor ein paar Tagen eine Notiz unter ihrer Tür hindurchgeschoben, auf der er sich erkundigte, ob es ihr besser gehe, und ankündigte, bald wieder vorbeizukommen. Wenn sie ganz still war, würde er dann vielleicht verschwinden? Aber da war es wieder – ein nachdrückliches Klopfen. Sie wischte sich die Farbe von den Händen. Sie wusste, sie musste die Beziehung zu ihm beenden, aber was sollte sie ihm sagen? Dass sie sich in Max Ernst verliebt hatte, einen verheirateten Mann? Ihr erster Geschmack von Freiheit, ihre Zeit allein in London wäre vorüber, bevor sie den Satz beendet hätte. Sie holte tief Luft und öffnete die Tür.

Serge hing fahl wie eine Kartoffel und zitternd im Türrahmen. «Du bist eine Hure.» Er spie das Wort aus, als wollte er, dass es klebenblieb. Eine *Hure*? Leonora war verblüfft. Sein starrer Blick nagelte sie auf den Boden. Er wusste es. Hatte er gesehen, wie Max sie auf dem Gehweg küsste? War er ihr gefolgt? Ahnte er, dass sie die Nacht mit dem Maler verbracht hatte? Sie hatte ihn verletzt, so viel war klar. Aber eine Hure?

Sie schluckte ihren Ärger hinunter und fragte sich, was sie jemals an diesem Mann gefunden hatte. «Serge, lass uns wie zivilisierte Menschen miteinander reden. Lass uns nicht alles ruinieren.» Er starrte in die Luft über ihrem Kopf – was eine Zurückweisung bedeutete, wurde ihr voller Hass klar – und stapfte die Treppenstufen hinauf.

Sie ging im Zimmer auf und ab. Wie konnte er es wagen, zu *ihrer* Wohnung zu kommen und ihr zu erklären, sie sei eine Hure! Wenn sie ehrlich zueinander sein wollten, gab es auch ein paar Dinge, die sie ihm zu sagen hatte. Zum Beispiel, was für ein Mann wohl mit dem Mädchen schlief, auf das er ein Auge haben sollte? Leonora spurtete die Treppe hinauf in den Regen, um ihn zu finden. Der Gehweg war nass und kalt an ihren Füßen, ihre Arme reagierten mit Gänsehaut. Sie stürmte die Straße hinauf und wieder hinunter, entdeckte ihn aber nicht. Sie blieb stehen, grub die Fingernägel in ihre Handflächen. Nächstes Mal würde sie bereit sein. Sie würde ihre Antwort auf Serge loslassen wie eine Peitsche.

Im Glasfenster eines Hutladens erhaschte sie einen Blick auf sich selbst unter einer Straßenlaterne. Ihr Spiegelbild überraschte sie. War dies dasselbe Mädchen, das noch vor wenigen Jahren am Hof von Georg V. in die Gesellschaft eingeführt worden war? Niemand, der sie betrachtete, würde etwas davon ahnen. Leonora trug ihre Malkleidung, die sie schon den ganzen Tag anhatte. Die Bluse rutschte ihr über die Schulter, der Rock war zerrissen, ihr langes Haar ungekämmt, bei Gott, sah sie grimmig aus. Und so stand sie hier in der Öffentlichkeit! Ein Paar mit schwankenden Regenschirmen war hinter ihr langsamer geworden, um sie ebenfalls anzusehen. Eine Frau, dachten sie wohl, die verrückt ist oder arm, oder eine Straßendirne, die bessere Tage gesehen hat. Leonora lachte, sie konnte es sich nicht verkneifen, und die Leute blickten weg und eilten die Straße hinunter davon. Ihr Vater hatte sich am meisten davor gefürchtet, dass sie zu der Sorte Frau wurde, zu der sie nun geworden war – eine unverheiratete Künstlerin. Das Schlimmste war angerichtet.

In ihrer Wohnung starrte sie das blaue Zimmer auf ihrem Gemälde an, und Serges Stimme bebte darin. *Hure.* Sie konnte die Furcht spüren, ihre wabbelige, geleeartige Substanz. Mit zusammengekniffenen Augen bemerkte sie, wie die Angst die Form eines reichverzierten höfischen Stuhls annahm, der einen Rock anhatte und hochhackige Schuhe an seinen winzigen Füßen und als Kissen eine glänzende, scharlachrote Zunge. Die Sorte Thron, auf der sie als Königin der Huren sitzen könnte. Sie würde Reitbekleidung tragen, die androgynsten Sachen, die sie besaß, und mit gespreizten Beinen dort sitzen – nicht mit überschlagenen wie eine Lady. Ihr Bauch und ihre Schenkel würden fraulich aussehen, voll und einladend, sodass der Betrachter Lust bekäme, das bisschen überschüssige Fleisch dort in ihrem Schritt zu packen. Dieser Teil ihres Körpers sollte aufreizend wirken. Und ihre schwarzen Schuhe wären hochhackig und geschnürt – eine größere, brutalere Version der Thronfüße. Sie würden den Betrachter an alle möglichen sexuellen Perversionen erinnern, an Dinge, die Schmerz beinhalteten, welcher einem von der

Frau zugefügt wurde, die diese Schuhe trug. Ja, dachte Leonora mit einer neuen furchtlosen Entschlossenheit. Sie stellte sich Serge vor, glühend vor Unterwürfigkeit, ekstatisch wie ein Wurm, und begann sofort mit der Arbeit.

Doch es gelang ihr nicht, ihre Sorge abzuschütteln. Wenn er Bescheid wusste, würde es bald auch ihr Vater wissen, falls er es nicht schon tat. Und was würde er tun? Wie lange noch würde sie frei sein?

Max, Juni 1940, Südfrankreich

Max springt von dem Seitengeländer aus in die Dunkelheit und in den Schlamm und den verschwommenen Nieselregen hinein. Er stolpert hinter den Schatten der Männer her, die im Zwielicht vor ihm verschwinden, und hört den entfernten rauen Ruf des Kommandanten. «Kommt zurück! Es ist noch nicht alles verloren!»

«Kommt zurück! Kommt zurück!», rufen die Männer einander zu, doch einige laufen weiter. Die Dämmerung löst die Umrisse ihrer Körper auf und radiert sie völlig aus. Wir sind Verdammte im Nazi-Land, aber der Zug ist auch nicht besser dran, denkt Max und klettert wieder an Bord. Inzwischen könnten die Nazis überall sein, aber wenigstens wird der Zug ihn nach Osten bringen, näher zu ihr.

Als der Waggon sich ruckartig wieder in Bewegung setzt, befinden sich weniger Männer darin, aber nicht so wenige, dass sie alle sitzen könnten. Sie werden diese Nacht auf dieselbe Weise ertragen, wie sie all die anderen Nächte ertragen haben. «Schließt die Tür!», ruft jemand.

«Lasst sie offen!», schreien zwei junge Österreicher.

«Nein!», sagt der Wissenschaftler unter ihnen. «Ich bin nicht bis hierher gekommen, um zu sterben.» Schwankend umklammert er seine Brille, denn sie zu verlieren bedeutet, wer weiß wie lange in einer nebulösen Welt leben zu müssen. Er reibt die Gläser mit seinem Hemd sauber und setzt die Brille behutsam wieder auf. Der arme Mann. Der arme *alte* Mann. Aber er kann auch nicht viel älter als fünfzig sein, und Max wird nächstes Jahr fünfzig. Was bedeutet, dass er ebenfalls alt ist und für sein Alter auf diesem verdammten und schönen Planeten nichts vorzuweisen hat – es sei denn, er schafft es zurück nach Saint-Martin, zurück in sein Heim mit den Skulpturen an den Wänden und Leonoras Gemälden auf den Schränken. Nichts hat er vorzuweisen, wenn er nicht alles, was er zu tragen vermag, aus diesem Haus holt und mit Leonora so weit vor den Nazis davonläuft, wie es ihnen möglich ist.

«Macht die Tür zu», flehen jetzt mehr Männer. Ein Handgemenge auf der anderen Seite des Waggons wird zur Rauferei, aber niemand brüllt, es müsse aufhören. Ihnen wird klar, dass die algerischen Wachleute fort sind.

Die Tür bleibt geöffnet, und die Nacht senkt sich mit einer grauen, verschwommenen Kälte. Eine Raserei aus Gestampfe und Zerstörungswut setzt ein. Das Gepäck, dessen Mitnahme die Männer im Camp des Milles so mühsam durchgesetzt haben und das so ordentlich wie möglich in einer Ecke des Waggons aufgestapelt gewesen ist, wird herumgeworfen und geöffnet. Der Inhalt der Koffer wird zu Boden gepfeffert und die Zuginsassen trampeln mit solch wilder Begeisterung darauf herum, dass Max sich an Dada erinnert fühlt, an die Wut, die die jungen Männer seiner Generation nach dem Weltkrieg empfunden haben. Die beiden Österreicher führen die Zerstörung an, zertrümmern ihre eigenen Koffer und machen dann mit denen der anderen weiter.

Sie verstehen es. Diese jungen Österreicher verstehen. Angesichts des Krieges gibt es keinen Platz mehr für Logik. Es gibt nur noch Anti-Logik. Das Verlangen, die Abläufe einer Welt zu zerschlagen, die solch zweckloses Gemetzel hervorgebracht hat. Max lächelt. Die Zerstörungswut der Männer ist ansteckend. Sie flößt ihm Hoffnung ein. Andererseits hat er auch kein Gepäck, das er verlieren könnte. Es ist einen Monat her, dass Max – zum zweiten Mal – in Handschellen aus dem Haus ins Camp des Milles verfrachtet wurde. Es war unmöglich, seine Sachen mitzunehmen. Die Nazis waren in Frankreich einmarschiert, und das Camp des Milles füllte sich täglich mit mehr «feindlichen Subjekten».

Der Wissenschaftler schreit auf. «Meine Brille, meine Brille!» Sie ist ihm vom Gesicht gestoßen und zertrampelt worden wie alles andere. Er hebt das verdrehte Metallgestell auf und schluchzt.

Dann wird er still. Sie alle sind still. Heulen nutzt nichts. Was kaputt ist, ist kaputt.

Die Nacht ist genauso schrecklich wie die vorangegangene, nur dass Hans Bellmer mit seinen leise geflüsterten, scherzhaften Bemerkungen nicht mehr da ist. Es gibt nichts, was die Dunkelheit aufhellen könnte. Max steht stundenlang, schwankt auf tauben Füßen hin und her.

In einem Tunnel kommt der Zug quietschend zum Stehen, und Max gerät zusammen mit den anderen stehenden Männern ins Wanken und stolpert auf die Sitzenden. Niemand verflucht sie dafür. Auf dem Hügel oberhalb des Zuges knattert eine motorisierte Kolonne über ihre Köpfe hinweg.

So bewegen sich die Nazis fort. Niemand atmet. Die Männer horchen.

Als das letzte Automobil vorübergefahren ist, schließen sie, ohne zu protestieren, die Tür, und der Zug dringt weiter in die Nacht vor, nach Osten. Stunde um Stunde hält der Geisterzug und fährt wieder an und hält erneut. Er zockelt über dieselben Felder, durch dieselben Städte wie zuvor, aber langsam. So langsam, dass sich in Max die Furcht ausbreitet, monströs und grenzenlos, sein Mädchen nicht mehr vorzufinden.

Wieso sind sie nicht weggegangen, bevor Frankreich in den Krieg eintrat? Leonora wollte es. Sie hat ihn angefleht. Es war spät im August. Freunde besuchten Saint-Martin auf ihrem Weg hinaus aus dem Land - Lee und Roland, die zum Hafen von Saint-Malo unterwegs waren, um sich per Fähre nach England bringen zu lassen, und Leonor Fini auf dem Weg nach Monte Carlo. Sie bestanden darauf, dass Max den Blick lang genug von seiner Kunst hob, um eine Zeitung zu lesen. Deutschland hatte im Frühjahr die Tschechoslowakei besetzt und Großbritannien mit der Einberufung begonnen. Natürlich wusste er von alledem. Aber das sommerliche Licht in seinem Atelier in der alten Kirche war perfekt - kräftig und sauber. Er war mitten bei der Arbeit an einem großen Gemälde. Eine Waldszene, *Ein Moment der Ruhe* hatte er es genannt. Vielleicht war es das Gemälde selbst, das ihm nicht gestattete wegzusehen. Glaubte er, es würde sie beide retten? Dass der Moment der Ruhe so lange andauerte, wie er daran malte?

Egal, wie oft Max sich diese Frage stellt, er kann die Tatsachen nicht mehr ändern. Er hat sich geweigert, auf die Vernunft zu hören. Er und Leonora hatten sich ein Heim gebaut, die Löcher in den alten Steinmauern geflickt, aus

Trauben Wein gemacht, und dieses Leben war zu schön, um ihm den Rücken zuzukehren. Wie soll jemand – das begreift Max noch immer nicht – willentlich ein idyllisches Leben hinter sich lassen? Näher war er der Vollkommenheit nie gekommen. Und dann wurde aus dem August September, und innerhalb einer Woche nahmen die Nazis Polen ein, erklärten Großbritannien und Frankreich Deutschland den Krieg, und er war ein feindlicher Ausländer.

Max saugt den Regen aus seinem schmutzigen Hemd, aber sein Mund besteht aus Staub, sein schierer Durst ist schrecklich. Und doch schließt er, als er mit Sitzen an der Reihe ist, die Augen, und aus den Mustern hinter seinen Lidern, den pulsierenden Prismen, wird ein Wald, urzeitlich, mit riesigen Sukkulenten und Farnen, den er erkundet. Während er durch die Geometrie der Schatten wandert und das Knurren halb versteckter Tiere vernimmt, die stöhnende Wut der Pflanzen, begreift Max, dass er sich in seinem eigenen Gemälde befindet – der von Angst durchlöcherte Moment der Ruhe. Er kann die Tiere hören, und die Pflanzen rücken näher auf ihn zu. Er hält ganz still, denn er ist umzingelt. Max weiß, sie beobachten ihn, diese tierischen Vorahnungen, diese Manifestationen seiner Furcht.

Natürlich hatte er sich gefürchtet. Natürlich. Und jetzt ist er müde. So müde.

Die Muster hinter seinen Augenlidern verändern sich und wechseln die Farbe, verwandeln sich in das durch die Ahornblätter fallende Sonnenlicht des ersten Nachmittags mit Leonora. Damals auf dem Land in England, bei ihrem Picknick aus Erdbeeren und Scones und Wein. Max ist allein mit dem Mädchen, dem zu begegnen er sein ganzes Leben gewartet hat. Sie ist zu schön, als dass man sie betrachten könnte, ohne zu starren, also beobachtet er, wie eine Brise durch die Blätter über ihm streicht, das helle Kadmiumgelb und Viridiangrün und all die Schattierungen dazwischen. Sie erzählt ihm eine Geschichte, und der Klang ihrer Stimme, der gelassene Rhythmus ihrer Worte ist wie das beständige, silbrige Lied eines Flusses, jung und uralt zugleich.

Vor dem großen Krieg lebte einmal ein Junge, sagt sie, und er begreift, dass die Geschichte, die Leonora erzählt, diesmal nicht ihre ist, sondern seine. Während er die changierenden Juwelen aus Licht beobachtet, hört er zu und erinnert sich an *den Jungen, der so nah am Waldrand lebte, dass er die Bäume im Wind murmeln hörte, wenn er vor dem Einschlafen im Bett lag. Am Tag wanderte er manchmal vom Haus hinein in den Schatten der Bäume, um mit den Eichhörnchen Verstecken zu spielen, während die Vögel einander in den Baumkronen zuzwitscherten. Ihr Lied bedeutete «hallo» und «Ich liebe dich» und «ja», das wusste er.*

Eines Mittwochs im Herbst wusch seine Mutter ihn in der Wanne in der Küche. Sie wollte sein Haar waschen, wie sie es jeden Mittwoch tat, aber als sie sich bückte, um die Seife zu nehmen, entschlüpfte er ihrem Griff und rannte tropfnass aus der Tür in den Wald hinein, wo er sich mit Blättern überhäufte. Obwohl er die Rufe seiner Mutter vernahm, antwortete er nicht. Sie schickte seine drei Brüder und drei Schwestern aus, um nach ihm zu suchen, aber sie kamen nicht auf die Idee, unter den Blättern nachzusehen. Als es Zeit zum Mittagessen war, kehrten sie zum Haus zurück, denn sie konnten das Brathähnchen riechen und waren hungrig.

Der Junge schüttelte die Blätter ab und folgte einem Pfad, den er noch nie zuvor entdeckt hatte, da er noch niemals so tief in den Wald vorgedrungen war. Er konnte sein Zuhause nicht mehr erkennen, nur noch Bäume in allen Richtungen. Der Pfad aus zertretenen Blättern war weich, ein brauner, orangefarbener und gelber Teppich, der sich zwischen den Stämmen der ihn schützenden Riesen hindurchschlängelte. Die Vögel riefen zu ihm hinab: «Wo, wo?»

«Ich weiß es nicht», antwortete er ihnen, «ich folge diesem Pfad, weil er wegführt von zu Hause, wo sie mir sagen, was ich tun muss, wo ich mit geschlossenem Mund dasitzen und zuhören, wo ich meine Haare waschen muss, weil Mittwoch ist.» Und er überlegte, wie es wohl war, ein Vogel zu sein, frei zu sein, aber als er sie danach fragte, erwiderten sie bloß «ja, ja». Während der Junge weiterlief, stellte er sich vor, wie seine Arme zu Flügeln wurden. Er malte sich aus, wie der Wind unter sein volles Federkleid fuhr und seine Füße vom Boden abhoben. Er kletterte ganz nach oben auf einen Felsbrocken und stellte sich an den Rand, schloss die Augen, streckte die Arme aus, und als er seine Füße nicht mehr spürte und sich sicher war, dass er von dem Felsen abgehoben hatte, sah er hin.

Vor ihm hatten sich Menschen versammelt. Ein Mann hielt ein Kreuz in der Hand, das so groß war wie der Junge. Sie knieten vor ihm, die Handflächen aneinandergedrückt, und flüsterten. «Ist er es? Kann das sein?»

«Ja», sagte eine Frau, «der kleine Jesus.» Und sie kletterte hinauf zu dem Jungen, trug ihn nach unten und wickelte ihn in ihren weißen Schal.

Die Menschen schritten den Pfad entlang in die Stadt hinein, und der Junge mit seinen blonden Locken und blauen Augen war der in Windeln gewickelte kleine Jesus, der von zwei Männern in langen weißen Roben hochgehalten wurde. Der Junge lachte über ihren Irrtum, aber es gefiel ihm auf seinem Hochsitz, und so blieb er ganz still, während die Leute in der Stadt zu ihm hochblickten und auf ihn zeigten. Da sonst stets seine Brüder und Schwestern um ihn waren, war er nie einzigartig, nie für sich, und als er nun die Hand hob und die Menschen unter ihm segnete, wusste der Junge, dass er nie mehr einer von vielen sein würde, oder wenn er es doch war, würde er sich nur so geben.

Als sie jedoch an der Kirche ankamen und die Männer ihn absetzten, rannte er davon, als gerade keiner hinschaute. Jesus wurde ans Kreuz genagelt, und es war zwar schön, angebetet zu werden, aber sterben wollte der Junge noch nicht. In der Stadt setzte ihn ein Polizist auf sein Pferd und brachte ihn nach Hause zu seiner Mutter mit den roten, nassen Augen und Wangen, und zu seinem Vater, dessen Gesicht verkniffen und hart war.

Als sein Vater die Hand hob, um ihn zur Strafe dafür, dass er davongelaufen war, zu schlagen, rief der Junge: «Aber ich bin doch der kleine Jesus!» Und anstatt ihn zu schlagen, wie er es vorgehabt hatte, hob sein Vater ihn auf einen hölzernen Stuhl, der so groß war, dass er dem Jungen wie ein Thron vorkam, gab ihm ein Kreuz in die Hand und malte ihn als kleinen Jesus. Während sein Vater arbeitete und immer wieder zwischen ihm und der Leinwand hin- und herblickte, hatte der Junge das Gefühl, von seinem Vater zum ersten Mal gesehen zu werden, und er wusste, dass dieses Hinsehen «hallo» und «Ich liebe dich» und «ja» bedeutete.

Leonora,
Juni 1937,
Lambe Creek, England

Am nächsten Nachmittag nippte Ursula im luftigen Speisesaal des Savoy an ihrem Tee. Das Sonnenlicht umgab ihren losen Haarknoten mit einem Glorienschein. Ihre Freundin Catherine hatte sich zu ihnen gesellt. Sie trug eine Bluse mit aufgekrempelten Ärmeln und Hosen und strahlte die Unabhängigkeit und das Selbstbewusstsein einer Frau aus, die eine Zeitlang alleine gelebt hat. Sie war aus Paris zu Besuch hier, eine Stadt, die, wie sie sagte, für Künstler der Himmel war, ein Ort, an dem Frauen so leben konnten, wie sie mochten. Catherine hatte ein scharfgeschnittenes Gesicht und wachsame Augen. Mit lässigem Lächeln rauchte sie einen Zigarillo, als wäre sie eine der Frauen von Leonoras Zeichnung, die zum Leben erweckt worden war.

Ursula biss in eines der winzigen Gurkensandwiches. «Ich habe ihr alles über Max erzählt», erklärte sie Leonora. «Ich hoffe, es macht dir nichts aus.»

Leonora goss Sahne in ihren dampfenden Tee und rührte wie immer ein Stück Zucker hinein. «Wieso sollte es mir etwas ausmachen?»

Catherine knackte mit ihrem Kieferknochen und blies perfekte Rauchringe über ihre Köpfe. «Max hat einen gewissen Ruf, immer mehr als nur eine Frau gleichzeitig. Sei vorsichtig, das ist alles.»

Leonora zuckte mit den Schultern. Sie würde sich nicht beunruhigen lassen. Noch nicht. Und wo steckte Max überhaupt? Er und Roland waren bereits eine Stunde zu spät.

In diesem Augenblick eilte Roland auf sie zu. Schwitzend nahm er seine Melone ab. «Planänderung.»

Leonora konnte ihren Herzschlag in den Fingerspitzen und bis in die Zehen spüren. «Was ist passiert?»

«Kommt mit. Max ist im Wagen. Ich erkläre es euch, wenn wir unterwegs sind.»

Roland öffnete die hintere Tür des Bentley, und da saß Max und lächelte, als sei alles in bester Ordnung. Leonora zog den Kopf ein und glitt neben ihn, und er nahm ihre Hand und küsste sie. Als Roland auf dem Beifahrersitz Platz genommen hatte, fuhr sein Chauffeur vom Randstein los. Roland wandte sich zu ihr um. «Dein Vater ...» Das Wort schnitt durch Leonora hindurch, und sie spürte, wie sie sich gegen ihre Furcht verhärtete. Ihr Vater verschwendete keine Zeit. Er hatte etwas Hinterhältiges, etwas Schreckliches getan. «Seine Kontakte in der Regierung», fuhr Roland fort. Bei dem Wort *Regierung* richtete sich Max auf. Seine Hand zitterte, als er sich eine Zigarette anzündete. «Sie sagen, Max' Arbeit sei das Ergebnis eines unmoralischen Geistes. Ein schlechter Einfluss auf die guten Menschen von London.»

«Das ist verrückt.» Max lachte leise, aber Leonora nahm das Stocken in seiner Kehle wahr, als sei eine winzige Spinne hineingefallen.

«Die Polizei kam zur Kunstgalerie, auf der Suche nach

Max. Sie haben die Ausstellung geschlossen. Wenn sie ihn erwischen, werfen sie ihn ins Gefängnis. Er muss London verlassen.»

«Mon dieu.» Max zog Leonora auf seinen Schoß. «Ich werde euch vermissen.»

«Ich habe eine Idee!», rief Roland. «Ihr zieht ins Haus meines Bruders in Lambe Creek! Ihr beide! Lee ist bereits da, auch Man Ray und seine Freundin Ady, Nusch und Paul werden täglich erwartet, genauso Eileen Agar und Joseph Bard. Je mehr, desto besser! Alle bleiben zwei Wochen. Es gibt Wälder und einen Priel. Es wird absolut heidnisch werden! Wir fahren noch heute Nachmittag.»

Max vergrub sein Gesicht in Leonoras Haar und roch daran. «Was meinst du dazu?»

Zwei Wochen mit Max und den Surrealisten? Der Gedanke entzückte sie und machte ihr Angst. Wenn Vater davon Wind bekam, wer wusste, wozu er dann fähig war? Aber welche Wahl ließ er ihr? Leonora fiel ein, was für ein Wrack sie am Vorabend gewesen war, kaum in der Lage, allein zu sein, nachdem sie mit Max lediglich eine Woche verbracht hatte. Wenn sie zwei Wochen zusammen wären, würde sie dann noch ohne ihn leben können? Doch hier saß er und hielt sie fest. Seine Augen waren fragend geweitet und so blau wie Schmetterlingsflügel. Zwei Wochen mit Max.

«Ja», sagte sie. «Warum nicht?»

Es war Leonora immer egal gewesen, was Frauen von ihr dachten. Das galt für die Mädchen in den Pensionaten genauso wie für die Debütantinnen. Aber mit den Frauen in Lambe Creek war es etwas anderes. Lee strahlte eine

Unabhängigkeit aus, nach der Leonora ebenfalls strebte. Paul Éluards neue Frau Nusch und Man Rays Freundin Ady, eine dunkelhäutige Tänzerin aus der Karibik, waren so schön, dass sie sich daneben gewöhnlich vorkam. Sahen die anderen Frauen sie an, geriet Leonora ins Stocken, so schüchtern und nervös war sie plötzlich. Doch bald wurde ihr klar, dass jeder jeden betrachtete und die beharrlichen Blicke bedeuteten, dass es nichts zu verbergen gäbe. Das Leben war eine Aneinanderreihung von Scherzen, je absurder, desto besser.

«Mir ist es recht, dass alles in mir drin ist, die Teile für Orgasmen und alles Weitere», sagte Nusch auf Französisch. «Worum ich die Männer beneide, ist, mit angezogener Hose pinkeln zu können. Könnt ihr euch das vorstellen?»

«Tja», meinte Lee. Sie sprach englisch und wandte lediglich ihre Augen Leonora zu. Es waren distanzierte Augen, kühl und neugierig, und Leonora spürte, wie ihr Gesicht unter Lees Blick heiß wurde. «Ich bin froh, dass du keine Hoden hast, Leonora, sonst müsste ich dich verführen.»

In der Nachmittagssonne lagen sie nackt auf einer Decke ausgestreckt, und Leonoras Brüste schimmerten rosa. Sie rollte sich auf den Bauch und war sich nicht sicher, was sie darauf antworten sollte. Mit ihren kleinen, hohen Brüsten und dem Schopf dunkelblonder Haare zwischen den Beinen gab Lee eine perfekte Venus ab. Doch ihre Ellenbogen waren rau, trotzig. Lee biss eine grüne Traube halb durch und fütterte Leonora mit dem Rest. Leonora spürte, wie ihr ganzer Körper errötete, und aß die Traube, die ein wenig sauer war. Da wurde sie eine von ihnen. Eine der wenigen Erwählten.

Nusch war mit einer Traube in den Händen eingeschlafen. Sie besaß diese wundervolle Fähigkeit, überall und zu jeder Zeit ein Nickerchen zu halten – vielleicht stammte diese Gabe aus ihrer Zeit als Helferin eines Hypnotiseurs. Nusch stammte aus einer Zirkusfamilie, hatte Max erzählt. Ihr Vater hatte sie in Ketten gelegt, und Nusch war ihnen mit solcher Mühelosigkeit entschlüpft, dass das Publikum ganz verwirrt gewesen war. Mit ihren zurückgebundenen blonden Locken und der hohen, glatten, von der Sonne golden gefärbten Stirn wirkte sie wie ein selbstvergessenes und sorgloses Kind. Leonora konnte verstehen, warum sie Man Rays berühmtestes Modell war – nach Lee.

Die wickelte sich ihre orientalische Robe um den Körper und band sie an der Taille zu. «Ich habe eine Idee.»

Nusch öffnete die Augen. «Ja?»

Lee erklärte ihnen, sie sollten sich wie zum Tee im Ritz anziehen. Also liefen die Frauen auf ihre Zimmer und kamen in Wolljacken und Röcken wieder heraus. Ady gesellte sich in einem von Lees durchgeknöpften Kleidern zu ihnen, dessen blassgelber Stoff eindrucksvoll ihre bräunliche Hautfarbe hervorhob. Lee bepuderte ihre Gesichter mit Make-up – Lidschatten, Rouge, durchscheinendem Puder.

Sie arrangierte die Frauen auf der Terrasse, eng aneinandergerückt in Liegestühlen. Leonoras Arm lag auf Nuschs Bein, Adys dünne, dunkle Hand berührte Nuschs kleine Locken. Nusch lachte ein zwitscherndes Lachen, das die anderen ansteckte. Und dann glitt Lee in das Arrangement, und alle setzten sich zurecht. Lee und Nusch hielten Untertassen, auf denen die Mokkatässchen zierlich und schicklich balancierten.

Roland hatte den Fotoapparat in der Hand und war in Ehrfurcht vor Lee erstarrt, vollkommen verzückt, als habe man ihn in Rotwein getunkt.

«Und jetzt schließt alle eure Augen», sagte Lee. «Und schlaft.»

Roland war es, der auf den Auslöser drückte, aber das Ganze war Lees Idee. Mitten auf einer Teegesellschaft, mitten im Satz waren die Frauen eingeschlafen. Durch Rolands Linse, mit geschlossenen Augen, waren sie Träumerinnen und Gegenstand der Träume zugleich.

An diesem Abend tanzten sie unter dem Mond in der satten geschmeidigen Luft. *Pa-pum, pa-pum, pa-pum.* Max schlug eine Handtrommel, und alle wirbelten zu ihrem Rhythmus. Als befänden sie sich in einem Herzen, das sie alle umschloss, als wären sie ein Volksstamm. Leonora war gefangen im Takt der Trommel, bewegte mit offenem, wildem Haar die Hüften, wie sie es sich nie zuvor getraut hatte. Sie drehte sich, stampfte mit nackten Füßen auf den Steinboden der Terrasse und vergaß, wie sie in den Augen eines anderen wohl aussah, selbst Max, der sie bobachtete und grinste, ignorierte sie. Am Rand der Terrasse waren Champagnerflaschen aufgereiht. Leonora ergriff eine davon und trank den Rest aus. In Nuschs transparentem Kleid fing sich das Mondlicht. Ein smaragdgrüner Skarabäus steckte in ihrem Haar und glänzte. Paul schwang sie in seinen Armen hierhin und dorthin, doch sie ließ es aussehen, als sei das alles ihre Idee.

Eileen Agar und ihr Gefährte Joseph Bart waren erst an diesem Abend eingetroffen und fanden einen Weg, zu dem Rhythmus einen Walzer zu tanzen. Eileen hatte einen jungenhaften Körper, war dünn und trug eine Krawatte mit Hemd und Hose. Mit achtunddreißig war sie die älteste der Frauen, und Leonora fand sie gehemmt, bis Eileen ihre Krawatte und das Hemd und die Hose abstreifte und nur in BH und Höschen tanzte. Mit einer einzigen

Bewegung nahm Paul ihre Hand und zog sie an sich, während er gleichzeitig Nusch von sich wegschwang. Joseph mit seinem dunklen, welligen Haar fing Nusch mit einem Lächeln auf. Sie alle lachten. Nusch flüsterte Joseph etwas ins Ohr und führte ihn an der Hand in den Wald hinein.

Leonora hatte noch nie dergleichen erlebt. Nusch schien die Situation recht zu sein. Mehr als recht. Sie schien beinahe ein wenig zu fliegen, als sie Joseph wegführte. Leonora überlegte, was wäre, wenn Max *sie* zeitweise einem anderen Mann gäbe, sie an Roland oder Man Ray ausliehe. Würde sie es tun, weil sie Max liebte und es das war, was er wollte? Würde sie es wollen, weil er es wollte? Sie sah zu, wie Paul und Eileen sich küssten, und ihr Magen verkrampfte sich mit puritanischem Zucken. Den Zug musste sie wohl von der Familie ihres Vaters geerbt haben. Ich sollte offener sein, dachte sie, freier, aber ihr war übel.

Man Ray löste Max an der Trommel ab, und Max stand auf, dehnte sich und schloss Leonora in die Arme. Er hatte ihr davon erzählt, dass Paul seine Frau an die Männer auslieh, die er am meisten bewunderte, eine *Hommage* nannte er das. Als nun Leonoras Wange an Max' nackter, salziger Brust lag, umarmte sie ihn fest. Sie drehte die Frage in ihrem Kopf um. Wenn sie Max wegen ihres großen Respekts für die Königin der Surrealisten als Hommage an Lee geben würde, auch weil sie selbst Roland haben wollte, wenn die Frauen ihre Männer teilten, als wären sie schwarze Chanel-Kleider, bei denen eine Größe allen passte, leicht austauschbar, wie würden *sie* reagieren?

Leonora war sich nicht sicher, dass Paul es gut aufnehmen würde, wenn Nusch *ihn* verleihen würde.

Max zog sie enger an sich und schloss fest die Arme um sie. Er drückte seine Lippen auf ihre Stirn, und sie entspannte sich. Er würde sie nicht gehen lassen, jedenfalls noch nicht so bald.

In der heißen, schwülen Nacht liebten sie einander im Bett mit neuer Hingabe. Max bewegte sich in und über ihr wie Wasser, ein fließendes Gewicht, das jeden Millimeter von ihr mit sich riss, und Leonora vergaß den Knoten in ihrem Magen. Aber danach war er wieder da, unter ihrem sich beruhigenden Herzschlag. Wenn sie an Nuschs Stelle wäre, was würde sie tun? Das Laken war um sie herumgewickelt, und sie zog es sich vom Leib und strampelte sich frei. Sie wandte sich zu Max um und fragte, was *er* darüber dachte – über Paul und Eileen, Nusch und Joseph und ihren mühelosen Partnertausch.

Mondlicht fiel auf sein sonnengebräuntes Gesicht, ein Schatten verwischte die geschwungene Linie seiner Lippen. Er seufzte. «Paul und ich haben uns seine Frau geteilt, Gala – jetzt ist sie Dalís Frau. In den Zwanzigern haben wir drei Jahre lang zusammengelebt.» Max sprach leise, mit der stillen Verträumtheit einer Erinnerung aus ferner Vergangenheit. «Am Anfang war es ganz leicht. Es hat sich angefühlt wie ein Spiel. Wir arbeiteten zusammen. Ich illustrierte Pauls Gedichte mit Collagen, und Paul mochte mich so gern, dass er alles mit mir teilen wollte, das er besaß, auch Gala. Er erwartete nicht, dass ich mich in sie verlieben würde, dass ich Lou, meine Frau, und unseren zweijährigen Sohn Jimmy in Deutschland zurücklassen und ihm und Gala nach Paris folgen würde, um mit ihnen zusammenzuleben und auf unbestimmte Zeit ihr Bett zu teilen. Eine Zeitlang war es für Paul in Ordnung. Und dann eines Tages plötzlich nicht mehr.»

Überrascht legte Leonora sich auf den Rücken und starrte an die Decke, ein leeres, weißes Feld. Es gab so vieles, was sie über ihn nicht wusste. Max hatte seine erste Frau verlassen, als ihr Sohn erst zwei gewesen war? Wie hatte sich Lou dabei gefühlt? Wie hatte sie überlebt? Leonora hatte die Stimme ihres Vaters im Ohr. Was für ein Mann tut so etwas? Entzieht sich seiner Verantwortung, nur weil er frei sein möchte?

Max nahm ihre Hand und verflocht seine Finger mit ihren. Die Vergangenheit war die Vergangenheit. Hatte er nicht einfach getan, was er tun musste? Wer war sie, ihn zu beurteilen? «Paul hat eine lange Schiffsreise nach Saigon unternommen», sagte Max. «Und Gala und ich haben ihn dort getroffen.» Eine Weile war er still, ordnete die Einzelheiten, wie Leonora annahm. Doch er behielt sie für sich. «Die beiden sind nach Paris zurückgekehrt», fuhr er schließlich fort. «Und ich kam zehn Tage später nach. Das war das Ende. Gala und Paul waren zusammen, und Paul und ich sind Freunde geblieben.» Seine Augen glänzten – vor Liebe zu Gala, immer noch?

«Ich hätte ihn verlieren können», sagte er, «über eine so belanglose Sache wie eine Frau.»

Zorn wallte in Leonora auf. Eine so belanglose Sache wie eine Frau? Jetzt war ihr wirklich übel. Sie kannte Max nicht, und sie wollte ihn auch nicht kennenlernen. Es war alles ein Fehler gewesen. Sie musste Ursula anrufen, die würde einen Wagen schicken. Sie würde ihren Koffer packen und zu Fuß aufbrechen, den Wagen auf der Straße abpassen. Max sollte zur Hölle gehen. Leonora stand auf, zog eine Hose aus dem Schrank, eine Bluse, ihren Koffer. Und dann war er hinter ihr, zog sie zum Bett.

«Was habe ich gesagt? Ich wollte nicht ...»

«Was?» Sie war zu laut für die Uhrzeit. Die anderen mit ihren so einfach zu vermischenden Partnerschaften schliefen in den angrenzenden Zimmern. Seine Hand lag auf ihrem Mund, und Leonora biss zu, fest. Beinahe sofort bereute sie, was sie getan hatte.

Er zuckte nicht zurück. Stattdessen stand er einfach vom Bett auf. Panik durchfuhr sie, als sie dachte, *er* würde nun gehen. Jeder andere, den sie gebissen hätte, wäre mit ihr fertig. Aber Max ließ sich auf der anderen Bettseite wieder nieder, sodass sie einander gegenüberlagen. «Ich wollte damit nicht ausdrücken, dass Frauen belanglos sind. Ich meinte ...»

«Ja?»

«Es gibt unterschiedliche Arten von Liebe. Ich liebe Paul. Gala hat mich fasziniert. Sie war meine Muse.»

Und was bin ich?, fragte Leonora sich und wandte sich von ihm ab, damit er ihr verschwitztes Gesicht und ihre Tränen nicht sah. Max hielt sie fester und strich ihr mit kühler Handfläche das Haar aus der Stirn. Mit leiser, gleichmäßiger Stimme sprach er in ihr Ohr. «Ich war von unserem wunderschönen Experiment der Freiheit so absorbiert, dass ich seinen Schmerz nicht erkennen konnte.»

Der Sonntag kam, und die Bienen waren äußerst beschäftigt und kümmerten sich darum, dass jede Malve, jede Schlüsselblume geküsst wurde. Barfuß lief Leonora den Trampelpfad zum Bach hinunter. Seit sie in Lambe Creek eingetroffen waren, erwartete sie jeden Tag, ihren Vater oder einen seiner Männer mit der Polizei vor der Tür stehen zu sehen, um Max ins Gefängnis zu befördern und sie selbst nach Hause. Doch sie war schon eine Woche hier, und es war nichts passiert. Ganz sicher würde ihr Vater ihr seine finanzielle Unterstützung entziehen. Und er würde niemals zustimmen, sie in London leben zu lassen, nicht nach alledem, aber wohin sollte sie gehen, und wie? Max hatte kein Wort darüber verloren, was nach Lambe Creek geschehen könnte, aber für den Augenblick reichte ihr das. Es war mehr als genug.

Sie hörte den Bach, bevor sie ihn erreichte. Ohne Umstände hob Leonora den Rock und watete hinein – das Wasser war kalt und klar. Die Sonne schien bis auf den sandigen Boden hinunter. Vögel zwitscherten und flitzten von Baumkrone zu Baumkrone, und der Bach sang. Sie beobachtete, wie kleine schwarze Fischchen an ihren Waden vorbeischwammen. In dem Schlamm spreizte Leonora die Zehen und stellte sich vor, sie wäre ein Baum, wie sie es als kleines Mädchen in den Wäldern um ihr Elternhaus getan hatte. Sie spürte, wie ihre Wurzeln in die Erde vordrangen, wie ihre Arme, ihre Hände und ihr Kopf sich in den Himmel streckten wie Äste. Ihr Gesicht hob sich zur Sonne. Sie war noch immer dieses Mädchen, wurde ihr vergnügt klar, nur musste sie nun nicht mehr aus den Wäldern zurückkommen, wenn sie das nicht wollte. Sie würde einen Weg finden, frei zu bleiben. Vielleicht würde sie nach Paris ziehen, selbst wenn Max sie nicht darum bat. Obwohl es besser wäre, viel besser, wenn er es täte.

Auf dem Rückweg zum Haus aß sie Brombeeren zum Frühstück. Ein Zweig verhakte sich in ihr Handgelenk, und zwei winzige Blutstropfen rannen ihren Arm hinunter. Ihre Hände quollen vor Beeren über, deren dunkler Saft sich mit dem Blut vermengte. Leonora leckte daran – süß und salzig, ein wenig Eisen, vermengt mit den sauren Tränen vom Busch gerissener Früchte. Sie wollte all das schmecken.

Später am Vormittag weilten Lee und Eileen in der Küche und bereiteten Hühnchensalat zum Mittagessen zu. Sie schrien durcheinander und brachen vor Lachen zusammen. «Aber Paul?» Lee rang nach Luft und blickte aus dem Fenster auf die Terrasse, wo Paul und Joseph zusammen Schach spielten. «Verglichen mit Joe ist er wirklich keine Schönheit.»

«Aber hast du seine Hände betrachtet, ich meine, richtig *betrachtet*? Die langen, dünnen Dinger. Die Hände eines Dichters. Ziemlich beweglich, das sage ich dir.»

Leonora zögerte, sie wollte sich den beiden anschließen, wusste aber nicht, wie. Da die Tür zur Dunkelkammer offen stand, schlüpfte sie hinein. Es war eigentlich eine Vorratskammer, aber nun standen Zuber voller Chemikalien neben den Dosen mit Bohnen und den Pfirsichgläsern. In der abgestandenen Luft hingen Fotos von einer Schnur herab. Da war die Teegesellschaft schlafender Frauen und daneben eines, das Man gemacht haben musste. Ady und Nusch, nackt, ihre Brüste und Lippen berührten sich beinahe. Leonora hatte noch nie etwas so Schönes, so Aufgeladenes gesehen. In der Klosterschule hatten die Mädchen die Augen geschlossen und Küssen geübt, aber ihre Küsse fielen unbeholfen aus und mündeten in Gelächter. Hiermit waren sie nicht zu vergleichen.

Und da war ein Foto, das Lee von Max und ihr geschossen hatte, als sie sich küssten. Leonora nahm es genauer in Augenschein. Sie wollte wissen, zu wem sie geworden war. Tropfnass vom Bach, trug sie kein Oberteil. Max hatte Wasseralgen um sich drapiert, was ihn kreatürlich, mythisch wirken ließ. Wenn Vater dieses Foto jemals zu Gesicht bekäme, würde er an seiner eigenen Zunge ersticken. Seine Tochter mit vor aller Welt entblößten Brüsten, wie sie mit unmoralischen Künstlern herumtollte – bei dem Gedanken wurde Leonora ganz schwindelig.

Eine neue Lachsalve drang aus der Küche, und sie steckte den Kopf aus der Tür, um nachzuschauen. Roland stand hinter Lee, hatte die Arme um sie gelegt und hielt in jeder Hand eine Brust. Sie wandte sich zu ihm um und küsste ihn. «Hier.» Sie überreichte ihm eine Decke. «Mach uns ein Picknick.»

Roland breitete die Decke auf dem Gras aus, und Leonora half ihm dabei, ein niedriges Tischchen daraufzustellen. Sie warfen eine Spitzendecke darüber und holten die Porzellanteller. Roland schenkte Champagner ein, und Leonora versenkte Brombeeren in jedem Glas. Bald saßen alle am Tisch, aßen Trauben und Käse und Hühnchensalat und stießen mit Sektflöten voll rosa prickelndem Schaumwein an.

«Ich denke immer, ich werde nichts trinken», erklärte Lee. «Und dann kommt der Nachmittag.»

Roland stand mit dem Fotoapparat in der Hand auf. Er musterte die Gruppe. «Ich muss schon sagen, die Szene braucht noch ein bisschen Schliff.»

«Oder weniger?», schlug Lee vor und knöpfte sich die Bluse auf.

Max, der neben Leonora saß, sprach in ihr Ohr. «Sie hat es erfunden, weißt du.» Sie musterte ihn, da sie nicht sicher war, was er meinte. «Top aus, Brüste an.»

«Ich weigere mich, wenn ich die Einzige bin», meinte Lee, aber Ady und Nusch zogen schon ihre Blusen aus. Man und Paul strahlten, als sie ihre Frauen oben ohne erblickten, und Leonora wünschte, sie wäre ihnen zuvorgekommen. Aber warum? Was waren diese Surrealistinnen? Die Unterhaltung? Und dann fiel ihr Walt Whitman ein, eine oder zwei Zeilen aus *Grashalme*, das Lee ihr ausgeliehen hatte. Leonora trank Champagner. Ihr Kopf war erfüllt von Whitmans Worten, und sie hörte sich rezitieren.

Ich will zum Hügelhang am Walde gehen und unverkleidet und nackt sein,

Denn ich lechze danach, mit ihr in Berührung zu kommen.

Der Dampf meines Atems,

Waldwiderhall, Gerinnsel, surrendes Flüstern, Liebeswurz, Seidenfaden, Gabelstock und Rebe.

Max und Lee, Eileen und Roland klatschten. Leonora war sich nicht sicher, ob Max genug Englisch verstand, aber er grinste, vermutlich überrascht von ihrem Schneid.

«Zitier ihn besser nicht, wenn Breton in der Nähe ist, außer du möchtest Streit anfangen», warnte Paul und trank seinen Champagner aus. Nusch füllte ihm auf und Joseph ebenfalls.

Leonora hatte Mühe, Nuschs Brüste nicht anzustarren. Sie sahen aus wie zwei Kugeln Eis mit Kirschen obendrauf. Dann ertappte Leonora sich bei der Vorstellung, wie sie sich wohl an ihren eigenen anfühlen würden. «Aber warum?», fragte sie.

«Whitman war homosexuell», erklärte Man. «Und Breton hat dazu eine klare Haltung.»

«Er glaubt, der Surrealismus wird sich keinen Respekt verschaffen, wenn er nicht ohne Makel ist.» Max öffnete eine weitere Flasche Champagner, und der Korken landete in der Baumkrone und scheuchte ein paar Spatzen auf.

Eileen zündete sich ihre Zigarette an. «Und Homosexualität ist ein Makel?»

«Außer, es handelt sich um zwei Frauen.» Nusch bedachte Ady mit einem spitzbübischen Lächeln.

«Ich sage nicht, dass ich die Ansicht teile», entgegnete Max.

«Monsieur André Breton würde ein wenig Sodomie nicht schaden, wenn ihr mich fragt», wandte Lee ein, stand auf und klopfte sich die Hose ab. «Würde ihn vielleicht lockerer machen.»

Roland streckte die Hand aus, und Lee half ihm auf. «Zeit für ein Nickerchen», verkündete er.

«Meine liebste Übung», sagte Lee.

«Deine einzige Übung», berichtigte Man sie, aber Lee und Roland stolperten bereits den Weg zum Haus hinauf und hörten ihn nicht. «Armer Aziz», murmelte er, «armer alter Esel.»

Lee sprach nicht über ihren Ehemann, der damit einverstanden gewesen war, dass sie nach Paris und London reiste, wenn es ihr in Ägypten langweilig wurde. Aber sie war noch immer verheiratet. Sie war Mrs. Aziz Eloui Bey, und sie trug seinen gigantischen Diamantring am Finger.

Eileen steckte ihre Zigarette zwischen Pauls Lippen und stand ebenfalls auf. Sie öffnete das Buch mit Gedichten von Edward Lear, das er ihr geschenkt hatte, und las vor.

Es war mal ein Alter mit Bart,
der sagte: «Das Leben ist hart!
Huhn, Eulen, vier Lerchen,
ein Zaunkönigpärchen –
bau'n alle ihr Nest in mei'm Bart.

Eileen sprach überaus gestelzt und deutete mit ihrer Hand einen langen Bart an. Alle lachten, und Leonoras Wangen brannten. Lear, dessen Gedichte sie seit ihrer Kindheit kannte, war eine deutlich bessere Wahl als Whitman. Perfekt für den Anlass – harmlos und entzückend wie ein Akrobat. Doch dies war kein Wettstreit, rief sie sich in Erinnerung.

«Ich habe eine Idee», sagte Paul. «Lasst uns Namen tauschen. Ich bin Paul Bard. Das ist ein guter Name für einen Dichter, oder? Nusch, du kannst Nusch Bard heißen. Ady, du heißt Ady Agar, das ist eine hübsche Alliteration. Und Man?»

«Man Éluard.»

«Ich will Eileen Fidelin heißen», sagte Eileen. Da sie Adys Namen übernahm, hielt sie deren Hand fest und küsste sie wie eine Stummfilmschauspielerin.

«Und ich Joseph Penrose», meldete sich Joseph zu Wort. «Das macht Roland bestimmt nichts aus.»

«Und wenn jemand seinen Namen vergisst, muss er fünf Franc zahlen!», verkündete Paul noch und verschwendete nicht einmal einen Blick auf Max und Leonora. All die Paare mit ihren frei kombinierten Namen schlenderten Arm in Arm mit ihren jeweiligen Partnern auf das Haus zu. Und Leonora stellte sich vor, wie sie alle sechs zusammen schliefen – Arme und Beine, Finger, sogar Lippen, die anonym waren.

Max und sie lagen im Gras. Ihr Kopf ruhte auf Max' Arm, und sie sah zu, wie eine Wolke von einem Wal zu einem Gockel wurde. Max hatte einen Grashalm zwischen den Zähnen. Sie wollte das unbeschwerte Schweigen nicht unterbrechen, aber sie musste ihn fragen. «Hast du das ernst gemeint, was du über André gesagt hast?»

Er nickte. «Er lässt es sich nicht ausreden.»

«Also habt Paul und du nie …»

Er wickelte eine ihrer Haarsträhnen um seinen Finger. «Würde es dir etwas ausmachen, wenn doch?»

«Es würde überhaupt nichts bedeuten», beteuerte sie wahrheitsgetreu. «Aber wie wäre André damit umgegangen?»

«Es hätte ihm wohl kaum gefallen», erwiderte Max. «Aber was hätte er machen sollen? Wenn er herumgeschnüffelt hätte, wäre er geächtet worden. Mit dem Surrealismus fing gerade alles an, es ging nur darum, die Regeln zu brechen, so zu leben, wie noch niemand zu leben gewagt hatte. Dieser politische Mist, sich zu zensieren, um in der politischen Arena akzeptiert zu werden – das hat keinen Platz in der reinen Kunst.»

Roland läutete die Glocke, die sie alle zum Abendessen rief, wie zu jedem anderen wichtig erscheinenden Ereignis. «Kommt alle her!», rief er. «Lee nimmt ein Bad!»

Max und Leonora ließen sich auf dem Weg zum Haus Zeit. Sie lernten einander kennen. Sie testete, wie weit sie bohren konnte, welche Türen sich öffneten, wenn sie den Knauf drehte und dagegendrückte, und welche für immer in seinem Speicher voller Geheimnisse verschlossen blieben.

In dem überfüllten Badezimmer lehnte sich Lee gegen den Wannenrand, und der Schaum stieg bis zu ihren Brüsten. Nusch streifte ihr hauchdünnes Kleid ab und stieg zu Lee in die Wanne. Ady folgte ihr. Leonora sah von der Ecke des Zimmers aus zu, wie Paul und Man ihre Hosen fallen ließen und sich zwischen die Frauen zwängten. Roland fotografierte, während das Wasser auf den Boden schwappte. Alle lachten und schmierten sich Schaum in Gesichter und Haare. Dann brachen sie zum Bach auf, um alles abzuspülen.

Max nahm ihre Hand. Er warf ihr dieses Lächeln mit geschlossenen Lippen zu, das sie schon so gut kannte, und führte sie zu ihrem Zimmer. Sie fielen aufs Bett, und Leonora hatte das Gefühl, dass Max sie erschuf, während er sie berührte. Zuvor hatte sie aus Luft und Licht und trockenem Wind bestanden. Aber wenn seine Finger über sie und in sie glitten, wurde sie zu Erde. Die Wurzeln in der Erde waren jetzt ihre Wurzeln, und der Regen, den sie beide tranken, war ebenfalls in ihr. Irgendwie war alles immer schon da gewesen. Und sie zerbarst in Blätter, in Blumen, in winzige Sterne, und brannte.

Sie weinte. Er lag auf der Seite und musterte sie. «Komm nach Paris», sagte er und strich ihr das feuchte Haar von der feuchten Wange. Und sie küsste ihn wieder und wieder.

An ihrem letzten Morgen in Lambe Creek schlugen sie die Augen auf und bemerkten ein Foto im *Daily Telegraph*, den jemand unter ihrer Zimmertür durchgeschoben hatte. HITLER BEZEICHNET MODERNE KUNST ALS ENTARTET, lautete die Schlagzeile. Auf dem Bild war der Führer auf einer Ausstellung zu sehen, welche die Nazis zusammengestellt hatten. *Entartete Kunst.* Hitler mit seiner Armbinde und seinem Oberlippenbart, die Arme zur Abwehr der anstößigen Werke verschränkt. Max kniff die Augen zusammen, sein Gesicht wurde bleich. «*Mon dieu.* Das ist meins. *Die schöne Gärtnerin.*»

Auf dem Foto war sein Gemälde nicht größer als eine Briefmarke, aber Leonora gab ihr Bestes, es zu entschlüsseln. Eine Frau stand da in recht typischer Pose, eine Hand hinter dem Kopf. Als Leonora jedoch genauer hinsah, stellte sie fest, dass die Haltung der Frau mitnichten typisch war. Eine Taube balancierte als eine Art Schamkapsel auf ihrem Oberschenkel, und die Hälfte ihres Gesichts schien ein nackter Schädel zu sein. Hinter ihr war außerdem eine gezeichnete Gestalt zu erkennen, ein tanzender Narr. Leonora konnte ihn auf dem Foto kaum ausmachen und wünschte, sie könnte das Gemälde selbst betrachten. Sie war sich sicher, es war phänomenal.

Werke von Picasso, Chagall, Kandinsky, Klee, Ernst und Kollwitz, berichtete der Artikel. Die Gemälde bevölkerten Räume mit Beschriftungen wie *Eine Beleidigung deutscher Weiblichkeit* und *Offenbarung der radikalen jüdischen Seele*. Leonora fühlte sich daran erinnert, wie ihr Vater Künstler verstand, als arme, homosexuelle Kriminelle. Der Gedanke an ihren Vater, der über Kunstwerke urteilte, ließ sie vor Angst erstarren. «Gott sei Dank bist du gegangen.»

«Ja. Mit Pauls Pass», sagte Max leise. «Damit bin ich nach Frankreich eingereist. Ich bin noch immer deutscher Staatsbürger. Ein entarteter, wie es aussieht. Ein Staatsfeind.»

Sie nahmen die Zeitung mit hinunter zum Frühstückstisch. Während Lee über Hitlers zur Seite gekämmtes Haar lachte und über die anderen dicken, ernsten Nazis, die so angeekelt vor Max' Gemälde standen, las Leonora Auszüge von Hitlers Rede. *Kunstwerke, die an sich nicht verstanden werden können, sondern als Daseinsberechtigung erst eine schwulstige Gebrauchsanweisung benötigen, um endlich jenen Verschüchterten zu finden, der einen so dummen oder frechen Unsinn geduldig aufnimmt, werden von jetzt ab den Weg zum deutschen Volke nicht mehr finden!* Das schien sich unmittelbar auf den Dadaismus und den Surrealismus zu beziehen. Warum machte der Gruppe das nicht mehr Angst? Der Tee in ihrer Tasse zitterte, als Leonora einen Schluck davon trank. «Aber wieso hasst er Künstler?»

Max ergriff ihre Hand und beruhigte sie. «Hitler ist selbst ein gescheiterter Künstler. Er hat versucht, in Wien an der Akademie der bildenden Künste aufgenommen zu werden, und wurde nicht zugelassen.»

«Die verdammte Schule hätte ihn akzeptieren sollen», warf Man ein.

«Ich finde, das eröffnet uns eine gute Gelegenheit.» Roland überschlug die Beine und rührte Zucker in seinen Tee. «Wir stellen in der Mayor Gallery eine Ausstellung genau der Künstler zusammen, die Hitler gebrandmarkt hat. Nachdem die Geschichte mit Max im Sande verlaufen ist, meine ich. Wer weiß, vielleicht macht die gesamte Cork Street mit. Heute Morgen hat mich Peggy Guggenheim angerufen. Sie will, dass ich für sie nach Räumlichkeiten für eine Vernissage suche, eine leerstehende Galerie.»

Lee zog die Augenbrauen hoch. «Eine Vernissage, soso.»

Roland kicherte. «Sie ist eine Landsmännin von dir, Liebling. Eine Entartete wie wir anderen. Sie will sich für moderne Kunst einsetzen. Anscheinend hat Duchamp sie bei dem Thema beraten. Wir sollten sie mit offenen Armen empfangen.»

«Sollten wir das?» Das Eis in Lees Whiskeyglas klirrte, als sie es an die Lippen setzte. «Peggy Guggenheim hat mir einmal im Studio Modell gesessen. Wir sind uns sehr ähnlich, wir beide. Wir holen uns, was wir haben wollen.» Sie musterte Roland.

Roland lehnte sich hinüber und legte seinen Kopf auf ihre Schulter. Beinahe frohlockend küsste er ihre Wange, als wäre er begeistert davon, dass *sie* eifersüchtig auf *ihn* war. Lee schenkte sich mehr Whiskey ein. Er roch gut, genau das Richtige für diesen Vormittag. Leonora griff nach der Flasche. Bald gaben sie alle einen Schuss in ihren Tee oder Kaffee. Und doch hatte sich eine unverkennbare Schwere über die Gruppe gesenkt, als wäre die Luft selbst erdrückend. Hitler war hier, in der Küche, die Zeitung mit dem schrecklichen Foto bedeckte den Tisch.

Paul nahm sie und zerknüllte sie zu einer faustgroßen Kugel. «Lasst uns ein Lagerfeuer machen! Gegen die Finsternis! Es wird uns guttun, den Mistkerl in Flammen aufgehen zu sehen.»

Als an diesem Abend das Feuer aus Zweigen und Ästen und dem *Daily Telegraph* zum Mond aufloderte, warfen sie alle ihre Kleider von sich und tanzten, wechselten die Partner, Männer tanzten mit Männern, Frauen mit Frauen. Die zarte Nusch hob Leonora hoch in die Luft wie ein Kraftmensch aus dem Zirkus. Lee hakte sich mit ihrem knochigen Ellenbogen bei ihr unter, und sie wirbelten im Kreis. Eileen küsste Leonora auf die Lippen und ließ dabei kurz ihre Zunge hervorblitzen, und Ady sang ihr mit einer Stimme wie Sirup auf Französisch vor.

Das Feuer wurde schwächer, und alle setzten sich darum. Max zog Leonora auf seinen Schoß und sprach von Paris, dass sie dort sein würde, bevor sie sich's versah. Und dann war das Feuer, viel zu schnell, heruntergebrannt.

Sie würde ihren Eltern gegenübertreten müssen. Sie würde ihnen die wunderschönen Details ersparen, ihnen aber die Wahrheit sagen. Sie würde die Schule verlassen und sich Max in Paris anschließen. Und er würde zu seiner Frau zurückkehren, Marie-Berthe. Er würde zurückkehren, um sich von ihr zu trennen. «Ich kann dir nichts versprechen», sagte er. «Sie ist eine gläubige Katholikin. Einer Scheidung stimmt sie vielleicht nicht zu.»

«Macht nichts.» Leonora lehnte den Kopf an seine Brust.

«Ich hab nicht vor, dich zu heiraten. Wir werden Geliebte sein, Künstler. Müsste das nicht ausreichen?»

Max drückte sie so fest an sich, dass sie kaum atmen konnte. «Wir werden sehen.»

Leonora packte ihre Sachen. Alles Wichtige – ihre guten Kleidungsstücke und ihre Farben, Stifte und Pinsel – passte in ein paar Taschen. Sie kündigte ihre Wohnung und teilte Ozenfant mit, dass sie gehen würde.

«Nach Paris?», sagte er, setzte die Brille ab und wischte die dicken, runden Gläser mit einem Taschentuch sauber. Sie standen in der feuchtwarmen Nachmittagsluft vor seiner Akademie, einem umgewandelten Stall in West Kensington. Ein Schweißtropfen rann ihr den Rücken hinunter. Leonora hatte nicht gedacht, dass es ihr schwerfallen würde, sich von Ozenfant zu verabschieden, aber sie war seine erste Studentin gewesen. Auch wenn ihr an seinem Purismus als Kunstrichtung nicht viel lag, war er ein freundlicher Mann, ein guter Lehrer und eine Art Großvater für sie. Ihr wurde klar, dass sie seinen Segen wollte. «Paris ist wunderbar, *ma chérie.*» Ozenfants braune Augen blickten sanft. «Aber bei wem werden Sie studieren?»

Max Ernst, dachte sie. Doch da sie wusste, dass er den Surrealismus oder Max nicht gutheißen würde, sagte sie ihm, dass sie bei niemandem studieren würde. Er würde ihr einziger Lehrer bleiben.

«Sind Sie dafür bereit?» Auch wenn das eine gute Frage war, wollte Leonora nicht darüber nachdenken. Solcherlei Überlegungen waren für ihre Lage irrelevant. Entweder sie ging jetzt, oder sie würde niemals gehen. Sie drückte Ozenfant einen Kuss auf die Wange. Er lächelte sie an, ein trauriges Lächeln, wie ihr schien, und legte seine rauen Handflächen um ihr Gesicht. «Wir werden Sie vermissen, Miss Carrington.»

Sie warf einen letzten Blick auf Ozenfant und den Stall, in dem sie gelernt hatte, den perfekten Apfel zu zeichnen, dann drehte sie sich um und marschierte auf die Straße zu.

«Wollen Sie Ihre Werke nicht mitnehmen?», rief er ihr nach.

Leonora fuhr herum und grinste ihn an. «Behalten Sie sie. So haben Sie etwas, was Sie an mich erinnert!»

Ihr wilder Herzschlag verriet ihr, dass sie jetzt frei war, aber bevor sie nach Paris aufbrechen konnte, gab es noch ein paar Sachen von zu Hause, die sie brauchte. Und da war noch das Abschiednehmen.

Leonora fragte ihre Mutter, wann ihr Vater auf Geschäftsreise wäre. Der Zufall wollte es, dass er Anfang September nicht in der Stadt sein würde. Imperial Chemicals, die Firma, die er zügig in ein weltweit führendes Unternehmen verwandelte, streckte ihre Krakenarme in Richtung Festland aus, und er wollte mit eigenen Augen überprüfen, wie das Büro in Madrid vorankam. Leonora erzählte ihrer Mutter, sie habe Heimweh, und plante ihre Reise so, dass ihr Aufenthalt zu Hause und die Anwesenheit ihres Vaters scheinbar zufällig zusammenfielen. Seit Lambe Creek hatte sie kein Sterbenswort von ihm gehört. Zwar fürchtete sie sich vor der unvermeidlichen Konfrontation, aber sein Schweigen bedeutete, dass er mit anderen Dingen beschäftigt war. Solange sie schnell und entschlossen handelte, würde ihre Auseinandersetzung hoffentlich geringfügig ausfallen.

Als der Zug Lancashire erreichte und das verschwommene Grün langsamer vorüberflog, erblickte Leonora auf einem Feld in der Ferne eine Stute und ihr Fohlen. Sofort dachte sie an ihr eigenes Pferd, Winkie. Sie konnte es nicht erwarten, auf ihm zu reiten. Winkie war ein Geschenk ihres Vaters gewesen, ein Geburtstagsgeschenk in dem Jahr, bevor er sie aufs Internat geschickt hatte. An einem kühlen, hellen Nachmittag wie diesem hatte er ihr die Augen verbunden und sie aus dem Haus hinaus auf den Rasen geführt. Als er ihr die Augenbinde abnahm, stand dort Winkie, jung und glänzend, ihre eigene prächtige, braune Stute. Leonora war ihrem Vater um den Hals gefallen. In diesem Augenblick hatte sie ihn mit Haut und Haaren geliebt.

Auf dem Bahnsteig entdeckte sie Henry, schlaksig und ein wenig gekrümmt in seinem dunklen Anzug mit Schirmmütze. Schon seit Jahren war er der Chauffeur der Familie, und als sie aus dem Zug kletterte, grinste er. Anscheinend hatte er von dem Skandal um Max nichts mitbekommen, oder es war ihm egal. «Wir haben dich vermisst, meine Liebe.» Er nahm ihr Gepäck. «Irgendetwas an dir ist anders», sagte er und musterte sie. «Ich glaube, du bist erwachsen geworden.»

Der September war reif und grün, es war ihre Lieblingsjahreszeit auf dem Land. Leonora ergriff jede Gelegenheit, auf Winkie auszureiten, am Morgen wie am Nachmittag. Sie ritt vom Haus auf dem Hügel in die Felder hinein, von denen man Morecambe Bay überblicken konnte. Sie ritt allein aus, ihre Mutter war zu beschäftigt mit ihren Wohltätigkeitsorganisationen und deren Veranstaltungen, um sie zu begleiten.

Um Winkie grasen zu lassen, hielt sie an und betrachtete die Wolkenschatten, die über das glitzernde Wasser glitten. Sie würde diese Bucht vermissen, diese Felder. Vor allem aber würde sie Winkie vermissen. Noch einen Tag, dann würde sie fort sein. Leonora zog leicht am Zügel und drückte die Fersen an den Leib des Pferdes, und schon jagten sie unter dem blauen Himmel über die Felder. Winkie war nicht mehr besonders jung, aber die Stute galoppierte, als wüsste sie, dass es um jetzt oder nie ging, als halte sie die Sonne in ihrem Herzen und könnte sie nur scheinen lassen, indem sie über diese Wiesen jagte.

Zu früh verdichteten sich die Wolken, standen dunkel und tief am Himmel, und ihre grünliche Farbe verwandelte sich in ein Grau. Leonora kehrte um. Die Landschaft, durch die sie sich bewegte, wirkte farblos wie auf einer Radierung, und Leonora kam sich vor wie ein Geist. Obwohl sie auf diesem Weg Hunderte von Malen geritten war, gehörte sie nicht mehr hierher. Es war ein eigenartiges Gefühl, als sei sie nur teilweise anwesend, als sei der Großteil von ihr bereits in Paris und nur ihr Körper noch nicht nachgekommen. Sie vermisste Max zutiefst. Es war nun beinahe einen Monat her, dass sie ihn zuletzt gesehen hatte, und obwohl sie ein paarmal kurz am Telefon miteinander gesprochen hatten, hatte ihr Körper ihn vergessen – seinen Geruch, den Geschmack seiner Küsse und seiner Haut. Aber an das Gefühl, sein Gewicht auf sich zu spüren, erinnerte sie sich noch. Sie sehnte sich danach, von ihm zu Boden gedrückt zu werden. Ohne ihn war sie hohl, die Hülle eines Mädchens, ein Ballon voller Helium, der darauf wartete, dass Max ihre Schnur ergriff, um sie zurück zur Erde zu ziehen. Seitdem Leonora zu Hause war, hatte ihre Mutter ihn nicht einmal erwähnt, als könnte sie, indem sie nicht darüber redete, so tun, als habe es die Affäre ihrer Tochter nie gegeben. Und Leonora würde ihre Beziehung zu Max sicher nicht vor ihrem Vater ansprechen, der gerade nach Hause zurückgekehrt war und heute Abend mit ihnen speisen würde.

Beim Abendessen sprachen sie über den britischen Zerstörer, der von einem italienischen U-Boot versenkt worden war. Und über Imperial Chemicals und wie die Firma vom Krieg profitieren konnte. Natürlich wollte Vater nicht, dass der Krieg *zu* lange dauerte. Es wurde bereits von Einberufungsbescheiden gemunkelt, aber Vaters Beziehungen zur Regierung und sein Geld würden dafür sorgen, dass ihre Brüder verschont würden.

«Ich *will* für England kämpfen», sagte Gerald und deutete mit seiner Gabel auf ihn. Er war ein wenig jünger als Leonora und ihr Lieblingsbruder. Gerald ging aufs College, war jedoch über das Wochenende nach Hause gekommen, weil sie zu Besuch war. «Wirklich, Vater. Ich bin stark und gesund, weshalb sollte ich nicht kämpfen?» Er sah so ernsthaft aus mit seinen hochgezogenen dicken Augenbrauen über den tanzenden grünen Augen. Er nahm eine Gabel voll Karotten und zwinkerte Leonora lächelnd zu, und sie waren wieder Spielkameraden, die aus dem Kinderzimmer entschlüpften und in den Wald liefen, um ihre Zaubertränke anzumischen und ihre Zaubersprüche aufzusagen. Wie sehr Leonora sich wünschte, nun mit ihm dort zu sein, damit sie ihm von ihren Plänen erzählen konnte. Dann wüsste Gerald, dass dies ein Abschied war.

Mutter wechselte das Thema und begann von Weihnachten zu sprechen, obwohl das erst in ein paar Monaten war. Welche Füllung am besten zu Stubenküken passe, die mit Maronen oder die ohne?

Gerald fing Leonoras Blick auf, und sie grinste. Ihre Mutter zerbrach sich dauernd über solche Dinge den Kopf. Es war mitten in einer Unterhaltung wie dieser hier gewesen, einige Jahre zuvor, dass Leonora ihren Entschluss verkündet hatte, Kunst zu studieren, Malerin zu werden. Mutter war verstummt und hatte sich an der Stelle über dem Ohr ein Haar ausgerissen. Vater hatte mit der Faust auf den Tisch gedonnert. «Unsinn!», hatte er gerufen, und sein Gesicht war tulpenrot geworden. Dann hatte er geseufzt, als erschöpfe ihn bereits Leonoras schiere Existenz, und seinen Gegenvorschlag unterbreitet. Immer musste geschachert werden. Sie könne hierbleiben und im Haus malen. Natürlich brauche sie trotzdem einen echten Beruf. Er würde sie mit seiner harten Arbeit nicht aushalten, wenn sie ihre Zeit auf so etwas Idiotisches wie Malen verschwendete. Wieso züchtest du keine Foxterrier?, legte er ihr nahe, als sei das die zündende Idee schlechthin.

Am Ende hatte Leonora sich durchgesetzt. Aber sie hatte seine Worte noch in den Ohren, allzu laut, allzu deutlich. Wenigstens würde sie sich in Zukunft nicht von seiner *harten Arbeit* aushalten lassen. Sie würde so frei sein, selbst hart zu arbeiten. Doch als sie Vater am Tischende betrachtete, tat er ihr beinahe leid. Er hätte eine Tochter bekommen sollen, die damit zufrieden war, gut zu heiraten, zufrieden mit komfortabler Unterwürfigkeit, zufrieden damit, sich so zu benehmen, wie es einer Frau zusteht.

Der Mond stand voll und hoch und tauchte ihr Zimmer in ein blasses Flackern. Ihre in einer Ecke zusammengedrängten Koffer ähnelten Schafen, aber sie halfen Leonora nicht beim Einschlafen. Sie betrachtete alles, als wollte sie es sich einprägen. Ihre Bücher im Regal – *Black Beauty, Don Quichotte, Gullivers Reisen, Alice im Wunderland* –, deren goldgeprägte Buchstaben auf den abgegriffenen Buchrücken verblassten. So viele Tage lang war Leonora in den großartigen Ländern auf deren Seiten verschwunden. Was war jetzt anders als früher? Schlüpfte sie nicht in das Buch des Lebens, das sie zu leben bestimmt war, indem sie Leonora Carrington, die Künstlerin, wurde? Nur dass sie dieses Buch nicht zuschlagen und in ihr altes Leben zurückkehren konnte. Morgen würde sie einen Zug und dann ein Schiff besteigen, um nach Paris zu fahren, und damit wären die Weichen gestellt.

Über den Büchern im Regal schimmerten die Porzellanpferde im Mondlicht. In Leonoras Vorstellungswelt versuchten diese Pferde stets zu entfliehen, dem Stall zu entkommen und die Wildnis zu finden, die Freiheit bedeutete. Was genau glaubten sie dort zu finden? So weit war Leonora nie gekommen. Die Flucht selbst war das Aufregende gewesen.

Auf dem obersten Regalbrett standen Fotos, Beweise eines Lebens, dem sie halbherzig versucht hatte zuzugehören. Sie hatte die Saison hinter sich gebracht, ihr Versprechen Vater gegenüber erfüllt, und hier waren die Beweise, eine Parade von Partys, die vom Debütantinnenball losgetreten worden war. Dort war ihr Gesicht, ihr betäubtes Lächeln. Da war dieses nach Lilien duftende Zimmer gewesen. Es wurde beinahe erstickt von dem Duft. In dem Zimmer hatte eine auf Schottisch fluchende, Whiskey trinkende Frau alle Wildheit aus ihrem Haar gekämmt. Als sie sich an die Kopfhaut fasste, war ein schwarzer Vogel durch den Raum geflattert. War er zum Fenster hereingeflogen oder aus ihrem Haarnest heraus? Sie war sich nicht sicher. Doch der Vogel ließ sich auf der Gardinenstange nieder und beobachtete, wie die Frau ihr welliges Haar zu einem Knoten steckte und ihr ein weißes Seidenkleid anzog. Oder war das etwas, was Leonora geträumt hatte? Die Frau, die an ihrer Kopfhaut riss, und der Vogel? Auf dem Foto wirkte sie wie eine ausgewachsene Puppe, eine Statue, die oben an der Treppe stand und Vaters Ellenbogen umfasste. Auf der Tanzfläche unter ihnen hatte es von Männern gewimmelt. In ihren Fräcken sahen sie aus wie Pinguine. Wie sehr Leonora sich gewünscht hatte, es wäre ein Pinguinball!

Sie berührte die Fotos dieser anderen Leonora. Die Royal Garden Party – Tee in einem riesigen weißen Zelt vor dem Buckingham Palace. Ascot, die Pferderennen. Ihre Vorstellung am Hofe von Georg V. Leonora nahm das Bild und hielt es sich näher vor die Augen. Es war ein Foto von ihr und ihrer Mutter, ihre Cecil-Beaton-Kleider schmolzen über ihren Hüften und kühlten in den Falten um ihre Füße wieder ab. Sie standen Seite an Seite. Wie widerwillige Schauspieler in einem Stück, das jemand lange vor meiner Geburt geschrieben hat, dachte sie nun. Aber ihre Mutter war nicht widerwillig gewesen, sie hatte all das für Leonora gewollt. Und doch war da diese Distanz in ihren Augen, als blickte sie in irgendeine verschwommene Zukunft. Es war Resignation, das verstand Leonora jetzt. Sie hatte bereits gewusst, dass ihre Tochter aus ihrem Leben verschwinden würde.

Sie nahm das Foto aus dem Rahmen. Sie hatte keine Ahnung, wann sie ihre Mutter nach dem morgigen Tag wiedersehen würde. Sie holte sich auch ein Bild von Winkie mit ihrem zwölfjährigen Ich auf dem Rücken herunter, aufrecht, Zügel in den Händen. Für den Zug brauchte sie ein Buch, also ließ sie *Alice im Wunderland* in ihre Tasche gleiten und steckte die Fotos zwischen die Seiten.

Am nächsten Morgen saß Leonora mit einem kompletten englischen Frühstück vor sich an der langen Tafel. Pochierte Eier, Schinken und ein flaches Milchbrötchen, geschmorte Tomaten mit Bohnen und eine Tasse Tee. Es war ihr letztes englisches Frühstück, und sie würde nicht hungrig aufstehen, egal wie nervös sie war. Gerald war ans College zurückgekehrt, und sie war mit ihren Eltern allein. Ihr Vater hatte seine Mahlzeit beendet, aber er saß gerne noch in der spätmorgendlichen Sonne, las die Zeitung, rauchte seine Pfeife. Ihre Mutter las ebenfalls Zeitung und trank ihren Tee.

Keiner von beiden verlor ein Wort über Leonoras Affäre. War Vater bereit, ihr zu verzeihen? Sie nach Paris gehen und ihre Kunst ausüben zu lassen? Seitdem er zu Hause war, hatte er sie nicht richtig angesehen, was Leonora vermuten ließ, dass er noch nicht entschieden hatte, was er mit ihr tun würde. Egal, dachte sie und nahm eine Gabel voll Ei. Mit dem Brötchen tupfte sie das Eigelb auf. Von nun an würde sie es sein, die entschied.

Ihre Mutter lächelte über etwas, das sie gerade las. Vater klopfte seine Pfeife aus. Leonora knabberte an ihrem Schinken. Er schmeckte traurig, als sei er in Tränen geräuchert worden. Sie hatte sich nicht vorstellen können, dass es so schwer werden würde. Doch wenn sie an ihr Leben hier dachte oder in London, wie sie Kunst produzieren würde, die harmlos war, Kunst, die die bestehende Ordnung stützte, wenn sie daran dachte, wie Vater darauf bestehen würde, dass sie bald heiratete, wusste sie, sie hatte keine Wahl.

Sie konnte keinen Bissen mehr essen. Sie sollte es ihnen sagen, die Worte, die ihr die Kehle abschnürten, hinauswürgen. Aber Leonora war noch nicht bereit, ihre Beobachtungen einzustellen. Wie der Rauch aus Vaters Pfeife sich ins Sonnenlicht kräuselte. Sein Gesicht von seinen dunklen Bartstoppeln verschattet wurde, denn er rasierte sich sonntags nie. Wie hübsch Mutter doch war in ihrer blassblauen Seidenrobe und ihren nackten Füßen.

Leonora schob ihren Teller von sich und stand auf, wartete darauf, dass sie aufblickten. «Ich muss euch etwas sagen.» Plötzlich war Mutters Gesicht noch blasser als sonst. Sie wusste, dass jetzt etwas Entsetzliches kam. Irgendwie wusste sie das immer. Die Eltern legten ihre Zeitungen zur Seite.

Vater biss sich auf die Wange. Mutter riss sich ein Haar aus. Der Boden fühlte sich an, als könne er jeden Augenblick wegfliegen. Leonora hielt sich am Tisch fest. «Ich gehe weg. Ich ziehe nach Paris, und dort werde ich als Künstlerin mit Max Ernst zusammenleben. Wir lieben uns.»

Die Eltern starrten sie an, ihre Münder standen offen wie die Münder toter Karpfen.

«Aber er ist ... er ist verheiratet», stammelte Mutter.

«Er verlässt seine Frau», erwiderte Leonora mit der ganzen Überzeugung, die sie aufbrachte.

Vater schlug mit der Faust auf den Tisch und stand auf. «Wenn du das machst, bekommst du keinen Heller. Keinen Heller.»

Mutter eilte mit flatternder Robe auf sie zu. «Darling,

du hast das nicht durchdacht. Du wirfst dein Leben weg für einen Mann, der schon zweimal verheiratet war, einen Mann, der alt genug ist, um dein Vater zu sein. Und wenn er seine Frau nicht verlässt? Was dann?»

«Mein Leben ist in Paris», erklärte Leonora laut genug, damit ihr Vater es hören konnte. «Ich gehe für mich selbst, nicht für ihn. Ich habe nicht vor zu heiraten – nicht ihn, und auch sonst niemanden. Ich habe meine Fahrkarte schon gekauft. Ich reise heute ab.»

Vater schnaufte. «Anscheinend hast du dich entschieden», sagte er. Sein Gesicht wurde zu einer Maske vollkommener Gleichgültigkeit, doch als er auf sie zeigte, zitterte sein dicker Finger. «Du wirst die Schwelle dieses Hauses nie wieder übertreten.» Er sprach jedes Wort bedächtig aus. «Du wirst ohne einen Heller in irgendeiner Dachkammer sterben.» Er verließ das Esszimmer. Hinter ihm schwang die Tür in der Luft, die er zurückgelassen hatte.

Mutter schlang ihre Arme um Leonora, und sie umarmte ihre Mutter, wie sie es noch niemals zuvor getan hatte. Sie spürte jeden Knochen in ihr. «Ich habe etwas für dich», flüsterte Mutter. «Ich habe Geld zur Seite gelegt.»

In Leonoras Zimmer drückte sie ihr eine kleine Geldbörse voller zusammengerollter Scheine in die Hand. «Damit kannst du dir eine Wohnung mieten.»

Leonora nickte, unsicher, wie sie sich verabschieden sollte. Sie trug ihr Gepäck selbst bis zur Haustür, und obwohl der Wagen draußen wartete, rannte sie noch einmal zu den Stallungen, um Winkie ein letztes Mal zu besuchen. Sie warf die Arme um den Hals der Stute und schluchzte in ihre Mähne. Sie küsste den weißen Stern auf ihrer Blesse und ihre weichen Nüstern.

Dann ging sie, ohne sich noch einmal umzudrehen. Ihre

Jugend war vorüber. Sie war für immer vorbei. Leonora würde ihr Pferd niemals wiedersehen. Sie würde im Frühjahr, wenn die Hügel grün glänzten und die Welt reingewaschen war vom Regen, nie mehr auf diesen Wegen galoppieren.

Mutter und Nanny schauten dem Wagen nach, als er davonfuhr, und Leonora winkte ihnen zu wie ein Filmstar, wenn auch mit echten Tränen in den Augen. Vater jedoch hatte sein letztes Wort gehabt. Er stellte sich dort nicht hin, wie ein anderer Vater es vielleicht getan hätte, ohne zu wissen, wo er seine Hände lassen sollte.

Während die anderen Passagiere schliefen, stand Leonora mit bis zum Hals zugeknöpftem Wollmantel und gegen die Kälte verschränkten Armen an Deck der Fähre. Der Wind machte ihre Wangen taub. Er fühlte sich real an, unmittelbar und belebend, wie die Zukunft, auf die sie zusteuerte. Am Morgen würden sie anlegen, und vom Hafen aus würde sie einen Zug nach Paris nehmen.

Ein wenig wusste sie, worauf sie sich einstellen musste, denn sie hatte mit sechzehn schon einmal in Paris gelebt. Ihr Vater hatte sie dort auf ihr letztes Mädchenpensionat geschickt. Es hatte der Schule in Florenz geähnelt, nur ohne Ausritte zu Pferd, was es zu einer weltabgeschiedenen Angelegenheit machte. Leonora hatte dort ihr Haar mit einer Gabel gekämmt und Lamm mit den Händen gegessen; dann war sie sich mit ihren fettigen Fingern übers Gesicht gefahren, wie um sich Kriegsbemalung aufzulegen. Man schickte sie ins Exil auf ihr Zimmer und teilte ihr schließlich mit, sie solle ihre Sachen packen.

Sie würde nun eine «harte Schule» durchlaufen, hatte

ihr Vater ihr am Telefon mitgeteilt, bevor ein Taxi sie bei Miss Sampson absetzte. Die Frau sah aus wie eine Spinne, mit ihren skelettartigen Gliedmaßen und den hervorquellenden Augen. Jeden Abend schloss sie Leonora in ein Zimmer über einem Kirchfriedhof ein, ein winziger, gefängnisartiger steinerner Raum. Eines Nachts brach Leonora durch das Fenster aus. Ein Mädchen aus der Schule hatte ihr die Adresse eines Ehepaars gegeben, das sie bestimmt aufnehmen würde – die Simons.

Leonora verliebte sich augenblicklich in die beiden, und die Simons fragten sie, ob sie bleiben wolle. Sie erfuhr niemals warum, doch sie war begeistert gewesen und hatte Vater angerufen und eine Vereinbarung getroffen. Sie würde die gute Tochter spielen und sich bei Hofe einführen lassen, wenn sie bis dahin bei den Simons leben durfte. «Gut», hatte er gesagt. Wenigstens würde sie jemand anderem auf die Nerven fallen.

Tagsüber saß Leonora auf dem Dach und las Baudelaire, Zola, Proust. Oder sie setzte sich in ein Straßencafé und zeichnete Menschen, schrieb ihre Lebensgeschichten auf. Eine Frau mit Hakennase wurde zur Alligatoren-Bezwingerin, ein feister Kerl zum Direktor eines Wanderzirkus. Leonora hatte sich noch nie so lebendig gefühlt. Sie war sechzehn, und die Simons erlaubten ihr zu gehen, wohin sie wollte.

Trotzdem kam sie stets zum Abendessen nach Hause. Mme. Simon war eine hervorragende Köchin. Ihre Soufflés waren leicht, ihre Soßen geschmeidig und köstlich, und M. Simon war ein Professor der Schönen Künste. Bei einem Cognac nach dem Essen warf er einen Blick auf Leonoras Zeichnungen und kommentierte, was ihm daran auffiel, all die wunderlichen Details. Er sagte, sie erinnerten ihn an Arcimboldos Porträts von Menschen, deren Gesichter aus Früchten und Pflanzen bestanden. Irgendwann nahm er Leonora mit in den Louvre, damit sie die Bilder mit eigenen Augen sehen konnte. Eine Birnennase, eine Pfirsichwange, Haut aus Baumrinde, Haar aus Efeu und Wurzeln. Die Gemälde erweiterten Leonoras Wahrnehmung dessen, was in der Kunst möglich war.

Ein Windstoß umwirbelte sie. Ihre Hand schloss sich fester um ihren Mantel. Nun kehrte sie in die Stadt der Freiheit, der Künstler zurück, und dieses Mal würde sie nicht wieder abreisen müssen. Sie war fertig mit Vater, und er war fertig mit ihr. Sie hatte so lange gegen ihn gekämpft, dass es sich eigenartig anfühlte, jenseits des Konflikts zu sein, seltsam verwirrend. Hatte sie gewonnen, oder war sie einfach nur weggegangen? Er mochte behauptet haben, dass er sich nicht mehr für sie verantwortlich fühlte, aber sie kannte ihn. Ihr Vater war kein Mann, der aufgab. Oder betrachtete er das Ziehen und Drängen zweier Willen als ein spielerisches Tauziehen? Da er sein Ende des Seils losgelassen hatte, nahm er wohl an, dass Leonora eine Bauchlandung im Dreck hinlegen würde und wieder angekrochen käme. Er hatte keine Ahnung, wie stur sie war. Sie malte sich aus, wie sie in einer Dachkammer starb, eine anonyme Künstlerin, krank und am Verhungern. Selbst *das* wäre ein Triumph.

Leonora hielt Ausschau nach dem Horizont, konnte aber keine klare Linie erkennen. Die Wolken und das Meer bildeten eine einzige schwarze Masse, und die Lichter der Fähre färbten das Wasser in ihrer Nähe eisgrau. Das Geräusch des gegen den Schiffsrumpf klatschenden Ozeans machte Leonora schläfrig, und ihre Gedanken wanderten zu Max. Bald würde sie sich neben ihm zusammenrollen und schlafen. Konnte man einen Herbst auf bessere Weise verbringen? Sie versuchte sich an seine Stimme zu erinnern, sein Lachen, aber das Klatschen des Wassers beanspruchte all ihre Aufmerksamkeit für sich. Es war eine Woche her, dass sie Max angerufen und ihm erklärt hatte, mit welchem Zug sie ankommen würde. Zweimal hatte seine Frau abgenommen, Marie-Berthe. *Bonjour*, hatte sie mit klimpernder Stimme gesagt, und Leonora hatte schnell aufgelegt. Als sie endlich mit Max gesprochen hatte, klang er ekstatisch vor Freude, aber was, wenn er seine Meinung geändert, wenn er eine Neue kennengelernt oder beschlossen hatte, bei seiner Frau zu bleiben? Noch während sie es dachte, konnte sie seine langen und kräftigen Hände spüren, mit denen er sie an sich zog, und Leonora wusste, dass dem nicht so war. Hatte er nicht zu ihr gesagt, er brauche sie, wie er Luft, Wasser, Nahrung brauche?

Als sie im Pariser Bahnhof eintraf, hob Max sie vom Boden hoch und küsste ihr ganzes Gesicht, als wollte er sich versichern, dass sie existierte. Er nahm ihr das Gepäck ab, und dann gingen sie los, bereits Teil der Stadt. Er habe alles arrangiert, sagte er. Bis sie eine eigene Wohnung gefunden habe, solle sie bei einer Freundin von ihm wohnen, der Künstlerin Leonor Fini.

«Eine eigene Wohnung?»

«Unsere Wohnung», erklärte er und sprach von seiner Arbeit, riesigen Leinwänden, die er ihr unbedingt zeigen müsse, und davon, wie großartig Paris sein würde, jetzt, wo sie zusammen waren.

Sie betrachtete seinen Mund, die Bewegungen seiner Lippen, und konnte an nichts anderes denken als daran, sie mit ihren eigenen zu versiegeln. Sie wollte ihn in irgendeiner Ecke des Bahnhofs auf sich spüren, die Welt sollte sich auflösen, wie damals auf dem Land. Wie einzigartig und elegant er war. Sein Haar hob sich leuchtend gegen seinen Wollmantel ab, der beim Gehen hinter ihm schwang. Seine langen Beine bewegten sich mit einer langsamen Anmut, obwohl Leonora beinahe laufen musste, um Schritt zu halten. Hier war der Mann, der in dieser neuen Welt ihr Gefährte sein, der an ihrer Seite stehen würde, ein majestätischer, kantiger Lotse.

Menschen eilten vorüber, Paare, Familien mit Kindern, Männer allein. Koffer und Aktentaschen baumelten von ihren Armen, und sie umarmten sich und küssten sich zur Begrüßung und zum Abschied – Begrüßung ist so viel besser, dachte Leonora, als sie das Gesicht einer Frau erblickte, die ihre Koffer hochhob und versuchte, nicht zu weinen. Plötzlich entdeckte sie französische Soldaten in hellbraunen Uniformen und Mützen in Reih und Glied in Richtung der Züge marschieren. Sie spürte, wie sich ihr Rückgrat versteifte, bis sie in Max' blaue und leuchtende Augen sah. Er würde sie nah bei sich halten, in Sicherheit. Sie musste sich überhaupt keine Sorgen machen.

Er drückte die Tür des Bahnhofsgebäudes auf, und Leonora trat in den kühlen Abend. Max hielt ein Taxi an. Sie würden zu Leonor fahren, sagte er, und dann weiter zu einer Party des Designers Marcel Rochas. «Aber ich habe nichts anzuziehen!», protestierte Leonora. Ihre Wollhosen gingen nicht an, da war sie sich sicher.

Er lachte. «Solche Dinge regeln sich von selbst.»

Marcel Rochas' Wohnung erstreckte sich über das gesamte Stockwerk eines alten Hauses an der Rue de Balzac. An der hohen Stuckdecke glitzerten Kronleuchter, und die tiefen Fenster, in denen die Lichter von Paris leuchteten, waren wie gigantische, funkelnde Schachteln, die Leonora am liebsten sofort ausgepackt hätte.

Die Gäste, bunte Vögel von weit entfernten Inseln, posierten und schlenderten herum und brüsteten sich mit ihren Geschichten. Die Männer trugen Fräcke oder Anzüge mit farbigen Akzenten wie leuchtende Krawatten oder Einstecktücher, und die Kleider der Frauen schimmerten und schleiften über den Boden. Leonora blickte an ihrem weißen Bettlaken hinunter und wäre vielleicht umgekehrt, wenn Max nicht seine Arme um sie geschlungen hätte, um sie durch die Menschenmenge und die Musik zu steuern. Vor ein paar Stunden war sie von Leonor und ihrer Freundin, der Designerin Prinzessin Maria de Gramont, in dieses behelfsmäßige Tuch gekleidet worden. Leonora fühlte sich in dem Gewand hässlich und nackt, aber die Prinzessin hatte ihr versichert, sie sei schön und jung und müsse überhaupt gar nichts am Leib tragen. Also hatte Leonora ihr Haar gebürstet, bis es glänzte, und ein Paar hochhackige schwarze Lederpumps dazu angezogen.

Eine Kapelle aus drei Musikern federte im Takt der Musik. Es war Jazz, wie Leonora ihn noch nie gehört hatte. Der Gitarrist spielte und zupfte so schnell, dass sie unwillentlich hinstarrte. Der kleine Finger und der Ringfinger seiner linken Hand waren gekrümmt, zusammengewachsen, doch die verkümmerten Gliedmaßen schienen für ihn von Vorteil zu sein. «Django Reinhardt», sagte Max und schwang sie zu dem wirbelnden Rhythmus herum.

Als sich im Laufe der Party die Gäste bei ihr vorstellten,

erwachten die Namen von Menschen, von denen Leonora bislang nur gehört hatte, zum Leben. Dalí mit seinem gewachsten Schnurrbart und den erleuchteten Augen fiel auf ein Knie und bedeckte ihre Hand mit Küssen. Seine Königin Gala (die, wie Leonora äußerst bewusst war, auch Teil von Max' alter *ménage à trois* war) lächelte auf ihn herab und streichelte seinen Kopf wie den eines Hundes. Leonora hatte sie sich als große Schönheit vorgestellt, da sie Max' Liebe so lange aufrechterhalten konnte, doch Gala wirkte gewöhnlich. Ihre dunklen, tiefliegenden Augen standen derart eng zusammen, dass sie beinahe zu schielen schien. Sie und Dalí waren zu Besuch aus Spanien hier, und Gala sagte, sie vermisse das Meer, das Licht. «Sie werden schon sehen. Man kann Paris nur eine bestimmte Zeit lang aushalten. Es ist eine kleine Stadt, *n'est-ce pas*?» Sie nippte an ihrem Champagner und lächelte, ließ ihren Blick aber zu lange auf Leonora ruhen. Sah Gala in ihr eine Bedrohung? Bildete sie sich ein, noch Ansprüche auf Max geltend machen zu können? Leonora trank einen großen Schluck von ihrem eigenen Champagner.

«Leonora!» Paul tauchte auf und umarmte sie so fest, dass sie spürte, wie sich ihr Körper versteifte. «Du bist da!» Er hatte eine Flasche Champagner in der Hand und füllte ihr Glas auf. Dann klopfte er Dalí ein paarmal auf den Rücken und küsste Gala auf den Mund – seine Hand, konnte Leonora nicht umhin zu bemerken, drückte ihre Brust zusammen. Gala war nun Dalís Frau, aber sie schien nicht im Geringsten verärgert zu sein. Im Gegenteil, unter Pauls und Max' und Dalís versammelten Blicken schien sie zu erglühen. Dies war genau das, was sie wollte. Auf ihrem schwarzen Kleid war an der Schulter eine fuchsienfarbige Blume befestigt, an der sie es nun den Arm hinunterzog und ein robustes Schlüsselbein entblößte.

Nusch kam auf Leonora zu. Sie war als Närrin verkleidet, mit gestreiften Strumpfhosen unter kurzen Rüschen. «Hast du Marie-Berthe schon getroffen?»

«Sie ist hier?» Leonora spürte, wie sie ein Schauer durchlief. Eine Kluft aus Angst tat sich auf. Sie hatte sich nicht gewappnet. Und nun war sie angespannt. Was würde die Frau sagen oder tun?

«*Mon dieu*, nein!» Nuschs Lachen stimmte glockenhell in die Glöckchen an ihrem Handgelenk ein. «Marie-Berthe ist zu fromm, um auf Partys zu gehen. Aber was für *merde* sie auch immer ausheckt, duck dich rechtzeitig weg.»

Leonora spürte, wie ein Fingernagel ihre Wirbelsäule hinauffuhr. Sie wandte sich um. Da stand eine Frau in einem dunkelroten Korsett und hohen Stiefeln. Sie trug eine Maske aus weißen und grauen Federn und einen senfgelben Schnabel über der Nase. Ihre dunklen Augen glitzerten wachsam. «Erkennst du mich nicht?»

Natürlich. «Leonor?»

«Was sagst du?» Leonor fasste an ihre Maske. «Ich habe sie selbst gemacht.» Die Kapelle stimmte einen Walzer an, und sie zog Leonora in ihre Arme. Die Musik verwandelte die Party in einen Karneval, manchmal war sie zu langsam, dann, in den seltsamsten Momenten, wieder schnell.

Plötzlich übernahm Prinzessin Maria de Gramont den Platz in Leonors Armen, ihr türkiser Turban und das Kleid in der Farbe seichten Meerwassers verdeckten sie beinahe ganz. Die beiden tanzten davon und ließen Leonora stehen. Paare wirbelten an ihr vorüber, und sie hielt Ausschau nach Max. Die Musik pulsierte und strudelte zu einem wilden Rhythmus. Leonora schob sich durch die Körper und versuchte Ellenbogen und fuchtelnden Händen auszuweichen. Irgendjemand bespritzte sie mit Champagner. Max trug einen schwarzen Frack wie jeder andere Mann, und nun sahen sie alle gleich aus. (Wenn sie doch nur Pinguine gewesen wären!) Leonora erkannte keinen einzigen Menschen. Sie traf auf eine Wand und ließ sich von ihr aufhalten. Sie versuchte zu atmen. Sie war frei, rief sie sich in Erinnerung. Sie war auf ihrer ersten Pariser Party. Wieso sollte sie Max an ihrer Seite brauchen?

Weil er sie hierher mitgenommen hatte, überlegte sie. Und es war ihre erste gemeinsame Nacht in Paris! Wo war er? Sie drückte sich von der Wand ab und schaute sich um. Ein tanzendes Paar stieß mit ihr zusammen und hielt nicht inne, um sich zu entschuldigen, aber es schien sie ohnehin niemand wahrzunehmen. Die Musik wurde langsamer, und die Tanzfläche leerte sich. Leonora erspähte einen weißen Haarschopf. Da war Max – er wiegte sich mit Gala hin und her, sein Kopf ruhte auf ihrer Brust. Leonora war schwindelig, zu heiß in dem Laken. Und während ihr die Worte der Prinzessin in den Ohren klangen – *Du musst überhaupt nichts am Leib tragen!* –, löste sie unter ihrem Arm das Laken. Mal sehen, wer jetzt mit mir tanzen will, dachte sie. Sie ließ das Tuch zu Boden fallen.

Max stieß ein Jauchzen aus, und auf einmal war Leonora wieder in seinen Armen, und der Raum drehte sich um sie. Nicht wenige Gäste hörten auf zu reden und zu tanzen und zu küssen und starrten sie und Max an. Einen Augenblick später legte ihr ein Mann im Smoking seinen weichen, weißen Handschuh auf die Schulter und geleitete sie zur Tür.

Draußen gab Max ihr sein Jackett, das ihr bis zu den Schenkeln reichte. «Meine Windsbraut», sagte er, und seine Augen tanzten noch immer. Sie lachten die ganze Fahrt bis zu Leonors Wohnung.

Solange sie sich sicher sein konnten, dass ihre Freundin noch auf der Party war, liebten sie einander auf dem Küchentisch. Die Katzen strichen an ihnen entlang, pochend und bebend. Plötzlich stieß er ihren Namen aus (*ihren Namen*!), suchte ihren Blick und schien in sie zu fallen, zu stürzen, kopfüber. Er gehörte ihr. Weshalb hatte Leonora sich Sorgen gemacht?

Sie badeten in der Wanne mit den Löwenfüßen und versanken in dem dampfenden Wasser. «Die Suppe des Abends, herrliche Suppe», sang sie, während Max sie überall einseifte. Er trocknete sie mit einem Handtuch ab, trug sie zu ihrem Schlafsofa, rollte sich mit ihr zusammen ein und zog eine Decke über sie.

Max,
Juni 1940,
Südfrankreich

Er hört, wie sich die Tür des Viehwaggons mit einem Klicken öffnet, hört sie quietschen, als sie aufgezogen wird, und spürt kühle Luft auf seinem Gesicht. Max öffnet seine Augen in eine graue, trübe Morgendämmerung. Hat er geschlafen? Wenn ja, dann kaum. Aber die Männer haben ihn länger sitzen lassen, als er an der Reihe war, vermutlich wegen seines Alters. Er atmet ein, bringt mühsam etwas zwischen einem Seufzen und einem Stöhnen hervor. Wenigstens ist diese Ansammlung von Jahren für etwas gut.

Der Zug ist langsamer geworden. Sie nähern sich einer Stadt. *Lourdes* steht auf dem Schild. Die qualvolle Nacht hat sie nur hundertfünfzig Kilometer weit gebracht, und wofür? Nach allem, was sie wissen, könnten sie von Nazis umzingelt sein. Der Zug hält, und die Männer quellen daraus hervor. Sie strecken sich und atmen die frische Luft ein und erleichtern sich. Langsam, steif, halbtot, klettern sie wieder in den Zug. *Wie viele Tage kann das noch dauern*?, murmeln die Männer, zu erschöpft, um sich lauthals oder ausführlich zu beklagen. Sie werden es aushalten, weil sie es aushalten müssen.

Und dann, im Bahnhof, begegnen sie einem Wunder. Der Kommandant hat telegraphiert und darum gebeten, Proviant für zweitausend Deutsche bereitzuhalten. Er hat nicht genauer ausgeführt, um welche *Sorte* von Deutschen es sich handelt. Man bringt ihnen Essen und Wasser und Zeitungen. Es ist der sechsundzwanzigste Juni, steht in der Zeitung. Zwischen Frankreich und Deutschland wurde ein Waffenstillstand unterschrieben.

Das frische Brot, der harte Käse und die Salami sind ein Festmahl, aber es ist das Wasser, das sie rettet. Sie reichen die Metallbecher von einem Mann zum nächsten weiter, füllen sie stets aufs Neue aus den großen Kanistern mit frischem Wasser. Max will es in sich hineinschütten, genau wie alle anderen, aber sie können nur in kleinen Schlucken trinken. Wenn sie zu viel auf einmal schlucken würden, müssten sie sich übergeben, und so teilen sie. Sie lassen die Becher herumgehen und erwachen wieder zum Leben.

«Schaut!» Ein Mann zeigt auf einen einfahrenden Zug. «Das ist nicht möglich», sagt ein anderer. Die Männer kriechen auf das Dach des Waggons, um besser sehen zu können. Drei Gleise weiter ist der andere Zug zum Stillstand gekommen. Er ist voll mit Frauen, mit ihren Frauen. Die Männer jubeln und schreien. «Mady!» «Rachel!» «Isa!» Die Frauen bilden das Echo. «Karl!» «Franz!» «Klaus!» Namen und Stimmen überlagern einander in einer ansteigenden Welle der Euphorie, und nun strömen die Männer auf den anderen Zug zu.

Zwischen ihnen stehen zwei Güterzüge, die von französischen Soldaten bewacht werden, aber die Männer achten nicht darauf. Sie klettern auf die Prellböcke der Güterwaggons, obwohl die Soldaten rufen, sie sollen zu ihrem Zug zurückkehren. Einer legt sogar seine Waffe an, jedoch ohne zu schießen. Wieder und wieder schicken die Soldaten die Männer zurück. Der Güterzug transportiert Kriegsgüter, und die Soldaten haben Anweisung, sie zu schützen. Also rufen Ehefrauen und Ehemänner einander zu. Sie schicken sich Briefe, die einer der französischen Soldaten missmutig von einem Zug zum anderen überbringt. Der Frauen-Zug kommt aus dem Lager in Gurs, ein Schwesterlager des Camp des Milles. Die Frauen sind auf dieselbe Art freigelassen worden wie die Männer, ohne Vollmacht oder Protokoll, und jetzt sind sie hier. Die Ehefrauen beinahe aller Männer. Es hat beinahe ein Jahr gedauert, aber sie haben einander wiedergefunden.

Da sein Mädchen Engländerin ist, ist sie nicht dabei. Max setzt sich auf das Seitengeländer des Waggons und liest die Zeitung. Anscheinend hat ein alter faschistischer General, Marschall Pétain, die französische Regierung übernommen, die Soldaten angewiesen, das Kämpfen einzustellen, und die Deutschen um einen Waffenstillstand gebeten – dessen Bedingungen noch festgelegt werden müssen. Was bedeutet, dass er, Max, möglicherweise nach Saint-Martin zurückkehren kann. Es hängt alles davon ab, welche Teile Frankreichs die Deutschen besetzen und welche sie in Frieden lassen werden und wo sich der Zug befinden wird, wenn es endlich entschieden ist.

«Max Ernst?» Der amtliche Tonfall lässt ihn aufschrecken. Sein Mund wird trocken. Es ist vorbei. Sie haben ihn gefunden.

«Oui?»

Der Mann überreicht ihm einen Papierflieger. *Für Max Ernst* steht auf dem Flügel.

Er erkennt die winzigen, akkuraten Buchstaben der Handschrift seiner ersten Frau Lou. Sie ist am Leben! Dem

Himmel sei Dank. Er faltet den Flieger auf. *Hast du von Jimmy gehört?* Jimmy, ihr Sohn, der sie vor drei Jahren angefleht hat, nach Amerika zu kommen, ihr Sohn, der die Zeichen der Zukunft erkannt hat, als sich seine Eltern noch weigerten. Er ist vor zwei Tagen zwanzig geworden, wird Max mit einer Aufwallung alter Schuldgefühle bewusst. Er leiht sich von dem Mann neben ihm einen Bleistift. *Nein*, schreibt er zurück. *Sobald wir diesem Chaos entronnen sind, schreiben wir ihm. Er wird uns helfen, nach Amerika zu gelangen. Fürs Erste musst du am Leben bleiben – für ihn! Alles Liebe, Max.*

Er gibt die Nachricht dem Soldaten, der sie zum Frauenzug trägt, in dem jemand zu singen begonnen hat. Zu singen, inmitten dieser grauen, unnachgiebigen Welt! Max erkennt die Melodie. Es ist die Arie aus Madame Butterfly. *Un Bel Di.* In der sich Butterfly die Rückkehr ihres Mannes ausmalt. Das Lied ist goldrichtig, und er merkt, dass er weint. Aber die meisten Männer weinen.

Max blickt zu dem Zug hinüber und versucht, in die Fenster zu spähen. Umrisse, verschwommene Umrisse. Alle Frauen sind auf gewisse Weise Musen, und diese Frauen lösen selbst aus solcher Distanz einen Wirbel von Erinnerungen in ihm aus – nicht an Lou, seine erste Liebe, sondern an sein dunkelhaariges Mädchen. Sie ist erst zwanzig. Sie glaubt beim Aufstehen, er schlafe noch, und legt eine Decke über ihn. Es ist ihr erster gemeinsamer Morgen in Paris, und sie haben die Nacht auf Leonor Finis Sofa verbracht. Dieses Lied erklingt. *Un Bel Di.* Und er schlummert wieder ein.

Windsbraut

Leonora, September 1937, Paris

Fröstelnd und mit vom Champagner schwerem Kopf wachte sie auf dem Sofa auf. Eine schwarze Katze schnüffelte an ihrem Kinn. Ihre Decke war zu Boden geglitten. Max lag auf der Seite und schien weit weg, in Träumen versunken, sein Schnarchen war ein leises Summen. Während sie ihn beobachtete, konnte sie das Kind erkennen, das er gewesen war. Diese gelassene Widerspenstigkeit, die er ausstrahlte. Ohne die Lebhaftigkeit seiner Augen wirkte sein Gesicht älter, die Haut transparent und blass, eine Vene schimmerte an der Schläfe. Sie zog ihm die Decke bis zum Hals hoch, stand auf, schlüpfte in sein Jackett und knöpfte es zu.

Irgendwo spielte ein Grammophon Puccini. *Sehn wir ein Streifchen Rauch, Im Osten überm Meer, In die Lüfte steigen: Sein Schiff wird sich dann zeigen.*

Sie hatte das als junges Mädchen oft gehört, gesungen von Ferrar und Caruso, und dies war ihre Lieblingsarie. Die Hoffnung in Butterflys Stimme war so mächtig und traurig, bis ihr Mann bei seiner Rückkehr seine amerikanische Frau mitbrachte und Butterfly sich die Kehle durchschnitt. Nun spürte Leonora, wie sich in ihr zum ersten Mal ein neues Gefühl regte – der Schrecken, der damit einherging, jemanden zu lieben und zu wissen, dass er sie verlassen könnte.

Leonora folgte der Musik den Flur hinunter und blieb im Türrahmen stehen. Sie sah Leonor beim Malen zu. Die Wohnung gehörte ihr allein und diente ihr auch als Atelier. Dieser Raum war gänzlich Leonors Kunst gewidmet. Der erdige Geruch der Ölfarben stieg einem zu Kopf, war eine Spur sündhaft. Plötzlich sehnte Leonora sich danach zu malen. Ganz leise betrat sie den Raum. Gemälde von Frauen bedeckten die Wände – Frauen in Rüstungen, die Schilde und Schwerter hielten, Frauen mit Kopfputz, die unter ihren Schleiern nackt waren, oder vollständig Nackte. Es gab eine Serie mit Sphinxen, eine hatte zwei Köpfe, eine war schwanger, eine drückte mit nackten Brüsten den Rücken durch – alle hatten dunkles, lockiges Haar und Gesichter, die dem von Leonor ähnelten. An den Wänden hingen auch Masken – eine Eulenmaske, ein Löwe, ein Panther. Vom Fenster fiel kaltes Licht auf die Leinwand, an der sie arbeitete.

Draußen tropfte Regen von den Traufen. Leonor drückte Farbe auf ihre Palette und mischte sie mit dem Pinsel an. Das Gemälde war ein weiteres Selbstporträt, schwarz-weiß mit wenigen Farbtupfern, und hatte etwas Entblößtes an sich, die Augen waren so dunkel und rein. Leonor saß auf einem Hocker und hielt den Pinsel wie einen Zauberstab, während sie an ihrem Haar arbeitete, an einem der leuchtenden Tupfer, der darin hing – einem Schmetterling. Ihr eigenes Haar fiel offen über die Schultern, und sie trug einen weit fallenden, roten Morgenrock. Aus den Falten, die bis zum Boden reichten, schlüpften Katzen hervor und versteckten sich wieder darin, schlängelten sich hinein und wieder heraus, pulsierendes Grau und Orange und Schwarz.

Leonor erblickte sie in der Fensterscheibe. Sie legte den Pinsel ab und nahm einen Schluck Kaffee. «Möchtest du auch?»

«Bitte», entgegnete Leonora und folgte ihr in die Küche. Leonors Mantel, goldbestickter Satin, schleifte hinter ihr her. Als Leonora den glänzenden Stoff betastete, begriff sie, dass es der Mantel eines Kardinals war. Ein derartiger Frevel sandte ein Kribbeln durch ihren Körper. «Woher hast du den?», flüsterte sie, als sie an Max vorbeischlichen, der noch auf dem Sofa schlief.

Leonor schenkte ihr Kaffee ein. «Es gibt ein Geschäft, das die Mäntel an jeden verkauft. Man muss nicht katholisch sein oder ein Mann oder so etwas.» Ihr Französisch hatte einen spanischen Akzent - oder war er italienisch? «Ich ziehe ihn an, wenn ich mich besonders unanständig fühlen möchte. Und außerdem glaube ich, mein Körper macht ihn glücklich. Der Mantel darf ein bisschen leben.» Leonora fragte sich, was Leonor wohl darunter trug oder ob sie überhaupt noch etwas trug. Dann probierte sie das dicke, bittere Gebräu und versuchte, nicht das Gesicht zu verziehen. Tee war ihr lieber, aber sie wollte keinen Anstoß erregen, indem sie das Angebot ablehnte.

Leonor musterte sie, als unterzöge sie Leonora einer Untersuchung. «Du hast Marie-Berthe noch nicht getroffen?»

Leonora schüttelte den Kopf. Max hatte kaum je etwas über sie erzählt, außer dass sie einmal lustig und hübsch gewesen, nun aber religiös und lästig war. «Du wirst sie noch früh genug kennenlernen. Hoffen wir, dass sie in die

Scheidung einwilligt. Du weißt ja, die Frau ist katholisch. Hält den Surrealismus für ein Werk des Teufels. Und hat Max es dir erzählt? Marie-Berthe ist eine illegitime Nachfahrin von Ludwig XVI. und redet unablässig davon!»

Sie zwang sich, den Kaffee zu trinken. Sie wollte nicht an Marie-Berthe denken. «Ich sollte dich wieder arbeiten lassen.»

Leonor fasste nach ihrer Hand. «Es macht dir nichts aus?» Sie sah Leonora prüfend in die Augen. Worüber sprach sie? «Mit uns», erläuterte sie.

Leonora brauchte eine Minute. «O.» Es war ein kleiner Laut, doch ihr Mund blieb offen stehen.

«Ich dachte, er hätte es dir gesagt.»

Leonor blickte an ihr vorbei, also drehte Leonora sich ebenfalls um – und erblickte Max, der ohne Hemd in seiner zerknitterten Hose mit zerstrubbeltem Haar und vom Schlaf zerknitterten Wangen dastand. «Habt ihr was gesagt?»

Leonor umfasste ihre Hände. «Wir hatten etwas miteinander, kurz und vor langer Zeit. Seit Jahren sind wir bloß Freunde, aber ich wollte, dass du es weißt.»

Leonora drückte Leonors Hände. «Danke.»

Dann ging sie auf Max zu. Bevor sie in seine Reichweite gelangte, blieb sie stehen, knöpfte sein Jackett auf, öffnete es und sah zu, wie sein Blick an ihr auf- und abglitt. «Gibt es in Paris irgendeine Frau, mit der du *nicht* geschlafen hast?»

Mit dem Geld ihrer Mutter mietete Leonora eine Wohnung in der Rue Jacob in Montparnasse. Sie lag im dritten Stock ohne Fahrstuhl und stammte aus einem anderen

Jahrhundert, hatte hohe Decken und tiefe Fenster und einen winzigen Balkon. Aber die Räume waren renoviert worden, sodass es eine Toilette und heißes Wasser gab, was für Pariser Verhältnisse Luxus war. Leonora war sich sicher, dass ihr Vater das Apartment als Dachkammer bezeichnet hätte, aber für sie war es das Paradies. Ihre eigene Wohnung in der Stadt ihrer Träume.

Max half ihr, sie mit allem auszustatten, was Leonora brauchen würde. Sie streiften über die Trödelmärkte von Montparnasse, bis ihr neues Heim mit einem Sofa aus dem neunzehnten Jahrhundert, einem stabilen Tisch, Stühlen und einem einfachen Himmelbett möbliert war, in dem sie in den meisten Nächten alleine schlief. Seine Tage verbrachte er mit ihr, aber seine Nächte gehörten seiner Frau. Er würde sie bald verlassen, behauptete Max beharrlich. Aber er würde seine Werke auf einmal hinausschaffen müssen, damit Marie-Berthe keine Gelegenheit bekäme, alles zu zerstören – was bedeutete, dass er seine Chance abwarten musste.

Leonora gab sich Mühe, die Stunden, in denen er fort war, zu verschlafen. Sie las und schlief und träumte von ihm. Doch wenn sie in der Nacht aufwachte, war sie nicht in der Lage, sich zu bewegen. Sie war gelähmt. Sie versuchte die Sidhe heraufzubeschwören, über die ihre Nanny ihr so viel erzählt hatte, damit sie Leonora in einem Kreis aus Licht beschützten, aber anscheinend war das kleine Volk in England geblieben. Zusammen mit meiner Seele, dachte Leonora. Sie erkannte sich selbst nicht. Wo war das Mädchen, das sich Paris zu eigen machte? Das Mädchen, das sich einen Mann nahm und ihn wieder verließ, das wusste, dass alles, was sie brauchte, in ihr selbst war?

Sie hatte sich nie so allein gefühlt wie in den höllischen

Stunden ohne Max. Bis zum Morgen, wenn sie die Augen öffnete und er da war und nach allem von ihr verlangte. Aber sie sagte es ihm nicht. Sie weigerte sich, verletzlich zu sein. Wenn sie ihn nicht brauchte, würde er weiterhin zu ihr kommen. Mit ihr leben. Ihr gehören.

Und dann räumte eines regnerischen Dienstagmorgens Max mit Pauls Hilfe seine Gemälde aus der Wohnung, als Marie-Berthe in der Messe war. Als Leonora die beiden an dem Nachmittag traf, sie hatten noch die Gemälde dabei, humpelte Max. Er hatte Kratzer im Gesicht, Abdrücke von Zähnen auf den Armen. Es hatte länger gedauert als angenommen, erläuterte er, und als seine Frau nach Hause gekommen war und begriffen hatte, was die Männer taten, war sie in fieberhafte, unbändige Wut geraten.

Leonora küsste seine Wunden. Er war bei ihr eingezogen. Er hatte seine Frau verlassen.

Sie erklommen die Stufen zum Café de la Place Blanche, öffneten die Tür und traten in eine Wolke aus Zigarettenrauch. Im Hinterzimmer gab es einen offenen Tisch, an den sie sich setzten und Hauswein bestellten. Dies war Leonoras erstes Surrealisten-Treffen, und ihr Körper pulsierte vor Aufregung. Durch den Rauch hindurch musterte sie die Gesichter der Männer. Yves Tanguy, mit seinen großen, jungenhaften Augen und seinem abstehenden dünnen Haar, den sie just an diesem Morgen auf der Straße kennengelernt hatte, war so gefangen genommen von dem, was André Breton sagte, dass er Leonoras Ankunft gar nicht zu bemerken schien. Doch Paul Éluard lächelte ihr zu, und Man Ray tippte sich an den Hut. Tristan Tzara, dessen omnipräsentes Monokel sie von Fotos erkannte, betrachtete Leonora mit solch vollkommener Gleichgültigkeit, dass ihr deutlich bewusst wurde, dass sie die einzige Frau im Zimmer war.

Breton saß neben Tzara, aber er hätte genauso gut mit Zeigestock in der Hand an einer Schultafel stehen können, wenn man sich seinen resoluten Tonfall anhörte und sah, wie die Männer ihm das Gesicht zuwandten und seinen Theorien lauschten, die sich in Höhen schraubten und dabei an Schwung zunahmen. Breton sprach von der «Unabhängigkeit der Kunst für die Revolution» und von «der Revolution für die völlige Befreiung der Kunst». Leonora lehnte sich zurück und zündete sich eine Zigarette an. Erst letzte Woche war Breton in der Wohnung vorbeigekommen, hatte sie auf die Wangen geküsst und war liebenswürdig gewesen. Jetzt begrüßte er sie mit einem Nicken und, wie ihr schien, mit der Andeutung eines Lächelns.

«Nenne ihn bloß nicht André», hatte Leonor sie gewarnt. «Breton. Du musst ihn immer Breton nennen.» Sie hatte seinen Namen förmlich auf den Gehweg gespuckt. «Dieser wichtigtuerische Mistkerl! Was gibt ihm das Recht, allen vorzuschreiben, was sie tun dürfen und was nicht? Ich meine, was hat *er* überhaupt geschaffen, abgesehen von seinem allmächtigen Manifest?»

Sie und Leonor waren Arm im Arm zum Café de Flore unterwegs gewesen, wo sie einen Aperitif trinken wollten, und Leonora hatte bemerkt, wie die Männer, an denen sie auf dem Gehweg vorüberliefen, sie beide anstarrten. Es war ein neues Gefühl, die Macht von Frauen, wenn sie zu mehreren sind, und Leonora gefiel es. «Da ist natürlich sein Roman *Nadja*», hatte Leonor gesagt. «Aber hast du ihn gelesen? Sie wird verrückt, und es handelt nur davon, wie das den Künstler beeinflusst, den *Mann*. Das Buch ist auch von einer echten Frau inspiriert. Und wo ist sie, die echte Nadja? Seit zehn Jahren weggesperrt in eine Irrenanstalt. Da sie ja nur eine Muse ist, welche Rolle spielt es schon, was mit ihr passiert?» Leonor blieb auf dem Gehweg stehen und drückte Leonoras Arm mit ihrem Ellenbogen. «So sieht er uns alle, meine Liebe, als Musen. Und ich weigere mich, irgendjemandes Muse zu sein. Außer deine. Natürlich nur, wenn du mich haben willst.»

«Unbedingt», erwiderte Leonora. «Aber von jetzt an werde ich dich mit deinem Nachnamen ansprechen. Wenn Breton Breton heißt und Dalí Dalí, dann sollst du Fini sein.»

Leonor nickte lächelnd. «Und du, meine Liebe, bist Carrington.»

Jetzt versuchte sie, sich Leonor in diesem verrauchten Zimmer vorzustellen, aber es gelang ihr nicht. Auf keinen Fall würde ihre Freundin einen Nachmittag damit verschwenden, einem Haufen Männer beim Reden zuzuhören. Doch für Leonora was es etwas Neues. Sie erfuhr das Allerheiligste der Bewegung aus erster Hand.

Paul widersprach Breton, und die Männer begannen zu streiten, obgleich sie, hätte man sie darauf angesprochen, sicherlich behauptet hätten, es handle sich einfach um eine Diskussion. Sich auf Seiten Trotzkis und der Revolution zu stellen bedeute, die Gruppe noch weiter zu spalten, beharrte Paul.

Breton richtete den Finger auf ihn. «Als Stalin damals Trotzki ins Exil schickte, hat er damit den Kommunismus vergiftet.»

«Er hatte denselben Grund, aus dem du Homosexualität verurteilst, das Argument der Reinheit.»

«Voll und ganz korrekt. Homosexualität ist an einem

Individuum zu tolerieren. Aber der Surrealismus muss makellos, unangreifbar sein, wenn wir ernst genommen werden wollen. Homosexualität ist ein Makel.»

Leonora hatte nicht vor, sich einzumischen. Ihr war deutlich bewusst, dass sie als Gast hier war. Frauen war es niemals gestattet, der *Bewegung* als volle Mitglieder beizutreten. «Bretons Herrenriege» nannte Fini die Runde. Aber drückte er sich nicht ungenau aus? «Meinen Sie *männliche* Homosexualität?» Max drückte zum Zeichen, es dabei zu belassen, ihren Arm, wirkte aber amüsiert.

«Oui», antwortete Breton. «Bei Frauen ist es eine natürliche Folge ihrer Anatomie. Das geht auf Freud zurück. Mädchen nuckeln an der Brust ihrer Mutter genauso wie Jungen.»

«Vielleicht erinnerst du dich, dass Dada Freud vorweggenommen hat», sagte Paul und ließ den Wein in seinem Glas kreisen. «Aber wie steht es, wenn man mit einem Mann schläft, weil es die Frau, mit der der Mann zusammen ist, wünscht?»

«Ich wäre mit einer solchen Frau niemals zusammen.»

Max kritzelte etwas in ein kleines Notizbuch und warf eine Frage ein. «Und Analverkehr?»

«In Ordnung, wenn er mit einer Frau geschieht», verkündete Breton.

«Würde es dir Vergnügen bereiten, von einer Frau mit einem Dildo anal befriedigt zu werden?» Paul lächelte bei seiner Frage. Breton wurde rot. Er presste die Lippen zusammen und antwortete nicht.

Yves zeichnete etwas, indem er mit einem Messer eine Pfütze von etwas Dunklem, Dickflüssigem auf seinem Teller verschmierte. Er sah auf. «Mir schon! Natürlich nur, wenn es ihr Vergnügen bereitet. Hat nichts mit Homosexualität zu tun», fügte er mit einem Blick in Bretons Richtung hinzu.

«Wie sollte ihr so etwas Vergnügen bereiten können?», sagte Breton. «Es ist ein Dildo.» Daraufhin diskutierten die Männer lebhaft untereinander. War das Verlangen einer Frau ein bewusstes oder ein unbewusstes? Und wie bedeutend war diese Unterscheidung? Breton klatschte in die Hände, um wieder für Ordnung zu sorgen. «Bitte, Männer! Versteht ihr nicht? Der Surrealismus darf nicht verunreinigt werden!»

Max stand so heftig auf, dass sein Stuhl hinter ihm umkippte. «Was hat Reinheit mit Kunst zu tun? Es geht doch um die Freiheit des Denkens!»

Ein kleiner Mann tippte Leonora auf die Schulter. Er kam ihr bekannt vor, aber sie konnte ihn nicht einordnen. Während er sie mit seinen stechenden braunen Augen musterte, zog er etwas aus seiner Jackentasche, streckte die Hand aus und griff nach Leonoras Hand. Flirtete er mit ihr? Plötzlich erkannte sie ihn. Es war der spanische Maler Joan Miró. Sie hatte seine Bilder in der Surrealisten-Ausstellung in London gesehen. Sie hatten Leonora gefallen, und sie wollte es ihm gerade sagen, da drückte Miró ihr ein paar Francs in die Hand. «Hol mir eine Packung Zigaretten, Liebes, ja?»

Das war es, was er wollte? Zigaretten? «Du kannst sie dir verdammt noch mal selber holen», erwiderte Leonora so laut, dass alle es hören konnten. Sie klatschte sein Geld auf den Tisch. «Sehe ich aus wie dein Dienstmädchen? Oder vielleicht wie deine Mutter?»

Miró wurde ganz steif, und sie dachte schon, er würde sie vielleicht schlagen. Im Raum wurde es still. Sie hatte das Treffen gestört. Hatte sie auch Max gestört oder beschämt?

Aber Max grinste, ihr Widerstand begeisterte ihn. Er griff nach ihrer Hand, und sie gingen mit großen Schritten zur Tür. «Es ist ein herrlicher Herbsttag», verkündete er den Männern, «und wir müssen Kunst schaffen.»

«Und Liebe machen», fügte sie hinzu. «Mit einem riesengroßen Dildo.»

In einer Ecke ihres Wohnzimmers vor dem Fenster baute Leonora ihre Staffelei auf. Ihr halb fertiges Bild war endlich aus London eingetroffen, geschickt von Ursula, die schwanger war und *kaum das Verlangen verspürte zu malen*, stand in ihrem Brief. *Ich baue nur zufrieden mein Nest.* Ihre Leben hatten solch unterschiedliche Richtungen genommen, und augenblicklich war Leonora froh, dass sie selbst frei war - von England, von ihrer Familie und der guten Gesellschaft, von der Mutterschaft. Gleichzeitig fürchtete sie sich zu straucheln, denn es war, als rannte sie so schnell durch ihr Leben, dass der Boden unter ihren Füßen wegschmolz und nur noch Luft übrigblieb. Wenn sie nur einmal langsamer würde, um Luft zu holen, würde sie in unvorstellbare Abgründe stürzen.

Sie öffnete das Paket und nahm das Gemälde heraus, das in braunes Papier gewickelt war. Leonora war noch nicht bereit, es sich anzusehen. Zuerst musste sie sich Tee machen. Ihr Gemälde sollte nicht einfach nur gut sein - Talent unter Beweis stellen, vielversprechend sein, was man eben von einer Studentin erwartete -, es sollte ihre Vision beschreiben, einen Platz unter den Surrealisten für sie einfordern. Es sollte den Betrachter schockieren, ihn oder sie auf beunruhigende Weise durchdringen. Doch vor allem sollte es Max verblüffen.

Er war gerade in seinem Atelier, und dort würde er auch den ganzen Morgen verbringen. Leonora hatte Zeit, zu arbeiten, Zeit, das Bild auf sich wirken zu lassen. Sie nippte an dem Tee, den sie begonnen hatte schwarz zu trinken. Draußen fiel kalter Regen hernieder, und Leonora umschloss die Tasse mit beiden Händen und genoss deren Hitze. Sie trug einen seidenen Morgenrock und hoffte, dass sein orientalisches Muster und seine schlüpfrige Glätte sie inspirieren würde. Aber es war nicht annähernd warm genug dafür, und sie wickelte eine Decke vom Sofa um sich.

Schließlich riss sie das Papier von dem Gemälde. Und da war sie in ihren Reithosen und saß auf einem Stuhl, dessen rotes Kissen glänzte wie eine nasse Zunge. Die Stuhlbeine waren züchtig von einem blauen Faltenrock verhüllt. Es war die sexuell anzügliche Zunge, die ihr am besten gefiel. Aber was kam als Nächstes? Leonora stellte die Leinwand auf die Staffelei und drehte sie so, dass das Licht darauf fiel.

Sie hatte angefangen, auf die Hinweise zu achten, die das Unterbewusste ständig herumliegen ließ – Max nannte sie Liebesbriefe –, die Form von Schatten oder ein Gebilde aus Shampooschaum auf einer Fliese in der Dusche. An einem Tag sah sie ausschließlich Kraniche, am nächsten Pferde. Tiere marschierten auch durch Leonoras Träume. Schon zweimal hatte sie von einer Hyäne geträumt, und so war diese auch in ihre Geschichte der widerwilligen Debütantin geraten. Diese Art, lebendig zu sein, fühlte sich an wie ein Zuhören. Die gesamte Welt bekam Bedeutung – keine Bedeutung, auf die sich eine klatschsüchtige Mehrheit festgelegt hatte, sondern eine persönliche Bedeutung, der Ursprung der eigenen Kunst.

Sie stand am Fenster und starrte auf ihr Gemälde, auf ihr Ich, das unerschütterliche Ich mit den wilden Haaren und dem direkten Blick, das sie gemalt hatte, und es starrte zurück. *Das bist jetzt du*, sagte die Frau. *Du bist ich*, in einem Zimmer, einem fensterlosen Zimmer. Natürlich! Es war nicht genug, dass Leonora die Wände himmelblau gemalt hatte, das Zimmer brauchte ein Fenster, ein *offenes* Fenster. Wenn sie keinen anderen Ausweg hatte als die Haustür (wo man sie zweifellos beobachten und ihr folgen und ihren Mangel an Schicklichkeit in dicken Büchern protokollieren würde), würde sie mit Sicherheit verrückt werden.

Sie ließ die Decke zu Boden fallen. Ihre Tuben mit Ölfarben waren verklebt, weil sie seit London nicht mehr geöffnet worden waren. Leonora holte einen Lappen und drehte die Tuben mit Muskelkraft auf. Deren herrlicher, giftiger Duft erfüllte den Raum. Endlich malte sie wieder, und die Zeit löste sich auf, wie sie es immer tat, wenn Leonora arbeitete. Goldenes Ocker für die Vorhänge, Kadmiumgelb und Grün für die englische Landschaft mit Zypressen und einer Kiefer dahinter.

Sie wischte ihre Hände an dem Lappen ab, trat einen Schritt zurück und betrachtete das Bild. Sie sah die Hyäne aus ihrem Traum mit possierlichem, eindringlichem Gesicht und vollem Euter im Zimmer stehen. Das Tier musterte Leonora mit seinen wissenden, ovalen Augen. Hyänen waren androgyn, die Weibchen besaßen einen falschen Penis, was Leonora gefiel – nicht *oder*, dachte sie, sondern *und*. Sie mischte gebrannte Siena mit einem dunkleren Braun und Umbra. Sie wusste, wo genau die Hyäne stehen würde, und tauchte ihren Pinsel in die Farbe. Plötzlich platzte Max durch die Tür herein. Hektisch und verzweifelt drehte Leonora ihr Gemälde zur Wand. Er würde es zu Gesicht bekommen, sobald es fertig war, und nicht vorher.

«Die Eluards schauen sich Guernica an. Ich habe ihnen gesagt, dass wir mitkommen. Du musst es kennenlernen.»

«Ich arbeite», erwiderte sie. Ihre Kehle war eng vor Verdrossenheit. Sie wollte die Hyäne auf die Leinwand bringen, solange sie das Tier noch so frisch vor Augen hatte und seinen Gestank riechen konnte.

«Bitte?» Max schlang die Arme um sie. Leonora seufzte. Wie würde er sich fühlen, wenn sie ihn im Bild unterbräche? Sie säuberte ihren Pinsel und tauchte ihn in eine Dose mit Terpentin. Ihre Arbeit würde warten müssen.

Vor dem deutschen Pavillon auf der *Avenue de la Paix*, der Allee des Friedens, die anlässlich der Ausstellung so genannt worden war, stoppten sie. Der Pavillon wurde von Nazi-Fahnen flankiert, die blutrot in den grauen Himmel ragten, und vor der quadratischen Fassade prangten Steinsäulen, die an das antike Rom erinnern sollten, doch für Leonora war das Gebäude eine Verkörperung des Faschismus, seiner Stoßrichtung und Kraft. Sie kam sich klein vor, wie eine Ameise, die sich ganz einfach zerquetschen ließ. Während Leonora zu dem goldenen Zierelement auf dem Pavillondach hinaufblinzelte, einem riesigen Adler mit Hakenkreuz in seinen Klauen, wurde sie plötzlich von der Vorstellung übermannt, wie der Vogel herabstieß, Max am Mantelkragen ergriff und ihn zurück nach Deutschland trug, zurück zu seinem Führer, der ihn hasste.

Max hatte wohl dasselbe gedacht, denn er lachte. Natürlich musste der deutsche Pavillon den russischen Pavillon überragen, und alle anderen im Übrigen auch, da waren Max, Leonora, Nusch und Paul sich einig. Die vier machten sich auf den Weg zum spanischen Ausstellungsraum, vor dem sich bereits eine Schlange gebildet hatte. Der Regen hatte aufgehört, aber es ging ein scharfer Wind. Leonora versenkte die Hände tief in ihren Jackentaschen. Nusch schmiegte sich eng an sie. «Du wirst *Guernica* lieben», sagte sie. «Wir waren gerade erst da und mussten einfach noch einmal herkommen.» Leonora nickte und lächelte. Sie konnte nur an ihre Hyäne denken und wie begierig sie darauf war, das Tier zu malen. Blau. Die Augen würden blau sein, und sie würden menschlich aussehen.

Sie rückten in der Reihe vor und betraten den Pavillon. Die Menschenmenge war so groß, dass Leonora nur die obere Hälfte des Gemäldes erkennen konnte, selbst wenn sie sich auf die Zehenspitzen stellte. Max zog sie mit sich nach vorne bis direkt vor die Schranke. Picassos Gemälde war gewaltig. In Schwarz und Weiß gehalten, bedeckte es die gesamte Wand. Die übereinandergehäuften, verdrehten Körper der Dorfbewohner; das arme, eingekeilte Pferd. Die offenen Münder, die nach dem Himmel ausgestreckten Arme, der klar und blau hätte sein sollen, aus dem jedoch Feuer herabregnete. Die Figuren waren zweidimensional und eher symbolisch als realistisch gemalt, und doch konnte Leonora ihre Schreie hören. Da war ein Bein, ein abgewinkelter Fuß – aber zu welchem Gesicht gehörte er? Sie schluckte, schmeckte Galle, als langte *Guernica* nach ihren Eingeweiden und drückte zu. Die Menge drängte gegen sie. Sie fühlte sich schwach, schwindelig. Sie fasste nach Max' Arm. «Was ist?», fragte er. «Du bist ganz weiß.»

Sie schnappte nach Luft. «Wir treffen uns draußen.»

«Ich komme mit.» Sie bemerkte, wie er mit Nusch und Paul sprach, die ihm zu ihr herüber folgten.

«Es ist heute ohnehin zu überfüllt.» Auf dem Weg nach draußen legte Paul den Arm um sie. Leonora sog die frische Luft ein, und ihr Magen beruhigte sich. Doch als sie an ihre Hyäne dachte, konnte sie bloß noch das Gesicht dieses Pferdes sehen, sein offenes Maul, seine spitze ausgestreckte Zunge. Automobile tuckerten an ihnen vorüber, aber Leonora hörte nur die Schreie des Pferdes.

«Ist *Guernica* nicht große Kunst?» Nusch war atemlos. «Es wühlt uns alle völlig auf.»

«Groß? Vielleicht», erwiderte Max. «Aber es wird nicht mehr um seiner selbst wahrgenommen. Es ist zeitgemäß. Ein politisches Statement.»

«Es geht um den Schrecken, den unsichtbaren Feind», warf Paul ein.

«Es geht darum, dass Deutschland Bomben testet. Darum, wozu es fähig ist», sagte Max.

Alle schwiegen. Leonora hätte lieber über alles andere gesprochen. Und plötzlich verspürte sie trotz der Kühle in der Luft ein Verlangen nach Eiscreme.

«Kann Kunst einen Krieg aufhalten? Kann Kunst Bomben aufhalten, kann sie Hitler aufhalten oder Franco?» Sie erreichten das Café de Flore, und Nusch ließ noch immer nicht von dem Thema ab.

Sie setzten sich an einen Tisch auf dem Gehweg. Leonora wandte das Gesicht zur Sonne, schloss die Augen und ließ sich von der Wärme durchströmen.

«Kunst ist Kunst. Bomben sind Bomben», sagte Max. «Lasst uns bestellen. Ich sterbe vor Hunger.»

Leonora bestellte Schokoladeneis, und Max wählte eine

Flasche Champagner und Austern. Beides konnte er nicht bezahlen. Sie hatten das Geld ihrer Mutter durchgebracht, und er hatte nicht ein einziges Gemälde verkauft – nicht mehr, seitdem Marie-Berthes Eltern die Pariser Gesellschaft gegen ihn aufgehetzt hatten. Doch er bestand darauf, handeln zu müssen, als käme weiterhin Geld herein, und das würde es auch wieder tun. Außerdem hatte Paul jede Menge Geld. Vielleicht würde er bezahlen.

Leonora aß ihr Eis langsam, ließ es auf der Zunge zergehen und spürte, wie es ihre Kehle kühlte. Ihre Schultern entspannten sich. Sie atmete wieder normal. Nusch sprach von der großen Surrealisten-Ausstellung, die sie zusammen mit Marcel Duchamp plante. «Dieses Mal sollen auch Frauen vertreten sein», sagte sie und fing Leonoras Blick auf. Die Ausstellung sollte nächsten Januar eröffnet werden, in lediglich drei Monaten.

Leonora hatte noch nichts, was sie ihnen zeigen konnte. Aber sie *würde* etwas haben.

Sie rief sich erneut ihre Hyäne vor Augen, als sie die Frau auf dem Gehweg erblickte. Sie trug ein schwarzes, tailliertes Kleid. Ihr dunkles Haar wurde von einem roten Band aus dem hübschen Gesicht zurückgehalten. Sie blieb stehen und starrte Max an. Sie war es. Sie musste es sein. Ihre Augen verengten sich und fixierten Leonora, und dann griff sie an wie ein Afrikanischer Büffel. In Sekundenschnelle stand sie an ihrem Tisch. «Marie-Berthe!», rief Max. «Hör auf! Du musst aufhören!»

Die Frau stieß das Eis auf Leonoras Schoß und zog sie an den Haaren hoch. *«Putain!»*, kreischte sie. *Hure.* Marie-Berthe schwang herum und ohrfeigte sie. Ihre Augen waren weit aufgerissen. Max' Frau ließ ihr Haar los, aber anstatt zurückzuweichen, schlug Leonora ihr die Fingernägel in die Wangen und hinterließ blutige Striemen. Marie-Berthe brach in Tränen aus. Max trat zwischen die beiden, das Gesicht seiner Frau zugewandt. Leonora beobachtete, wie er den Arm um Marie-Berthe legte und sie auf dem Gehweg davonführte. Seine Frau, mit der er seit zehn Jahren verheiratet war. Zitternd setzte Leonora sich wieder. Sie dachte an all das, was Max ihr erzählt hatte – dass sie sich längst auseinandergelebt hätten, dass Marie-Berthe seine Freunde verabscheue und er ihre engstirnige Frömmigkeit, ihre Bedürftigkeit, ihre Eifersucht – und sah zu, wie seine Frau ihren Kopf an seine Schulter legte.

Max,
Juni 1940,
Südfrankreich

Der Geisterzug, in dem Max nach Hause reist, fährt nach Osten. Als sie die Pyrenäen überqueren und den Regen hinter sich lassen, verwandelt sich eine trockene Nacht in einen trockenen Tag, und sie fahren in den Bahnhof von Toulouse ein, wo die Zeitungen schwarz umrandet sind, was bedeutet, dass der Krieg offiziell zu Ende ist. Frankreichs kleiner Krieg ist zu Ende. Auf einem Schachbrett ist Frankreichs Königin nach zehn Zügen umgekippt. Trotzdem sprechen alle über die Bedingungen des Waffenstillstands – welche Teile Frankreichs frei sind und welche nicht.

Der Kommandant lässt einige Zeitungen herumgehen. Der Wissenschaftler erhascht eine, kneift in dem Versuch, sie ohne seine Brille zu entziffern, die Augen zusammen, und reicht das Blatt seufzend einem Rabbi weiter. Max rutscht zur Seite, macht für den Mann auf dem Seitengeländer einen Platz frei. Alle drängen sich hinter ihn. Mit zitternden Händen blättert der Rabbi die Seiten um. Bei einem Foto von Hitler und seinen Männern in Paris stockt er. Alle beugen sich vor. Nazitruppen marschieren die Champs-Élysées hinunter. Hitler und seine Getreuen posieren vor dem Eiffelturm, als wären sie Filmstars oder Königliche Hoheiten. «Blättern Sie um!», ruft jemand von hinten. Das Unvorstellbare ist geschehen. Gaffen bringt nichts.

Die Karte von Frankreich findet sich beinahe ganz hinten im Blatt. Die besetzte Zone ist schraffiert, die unbesetzte Zone schlicht weiß. Ihr Zug befindet sich auf nicht besetztem Gebiet. Wie es scheint, ist der gesamte Süden des Landes nicht besetzt, anders als die Küste im Westen – was bedeutet, dass Leonora noch immer in Saint-Martin sein müsste. Sie würde dortbleiben, solange sie könne, hatte sie gesagt. Max kann sich nicht an ihre Worte erinnern, nicht genau, aber er weiß, dass sie auf ihrem Grundstück lagen, ihr Kopf auf seinem Arm ruhend, und in einen sternenbedeckten Himmel aufblickten.

Er versucht sich vorzustellen, wo sie sich jetzt aufhält, versucht sie in dem Landhaus beim Füttern der Katzen und Pfauen zu sehen, bei der Arbeit an ihren Weinstöcken. Er versucht ihre Anwesenheit zu spüren, aber alles, was er wahrnimmt, ist eine Leere in seinem Magen. Eine entsetzliche, wabernde Furcht.

Der Zug vollführt einen Satz vorwärts, und Max hält sich an der Stange fest, seine Beine baumeln noch hinaus. Der Rabbi klammert sich an seinen Arm, um nicht hinunterzufallen. Rufe ertönen, Männer rennen herbei, um den Zug noch zu bekommen, dieselben Männer, die in Bayonne und danach abgesprungen sind. Sie wirken zerlumpter als je zuvor, aber Hans Bellmer ist leider nicht unter ihnen. Es war schrecklich, sagen sie, unmöglich, eine Unterkunft oder Verpflegung zu finden. Sie hatten ihre Lage einem Bahnhofsvorsteher nach dem anderen erläutert, hatten erklärt, sie hätten ihren Transport verloren, und nun hatten sie die anderen Männer endlich eingeholt.

Die Züge, an denen sie vorüberfahren, quellen über von Passagieren, die ihre offenen Gesichter in die Sonne halten. Das Frankreich, das sie geliebt haben, ist vielleicht gestorben, aber die Kämpfe sind vorüber. Sie fahren nach Hause. Selbst der halbblinde Wissenschaftler sitzt lächelnd in der Sonne.

Die Männer, die mit ihren Geschichten wieder zu ihnen gestoßen sind, füllen die Leerstellen für sie auf. Wie sich herausstellt, sind die Deutschen nie bis zum Hafen von Bayonne vorgedrungen. Das Gerücht hatte seinen Ursprung in dem Geflüster des Zugs genommen. Der Kommandant hatte voraustelefoniert, um Nahrungsmittel zu beschaffen. Wenn ein Ort seiner Bitte nicht nachkommen konnte, rief er einen anderen an. Immer sagte er ihnen: «Ich treffe mit zweitausend Boches ein. Können Sie uns verpflegen?» So verbreitete sich das Gerücht, die Deutschen wären im Anmarsch. Der Geisterzug hat sich selbst in Angst und Schrecken versetzt – aber in die richtige Richtung, denkt Max und ist dankbar, dass er nicht an die Grenze flüchten musste.

Die Luft riecht nach getrocknetem Heu, Feldern, nach Entfernung und alter Hitze, und bald schon kommt das Mittelmeer in Sicht, tiefblau und glänzend. Aber wohin werden sie gebracht? Zurück nach Les Milles? Der Süden von Frankreich ist nicht besetzt, aber sobald die Nazis von ihnen erfahren, werden die Franzosen gezwungen sein, sie auszuliefern. Die Männer debattieren, geben es aber schnell wieder auf. Da sind Sonne und Wärme und das Meer, und ein paar Männer beginnen sogar damit, auf ihren Knien Karten zu spielen, als sie mit Sitzen an der Reihe sind.

Max behält seine Pläne für sich. Er wird nicht nach Les Milles zurückkehren, falls das das Ziel der Reise ist. Er wird in kein Lager mehr gehen. Er hat Kekse, Käsestücke und Salami in den Manteltaschen. Die Augen fallen ihm zu, und er lässt es geschehen. Er wird so viel Energie aufsparen wie möglich. Sich in der Nacht davonmachen.

An der Anschlussstelle nach Les Milles fahren sie vorbei und weiter nach Norden in Richtung Nîmes, was noch näher an Saint-Martin liegt. Der Zug umrundet Nîmes und bleibt neben einem Feld ein paar Kilometer von der Stadt entfernt auf einem Nebengleis stehen.

Die Männer stolpern aus den Waggons, der Himmel über ihnen leuchtet. Sie verstreuen sich über einen steinigen Acker. Max legt sich hin und starrt die Farben an, saugt sie in sich auf wie Nährstoffe. Das Kobaltblau des Himmels, an dem sich die Wolken verändern. Indischgelb. Kadmiumorange. Karminrot.

Morgen, sagt der Kommandant, werden sie ihr Lager aufschlagen. Doch in dieser Nacht hätten sie die Erlaubnis, unter dem Sternenhimmel zu schlafen. Und ein Stück die Straße hinauf stünde ein Bauernhaus, dort könnten sie Wasser, Milch, Wein finden. «Aber versuchen Sie nicht abzuhauen», krächzt er, seine Stimme ist heiser. «Die Gendarmerie weiß, dass wir hier sind. Wenn Sie ihnen unter die Augen kommen, werden Sie sofort zurückgebracht.»

Max wandert mit den anderen Männern die Straße entlang. Milch und Wein kosten Geld, aber das Wasser ist umsonst und fließt kalt aus dem Brunnen. Er trinkt, bis sein Durst gelöscht ist.

Die Hitze des Tages ist zusammen mit der Sonne untergegangen, und die Männer wickeln sich in Decken und legen sich auf den Acker. Max legt sich ebenfalls nieder. Er wird warten, bis alle schlafen. Aber flach auf dem Boden zu liegen ist einfach zu schön, und jedes Mal, wenn er seine Lider aufreißt, fallen sie ihm wieder zu.

Er erwacht unter einem leuchtenden Himmel und richtet sich ruckartig auf. Gewiss hat er seine Chance verpasst.

Doch es ist nur der Mond, ein blindes weißes Auge, ein Signalfeuer. Max knöpft sich den Mantel zu, lässt die Decke auf dem Feld liegen und kriecht zwischen den Männern hindurch. Da tritt er auf einen Ast, der zerbricht. Er erstarrt, bemerkt, wie ein Mann sich aufsetzt. Es ist einer der jungen Österreicher, und er gähnt mit solcher Hingabe, dass Max die Anziehungskraft der Erde spürt, ein plötzlicher Schwindel, und er fragt sich, ob er sich nicht doch noch einmal niederlegen und mehr schlafen sollte. «Gehen wir los?» Die Stimme des Jungen klingt matt, wie die eines Kindes.

«Brauche nur kurz Privatsphäre.» Max deutet in eine unbestimmte Richtung fort vom Zug, und der Junge rollt sich seitlich zusammen und ist wieder bewusstlos.

Max geht nun doppelt so schnell, und bald folgt er einem Weg einen steilen Hügel hinauf Richtung Polarstern. Wenn er es schafft, immer nach Norden zu wandern, wird er auf die Ardèche treffen, ihren Fluss, und von dort aus kann er Saint-Martin erreichen. Er blickt sich noch einmal nach dem langen, grauen Zug um, nach den verfallenen Viehwaggons, die sie auf der schlimmsten Reise ihres Lebens transportiert haben. Nur, um die Männer dorthin zurückzubringen, wo alles begann. Alles umsonst.

Aber der Himmel über ihm ist klar. Er ist zum ersten Mal seit Monaten allein, atmet die süße, belebende Luft ein. Und als er in der Ferne das Jagdhorn hört, das Geräusch, das sie im Camp des Milles jeden Morgen weckte, hat er den Hügel bereits erklommen und erreicht ein Tal, das sich gerade mit Vogelgesang füllt.

Der Himmel wird heller. Im Sommer stehen die Bauern früh auf, also hat er keine Stunde mehr, bevor er sich verstecken muss. Als er beschleunigt, stolpert er über einen Stein und schürft sich die Handflächen, ein Knie auf. Er kommt wieder auf die Beine und bleibt in Bewegung, späht zur aufgehenden Sonne hinauf, hält sich an Feldrändern. Er isst einen Keks, langsam, dann knabbert er den Käse, lutscht daran wie an einem Bonbon, damit er länger etwas davon hat. Er ist müde, so schrecklich müde, und es ist bereits jetzt ein heißer Tag.

Im Schatten eines Ahornbaums breitet Max seinen Mantel über die weichen, alten Blätter. Er legt sich nieder, bedeckt sich mit Laubstreu, als wickle er sich in eine Bettdecke – ein Trick, den er gelernt hat, als er als Junge von zu Hause weglief und sich im Wald versteckte –, und schläft.

Bei Sonnenuntergang macht er sich auf den Weg nach Norden Richtung Saint-Martin. Er wird vielleicht vier Tage brauchen, vermutet er, um ihr Zuhause zu erreichen, vielleicht auch drei, wenn er in den Nächten weiterwandert. Er hat die restlichen Kekse und die Salami aufgegessen, und trotzdem fühlt er sich schwach. Außerdem ist er durstig, schrecklich durstig. Die Luft ist trocken und hat über den Tag, während er döste, die Feuchtigkeit aus seinem Mund gezogen.

Irgendwann hat er einen Krampf im Fuß und auch in der Wade. Kurz hält er an, um darüberzureiben, dann drängt es ihn weiter. Er findet den abgebrochenen Ast einer Platane, den er als Wanderstock verwenden kann. Mit dem knorrigen Ende in der Hand schlägt er einen Weg in der Nähe einer Straße ein, einen Wildpfad, und immer, wenn er Scheinwerferlicht bemerkt, duckt er sich ins Gebüsch, bis der Wagen vorbeigefahren ist.

Max folgt den Sternen über die Felder nach Norden, hügelauf, hügelab. Als er den Großen Bären und den Löwen am Himmel entdeckt, stellt er fest, dass sein Mädchen recht hatte. Der Bär sieht eher aus wie eine große Katze, und der Löwe wie eine Schnecke. Und da er weit von jeder Stadt entfernt ist, ein Schatten, der durch Schatten gleitet, kann Max sogar das Füllen ausmachen, Equuleus, winzig und blass und allein in einer dunklen Ecke des Himmels. Er hat noch keine *gendarmes* bemerkt, aber jeder französische Bürger könnte ihn anzeigen. Er ist ein Skelett in Lumpen und wirkt wie ein Flüchtling, und genau das ist aus ihm geworden. Ein Mann auf der Suche nach einem Zufluchtsort, ein Mann, der mehr als alles andere zu Hause sein will.

Leonora, Dezember 1937, Paris

Leonora und Max stiegen auf ihrem Weg zu dem Straßenmarkt, auf dem sie Weihnachtsgeschenke für das in nur wenigen Tagen beginnende Fest kaufen wollten, die gewundenen Straßen von Montmartre hinauf. Der Himmel wölbte sich ultramarinblau über ihnen, und die Sonne spiegelte sich in den Schaufenstern der Läden, die Hüte und Mäntel und Schuhe verkauften. Im Fenster eines Uhrmachers stach Leonora etwas ins Auge. Sie beschirmte ihr Gesicht gegen die Sonne, um es zu betrachten. *PARTIR*, und darunter *JUIF* stand dort in grober Blockschrift in der trüben Farbe von Ziegeln geschrieben, oder, dachte sie, der Farbe von trocknendem Blut. Max hielt ebenfalls an, um hinzusehen, dann beschleunigte er seinen Schritt. Leonora rannte und schloss zu ihm auf. Sie sprachen kein Wort. Es war nicht das erste Mal, dass sie so etwas entdeckt hatten. Die Faschisten waren nicht auf Deutschland beschränkt. Während jüdische Flüchtlinge nach Paris strömten, traten immer mehr Faschisten aus dem Schatten hervor und trugen ihre Abscheulichkeit öffentlich zur Schau. Leonora hakte sich bei Max unter. Sie bemühte sich, ruhiger zu atmen, aber irgendetwas hatte sich in ihrem Hals verfangen. Sie hustete, schluckte und war allmählich wieder in der Lage, Luft zu holen. Als sie sich in das Schieben und Drängen auf dem Markt einreihten, stellte Leonora fest, dass sie an das *art* in *partir* dachte, an das *if* in *Juif. Art* und *if.* Kunst und wenn. Wenn Kunst. Wenn Kunst einen Krieg aufhalten kann. Wenn sie Hass beenden kann.

Sie stemmten sich gegen die Menge. Die Stände waren voller Antiquitäten und Kuriositäten – eine ausgestopfte Schleiereule, eine hölzerne Pygmäenmaske, ein blauer Schmetterling zwischen Glasscheiben in einem goldenen Rahmen. Leonora schob Max schnell an den Käfigen mit Finken und Kanarienvögeln vorbei, an den Papageien und Aras, denn er würde alle Vögel kaufen, die er sich leisten konnte, nur um sie dann freizulassen.

«O!» Leonora stoppte in dem Moment, als sie es erblickte. Auf ihren Armen bildete sich eine Gänsehaut. Ein weißes, hölzernes Schaukelpferd, genau wie Marzipan, der in ihrem Kinderzimmer in Crookhey Hall stand und den sie mehr geliebt hatte als jedes andere Spielzeug. Sie und Max machten sich nicht die Mühe, zu feilschen.

Da er gerade ein Gemälde verkauft hatte, gab Max dem Mann das Geld, der es in seiner sackartigen Hose verschwinden ließ, und trug das Schaukelpferd als vorzeitiges Weihnachtsgeschenk nach Hause.

Leonora taufte es Marzipan den Zweiten, und auf seinem Rücken wurde sie wieder zum Kind. Er stand neben ihrer Staffelei im Wohnzimmer, und sie malte ihn hinter sich in das blaue Zimmer ihres Selbstporträts. Noch immer hielt sich hartnäckig die Stimme in ihrem Ohr, die sie verspottete, seitdem sie *Guernica* gesehen hatte. «Wozu sich die

Mühe machen, ein persönliches Werk zu malen, und noch dazu ein Selbstporträt? Welchen Zweck hat die Phantasie, wenn der Krieg unschuldige Menschen niedermetzelt? Du solltest etwas Wichtiges tun, das etwas bewirkt. Du verschwendest deine Zeit.»

Doch trotzdem malte sie. Marzipan der Zweite verlieh ihr Mut. Und je länger Leonora malte, desto schwächer wurde die Stimme, bis sie nicht viel mehr war als ein Flüstern. Leonora malte nicht nur das Schaukelpferd, sondern auch ein echtes weißes Pferd, das zu dem offenen Fenster hinaussprang. Wenn Max schlief, malte sie bis tief in die Nacht.

Sie vervollkommnete das kleine Pferd und seinen Schatten und verlor das Zeitgefühl.

Es war nach drei Uhr, als sie aus den Augenwinkeln eine Bewegung wahrnahm. Sie sah es in der Spiegelung der Fensterscheibe. Etwas Weißes flitzte durch den Raum und verschwand in der Wand. Ein Frösteln lief ihren Rücken hinauf. Es war genau so wie in der Nacht in der Klosterschule, als sie im Spiegel ihren Brief gelesen und flüchtig einen der Sidhe erblickt hatte. Sie konnte die unterirdischen Tunnel mit den Wänden aus Erde noch riechen. Der milchig süße Geschmack der Suppe erfüllte ihren Mund. Und sie konnte die Stimmen der Sidhe hören, die sie gefüttert hatten. «Du wirst zurückkommen, Liebes. Du hast die Suppe getrunken.»

Leonora rieb sich die Augen, und als sie sie wieder öffnete, erkannte sie ein Feld aus Weiß – Titanweiß gemischt mit Indischgelb, es glühte wie ein Glas Champagner in der Sonne. Es war die Zimmerdecke, begriff Leonora, und ihre Augen blieben an dem alten Kronleuchter hängen, dessen Kristalle glitzerten wie nach einem Windstoß. War sie eingeschlafen? Sie drehte sich auf die Seite. Sie hatte weiße Farbe an den Fingern. Ihr Pinsel lag an der Wand, als sei er dorthin gerollt. Leonora stützte sich hoch und stand langsam auf, spürte ihre Füße auf dem Holzboden, ließ die Schwerkraft den Schwindel in ihrem Kopf ausgleichen. Sie schaute sich im Zimmer um, das genauso aussah wie zuvor. Die Sidhe waren schon immer ein schlüpfriges Volk gewesen. Aber im Wachzustand kann man sie nur als Spiegelung wahrnehmen, erinnerte Leonora sich. Sie schaute suchend in das Fenster, doch der helle Blitz war verschwunden.

Wann war die Luft so kalt geworden?

Leonora hüllte sich in ihren Pullover und musterte ihr Gemälde. Sie wusste genau, was sie malen würde, und der Gedanke daran elektrisierte sie. Sie hob ihren Pinsel auf. Da war noch immer etwas weiße Farbe an der Spitze seiner Borsten, und Leonora zeichnete zügig den Sidhe, eine flaumige Gestalt neben der Hyäne. Sie malte ihm ein Herz, wie die Herzen, die sie durch die Haut unter den Brustbeinen des Winzlingsvolks hatte schlagen sehen. Sie malte das farblose Blut in seinen Venen.

Als sie aufblickte, graute in den Fenstern der Morgen. Leonora bedeckte ihr Gemälde mit einem Laken und schlüpfte neben Max ins Bett. Fini wollte um Mittag kommen, und sie musste dringend schlafen.

Wie sie da in ihrer Kardinalsrobe und einem Korb in der Hand im Türrahmen stand, erinnerte Fini an Rotkäppchen. Sie bot Leonora den Korb dar. Ein erstickter Laut drang daraus hervor, und Leonora hob den Deckel an und entdeckte einen winzigen Tiger, ein orangefarbenes Kätzchen. «Eines aus Athenas Wurf», sagte Fini. «Ich kann sie nicht alle behalten, so gerne ich es auch würde.»

«Mädchen oder Junge?» Leonora nahm das Kätzchen aus dem Korb.

«Ein Mädchen natürlich. Nicht, dass ich etwas gegen Jungen hätte, aber weibliche Katzen sind die besten.»

«Ich werde sie Woolf nennen.»

«Loup?»

«Woolf. Nach Virginia.»

Leonora berührte mit ihrer Nase die winzige, kalte Schnauze. Das Kätzchen verfing sich mit einer Pfote in ihren Haaren und zerrte daran, um sie freizubekommen. «Ich weiß, dass du nicht auf Englisch liest, aber du würdest *Die Wellen* lieben.»

«Du solltest es für mich übersetzen.»

«Dafür wäre ich niemals gut genug!»

«Dann erzähl mir die Geschichte.»

Leonora lächelte. «Sie ist nicht derart, dass man sie erzählen kann.» Woolf schlug nach ihrem Arm und sprang mit einem Satz unter das Sofa.

Fini schälte sich aus ihrer Robe und stand in ihren hohen Schuhen nackt in der Küche. «Diese Roben sind schwierig zu waschen, und Hühnchen spritzt», erklärte sie und zog die gerupften Hühnchenkörper aus ihrer Tasche. «Gib mir dein schärfstes Messer.» Leonora reichte ihr das Fleischermesser, und Fini klatschte ein Hühnchen auf das Schneidebrett und hackte in sein gummiartiges Fleisch.

Kurz nach Leonoras Ankunft in Paris hatte Max für sie beide eine köstliche Paella gekocht. Doch das war, wie Leonora erfahren hatte, eine Ausnahme gewesen, und bald begann er von ihr ein Abendessen zu erwarten.

Daraufhin hatte Fini mit dem Kochkurs begonnen

– *bœuf bourguignon, confit de canard, îles flottantes* –, und Leonora freute sich immer auf die Nachmittage, an denen sie zusammen Wein tranken und etwas Magisches zusammenbrauten, genauso wie Max sich auf die Abendessen bei Kerzenlicht in Anwesenheit der beiden Leonoren freute, wie er die beiden inzwischen nannte. «Ich kann nicht verstehen, wie die Frauen das schaffen», vertraute Leonora irgendwann Fini an. «Wie machen sie sauber und kochen und finden trotzdem die Zeit zum Malen?»

«Sieh es mit kreativen Augen», antwortete die Freundin. «Wenn du putzt, richtest du eine Bühne her, auf der sich ein sagenhaftes Stück abspielen wird, die Geschichte deines Lebens, *ma chérie.* Wenn du kochst, bist du eine Alchemistin. Eine Hexe. Der Topf auf dem Herd ist dein Hexenkessel. Max kommt und geht, nicht wahr? Aber das hier ist *dein* Bereich, etwas, das *du* unter Kontrolle hast. Ich lebe natürlich die meiste Zeit mit einer ganzen Karawane von Männern und Katzen, also kann von mir niemand besonders viel erwarten.»

Leonora machte es nichts aus. Wenn Max und sie zum Essen ausgingen, bestand außerdem immer die Möglichkeit, dass Marie-Berthe auftauchte und alles verdarb. Die Frau hatte einen sechsten Sinn für seine Aufenthaltsorte, sie erschnüffelte sie, so wie ein Schwein Trüffel aufspürt. Leonora betrachtete Marie-Berthe als genau das, ein Schwein, das im Dreck herumschnüffelt – oder auch als Gefängniswärterin, die Max mit einer hässlichen Verzweiflung festhielt. Letzte Woche im Deux Magots war es wieder passiert. Marie-Berthe hatte gekreischt und Kaffeetassen nach ihr geworfen. Max hatte seinen Arm um Leonora gelegt, fest, und seiner Frau gesagt, sie solle nach Hause gehen. Sie sahen zu, wie die Frau auf ihren Absätzen davonhumpelte. Sie hätte Mitleid empfinden sollen, aber das war Leonora in dem Moment unmöglich gewesen. Marie-Berthe hatte gezittert, als würde sie jeden Moment durchdrehen, sie an den Haaren packen und – was tun? Zu welcher Gewalttat war die Frau wohl imstande?

«Weißt du, er trifft sich immer noch mit ihr. Marie-Berthe», sagte Leonora und goss guten Bordeaux in zwei Gläser. Sie ließ den Wein kreisen, so wie Max es ihr beigebracht hatte, und hob ihn an die Nase. Leder, Schokolade. Als sie daran nippte, schmeckte sie Brombeeren und Rauch. «Er hat Angst, dass sie sich das Leben nimmt, wenn er nicht nach ihr sieht. Sie hat eine Waffe ...»

«Vielleicht solltest du hier weitermachen», sagte Fini und hielt Leonora das Messer hin. «Es fühlt sich gut an, alles in Stücke zu hacken.»

Leonora zog ihre weiße Bluse und den Rock aus und hängte beides über einen Stuhl. Dann ließ sie das Messer auf das Hühnchen herabsausen. Fini hatte recht gehabt. Es fühlte sich gut an. Ein Schlegel schlitterte über die Arbeitsfläche, ein Flügel flog zu Boden. Fini warf die Stücke in eine Bratpfanne, in der sie Butter schmolz, und fügte für einen besseren Geschmack *lardons* hinzu, Schweineschmalzwürfel. Sie löschte das Hühnchen mit Rotwein ab, und der Dampf hüllte ihre Gesichter und Brustkörbe ein. «Seit ich ihn kenne, hat er immer mehr als eine Frau gleichzeitig gehabt», sagte Fini schließlich und gab Pilze dazu. «So ist er.»

«Er sagt, er liebt *mich.*» Leonora wusste, dass sie erbärmlich klang, und versuchte darüber zu lachen. «Es ist jedenfalls nur irgendeine bourgeoise Vorstellung von Liebe, die dazu führt, dass ich ihn für mich allein will.»

Fini legte einen Deckel auf das Hühnchen. Sie wandte

sich zu ihr um und nahm ihre Hand. «Wir wollen, was wir wollen. Und jetzt zeig mir dieses Gemälde.» Die Fensterscheiben waren vom Dampf beschlagen, und der Geruch des Hühnchens und des Weins erfüllte die Wohnung. Leonora zog das Laken weg, mit dem ihr Selbstporträt verdeckt war, und hielt den Atem an. Sie hatte es niemandem gezeigt, nicht einmal Max.

Fini nickte, legte einen Arm um sie, und die beiden betrachteten die gemalte Frau, diese andere Leonora, von Carrington geboren, die geradewegs zurückblickte und von niemandem etwas zu brauchen schien.

Plötzlich hörte Leonora das Klirren von Schlüsseln. Max öffnete die Tür. Sie zuckte zusammen, als habe er sie bei etwas ertappt, obwohl er sie kaum ansah, sondern mit irgendetwas in den Händen ins Schlafzimmer stürzte. Schnell bedeckte sie das Gemälde mit dem Laken. Sie hatte nicht vorgehabt, es Fini zu zeigen, bevor Max es zu Gesicht bekam, und sie fragte sich, ob es ihn verletzen würde. Aber wieso war sie bei seinem Kommen zusammengezuckt? Wieso hatte sie sich wie ein Kind gefühlt?

Fini legte ihr eine Hand auf den Rücken, direkt an die Hintertür zu ihrem Herzen. «Carrington», sagte sie. Und Leonora spürte die Sonne in ihrem Brustkorb. Hell und warm, selbst im Dezember. Und indem sie dieses Licht atmete, spürte, wie es sie durchdrang und aus ihr hinausstrahlte in die Wohnung und nach Paris und in die Welt, erinnerte sie sich daran, wer sie war. Trittsicher. Wehrhaft. Sie war ein Pferd, das eine Klippe entlangging, sich auf den Pfad konzentrierte und sich des Abgrunds nicht einmal bewusst war. Carrington, dachte sie.

Max erschien in einem frischen Hemd mit Manschettenknöpfen. Als er die beiden erblickte, nackt und beinahe nackt, ließ er die Szene grinsend auf sich wirken. Er öffnete eine Flasche Pernod und schenkte ihnen allen ein Glas ein. «Auf die beiden Leonoren! Und auf *meine* Leonora, meine Liebe, mein Mädchen.»

Sie tranken den grünen Likör und Max und Leonora küssten sich. Leonoras Zunge war taub, wodurch die Berührung seiner Zunge sich ganz neu anfühlte. Sie hätte ihn stundenlang küssen können, aber Fini stand ganz in der Nähe und beobachtete sie beide mit einer Intensität, die Leonoras Wangen heiß werden ließ.

Max stellte das Grammophon an. Josephine Bakers Stimme flatterte daraus hervor, schnell und sorgenfrei. *Everybody loves my baby, but my baby don't love nobody but me.* Das Kätzchen schoss aus dem Vorhang, und Leonora nahm es auf den Arm. «Max, darf ich dir Woolf vorstellen.» Und er gab Woolf einen Kuss, drapierte sie über seinen Kopf, und sie tanzten zu dritt. Wie eine kleine Familie, dachte sie.

Es läutete an der Tür. Fini schlüpfte in ihre Robe, und Leonora zog ihre Bluse und ihren Rock an. Max ließ die Frau herein, die groß und markant wirkte, einen Federhut tief in die Stirn gezogen.

«Rrose!», rief er aus. Er umarmte sie steif und tätschelte ihr den Rücken. Leonora hatte geglaubt, sie habe nun alle aus der Surrealisten-Gruppe kennengelernt, aber von Rrose hatte sie noch nie gehört.

Fini führte die Frau direkt zu Leonoras Gemälde. Sie zog das Laken weg, und Leonora spürte, wie ihr das Blut aus dem Gesicht wich. Sie sah Max an, der ein weiteres Glas mit Pernod füllte, doch es schien ihn nicht zu kümmern, dass die beiden Gäste das Bild vor ihm zu sehen bekamen. War er nicht wenigstens ein kleines bisschen neugierig?

«Beachtlich, *n'est-ce pas?*», fragte Fini.

«In der Tat», entgegnete die Frau. Ihre Stimme war tief, der Akzent amerikanisch.

«Carrington, das ist Rrose Sélavy», sagte Fini.

Die Frau nahm Leonoras Hand in ihre weißen Handschuhe und küsste sie. «Sie *müssen* ihre Kunst einfach in unserer Ausstellung zeigen, meine Liebe.» Leonora war fasziniert. Wer war bloß diese Rrose?

«Oh, das würde ich gerne», antwortete Leonora und ließ Max noch immer nicht aus den Augen, der ihr Bild betrachtete und schwieg. Sie versuchte, seine Miene zu entziffern, aber sein Gesicht war ausdruckslos.

Er reichte Rrose das Glas. «Trinkt. Wir gehen aus.»

«Aber wir haben *coq au vin* gemacht!», protestierte Leonora. Sie hatten den ganzen verdammten Nachmittag lang gekocht.

«Es wird zum Frühstück herrlich schmecken. Es ist Heiligabend! Alle werden unterwegs sein!»

«Einschließlich deiner Frau.»

«Alle *außer* Marie-Berthe, die mit ihren Eltern die Messe besuchen wird.»

«Ich komme eine Weile mit», sagte Leonor, «aber dann treffe ich mich mit meinem Italiener. Es ist unser erstes gemeinsames Weihnachten, und er hat eine Überraschung für mich.»

«Ah! Ja! Eine Überraschung», erwiderte Max. «Ich habe auch eine. Möchtest du sie haben, Liebling?»

«Sollten wir nicht bis morgen früh damit warten?» Es war in Leonoras Familie Tradition. Geschenke am ersten Weihnachtsfeiertag.

«Presents», sagte Max auf Englisch, *«are best in the present.»*

Ein englisches Wortspiel. Sie musste lächeln. Dann

setzte sie sich, schloss die Augen, und er gab ihr eine große Leinwand in die Hand. «Du kannst hinschauen», erklärte er. Zwei Pferde sprangen von einem Berg. Sie verspannen sich in einer verdrehten, ungestümen Umarmung. Und in der Ecke hing ein weißer und goldener und grüner Kreis. Es war ein Ring, begriff sie.

«Es ist zehn Jahre alt, aber es gehört dir. Es hat schon immer dir gehört.» Seine Augen waren hell. «Es heißt *Die Windsbraut.* Wie du. Ich wusste bloß noch nicht, dass du existierst.»

Sie küsste seine feuchten Wangen. «Es ist das schönste Geschenk auf der ganzen Welt», sagte sie und wäre am liebsten damit zurückgeblieben, um es zu studieren, aber Fini und Rrose waren bereits zur Tür hinaus. Max und sie griffen nach ihren Mänteln und eilten hinterher.

«Was hältst du von Marcel?», flüsterte Max und deutete mit dem Kinn auf Rrose, als sie die Treppen vor ihnen hinunterstieg.

«Ist das ein Mann?»

Max lachte aus voller Kehle, was Leonora normalerweise unheimlich ansteckend fand. Sein Lachen hallte im ganzen Treppenhaus wider. «Meine Liebe, das ist Marcel Duchamp.»

Das war also der Mann, der es wagte, ein Urinal in eine Galerie zu stellen und es Kunst zu nennen? Wie wunderbar, dachte sie.

Das Treppenhaus drehte sich. Ihr schwindelte und sie griff nach Max' Arm. Auf leeren Magen war ihr der Pernod zu Kopf gestiegen. «Geht es dir gut?», fragte er.

Leonora nickte. Doch als sie in die kalte, klare Nacht hinaustraten, brütete sie vor sich hin. Sie wollte glücklicher sein, als sie es war. Immerhin würde sie mit ihrer Kunst in der Ausstellung vertreten sein, und Max hatte ihr soeben ein Gemälde mit einem Ring darauf geschenkt. Und doch konnte sie an nichts anderes denken als daran, dass er über ihr Bild kein Wort verloren hatte. Erst gestern hatte er zu ihr gesagt, er könne es nicht erwarten, es kennenzulernen, aber nun, da er es gesehen hatte, schwieg er. «Bist du verärgert?», fragte sie ihn, als die anderen zu weit vor ihnen herliefen, um sie zu hören.

«Wieso sollte ich verärgert sein?»

«Ich habe sie mein Gemälde zuerst anschauen lassen.»

«Es ist Heiligabend. An Heiligabend darf niemand verärgert sein.»

«Das ist keine echte Antwort», erwiderte sie, und dabei hätte sie es belassen können. Doch sie musste nachhaken: «Wie findest du es?»

«Ich muss es mir noch länger ansehen, aber es gefällt mir sehr!» Er zog sie an sich, sodass sich ihre Schritte anglichen. Doch er hatte zu schnell geantwortet.

Les Deux Magots glitzerte vor Champagner und Kerzen und dem Gelächter rotwangiger Künstler, die all das Geld ausgaben, das sie nicht besaßen. Paul Éluard trug seine Melone tief heruntergezogen, und in seinem dunklen, gebügelten Anzug erschien er Leonora wie die perfekte Ergänzung zu Nusch in ihrem cremefarbenen Satinkleid mit den kajalumrandeten Augen. «Rrose!», rief Nusch. Die beiden küssten sich auf die Wangen, während Max, Fini und Leonora in die Nische glitten.

Sie bestellten Räucherlachs und Austern, *foie gras*, gefüllten Truthahn mit Maronen, *bûche de Noel* und eine Champagnerflasche nach der anderen.

«Schätzchen», sagte Rrose zu Nusch, «du kannst mir glauben, ich habe soeben wahre Kunst erlebt. Leonoras Selbstporträt mit Pferd und Hyäne. Es *muss* in die Ausstellung. Du wirst begeistert sein.»

«Hast du noch ein anderes Bild?», fragte Nusch. «Man muss zwei ausstellen.»

«Ich arbeite gerade an etwas», antwortete Leonora, obwohl es nicht stimmte, noch nicht.

Breton erschien im Eingang, mit zurückgegelter Mähne, eine Blondine am Arm. Paul sprang auf und küsste beide. «Jacqueline, André, setzt euch doch bitte zu uns.»

«Bon soir», sagte Breton und würdigte weder Fini noch Rrose eines Blickes, die er vermutlich als Marcel bevorzugte. «Wir wollen keine Umstände machen. Wir nehmen unseren eigenen Tisch.»

Leonor erhob sich. «Ich muss gehen. Es sollte genug Platz sein.»

«Sind dir hier zu wenige Homosexuelle?» Bretons Lächeln wirkte erstarrt, seine Augen glänzten.

«Warum bläst du dir nicht selbst einen, André», konterte Fini zuckersüß, dann wandte sie ihren prachtvollen Kopf um und schlenderte in den Abend hinaus, wobei ihre Robe hinter ihr her über den Boden schleifte.

Breton und die Blondine – «Meine Frau Jacqueline», wie er sie Leonora vorstellte – zwängten sich ebenfalls an den Tisch. Max schenkte ihnen ein. Sie stießen alle an und tranken, aber der Champagner hellte Bretons Laune kaum auf. Seine Intensität war an diesem Abend deplatziert, zu gesättigt für das allgemeine Gleichgewicht, sodass alle Aufmerksamkeit ihm zuflog. «Diese Frau. Sagt mir, dass ihre Gemälde nicht in der Ausstellung sein werden.»

«Und?» Nusch trank ihren Champagner.

«Sie hat doch früher auch schon zusammen mit dir ausgestellt», erwiderte Rrose. «Ich sehe nicht ein, wieso sie nicht vertreten sein sollte.»

Max leerte die Champagnerflasche in Leonoras Glas. «Bestellen wir noch einen», sagte er.

Bretons Wangen färbten sich rosa, seine Augen brannten. «Wenn diese Frau in der Ausstellung vertreten ist, will ich nichts damit zu tun haben, und die Surrealisten genauso wenig.» Weil Leonor den Schulleiter der Surrealisten herausforderte, weil sie nicht so zahm war wie seine hübsche Frau, durfte sie nicht ausgestellt werden? Doch Leonora konnte sich nicht dazu überwinden, etwas zu äußern. Was konnte sie schon ausrichten, wo sie sich doch mehr als alles andere wünschte, dass ihr eigenes Werk zusammen mit denen der anderen Surrealisten dort hängen würde? Sie musste sich zwischen Opportunismus und Integrität entscheiden. Anscheinend waren Frauen zu dieser Entscheidung öfter gezwungen.

«Gut», sagte Rrose. «Ich bin mir sicher, sie zieht es ohnehin vor, nicht mit dir zusammenzuarbeiten.»

Wie sich herausstellte, sollte die Ausstellung in weniger als einem Monat stattfinden. Leonora malte hastig ihr zweites Werk, bevor sie die Zeit hatte, ihre Vision in Frage zu stellen – Pferde in einer turbulenten Landschaft, eines klammerte sich an einen Baum. Ehe sie sich's versah, war der Eröffnungsabend gekommen.

Der Raum war nur schwach beleuchtet und stank nach Kohle. Mit Zeitungen ausgestopfte Kohlesäcke hingen von der Decke wie übelriechende Stalaktiten, und dann und wann rieselte ein wenig von dem schwarzen Pulver herunter. Duchamps Idee, damit der Raum sich mehr anfühlte wie eine Höhle, ein Mutterschoß, nur schmutzig und unheilschwanger. Bedrohlich. Der Boden war mit Erde und verwelkten Blättern bedeckt, und in einer Decke sprossen Farnwedel aus einem Bett. Es war ein Bett auf dem Boden eines Sumpfes, dem Boden eines Traums, eingehüllt von Schatten, die Leonora ebenfalls einschlossen und sich von Minute zu Minute enger um sie drängten. Max legte den Arm um sie, und sie atmete aus. Dies war die Surrealisten-Ausstellung, und ihre Gemälde waren Teil davon.

Sie stand in einer Reihe von Künstlern – Dalí, Miró, Giacometti, Hans Bellmer, Remedios Varo, Man Ray und Meret Oppenheim, die Fini zufolge ebenfalls eine alte Flamme von Max war. Sie lehnten wartend an der Wand. Besinnungsloses Gelächter, das Breton in einem Irrenhaus aufgenommen hatte, brandete in zügellosen Salven aus einem verborgenen Grammophon. Der Duft röstenden Kaffees machte die Luft schwer und beißend. Es war beinahe zweiundzwanzig Uhr, jeden Moment würden sich die Türen öffnen. Bald würden Menschen an Dalís Regentaxi vorüberströmen, das gleich am Eingang parkte – die Chauffeurin, eine Schaufensterpuppe, trug eine Haimaske, und die Schaufensterpuppe auf dem Beifahrersitz ein nasses Kleid und Nacktschnecken um den Hals. Danach würden die Besucher durch die Halle der Puppen wandeln, jede von einem anderen Surrealisten entworfen.

Leonoras Puls trommelte, als die ersten Frauen und Männer eintrudelten und mit ihren Taschenlampen von einer Wand zur anderen leuchteten. Man Rays Beleuchtung hinter einer Laibungsverkleidung hatte nicht funktioniert, und so war er erst gestern losgezogen und hatte alle Taschenlampen gekauft, die er auftreiben konnte. Das würde das Gefühl von Beklemmung nur noch vergrößern, sagte er. Ein Lichtstrahl traf Leonoras Gesicht und überließ sie gleich wieder der Dunkelheit. Max hatte ihr angekündigt, dass es voll werden würde. Die Einladung hatte einen Himmel voll fliegender Hunde, Hysterie und andere Kuriositäten versprochen. Und die Aufregung war groß in Paris - die Leute wollten sehen, was diese entarteten Künstler nun wieder ausgeheckt hatten. Max drückte sie an sich. «Jetzt gleich», hauchte er.

«Da siehst du es, Schatz. Erzwungener Aberwitz», hörte Leonora eine laute Frau sagen. Ein Lichtstrahl wurde auf ihr Gemälde gerichtet, *Die Pferde des Lord Candlestick.* Doch was sie erblickte, war das Gemälde neben ihrem, Remedios Varos *Las Almas de los Montes.* Die Seelen der Berge. Die Felsnadeln in der Mitte hatten menschliche Gesichter, und eine feine Linie durchzog sie, ein Rauchfaden, der Atem der Bergseelen. Beim Anblick des Gemäldes wünschte Leonora, sie hätte das zarte Bild des Sidhe in ihrem Selbstporträt behalten, anstatt es am ersten Weihnachtstag wütend wegzuwischen, nachdem Max ihr erklärt hatte, seiner Ansicht nach funktioniere es nicht. Wieso hatte sie kein Vertrauen in sich gehabt?

«*Maintenant*», sagte Man.

Max stieß sie mit dem Ellenbogen an, und Leonora schaltete ihre Taschenlampe ein. Gleichzeitig richteten sie ihre Lichter auf das Bett. Eine Schauspielerin sprang davon auf. Sie zerrte an den Ketten, die um ihren Körper gewunden waren, und stieß einen solch langen, durchdringenden Schrei aus, dass Leonora fürchtete, ein Kohlesack könnte herabfallen. Die Schauspielerin stürzte aus dem Zimmer und hinterließ ein Schweigen. Sie alle schalteten ihre Taschenlampen aus. In der Dunkelheit zitterte Leonora in ihrem Kleid mit dem tiefen Rückenausschnitt. Sie konnte ihren eigenen Herzschlag hören, der so laut war, dass Max ihn gewiss ebenfalls hörte, doch als sie die Hand nach ihm ausstreckte, war er fort.

Jemand stieß sie von der Wand weg, und bald bewegte sie sich mit den Zuschauern – es waren so viele, dass Leonora das Gefühl hatte zu ersticken. Es gab nicht genug Sauerstoff, und die Kohle biss in ihrer Nase. Sie begann zu husten und zu schwitzen und streckte die Hand aus, da sie glaubte zu fallen.

Und dann griff eine kalte, kleine Hand nach ihrer. Die Hand einer Frau, ihr Mund näherte sich ihrem Ohr. «Leonora.» Sie erkannte die sanfte Stimme, ihren spanischen Akzent. «Du siehst aus, als müsstest du an die frische Luft.» Es war Remedios. Sie waren sich beim Aufhängen der Gemälde kurz begegnet, und nun war echte Wärme zwischen ihnen zu spüren. Sie schlängelten sich durch die Menge Richtung Tür. Als sie so an der Hand gehalten wurde, merkte Leonora, wie sich ihr Herzschlag stabilisierte. Sie holte tief Luft.

Remedios und sie passierten die Schauspielerin, die in einem zerrissenen Abendkleid wieder eintrat. Applaus brach aus. Energisch stemmten Remedios und Leonora sich gegen die Menge an der Allee der Schaufensterpuppen vorbei. Leonora bemerkte eine rote Glühlampe, die in der Jackentasche der von Duchamp entworfenen Figur pulsierte. «Rrose Sélavy in einer ihrer provokativen und androgynen Stimmungen» stand auf dem Schild. Obwohl Duchamp selbst in London weilte und Peggy Guggenheim, der amerikanischen Kunstsammlerin, mit der ersten Ausstellung in ihrer neuen Galerie half, war Rrose da. Ihre obere Körperhälfte trug einen Anzug, die untere war nackt. Sie war Leonoras Lieblingspuppe.

«Die Surrealisten und ihre Puppen», sagte Fini gern. Wie sehr Leonora wünschte, sie wäre hier. Fini hatte so getan, als machte es ihr nichts aus, als sei es besser für sie, nicht in der Ausstellung vertreten zu sein. Aber sie war verletzt gewesen. Breton hatte gewonnen. All die anderen Frauen schienen ihm ein Stück entgegenzukommen - halb Muse, halb Künstlerin. Nicht so Leonor. Und Remedios vielleicht ebenfalls nicht.

«Ich liebe dein Gemälde», meinte Leonora und beugte sich vor, damit Remedios sie im Geschnatter der Menge hören konnte. «Ich fand immer schon, dass Berge Seelen haben.»

«Und ich liebe deins! Diese Hyäne ist mir in einem Traum erschienen.» Bevor sie Remedios bitten konnte, ihr mehr darüber zu erzählen, waren sie schon im Vorhof, und ihr Dichter-Liebhaber Benjamin Péret zog Remedios zur Seite. «Cherie, du musst jemanden kennenlernen ...», hörte Leonora, bevor die beiden im Gedränge verschwanden.

Die Schlange vor dem Eingang erstreckte sich die Straße hinunter und um die Ecke. Polizisten regelten den Fußgänger-Verkehr. So etwas hatte Leonora noch nie erlebt. Die Pariser Schickeria, exilierte Deutsche, eine Gruppe amerikanischer Frauen mit nüchternen, aufdringlichen Stimmen - alle durcheinandergewürfelt und so erwartungsvoll, dass Leonora am liebsten verschwunden wäre. Dalí posierte vor seinem Regentaxi, und Kamerablitze leuchteten auf. In all dem Lärm hörte sie Breton sprechen. Reporter hatten sich um ihn geschart. «Dies ist die erste Ausstellung ihrer Art auf der Welt. In welcher die Ausstellung selbst ein Kunstwerk ist. Heute Abend, meine Freunde, werden sie die Zukunft der Kunst kennenlernen!»

Sie erblickte Max' weißes Haar und wurde von dem Kitzel erfasst, der sie immer durchfuhr, wenn sie ihn sah, genauso rasch gefolgt von einer Welle der Erleichterung. Dann bemerkte sie, dass er sich mit Meret unterhielt. Er sprach mit solcher Lebhaftigkeit und Intensität, dass es sie krank machte zuzuschauen. Sie wandte sich ab. Was stimmte nicht mit ihr? Vor Max war sie niemals eifersüchtig gewesen, sie hatte gar nicht gewusst, wie es sich anfühlte. Eine Kamera blitzte auf. Sie erkannte ihr eigenes Spiegelbild in einem der Taxifenster. Ihr Gesicht schwebte mondähnlich über ihrem dunkelblauen Kleid. Und sie konnte direkt durch sich hindurchblicken. Sie war transparent.

Leonora zündete sich eine Zigarette an und wand sich durch die Menge. Sie brauchte Luft, und bald stellte sie fest, dass sie sich von der Ausstellung entfernte, durch ruhigere Straßen lief. Wieso sollte Max mit ihr zusammen sein, wenn er mit Meret liiert sein konnte? Es war brillant, wie sie diese Teetasse, die Untertasse und den Löffel mit dem Fell einer chinesischen Gazelle überzogen hatte. Dadurch wirkten die Objekte so sexuell, so warm. Merets Werk ist revolutionär, dachte Leonora zitternd und wünschte, sie hätte ihren Mantel mitgenommen.

Doch sie hatte schon beinahe die Seine erreicht und konnte nun nicht mehr zurück. Sie musste an den Fluss hinunter. Wasser hatte ihr immer ein Gefühl des Friedens und der Ganzheit verliehen, und das brauchte sie jetzt. Sie stieg durch den Uringestank hindurch die Zementstufen hinunter zum Fluss, wo die Lichter der nächsten Brücke über das zähfließende graue Wasser tänzelten. Es ist ein toter Fluss, dachte sie, leider. Keine Vögel oder Schilf oder Schlangen an seinem Ufer.

So sollte Paris nicht sein. Sie war von ihrem Vater befreit. Sie schuf Kunst und stellte sie aus, zusammen mit den Künstlern, die sie am meisten bewunderte. Sie sollte glücklich sein, egal, was Max ihr zu bieten hatte. Und was er nicht zu bieten hatte, darauf sollte sie verzichten können. Leonora zertrat ihren Zigarettenstummel mit dem Schuh und zündete sich eine weitere an. Sie ging auf und ab und ertappte sich dabei, dass sie hoffte, er würde sie vermissen, sich fragen, wo sie war, und sich um sie sorgen.

Sie war genauso schlimm wie Marie-Berthe. *Und ich bin es, in die er verliebt ist*, sinnierte sie. *Er hat mich noch nicht für eine zehn Jahre Jüngere verlassen.* Wie würde sie sich in einem Jahrzehnt fühlen, wenn er sie, nachdem sie ihr Ich-Gefühl vollkommen verloren hatte, verließ? Doch das war lächerlich. Sie verhielt sich wie ein trotziges Kind. Sie würde zurückgehen. Max konnte reden, mit wem er wollte.

Während sie sich von dem schmutzigen Fluss abwandte, von der Ratte, die daran entlanghuschte, dachte sie an Lambe Creek – die opulente Freiheit, die langen Sommertage und wie sie gespielt hatten, wie Max ganz ihr gehört hatte. Was, wenn sie Paris verließen und sich anderswo zusammen ein Leben aufbauten? Die Idee fesselte sie, und sie begab sich auf den Rückweg, die Treppe hinauf und den Gehweg hinunter. Sie marschierte an einem Mann vorüber, der auf einer Bank schlief, seinen Trenchcoat über sich gezogen, einen Pullover unter dem Kopf. Sein unrasiertes Gesicht wirkte so jung. Er musste ein Flüchtling sein, ein Mann ohne Familie. Vielleicht sollte sie ihn mit sich nach Hause nehmen, ihm Tee kochen und auf ihrem Sofa schlafen lassen. Aber die Straßen waren menschenleer. Es war gewiss bereits nach Mitternacht, und sie musste zurück zur Ausstellung.

Ein paar Straßen weiter vernahm sie Schritte hinter sich. Es hörte sich an wie das Klappern von hohen Absätzen, eine Frau kam rasch näher. Leonora bog um eine Ecke, und das Klick-klack-klack folgte ihr. Blitzartig und mit einem Kribbeln auf der Haut wurde ihr klar, dass es Marie-Berthe sein musste. Sie brauchte das Gesicht der Person nicht zu sehen. Das Tempo ihrer Schritte verriet es ihr, das kleinteilige, dringliche Trippeln. Marie-Berthe hatte ihre Pistole in der Tasche ihres Nerzmantels, den Finger auf dem Abzug. Leonora konnte das Klicken des Metalls hören, als die Frau die Pistole entsicherte. Wenn dies das Ende war, würde sie Marie-Berthe ins Gesicht blicken, beschloss Leonora. Sie würde den Tod zum Wegschauen zwingen.

Herausfordernd drehte sie sich um. Der Gehweg hinter ihr war leer. Es war niemand da.

Max,
Juni 1940,
Südfrankreich

Als der Mond aufgeht, ist Max' Kehle so trocken, dass er nicht mehr schlucken kann. Die Muskeln in seiner Wade haben sich zu einem harten, schmerzhaften Klumpen verknotet. Er hat ein Loch in einer seiner Socken, und an der Ferse hat sich eine Blase gebildet. Mit halb geschlossenen Augen trottet er vor sich hin, dann gibt er auf, die Schwerkraft wird zu stark für ihn. Er fällt. Kniend drückt er seine Stirn an den weichen Erdboden.

Und dann vernimmt er etwas, was sich wie der Ruf einer Eule anhört. Als er horchend den Kopf hebt, kann er in dem Windhauch Wasser riechen. Kann das wahr sein? Max steht auf, und irgendwie geht er weiter, läuft in Richtung des Geruchs durch das knietiefe Gras eines Tals. Die Eule stößt herab und steigt wieder in den klaren Himmel auf. Etwas hängt aus ihrem Schnabel. Max folgt ihrer Flugbahn und dem Geruch – einer leisen Spur von feuchtem Schlamm und zerdrücktem Laub.

Das Geräusch des Flusses ist herrlicher als die Freiheit. Obwohl es nur schwach zu hören ist, strahlt es Max ins Ohr hinein und poliert jeden Nerv, jede Zelle. Und dann sieht er in der Dunkelheit das Wasser aufblitzen. Es singt, das Wasser, während es über die Steine flitzt. Aus dieser Entfernung erscheint es wie die schwarze Mähne eines Mädchens, in der silberne Fische glitzern, Sterne und Splitter von Mondlicht.

Der Fluss fließt langsam, an den Rändern ist er flach, und das Wasser ist klar und kalt. Max schält sich die stinkende Kleidung vom Körper und watet in die Strömung. Sie reißt ihn von den Füßen, überrascht ihn mit ihrer Kraft. Sie zerrt seinen Körper mit sich, als sei er nichts weiter als ein toter, abgefallener Ast. Max schwimmt auf das Ufer zu, wo seine Füße den Boden wieder berühren. Er hält sich an einem Felsbrocken im seichten Ufergewässer und trinkt, bis die luftlosen, überfüllten Räume im Camp des Milles und der wogende Gestank des Zuges sich auflösen. Dann klettert Max aus dem Wasser, schüttelt sein Haar und sagt sich, dass er nun ein neuer Mensch ist.

Manche Dinge ergeben Sinn. Der Fluss leuchtet in der Nacht, weil der Mond leuchtet, und Max folgt seinen glänzenden Kurven stromaufwärts, selbst als der Fluss von Norden abdreht. Neben ihm fühlt Max sich nicht ganz so allein. Er trinkt, wann immer es nötig ist. Hauptsächlich aber bleibt er bei dem Fluss, weil er dort ihre Gegenwart spüren kann. Flüsse erinnern ihn an sie.

Das Ufer ist felsig. Sein Hemd bleibt an den Dornen wilder Rosen hängen und zerreißt. Er ist nass und zerschrammt und müde, ein Mann wie eine Vogelscheuche, der den Krieg hinter sich hat, aber das hier ist nichts verglichen mit dem letzten Mal.

Jahrelang hat er auf Fragen hin erzählt, Max Ernst sei

1914 gestorben und 1918 wiederauferstanden. Er hat versucht, den Geruch des Rauchs zu vergessen, all diesen weißen Rauch, und wie der Schall sich phantomartig bewegte, als steckten grässliche Vögel darin. Der Rauch atmete um die Soldaten und ließ sie zu einem einzigen Körper verschmelzen, der über die Felder humpelte. Aber Max fiel zurück. Er hielt sich an den Rändern und suchte nach einem Ausgang, einem Ausweg. Wenn ich doch nur Flügel hätte, dachte er, als die Granate explodierte. Er kam allein wieder zu sich. Die Körper um ihn herum waren bewegungslos wie Steine, und er stolperte eine Schotterpiste entlang, bis er auf eine Stadt traf, wo ihm jemand Brot gab und bei seinen Pferden übernachten ließ. Sie verbanden sein Gesicht, seine Hand, doch er musste zu seinen Truppen und den Ärzten, die ihm Arznei verabreichen würden. Also marschierte er weiter, suchte sie mit seinem unverletzten Auge, bis er sie gefunden hatte. Sie wechselten seine Verbände, ließen ihn aber nicht gehen. Selbst ein Einäugiger kann seinen Teil beitragen.

Und dann war da ein Augenblick der Schönheit, ein Moment voll Staunen. Ein wunderbares Erlebnis inmitten all der Scheiße.

Sie reichten ihm einen Sack mit Essen für die Truppen und schickten ihn zurück in die Schlacht. Tagelang fuhr er mit Zügen, und der Sack stand verschlossen neben ihm. Als er dann an einem Bahnhof mehrere Stunden auf den nächsten Zug wartete, beobachtete er Kinder, Mütter, Väter, Großeltern. Alle schleppten sich auf ihre Sitzplätze und starrten in die dumpfe und endlose Leere zwischen ihnen. Alle waren stumpfsinnig vor Hunger, er bemerkte kein einziges Lächeln. *Warum nicht?*, dachte Max und band den Sack auf. Er verteilte Würstchen und Käse und Kräcker. Jemand öffnete eine Flasche Wein, und es entstand auf dem Bahnhof ein Fest mit Gelächter und Gesang, ein Mann zupfte auf einer Gitarre.

Der Fluss wird breiter. Über seinem Kopf erröten die Wolken, stehen rosa und pfirsichfarben am blassen Himmel.

Max erklimmt einen Hügel, um herauszufinden, wo er sich befindet, und zusammen mit der Sonne taucht eine Stadt auf. Eine Brücke führt dort über den Fluss, und an beiden Enden sitzen *gendarmes* mit Gewehren. Von hier aus sind sie bloß graue Schnörkel, aber gewiss sind sie da. Das ist so sicher wie der Schmerz in seinen Füßen. Jede Brücke wird bewacht. Max kraxelt einen Tierpfad hinunter. Es ist riskant, durch die Stadt zu gehen, aber er ist zu erschöpft, um umzudrehen oder auszuweichen. Er braucht Lebensmittel – alle Arten von Lebensmitteln.

Plötzlich vernimmt er das Brummen eines Motors. Es ist ein Traktor, der auf der Schotterpiste auf ihn zurollt. Hinter ihm erhebt sich eine Staubwolke. Wenn Max sich zeigt, könnte der Bauer ihn melden, er könnte ihn schnappen und der Polizei übergeben – aber nicht, ohne ihn erst einzufangen, und der Mann ist nicht gerade jung, wie Max feststellt.

Er muss es versuchen. Er klettert auf die Uferböschung und winkt mit den Armen. Der Bauer hält an. Er trägt einen breitkrempigen Strohhut, und Max muss seine Augen beschirmen, um seinem Blick zu begegnen. Die Männer schätzen einander ab. Sie sind Fremde mit einem stillen Einverständnis.

«Bonjour.» Max' Stimme ist rau. «Können Sie mich nach Saint-Martin-d'Ardèche mitnehmen?», fragt er in einem

nach so langer unter Deutschen verbrachter Zeit hoffentlich akzentfreien Französisch.

Der Bauer nickt. Er fährt nach Aigueze, sagt er, dem Nachbarort, streckt Max die Hand entgegen und zieht ihn auf den Traktor hinauf. Bestimmt bemerkt er Max' Schmächtigkeit, die Kratzer in seinem Gesicht, seine erdverkrusteten, fadenscheinigen Kleider. Der Bauer nimmt seinen Strohhut ab und setzt ihn auf Max' Kopf. Dann geht er um den Traktor herum und bedeutet ihm, sich hinter das Lenkrad zu setzen. Er steigt neben Max wieder auf und nickt ihm erneut zu, stellt keine Fragen, braucht keine Erklärungen.

Max fährt, und der *gendarme* am Zugang zur Brücke hebt den Blick, der auf ihnen ruht, als brauchte der Mann lange, um sie scharf zu stellen. Schließlich entscheidet er, dass es sich bei ihnen um Ackerleute handelt, die seiner genauen Überprüfung nicht würdig sind. Vielleicht ist es zu früh am Morgen für Dienstbeflissenheit. Er lehnt sich zurück, liest seine Zeitung, raucht seine Zigarette. Der *gendarme* auf der anderen Seite schläft zusammengesunken über seinem Gewehr. Er ist jung und hat etwas Zerbrechliches an sich. Max verspürt das Verlangen, ihn zu malen, als ihm auffällt, wie stark er seinem Sohn ähnelt, Jimmy.

Bald übernimmt der Bauer wieder das Steuer, und Max überfrisst sich an Aprikosen aus einem Jutesack. Benommen vom Zucker und der Hitze döst er ein. Der Traktor ist unglaublich langsam, und das Knirschen der riesigen Räder auf der Schotterpiste klingt wie das Hereinbrechen des Krieges, wie die Zeit selbst, und Max träumt, dass dieser Bauer mit seiner zerfurchten Haut und seinen uralten, knotigen Händen auf diesem verdammten Ding den Rückwärtsgang eingelegt hat und die Monate und der

Krieg sich ebenfalls zurückdrehen. Und dieses Mal hört er auf die Vernunft, hört auf sein Mädchen, und geht fort, solange das Fortgehen noch leicht ist.

In der Abenddämmerung erreicht der Traktor die Ausläufer von Saint-Martin. Hitze steigt von den Feldern auf, und Max kann in der Luft die Ardèche riechen – ein Zweig Minze auf einer Schüssel mit Curryreis. Er bedankt sich bei dem Bauern und sagt ihm, von hier aus könne er zu Fuß gehen. Er möchte noch etwas hinzufügen, stellt aber fest, dass er nicht sprechen kann. Als wäre er unter Wasser gezogen worden, für einen Moment kann er nicht atmen.

Nostalgie, Hoffnung, Furcht? Er war nur einige Wochen fort – sechs? Sieben? –, aber ohne ein Wort von ihr fühlt es sich an, als wären Jahre verstrichen, seitdem er zuletzt zu Hause war. Sie hat gesagt, sie würde dort bleiben, sie würde warten, aber welches Recht hat er zu hoffen, wo ganz Frankreich in Aufruhr ist? Und doch stellt er sich, als er vom Traktor steigt und dem alten Bauern die Hand schüttelt, vor, wie sie in diesem schwarzen Schal, der so weich ist wie Spinnweben, und ihrem Spitzenkleid in der alten Steinküche steht und etwas Seltsames und leicht Verstörendes zusammenrührt, Hausfrau spielt. Sein englisches Mädchen, das die Regeln der Schicklichkeit gut genug kennt, um sie direkt in den Wind zu schlagen. Sie haben ihre eigenen Regeln aufgestellt. Wann sie arbeiten (von zehn bis zwei), wann sie schwimmen (vor zehn und nach zwei), wann sie sich lieben (wann immer es sie überkommt), wann und wie sie sauber machen (nackt, im Sommer haben sie immer nackt geputzt). Es war alles Spiel gewesen, so entrückt von der Welt, dass er nun fürchtet, er habe es nur geträumt. Und es ist gefährlich, die Räume von Träumen zu betreten, ihre Türen verschieben sich, wenn man nicht hinsieht.

Als er dem Traktor nachschaut, wie er die Straße nach Aigueze hinunterrollt, die verlassen daliegt, als habe sich nichts verändert, wird Max klar, dass er den Hut des Bauern noch auf dem Kopf hat. Vielleicht ist es nicht schlecht, noch ein wenig verkleidet zu sein, denkt er, als er sich in Richtung Saint-Martin wendet. Die Pflastersteinstraße, die durch die Dorfmitte führt, ist ebenfalls weitgehend menschenleer. Keine *gendarmes* in Uniformen mit steifen Mützen. Er hat Zeit. Er kann Leonora holen und sich zur Grenze aufmachen.

Ein altes Paar sitzt vor der Bar, trinkt und spielt Karten. Sie schauen ihn an, heben lediglich den Blick, und widmen sich dann wieder ihrem Spiel, als gäbe es überhaupt nichts zu sehen. Erkennen sie ihn mit dem Hut nicht? Andererseits waren sie kaum Bekannte. In den zwei Jahren, in denen Max und Leonora hier lebten, haben die Dorfleute sie aus sicherer Distanz beobachtet. Sie hätten ihn vielleicht mit weniger Gleichgültigkeit toleriert, wenn Leonora eine andere Sorte Frau gewesen wäre – mit breiten Hüften, üppigen Brüsten und dicken Fesseln, und vor allem mehr in seinem Alter. Er stolpert über einen Pflasterstein. Was für eine Dummheit zu glauben, er könnte die Straße entlanggehen wie der Mann, der er einmal war.

Die Haut in seinem Nacken prickelt. Das Dorf ist für Juni zu ausgestorben. In den Wohnungen über den Geschäften werden mit einem Schnappen die Fenster geschlossen. Hinter den Spitzenvorhängen bewegen sich Schatten.

Er blickt nach vorn, die Neigung der Straße und die Gerüche – Rosmarin, Basilikum, Oregano – sind alle so vertraut. Für einen Augenblick ist er in den Sommer neununddreißig zurückversetzt, als sei dieser Albtraum, dieses ganze letzte Jahr, nicht geschehen. Er könnte mit einer Tüte Mehl unter dem Arm auf dem Rückweg vom Einkaufen sein. Sich ihr Gesicht ins Gedächtnis rufen und schneller laufen. Ihre Augen, flink, dunkel wie Wälder in der Nacht. Ihre aufgeworfenen Lippen, als dächte sie an etwas, das einen schockieren und amüsieren würde, sollte sie einen für würdig erachten, es zu erfahren. Ihr langes, wildes Haar, hinter die Ohren gestrichen; Ohren, die glänzen wie die Häuser winziger Meeresschnecken und in ihm den Wunsch wecken, bessere Gedichte schreiben zu können.

Ihr Haus liegt am Rand des Dorfes in der Nähe des Flusses; der letzte schräge Sonnenstrahl erfasst es gerade noch. Die Olivenbäume, die Steinstufen und die Wände mit den grimassierenden Zementwächtern, die ihm, als er sie mit seinen Händen formte, das Gefühl verliehen, irgendeine verrückte Gottheit zu sein, all das – der ganze wunderschöne Ort – flackert im Licht, als bestünde er aus blassem Feuer. Sie ist da drin. Solange er nicht hineingeht, kann er sich sicher sein. Langsam steigt Max die Treppe zum Haus hinauf. Er schließt die Augen, um das Licht zu schmecken, und stellt fest, dass es eine schieferartige, mineralische Beschaffenheit hat, wie guter weißer Burgunder.

Die Sonne schielt am Horizont. Der Fluss liegt in einem tiefen Braungrün da, und die Felder sind blaue Lavendelfelder, gelbe Sonnenblumenfelder. Er stand zeitlebens am Fenster seiner Vorstellungskraft und hat gemalt, was er dort sah, aber nun will er das hier einfangen. Er möchte eine Staffelei und eine Leinwand auf die Terrasse stellen. Er will das Licht malen.

Er drückt gegen die Holztür. Unverriegelt schwingt sie ins Haus hinein.

«Nora!», ruft er. «Leonora!» Und seine Stimme hallt in jede Richtung gleichzeitig – die Treppe hinauf, den Flur hinunter, durch die steinernen Räume. Er wartet auf ihre Antwort.

Leonora,
April 1938,
Paris

Leonora öffnete Pablo Picasso die Tür, der einen Krug mit spanischem Wein und einen Freund mitgebracht hat. «*Feliz cumpleaños*», sagte er und schloss sie in die Arme. Sein Gesicht ruhte einen langen Augenblick zwischen ihren Brüsten. «*Por favor*, das ist Renato Leduc.»

Renato hat ein glattes dunkles Gesicht und Haar so weiß wie das von Max. «*Mucho gusto.*» Seine Stimme klang tief und leise. Er nahm mit seinen langen Fingern ihre Hand und küsste sie.

«Renato ist der mexikanische Botschafter in Portugal und zu diplomatischen Gesprächen in der Stadt», erläuterte Picasso und probierte den Wein selbst, bevor er Leonora den Krug reichte. «Aber das ist alles langweilig, Paris hingegen nicht, habe ich ihm gesagt.» Sie nippte an dem Wein, der wie selbstgemachter Saft schmeckte, und reichte ihn an Renato weiter. «Und ich habe ihn zu deinem Geburtstag mitgebracht, um es ihm zu beweisen.»

«In dem Fall braucht ihr Pernod», sagte sie und schenkte jedem von ihnen einen Schluck von dem Lakritzschnaps ein. Sie stießen an, und Picasso richtete seinen dunklen, glitzernden Blick auf Leonora. Sie lachte. Was sollte sie sonst tun? Er war wirklich unverbesserlich.

Anlässlich ihres einundzwanzigsten Geburtstags hatte Max die Wohnung mit den blühenden Ästen eines Kirschbaums gefüllt, den er im Morgengrauen im Jardin du Luxembourg beschnitten hatte. Er war groß *foie gras* und *tapenade* und Champagner einkaufen gegangen, doch sie hatte keine Ahnung, woher er das Geld dafür hatte. Max hatte alle eingeladen, einschließlich Breton. Leonor hatte sich geweigert zu kommen.

Es war warm für April, darin stimmten alle überein, und der Abend war trunken vor Magnolienduft. Leonora trug ein durchscheinendes weißes Kleid und hatte sich einen echten, toten Schmetterling mit leuchtend orangefarbenen Flügeln ins Haar gesteckt, den Leonor ihr geschenkt hatte. Max war gerade in der Küche, schnitt das Baguette auf und richtete Essen auf Tellern an, als es leise an der Tür klopfte.

Sie wusste, noch bevor sie die Tür öffnete, dass es Jimmy war, Max' Sohn. Er klopfte genau so, wie er sich in Max' Anwesenheit verhielt, mit einer schmerzhaften Hoffnung, angenommen zu werden. Er war ein Jahr jünger als sie, groß und schlank, die Augen so blau wie die seines Vaters, aber größer und lieblicher. Da er scheu war und schnell errötete, hielt Leonora sich ihm gegenüber normalerweise zurück. Doch an diesem Abend stieg ihr wohl der Pernod zu Kopf, denn sie warf ihm die Arme um den Hals und gab ihm einen Kuss auf seine weiche Wange. Jimmy wurde blutrot im Gesicht und grinste. «Herzlichen Glückwunsch zum Geburtstag», sagte er und überreichte ihr eine gelbe Rose.

Wir verstehen einander voll und ganz, dachte sie.

Beide hatten sie Väter, die, wenn auch auf radikal unterschiedliche Weise, überlebensgroß über ihnen aufragten.

«Jimmy ist da! Zeit für Champagner!», rief Max mit, wie Leonora bemerkte, gezwungener Begeisterung. Aber er war in Anwesenheit seines Sohnes immer gehemmt, als lerne er ihn fortwährend kennen. Seitdem Lou dreiunddreißig aus Köln nach Paris geflohen war, sah Max seinen Sohn Jimmy alle sechs Monate. Aber Jimmy war schon ein Teenager gewesen, und Max hatte die beiden verlassen, als der Junge zwei gewesen war. Abgesehen von den gemeinsamen Urlauben hatte Max ihn als Kind nicht gekannt.

Max schenkte ihnen ein. «Auf Leonora, die den Mond überstrahlt», sagte er. Ihre Gläser klangen, und Jimmy trank den Champagner in einem Schluck aus. Er schien am Alkohol Freude zu haben. Leonora nahm an, dass er noch nervöser war als sonst, da Picasso hier war. Jimmy hatte sich *Guernica* sieben Mal angesehen, und als sie die beiden einander vorstellte, schüttelte Jimmy dem Maler zu lange die Hand und musste husten, bevor er sprechen konnte. *Ravi de vous rencontrer.* Erfreut, Sie kennenzulernen, sagte er formell und machte eine kleine Verbeugung. Leonora war jedoch überzeugt, dass er es selbst gar nicht bemerkte.

Bald trafen Nusch und Paul ein, genauso wie Breton, der gerade aus Mexiko zurückgekehrt war und nicht aufhören konnte, über den bizarren und wunderbaren Glauben der Ureinwohner zu sprechen, über die üppigen Farben, die warmen Dschungel und die Malerin Frida Kahlo, die Surrealistin war, ohne es zu wissen. Das gesamte Land, erklärte er, sei *surrealiste par excellence.*

Max war still und gab nicht den Unterhalter wie so

oft, und Leonora saß neben ihm auf dem Sofa und hielt seine Hand. Von der Arbeit des Tages hatte er noch blaue Farbe unter den Fingernägeln. Er zog sie auf seinen Schoß, schlang die Arme um sie und küsste ihren Hals. Es lag an Picasso, der eher ein Rivale war als ein Freund, dass Max seinen Wein trank und wenig sagte, das war Leonora bewusst. Als er den Anwesenden verkündete, sie müsse aus ihrer Geschichte *Die Debütantin* vorlesen, war sie überrascht, seine Stimme zu vernehmen. Paul und Breton klatschten und johlten.

«Sie schreiben auch noch?», sagte Picasso. «Und was können Sie nicht, meine Liebe?»

«Tja, ich glaube, ich habe keine besonders gute Debütantin abgegeben.» Leonora las ihnen die Geschichte vor, in der eine Debütantin eine Hyäne dazu überredet, an ihrer Stelle auf den Ball zu gehen. Sie hatte sie auf Französisch geschrieben, und Picasso übersetzte die wenigen umgangssprachlichen Wörter, die sie benutzt hatte, für Renato ins Spanische. Renato schnappte nach Luft, als die Hyäne dem Dienstmädchen das Gesicht abriss, um es auf dem Ball als Maske zu tragen. Er musterte Leonora, als wäre sie vielleicht wirklich eine Hyäne, die das Gesicht eines Mädchens trug. «Das ist vollkommen autobiographisch», sagte sie. Renato lachte unbehaglich und zündete sich eine Zigarette an.

Nusch applaudierte. «Davon möchte ich eine Kopie haben.» Sie hatte sich mit Woolf auf dem Sofa zusammengerollt und sah selbst aus wie eine Katze mit ihrem feingliedrigen Körper und ihren geheimnisvollen grünen Augen, die den Raum schöner machten.

«Die Geschichte gehört in die nächste Ausgabe des *Minotaure*», erklärte Breton.

Die Luft im Zimmer war geschwängert von Zigarettenrauch, obwohl die Fenster geöffnet waren. Es war, als sei der Wind erloschen. Jimmy stand auf und schien einen Toast ausbringen zu wollen, doch als er sah, dass sein Glas leer war, setzte er sich wieder. Max schenkte sich einen neuen Drink ein, Whiskey auf Eis, und ließ einen Teil davon in Jimmys Glas schwappen. «Du solltest ihnen von der Ausstellung erzählen, die du auf dem Rückweg nach Köln besucht hast.»

Jimmy schluckte den Whiskey hinunter und hustete, dann räusperte er sich. «Also, ich musste zu einer ärztlichen Untersuchung, die ich für das amerikanische Visum brauchte, zurück nach Deutschland. Jedenfalls bin ich in Hamburg aus dem Zug gestiegen», sagte er leise. «Und da gab es eine Wanderausstellung entarteter Kunst.»

«Es war das erste Mal, dass er Werke von mir in der Öffentlichkeit gesehen hat», sagte Max. «Könnt ihr euch das vorstellen?»

«Die beste Sammlung, die ich seit Jahren zu Gesicht bekommen habe.» Jimmy nickte Picasso zu. Der Alkohol hatte anscheinend gewirkt.

«Meine primitiven Stücke, nehme ich an.»

«Es war wundervoll», erzählte Jimmy, der nun angeregt wirkte, übersprudelnd und elektrisiert. «Und *Guernica*! Meine Güte! Es hat mich Dürer und Goya in neuem Licht sehen lassen.» Seine Aufregung lud die Luft auf. Nusch wachte von ihrem Nickerchen auf, Renato leerte den Krug Wein. Leonora fühlte sich krank. Sie konnte sich nicht an die letzte Zusammenkunft erinnern, bei der Gespräche über den bevorstehenden Krieg nicht ihr hässliches Haupt erhoben hatten. «O, und da Vinci!», rief Jimmy aus.

Max ließ den Whiskey in seinem Glas kreisen. «Nichts Neueres?», fragte er gezielt.

«Du, *deine* Arbeiten natürlich.» Jimmy errötete. Warum sorgte Max dafür, dass sein Sohn verlegen wurde? Musste er im Zentrum der Bewunderung stehen, selbst wenn Jimmy im Zimmer war?

Breton ging auf und ab. «Genau, was ich gesagt habe.» Er hielt an. Er hatte so etwas an sich. Wenn er sprach, hörten alle zu. «Kunst ist mächtig. Guernica *est formidable.* Man kann das Leid spüren. Und die Menschen fühlen es mit, niemand kann über irgendetwas anderes sprechen.»

Max nippte brütend an seinem Drink.

Picasso zündete sich eine Zigarre an. «Die Mitfühlenden sind nicht diejenigen, die diesen Krieg führen.»

«Und genau deswegen müssen sich die Surrealisten mit Trotzki in eine Reihe stellen.» Bretons Zeigefinger wies zur Unterstreichung an die Decke. «Er glaubt zur Abwechslung an die Macht des Künstlers.»

«Genug von Trotzki.» Paul lungerte neben Nusch auf dem Sofa, seine Worte klangen verwaschen. «Wieso kannst du nicht einfach Kunst *schaffen*? Wann hast du zum letzten Mal etwas geschrieben, das nicht irgendeine Art von Manifest war?» Es war das Erste, was er den ganzen Abend über von sich gegeben hatte.

Breton durchquerte das Zimmer. Er baute sich vor Paul auf. «Du solltest nicht über Dinge sprechen, von denen du nichts verstehst.» Sein Brustkorb war mit Luft gefüllt, aber in seinen Augen lag Traurigkeit.

Max glitt zwischen die beiden. «*Mon dieu.* Es ist Leonoras Geburtstag! Wir müssen nicht über den Krieg reden.»

Breton ließ den Kopf hängen und wich schlurfend zurück. Er sah so gedemütigt aus, dass Leonora Mitleid mit ihm hatte. «Entschuldige, Leonora.» Mit der Andeutung einer Verbeugung verließ Breton den Raum, der in dumpfes Schweigen versank.

Sie trat auf den Balkon. Die Party war verdorben. Warum konnten sie nicht alle nach Hause gehen?

Renato lehnte sich neben sie an das Geländer und zündete sich eine Zigarette an. Irgendwo unten auf der Straße schrien zwei streunende Katzen. Eine Sirene und ein Schrei, die sich einander anglichen. War es ein Streit über Liebesdinge oder war es die Liebe selbst, fragte Leonora sich, und als ihr ein Traum einfiel, den sie von Marie-Berthe geträumt hatte, erzitterte sie. Marie-Berthe war neben sie ins Bett geglitten und hatte nach ihren Haaren gegriffen. Sanft, ganz sanft. Ihr Flüstern war wie Seide gewesen, die über Seide gleitet. *Er gehört mir, er ist mein Mann, und du gehörst mir nun auch*, hatte sie gesagt. Marie-Berthe hatte ihre Lippen auf Leonoras gelegt und sie versiegelt. Sie beide waren tief unter Wasser. Leonora versuchte, an die Oberfläche zu schwimmen, doch Marie-Berthe hielt sie fest. Dann hob sie den Arm und zeigte Leonora ihre Kiemen. Sie konnte hier unten ausharren, solange es ihr gefiel. Leonora war keuchend aufgewacht, hatte Max' Arme um sich gezogen und sich gewünscht, seine Vergangenheit auslöschen zu können. Sie wäre am liebsten in ihn hineingekrochen und hätte dort gelebt, seine Augen und Finger, sein Herz und seine Lunge mit ihm geteilt.

Renato legte ihr sein Jackett um die Schultern. «Es ist wirklich hübsch hier, nicht?», sagte er, aber sie konnte bloß nicken.

Einen Monat später saß sie mit Max und Jimmy an einem sonnenüberfluteten Tisch im Café de Flore. Kastanienblüten verströmten einen süßen Duft. Ein Kellner schenkte ihnen Champagner ein, und sie stießen mit ihren Flöten an. «Auf Jimmy», sagte Max. *«Un voyage merveilleux.»* Jimmy hatte seinen Gesundheitstest bestanden und würde bald nach Amerika aufbrechen.

Als hätten sie es so geplant, kamen Man Ray und Paul den Gehweg entlang auf sie zugeschlendert. Die beiden zogen sich Stühle heran und setzten sich zu ihnen. Max' erste Frau Lou wohnte gleich um die Ecke, und so riefen sie sie an, und sie gesellte sich dazu, küsste Leonora bei ihrer ersten Begegnung auf beide Wangen. Mit ihrer kräftigen Gesichtsfarbe und ihrer bodenständigen, umgänglichen Art wirkte Lou wie eine Frau, die durch nichts zu erschüttern war. Es war Jahre her, dass Max sich in Gala verliebt hatte, und obwohl Lou anfänglich damit gedroht hatte, ihn Jimmy nie wieder sehen zu lassen, schien zwischen ihnen nun alles gut. Leonora hatte geglaubt, sie würde Mitleid mit Lou empfinden, doch stattdessen stellte sie fest, dass sie die Frau um ihre Unabhängigkeit beneidete.

Nachdem Leonora auf den Plan getreten war, waren Lou und Marie-Berthe schnell Freundinnen geworden. Sie hatten einiges gemein als Ehefrauen – als die Frauen, die Max geheiratet und dann verlassen hatte. Aber Lou schien Leonoras Anwesenheit nichts auszumachen. Sie war darüber erhaben.

Sie hob ihr Glas. «Auf meinen außergewöhnlichen Sohn. Mögest du weit reisen und *un bel temps* verleben und dann direkt nach Hause kommen.»

Niemand sprach über den Grund, aus dem Jimmy ging, dass Deutschland nämlich Österreich annektiert hatte und Juden zusammengetrieben wurden, um in «Umerziehungslager» geschickt zu werden; dass es in Deutschland mittlerweile schlimmer war, Halbjude zu sein als Jude, denn damit war man der Beweis für das, was Hitler als «geschwächtes arisches Blut» bezeichnete. Niemand sprach davon, was Jimmy ihnen erzählt hatte. Was er aus dem Zug heraus auf dem Weg nach Köln sah – Flutlichter auf einem Feld, ausgezehrte Gefangene in gestreiften Uniformen, die dort gruben. Es war einfacher, so zu tun, als handle es sich um eine freie Entscheidung und nicht um einen Versuch, sein Leben zu retten. «Kommt mit mir. Kommt nach Amerika.» Jimmys Stimme zitterte, als er von seiner Mutter zu seinem Vater blickte und auch zu Leonora. «Ihr alle. Bevor es zu spät ist.» Eine Brise strich durch die Platanen und ließ das Sonnenlicht über ihre Gesichter tanzen. Max lächelte Jimmy an, seinen Jungen, der ihn irgendwie immer noch liebte.

«Ach Jimmy», sagte Lou. «Mach dir keine Sorgen. Bald ist alles vorbei. Du weißt doch, so etwas hält nie lange an. Diktatoren werden immer gestürzt.» Leonora staunte über die Widerstandskraft der Frau, ihre eiserne Hoffnung. Sie war nach dem Brand im Reichstag und der Aussetzung der freiheitlichen Grundrechte aus Köln geflohen. Drei SS-Offiziere waren vor ihrer Tür gestanden, hatten die gesamte Wohnung durchsucht und Lous Pass beschlagnahmt. Als Journalistin hätte sie leicht verhaftet werden können. Lou trank ihren Champagner aus. «Außerdem sind wir hier in Frankreich», fügte sie hinzu. «Nicht in Deutschland.»

Sie alle aßen ganze Berge gedünsteter Muscheln und nahmen den Sud mit Brot auf. «Wie gut ist dein Englisch?», fragte Leonora.

Jimmy wurde rot und räusperte sich. «Erfreut, Sie kennenzulernen, Miss. Können Sie mir bitte sagen, wo ist Haltestelle für Zug?»

Sie lachte. «Na ja, es ist ein Anfang. Sprich mir nach.»

«Nein, nein», unterbrach Man Ray. «Du bringst ihn nur dazu, wie ein Engländer zu sprechen und die ganze Zeit ‹bloody hell› und ‹rubbish› und ‹poppycock› und ‹time for tea› zu sagen. Um Himmels willen, dann werden sie ihn gleich mit dem nächsten Schiff zurück nach England verfrachten!» Er übernahm die Sache und verabreichte Jimmy eine Lehrstunde in amerikanischem Slang. Man war *all wet* oder *dizzy in love*, ein Polizist war ein *copper*, ein einfacher Mann ein *joe*, man konnte als *low down* betitelt oder zum *kiss-off* aufgefordert werden, aber jetzt, wo die Prohibition abgeschafft war, würde man wenigstens nichts von diesem *rot gut* trinken müssen.

Als es mit der Englischstunde immer weiterging, bestellte Paul mehr Champagner. «André hat mich rausgeschmissen», hörte Leonora ihn zu Max sagen. «Mein Gedicht in der *Commune* war angeblich der Tropfen, der das Fass zum Überlaufen brachte. Er hat mich einen Verräter genannt. Ich antwortete, ich hätte mich wegen ihrer linksgerichteten Leserschaft für die Zeitschrift entschieden, nicht weil sie ein stalinistisches Blatt ist, was mehr oder weniger stimmt. Tanguy hat mir berichtet, Breton habe der Gruppe verkündet, dass jeder, der nicht alles in seiner Macht Stehende tut, mich und meine Dichtung zu diskreditieren, ebenfalls ein Verräter ist. Ich schätze, es war Tanguys Art, mir zu erklären, warum Breton mich ignorieren wird, wenn wir uns das nächste Mal im *Les Deux Magots* über den Weg laufen.»

Max hob eine Hand, um diesen Neuigkeiten Einhalt

zu gebieten. «Ich will die Details nicht wissen. Wenn du raus bist, bin ich es auch. Die Surrealistentreffen sind genauso schlimm wie die Morgenmesse. Ich schlage kein Kreuz und gehe nicht zur Beichte, und genauso wenig gestatte ich Breton, mir irgendeine Weihe zu verabreichen oder vorzuenthalten. Irgendwann einmal ist er vielleicht ein echter Freund gewesen, aber für so etwas bin ich zu alt.»

Es war, als habe er mit der Erwähnung der Morgenmesse aus dem Nichts Marie-Berthe heraufbeschworen. Sie stand vor ihnen. Weiß wie das Tischtuch, mit geballten Fäusten. «Ach du lieber Gott», murmelte Max, «nicht schon wieder.»

Leonora drehte sich der Magen um. Zu viele Muscheln, und jetzt das. Es schien alles so einfach. Max liebte Leonora, und sie liebte ihn. Doch Marie-Berthe weigerte sich, das zu verstehen, weigerte sich jetzt, sie auch nur anzusehen. Wenn die Frau sie angriff, war Leonora sich nicht sicher, ob sie sich würde beherrschen können. Möglicherweise würde sie Marie-Berthe dieses Mal noch schlimmer kratzen.

«Jimmy reist nach Amerika», sagte Max. «Verdirb ihm nicht seinen Abschied.»

«Jimmy?», fragte Marie-Berthe bestürzt. Schweigend stand der Junge auf und trat zu ihr. Lou war ebenfalls auf den Beinen. Beide legten die Arme um Marie-Berthe, während sie schluchzte.

«Es stimmt», meinte Lou. «Er ist schrecklich. Wir wissen, dass er schrecklich ist, aber das hier ist nicht der richtige Ort. Du kannst das besser. Du bist stärker.»

Marie-Berthe nickte und hielt das silberne Kreuz umklammert, das um ihren Hals hing. «Ich werde dem

Schwesternorden von Sankt Anna beitreten», erklärte sie Max. «Ist es das, was du willst?»

Max' Miene wurde härter. «Das klingt perfekt.» Leonora hatte ihn noch nie so kalt erlebt, und es machte ihr Angst. Marie-Berthe schüttelte Lou und Jimmy ab und schwankte den Gehweg hinunter. Die beiden rannten hinter ihr her und führten sie um eine Straßenecke. Man Ray schenkte den anderen weiteren Champagner aus, aber die Luft selbst war nun verdorben und schmeckte nach saurer Milch.

Als Lou zurückkehrte, schaute sie Max voller Betrübnis und Mitleid an, was Leonora mit einem engen, heißen Gefühl erfüllte. Widerwillig gestand sie sich ein, dass es Eifersucht war. Lou hatte Max schon gekannt, als sie, Leonora, noch nicht geboren war, die Frau kannte ihn auf eine Weise, auf die Leonora ihn niemals kennen würde.

Und dann wurde ihr klar – alle am Tisch starrten nicht Lou oder Jimmy an, sondern sie. Wie sich herausstellte, umklammerte sie mit weißen Knöcheln ein Messer. Leonora lachte und legte es ab. Als sie Max' gepeinigten Gesichtsausdruck bemerkte, wandte sie den Blick ab. Da begriff sie. Wenn sie so bedürftig wurde wie Marie-Berthe, würde er beschließen, dass er mit ihr fertig war. Er würde diesen eisigen Blick auf sie richten, und sie würde zu einer Handvoll Staub zerfallen.

In dieser Nacht träumte Leonora wieder von Marie-Berthe. In einem überfüllten Zimmer feuerte die Frau ihre Waffe auf sie ab, und niemand versuchte sie davon abzuhalten. Alle starrten sie nur an. Schweißgebadet wachte Leonora auf.

«Ich kann hier nicht bleiben. Ich kann nicht in dieser Stadt bleiben», sagte sie.

Seine Augen waren geschlossen, und sie glaubte, er schliefe, doch dann streichelte er ihre Stirn. «Das Licht in Paris passt nicht zu meinem neuen Werk. In der Provence gibt es ein Dorf, in dem ich einmal gewesen bin. Das Blau des Himmels hinter den Klippen ist einmalig, so etwas habe ich nirgendwo sonst gesehen.»

«Wirklich?», fragte sie und wischte sich die Tränen aus dem Gesicht. «Können wir wegziehen?»

Er küsste ihre Augen und ihre Nase und ihre Wangen. «Es gibt nichts, was ich lieber täte.»

Das Mahl des Lord Candlestick

Leonora,
Juli 1938,
Saint-Martin-d'Ardèche

In diesem Sommer kaufte Leonora mit Hilfe einer deftigen Überweisung ihrer Mutter ein abgelegenes Anwesen, mehr eine Ansammlung verlassener Steingebäude, in Saint-Martin. Sie und Max wohnten im Bauernhaus. Er nahm die bröckelnde Kirche als Atelier - hehre Lästerung, nannte er das - und sie richtete sich das alte Postbüro her.

Morgens sprang Leonora als Erstes in den Fluss, und obwohl der Rest des Tages ihr dann gemächlich und warm entgegengähnte, war sie wach, hungrig, als könnte sie für immer weitermachen, ohne anzuhalten. Sie wischte die Spinnweben weg und kaufte Betten und Kommoden, Schränke und Waschtische, Tische und Lampen, um das Haus zu möblieren. Außerdem erstand sie zwei Ziegen, Sophokles und Platon, zwei Pfauen, Orpheus und Eurydike, und eine Schar Hühner, die auf den Feldern hinter dem alten Bauernhaus herumrannte. Jeden Morgen molk Leonora die Ziegen, sammelte die Eier in einen Korb und bereitete Omelettes zu, die sie und Max zu starkem Kaffee und Tee aßen.

Woolf bekam vier Kätzchen - Lizard, Cricket, Beetle

und Arcimboldo, kurz Archie genannt. Wochenlang hatten die Kleinen im Wandschrank gelebt, nun wagten sie sich die Treppe hinunter und sprangen im Garten umher, während Woolf dort auf der Erde schlief und Leonora Salbei und Thymian, Tomaten und Basilikum, Petersilie und Gurken und Auberginen pflanzte, in der Hoffnung, dass die Jahreszeit dafür noch nicht zu fortgeschritten war.

Max spachtelte die Löcher in der Decke zu, flickte die Wände und formte mit Zement Skulpturen außen am Haus – Köpfe mit Hörnern und zu Grimassen verzerrten Mündern. Er glättete mit dem Zement eine Steinmauer, und Leonora bemalte die Verschalung mit einem monströsen Vogel, dessen schlangenartiger Körper länger war als ihr eigener und dessen drachenhafter Schlund mit zerklüfteten Zähnen gespickt war. Wie die Wasserspeier an Notre-Dame würden diese Figuren die Übel der Welt einschließlich Marie-Berthe fernhalten. Sie war noch immer mit Max verheiratet, aber wenigstens war sie in Paris und er war hier.

Die letzte von Max' Skulpturen war ein Basrelief. Ein gigantisches Paar mit langen Hälsen. Das Gesicht der Frau war ein Kreis, sie hielt Blumen in der Hand. Der Mann hatte einen Schnabel und hob die Arme, als kapitulierte er – vor der Liebe, sagte Max. In den Falten seiner Robe tanzte ein geflügelter Homunkulus. Loplop war endlich glücklich.

Es war Ende September. Ihr Picknick aus Löwenzahnblättern und fetten, selbstgezogenen Tomaten, Brot aus der Dorfbäckerei und Trauben, Käse und Wein war auf einer

Felsplatte am Fluss ausgebreitet, aber Leonora war nicht hungrig. Morgen um diese Zeit würde Max fort sein. Sie redete sich ein, dass sie gut damit zurechtkäme, aber heimlich hatte sie sich bereits zweimal übergeben. Es ihm zu erzählen wäre manipulativ, sie wäre nicht besser, als Marie-Berthe es war. Leonora lutschte an einer Traube. Sie und Max hatten den ganzen Tag über kaum gesprochen. Vor einer Woche hatte Marie-Berthe vor ihrer Tür gestanden. Ihre Drohung mit dem Kloster war zu einer Androhung von Selbstmord geworden, und nun würde Max den Zug nach Paris nehmen. Wenn er Marie-Berthe davon überzeugen konnte, dass sie nicht zusammengehörten, würde sie ihn ziehen lassen müssen.

«Es ist in Ordnung», brach Leonora das Schweigen. «Wenn du fahren musst, dann musst du eben fahren. Aber wieso musst du bei ihr *wohnen*?»

«Sie ist meine Ehefrau.»

«Du liebst sie nicht.»

«Wann ist es in einer Ehe jemals um Liebe gegangen?» Max wendete einen stumpfen, flachen Stein in der Hand und ließ ihn über die glatte Haut des Wassers hüpfen. Kreisförmige Wellen erblühten an jeder Stelle, wo er das Wasser berührte.

Eins. Zwei. «Drei», sagte Leonora. Sie fühlte sich so kalt wie die Kalksteinfelsen. Es war die Anzahl der Wochen, die Max fortbleiben würde. Sie würde nichts weiter sagen. Er hatte ihr einmal geschworen, sich scheiden zu lassen, und dass sie frei sein würden, einander zu lieben. Was brachte also das Reden?

Sie schloss die Augen, um das schwindende Sonnenlicht zu spüren, es in sich aufzunehmen.

Wenn sie jetzt nicht schwimmen ging, würde das Wasser

zu kalt werden. Leonora stand auf, klopfte sich die Kieselsteine von der Rückseite ihrer Oberschenkel und stieg langsam in den Fluss, fühlte, wie jeder Zentimeter ihres Körpers von der Kälte eingehüllt wurde. Sie tauchte ein und überließ sich der Strömung. Sie könnte im Fluss bleiben, dann wäre Max nur ein Detail in dem Traum vom Menschsein. Sie könnte eine Selkie sein, wenn sie es wollte, wenn sie es nur genug wollte. Das war eine Geschichte, die Nanny ihr erzählt hatte. Eine weibliche Robbe verliebt sich in einen Menschen und versteckt ihre Haut, um ebenfalls für eine Weile menschlich zu sein. Leonora wusste, wenn Max sie lang genug alleine ließ, würde sie wieder in ihre Robbenhaut schlüpfen und sich den Weg zurück ins Meer erzwingen. Er würde sie niemals wiedersehen.

Sie tauchte auf, um Luft zu holen. Er stand vor ihr, ebenfalls außer Atem, denn er war über die Felsen zu ihr herübergerannt. «Du warst zu lang unter Wasser, *ma chérie.*»

Sie blinzelte zu ihm auf, ihre Augen tränten in der Sonne. Sie sagte ihm nicht, dass sie für immer unter Wasser bleiben konnte, wenn sie sich dazu entschied.

9. Oktober 1938

Liebe Fini,

Max ist in Paris (vielleicht hast du ihn ja getroffen?), und ich bin allein in der Ardèche, wenn man das Versorgen von Ziegen, Hühnern, Katzen und zwei Pfauen Alleinsein nennen kann. Ich denke an dich, meine Freundin, und daran, wie sehr ich dein Lachen vermisse.
Ich habe ein neues Gemälde angefangen. Ich glaube, du

würdest es mögen oder zumindest lustig finden. Ich nenne es «Das Mahl des Lord Candlestick». Was, wenn das Essen lebendig und die Menschen tot wären?, habe ich mir gedacht, und mit Menschen meinte ich meinen Vater (Lord Candlestick persönlich) und die Sorte von Frauen, die ich in Ascot und bei dem anderen Debütantinnenquatsch am Hof ertragen musste. Auf meinem Bild hat mein Vater eine riesige Kartoffel als Kopf und keinen Mund, weil ich ihn kein weiteres Wort mehr sagen hören wollte. Lassen wir ihn dabei zusehen, wie diese stiernackigen Frauen seinen kostbaren Baby-Jungen aufessen! Ich habe sie auch dabei gemalt, wie sie eigenartige Vögel zu sich nehmen. (Hat nichts damit zu tun, dass Max mich hier zurückgelassen hat, das versichere ich dir.) Nachdem ich eine Woche lang Tag und Nacht daran gearbeitet hatte, hörte ich eine der Frauen verkünden: «Ein Flamenco schmeckt wie Kirschtoffee», und dann haben alle Frauen gewiehert wie Esel.
Ich habe mit den Katzen gesprochen. Welche Richtung, meint ihr, nimmt es mit meinem Gemälde? Was soll ich zu Abend essen? Zucchini oder Rosmarinkartoffeln? (Seitdem Max weg ist, habe ich meinen Appetit verloren, und essen ist zur lästigen Pflicht geworden.) Und plötzlich eines Nachmittags, als ich Cricket gefragt habe (sie sieht Woolf zum Verwechseln ähnlich), ob sie es für zu früh halte, eine Flasche Wein aufzumachen, ist sie auf meinen Schoß gesprungen und hat den Kopf zur Seite gelegt. «Wenn man in Frankreich ist», hat sie mit einem Zwinkern geantwortet.
Sag mir, dass deine Gemälde und deine Katzen ebenfalls mit dir sprechen und ich nicht völlig den Verstand verloren habe. Sag mir, dass du Max getroffen hast und er ganz elend ist vor Sehnsucht nach mir. Sag mir, dass du mich liebst und vermisst und dass du mich besuchen kommst, sobald das Wetter

wieder schön ist und wir im Fluss schwimmen können wie Meerjungfrauen.

Deine
Carrington

PS: Hier ist es so wundervoll, dass ich fürchte, du wirst mich dafür hassen. Dieser Ort wird jeden erneuern, der lange genug hierbleibt.

Nachdem sie den Brief zugeklebt und eingeworfen hatte, unternahm Leonora einen Spaziergang am Fluss entlang. Max' Worte klangen erneut auf, als wären sie zwischen den hohen Felswänden gefangen. Sie ist meine Frau. Was für ein hässliches Wort, fand Leonora. *Ehefrau.* Es erinnerte an Stacheldraht oder an einen Anker, der durchs Wasser schleift.

Sie legte sich ans Ufer und ließ ihren Körper ganz in das warme Gestein einsinken, spürte, wie es sie erfasste wie ein kleiner Gott der Dauerhaftigkeit. Sie füllte ihre Hände mit Kieseln und verteilte sie über ihren Körper. Sie hatte angefangen sich zu fühlen, als sei sie aus Luft, als könnte sie durch Wände gehen wie die Sidhe. Leonora dachte daran, wie die Winzlinge unter der Erde lebten, und wollte ebenfalls dort wohnen. Sie grub ein Loch, das so lang war wie ihr Körper, legte sich hinein und bedeckte sich bis zum Hals mit Erde und Steinen.

Das kühle Gewicht auf ihr war beruhigend. Sie gehörte in die Dunkelheit, zum Geheimnis der Steine. Sie vergaß die sprechenden Katzen und schlief ein.

Marie-Berthe stand vor ihr und sah aus wie eine Heilige, mit der weißen Spitze über ihrem dunklen Haar, dem silbernen Kreuz auf ihrem verwundeten Herzen, ihren Tränen. Leonora verspürte ein eigenartiges Stechen in ihren Händen und Füßen und stellte fest, dass sie sie nicht bewegen konnte. Sie schaute hin. Ihre Hände und Füße hatten sich in Hufe verwandelt. Leonora versuchte zu sprechen und wieherte stattdessen. Sie schüttelte ihr Haar aus und spürte, wie ihr Hals dick und kräftig wurde. Marie-Berthe hielt ihr Kreuz hoch, als wollte sie einen Vampir abwehren. Leonora richtete sich auf die Hinterbeine auf, und Marie-Berthe fiel auf die Knie. Inbrünstig betete sie einen Rosenkranz.

Und dann lief Leonora los, über grüne Hügel, an Crookhey Hall, Heim ihrer frühen Kindheit, vorbei und am Meer entlang. An einer Eberesche blieb sie stehen, um zu Atem zu kommen. Eine Dohle saß auf einem Ast und sang, und Leonora wusste, dass es Max war.

Sie wachte mit dem Gefühl auf, dass er bei ihr war, klopfte sich die Erde ab und tauchte in den Fluss, der nun vom Mondlicht erhellt und sehr kalt war. Sie trocknete sich mit ihrem Kleid ab, hüllte sich in ihren Pullover und ging die verlassene, vom Mond beleuchtete Straße ins Dorf hinein. Sie brauchte ein Bier, und mehr als das musste sie mit jemandem reden, irgendjemandem, um herauszufinden, ob sie noch ein Mensch war.

Die Bar im Motel des Touristes war leer, abgesehen von einer rotgesichtigen Barfrau, die gerade mit einem Küchentuch Gläser abtrocknete, und einer Besucherin. Sie trug einen Knoten aus aufgesteckten silbernen und schwarzen Haaren und saß mit ihrer Zeitung, ihrem Wein und einer Zigarette an einem Tisch in der Ecke. Leonora bestellte ein Bier. Die Barfrau beäugte sie mit einer Mischung aus Ekel und Angst. «Wir schließen in zwanzig Minuten», sagte sie und schenkte Leonora das Bier ein, dann verschwand sie mit einem Schwenken ihrer Hüften in einem Hinterzimmer.

Die andere Frau hatte von ihrer Zeitung aufgeblickt und winkte sie heran. «Machen Sie sich nichts aus Madame Barbin», flüsterte sie. «Etiennes Frau? Man kann ihr kein Lächeln abringen. Sie hasst alle schönen Frauen.»

Leonora grinste. Anscheinend war sie also noch immer eine Frau. Sie nahm einen Schluck Bier, aber es bestand nur aus Schaum. «Bitte setzen Sie sich», sagte die andere. «Ich glaube, wir sind uns noch nicht begegnet.»

«Leonora.»

«Ach! Sie sind also eine von den verrückten Künstlern, über die alle reden! Ich heiße Alphonsine, mir gehört das Gasthaus weiter unten an der Straße.»

«Das neben der Bäckerei?»

«Genau das. Mein Mann ist der Bäcker. Ich habe ihn wegen seiner Croissants geheiratet.» Sie hob ihr Glas. «Es ist schön, eine Pause zu haben – vom Mann, nicht von den Croissants, falls Sie wissen, was ich meine.»

«Ich wünschte, ich wüsste es.» Sobald Leonora es ausgesprochen hatte, hätte sie es am liebsten zurückgenommen. Es sah ihr nicht ähnlich, einer Fremden gegenüber so offenherzig zu sein. Doch als sie schweigend tranken, wusste sie, dass Alphonsine ihre Freundin sein würde. Bei manchen Leuten muss man sich nicht bemühen. Man kann einfach sein. Sie trank das Bier und erzählte ihr alles über Max und Marie-Berthe und wie allein sie sich in dem Bauernhaus fühlte.

«Kommen Sie im Gasthaus vorbei, wenn es Sie nach Gesellschaft verlangt. Ich bin immer da. Oder hier», sagte Alphonsine und trank ihren Wein aus.

In den Wochen bis zu Max' Rückkehr arbeitete Leonora wie in einem Fiebertraum an *Das Mahl des Lord Candlestick*, so wie sie es getan hatte, als sie als Studentin allein in London lebte. Je mehr sie malte, desto weniger sorgte sie sich darum, was Max oder irgendjemand sonst darüber denken würde. Ihre Wut war auf der Leinwand und wurde von Tag zu Tag deutlicher. Der Vogel in der Mitte dieses Kannibalen-Festmahls bestand nur noch aus Knochen, war von diesen blassen, heißhungrigen Frauen sauber abgenagt worden, deren Hälse so dick waren wie die von Pferden. Und wenn sie zu laut und lange lachten, säuberte Leonora ihre Pinsel und besuchte Alphonsine. Sie half ihr, Gerichte für das Gasthaus zu kochen, und sie teilten sich eine Flasche Wein nach der anderen und redeten, bis die Sonne versank. Alphonsine berichtete ihr den Dorfklatsch, und Leonora erzählte ihr alles über Paris, über Nusch und Fini und Lee, ihre herrlich eigenartigen Freundinnen.

«Aber fehlt dir die Stadt nicht?», wollte Alphonsine wissen und rührte die Béchamelsoße um.

«Hier bin ich glücklicher», antwortete Leonora, «mit dem Fluss und den Sternen und meinen Tieren.» Sie tunkte ihren Finger in die Soße und probierte. «Wenn Max zurück ist, werde ich mich pudelwohl fühlen.»

Alphonsine fragte nicht, was sie tun würde, wenn Marie-Berthe nicht in die Scheidung einwilligte, und für diese stille Freundschaft war Leonora ihr dankbar.

In Paris hatte Max ein paar Gemälde verkauft, und Marie-Berthe hatte am Ende seines Aufenthalts eingewilligt, eine Scheidung in Erwägung zu ziehen. «Das ist doch schon etwas», sagte er auf Leonoras Schweigen hin.

«Die Ehe ist mir egal», antwortete sie. «Ich bin bloß froh, dass du wieder hier bist.» Es stimmte. Wenn sein Schnarchen ihre Atemzüge gleichmäßiger machte, schlummerten auch die Ängste, die in ihren Eingeweiden gewütet hatten. Sie waren still und so klein, dass Leonora sie in ihren Zehennägeln unterbringen konnte.

Sie und Max verließen das Bett tagelang nicht. «Meine Kumquat», rief er sie.

«Ja, mein kleiner Vogel?», entgegnete sie, und Max biss sie überall und sie kreischte wie ein Kind, das gekitzelt wird, wie ein Hase, den man jagt. Ihre Spiele nahmen kein Ende.

Cricket betrachtete sie immer noch zweifelnd. Leonora wusste, dass die Katze gründlich über alles nachdachte, aber wenn Max da war, behielt sie ihre Gedanken für sich. Nur wenn Leonora malte, legte sie den Kopf zur Seite und murmelte Kommentare. *Zeit für ein Glas Wein*, sagte sie zum Beispiel. Oder: *Vielleicht eine Spur mehr Rot*?

Leonora vollendete *Das Mahl des Lord Candlestick*. Gegen die grünliche Färbung, die sie der Wand und der Tischplatte verliehen hatte, wirkte das Gelb von Lord Candlesticks aufgedunsenem Gesicht, der Blumen und der Flammen zynisch. Das Gemälde erfreute sie und widerte sie an. Sie fügte ein Fohlen mit Blumen auf dem Kopf hinzu, aber das Pferd verschwand hinter der im Bauch des lebendigen Säuglings steckenden Gabel, dessen Schreie Leonora durch das unbändige Lachen der Frauen hindurch kaum hören konnte.

Max ließ sich beim Betrachten des Bildes Zeit. Er war immer still, wenn er eine Arbeit auf sich wirken ließ. Leonora stand hinter ihm und versuchte die Tatsache, dass er sein Gewicht von einem Bein aufs andere verlagerte, nicht als Hinweis auf seine Gedanken zu lesen. All das Selbstvertrauen, das sie beim Malen verspürt hatte, war nun verschwunden. Dies war eine Spiegelung ihrer selbst, der Welt in ihr, was bedeutete sie? Max wusste, wie weit sie sich von allem entfernte und in welch seltsame Welten sie eintauchte, wenn er nicht hier war, um sie zu erden. Er würde ihre Schwäche erkennen, ihr Verlangen nach ihm. Und er würde sie verlassen.

Endlich drehte er sich zu ihr um. Etwas in seinen Augen hatte sich verändert, als hielte er sie für jemand anderen, als sähe er sie zum ersten Mal.

Und war da ein Hauch von Beunruhigung? Beklommenheit?

Ja. Sie hatte ihn überrascht.

«Du hast es getan», sagte er. «Du bist in deinen Albtraum gegangen und hast ihn so exquisit gemalt, dass er uns alle in Furcht und Schrecken versetzen wird.» Er schüttelte den Kopf und grinste. «Du bist unglaublich.»

Max,
Juni 1940,
Saint-Martin-d'Ardèche

Leonora!» Max' Stimme wird von den hohen Decken zurückgeworfen. Er ist zu Hause in diesem Haus, das er so gut kennt wie seinen eigenen Körper. «Hallo Eidechse», sagt er zu der gigantischen Zementskulptur an der Wand im Eingangsbereich, der Eidechse, der er zackige Flügel und eine Krone aus Felsnadeln verliehen hat. Jedes Mal, wenn er auf dem Weg aus der Haustür daran vorüberkam, hat er sich aufgerichtet, ist etwas aufrechter gegangen, als empfinge er einen Segen des Königs der Kaltblüter. In der Zeit, die er fort gewesen ist, scheint die Echse geschrumpft zu sein, und nun weigert sie sich, ihn anzusehen.

Hat er sich so sehr verändert? Ist er nicht wiederzuerkennen?

Ein Spiegel hängt schief im Eingangsbereich, und ein Mann steht ebenso schief darin. Er starrt Max erbarmungslos an. Seine Haut ist fahl, von einem kränklichen Graugrün. Riesige, eingesunkene Augen schwimmen in seinem knochigen Schädel. Max versucht ein Lächeln, doch seine Zähne sind stumpf und grau. Seine Wangenknochen stechen unter der Haut hervor. Max wendet sich von ihm ab.

Er hat alte Männer und Trottel nie gemocht, und dieser Mann ist beides. Was sollte Leonora mit einem Mann wie diesem anfangen wollen?

«Leonora?» Seine Stimme dehnt sich dünn und hell. Wenn sie sich beeilen, können sie heute Abend packen und morgen früh abreisen, bevor sie ihn holen kommen, was irgendwer sicher tun wird. Max schreitet durch den Eingangsbereich und ruft ihren Namen, läuft an ihrer Skulptur vorbei, ein Pferdekopf, der mit geöffnetem Maul aus der Steinwand quillt. *Hier wirst du sie nicht finden*, sagt er sich langsam.

Da sind Stimmen, Männerstimmen, männliches Gelächter. Max riecht Zigarettenrauch und noch etwas anderes. Brathühnchen. Vielleicht hat Leonora zu einem Treffen eingeladen, vielleicht haben sie Gäste, die auf der Flucht aus Paris nach Süden sind, hinaus aus Frankreich, in Richtung Spanien und Portugal und Freiheit. Er will niemanden sehen, nur sie, aber er nimmt die Schultern zurück und begibt sich zur Küche. Noch bevor er um die Ecke biegt, weiß er, dass er sich geirrt hat. Es ist die falsche Sorte Lachen.

Bauern sitzen an ihrem Tisch, essen Hühnchen, halten Karten in ihren schmutzigen Händen und spielen Poker. Männer aus dem Dorf, Männer, die er im Vorübergehen schon einmal erblickt hat. Jedem von ihnen, bemerkt Max, fehlt ein kleiner Finger. Einer trägt einen Verband um die Hand. Max dreht sich der Magen um, hohl und sauer. Er glaubt nicht an Krieg. Er versteht den Impuls, sich selbst zu verstümmeln, um dem Schrecken fernbleiben zu können, um zu Hause bleiben und seine Lieben beschützen zu können, und doch widert es ihn an, diese Männer an seinem Tisch sitzen und mit ihren dreckverkrusteten Schuhen seinen Boden beschmutzen zu sehen.

Ein Mann kippt mit dem Stuhl zurück an die Wand, seine nackten Füße liegen neben dem übriggebliebenen Gerippe des Hühnchens. Er nagt das Gelenk eines Hühnchenschenkels ab. Beinahe fällt Max sein Name ein. Er ist der Inhaber des anderen Gasthauses mit Bar unten an der Straße, ein paar Häuser von Alphonsines Wirtschaft entfernt. Motel des Touristes heißt es. Seine Frau hat Leonora wegen ihrer Schönheit und Jugend so gehasst, dass sie sich weigerte, mit ihr zu sprechen. Der Mann stellt den Stuhl wieder auf alle vier Beine, Max' antiken Holzstuhl, der knarrt, als wollte er ihn abwerfen. Schließlich richtet der Mann den Blick auf Max, kommt auf die Füße, wirft sich in die Brust und tritt mit großen Schritten auf ihn zu, die Fäuste geballt. «Das hier ist nicht mehr Ihr Zuhause.» *Etienne*, so heißt er.

«Aber Etienne», erwidert Max und bemüht sich um einen besänftigenden Tonfall. Etiennes Fäuste lösen sich. Er hat noch immer alle Finger. Aber er ist auch zu alt, um eingezogen zu werden. Er schnaubt und hustet und öffnet eine Schublade im Schreibpult. Kopfschüttelnd reicht er Max einen kleinen Stapel mit Papieren, als könne er sein Glück nicht fassen.

Max erkennt das oberste Schriftstück. Es ist die Kaufurkunde für ihr Haus. Mein Gott, was hat Leonora getan? Er blättert die Papiere durch. Sie hat sie erst vor einigen Wochen unterschrieben, kaum einen Monat nachdem die *gendarmes* ihn abgeholt hatten.

Was ist mit ihr passiert? Sie hat doch an ihren Weinstöcken gearbeitet, Tomaten und Basilikum gepflanzt, die Samen der Stockrosen vom letzten Jahr verstreut. Doch andererseits hat sie ihm nicht geschrieben wie das erste Mal, als er mitgenommen wurde. Als sie ihn dieses Mal abgeholt haben, hat sie aufgegeben, versteht er und blickt auf den Namen des Mannes in ihrer zerklüfteten Schrift, *Etienne Le Blanc*, des Mannes, dem ihr Haus gehört und damit auch ihre Skulpturen und Wandgemälde. Und wo ist sie? Wo ist Leonora?

«Mademoiselle hat Saint-Martin mit einer Frau und einem Mann zusammen verlassen», sagt Etienne, als hätte Max die Frage laut gestellt. Er nimmt ein weiteres Blatt Papier aus dem Pult und reicht es ihm. *Lieber Max, ich bin mit C. mitgegangen und warte in der Extremadura auf dich. L.*

Sie hat ihm lediglich eine Notiz hinterlassen, einen einzigen Satz? Er beißt die Zähne zusammen, langsam, nahtlos, jeder Zahn passt genau auf den anderen. Er wird nicht herumschreien. Er wird nicht den Tisch umwerfen und ihren Teller mit dem Hühnchen durchs Zimmer fliegen lassen. Er hat die Kraft nicht. Und außerdem war das noch nie seine Art. Er nimmt das dünne Relikt genau in Augenschein. Ihr Gekritzel ist schiefer als auf der Urkunde, die e sehen eher aus wie punktlose i, als wäre sie in Eile gewesen und hätte sich nicht die Zeit zum Atmen genommen.

Extremadura hat sie geschrieben – Portugal, von wo aus man mit Glück immer noch nach Amerika ausreisen konnte. Es sieht ihr ähnlich, kryptisch zu sein, die gesamte Region zu nennen, statt präziser Lissabon zu sagen, wo sie besprochen haben sich zu treffen, wenn sie ihn noch einmal mitnähmen, wenn *sie* fortmüsste. Aber wieso hat sie nicht länger gewartet?

Ich bin mit C mitgegangen steht auf der Notiz. C? Wer ist C?

Der Mann bietet ihm einen Stuhl an und schiebt das Gerippe des Hühnchens in seine Richtung. Ein Angebot. Die Männer haben es mit ihren schmutzigen Fingern, ihren schmutzigen Fingernägeln zerrissen. Trotzdem streckt Max die Hand nach einem Schlegel aus, der köstlich ist, auch die Knorpel. Er nagt den Knochen sauber und legt ihn auf den Haufen. Welches ihrer Hühner, die nun Etienne gehören, ist es? Leonora hat ihnen allen Namen gegeben. Ist es Celine, Agatha, Gretchen – *Catherine*! Das ist es! Das ist der Name der Frau, Leonoras englischer Freundin, die mit einem Ungarn zusammen in Paris lebt. Catherine, die wohl nach Süden geflohen ist wie alle anderen auch.

«Spielen Sie eine Runde mit?», fragt der Kartengeber. Max schüttelt den Kopf. Seine Augenlider sind schwer, sein Körper ist erschöpft.

Ein Mann schiebt eine Flasche Wein zu ihm herüber. Es ist ihr Wein, der trockene Weiße, den sie letztes Jahr abgefüllt haben, der Wein, den Leonora nach Winkie benannt hat. Max nimmt einen Schluck – Zitrone, grüner Apfel, Heu, mit einem Abklang von Verzweiflung, die auf seiner Zunge verweilt, in seiner Kehle brennt. Da er fürchtet zu weinen, hier vor diesen Männern, schließt er die Augen, schluckt.

Beetle, Leonoras schwarzer Kater, springt auf den Tisch und leckt an einem Hühnerknochen, und Etienne nimmt ihn auf den Schoß und streichelt seinen glänzenden Rücken. Er nickt Max zu. «Sie können heute Nacht hierbleiben», sagt er und deutet auf die Zimmerdecke. «Da sind Zimmer.»

«Ja. Ich weiß.» Immerhin ist es *sein* Haus, aber Max ist zu erschöpft, um eine Szene zu machen. Er schiebt den Stuhl ordentlich unter den Tisch, ein Überbleibsel von Artigkeit aus seiner Jugend. Die Augen der vierfingrigen Männer bleiben auf die Karten gerichtet.

Im Wohnzimmer vor dem leeren Kamin steht noch Max' Schachbrett auf dem Tisch. Ihrer beider Gemälde hängen an den Wänden, zwei Werke, die sie gerade fertiggestellt hatten, bevor man ihn abholte. Es sind, das wird ihm nun klar, Gegenstücke, und sie wirken prophetisch. Das Porträt, das Leonora von ihm gemalt hat, zeigt ein gefrorenes Land. Er trägt darauf einen Mantel aus rotbraunen Federn und zieht einen Fischschwanz hinter sich her über das Eis. Wenn ich schnell genug bin, denkt Max, kann ich noch davonkommen. Ich kann fliegen oder schwimmen, bevor das Eis meinen Schwanz erfasst und die Federn beschädigt. Warum hat er das zuvor nicht erkannt? Dass das Gemälde nach Handlung schreit, nach plötzlicher Hitze, die das Eis schmelzen lässt. An der gegenüberliegenden Wand hängt sein Bild, *Leonora im Morgenlicht*, klein und verschachtelt. Er wollte es perfekt haben und hat tagelang beinahe ohne Pause daran gearbeitet, als könnten die *gendarmes* jeden Augenblick zurückkommen und ihn davon wegreißen, von ihr wegreißen. Er wollte, dass es sie glücklich machte, aber es jagte ihr Angst ein, sagte sie. Sie war allein in einem Dschungel. Ein wunderbarer, mythischer Dschungel, erklärte er ihr.

Und wozu dann das winzige Skelett? Wozu der Minotaurus mit dem aufgerissenen Maul?

Egal, was er zu malen versucht, etwas anderes bricht immer durch. Nur ist er zu dumm gewesen, um es zu sehen, um zu lesen, was es bedeutet. Aber sie hat es gewusst. Irgendwie tut sie das immer.

Er nimmt eine Treppenstufe nach der anderen. Es ist wohl am besten, in der Gegenwart zu bleiben, nicht vorauszudenken und auch nicht in der Vergangenheit zu schwelgen. Aber wie soll er das anstellen, wo doch nur noch die Vergangenheit übrig ist? Er hört ihre Stimme, die ihn ins Bett ruft – *Max? Max!* –, und er möchte die Treppe hinaufspringen, wie er es früher getan hat, zwei Stufen auf einmal nehmen und auf seinen Namen zufliegen. Er liebt es, wie sie ihn ausspricht. In ihrem Akzent klingt er, als äße sie gerade etwas Köstliches – mmmmmh, ahhhh – und als wollte sie ihm sogar einen kleinen Bissen von sich selbst geben. *Max!*, hört er, aber es ist nur der Wind am Fenster. Und die Treppe scheint endlos, die Schwerkraft zieht erbärmlich an ihm. Er umklammert das Geländer und steigt hinauf.

Er öffnet die Tür zu ihrem Zimmer. Der saure Geruch nach Schweiß schlägt ihm entgegen. Ihre himmelblauen Laken sind zerknittert, von Körpern dunkler verfärbt – nicht von ihrem, nicht von seinem, von anderen Körpern in ihrem Bett. Die Kleiderschranktür steht weit offen, Leonoras Kleidungsstücke sind über den Boden ausgebreitet, als versuchten sie panisch zu entkommen. Die unterste Schublade ihrer Kommode steht offen wie ein Mund, fassungslos über solche Schamlosigkeit. Als Max sie schließt, bemerkt er, dass die Schachtel in der Ecke, in der sie ihre Pässe aufbewahrt haben, leer ist. Natürlich hat Leonora ihren mitgenommen, aber seinen? Nicht dass das Papier ihm jetzt viel nützen würde, aber wenn sie vorhatte, für ihn ein Visum zu besorgen, warum hat sie ihm dann keine genaueren Angaben zu ihrem Reiseziel hinterlassen?

Schwitzend öffnet er ein Fenster; das Blut rauscht in seinen Ohren. Über die abkühlenden Felder streicht eine Brise heran, und ein niedrig stehender Mond, orange und aufgedunsen, versinkt. Max legt sich aufs Bett, zu erschöpft, um sich auszuziehen. Er rollt sich auf die Seite und drückt sich ein Kissen an seinen leeren Magen, um dessen Knurren zu ersticken. Er spürt, wie die Wut ihn verlässt, wie eine Welle von Schlaf über ihm bricht, während er sich vorstellt, das Kissen wäre ihr schmaler Rücken, der ihn bis auf die Knochen wärmt.

Sein Kopf weigert sich abzuschalten und stürzt sich von einer Furcht auf die andere. Mittlerweile könnte Leonora überall sein. Wie um alles in der Welt soll er sie finden? Und die Deutschen. Vielleicht sind sie nicht hier, in diesem Teil Frankreichs, aber sie werden die Franzosen zwingen, ihnen zu Willen zu sein. Wenn man ihn findet, wird man ihn zurück nach Deutschland karren und in die Lager stecken, in denen die *Unerwünschten* festgehalten werden – unter was für grauenhaften Bedingungen, das kann er sich nicht einmal ausmalen.

Feucht von Schweiß wacht er auf, das Zimmer ist still und heiß. Er liegt auf dem Fußboden. Irgendwann im Laufe der Nacht ist er dorthin umgezogen, das Bett war zu weich nach den Wochen auf hartem Untergrund. Und für einen Moment, bevor er die Augen öffnet, ist er wieder im Camp des Milles, wo die Luft geschwängert ist vom Staub der Ziegel. Er hört ein Husten. Das muss Hans Bellmer sein, denkt er.

Aber Max liegt allein in seinem eigenen Zimmer, in einem Flecken aus Sonnenlicht. Draußen singen die Zikaden, ein Pfau ruft, aber im Haus kein Seufzen, kein Knarren. In der erleuchteten Luft tanzen und glühen Staubkörnchen. Über der Kerze, die Leonora in ihrer letzten gemeinsamen Nacht angezündet hat, glänzt ein Spinnennetz, dick von goldenem Staub. Mai und noch kalt. Die Nacht, die sie zusammen verbracht haben – warum kann er sich nicht daran erinnern? Haben sie im Bett gelesen, wie sie es oft taten, weil sie sich ja tagsüber liebten, vorzugsweise unter freiem Himmel, und am liebsten am Fluss?

Er sieht sie vor sich, wie sie neben dem Kerzenlicht mit ihren guten, jungen Augen ihre Kindheitsausgabe von *Alice im Wunderland* las, die ihr, wenn sie direkt vor dem Einschlafen darin blätterte, dabei half, mit Visionen aufzuwachen und einer eigenartigen Neugierde zu malen. So hatte sie es ihm erzählt. Doch was ist stattdessen gekommen? *Gendarmes* mit Handschellen, und dann ist er wieder im Camp des Milles gelandet.

Jetzt ist er ein Fremder in seinem eigenen Haus.

Und da stapft schon Etienne die Treppe herauf, um ihn daran zu erinnern. Max liegt noch immer auf dem Boden, und Etienne funkelt auf ihn herab, die Hände in die Hüften gestützt. Er trägt seine Kappe und die Stiefel für den Acker, seine Hemdsärmel sind bis zum Ellenbogen aufgerollt. «Aufstehen und raus mit Ihnen!» Etiennes Blick huscht auf der Suche nach möglicherweise fehlenden Dingen durch das Zimmer. «Ich unterhalt hier keine Pension.» Er wird weicher, schüttelt den Kopf, als habe er das hier einfach nicht vorhergesehen. «Haben Sie einen Ort, an den Sie gehen können?»

«Ich muss etwas organisieren.»

«Ich kann Sie nicht hierbehalten. Man könnte das Haus beschlagnahmen. Einem unerwünschten Ausländer Unterschlupf zu gewähren ist eine Straftat.» Etienne seufzt. «Ich gewähre Ihnen noch eine Nacht.»

Max setzt sich auf. Er erhebt sich langsam, aber seine Knie geben nach, und er landet wieder auf dem Boden. Etienne hilft ihm auf die Beine. «Jetzt kommen Sie runter und essen Sie. Eier, Brot, Kaffee.»

Kaffee. Max kann ihn riechen, und es erfüllt ihn mit so etwas wie Hoffnung.

Am Tisch beugen sich Etienne und ein Bauer, den er aus dem Dorf kennt, über ihr Essen und verständigen sich mit Grunzlauten. Die Trauben schauen gut aus. Die Ernte wird sicher reichlich ausfallen. Etienne wird den Wein in seiner Bar verkaufen, sein eigenes Etikett daraufkleben.

Er geht zum Herd und kehrt mit einem Omelette zurück. «Setzen Sie sich», befiehlt er Max.

Das Omelette ist mit Käse und Kartoffeln zubereitet, Schnittlauch ist darübergestreut. Max trennt mit seiner Gabel eine Ecke ab. Er isst einen kleinen Bissen und nimmt alles in sich auf – den Duft des Dampfs, den geschmolzenen Gruyère, die Kartoffel. Er könnte über die Pracht dieses einfachen Essens weinen.

Etienne stellt einen Becher Kaffee vor ihn.

«Merci.» Max nimmt einen Schluck. Stark und bitter, etwas Heiliges.

Kann er einem Mann dankbar sein, der gestohlen hat, was ihm gehörte?

In diesem Augenblick kann er es, und er ist es.

Etienne öffnet die Tür, draußen ist bei einer sanften Brise der Himmel wolkenlos. Als er und der Bauer gehen, wirft er einen Blick auf Max. «Sie können als Entgelt für Tisch und Bett das Geschirr abwaschen.»

Max sieht ihm nach, wie er verschwindet. Heute Abend. Er wird das Haus heute Abend verlassen, wenn Etienne schläft. Max nimmt die Vorratskammer in Augenschein. Ein paar Gläser mit Leonoras Oliven sind noch da. Ein Dutzend Flaschen von ihrem Wein. Er schnappt sich zwei Flaschen und beide Olivengläser und wünschte, er könnte mehr tragen.

Im sonnenerfüllten Wohnzimmer leuchten ihre Gemälde. Er wird sie aus ihren Rahmen lösen, sie ineinander aufrollen und nehmen, was er kann.

Oben im Schrank findet er seinen alten Rucksack; das Leder ist über die Jahre ganz weich geworden. Er hat ihn schon vor dem ersten Krieg besessen. Erstaunlich, dass er es geschafft hat, irgendetwas so lange aufzubewahren. In einer Tasche befindet sich ein kleines Skizzenbuch und darin ein paar Fotos – seine Mutter und sein Vater, jung und schuldlos, Kinder an ihrem Hochzeitstag. Als er das Foto betrachtet und sie sich jetzt vorzustellen versucht, fragt er sich, ob sie wohl noch am Leben sind. Er hat sie seit zwanzig Jahren nicht mehr gesehen. Sie sind zur Dada-Ausstellung nach Köln gereist, ins Brauhaus. Alle kamen durch die Herrentoilette herein, wo ein junges Mädchen im Kommunionskleid obszöne Dichtung vorlas. Max lächelt über den Mumm, den sie damals hatten. Dann denkt er an den Brief, den sein Vater ihm nach der Ausstellung schickte. *Ich verfluche dich*, hat er geschrieben. *Du hast unseren Namen beschmutzt.* Die Konsequenzen von Dada waren unvermeidlich, aber jetzt muss er schlucken – Bedauern? Die alte katholische Schuld? Oder vielleicht ist es nur die Trauer, die daher rührt, dass man lange genug gelebt hat, um so weit zurückblicken zu können.

Das andere ist ein Foto von Lou mit ihrem kurzgeschnittenen Haar und dem kleinen Jimmy auf dem Schoß. Er war gerade erst ein Jahr alt geworden. Max blickt in ihr unbefangenes Gesicht und denkt an ihren Scharfsinn, ihren Humor. Sie hatte immer eine viel schnellere Auffassungsgabe gehabt als er. Und wo ist sie jetzt? In einem anderen Lager? Oder ist sie entkommen wie er?

Er kehrt in die Küche zurück und schenkt sich weiteren

Kaffee ein. Auf einmal sieht er Etienne und den anderen Bauern zwischen den Weinstöcken herumlaufen. Eine Katze, eine der orangefarben getigerten, streicht um seine Füße, und Max nimmt sie auf den Arm. Ist es Woolf oder Cricket? Mutter oder Tochter? Nur Leonora konnte die beiden auseinanderhalten. Sie drückt ihren Kopf in seine Hand, und er reibt ihren Nacken, spürt die Muskeln unter dem weichen Fell. Leonora hat diese Katzen mit solcher Inbrunst geliebt, dass er nicht verstehen kann, wie sie sie zurücklassen konnte. Eine Kralle verfängt sich in seinem Ärmel. «Es tut mir leid, dass sie euch verlassen hat. Das wollte sie sicher nicht», sagt er zu der Katze - Cricket, wie er beschließt -, löst ihre Kralle und setzt sie ab. Dann wäscht er das Geschirr ab. Er ist sich nicht sicher, warum, es gefällt ihm einfach, dort zu stehen. Er kann Leonoras Anwesenheit spüren, wie sie Tag für Tag hier stand und dieselben Teller abspülte, auf diese Felder hinausblickte, diese Olivenbäume, diese Weinstöcke.

Später an diesem Vormittag macht er sich auf den Weg ins Dorf, um Alphonsine zu besuchen. Obwohl sie immer mehr Leonoras Freundin war als seine, hofft er, dass sie ihm helfen wird und er ihr Telefon benutzen kann. Vielleicht weiß sie sogar, was aus Leonora geworden ist.

Auf der gepflasterten Straße watschelt eine Frau mit Schal um den Kopf auf ihn zu. Taschen voll Gemüse baumeln in ihren Händen. Die Bauern müssen sich zum Wochenmarkt versammelt haben, denkt Max und ist schon wieder hungrig. Was gäbe er für einen saftigen Pfirsich, für einen frischen grünen Salat. Das ist Etiennes Frau, begreift er, als sie einander näher kommen. Er lächelt und blickt dann schnell zur Seite. Er hat geduscht und saubere Kleidung angezogen, doch er sieht noch immer zerlumpt aus. Seine Hose schlottert um die Hüften, sein Hemd ist zu groß. Er meidet ihren Blick, als sie aneinander vorbeigehen, aber er spürt, dass sie ihn beobachtet, spürt ihr Urteil und ihre Wut, als wäre dieser Krieg irgendwie seine Schuld.

Im Gasthaus hilft Alphonsine einem der Zimmermädchen dabei, in einem Raum im ersten Stock ein Bett neu zu beziehen. Ihr Haar wirkt grauer und ist zu einem losen Knoten zusammengesteckt. Als sie sich ihm zuwendet, ist ihr Gesicht von Erschöpfung gezeichnet. «Max! Du bist wieder da!»

«Was ist mit ihr passiert, Alphonsine?»

Sie hakt sich bei ihm unter und führt ihn den Flur entlang. Auf dem Balkon lehnen sie sich an ein Geländer. Alphonsine zündet sich eine Zigarette an und hält ihm das Etui hin. Sie war nicht immer besonders freundlich zu ihm, aber sie war in der Zeit, als er in Paris gewesen ist, für Leonora da. Er hat jetzt ein schrecklich schlechtes Gewissen deswegen und würde es ihr gern sagen, sie um Verzeihung bitten. Doch als Alphonsine sich vorbeugt, um seine Zigarette anzuzünden, liegt Mitleid in ihren Augen, und er weiß, er muss nicht fragen.

Er atmet ein, und der Rauch versetzt ihn in die Vergangenheit. Für einen kurzen Augenblick ist er kein Flüchtling, sondern Künstler. Er ist wieder in Paris, im Café de Flore, ein heiterer und privilegierter Betrachter der Welt.

«Ich weiß nicht, was mit ihr passiert ist», erklärt Alphonsine und blickt über die Felder Richtung Fluss. «Ich hatte so viel zu tun, alle sind aus Paris geflohen. Bis gestern haben die Leute noch auf dem Fußboden geschlafen. Pierre hat gemeint, Leonora sei vorbeigekommen und hätte sich nach Reisegenehmigungen erkundigt. Sie hat etwas über Portugal gesagt, glaube ich. Ich war auf dem Markt, und davor ...» Ihre Stimme verstummt. «Sie war anders. Sie hat mit den Katzen gesprochen.»

Max holt Luft – ein schneller, flacher Atemzug. Wäre er da gewesen, wäre das nicht passiert. «Ich muss sie finden», sagt er. «Ich habe so eine schreckliche Vorahnung, wo sie gelandet sein könnte. Kann ich euer Telefon benutzen?»

«Mais oui.» Alphonsine streicht ihm über das Haar, glättet ein paar Strähnen über seiner Stirn, so wie seine Mutter es getan hat. «Aber mach schnell. Pierre ist bald zurück, und er hat Regeln aufgestellt.»

Auf dem Telefon hinter dem Rezeptionstresen wählt Max die Nummer, die er aus irgendeinem Grund auswendig weiß. Es läutet und läutet, dann ist da eine Frauenstimme, rau und lebhaft. «Hallo?»

«Lee?»

«Max? Von wo rufst du an? Bist du wohlauf?»

«Ich kann dir nicht sagen, wie gut mir deine Stimme tut. Hör mal, du musst mir helfen.»

«Jederzeit.»

«Leonora ist verschwunden. Sie hat unser Haus einem Mann aus dem Dorf überschrieben. Es ist grauenhaft. Aber was noch schlimmer ist, sie ist nicht da. Sie hat mir einen Zettel hinterlassen. Sie ist nach Portugal gegangen, zusammen mit Catherine.»

«Wem?»

«Catherine.» Er bemühte sich, nicht zu schreien. «Ursulas Freundin.»

«Langsam, mein Lieber. Du verlierst die Fassung.»

«Weißt du, wo Leonora ist? Hat sie mit dir Kontakt aufgenommen?»

«Als ich das letzte Mal mit ihr sprach, klang sie wirr. Sie hatte ein eigenartiges Lachen, gar nicht wie ihr eigenes. Aber das war im Dezember, bevor du wieder nach Hause gekommen bist.»

«Und seither nichts?»

«Kein Sterbenswort.»

Pierre, Alphonsines Ehemann, kommt mit eingezogenem Kopf von der Straße herein. Er ist so groß, dass der Raum schrumpft, wenn er ihn betritt. Max wendet ihm den Rücken zu und spricht hastig in den Hörer. «Ich brauche Hilfe. Ein Visum. Sie hat meinen Pass mitgenommen, aber das verdammte Ding wäre mir zurzeit ohnehin nicht von Nutzen.»

Er kann hören, wie Lee sich eine Zigarette anzündet und scharf einatmet. «Wir werden es Peggy Guggenheim wissen lassen, in Ordnung? Ich würde lieber nicht persönlich mit ihr sprechen – du weißt ja, was ich von ihr halte –, aber sie hat die Schiffspassage für Breton und seine Familie nach Amerika bezahlt ...»

«Ja ...», sagt Max, da nimmt ihm Pierre den Hörer aus der Hand.

Kein Mond, wenigstens noch nicht. Etienne und seine Freunde sind so betrunken, dass ihr Schnarchen durch das gesamte Haus dröhnt und sich niemand rührt. Max trägt seinen schwarzen Reisemantel aus Wolle, die Kapuze hochgeschlagen, um mit der Nacht zu verschmelzen. In seinen Rucksack hat er den Wein und die Oliven, Käse und Salami gepackt, und dazu seine beste Jacke, eine zweite Hose und ein paar gute Hemden.

Er nimmt Leonoras Fotoalbum und versucht es ebenfalls noch hineinzustopfen, da fällt es ihm aus der Hand und öffnet sich. Ein Bild. Sie steht oben ohne an der Uferböschung von Lambe Creek, und er ist das Wesen aus dem Meer, tropfend und in Tang gehüllt. Er ist ein schlammiger alter Mann, und sie ist golden. Was kann sie an ihm gefunden haben, fragt Max sich und zwängt das Album in den Rucksack, zusammen mit Leonoras Ausgabe von *Alice*, seinem Collage-Roman und der Sammlung von Erzählungen, die sie geschrieben hat, *Die ovale Dame,* und auch ihre neueste, *Das Haus der Angst.*

Verstohlen schleicht er die Treppe hinunter. Er stellt sich auf einen Stuhl und nimmt erst das eine, dann das andere Gemälde von der Wand und gibt dabei acht, kein Geräusch zu machen. Anscheinend ist er ein nachtaktives Wesen geworden – wie ein Dieb, eine Maus oder eine Kakerlake, diese unerwünschten Kreaturen, die in der Dunkelheit umherschleichen, wenn der Herr schläft. Max trägt die Gemälde in die alte Kirche, sein Atelier.

Er tappt durch den Gang zwischen den Bankreihen, steigt die Stufen zur Kanzel hinauf und zündet eine Kerze an. Sein Atelier liegt genau so da, wie er es verlassen hat. Auf einem Tisch, den er aus einer Tür gebaut hat, ragen seine Pinsel wie Trockenblumen aus einem Krug auf, seine Farbtuben mit ihren verschrumpelten Hüllen liegen Seite an Seite, und ein Becher mit einem Ring aus eingetrocknetem Kaffee am Boden steht dort, wo er ihn zuletzt abgestellt hat. Seine Leinwandrolle lehnt an dem alten Predigtstuhl, neben dem Bretterstapel und den Nägeln. Alles ist bereit und wartet auf ihn. Er wendet sich der leeren Staffelei zu und seufzt. Was würde er dafür geben, bleiben zu können. Sein kleiner Finger wäre ein geringer Preis für ein weiteres Jahr in solch perfektem Licht.

Auf dem Boden kniend, zieht Max die Nägel aus den Gemälden und löst sie von ihren hölzernen Rahmen. Da ist die *Windsbraut* – das Bild, das er ihr an ihrem ersten gemeinsamen Weihnachten geschenkt hat. Er breitet Fleischpapier darüber, dann legt er Leonoras Selbstporträt darauf – *Herberge des Morgenröte-Pferdes.* Ihre wilden Augen, ihr zerwühltes Haar. Er hält inne und betrachtet die verwischte Stelle auf dem Bild, an der sich das geisterhafte Wesen befand. Es ist Heiligabend und spät gewesen, und sie hatten keinen Champagner mehr. Er hat ihr gesagt, das Bild gefalle ihm, doch als sie darauf bestand, dass er das ausführte, konnte er nicht mehr lügen. Er fand, der Geist sei fehl am Platz, ein Element zu viel. Sie versuchte ihm die Figur zu erklären. Es sei ein Sidhe, sagte sie. Und dann war sie still. Als er darauf pochte, sie solle ihn beibehalten, wischte sie ihn weg. Doch sie hat die Spuren davon und seinen Schatten so gelassen. Ihr Trotz bringt jetzt ihn zum Lächeln.

Eine weitere Lage Fleischpapier, dann ihr *Mahl des Lord Candlestick* mit seinen gefräßigen, grotesken Frauen, ihr Porträt von ihm, die Winterlandschaft, und sein *Moment der Ruhe.* Diesen bedeckt er mit seinen neuesten Heldentaten im Genre der Décalcomanie, wobei er die Farbe mit einer Glasscheibe auf die Leinwand geschoben und die organischen, zufälligen Muster erst erweitert, dann zu absichtlichen Formen weiterentwickelt hat. Es folgen zwei weitere seiner Gemälde von Leonora, *Morgenlicht* und das andere, das beinahe zu groß ist, um es zu tragen, *Die Einkleidung der Braut.* Das Bild zeigt Leonoras mit Federn bemäntelten Körper und einen Mann mit Kranichkopf, der sie mit einem zerbrochenen Speer bewacht. Nur dass ich nicht für sie da gewesen bin, denkt Max und berührt ihren nackten Bauch auf der Leinwand. Schließlich rollt er die Gemälde auf und klemmt sie in seinen Rucksack, aus dem sie wie ein auf die Sterne gerichtetes Teleskop hervorragen.

Ein Lichtstrahl huscht durch die Bäume und in die Kirche. Max duckt sich unter ein Fenster und sieht einen Mann mit einer Taschenlampe vorübergehen. Das Humpeln und der bucklige Rücken verraten ihm, dass es der Schwachsinnige aus Saint-Martin ist, der bei seiner Mutter lebt. Ist er es, der ihn den Behörden verraten hat? Max will ihn würgen, schlagen, halbtot neben der Straße liegen lassen.

Die Vorstellung, zu einem solchen Gewaltausbruch fähig zu sein, entsetzt ihn. Was haben sie aus ihm gemacht? Ist er denn kein bisschen besser als die *gendarmes*, nicht besser als die Nazis?

Als das Licht um die Ecke herum verschwindet, blickt Max sich ein letztes Mal in seinem Atelier um und pustet die Kerze aus. Dann tritt er in die Nacht und drückt sich erneut an den Brombeeren und dem Gebüsch entlang, schleicht über die Felder. Er kennt einen Präfekten aus Aiguèze, der sich mit ihm gelegentlich auf ein paar Drinks und stürmische Diskussionen im Motel des Touristes getroffen hat, einen Mann, der ihm hoffentlich verbunden genug ist, um ihm ein Ausreisevisum auszustellen. Er wird die Ardèche überqueren müssen, um nach Aiguèze zu gelangen. Doch nun trägt er Fotos, Bücher und Gemälde mit sich. Er kann den Fluss nicht allein überqueren. Da Brücken nicht zur Debatte stehen, folgt Max der Uferböschung. Manchmal liegt hinter einem Haus ein Boot, ein kleines Ruderboot, vertäut.

Während er dahinwandert, steigt der Mond auf und

flackert im Fluss. Max' Gedanken kehren zu dem zurück, was Lee ihm erzählt hat. Dass Leonoras Lachen eigenartig war. Wie hat sie es ausgedrückt? *Gar nicht wie ihr eigenes.* Und sie hat mit den Katzen gesprochen, sagte Alphonsine, was, wie Max weiß, bedeutet, dass die Katzen mit ihr gesprochen haben. Das ist nicht neu. Er hat gelegentlich mitbekommen, wie Leonora sich mit ihnen unterhielt. Doch es ist die Tatsache, dass sie es vor der praktisch veranlagten, robusten Alphonsine nicht verbergen konnte, die ihn beunruhigt. Max erinnert sich an den Blick, den Leonora manchmal an sich hatte, wenn sie den ganzen Tag und die halbe Nacht malte. Wein trank und malte. Sie vergaß zu essen. Ihre Augen wurden dann animalisch – abwesend und unheimlich, beinahe verängstigt von dem, was sie sahen.

Etwas Glänzendes vor ihm erregt seine Aufmerksamkeit. Als er näher kommt, bemerkt er, dass es tatsächlich eine Jolle ist, und er schiebt sie in den Fluss und rudert damit über das stille Wasser. Der Mond belächelt seinen Diebstahl. Und das, was aus ihm geworden ist. *Mea culpa*, murmelt Max, an niemanden gerichtet, und zieht das Boot weit auf das andere Ufer hinauf, damit es nicht davontreibt. Dann denkt er an Marie-Berthe und fragt sich, wie viele Male sie sich wohl bekreuzigen würde, wenn sie jetzt hier wäre.

Max erreicht das Haus des Präfekten Monsieur de Langelier kurz nach Sonnenaufgang. Zwischen der gestutzten Hecke und einer großen blauen Tür bleibt er stehen und betätigt den Türklopfer. Er ist aus Messing, geformt wie eine Faust.

Eins, zwei, drei. Sechs. Neun.

In der von Vogelgezwitscher erfüllten Helligkeit wartet Max. Es ist zu früh, er sollte besser später wiederkommen, denkt er gerade, als ein Bediensteter mit vom Schlaf zerknittertem Gesicht und schweren Augenlidern die Tür öffnet. Max erläutert den Grund für sein Erscheinen so einfach wie möglich, und der Mann lässt ihn herein und setzt ihn in die Küche, wo eine Köchin ihm Kaffee und heißes Baguette gibt und er auf einer warmen Hefewolke schwebt. Monsieur ist nicht zu Hause, und sie scheinen sich nicht sicher zu sein, wann er wiederkommt. «Aber», erklärt der Diener, «ein Freund von Monsieur, Georges, der exzentrische Präfekt von La Roque-sur-Cèze, lebt auf einer Burg, in der er wohl sicher für den Rest des Krieges bleiben wird.» Das Gesicht der Köchin hellt sich auf, sobald sie das Geheimwissen vernimmt, das alle guten Köchinnen horten. Sie kichert in ihren Ärmel.

Max findet, es klingt gut. Der exzentrische Präfekt von La Roque-sur-Cèze. Der Mann gehört in eine von Leonoras Erzählungen. Wunderbar, sagt er zu den beiden Bediensteten. Aber in der Nacht zu reisen ist besser, und er ist müde. Ob er hier schlafen könne? Gibt es ein Gästebett? Und falls sie ein Telefon haben, ob er einen kurzen Anruf tätigen dürfe?

Der Diener spitzt angesichts dieser neuerlichen Unannehmlichkeit die Lippen. Die Köchin jedoch mustert Max mit einem einzigen Blick, wischt sich die Hände an ihrer makellosen Schürze ab und lächelt mit Grübchen in den Wangen und Schalk in den Augen. Der arme Maler darf in ihrem Bett schlafen. Schließlich braucht sie es am heutigen Tag nicht.

Der Diener führt ihn zu einem Arbeitszimmer und

verharrt in der Tür, während Max Lees Nummer wählt. «Machen Sie nicht zu lang», sagt der Bedienstete kurz angebunden. Max sieht ihn den Flur hinunterschlendern und stehen bleiben, um einen Bilderrahmen gerade zu rücken. Er traut ihm nicht. Der Mann hat zu viel Zeit zur Verfügung.

Rolands Diener antwortet, und dann ist Roland am Apparat. Er hat mit Kay Sage gesprochen, berichtet er, Tanguys neuer Frau, die wiederum mit Peggy gesprochen hat, die so bald wie möglich nach Marseille zurückkehren will. Wenn Max sie dort aufsuchen könne – Peggy nimmt an, dass kommenden September in der Villa Air-Bel, dem Landhaus in der Nähe der Stadt, wo sich viele exilierte Künstler verstecken, noch Platz sein werde –, dann wird sie alles in ihrer Macht Stehende tun, um ihm eine Schiffspassage in die Staaten zu besorgen.

«Wieso sollte sie so viel anstellen, um mir zu helfen?»

«Lass uns einfach sagen, sie hat es mit Künstlern.» Roland lacht. Peggy habe außerdem Wert darauf gelegt, ihm zu vermitteln, dass sie gerade Max' Skulpturen im *Cahiers d'Art* gesehen habe und sie ihr sehr gefallen hätten, fährt er fort. Max notiert sich Peggys Adresse in Grenoble, die Roland ihm nennt. «Ach, das hätte ich beinahe vergessen», sagt Roland hastig. «Ich habe von Ursula gehört. Catherine war auf dem Weg nach Spanien. Was bedeutet, dass Leonora wohl auch in Richtung Spanien unterwegs ist.»

Das ist nicht viel, aber es ist etwas. Max dankt ihm. «Grüß Lee», sagt er und hängt auf.

Spanien. Und dann nach Lissabon? Aber wie soll er zu ihr gelangen? Der Gedanke macht ihn konfus. Selbst wenn es ihm gelingt, ein Ausreisevisum für Frankreich zu erhalten, wird er auch noch ein Einreisevisum für Spanien brauchen. Und Geld. Wieso hat er Roland nicht darum gebeten? Als sein Freund würde Roland sicherlich tun, was er kann. Max greift wieder zum Hörer, um ihn noch einmal anzurufen, dann hängt er auf. Wie sollte das Geld zu ihm kommen? Zunächst muss er eine Weile irgendwo unterkriechen. Die finanziellen Fragen wird er später klären.

Er blickt den Flur hinunter. Der Diener ist anscheinend verschwunden, und dort auf dem Schreibtisch liegt die gestrige Tageszeitung. Max blättert sie auf der Suche nach Neuigkeiten über den Waffenstillstand durch. Erneut steht der Bericht beinahe ganz hinten. Man hat über die Bedingungen entschieden. Und da liest er es. Vertragsartikel neunzehn. Die Franzosen würden den Nazis alle «gesuchten» Deutschen übergeben. Jeden, der auf ihren Listen steht. Es ist gekommen wie erwartet. Die französischen Faschisten richten sich nach den Nazis. Ihm wird schwindelig, und er setzt sich für eine Minute hin. Er denkt an die Männer aus dem Zug, die jetzt höchstwahrscheinlich in einem neuen Lager sind. Was hält die Franzosen davon ab, sie allesamt auszuliefern? Dann müssen sie nicht für Unterkunft oder Verpflegung sorgen. Das war das Problem der Nazis. Zum Glück ist er nicht mehr im Lager, aber er wird sich eine Weile verstecken müssen. Der Präfekt wird ihn aufnehmen, hofft Max, und Peggy Guggenheim wird ihm helfen.

Er durchsucht die Schränke im Arbeitszimmer des Präfekten, bis er eine Karte und einen Kompass gefunden hat. Er lässt den Kompass in seine Tasche gleiten, rollt die Karte auf und schiebt sie in die Rolle mit den Gemälden. Er nimmt ein heißes Bad und schlüpft noch nackt in das weiche Bett der Köchin in einem Zimmer, das nach

Hühnerbrühe riecht. Er träumt von Leonora. Sie steht in einem bröckelnden Turm, ihr Gesicht erscheint in einem kleinen, hohen Fenster. Max steht vor dem Turm, sucht in seinen Taschen nach einem Schlüssel, und in der Abenddämmerung wacht er auf – ein Körper drückt sich von hinten an ihn, hält ihn, ein so umfangreicher Körper, dass Max sich dagegen klein vorkommt, beschützt, und die Hand auf ihm, um ihn, die drückt und sich auf und ab bewegt, ist eine Hand, die Kühe gemolken hat, eine Hand, deren Bewegung, deren Arbeit etwas wert ist. Er wendet sich zu der Köchin um, fällt in ihre blauen Augen, in ihren Körper wie in aufgegangenen Teig, und wird aufgesogen. Er besitzt nicht die Stärke, dem Geschenk zu widerstehen. Die Wochen, die er von Leonora getrennt war, fühlen sich an wie Jahre. Er hat vergessen, wie es sich anfühlt, genommen zu werden, in das warme Meer eines anderen Menschen einzutauchen, zu spüren, dass dieses Meer einen verzehrt, zu fühlen, wie es in einem anschwillt, sich aufbaut und sich bricht, Welle um Welle. Gott, er hat vergessen, wie es sich anfühlt, lebendig zu sein. «Verdammt», sagt er. «Verdammt.» Und sie streichelt sein dünner werdendes Haar, küsst seine Augenlider und drückt ihn an ihre Brust, und Max gleitet wieder in den Schlaf.

Aus ihren schweren Armen schlüpft er in die Gewichtslosigkeit der Nacht und nimmt einen Laib von ihrem Brot mit. Als er die Auffahrt hinuntermarschiert, ist er leicht genug, um zu fliegen. Sobald er die Straße erreicht, hört er hinter sich einen Automotor starten. In seinen Achseln prickelt es. Schweißgebadet verlangsamt er seinen Schritt. Er blickt über die Schulter. Die Schweinwerfer sind auf ihn gerichtet. Der Wagen rollt neben ihn, es ist die *gendarmerie.* Der Diener muss sie gerufen haben. Das Fenster ist heruntergekurbelt, ein Schattenmann sitzt hinter dem Steuer. «Max Ernst?», fragt er. «Steigen Sie ein. Es sei denn, Sie haben Entlassungspapiere aus dem Camp des Milles?» Der Mann stößt die Tür auf.

Wegzulaufen wäre lächerlich. Max beißt von dem warmen Brot ab, bevor der *gendarme* ihn davon abhalten kann.

Zusammen mit den Betrunkenen wird Max im Dorfgefängnis verwahrt. Am nächsten Morgen erscheint ein junger *gendarme*, legt ihm Handschellen an und fährt ihn nach Nîmes. Max protestiert nicht. Das Metall an seinen Handgelenken fühlt sich kühl an, und der *gendarme* kurbelt beide Fenster herunter. Max starrt auf die uralte Stadt und dann auf die Felder, die vielleicht zum letzten Mal an ihm vorbeifliegen, dieser Landstrich, die Provence, die sich weit und ungezwungen angefühlt hat, so endlos wie die Freiheit. Er hat gedacht, sie sei für sie beide gemacht, für ihn und seine Windsbraut. Als er ein von Mauern umgebenes Dorf auf einem Hügel entdeckt, vergisst er, dass er noch immer ein Feind Frankreichs ist. Er vergisst, dass er eine Schachfigur ist, die kurz davor steht, von einer Regierung an eine andere übergeben zu werden. Sonnenblumen auf einem Feld wippen als trübsinniges *Adieu* mit den Köpfen. Max versucht sie zu ignorieren.

Als sie ankommen, führt ihn der *gendarme* in Handschellen wie einen gewöhnlichen Verbrecher ins Lager. Sie gehen an den Wachen vorüber und durch ein altes eisernes Tor, das mit den bogenförmigen Worten *San Nicola* überschrieben ist. Hier hat einmal jemand gewohnt, wird Max klar, als er auf den frisch und nachlässig errichteten

Stacheldrahtzaun blickt – ein Versuch, diesen verlassenen Bauernhof in ein Gefangenenlager zu verwandeln. Innerhalb des Zauns stehen auf den grünen Feldern hübsche weiße Zelte verstreut, die so spitz sind wie Partyhüte. Es gibt auch ein paar alte Steingebäude, ein Bauernhaus und kleinere Hütten für die Arbeitskräfte. Jetzt vermutlich wohnen Beamte und Wachen darin. Es ist nicht annähernd so schlimm wie das Camp des Milles, denkt Max, und dann erreicht ihn der Geruch. Der Gestank der offenen Latrinen, die Gemeinschaftsrinne, in die sich alle Männer erleichtern sollen.

Im Bauernhaus hinter einem großen Schreibtisch im Büro treffen sie auf den Kommandanten. Er weist den *gendarme* an, die Handschellen zu öffnen, er werde sich von hier an um alles kümmern. Max erwägt, zu erklären, warum er weggelaufen ist, warum er weglaufen musste. Aber er ist wohl kaum einzigartig. Die Mehrzahl der Männer hier haben Angehörige, die sie mehr als alles andere finden wollen. Der Kommandant fährt sich mit der Hand über seinen unrasierten Nacken. Er wirkt erschöpft. Er schüttelt den Kopf, als wollte er nicht tun, was er tun muss, und nickt dem Wachmann zu. «Es ist nur für einen Tag», sagt er zu Max. Der Wachmann will seinen Rucksack an sich nehmen.

«Das ist alles, was ich habe», sagt Max und verstärkt seinen Griff um die Riemen.

«Sie bekommen ihn zurück», erwidert der Kommandant. Und der Wachmann nimmt die Überbleibsel seines Lebens mit.

Er wird in einem baufälligen Holzschuppen untergebracht, der einmal der Schweinstall war. Der Wachmann schließt die Tür hinter sich ab. Max setzt sich auf den schmutzigen Boden. Das schiefe Dach ist zu niedrig, als dass er stehen könnte. Sonnenlicht fällt durch die Ritzen. Und obwohl es im Schweinestall heiß ist, hebt er sein Gesicht dem Sonnenlicht entgegen. Ein Segen. Es bedeutet, dass er noch auf Erden weilt.

Auf dem Boden liegt eine dünne Schicht Stroh, aber als er sich darauflegt, widert der Gestank ihn an. Es stinkt nach menschlichen Fäkalien. Wie es scheint, haben die Männer, die vor ihm hier eingesperrt waren, mit ihren Händen Löcher gegraben und ihre Kacke dann mit dem Stroh bedeckt. Ein Tag. Das kann ich überstehen, sagt Max sich.

Er setzt sich in den Schneidersitz und schließt die Augen. Fliegen landen auf seinem Gesicht, und er muss sie ständig verjagen. Die Stimmen vorübergehender Männer dringen an sein Ohr. Sie sprechen leise miteinander, nervös und energisch. Sie sprechen, als sei das, was sie sagen, von Bedeutung. Dabei ist es doch nur Zufall, dieses Schicksalsgeschäft. Gestern Nachmittag war er noch eingehüllt in die Weichheit des Bettes der Köchin, in die Weichheit der Köchin selbst, wollüstig und nach Hefe, gewürztem Fleisch und entsteintem Obst duftend. Und jetzt sitzt er hier in einem Schweinestall. Andererseits, wenn er nicht einen Tag lang dortgeblieben wäre, hätte man ihn vielleicht nicht geschnappt. Dies ist seine Strafe, er kann es seinen Vater sagen hören. Er verdient es, hier zu sein.

Er horcht auf die Männer im Lager. Die meisten von ihnen sind Franzosen aus der Stadt, die ihre Waren verhökern. *Schön geformte Lederschuhe, Größe zehn, Zeitungen aus Paris, Wein, Whiskey, Tomatensalat und Brathühnchen.* Alles für einen sehr guten Preis. Wer will es ihnen verübeln? Das Unglück des einen ist das Glück des anderen Mannes. So ist es auf der Welt. Und im Augenblick würde Max ein Gemälde gegen eine Tomate, ein Stück Hühnchen und ein Glas Wein eintauschen.

Die Sonne schiebt sich über das Blau. Heiß und hoch hängt sie über dem Lager, als hätte sie nur den einzigen Zweck, ihn zum Schwitzen zu bringen. Sein Mund wird so trocken, dass er nicht mehr schlucken kann. Endlich bringt ihm ein Wachmann ein kleines Eimerchen voll Wasser und ein paar Scheiben schimmliges, trockenes Brot. Max trinkt das Wasser in kleinen Schlucken, kostet jeden von ihnen aus, lässt ihn andauern. Als es zu dämmern beginnt und er weiter nichts zu essen bekommen hat, kratzt er den Schimmel mit dem Fingernagel ab, bricht eine Ecke von dem Brot und kaut. Sobald er aus dem Schweinestall gelassen wird, beschließt er, wird er flüchten, durch den Stacheldrahtzaun schlüpfen und wieder mit den Schatten verschmelzen.

Leonora, August 1939, Saint-Martin-d'Ardèche

Mit dem heißen, trockenen Wind kamen die Freunde. Fini und ihre Männer - André Pieyre de Mandiargues, der französische Schriftsteller, und Federico Veneziani, der Italiener. Kurz danach gesellten sich Lee und Roland ebenfalls dazu. Es war wieder wie in Lambe Creek, eine zweiwöchige Party, nur dass diesmal Max und Leonora die Gastgeber waren. Am Morgen wachten alle auf, schwammen nachmittags in der Ardèche, und am Abend tranken sie Wein, aßen und lauschten dem kehligen Gesang der Frösche.

Leonora saß in eine von Finis fließenden weißen Blusen und einen Rock gekleidet auf einem Stuhl im Garten, während die Künstlerin ihr einen Schal um die Schultern legte. Fini malte, wo immer sie war, und sie reiste stets mit ihrem Koffer voller Kleider - ihre Inspiration. In einer Woche würden sie und ihre Männer auf dem Weg nach Arcachon sein, einer kleinen französischen Stadt am Atlantik, um dort einen Monat mit Dalí und Gala zu verbringen. Leonora ließ sie nur ungern ziehen.

«Dalí kann ich nachvollziehen», sagte Leonora. «Aber Gala? Jimmy hat mir erzählt, für seine Mutter sei sie die Hexe, die ihm Max gestohlen hat.»

«In das Leben hinein, das auf ihn gewartet hat. Stell dir nur vor, wenn Gala ihn nicht verführt hätte, wären wir beide jetzt nicht hier. Unsere Leben sind verbunden, mehr als wir begreifen können.» Fini löste Leonoras Haarknoten und ließ ihr Haar herunter. «Weißt du, was Gala so mächtig macht? Sie hat verstanden, dass dies eine Welt der Männer ist, und diese Tatsache hat sie akzeptiert. Sie hat nicht versucht, sich dagegenzustemmen, so wie wir es tun, indem wir unsere eigene Kunst schaffen. Bestimmt denkt sie, dass wir den schwierigen, unklugen Weg gewählt haben. Wieso sollte sie malen, wo sie doch einen Genius inspirieren kann? Warte es nur ab. In fünfzig Jahren wird es ihr Gesicht sein, das in Museen an den Wänden hängt.» Sie legte Leonoras Arm auf dem Knie ab. «Jetzt sitz still. Ich werde dich zeichnen. Es wird nicht lange dauern.»

Fini arbeitete mit Kohlestift und zügig, aber nicht schnell genug. Leonora versuchte durchzuatmen, einen leeren Kopf zu behalten, aber sie hatte das Gefühl, aus der Haut springen und in die Berge rennen zu müssen. Das Vogelgezwitscher war nicht hilfreich. Es klang falsch. In diesem Augenblick trieben in irgendeinem kleinen Dorf wie diesem Nazis die Juden zusammen, Künstler, Homosexuelle und Kommunisten, alle, die nicht in ihr wagnerianisches Ideal passten. Leonora schauderte. Meistens beschäftigte sie sich damit, Geschichten zu schreiben, sodass sie das Knirschen der rollenden Panzer, die Gewehrschüsse und Schreie nicht hören konnte, aber nun saß sie hier und vermochte die Geräusche nicht auszublenden. Deutschland hatte die Tschechoslowakei erobert. Die Nazis verbreiteten ihren Schrecken wie Teer, der aus einem Fass leckt.

«Hast du etwas geschrieben?», fragte Fini. Geschrieben und nicht gemalt, dachte Leonora. Malen öffnete diese andere Welt in ihr, und dort fühlte sie sich nicht sicher. Jedes Mal, wenn sie die Tür zu ihrem Atelier hinter sich schloss, bekam sie Panik – so wie jetzt. «Wie soll dein Buch heißen?», fragte Fini. Aber Leonora konnte kein Wort herausbringen. Sie war wie gefroren. «Carrington?»

«Es heißt *Das Haus der Angst*», sagte Leonora, als sie wieder in der Lage war zu sprechen.

Leonor zeichnete ihre Augen und blickte Leonora mit solcher Intensität an, dass es sie zurückholte. «Du hast hier ein Stück Himmel geschaffen, Leonora», sagte Leonor. «Aber du musst darauf vorbereitet sein zu gehen, wenn es nötig ist. Das ist dir klar, oder?»

Leonoras Augen füllten sich. Die plötzliche Gefühlsaufwallung überraschte sie, und sie versuchte sie herunterzuschlucken. Letzte Woche hatte sie einen Brief von Mutter erhalten. England bereitete sich auf einen Krieg mit Deutschland vor. Ihre Mutter flehte sie an, nach Hause zu kommen. Und Leonora hatte Max kein Wort davon erzählt. Sie hatten beschlossen, nicht über die Nazis zu sprechen und dass ihr Heim eine sichere Zone sein sollte – sicher selbst vor Gesprächen über den Krieg.

«Du weißt, was vor sich geht, nicht? Ihr lest die Zeitung?», erkundigte sich Fini.

«Wir haben einen Pakt geschlossen. Wir wollen nicht in Angst leben. Max meint, das sei der Tod der Kreativität.»

«Willst du, dass ich ihn zur Vernunft bringe?»

Als Leonor das Porträt beendete, wirkte es wie eine Skizze – mit Leonoras Gesicht als Dreh- und Angelpunkt.

Sie starrte es an. Wie war es Fini gelungen, sie so schön wirken zu lassen? Natürlich war es nicht wirklich ein Abbild von *ihr*, sondern wie Fini sie sah.

Wenn Leonora das Porträt betrachtete, fühlte sie sich anders. Stärker.

Sie fand Max in seinem Kirchen-Atelier. Die hochstehende Sonne fiel schräg durch die geöffneten Fenster, und es war heiß im Raum. Max hatte sein Hemd ausgezogen und arbeitete an einem neuen, großen Gemälde. Ein komplizierter Wald unter einem Morgenhimmel. *Ein Moment der Ruhe*, so nannte er es. Er arbeitete mit dem Rücken zu ihr. Er hasste es, unterbrochen zu werden, aber wenn Leonora jetzt nicht mit ihm sprach, würde sie den Mut verlieren, das wusste sie. Sie würde nicht mehr allein mit ihm sein, bevor sie alle ins Bett gingen, und wenn sie dann mit ihm redete, würde sie nicht schlafen können.

«Max? Liebling?»

«Oui?» Er wischte seinen Pinsel an einem Lappen ab, tauchte ihn in den weißen Klecks auf seiner Palette und mischte das hellste Grün.

«Ich hatte gehofft, dass wir reden können.»

«Schieß los.»

So würde es sich also abspielen. Sie holte Luft. «Leonor macht sich Sorgen um uns.»

«Ja?» Er sah sie immer noch nicht an.

«Und meine Mutter hat in ihrem Brief ...» Leonora klang wie ein Kind, das sich auf seine Mutter beruft. «Sie hat geschrieben, dass England mobilmacht. Der Krieg steht kurz bevor. Sie hat mich gebeten, nach Hause zu kommen.»

«Du bist ein freier Mensch, Leonora. Wenn du gehen willst, dann geh.» Max sprach es ganz beiläufig aus, als wäre sie nicht mehr als ein Dienstmädchen.

«Nachdem die Deutschen die Tschechoslowakei erobert haben, was sollte sie davon abhalten, hierherzukommen?» Sie wartete auf seine Antwort und beobachtete schweigend, wie er malte. Jetzt störte sie es zutiefst, dass Freunde gekommen waren. Sie hatten den Krieg mitgebracht, und Max und sie hatten keine Zeit mehr zu zweit. «Max, verdammt noch mal. Schau mich an.» Er hob den Blick, seine Augen waren kalt und glommen vor Wut. «*Wir* sollten weggehen, das möchte ich sagen. Wir könnten nach Amerika ziehen und uns einen Ort wie Saint-Martin suchen, einen Ort mit weitem Himmel und einem Fluss. Wir haben uns dieses Heim geschaffen, wir können noch eines aufbauen.»

Er legte den Pinsel weg. Unter seiner sorgsamen Ruhe kochte er vor Wut. «Ich arbeite, Leonora. Siehst du das nicht?» Er sprach leise, wie mit einem Kind. «Ich brauche Frieden. Was daran kannst du nicht begreifen?»

«Du kannst das nicht einfach ignorieren. Wir *müssen* miteinander reden.»

«Worüber? Wenn du gehen musst, dann geh. Geh mit Lee und Roland, wenn du willst. Ich bleibe, wo ich bin.»

Sie stürmte aus der Kirche und schlug die Tür hinter sich zu. Vielleicht würde sie wirklich abreisen. Sollte er doch seinen verdammten Frieden bekommen, bis die Deutschen anrückten und ihn einsperrten.

«Warte!», rief er. Sie lief weiter. «Bitte.» Leonora blieb stehen und ließ ihn mit ihrem Rücken sprechen.

«Nora, es tut mir leid. Ich weiß, du hast Angst. Das verstehe ich.»

Sie drehte sich um. Er war wieder der verlorene Junge, und ihr ganzer Ärger löste sich in Luft auf.

«Ich wurde von Angst regiert wie alle anderen Soldaten. Ich habe getan, was Deutschland von mir wollte. Ich habe Männer getötet, gute Männer. Paul und ich haben auf dem Schlachtfeld in Verdun aufeinander geschossen. Was, wenn wir uns nicht verfehlt hätten?» Sie nahm seine Hand, wollte ihn spüren lassen, dass sie da war. «Als ich aus dem Krieg zurückkam, habe ich mir das Versprechen gegeben, dass ich, egal was passieren würde, keine Angst haben würde.»

«Aber wir könnten wegziehen. Anderswo von vorne anfangen.»

«Nora. Schau dich um. Das hier ist unser Zuhause.» Sie betrachtete die dicken Trauben an den Weinstöcken. Das riesige Paar aus Zement, das an der Wand über ihnen schwebte. Ein Zaunkönig hatte sich auf dem Schnabel des Mannes niedergelassen.

Sie würden nirgendwohin gehen.

In dieser Nacht konnte Leonora nicht schlafen, und als sie in die Küche lief, um sich ein Glas Milch zu holen, wartete auf der Arbeitsfläche die Schere auf sie. Sie nahm sie in die Hand und schnitt sich eine kleine Locke ab. Dann überlegte sie, ob sie die Haare neben den Kartoffeln vergraben sollte, die keinerlei Schwierigkeiten zu haben schienen, Tage wie Nächte durchzuschlafen. Sie dachte daran, wie sicher und rein sie sich gefühlt hatte, als sie ihren Körper am Fluss eingegraben hatte. Wenn sie ihr Haar neben den Kartoffeln vergrub, würde sie vielleicht schwer, mehlig und müde werden. Sie grub ein Loch und bedeckte ihr

Haar mit Erde. Der Mond war voll, und er musste sie mit seinem geisterhaften Blut durchdrungen haben, denn sie hatte eine wunderbare Idee.

Mit der Schere in der Hand schlich sie durch das alte Haus die Treppe hinauf. Ihr Herz schlug wild. Roland und Lee schliefen im ersten Zimmer. Langsam und geräuschlos öffnete Leonora die Tür. Nusch hatte ihr erzählt, dass Roland eine Vorliebe für Bondage hatte und nur mit einer Frau schlafen konnte, wenn ihre Hände gefesselt waren, und jetzt fragte Leonora sich, was sie wohl vorfinden würde. Die Fenster standen offen, und das Mondlicht ergoss sich grell über die Laken und die nackten Körper ihrer Freunde. Lees Handgelenke waren mit einem blumenverzierten Seidenschal zusammengebunden. Sie lagen über ihrem Kopf, als badete Lee in der Sonne. Ihr Haar war kurz, und als Leonora eine winzige Strähne abschnitt, direkt über dem Ohr, musste sie an ihre Mutter denken und ihren kahlen Fleck, und sie wünschte, sie könnte ihr Gesicht jetzt sehen. Sie schnippelte auch ein bisschen von Rolands Haar ab und schlich hinunter in die Küche, wo sie die Haarsträhnen in die Speisekammer legte und ihre Namen danebenschrieb.

Sie stieg erneut nach oben und tappte über den Flur. Die Fliesen fühlten sich kalt unter ihren Füßen an. Als sie Finis Tür aufdrückte, kam ihr Federicos rumpelndes Schnarchen in Wellen entgegen. Er schlief auf dem Rücken. Leonor hatte die Arme um André geschlungen. Sie zuckten gleichzeitig, als träumten sie einen einzigen Traum. Leonora schnitt jedem von ihnen eine Haarlocke ab, steckte sie in verschiedene Taschen und legte sie unten zu den anderen auf das Regal. Max war als Nächstes an der Reihe; sein Haar leuchtete in der Dunkelheit. Es war so fein wie das eines Babys.

Als der Himmel blass wurde, das Tageslicht die Schatten ausradierte, pflückte sie Kräuter – Oregano, Basilikum und zwei reife Tomaten. Als Leonora die Küchentür öffnete, entdeckte sie dort Fini in ihrer Kardinalsrobe, die am Tisch rauchte und Kaffee trank. Einen Augenblick sagten sie nichts und blickten einander nur an, und Leonora fragte sich, ob die Freundin wirklich war oder sie sie nur irgendwie heraufbeschworen hatte. Dann sprach Fini, und die Vision löste sich auf. «Hast du mit ihm geredet?»

«Ja, wir haben geredet.» Leonora begann die Kräuter zu hacken. Mit dem Messer in der Hand besaß sie Macht. Warum um alles in der Welt hatte sie solche Angst gehabt? «Wir bleiben hier. Hast du Hunger?»

Fini seufzte, als wollte sie damit ausdrücken, es sei einfach noch zu früh am Tag, um sich zu streiten. «Noch nicht. Ich will auf Kaffee und Zigarettenrauch arbeiten. Es läuft dann irgendwie flüssiger. Es ist einfacher, die Traumwelt in diese zu übertragen, bevor man gegessen hat.» Und sie verließ mit ihrem Kaffee und der Kippe das Zimmer.

Während Leonora darauf wartete, dass alle anderen aufwachten, schnitt sie sich mehr Haar ab und experimentierte. Sie wollte, dass ihre Gäste merkten, dass sie Haare aßen, aber nicht sofort. Leonora schnitt ihre fünf Zentimeter lange Strähne zur Hälfte durch und ließ sie auf die Kräuter in ihrer Pfanne rieseln, wobei sie achtgab, die Flamme nicht zu hoch zu drehen, damit das Haar nicht anbrannte. Als die haarige Kräuterbutter brutzelte, schlug sie zwei Eier hinein und fügte, sobald die Mischung an den Rändern braun wurde, eine Prise geriebenen Emmentaler hinzu und klappte das Omelette auf der Hälfte um.

Sie nahm einen Bissen davon. Die Sehnen des Haars waren hart. Man musste das Omelette besser kauen. In der Mitte wurden die Bissen haariger. Nach ungefähr fünf Gabeln voll würden die Freunde bemerken, dass sich in ihrem Frühstück etwas Pelziges befand.

Max kam herunter, Roland und Lee folgten. Lee trug den Schal um den Kopf, und Leonora ertappte sich dabei, dass sie nach Spuren an Lees Handgelenken suchte, doch Leonora konnte lediglich zarte Knochen erkennen, als die Freundin ihren Körper in den Tag ausstreckte, in den Gesang der Zaunkönige und die Lavendelfelder hinein, während sie auf der Terrasse stand und ihre Zigarette rauchte.

Als Max schließlich Leonor, Federico und André holen ging, briet Leonora die Omeletts, behielt den Überblick über die Namen und fertigte Platzkärtchen an. Sie stellte die Teller auf den Tisch – vor jeden Namen das Omelett mit den entsprechenden Haaren – und fügte einen Zweig Rosmarin hinzu.

Lee bemerkte die Namensschilder als Erste. «Und wo ist *dein* Teller, Leonora?»

Sie trank ihren Tee. «Ich habe schon früher gegessen. Ich musste das Rezept an jemandem ausprobieren.»

Wie sie vorhergesehen hatte, zogen die Freunde sich nach vier oder fünf Bissen ein Haar, dann zwei aus dem Mund. Sie hielten die Gabeln mit Ei ins Licht. «Was in aller Welt ...», sagte Roland.

«Magst du nicht, wie dein eigenes Haar schmeckt?», fragte sie.

Max lachte. «Also hat es der Surrealismus in die Küche geschafft!»

«Der Surrealismus war schon *immer* in der Küche», warf Lee ein. «Ihr wart nur nicht dabei, um es zu merken.»

«Ich nenne es *omelet aux chevaux*», sagte Leonora und vollführte eine tiefe Verbeugung.

Federico spuckte seinen Bissen aus. *«La donna è pazza?»*, fragte er Max und tippte sich an die Schläfe.

Fini nahm ein weiteres Häppchen. «Wisst ihr, ich mag mein Haar eigentlich. Schmeckt nach …», sie dachte nach, «in Butter weich gewordenen Erinnerungen.»

«Willst du *meine* Erinnerungen haben?» Federico kippte sein Omelett auf Finis Teller und briet sich ein paar Eier.

«Wie hast du das gemacht?», fragte André und stocherte am Rand seines Omeletts herum.

«Als ihr geschlafen habt.»

«Vielleicht sollte ich dich Delilah nennen», sagte Max.

«Vielleicht solltest du die da im Auge behalten», sagte Federico.

«Am besten behält Max mich in beiden Augen», entgegnete Leonora.

Sie tranken Wein im Weingarten, und in der Abendsonne funkelten die Chenin-Blanc-Trauben prall und golden, bereit für die Ernte. Das Fest war zu Ende, alle würden am nächsten Tag aufbrechen. Man Ray und Ady waren erst gestern eingetroffen, doch selbst diese beiden mussten zurück nach Paris. «Bevor der Krieg ausbricht», sagte Man und begegnete Max' Blick mit seinen dunklen Augen.

«Warum Paris?», fragte Fini. «Es ist einer der schlechtesten Orte überhaupt, wenn der Krieg ausbricht. Sie haben Gasmasken verteilt.»

«Schnee von gestern», murmelte Man und gab sich keine Mühe, seine Verärgerung zu verbergen. Doch sie alle waren leicht reizbar. Es war heiß und hatte seit Wochen nicht geregnet.

Lee und Roland wollten nach Antibes zu Picasso. «Von

dort aus ist es einfacher, mit dem Schiff nach London zu gelangen», erklärte Roland. «Falls nötig.»

«Aber ihr müsst alle noch bleiben, mindestens eine Woche», fand Max und schenkte Wein auf ihren Wein.

Leonora hatte den Atem angehalten. Als Lee ihre Hand ergriff und sie vom Stuhl zog, war ihr schwindelig. «Komm», sagte Lee. «Es ist Zeit für dieses Foto.»

«Aber ich bin nicht ...»

«Unsinn. Du bist schön. Setz dich hier auf die Treppe. Du auch, Max», zitierte Lee ihn herbei.

Leonora trug eine von Finis Spitzenblusen, und nun drehte sie ihr Gesicht in die Sonne. Letzte Nacht hatte sie einen Albtraum gehabt. Eine Invasion. Flucht und Untertauchen. Nicht wissend, wann man sie aufstöbern würde, nur, dass man sie finden würde, es war unvermeidlich, sie konnte sich nicht ewig verstecken. Doch in der Sonne neben Max entspannte sie sich. Sein Arm legte sich um ihre Schultern, zog sie näher. Und als Lee auf den Auslöser drückte, hatte Leonoras Lächeln nichts von dem toten, aufgeklebten Grinsen ihrer Debütantinnentage. Es war echt.

«Ich habe eine phantastische Idee», verkündete sie. «Lasst uns heute Nacht eine Party feiern. Ein Festessen!»

«Wir veranstalten das letzte surrealistische Abendmahl des Sommers», sagte Lee.

«Und wer wird anschließend ans Kreuz genagelt?», fragte Max.

Plötzlich hörte Leonora Stimmen im Weingarten, Finis Stimme stach aus ihnen heraus.

Sie stellten gerade den Speiseplan für den Abend zusammen, nahmen Zutaten in Augenschein, malten sich Gerichte aus, als Fini auf sie zugeschossen kam. «Wir bereiten ein Festessen zu», sagte Leonora. «Willst du mithelfen?»

Fini funkelte sie an. Was hatte sie nicht mitbekommen? «Ich habe es gehört.»

«Was gehört?»

«Du willst ihnen immer noch gefallen, Carrington. Du bist wie ein Hund, der für sein Herrchen Kunststücke aufführt. Wann wirst du endlich anfangen, auf die Stimme in dir zu hören?»

Verblüfft sah Leonora sie die Treppe hinaufstürmen. «Fini!», rief sie. Sie hatte keine Ahnung, was sie verbrochen hatte.

Lee legte ihr die Hand auf die Schulter. «Gib ihr die Gelegenheit, sich zu beruhigen. Pflück ein paar Äpfel. Wir machen Schrumpfköpfe, die im Sangria schwimmen können. Und halt Ausschau nach Wildpilzen für das Hühnchen.» Lee hatte recht. Fini etwas Zeit zu lassen konnte nicht schaden.

Die Sonne stand tief, und die Männer waren lediglich Silhouetten, als Leonora sich näherte. Man, in dessen Stimme normalerweise Ironie und Humor schwangen, klang unverblümt. «Verdammt noch mal, Max, ihr müsst verschwinden, solange ihr noch könnt.»

Max machte eine Geste mit seinem Weinglas. «Das hier ist *unser* Zuhause, *unser* Land.»

«Es ist Frankreich. Du bist Deutscher. Du bist der Feind.»

«Wir haben beschlossen, nicht in Angst zu leben, was bedeutet, dass wir keine Feinde haben.»

«Es gibt Angst», meinte Man. «Und es gibt rationale Erwägungen.»

Max stand auf. «Wann hätten wir es je auf Rationalität abgesehen?»

Schnell pflückte Leonora die Äpfel und eilte an den Männern vorbei, heraus aus dem anschwellenden Vogelgezwitscher. Es war alles falsch. Die Party sollte nicht auf diese Weise enden. Sie konnte bereits den Herbst riechen, eine Tatsache, die sie nicht zugeben wollte. Das Ende des Sommers hatte Leonora schon immer melancholisch gestimmt, aber das hier fühlte sich an wie das Ende von so viel mehr.

Sie schlug den Feldweg zu einer Gruppe alter Eichen ein, unter denen sie in einer Furche Pilze entdeckt hatte. Als Leonora sich hinunterbeugte, um sie in ihren Korb zu legen, hörte sie von weit her einen Wagen näher kommen. Sie beobachtete, wie im letzten Sonnenlicht eine Staubwolke aufstieg. Das Verdeck des schwarzen Cabriolets war heruntergeklappt, und sie glaubte ein aufblitzendes Monokel zu erkennen.

War das Tristan Tzara? Max hatte erwähnt, dass er vielleicht vorbeischauen wollte. Als einer der Gründerväter des Dadaismus war Tzara ein Mitglied der *Ur*altherrenriege, wie Fini sie nannte, und sie hasste ihn noch mehr als Breton. Den Grund dafür hatte Leonora nie verstanden. Sie eilte durch die Dämmerung zurück, mit schwingendem Korb und klopfendem Herzen. Sie hatte sich viel weiter entfernt, als sie gedacht hatte.

Als sie um die Ecke bog, bemerkte sie, wie ein Wagen von ihrem Grundstück fuhr – Federicos alter Renault. Die Koffer der beiden Männer und Finis Schrankkoffer waren mit Seilen auf dem Dach festgebunden. Fini saß auf dem Vordersitz. Mit verschränkten Armen und verkniffenem Mund blickte sie stur geradeaus.

Leonora winkte und rief, aber der Wagen rauschte an ihr vorüber, als sei sie unsichtbar. Sie rannte nach Hause und fand dort den Tisch auf der Terrasse gedeckt vor, Kerzen flackerten.

Die Männer saßen um ihn herum und rauchten. Tzara lachte in sich hinein und rückte sein Monokel zurecht. Abgesehen von seiner Ankunft wirkte alles so, wie Leonora es zurückgelassen hatte.

«Besser, wir bringen es hinter uns», sagte Roland. «Wenn England einmal eingetreten ist, wird es schnell gehen.»

«Das haben wir auch beim ersten Krieg gesagt», erklärte Max.

«Hat jemand Leonor abreisen sehen?», fragte Leonora. Die Männer blickten in die Richtung, wo Leonora stand, auf den Steinstufen, doch niemand antwortete, nicht einmal Max. Ihr Gesicht brannte. Sie stürzte die Treppe hinauf.

Lee arbeitete in der Küche und summte vor sich hin, zwei Hühnchen drehten sich auf einem Spieß über dem Feuer, eine halbleere Whiskeyflasche. Sie nahm Leonoras Korb entgegen. «Gut. Du hast die Pilze. Ich habe die Äpfel selbst gepflückt. Du warst eine Ewigkeit weg.» Sangria war in eine Vase gefüllt worden, und geschälte und zu Totenköpfen geschnitzte Äpfel schwammen darin. Auf dem Tisch stand ein grüner Salat mit den Blütenblättern wilder Rosen, Kapuzinerkresse und sonnengleichen Löwenzahnblüten darin. Lee hatte Kartoffeln gestampft und sie mit Rote-Bete-Saft rosa gefärbt, und nun schenkte sie Leonora einen Schluck Sangria ein. «Er ist nicht fertig, aber du musst mir sagen, was noch fehlt.»

«Kannst du mich sehen?», wollte Leonora wissen.

Lee blinzelte sie an. Sie lachte und rührte in einem Topf mit Blaubeeren auf niedriger Flamme. «Für die Hühnchen – damit können wir sie blau färben.»

Leonora schüttete den Sangria hinunter, ohne ihn zu schmecken. «Was ist mit Leonor passiert?»

«Wer weiß? Du kennst Leonor doch. Die läuft heiß.»

Leonora stieg die Treppe hinauf, langsam, denn sie fühlte sich krank, als habe man ihr alle Kraft geraubt. Die Tür zu Finis Zimmer stand offen. Sie trat ein und fand es zerstört vor. Die Leere traf sie mit einer Welle von Übelkeit. In einer Ecke lehnte, wie für sie aufgestellt, damit sie es betrachten konnte, Finis Porträt von ihr. Nur hatte sie die Farbe mit einem Messer abgekratzt. Sie hatte Leonora ausgelöscht.

Doch hier stand sie im Schrankspiegel und trug Finis Bluse.

Porträt von Max Ernst

Max,
Juni 1940,
Nîmes

Mit der Sonne kommt das Trillern der Vögel. Max stellt fest, dass er auf der Seite liegt. Eine Ratte huscht in eine dunkle Ecke. Er wedelt eine Fliege von seinen Lippen. Das Bedürfnis zu kacken überfällt ihn mit erschreckender Dringlichkeit, und er deckt das Drecksloch der anderen auf und hockt sich darüber. Was aus ihm herausströmt, ist flüssig. Nicht schlimm, denkt er. Er wird sich besser fühlen, sobald er wieder etwas isst. Und dann bemerkt er das Blut.

Sein Bauch verkrampft sich, und Max krümmt sich zu einer Kugel zusammen, nass von Schweiß. Sein Herz hämmert. Er weiß, dass er dem Lager nicht wird entkommen können, nicht in diesem Zustand.

Als der Wachmann erscheint, spricht er schon mit sich selbst. Zitiert Rilke, um sich in Erinnerung zu rufen, wer er ist. *Ja, die Frühlinge brauchten dich wohl. Es muteten manche Sterne dir zu, dass du sie spürtest.*

Mit Hilfe des Wachmanns stolpert er zur Latrine. Die Krämpfe sind schrecklich. Neben den anderen hockt er sich hin, um sich zu erleichtern. Er versucht aufzustehen, aber seine Knie geben nach.

Jemand zieht ihn hoch und führt ihn zu einem der Zelte. Die Männer dort starren ihn an. Sie rücken ihre Decken zur Seite, um auf dem Stroh für ihn Platz zu machen. «Du stinkst», sagt einer von ihnen. Max versucht sich zu entschuldigen, bringt jedoch nur ein Krächzen heraus. Ein anderer Mann beugt sich über ihn. Max erkennt sein Gesicht. Es ist einer der nihilistischen jungen Österreicher aus dem Zug, der so finster entschlossen war, ihrer aller Gepäck zu zerstören. Er möchte ihm sagen, dass ihm seine *«Huzpe»* gefällt, wie Lou es ausdrücken würde. «Ahhhh», macht er. Der Junge hält ihm ein Glas Wasser an die Lippen.

Bald ist ein weiterer Mann bei ihm, ein anderer Österreicher, ein Arzt. Als er Max sieht, legt sich sein Gesicht in sorgenvolle Falten. Er kehrt mit einer Flasche Medizin zurück und löffelt sie Max in den Mund – Bitterkeit, doch es gelingt ihm, sie hinunterzuschlucken. Die beiden Österreicher sprechen, und ihre Gesichter und Stimmen verschwimmen im Strudel seines Fiebers. Die Krankenstation des Lagers ist ein grauenvoller, ekelerregender Ort, alle stecken einander an. Besser, er bleibt hier. Aber werden die Männer im Zelt einem Eimer zustimmen? «Ich leere ihn», sagt der junge Österreicher. Aber warum, fragt sich Max, wo er ihn doch kaum kennt?

Alle im Zelt stimmen zu, und ein Eimer wird gebracht. Mit Hilfe des jungen Österreichers, Wilhelm, hockt Max sich unzählige Male darüber. Der Tag dehnt sich, eine monströse weiße Hitze, die stickige Luft erfüllt vom Geruch seiner Scheiße.

Mit dem Abend kommen die Mücken. Sie summen in seinen Ohren, landen auf seinem Gesicht und den Armen, zu viele, als dass er sie verscheuchen könnte. Überall im

Lager sind Feuer entzündet worden, eines direkt vor ihrem Zelt. Ein Mann fächelt mit großen grünen Blättern den Rauch herein. Platanenblätter?, fragt Max sich. Die Schwaden erfüllen das Zelt. Zuerst findet Max den Geruch angenehm, den sauberen Duft nach Holz, dann beginnt er zu husten. Er dreht sich auf die Seite und zieht sich eine Decke über das Gesicht.

Es ist spät, die Männer sind schon schlafen gegangen, da berührt der Arzt mit dem Handrücken seine Wange. Er könnte Opium bekommen, sagt er. Aber dafür braucht er Geld. Hat Max etwas, das er verkaufen könnte?

Mit Mühe wühlt Max den Kompass und die Karte aus seinem Rucksack, den ein Wachmann ihm inzwischen zurückgebracht hat. Er wird die Dinge nicht brauchen. Der Arzt kehrt mit dem Opium zurück und drückt die Pipette auf seine Zunge.

Opium, schönes Opium. Wie hat er es geschafft, das Zeug aufzutreiben?

Visionen brechen wie Wellen über Max herein. Die Köchin knetet seinen Bauch. Sie formt daraus einen Kuchen, und Vögel picken sich daraus hervor und streben auseinander, steigen zu den Wolken auf. Sein Vater beugt sich über ihn. Max fasst nach oben und berührt die Falten in seiner Wange. Gott straft mich dafür, dass ich mit ihr zusammen war, sagt er sich, wo ich doch Leonora liebe. Das Fieber steigt so hoch, wie er es seit seiner Kindheit nicht mehr erlebt hat. Er kann seine Mutter weinen hören, ihr Schluchzen dringt aus weiter Ferne an sein Ohr.

Er träumt von Häusern, endlosen Labyrinthen, die ihn aus seinem Zelt in ihr Wohnzimmer in Saint-Martin führen, wo das Gipspferd seine Mähne schüttelt, so wie Leonora stets ihr Haar geschüttelt hat, wenn sie aus der

Ardèche stieg. Er wird mit Tropfen eisigen Flusswassers bespritzt. Treppen führen von einem Zimmer ins nächste, von einer Ehefrau, einer Geliebten zur nächsten.

Leonora hat ihr Lachen im Schlafzimmerschrank ihrer Pariser Wohnung zurückgelassen, in der die Wände in einer dunklen Rosaschattierung gestrichen waren, genau in der Farbe der Innenseite ihrer Schamlippen. Das Lachen rüttelt die Spitzenkleider durcheinander wie ein eingesperrter Wind, der sich zu befreien sucht.

Max schließt die Tür des Schranks. In der Stille hört er eine Frau sprechen. Es ist Marie-Berthe auf einem Thron, ein Kreuz gegen ihn erhoben, als wollte sie ihn damit schlagen, doch als er in ihre Röcke schluchzt, lässt sie das Kreuz fallen und streichelt seinen Kopf. *Wo bist du gewesen?*, fragt sie. *Warum bist du nie zurückgekehrt?* Er öffnet den Mund, um ihr zu antworten, und Käfer krabbeln aus seiner Kehle und über seine Zunge zwischen seine Lippen. Sie erklimmen Marie-Berthes Kleider, und sie kreischt und rennt vor ihm davon.

In einem Badezimmer liegt Gala in der Wanne, das Wasser reicht ihr bis zu den Brustwarzen, die Knie sind entblößt. Das Wasser ist von demselben Blau wie die seichten Gewässer vor den Stränden von Saigon, wo sie Schluss gemacht haben. Max zieht seine Kleidung aus und kniet sich neben sie, betet das *Gegrüßet seist du, Maria, voll der Gnade*, wie seine Mutter es ihn gelehrt hat. Er taucht seinen Finger in das Wasser und bekreuzigt sich.

Er geht durch einen langen Flur und steigt eine weitere Treppe hinauf. Es ist ihre alte Wohnung in Köln, die Wohnung, in der er und Lou und der kleine Jimmy leben, dessen Holzbauklötze und Spielzeugautos auf dem Boden verstreut liegen. Es gibt hier weitere Zimmer, mehr als Max ahnte, und sogar ein drittes Stockwerk, vollgestopft mit Dingen aus seiner eigenen Kindheit. Oder ist es Leonoras Kindheit? Ganz oben steht auf einem Turm aus Möbeln das Schaukelpferd aus ihrem Kinderzimmer, das Pferd, das sie seit ihrer frühesten Kindheit liebte, wie sie sagte. Vielleicht möchte der kleine Jimmy darauf reiten, denkt er.

Als er die Hand ausstreckt, um es herunterzuholen, stellt er fest, dass er jetzt statt Armen und Händen Flügel hat, und er fliegt in den Morgen hinein. Dabei wünscht er sich, er könnte in dieses Zimmer zurückkehren, das doch vollgepackt ist mit Schätzen. Und was ist mit den übrigen Zimmern? Den Zimmern, die er noch nicht gesehen hat?

Doch zuerst muss er Leonoras Lachen aus diesem Schrank retten. Er fühlt sich schlecht, weil er es dort im Stich gelassen hat.

Nein, denkt er. Das stimmt nicht. *Sie* hat mich verlassen. Und als er aufwacht, ist er wieder ein Tier, ein elender Körper, der über einem Eimer hockt. Wilhelm hält ihm ein Glas Wasser an die gesprungenen Lippen. Das Gesicht des Jungen legt sich in Falten. Max möchte ihm sagen, er soll sich keine Sorgen machen. Sein Leben ist niemals so viel wert gewesen.

Ein weiterer Tag, eine weitere Nacht. Die Zeit verstreicht immer weiter und achtet nicht auf sein Flehen, sie möge enden. Er sehnt sich nach Stille, nach Leere, einer weißen Leere, die ihn rein waschen wird.

Die Stimmen der Männer kommen und gehen. Sie sprechen von den Nazis und Vertragsartikel neunzehn und der Zeit, die sie nicht verlieren dürfen. Aber was war noch Vertragsartikel neunzehn? Max kann sich nicht mehr daran erinnern, und er weiß auch nicht, welche Rolle es spielen sollte, jetzt wo sie die Sahara erreicht haben. Er kann ein Geräusch hören, das klingt, als würde Sand in Windböen gegen das Zelt prasseln. Im Zwielicht spricht Wilhelm. «Werden sie alle Gefangenen ausliefern oder nur die Politiker, Schriftsteller und Künstler?»

Künstler? Aber wieso, fragt Max sich, wo Kunst doch auf überhaupt nichts hinausläuft? Alles, woran er geglaubt hat, die Idee, der er sein Leben gewidmet hat – ist nichts – weniger als nichts, es ist *merde*. Sie waren überzeugt, Kunst könnte die Welt verändern, könnte den Menschen ihre Gier, ihre Zerstörungswut austreiben. Sie hat nichts bewirkt. Nichts.

Mitten in der Luft schwebt eine Tür. Max kann sie leicht erreichen, er berührt den Boden nicht mehr. An dem Tag, an dem sein Vogel starb, wurde seine Schwester geboren. Er erinnert sich an den Körper seines Vogels auf dem Boden des Käfigs, wie er im Tod geschrumpft zu sein schien. Er erinnert sich an das fleckige Gesicht seiner Mutter und seine Schwester in ihren Armen. Er ist nah genug, um die Tür zu erreichen, aber er weiß, wenn er auch nur den Griff streift, wird sich die Tür öffnen. Er wird auf der anderen Seite sein.

Und Leonora? Er wird nie wieder ihr Haar berühren, nie mehr in ihre dunklen Augen fallen, nie wieder spüren, wie sie sich an ihn klammert, ihn tiefer in sich hineintreibt. Wieso hat er nicht auf sie gehört? Er war ein sturköpfiger Idiot. Er wollte, was er wollte. Er wollte im Himmel bleiben und bildete sich ein, er sei Gott.

Nora, ruft er. Er weiß, dass er im Schlaf stöhnt, aber es ist ihm egal. Er ruft lauter. *Nora! Mea culpa, mea culpa.*

Sie drückt ein nasses Tuch an seinen Kopf. *Shhhhh*, sagt sie. *Ich erzähle dir eine Geschichte.*

Doch als er die Augen öffnet, ist er allein und schwebt im weißen Hauch ihres Atems. Und da ist die Tür, glänzend. Es ist in Ordnung, denkt er und streckt die Hand nach dem Griff aus.

Leonora,
September 1939,
Saint-Martin-d'Ardèche

Tief im Wald verstummte das Vogelgezwitscher, und eine Schlange, blaugrün und schimmernd, wand sich einen Baum hinauf. *Renn weg,* sagte sie zu Leonora. Aber in welche Richtung? Alles sah gleich aus. Das durch die Blätter fallende Licht sammelte sich in Pfützen zwischen den Brettwurzeln der Baumriesen, und überall fiel leichter Regen. Plötzlich hörte sie das schreckliche Brechen von Bäumen, das Mahlen der Panzer. Sie rannte, doch vor dem Lärm konnte sie nicht weglaufen.

Jemand war an der Tür, klopfte laut, anhaltend. Max knöpfte seine Hose zu, sein weißes Arbeitshemd war farbverspritzt. «Wer?», fragte sie durch die ausgefransten Ränder des Traums hindurch.

«Etienne vermutlich. Warum haben wir unsere Gäste nicht dazu gebracht, ihre Rechnungen in der Bar selbst zu bezahlen?»

«Das bedeutet wohl Kaviar zum Frühstück», sagte sie, aber Max war bereits auf dem Weg zur Tür. Leonora zog ein Kleid an und lachte bei dem Gedanken, Etienne die Tapioka in Tintenfischtinte aufzutischen, die in ihrem

Kühlschrank wartete. Auf einmal vernahm sie Stimmen, die brüllend von den hohen Wänden widerhallten.

«Max Ernst?»

Hastig eilte sie die Treppe hinunter und blieb auf der Hälfte stehen. Ein mächtiger Mann hatte Handschellen in der Hand, ein anderer, schlankerer hielt etwas hoch, das wohl ein Haftbefehl sein musste. «Sind Sie in Deutschland geboren?»

Max war bleich. Seine Stimme war ganz leise. «Ich lebe seit achtzehn Jahren hier. Ich bin Frankreich treu ergeben.» Sie hatte ihn noch nie so verängstigt erlebt und stellte fest, dass sie sich nicht bewegen konnte. «Ich habe Freunde, Leute, die für mich bürgen können.»

«Sie müssen mit uns kommen», erwiderte der schlanke Mann. Der andere legte Max die Handschellen an und führte ihn zur Tür hinaus.

Leonora rannte ihnen nach. «Warten Sie! Er ist ein Feind Hitlers!», schrie sie. Ihre Stimme klang eigenartig. Tief und rau mit ausgefransten Rändern.

«Darüber entscheiden nicht wir», sagte der Dicke und schubste Max die Treppe hinunter.

«Brauchen Sie Geld? Ich kann Ihnen geben, was immer Sie brauchen.»

«Wir brauchen bloß *ihn*, Mademoiselle», erklärte der Dünne. «Ihr Ehemann?»

«Nein.»

«Also dann, *au revoir.*» Er tippte sich an die Mütze. Jeder *gendarme* packte Max an einem Arm, und gemeinsam zogen sie ihn zum Wagen.

«Ich werde nicht lange weg sein!», rief er, seine Stimme zitterte. «Wir finden eine Lösung!»

«Was soll ich machen?»

«Ruf Éluard an! Sieh zu, was er tun kann.» Im Inneren des Wagens drückte Max seine Stirn gegen die Scheibe, und sie fuhren davon.

Leonoras Körper fühlte sich schlaff an, ihr Kopf leicht, und sie befahl sich, nicht ohnmächtig zu werden. Sie würde nicht eine dieser Frauen sein, die sich von der Brutalität der Welt überwältigen lassen. Sie schaute dem Wagen hinterher, bis er um eine Kurve außer Sichtweite fuhr, dann legte sie sich mit dem Gesicht nach unten auf den Dreck zwischen die Kartoffeln und grünen Bohnen und schluchzte.

Sie rief Lee und Roland an, Paul und Nusch. Es gab nichts, das irgendwer tun konnte. Frankreich stand mit Deutschland im Krieg, und Max war deutscher Staatsbürger. Doch selbst wenn er französischer Staatsbürger gewesen wäre, hätten sie ihn mitgenommen, nun, da jeder, der in Deutschland geboren war, als *feindlicher Ausländer* galt.

Sie bat Alphonsine, ihre Menagerie zu füttern, und folgte Max in die etwa sechzig Kilometer entfernte Stadt Largentière, wo er zusammen mit hundert anderen Deutschen in einem Gefängnis saß. Das alte, hoch auf einem Hügel gelegene Steingebäude gehörte in ein Märchen, nur dass Leonora keine magischen Kräfte besaß, um die Tür aufzubrechen. Sie wusste, dass Max in diesen Räumen aus Stein fror, denn sie zitterte, wenn sie an ihn dachte, ihre Knochen schmerzten, und obwohl sie einen Pullover über den anderen zog, gelang es ihr nicht, warm zu werden.

Sie übernachtete in einem kleinen Hotel und brachte ihm Kleidung aus Saint-Martin und Essen – reife Tomaten und Käsestücke, Salami und Würstchen und frisches Brot. Die Wachleute packten ihr Picknick aus. Sie zerquetschten die Tomaten und zerdrückten den Käse, stocherten in dem Fleisch und dem Brot herum. Sie könne ihn besuchen, sagten sie. Kurz.

Leonora saß mit Max in einem winzigen Hof, auf dem rauchend ein Wachmann neben ihnen stand, ein Gewehr über der Schulter. Sie hielten sich an den Händen. Seit zehn Tagen hatte sie ihn nicht mehr gesehen, Tage so lang wie Monate. Er war dünner, seine Kleider zu groß. Da waren Schatten unter seinen Augen, und er schien gealtert zu sein. Und doch war er die Sonne nach einem Winterregen. Jede Sekunde mit ihm war ein Geschenk. Wie hatte sie das reine Blau seiner Augen bereits vergessen können?

Er arbeite im Büro, erzählte er ihr, heftete für den Hauptmann Papiere ab. Eine bessere Arbeit, als andere sie hatten, die Latrine zu putzen beispielsweise. Doch wenn sie ihm Künstlermaterial bringen könne, habe der Hauptmann ihm drei Stunden täglich in der Sonne im Gegenzug für ein Landschaftsgemälde versprochen, ein «Souvenir», sagte Max im barschen Ton des Hauptmanns. «Als wäre er im Urlaub», fügte er flüsternd hinzu.

Als er die Wurst aß, drehte sich Leonora der Magen um. Seitdem Max verhaftet worden war, hatte sie wenig zu sich genommen. Kartoffeln, Tomaten, etwas Grünzeug, wenn sie es bekommen konnte. Der Geruch von Fleisch, selbst von kaltem, ließ sie würgen, allerdings geschah das auch bei einem Stück Kuchen.

Sie sagte ihm nicht, dass sie ohne ihn verloren war, dass die Dorfbewohner alle gleich aussahen, wie Schweine. Sie hatten ihm das angetan – die schweinegesichtigen Idioten dieser Welt. Sie erzählte ihm nicht, dass sie auf einer von Katzen wimmelnden Terrasse ihr Abendessen alleine aß und die Tiere mit ihr über die widerliche Mittelmäßigkeit der Dorfbewohner sprachen, über die Pestilenz namens

Menschheit. Sie strichen um ihre Beine, während Leonora auf und ab lief und ihre Schritte von der einen Seite der Terrasse zur anderen zählte, immer in der Gewissheit, dass jemand hinter ihr lauerte (sie hörte ihn atmen), doch jedes Mal, wenn sie sich umdrehte, bemerkte sie nur Luft.

Stattdessen erklärte sie ihm, sie hätte Geschichten geschrieben, um ihn stolz zu machen. «Die Zeit ist um», verkündete der Wachmann, einer der schweinegesichtigen Lakaien. Sie durften sich nicht umarmen, und so zögerten sie. Die Luft zwischen ihnen verdichtete sich, die Härchen auf Leonoras Armen richteten sich auf und streckten sich magnetisiert in seine Richtung.

Mit dem Zug fuhr sie nach Hause, kehrte mit Farben, Pinseln und Leinwand zurück. Sie brachte auch eines seiner fertigen Werke mit, ein eigenartiges kleines Gemälde von Pflanzen mit Glupschaugen, mit Mündern und spitzen Zähnen. *Lass dich nicht von ihnen zähmen*, sagten die Pflanzen.

Max malte. Die Sonne verlieh ihm Kraft. Aber er würde keine Landschaft malen. Sie konnten ihm alles nehmen, aber sie konnten ihn nicht dazu zwingen, eine belanglose Artigkeit zu schaffen, der selbst Hitler applaudieren würde. Ein Monat verstrich weniger furchtbar, als wenn er ihn in einem kalten, dunklen Zimmer verbracht hätte. Und als sich der Hauptmann eines Morgens Anfang November nach seiner *petite peinture de paysage* erkundigte, gab Max ihm das Bild, das Leonora mitgebracht hatte. Die Glupschaugen darauf glotzten, die Münder voller Zähne johlten.

Als sie ihn besuchte, erzählte Max ihr, wie der Hauptmann explodiert war. Er ahmte die Empörung des Mannes nach. «Was denken Sie sich dabei, ein solches Bild zu malen? Sie haben nicht das Recht!» Selbst als Gefangener trug er den Sieg davon, auch wenn es Leonora lieber gewesen wäre, er hätte den Hauptmann milde gestimmt. Vielleicht hätte er ihnen dann gestattet, auf diesem sonnigen Hügel zu picknicken.

Ein paar Tage später wurde ihr ein weiterer Besuch genehmigt, und sie fand das Gebäude, abgesehen von ein paar Wachleuten, leer vor. Max und die anderen waren verlegt worden, informierte man sie, in ein größeres Gefängnis, Camp des Milles in Aix-en-Provence.

Leonora packte ihre Sachen und erwischte den nächsten Zug nach Aix.

Die Zugfahrt beruhigte sie. Die herbstlichen Bäume und Felder flößten ihr Hoffnung ein. Im Imbisswagen kaufte sie Kekse und aß sie alle auf. Vielleicht würden die Soldaten im Camp des Milles zur Vernunft kommen. Vielleicht würden sie Nachforschungen anstellen, einsehen, dass Max keine Bedrohung darstellte, und ihn nach Hause schicken.

Aix war ein hübscher Ort, ein Fluss floss hindurch. Leonora erstand von einem alten Mann auf einem Markt unter freiem Himmel Äpfel, und als sie ihn bat, ihr den Weg zum Lager zu weisen, warf er die Hände in die Luft. «Lager?», fragte er. Auch niemand sonst auf dem Markt hatte von dem Lager gehört. Also ging sie zum Rathaus, und hier beschrieb ihr ein müder Mann mit grauem Gesicht den Weg. «Aber wieso wollen Sie dorthin?», wollte er wissen. «Es sind keine Besucher zugelassen.»

«Wir werden sehen.» Sie nahm die Schultern zurück, hob das Kinn und dankte ihm.

Während sie durch die staubigen Straßen auf die Außenbezirke der Stadt zusteuerte, aß sie einen Apfel. Sobald sie das Camp des Milles erblickte, war ihr klar, dass es falsch gewesen war zu hoffen. Es war eine alte Ziegelfabrik und ähnelte einem Gefängnis, der wuchtige Ziegelbau war mit hohem Maschendraht umzäunt. Und obwohl sie die Wachleute anlächelte, obwohl die Männer die Äpfel annahmen, die Leonora ihnen anbot, weigerten sie sich, sie zu Max zu lassen. Sie könne so lange reden, wie sie wolle, sagten sie, sie würden sie nicht hineinlassen, und es dürfe sich auch kein Häftling vom Gelände entfernen, nicht einmal eine Minute lang. «Werden Sie ihm wenigstens ausrichten, dass ich hier war?», fragte sie.

«Wir werden es versuchen», erwiderte ein junger Wachmann. «Wie war noch einmal Ihr Name?» Er lächelte, neckte sie, als sei dies ein Spiel.

Sie nahm einen Nachtzug nach Saint-Martin, zu ihrer Hülle eines Hauses. Sie fütterte die Katzen, die Ziegen, die Hühner und die Pfauen und war dankbar für ihre Wärme, ihre Stimmen und ihren Hunger. Ansonsten hätte sie sich möglicherweise bis zu Max' Rückkehr im Bett verkrochen. Aber sie konnte nicht schlafen. Sie lag wach, schwebend, vibrierend in der Dunkelheit, und als sie schlief, träumte sie davon, dass Max starb, um Wasser bat, nach ihr fragte. Sie hörte seine Stimme, aber sie konnte ihn in den Massen von Männern nicht finden.

Die Tage wurden kurz, die Nächte lang, jede von ihnen ein gähnender Schlund, der sich um Leonora schloss, jede eine Unendlichkeit. Jeden Abend entzündete sie ein Feuer, rollte sich mit ihren fünf Katzen davor zusammen und schlief, so gut sie konnte, im Wohnzimmer. Doch ihr Herz war zu laut in ihren Ohren, und die Katzen hörten nicht auf zu reden. *Nach allem, was du weißt, könnte er mittlerweile tot sein. Und wenn er es nicht ist, lassen sie ihn vielleicht nicht gehen. Was machst du dann? Kehrst du nach England zurück? Fliehst du?*

Leonora starrte auf die halbfertige Leinwand, ein Bild, das sie in Paris begonnen hatte. Das Porträt von Max als Vogel-Fisch in einem gefrorenen Traum. Doch sie konnte keinen Pinsel in die Hand nehmen. Sie schlug ihr Notizbuch auf und konnte nicht schreiben, nicht einmal Jimmy antworten, der in seinem Brief beteuerte, er unternehme alles, um Max freizubekommen, aber niemand könne etwas tun – zumindest nicht in Amerika.

Jeden Tag wartete sie darauf, dass Henri, der alte Postbote, die Straße heraufgetrottet kam. Jeden Tag schüttelte er den Kopf. «*Rien*», sagte er und lief weiter. Und dann, eines Morgens Anfang Dezember, händigte er ihr einen Briefumschlag aus, klein und zerknittert, ein Fußabdruck war darauf zu erkennen, als habe er vergessen auf dem Boden eines Postamts gelegen. *Max Ernst, Camp des Milles* lautete der Absender. Ungeduldig öffnete sie den Umschlag. Die Seiten waren dick, auf einer Seite zerfranst – aus einem Notizbuch gerissen.

18. November 1939

Chère Nora,

es ist kalt hier. Es gibt hier keine Heizung. Manche Häftlinge haben Zehen und Finger verloren. Ich schlafe in eine dünne Decke gewickelt auf einem Haufen Stroh in einem Ofen, in dem früher einmal Ziegel gebrannt wurden. Ziegelstaub ist in der Luft, im Essen. Er hat sich in meiner Lunge und meinen Haaren festgesetzt und steckt immerzu als feine

Körnchen zwischen meinen Zähnen. Der rote Staub ist in meine Haut eingedrungen. Ich beginne zu glauben, dass ich nur noch aus Knochen und Ziegeln bestehe.
Wenigstens ist Bellmer mit mir zusammen hier. Wir sind Zellengenossen und teilen uns einen einzelnen Ofen. Beim Kommandanten haben wir eine Petition eingereicht, und er hat uns Zeichenmaterial bewilligt. Hans und ich haben auch um Malereibedarf gebeten. Ich möchte ihm den Prozess der Décalcomanie zeigen, ich bin sicher, dass er Hans begeistern wird. Für den Augenblick zeichnen wir Porträts voneinander, um für eine Weile unseren Hunger zu vergessen und das Jucken der Läuse, die wir einander vom Kopf klauben, den Gestank des Durchfalls und die endlosen Schlangen vor der schmutzigen Gemeinschaftslatrine und der Essensausgabe. Falls man das, was wir zu uns nehmen, als Essen bezeichnen kann, da man es mit Bromid versetzt hat, um unseren Verstand und unseren Geschlechtstrieb zu zügeln.
Ich würde dir noch mehr schreiben, wenn dieser Brief vertraulich wäre, aber nichts ist in dieser Hölle vertraulich. Nichts.
Ich vermisse dich so sehr wie die Freiheit selbst. Vielleicht mehr.
Ich habe Éluard geschrieben, in der Hoffnung, dass er dem Präsidenten meinetwegen einen Brief schreibt.

Ich bin der Deine, Leonora, ganz und gar –
Max

Er war am Leben! Leonora weinte vor Glück. Als sie den Brief noch einmal las, blieb sie an seinem Ende hängen. Er war der Ihre, *ganz und gar.* Sie schrieb zurück und legte eine Geschichte bei, die sie in Largentière geschrieben hatte und die, wie sie hoffte, ihn aufheitern würde, so verstörend die Erzählung auch sein mochte mit dem Festessen der reizenden toten Frau und dem noppigen Körper des gerupften Hühnchens, das mit Johannisbeeren und gekochten Birnen geschmückt und mit eingelegten Igelherzen gefüllt war.

Irgendwie verstrichen die Wochen. Morgens ging sie an der Ardèche spazieren, und wenn der Wind sie aufforderte, ihm zu folgen – um die Biegung des Flusses und auch um die nächste –, rannte sie, um mitzuhalten, sie flog. Sie bestand aus Luft. War leer wie das Licht.

«Leonora?» Es war Alphonsine, die sie wie jeden Nachmittag besuchte. Um nach ihr zu sehen. Doch Leonora war oben im Schlafzimmer, und sie bewegte sich nicht, sagte kein Wort.

Sie stand im Sonnenlicht und steckte fest, wie in einer tiefen Rille. Sie hörte Alphonsine über die knarrenden Dielen im Wohnzimmer schreiten, hörte ihre Stimme die Treppe heraufdringen, aber Leonora war unfähig, ihr zu antworten – ihre Stimme verbarg sich irgendwo in ihr, und es war unmöglich, sie zu finden. Die Uhr im Eingangsbereich tickte. Sie hörte, wie Alphonsine zur Tür ging, hörte, wie sie sich leise hinter der Freundin schloss, und jetzt konnte sie sich bewegen. Leonora rannte nach draußen und rief ihr hinterher: «Alphonsine!» Da war sie, stieg in ihren praktischen Schuhen die Steintreppe hinunter. Ihr langes graubraunes Haar, das sie normalerweise am Hinterkopf zu einem Knoten schlang, das Haar, das sie immer versteckte, fiel ihr lose über den Rücken. Es hob sich im Wind. Es war erleuchtet. Sie wandte sich zu Leonora um. Sie trug eine Eulenmaske. Sie war Leonor Fini auf dem Ball, die sie auf die Lippen küsste. Sie war Fini, die ihr auf den Brief, den Leonora ihr vor über einem Monat geschrieben hatte, nicht geantwortet hatte.

Alphonsine blickte auf sie herab. «Du bist ohnmächtig geworden.» Sie hielt Leonoras Kopf und Schultern und half ihr, sich aufzusetzen. Leonoras Kopf schmerzte. Sie stützte sich auf Alphonsine, die sie die Treppe hinunterführte. «Komm. Ich habe Suppe gemacht. Du musst essen. *Mon dieu*», sagte sie traurig. «Du löst dich vor meinen Augen auf.»

Der Dezember brachte Regen mit sich, dünnen Graupel, dem sich Leonora nur für ihren nachmittäglichen Sprint zum Briefkasten aussetzte. In der Küche wrang sie sich den Regen aus dem Haar, zog den nassen Pullover und die Hose aus. Sie schnitt die Belohnung des heutigen Tages auf, eine Schachtel von Fini, die aus Monte Carlo schrieb. Ein rosa Pullover lag darin. Er war weich und flauschig, und als Leonora ihn sich überzog, kam sie sich vor wie ein Kind. Sie hatte ihn selbst gestrickt, erläuterte Fini in ihrem Brief. Ein Geschenk als Entschuldigung. Sie bedauerte, Saint-Martin auf diese Weise verlassen zu haben, aber sie habe sich keine Sekunde länger im selben Haus mit Tzara aufhalten können. Sie habe gedacht, Leonora hätte ihn eingeladen, und sei froh, nun zu wissen, dass dem nicht so gewesen sei. Außerdem, was außer Stricken und Malen und Rauchen könne sie in Monte Carlo schon tun? Sie warte das Ende des Krieges dort ab, und es gäbe wirklich kaum so etwas wie eine Künstlerszene.

Leonora kochte sich Tee und setzte sich an den Küchentisch, um ihr zurückzuschreiben. Der Füller in ihrer Hand hatte eine spitze Metallfeder, und sie umfasste ihn fester, in der Befürchtung, er könnte in die Welt hinausfliegen und als Instrument ihrer Wut Offiziere und Staatsoberhäupter angreifen, sie in die weiche Stelle zwischen ihren Schlüsselbeinen stechen. Leonora leckte die Spitze ab und kritzelte, bis die Tinte floss.

9. Dezember 1939

Liebste Fini,

dein Brief erreicht mich zu einer Zeit, in der ich so allein bin wie nie zuvor. Zu wissen, dass du mich immer noch liebst, bedeutet, dass ich ohne Furcht sterben kann. Lach nicht. Ich kann dein Gelächter jetzt vernehmen, aber hör mir erst zu. Du verstehst mich besser als jede andere Frau. Du hast mir beigebracht, nichts zurückzuhalten, meine Wut auf der Leinwand zu entfesseln. Doch jetzt kann ich nicht malen. Ich spüre nichts, nicht einmal Hunger, und ich habe solche Schwindelanfälle, dass ich mich auf den Boden legen muss, um die richtige Anordnung der Dinge zu verstehen.
Falls ich tatsächlich von der Erde stürze – falls ich von einem weißen, leuchtenden Pferd sauber geleckt werde und nicht zurückkehren kann –, versprich mir, dass du Max nicht aufgeben wirst. Pass auf ihn auf, wie ich es getan hätte, wenn ich stärker gewesen wäre.
Ich bin nicht ohne Hoffnung. Paul hat dem Präsidenten von Frankreich einen Brief geschrieben und sich für Max' Charakter verbürgt, seine absolute Loyalität zu Frankreich erklärt, und wir beten darum, dass der Präsident sich gnädig zeigt und Max bis Weihnachten zu Hause ist.
Ich schicke Küsse und all meine Zuneigung. Bitte schreib an

Max im Camp des Milles. Es würde ihn so aufmuntern, von dir zu hören.

Dein dich verehrender Zwilling
Carrington

An dem Morgen, an dem Max aus dem Camp des Milles entlassen wurde, stand Leonora vor dem Tor. Sie hatte seit den frühen Stunden gewartet. Es war ein kalter Tag, und selbst in ihrem Wollmantel konnte sie nicht aufhören zu zittern. Sie war so hungrig und aufgeregt, dass sie glaubte davonzuschweben, eine weitere dunkle Wolke am Himmel zu werden. In der vorangegangenen Nacht in ihrem winzigen Hotelzimmer in Aix hatte sie nicht geschlafen. Obwohl sie auf dem harten Bett lag, schaffte sie es kaum, die Augen zu schließen. Und da war er nun, Max, er humpelte auf sie zu.

Sein Lächeln war breit, doch seine Augen blickten müde, seine Haut wirkte stumpf. Er fiel ihr in die Arme. «Ich stinke», sagte er und löste sich von ihr. Sie zog ihn enger an sich. Er war derart dünn, sie hätte ihn zum Zug tragen können.

«Max», schmachtete sie. «Mein kleiner Vogel.» Sie wischte sich die Tränen weg, bevor er sie bemerkte. Und als sie langsam Hand in Hand weitergingen, verzogen sich die Wolken, und die Sonne wärmte sie bis auf die Knochen.

Am Nachmittag waren sie zurück in Saint-Martin. Sie ignorierten die Blicke der Dorfbewohner und erklommen die Straße nach Hause.

Die Pfauen hockten auf der Steinmauer, um Max zu begrüßen, und schrien das Lied von Orpheus von Anfang bis Ende heraus, auch wenn sie keiner verstand außer Leonora. Sie zündete jede Kerze im Haus an. Sie zog sich um und wählte ein Kleid aus weißer Spitze, kämmte sich den Staub aus den Haaren und parfümierte sich mit Lavendel und Rosmarin. Sie garte Lamm in ihrem neuen Ofen, für den ihre Mutter das Geld geschickt hatte. Sie hatte darauf gepocht, dass Leonora *aß, aß*, was ihr so schwergefallen war in den drei langen Monaten, in denen Max fort gewesen war. Aber nun war er zu Hause, und die Katzen, die durchsichtig geworden waren, schlüpften zurück in ihr Fell, das für den Winter dick und kräftig gewachsen war. Es war Weihnachten, und Leonora ließ ein heißes Bad ein für den Mann, den sie verloren hatte, dessen Wiederkehr aus der Unterwelt sie ebenfalls zurückgebracht hatte. Sie verbrannte seine Kleidung, die steif war von Schweiß und die nach luftlosen Räumen, Ziegeln und Kreide und Scheiße stank, nach dem Herzen eines alten Esels und der Verderbnis der Welt.

Ihre Mutter hatte ein Paket mit Rahmerbsen, Pilzen, Esskastanien, Mandeln, getrockneten Feigen, Zucker und Mehl geschickt – und einen Fasan, der auf der zweimonatigen Reise verfault war. Leonora röstete die Kastanien, erhitzte die Erbsen und Pilze und servierte sie zusammen mit einer Lammkeule. Sie hatte eine Mandeltarte gebacken mit einer *pâte brisée*, einer buttrigen Kruste, die ihre Mutter sie als Kind herzustellen gelehrt hatte. Es war Weihnachten, und Max und sie spielten auf dem Victrola Django Reinhardt und Josephine Baker, sie sangen und tanzten und schmausten. Es war Weihnachten, und Pauls Brief an den Präsidenten von Frankreich hatte Erfolg gehabt. Max war zu Hause.

Leonoras Appetit kehrte zurück. Die Rationierung

stellte eine Herausforderung dar, der sie mit Eifer begegnete. Zusammen mit ihren eigenen Oliven und sonnengetrockneten Tomaten ließ sich aus einer Dose Thunfisch ein Auflauf herstellen, der sie tagelang satt machte. Sie tauschte Eier und Ziegenmilch, Oliven, getrocknete Äpfel und Wildpilze gegen Butter, Mehl und Zucker ein, sie backte Biskuitpuddings und Kuchen mit Portwein und Rosinen, und sie und Max wurden fett.

Lee schickte Fotos von ihrer gemeinsamen Woche im letzten Sommer, und Leonora kaufte ein Album und verbrachte Nachmittage damit, Fotos einzukleben. Da war Lambe Creek, die Pariser Cafés, Max auf dem Schaukelpferd in ihrer Wohnung. Und Saint-Martin-d'Ardèche, bevor sie ihn mitgenommen hatten. Vorher. Ihre Gesichter in der Sonne. Mein Gott, was waren sie glücklich gewesen.

«Du solltest schreiben», sagte er, als er bemerkte, was Leonora tat. «Oder malen.»

«Das werde ich, wenn ich dazu bereit bin», antwortete sie. «Eines Tages wirst du das hier haben wollen.»

Max sprach nicht über das Lager, und sie stellte keine Fragen. «Es liegt hinter uns», sagte er, «wieso sollten wir das Hier mit dem Dort verderben?» Aber er hatte etwas Distanzierteres, Einzelgängerisches, Grüblerisches an sich. Mit verzweifelter Eile warf er sich auf seine Arbeit – eine neue Décalcomanie. Aus einem bedrohlichen Klecks Ockerfarbe wurde etwas, das wie ein Bär aussah, und dann war es Leonoras nackter Körper, der aus einem Federmantel trat. Es gab auch ein Gemälde im Gemälde. Es hing an einer Ziegelwand hinter Leonora und wiederholte ihren Anblick in Miniaturform. Wieder trat sie aus einem Mantel aus Federn, nur war sie auf diesem Bild frei, stand vor einem blauen Himmel.

Max hielt lediglich inne, wenn sie ihm sein Essen brachte, und bald arbeitete er an einer nächsten Leinwand. Auf dieser entstand ein blasser Himmel, dann ein Dschungel, ein Gewirr von Wurzeln und Kletterpflanzen, aus denen Büschel winziger, prähistorischer Blumen hervorplatzten. Gehörnte Kreaturen waren zu erkennen – ein Minotaurus, ein braunes Einhorn. Leonora war unter ihnen, ihr Gesicht blickte zwischen den Blättern hervor. «Ich nenne es *Leonora im Morgenlicht*», sagte Max, und sie sah, dass es ihr gewidmet war.

Sie berührte den Arm eines winzigen Skeletts im Unterholz. Eine taube Kälte breitete sich von ihrer Brust aus. «Es macht mir Angst», erwiderte sie so leise, dass sie den Satz wiederholen musste, damit er ihn hörte.

«Aber schau dich an. Du bist stark und ruhig wie der Morgen. Du hast auf mich gewartet. Du hast mich aus meinem Albtraum erweckt.» Max nahm sie in die Arme, und sie fühlte sich umschlossen. Sie fühlte sich ganz. Wie lange war sie nur ein Teil gewesen?

Sie hielt den Atem an und betrat ihr Atelier. Sie staubte das Porträt von Max ab. Ihre Farbtuben, ihre Pinsel fühlten sich fremd an, so lange hatte sie ihr Material vernachlässigt. Oder nicht vernachlässigt, vielmehr gefürchtet. Aber nun wusste Leonora, dass sie malen würde, und sie begab sich schnell an die Arbeit, bevor sie sich Gedanken darum machen konnte, was Max von dem Bild halten oder was es über sie beide aussagen würde.

«Halte ich dich gefangen, Liebling?» Max studierte sein Porträt, blickte mit zugekniffenen Augen auf das kleine Pferd, das er in einer Glaskugel in der Hand hielt.

«Du hältst mich am Leben, nimmst mich mit an einen warmen Ort, wo du diese albernen Socken nicht mehr brauchst und wo ich meilenweit durch Wiesen galoppieren kann.»

Es war der erste echte Frühlingsnachmittag, und sie hatten eine Flasche Wein aus dem Vorjahr geöffnet, den Wein, den Leonora nach Winkie benannt hatte. Sie hielten sich in der Sonne auf der Terrasse auf und aßen Oliven und Sardinen auf Crackern. Er kauerte auf den Pflastersteinen und nahm Leonoras Pinselführung in Augenschein, seine feingliederigen Handgelenke und Finger, das kühle und präzise Funkeln in seinen Augen, sein Gesicht wie das eines Falken. Keine Frau hatte ihn jemals zuvor gemalt. Es war eine Art Inbesitznahme, das war ihr bewusst.

«Aber wieso bist du so klein? Habe ich dich schrumpfen lassen, damit ich dich leichter transportieren kann?»

«Ich habe mich selbst geschrumpft.» *Es ist das, was man tut, wenn man jemanden liebt*, wollte sie sagen. *Man schrumpft, um ins Bild zu passen.* Aber für ihn hätte das keinen Sinn ergeben. Er war ein Mann, der Star seines eigenen Stücks, und die Szene veränderte sich, um sich ihm anzupassen – anscheinend immer.

«Du hast mir keinen Ring an den Finger gemalt.»

«Es ist deine rechte Hand, Max.» Sie lachte und aß eine Olive. «Außerdem trägst du, seit ich dich kenne, keinen Ring.»

«Für dich würde ich einen tragen.»

Sie konnte spüren, wie sie sich innerlich zurückzog, zu Eis wurde – wie das Pferd im Hintergrund des Gemäldes. Es war gefährlich, so zu denken – dass er ihr gehören könnte, wo er es doch nicht wirklich konnte. Niemals. Sie kannte ihn zu gut, um sich etwas anderes vorzumachen.

«Marie-Berthe hat die Dokumente unterschrieben. Die Scheidung sollte in einem oder zwei Monaten abgeschlossen sein.»

«Du wirst frei sein.» Ihre Worte klangen hohl. Es war einfach zu schwer zu glauben.

«Ich nenne mein Bild *Die Einkleidung der Braut*», sagte er. Und als Leonora an das Gemälde im Gemälde dachte, daran, wie selbstbewusst und frei er sie vor dem blauen Himmel sah, wandte sie sich von ihrem eigenen Bild ab, von dem blinden, gefrorenen Pferd hinter Max, von dem winzigen Pferd, das er eingeschlossen im Uterus der Laterne in seinen Händen trug.

Er streckte seine Hand aus. Sie ergriff sie, und er zog sie zu Boden und küsste sie. Zerdrückt von seinen Armen, gab sie nach. Es waren Jahre gewesen, Jahre, in denen sie mit ihm zusammen gewesen war und sich doch allein gefühlt hatte. Diese Zeiten, als er sie verlassen hatte, um mit Marie-Berthe zusammen zu sein, Zeiten, die sie ihm nicht vorwerfen konnte, denn hatten sie nicht dazu beigetagen, Leonora stark zu machen, sie zu dieser Frau werden zu lassen, die er haben wollte – mit Ring und allem?

Durch den Wein war sie schläfrig geworden. Inzwischen hatte das Sonnenlicht sich golden gefärbt. Als sie sich küssten, brannte Leonora von innen, und sie wollte, dass er sie auslöschte. Sie liebten sich auf der Stelle, im Freien, weil sie wieder zusammen waren, sie waren Max und Leonora, und es war Frühling.

Jimmy schrieb. *Geht*, drängt er sie. *Packt augenblicklich eure Sachen. Kommt nach New York. Bitte, gehorcht der Vernunft. Verlasst Frankreich, solange ihr noch könnt!* Doch auf der Vorhangstange über dem Schlafzimmerfenster baute ein Zaunkönig-Pärchen sein Nest – fünf eng zusammenliegende Eier, und die Mutter und der Vater wechselten sich ab, um sie warm zu halten. Wenn Max und Leonora ganz still unter der Decke lagen, hüpften die Zaunkönige aufs Bett, legten den Kopf zur Seite und schauten sie an. Im Garten hatten sich die lila Blüten des Rosmarins geöffnet, und der Lavendel und die Rosen hatten zu blühen begonnen. Küken schlüpften, gelb und weich, und Sophokles die Ziege gebar Zeno, ein Weibchen, das auf spindeligen Beinen hinter den Küken herlief. Leonora kochte und schrieb dick mit Essen beschmierte Geschichten – *foie gras* und Entenleberpüree, Honig und Eis und Halwa.

Der April kam. Max wurde neunundvierzig. Sie wurde dreiundzwanzig. Sie schenkte ihm einen weißen Flussstein, der wie ein Ei geformt war, und eine Krone, die sie aus Federn gefertigt hatte. Er schenkte ihr eine Halskette aus schwarzen und roten Käfern, die er letzten August tot am Flussufer gefunden hatte. Sie glänzten in der Sonne wie polierte Steine.

Als die Deutschen in Dänemark und Norwegen einmarschierten, malte Max den Schnabel und die Eulenaugen auf den Federmantel seiner Braut – *Leonora.* Dazu einen Mann mit Flügeln, der den Kopf eines Kranichs hatte und sie mit einem zerbrochenen Speer bewachte. Dann fielen die Deutschen in Frankreich ein, und Max wandte sich von seiner Leinwand ab, legte den Pinsel zur Seite, rauchte auf der Terrasse und wartete darauf, dass die *Boches* in den Ort rollten und ihn ergriffen – den entarteten Künstler, Schänder des Vaterlands.

«Aber du bist hier in Sicherheit.» Sie zog ihn zum Abendessen ins Haus. «Woher sollten sie es wissen?»

«Glaubst du, unsere Nachbarn würden es ihnen nicht sagen? Glaubst du, sie würden auch nur zögern?»

«Nicht Alphonsine.»

«Nein. Nicht Alphonsine», sagte Max und nahm einen Bissen von der in Feigen und Portwein geschmorten Ente.

In der Dunkelheit des Neumonds hüllten sie sich in Decken, legten sich an einen Abhang und musterten die Sterne. *«Ja, die Frühlinge brauchten dich wohl»*, zitierte er. *«Es muteten manche Sterne dir zu, dass du sie spürtest.»*

«Rilke?», fragte sie und ließ ihre Augen zufallen, um in seinen Armen einzuschlummern.

«Ja.» Er zog sie näher an sich, und sie zwang sich, die Augen zu öffnen.

«Erkennst du den Großen Bären?»

Leonora spähte hinauf zur Ursa Major. «Sieht mehr aus wie eine Katze. Wie eine Grille, die gleich abspringt.»

«Und der Löwe?»

«Wie eine Schnecke?»

«Perfekt.» Max schwieg so lange, dass sie schon glaubte, er sei eingeschlafen. Plötzlich bemerkte sie seine Tränen. «Wenn man mich mitnimmt, versprich mir, dass du hierbleibst. Ich kehre zu dir zurück.»

«Und wenn dir die Truppen zuvorkommen?» Leonora versuchte gelassen zu klingen, aber ihr Herz raste. Er hatte versprochen, dass sie weggehen würden, wenn es *wirklich* schlimm wurde, und immer noch waren sie hier, auf ihrem Land.

«Dann treffen wir uns in Lissabon. Aber warte auf mich. Warte, solange du kannst.»

Die Pferde des Lord Candlestick

Leonora, Mai 1940, Saint-Martin-d'Ardèche

Als Max zum zweiten Mal mitgenommen wurde, klopften sie nicht an. Die *gendarmes* stapften mit den Waffen im Anschlag und schmutzigen Stiefeln einfach in ihr Haus. Wieder waren es die Franzosen, die ihn wegzerrten. «Sie haben kein Recht, keinen Grund», protestierte Max, als sie ihm Handschellen anlegten. «Der Präsident selbst sagt, dass ich keine Bedrohung darstelle. Leonora! Hol den Brief!»

«Papiere spielen keine Rolle, Monsieur. Sie sind verdächtig», erwiderte der Mann, vielmehr der Junge, der ihn abführte. «Sie haben dem Feind Informationen zukommen lassen.»

Leonora konnte sich weder bewegen noch sprechen. Sie sah zu, wie der *gendarme* Max das Gewehr in den Rücken bohrte und ihn die Steintreppe hinunter in den Wagen drängte. Sie schaute ihnen nach, als sie davonfuhren. Dann schlüpfte sie in ihre Slipper und rannte im Nachthemd zur Polizeiwache, in der Hoffnung, Max dort vorzufinden.

Der Oberwachtmeister trank an seinem Schreibtisch *café au lait* und drehte am Radio, um einen besseren Empfang zu erhalten. Irgendetwas über die Undurchdringlichkeit der Maginot-Linie, die Tapferkeit der französischen Armee knisterte zu ihm durch. Statisches Rauschen schob sich schließlich in den Vordergrund und, er schaltete das Radio aus. Leonora versuchte noch immer, wieder zu Atem zu kommen.

«*Gendarmes* haben Max mitgenommen. Sind Sie ihm begegnet?»

Der Oberwachtmeister wischte sich die Krümel seines Baguettes von den Lippen. «Nein. Das ist eine andere Abteilung der Gendarmerie – eigens für die Feinde Frankreichs zuständig.»

«Sie *kennen* Max, Sie wissen, dass er kein Feind ist. Sie können doch etwas unternehmen!»

«Es liegt nicht in meiner Hand, Mademoiselle.»

«*Leonora.* Martin, zum Teufel, Sie wissen, wer ich bin!»

Er blickte aus dem Fenster, seine Wangen röteten sich. «Wir haben den Bericht weitergeleitet. Das mussten wir. Etwas nicht weiterzuleiten ist so gut wie Konspiration.»

«Bericht?»

«Jean-Pierre – der taube und schwachsinnige Sohn der armen Adelaide.» Leonora starrte ihn an. Sie kannte die *arme* Adelaide nicht, und die Frau war ihr auch egal. «Jean-Pierre hat es auf sich genommen, im Ort Patrouille zu gehen. Er hat von Lichtsignalen berichtet, die von Ihrem Haus aus gesendet wurden. Ich bin überrascht, dass man Sie nicht ebenfalls verhaftet hat.»

«Lichtsignale? Vermutlich hat Alphonsine mit einer Taschenlampe nach Schnecken gesucht. Das tut sie, wenn sie nicht schlafen kann.»

«*Falls* es sich um ein Missverständnis handelt, nehme ich an, dass sie Max wieder nach Hause schicken.»

«Wohin haben sie ihn gebracht?»

Der Oberwachtmeister durchsuchte einen Papierstapel, zog eine Seite hervor. «Camp des Milles. Sie sind nicht verheiratet, oder?» Sie biss sich auf die Wange, fest. «Dann können Sie nichts tun.» Er zündete sich eine Zigarette an. Leonora wollte ihn am liebsten erwürgen, den Anführer der schweinegesichtigen Idioten. Er seufzte. «Haben Sie Familie? In England? Frankreich ist kein Ort für eine unverheiratete Frau. Fahren Sie nach Hause, Leonora, und fahren Sie *jetzt.*»

Stattdessen marschierte sie zum Motel des Touristes, wo sie sich ein Bier bestellte, obwohl es noch nicht Mittag war. Das Bier war warm und sie trank es, um sich schwer und stumpf zu fühlen, damit die hässlichen scharfen Kanten der Welt weicher wurden. Max hatte sie einmal mehr zurückgelassen. Sie bestellte noch eins und noch eins, und als sich Etienne weigerte, ihr Glas noch einmal aufzufüllen, stapfte sie durch ein Dorf von Verrätern nach Hause. Sie kam an zwei Bauern vorbei, die ihr Gespräch unterbrachen und Leonora mit verengten, argwöhnischen Augen beobachteten.

In ihrem Badezimmer spritzte sie sich Orangenblütenwasser ins Gesicht. Dies war ein Traum, aus dem sie erwachen konnte. Nur, sollte sie das Orangenblütenwasser vielleicht besser trinken? Wie einen Zaubertrank? Leonora schluckte die restliche halbe Flasche hinunter. *Wach auf. Wach auf!*, dachte sie. Es brannte in ihrer Kehle, in ihrem Mund und ihrem Kopf. Sie wollte aufwachen, dann wäre ihr Körper rein und neu wie die Blüten eines Orangenbaums.

Ihr Magen verkrampfte sich. Sie krümmte sich und rannte in den Garten, wo sie auf die Knie fiel und sich übergab – froh, dankbar. Sie wollte leer sein, reingewaschen von der Welt und ihrer gehässigen Bürokratie. Wenn sie sich reinwaschen konnte, würde sie sich darüber erheben können.

In den darauffolgenden Tagen aß Leonora nur wenig. Sie hätte nach Les Milles reisen können, doch sie hätten ihr nicht gestattet, ihn zu sehen. Außerdem hatte Max gesagt, sie solle zu Hause auf ihn warten.

Sie arbeitete in ihren Weinstöcken, die blühten und mit Schwefel besprüht werden mussten. Sie arbeitete an ihren Kartoffeln, und je mehr sie in der Nachmittagssonne schwitzte, desto reiner wurde sie. Geheiligt. Sie legte sich auf den heißen Ufersteinen in die Sonne und fühlte sich stärker als jemals zuvor in ihrem ganzen Leben. Welche Rolle spielte es, dass Belgien fiel? Leonora hatte die Sonne. Sie hatte ihre Weinreben und Ziegen, ihre Katzen und Hühner.

Am Abend trank sie im Motel des Touristes. Kleine Gläser Whiskey, große Gläser Bier. Nach einer Woche ging ihr das Geld aus. «Keine Sorge», beschwichtigte Etienne und füllte ihr Glas auf. «Sie haben Ihr Haus. Deswegen haben Sie Kredit.»

Jeden Abend lief es darauf hinaus, dass sie einen weiteren Zettel unterschrieb. Es war einfach. Ihre Unterschrift war eine entfernte, abstrakte Sache. Leonora Carrington war bloß ein Name. Er hätte jedem gehören können.

Anfang Juni bombardierten die Deutschen Paris, und Saint-Martin füllte sich mit Flüchtlingen. Alphonsine überließ ihnen umsonst ihre Zimmer, und Leonora kehrte das alte Postamt aus, ihr Atelier, in dem sie keinen Strich gemalt hatte, seitdem Max verhaftet worden war. Das Dach war undicht und Generationen von Weberknechten hatten sich der Decke bemächtigt, aber sie öffnete seine Türen.

Bald quoll jedes Gebäude im Dorf über.

«Du musst die Leute in deiner Kirche schlafen lassen», meinte Alphonsine eines Morgens.

«Die Kirche ist Max' Atelier», entgegnete Leonora und kratzte das Essen vom Vorabend, das sie kaum angerührt hatte, Hühnchen und Reis, in die Schüsseln der Katzen. Cricket beäugte sie. *Tu es nicht*, sagte sie. «Er kann jeden Tag wieder hier sein», fuhr Leonora fort. «Er wäre außer sich, wenn ich jemanden hineinlassen würde.»

«Die Leute brauchen einen Platz zum Schlafen. Über kurz oder lang sind wir vielleicht alle Flüchtlinge. Wir müssen einander helfen.» Alphonsine war ungehalten, ihre Lippen waren zusammengepresst. Aber sie betrachtete Leonora ebenfalls und wich langsam, unmerklich zurück. «Brauchst du etwas, Leonora?» Ihre Stimme war weich.

«Überhaupt nichts», antwortete Leonora. Und sie versprach, über die Kirche nachzudenken, was Alphonsine zufriedenzustellen schien.

Nachdem Leonora die restlichen Tiere gefüttert hatte, schritt sie hinaus zu der alten Kirche. An der Tür zögerte sie. Wenn sie sie nicht öffnete, war Max möglicherweise darin. Der Gedanke war absurd. Er war seit Wochen nicht mehr da gewesen. Und doch konnte sie seine Anwesenheit spüren, und die Vorstellung, dass er dort drinnen war und arbeitete, machte es ihr unmöglich, hineinzugehen.

Als Alphonsine am nächsten Nachmittag wiederkam,

saß Leonora in einer Baumkrone und beobachtete sie, wie eine Katze einen Vogel beobachtet. Und Alphonsine, die sie nicht fand, verschwand wieder.

Norwegen ergab sich an einem Montag. Die Deutschen besetzten Paris an einem Freitag. Leonora hätte diese Dinge lieber nicht erfahren, doch gelegentlich musste sie ins Dorf, und die Schlagzeilen der Zeitungen waren nicht zu übersehen. Und immer redeten die Leute. Leonora strich die Tage in ihrem Kalender aus. Max war seit einem Monat fort, und sie hatte nichts von ihm gehört. Aber andererseits hatte sie auch nicht versucht, ihm zu schreiben. Wenn sie ihm nicht schrieb, überlegte sie, dann könnte er auch irgendwie eine Spritztour nach Paris gemacht haben und jeden Tag wieder zurückkommen.

Als Leonora sich mit der Sonne erhob, stellte sie fest, dass das Nest leer war. «Die Zaunkönige sind flügge», sagte sie zu niemandem und horchte auf das Gezwitscher eines der Vögel, das hohl und bodenlos durch das geöffnete Fenster perlte.

Die Verzweiflung floh an eine Stelle so tief in ihrem Körper, dass Leonora sie auch nicht hätte finden können, wenn sie es versucht hätte. Stattdessen hangelte sie sich an einer Reihe von Aufgaben entlang durch den Tag. Die Provence wogte von Leben. Der Rosmarin, der Lavendel, die wilden Rosen explodierten in Blütenpracht. Die Ameisen, die Bienen und die Schmetterlinge waren unermüdlich, wuselig. Heute war Sommersonnenwende. Die Erde rekelte sich in ihrer Herrlichkeit, während die Sonne sich schwelgerisch Zeit ließ, um den Himmel zu erklimmen.

In der Nachmittagshitze kniete Leonora in einem von

Max' Hemden, das sie in der Taille geknotet hatte, und abgewetzten Shorts, die sie inzwischen täglich trug, im Kartoffelfeld und jätete Unkraut. Lizard und Beetle schliefen auf dem sonnigen Fleck Ackerboden auf dem Rücken. Cricket schnüffelte an ihren Knien. «Ich kann dich nicht streicheln, meine Hände sind schmutzig», sagte Leonora, nur nicht mit Worten. Sie dachte es, und Cricket legte horchend den Kopf zur Seite.

Seit Tagen hatte Leonora keine Worte mehr benutzt, hatte mit keinem einzigen Menschen gesprochen. Sie hatte aufgehört, die Bar aufzusuchen, weil sie Etienne Geld schuldete. Als sie ihm zur Begleichung ihrer Rechnung eines ihrer Gemälde anbot, lachte er. «Diese Frauen sehen aus wie von bösen Geistern besessen. Und außerdem hat Kunst in Kriegszeiten keine Bedeutung.» Dann hatte er gesagt, so dicht vor ihrem Gesicht, dass sie seinen Atem riechen konnte: «Geben Sie mir die Besitzurkunde zu Ihrem Haus, meine Liebe, und Sie können so viel trinken, wie Sie wollen.»

«Das ist verrückt», hatte sie geantwortet, aber es war ihr gar nicht so übel vorgekommen.

Mit dem Unkraut in der Hand erblickte Leonora in der Ferne eine längliche Staubwolke und beugte sich vor. Ein alter gelber Fiat rumpelte am Haus vorüber, wendete und parkte in ihrer Einfahrt. Sie ließ das Unkraut fallen, dann wischte sie sich die Hände an den Shorts ab. Eine Frau stieg aus dem Fiat, gefolgt von einem Mann. Sie trug Hosen, flache Schuhe, ein T-Shirt, ein Tuch um die Haare. War das Nusch? Leonora kniff die Augen zusammen. Nein, es war nicht Nusch, und der Mann war nicht Paul. Die Frau beschirmte ihre Augen gegen die Sonne und blickte zum Haus hinauf. Leonora duckte sich hinter den

Rosmarin. Wenn sie auf der anderen Seite den Hügel hinunterrannte, konnte sie zum Fluss entkommen, ohne dass die beiden sie entdeckten. Wenn sie zurückkehrte, wären sie wieder weg.

Aber nun stiegen die beiden die Treppe herauf. Sie hatte ihre Chance verpasst.

«Leonora?», rief die Frau, ihre Stimme klang vertraut. Es war Catherine, Ursulas Freundin. Sie lächelte und winkte bang. Leonora trat hinter dem Rosmarin hervor.

Zum Abendessen öffnete sie eine Flasche Wein. Sie stellte Kartoffeln auf den Tisch, mit Butter vom Bauernhof ein Stück die Straße hinunter, und Charlotte, eine ihrer fettesten Hennen. Dazu gab es eine Oliventapenade.

«Paris ist nicht mehr wiederzuerkennen. Die Bomben! Der Qualm! Die Leute begeben sich zu Fuß auf die Flucht, ihre Besitztümer auf dem Rücken, Kinder, taumelnde alte Leute. Nazis marschieren auf den Champs-Élysées auf.» Catherine sprach aufgeregt, als sei sie noch immer auf der Flucht. Ihre Hände zitterten. Sie griff nach ihrem Weinglas. «Dem Himmel sei Dank, dass wir rausgekommen sind – und das ohne Bremsen! Unsere Bremsen haben den Geist aufgegeben. Kannst du dir das vorstellen?»

«Ich schaue sie mir morgen an», sagte Michel. Er kaute langsam, wie ein Nilpferd. Er war ein Ungar von kräftiger Statur, hatte eine gerade, praktische Nase und eine saubere Stelle in seinem dunklen Haar.

Die beiden schienen Leonoras Schweigen nicht zu bemerken. Der Geruch des Essens war zu stark, als dass sie etwas zu sich nehmen konnte, also trank sie Wein und sah ihnen dabei zu, wie sie in Charlottes Körper schnitten, in ihre Haut und ihre Muskeln, und sie in ihre Münder steckten. Ihr war noch nie klar gewesen, wie sinnlich es war, ein anderes Tier zu essen. Porös, dachte Leonora, als sie auf einer Haarsträhne von sich kaute.

«Wir müssen uns Ausreisevisen besorgen», sagte Catherine gerade. «Alle werden jetzt zur Grenze drängen. Es wird schwerer werden, das Land zu verlassen.» Catherines und Michels Worte waren eigenartig, sie klangen wie das Gackern von Küken. Und als Leonora die beiden ansah, warteten sie, als hätten sie ihr eine Frage gestellt. «Und», sagte Catherine, «hast du?» Leonora nahm ihr Haar aus dem Mund. «Hast du einen Plan?», drängte Catherine.

«Einen Plan?» Etwas zu wiederholen war einfach. Die Worte waren so glatt, dass sie von Leonoras Zunge in die kühler werdende Luft kullerten. Catherine und Michel legten ihre Gabeln ab. Sie starrten Leonora an. Erwarteten sie von ihr, dass sie mehr sagte? Draußen vor dem Fenster leuchtete der Himmel in einem gelben Ocker. In Zinnober, Kadmiumorange, Indigo. Am längsten Tag des Jahres war die Sonne untergegangen, und sie hatte es verpasst!

Leonora nahm ihr Glas mit hinaus in den Weingarten und beobachtete, wie der Himmel pulsierte. Mit den nackten Füßen auf dem warmen Boden blickte sie nach Westen, über ihren Garten, die Apfelbäume, die Weinreben hinweg.

Eurydike stand als perfekte Silhouette auf der Steinmauer und stieß einen klagenden Schrei aus. Die Katzen strichen um Leonoras Beine und baten um ihr Abendessen. Wie konnte sie das hier zurücklassen – ihr Heim?

Catherine trat neben sie. «Du weißt nicht, was du tun sollst, oder?»

«Ich warte auf Max.» Leonora plapperte die Worte, die

sie so sehr glauben wollte. «Wenn Frankreich kapituliert, müssen sie ihn gehen lassen. Es ist ja nicht so, dass sie ihn gefangen halten können. Es sei denn ...» Aber sie würde den Gedanken nicht laut aussprechen, das würde ihm nur Macht verleihen. Was, wenn die Franzosen Max an die Nazis auslieferten? Vielleicht hatten sie das bereits getan, ihn in irgendeinen Zug in Richtung Deutschland gesetzt. Das würde bedeuten, dass sie ihn niemals wiedersah. Ihre Knie gaben ein Stück nach.

Da war Catherines Arm um sie, der sie stützte, und Leonora wandte sich zu ihr um, küsste impulsiv ihren Mund, brauchte menschliche Berührung und Druck, etwas, das sie auf den Füßen hielt.

«Ich war so lange allein», sagte sie.

«Du kommst mit uns. Wir reparieren die Bremsen, holen unsere Ausreisevisen und fahren.»

«Aber was ist hiermit?», fragte Leonora mit einer kleinen Handbewegung. «Wenn ich nicht da bin, werden die Nazis es sich nehmen.»

«Sie werden sich ganz Frankreich nehmen. Es gibt nichts, was du dagegen tun kannst. Und hier ist es für dich nicht sicher. Eine Frau, ganz allein?»

Leonora dachte an ihre neuesten Kräfte, aber sie konnte ihr Wissen nicht in Worte fassen. Noch nicht. Es war so neu, so leicht zu zerdrücken wie ein Zaunkönigküken. Also trank sie ihren Wein, schmeckte die Sonne darin, die Erde – ihre *terre*. Als sie sich sprechen hörte, klang ihre Stimme verzagt. «Wenn ich weggehe, wie soll ich dann Max finden?»

«Alle brechen von Lissabon aus auf. Dort warten wir auf Max. Und später nehmen wir zusammen ein Schiff nach Amerika.»

«Lissabon», sagte Leonora, und ihr fiel die Nacht mit Max ein, das, was er unter den Sternen gesagt hatte.

Als Leonora unter einem Mond, der beinahe voll war, ins Dorf lief, hatte sie das Gefühl, zu schweben. Sie war ein Geist, nicht wirklich anwesend. Das Dorf glitt aus dem Schlaf und dämmerte wieder weg. Vielleicht träume ich tatsächlich, dachte sie, als sie zwischen den dunklen Gebäuden hindurcheilte – die Polizeiwache, das Gasthaus, in dem Alphonsine mit ihrem wahrhaftigen Lächeln und ihren rauen Händen gleichzeitig Königin und Dienerin war. Sie würde nicht gehen, würde nicht fortlaufen wie Leonora.

Im Motel des Touristes brannte Licht, die Fenster standen offen, Gelächter drang heraus. Wie konnte irgendjemand in diesen Zeiten lachen? Außer, es waren Nazis? Leonora blickte durch das Fenster. Keine Uniformen, bloß Männer aus dem Dorf, über ihr Bier gebeugt. Sie konnte einen Schuss Whiskey brauchen. Dann würde sie nach Hause zurückkehren, packen, was sie benötigte – das Notwendigste –, und würde mit Catherine und Michel aufbrechen. Sie konnte die Anziehung der Ferne spüren, ein Windstoß auf ihrem Gesicht, als sie die Tür öffnete, und sie sehnte sich danach loszulassen, vom Wind fortgetragen zu werden, sich von allem zu befreien, was sie liebte.

Sie setzte sich auf den freien Hocker an der Bar zwischen die Bauern in Feldkleidung, die in ihrer Gegenwart verstummten. Der Mann neben ihr hatte die Hand auf dem Tresen liegen, ein Verband war dort, wo sein kleiner Finger gewesen war. Er hatte das getan, um seine Einberufung abzuwenden, begriff Leonora. Sie betrachtete sein glattes

Gesicht, und ihr Bruder Gerald fiel ihr ein. Im Brief ihrer Mutter hatte gestanden, dass er der Armee beigetreten war, *aus freien Stücken.* Doch Leonora wünschte, Gerald hätte auf Vater gehört und sich aus dem Krieg herausgehalten. Er wäre jetzt in Sicherheit.

Hinter der Bar wischte Etienne den Tresen ab. «Schön, Sie zu sehen», sagte er, «aber wie wollen Sie bezahlen?»

«Nur einen Whiskey, bitte. Ich bin auf dem Weg nach Portugal, ich bin gekommen, um mich zu verabschieden.»

«Gekommen, um Whiskey zu trinken, meinen Sie.» Aber er lächelte und schenkte ihr einen Fingerbreit ein. Er schob das Glas vor sie hin und schaute zu, wie Leonora die bernsteinfarbene Flüssigkeit an die Lippen setzte. «Sie überlassen Ihr Haus den Deutschen?» Er zog an einem langen, grauen Haar in seiner Augenbraue. «Dann können Sie es für die gleich in Geschenkpapier einwickeln, nicht?»

«Welche Wahl habe ich?» Leonora setzte das Glas ab, und er schenkte nach. Zwei Fingerbreit.

«Überschreiben Sie Ihr Haus mir. Dann sind wir quitt.»

«So viel kann ich nicht getrunken haben!» Im Spiegel hinter der Bar kippte der Raum erst zur einen, dann zur anderen Seite. Der Whiskey brannte, als er Leonoras Kehle hinabfloss, und die Nacht wurde verschwommen und kurvenreich. «Und außerdem, was würde das nutzen? Die Deutschen ...»

«... möchten eine freundliche Übernahme. Sie würden einen Besitz nicht beschlagnahmen, solange er einem Franzosen gehört. Einem Nicht-Juden. Überschreiben Sie mir Ihre Besitzurkunde, und das Haus wird in Sicherheit sein.» Die Männer waren wieder laut. Sie lachten. Was hatte sie verpasst? «Ich werfe sogar diese Flasche Brandy in unseren Handel.» Etienne wischte den Staub von einer alten Flasche. Er schlitzte das Wachssiegel mit einem Messer auf, zog den Korken heraus und schenkte ihr ein Glas ein. «Wenn der Krieg vorüber ist, können Sie Ihr Haus wiederhaben.»

Sie war sich nicht sicher, ob sie den letzten Teil, dass er es wieder hergeben würde, glaubte, aber der Brandy war das Beste, was sie jemals geschmeckt hatte – warme Gewürze und Vanille. Er war real, und Worte waren aus Luft. O, aber ihre Babys! «Und werden Sie meine Katzen und Ziegen füttern, meine Hühner und Pfauen?»

«*Mais oui*, Leonora. Aber wir müssen es rechtskräftig machen. Sonst können die Deutschen es mir so», er schnippte mit den Fingern, «wegnehmen.»

Sie schlief nicht. Es war keine Zeit dazu. Im Schrank, unter Bergen von Kleidung – Max' Hosen, ihren Blusen, ein paar Teilen aus Spitze, die Leonor zurückgelassen hatte – fand Leonora ihren Koffer. Ihr Name stand auf einem Messingschild, und das Wort *Offenbarung* war darüber eingraviert. Ein Geschenk von Vater, als sie in die Klosterschule abgereist war. Die Offenbarung mit seinen Drachen, Engeln und Kreaturen, die in einem kosmischen, endzeitlichen Tanz umhertollten, war ihr Lieblingskapitel in der Bibel gewesen. Aber nun bedeutete das Wort etwas anderes. Eine Offenbarung war das, worauf sie sich zubewegte, was sich auf sie zubewegte. Sie hatte bereits begonnen Dinge zu sehen. Ihre Sinne waren geschärft.

Ihre Hand auf dem Schrank wurde warm, dann heiß. Das Holz barg Geschichten, und wenn sie die Augen schloss, konnte sie den

Baum spüren, der es einmal gewesen war. Konnte spüren, wie es sich anfühlte zu wachsen, sich von Licht zu ernähren und in einem Wald unter Gleichen zu atmen. Sie konnte seinen Schmerz spüren, als er geschlagen wurde. Wie es sich anfühlte, tot zu sein und doch noch da. Seine Traurigkeit lähmte sie. Ihr Gesichtsfeld wurde schwarz und füllte sich mit Sternen.

Leonora fuhr zusammen, schrak auf. Sie riss die Hand von dem Schrank zurück wie aus einer Flamme. Hastig warf sie Röcke, Blusen, Hosen in den Koffer, drückte eine Haarbürste, eine Zahnbürste hinein. Sie schlüpfte in Leonors Bluse – die sie an dem Tag getragen hatte, als die Freundin abgereist war –, in der Hoffnung, das Kleidungsstück würde ihr Mut einflößen. Um ihren Hals befestigte sie die Käferkette, die Max ihr zum letzten Geburtstag geschenkt hatte, vor einem ganzen Leben. Sie streichelte den glänzenden Rücken eines roten Käfers.

Wie es sich anfühlte, durch die Luft zu fliegen, wie es sich anfühlte, an einem Flussufer zu sterben, sich der Erde zu überlassen.

Sie schüttelte die Empfindung ab. *Es reicht*, sagte sie laut. Sie schloss den Koffer und stellte ihn neben die Tür.

Wenn Max hier wäre, wüsste er, was zu tun wäre, und sie würde ihm vertrauen, so wie sie es immer getan hatte. Nun war ein solcher Glaube Schwäche. Sie hatte vergessen, wie sie sich auf sich selbst verlassen sollte.

In der untersten Schublade der Kommode fand sie ihren Pass und den von Max darunter. Als sie ihn in der Hand hielt, hielt sie Max in der Hand. Wenn sie den Ausweis mitnahm, würde sie auch ihn mit sich nehmen nach Portugal, wo sie sich Ausreisevisen für sie beide sichern würde. *Ich* werde *ihn* retten, dachte sie und steckte die Pässe in eine mit Reißverschluss gesicherte Tasche ihres Rocks.

Am nächsten Morgen traf sie sich mit Etienne beim Notar. Wie leicht sie sich fühlte, als sie in dem Büro saß. Den Füller in der Hand, war sie ein Ballon, der irgendwo über ihrem Körper wackelte. Sie dachte an Woolf und Cricket, Beetle und Arcie und Lizard, an Platon und Sophokles und Zeno, Eurydike und Orpheus, sie dachte an das Morgenlicht auf den Weinreben und Olivenbäumen, dachte an ihren Wein, der klar war und frisch, an ihre Gemälde und daran, was sie vielleicht gemalt hätte, wenn sie geblieben wäre; sie dachte an Max und die Möglichkeit seiner Rückkehr. Wenn er nach Hause kam, wie sollte er sie finden?

Ein Zettel. Sie würde ihm einen Zettel schreiben.

Auf dem Tisch lag ein Stück Papier, und darauf kritzelte sie, *Lieber Max, ich bin mit C. mitgegangen und warte …* Hier stockte sie. Sie wollte ihm Lissabon sagen, aber das wäre ein verräterischer Hinweis. Sollten die Nazis dies in die Hände bekommen, könnten sie Lissabon nach ihm durchsuchen. Stattdessen schrieb Leonora *Extremadura.* Es war die Provinz, in der Lissabon lag, zu groß, als dass man sie durchsuchte. Max würde wissen, was sie meinte. Sie steckte sich den Zettel in die Tasche, blickte auf und merkte, dass Etienne und der Notar sie beobachteten.

Leonora beugte sich über die Besitzurkunde, unfähig, ein Wort zu lesen. Es war alles ein Durcheinander von Begriffen, Gesetzes-Dünnpfiff. Was hieß das? Es definierte nicht annähernd sie oder Max oder den Garten Eden, den sie geschaffen hatten. Etienne tippte mit dem Finger auf den unteren Teil der Seite. Dort befand sich eine Linie, die darauf wartete, dass sie ihren Füller darüberzog. «Werden Sie sie heute Abend füttern?», fragte sie. «Alle meine Lieblinge?»

«Das werde ich. Ihre Haustiere sind bei mir in Sicherheit.» Er legte ihr eine schwitzige Handfläche auf den Arm. Sein Gesicht war eine aufgequollene Maske aus Wachs, die an den Seiten schmolz. Das Zimmer, ohne Sauerstoff und heiß, drehte sich. Um Saint-Martin verlassen zu können, musste Leonora unterschreiben. Schließlich musste man immer weitergehen. Bewegung war Freiheit, und Freiheit war alles, was zählte. Sie bewegte ihre Hand, und es erschien – wieder dieser Name.

Leonora Carrington.

Max,
Juli 1940,
Nîmes

Max öffnet die Augen in eine Weiße hinein. Das Zelt leuchtet über ihm. Es ist Morgen, und er ist halb verhungert. Wilhelm bringt ihm zwei Cracker und eine Tasse Tee. Er hilft ihm, nach draußen zu schlurfen. Max kneift vor der Helligkeit die Augen zusammen und sucht sich einen sonnenbeschienenen Fleck, auf den er sich setzt und langsam die Cracker isst. Essen ist etwas Eigenartiges, genau wie Kauen und Schlucken. Er hat so lange nichts gegessen, dass selbst dieser fade Cracker vor Geschmack anschwillt.

Er schließt die Augen und betrachtet die hinter seinen Lidern rot pulsierende Sonne. Er horcht auf seinen Atem, gleichmäßig und kräftig. Er hat die andere Seite erreicht. Er ist am Leben.

Eine Woche später nimmt er kleine Mahlzeiten zu sich. Nach einer weiteren ist er überzeugt, stark genug zu sein, um zu fliehen. Wilhelm dagegen ist sich nicht so sicher. Männer kommen und gehen durch die Löcher im Stacheldraht, sie marschieren in die Stadt oder machen einen Spaziergang auf dem Land oder huschen aus dem Lager, um sich im Wald statt in der stinkenden Grube zu erleichtern. Doch wenn ein Mann weiter geht als bis in die Stadt und von den *gendarmes* zurückgebracht wird, sperrt man ihn in den Schweinestall ein wie Max. Bei dem Gedanken an diesen Ort beschleicht Max Panik. Er kann den Stall nicht noch einmal ertragen.

«Und ohne Entlassungspapiere bekommen Sie keine Lebensmittelkarte», sagt Wilhelm vernünftig, als Max gerade ein paar Cracker in die Taschen seines Rucksacks steckt.

«Deutsche Delegationen besuchen die Lager», sagt Max und wiederholt damit das jüngste Gerücht. *Leonora*, denkt er. Schon jetzt hat er Wochen verloren. Er kann ihr eingesperrtes Lachen aus seinem Traum hören, wie verzweifelt es an der Tür rüttelt, und er weiß, er muss alles tun, was in seiner Macht steht, um sie zu finden. Aber zuerst muss er den exzentrischen Präfekten von La Roque-sur-Cèze aufsuchen und ein Ausreisevisum ergattern.

«Aber so weit können Sie nicht laufen, Herr Max», sagt Wilhelm. «Sie brauchen eine Mitfahrgelegenheit.»

Ein paar Tage lang bekommt er Wilhelm kaum zu Gesicht. Dann, eines Abends, Max sitzt gerade im Zelt und zeichnet die Männer bei einem begeisterten Pokerspiel, duckt sich Wilhelm in die behelfsmäßige Behausung.

«Morgen», sagt er. Er wird Max zu einem nahegelegenen See mitnehmen, wo er auf eine Frau in einem blauen Renault warten muss. Sie wird nach Norden fahren und kann ihn nach La Roque-sur-Cèze bringen.

Den Morgen vor seiner Reise verbringt Max damit, Wilhelm vor dem Stacheldrahtzaun zu zeichnen. Er signiert das Porträt und reicht es ihm. «Falls es eines Tages etwas wert ist.» Wilhelm umarmt ihn. Wie ein Sohn seinen Vater, denkt Max, und wünscht sich, er selbst könnte so viel für Jimmy empfinden.

Nach dem Mittagessen, als die Mittagsmalaise beginnt, ducken die beiden Männer sich unter dem Stacheldraht hindurch. Wilhelm besteht darauf, seinen Rucksack zu tragen, und schnallt ihn sich vor den Bauch, damit es vom Lager aus betrachtet so aussieht, als zögen sie los zu einem Spaziergang. Sie haben gerade den Wald passiert und nähern sich der Straße, als sie hören, wie jemand hinter ihnen herläuft.

Es ist ein Wachmann. Er ist schon zu nah, als dass sie vor ihm davonlaufen könnten. Aber wie ist das möglich? Sie sind kaum weit genug gegangen, um Verdacht zu erregen. Max greift nach seinem Rucksack. Er ist es, der bestraft werden sollte, nicht Wilhelm – aber der Junge lässt den Rucksack nicht los.

Der Wachmann ist außer Atem. Er muss ausspucken, bevor er sprechen kann. «Max Ernst?», fragt er. Er muss keine Waffe ziehen. Wenn Max wegliefe, müsste der Mann nur die Gendarmerie informieren, und sie würden Max postwendend wieder aufgreifen. Es gibt hier nicht genügend Wildnis, in der er sich verstecken könnte.

Sie schreiten durch ein hübsches altes Tor und sind wieder innerhalb des Drahts in der Menschenmenge. Wenn er doch nur eine Dosis Blausäure hätte. Er könnte alles in diesem Augenblick beenden. Vielleicht kann Wilhelm so etwas besorgen? Aber wie soll er ihn fragen? Max bemerkt, dass der Junge weint, als er ihm seinen Rucksack überreicht.

In seinem Büro weist der Kommandant Max an, sich zu setzen. Dann wischt der Mann sich über die Stirn, trinkt seinen Tee und durchsucht einen Stapel Papier auf seinem Schreibtisch. Mit jeder Sekunde Stille leidet Max mehr. Wieso kann der Kommandant ihm nicht sein Schicksal verkünden und ihn in Ruhe lassen?

Er wird ihn anflehen, entscheidet er. Er fällt auf die Knie. «Stehen Sie auf!», sagt der Kommandant. «Um Gottes willen.» Was hat Gott mit alledem zu tun, fragt sich Max und erhebt sich. Der Kommandant hält ihm ein Dokument hin. «Ihre Entlassungspapiere.»

Seine Papiere? Es ist zu schön, um wahr zu sein. «Gott segne Sie», sagt er widerstrebend.

Auf seinem Weg nach draußen hält Max den Wachleuten seine Papiere entgegen und schreitet durch das Tor in die andere Richtung. Wilhelm gesellt sich auf der Straße wieder zu ihm. «Wir müssen uns beeilen», sagt er und schultert den Rucksack.

Als sie um einen Rosmarinbusch biegen, entdeckt Max den Wagen, den blauen Renault. Die Frau kurbelt ihr Fenster nach unten. «Steigen Sie ein», sagt sie lächelnd. Er gleitet neben ihr in den Sitz. Ihr Parfüm riecht nach Jasmin und Meer. Sie ist hierhergefahren, um ihren Mann abzuholen, erzählt sie ihm. Aber sie haben entschieden, auf die Entlassungspapiere zu warten. Jeden Tag könnten sie jetzt ausgestellt werden, hat man ihnen gesagt. Und warum will Max nach La Roque-sur-Cèze?

Er berichtet ihr von dem exzentrischen Präfekten, der, wie es heißt, auf einer Burg wohnt, und davon, dass Leonora ihr Haus einem Barkeeper überschrieben hat. Und er erzählt ihr von Peggy Guggenheim, davon, wie sie ihm vielleicht helfen kann. Er bemerkt, wie er *mir* sagt anstelle von *uns.* Es ist der Geruch des Parfüms, denkt er, der mich ungenau werden lässt.

Auf dem Zettel, der irgendwie noch immer in seinem Rucksack steckt, findet Max die Adresse.

«O», sagt die Frau, als sie vor dem Haus vorfahren, «es ist wirklich eine Burg.»

«Im zwölften Jahrhundert erbaut», sagt der Präfekt von La Roque-sur-Cèze. «Es gibt einen Burggraben, einen Turm und einen Geist; die blaue Dame, die nachts durch die Flure wandelt und Baudelaire rezitiert.» Der Präfekt – Georges, wie er sich vorstellt – ist ein stattlicher Mann. Er hat rote Wangen und dünner werdendes Haar und einen dicken braunen, von grauen Strähnen durchzogenen Bart. In seinen Hausschuhen und einem gesteppten Satinmantel schlurft er herum, als wäre er der Abt einer glorreichen Kirche der Dekadenz. Max mag ihn sofort. Georges hat einen Hund namens Milton, wohl eine Kreuzung zwischen einem Beagle und einem Sheltie. Mit seiner langen Nase und langem Haar und langem Körper folgt er seinem Herrn überallhin.

An diesem Abend kocht Georges ein grandioses Essen. Er liebt es zu kochen, beteuert er, und endlich hat er einen Gast. Max sitzt an dem großen Esstisch in dem prächtigen, leeren Saal, als Georges, noch immer in seinem burgunderroten Mantel, aus der Küche eine milchige Suppe hereinträgt. Eine Pilzcremesuppe in rubinroten Schüsseln, die im Licht des staubigen Kronleuchters schimmern. Die Suppe ist köstlich. Max kann den Boden schmecken, auf dem die Pilze gewachsen sind. Er schwört, er schmeckt die Sommersonne und den Regen. Als er sein Glas Wein auskostet, fühlt er sich beinahe wieder wie ein Mensch.

Georges nimmt die Schüsseln mit und kehrt einen Augenblick später mit weiteren roten Schüsseln zurück, dieses Mal mit Endiviensalat, Walnüssen und Äpfeln gefüllt. Als nächster Gang – wieder in identischen roten Schüsseln – folgt Hühnchen mit Haselnüssen und einer Soße, die mit ihrem Gesang jede Zelle seines Körpers aus dem Schlaf erweckt, dem Schlaf der Toten und der Satten. Max staunt darüber, wie schlüpfrig sauber diese Schüsseln sind, wie sie mit jedem Gang mehr zu schimmern scheinen. Apfeltarte und drei Sorten Käse schließen die Mahlzeit ab, obwohl er zu voll ist, um noch einen einzigen Bissen herunterzubringen.

«Plein de la grace de Dieu», sagt Georges und füllt den Wein in ihren Gläsern auf. Max lehnt sich zurück, eine Hand ruht auf seinem vorgewölbten Bauch.

«Bitte», sagt er, als sich Georges mit der letzten Garnitur von Schüsseln erhebt. «Lassen Sie mich Ihnen helfen.»

Doch der Hausherr bedeutet Max, sich wieder zu setzen, und kehrt mit einer Flasche Cognac und zwei Gläsern zurück. «Kein Spülen», wiederholt er und zündet sich seine Pfeife an. Der Hund trottet herein und setzt sich seinem Herrn zu Füßen. Er leckt sich die Lefzen. «Wie Sie sehen, kommen Milton und ich recht gut zurecht.»

Dann ist also der Hund seine Küchenhilfe? Max beißt sich auf die Wange, dann lacht er los, ein Lachen tief aus dem Bauch. Es ist so lange her, seit er auf diese Weise gelacht hat, er krümmt sich, kann nicht aufhören. Wie sehr er wünschte, Leonora wäre hier. Der fette, lebenspralle, schöne Mann ihm gegenüber lacht mit. «Bleiben Sie, wenn Sie wollen», sagt Georges. «Ich habe ja nur Milton hier in unserem kleinen verlorenen Paradies.»

«Das würde ich gerne tun», erwidert Max und gähnt. Sein Körper ist warm und prall vom Essen, er schnüffelt an dem Cognac und schwebt auf seinem Duft auf ein Meer der

Dumpfheit zu. Er kostet die bernsteinfarbene Flüssigkeit aus, zum ersten Mal seit Monaten schmeckt er Alkohol.

Georges begleitet ihn zu einem Zimmer, dessen Fenster auf die dunklen Hügel hinausblickt. Ein Schreibtisch, ein breites Federbett, ein Schrank, das ist alles. Es war das Zimmer seines Sohnes, erläutert Georges, bevor seine Frau starb, bevor Europa den Verstand verlor und sein Sohn in die Vereinigten Staaten ging. *Wie meiner*, denkt Max, aber er spricht die Worte nicht laut aus. Er hat nicht das Gefühl, das Recht zu haben, auf diese Weise Ansprüche auf Jimmy geltend zu machen, wo Lou es doch war, die ihn aufgezogen hat.

Georges wünscht ihm eine gute Nacht, und Max richtet sich ein, hängt seine wenigen Kleider in den Schrank, staubt den Schreibtisch ab. Peggy fällt ihm ein. Er muss ihr schreiben. Langsam öffnet er die obere Schublade und findet einen Füller, Tinte, Papier und Umschläge mit Monogramm, vermutlich den Initialen des Sohnes. BEM. Ein Brief, der von ihm auf diesem Papier verschickt wird, ergibt keinen Sinn, aber nichts ergibt mehr Sinn. Kühn geworden von der Mahlzeit und dem Cognac, nimmt Max den Füller zur Hand und macht aus dem B Brüste, zeichnet eine Schlange zwischen das E und das M, um ihre Reihenfolge umzudrehen.

28. Juli 1940

Liebste Ms. Guggenheim,

Roland erzählt mir, Sie hätten zugestimmt, mir zu helfen, nach Amerika zu gelangen, und dafür stehe ich nicht gering in Ihrer Schuld. Nun finden Sie mich erneut auf den Knien, um einen weiteren Gefallen bittend. Vor kurzem bin ich in mein Haus in Saint-Martin-d'Ardèche zurückgekehrt, oder sollte ich vielleicht besser sagen, mein ehemaliges Haus. Erinnern Sie sich an Leonora, deren Gemälde Sie vor ein paar Jahren so freundlich erworben haben? Während ich im Camp des Milles inhaftiert war, hat sie in einem Anfall von etwas, das Irrsinn gewesen sein muss, unser Haus einem korrupten Franzosen überschrieben.

Roland hat erwähnt, Sie hätten in der Zeitschrift Cahiers d'Art *meine Skulpturen gesehen. Ich frage mich, ob Sie in einem anwaltlichen Schreiben bezeugen könnten, dass sie mindestens …*

Hier hält er inne. Was sind die Skulpturen wert? Sie sind unbezahlbar. Das Heim und das Leben, das er und Leonora geschaffen haben, sind unbezahlbar. Aber er muss diesen Dingen einen Wert zuschreiben, wenn er sie zurückbekommen oder für ihren Verlust entschädigt werden möchte.

… einhundertfünfundsiebzigtausend Franc wert sind. Und wenn Sie in der Lage wären, mir sechstausend Franc zu schicken, um den Anwalt zu bezahlen, wäre das ebenfalls eine unschätzbare Hilfe.

Mit den demütigsten und dankbarsten Grüßen,
Max Ernst

Er zieht sich aus, löscht das Licht und schlüpft zwischen die kühlen, glatten Laken. Vielleicht hätte er ihr mehr über Leonora schreiben sollen – dass er vorhat, sie ebenfalls nach Amerika zu holen. Dass er hofft, Peggy könne dabei helfen?

Nein. Später wird noch Zeit für Ehrlichkeit sein, wenn er sie erst auf seiner Seite hat.

Leonora,
Juni 1940,
Saint-Martin-d'Ardèche

Als Leonora Saint-Martin verließ, war es Nachmittag. Das Licht wurde gerade golden. Sie blickte nicht zurück, sah nicht in den Rückspiegel. Sie saß zwischen Catherine und Michel in den Fiat gezwängt, und sie krochen voran, wo Leonora sich doch nach Geschwindigkeit sehnte, um sich loszureißen. Zu langsam, viel zu langsam. Sie hätte nicht gehen sollen. Sie hatte die Schüsseln ihrer Katzen mit Essen gefüllt, aber mit Einbruch der Nacht würden sie nach ihr suchen, und sie wäre nicht da. Was, wenn Etienne sie nicht fütterte? Was, wenn sie verhungerten? Sie sollte Alphonsine bitten, nach ihnen zu schauen.

Leonora wollte, dass der Wagen hielt. Sie konnten nicht weiter gefahren sein als zwanzig Kilometer. Sie würde zurücklaufen. Aber nun rasten sie bergab, wurden immer schneller, und als Michel auf die Bremse trat, verklemmte sie sich und schleuderte alle drei Insassen gegen das Armaturenbrett. «Es ist meine Schuld», schluchzte Leonora.

Michel kuppelte aus, dann legte er einen neuen Gang ein. Der Wagen machte einen Satz, die Bremse gab nach. «Leonora, wieso sollte es deine Schuld sein?»

Es *war* ihre Schuld. Sie hatte gewollt, dass der Wagen anhielt, und er hatte angehalten. Wer konnte schon ahnen, wie das geschehen war?

Sie hoppelten die Straße entlang. Mit Catherines Kopf auf ihrer Schulter döste Leonora ein und erwachte erst, als der Himmel dunkel war und ein Konvoi von Lastwagen vor ihnen auftauchte. Der hintere Teil des letzten Lastwagens war mit Sackleinen bedeckt. Im Schein seiner Rücklichter sah sie etwas heraushängen. Da baumelten *Dinge*, wurde Leonora klar, als sie näher kamen. Oder vielmehr keine Dinge, sondern schlaffe Beine, Arme und Hände. Sie drehte sich zu Catherine um, deren Kinn auf ihre Brust gesunken war, dann zu Michel, der das ebenfalls erkennen musste. Oder nicht? Er sagte nichts. Sie riskierte es. «Siehst du die Lastwagen?»

«Wir passen noch daneben», erwiderte Michel und beschleunigte. Als sie überholten, bemerkte Leonora die Hakenkreuze auf den Türen. *Max*, dachte sie, *wo bist du*?

Leonora streckte sich, blinzelte, gähnte ihre Ohren frei. Sie kurvten durch die Pyrenäen, und es war ein neuer Tag. Auf den Bergen prangte roter Klatschmohn. Alte Steingebäude zogen an ihnen vorüber, ebenso wie Frauen und Männer mit ihren Besitztümern in Taschen über die Schulter geworfen, auf Fahrrädern und in Kinderwagen. Es war der letzte Ort vor der andorranischen Grenze. Michel parkte den Wagen und hielt an dem einzigen Hotel, das, wie sich herausstellte, ausgebucht war. Er flüsterte Catherine etwas zu, die ihren Arm in den von Leonora schob und sie zu einem Café führte.

«Schätzchen.» Catherine drückte ihr ein paar Francs in

die Hand. «Iss etwas und sprich mit niemandem, in Ordnung? Lass uns das klären. Ich bin bald zurück.» Als sie die beiden davonhuschen sah, wurde Leonora klar, dass Catherine unrecht hatte. Es war an *ihr*, den Führer zu finden, der ihnen den Weg durch die Berge und über die Grenze zeigte. Während Catherine und Michel es mit ihren Mitteln versuchten, würde Leonora das wahre Wissen bei den Menschen suchen, wo es immer zu finden war.

Das Baguette und der Tee erschienen dampfend vor ihr. Der Kellner hatte dunkle Locken und dunkle, glatte Haut. Er zwinkerte Leonora zu, als er den Teller auf den Tisch stellte. Ihr Herz tanzte wild, da sie sich sicher war, dass er ihr erklären würde, wohin sie gehen musste. Sie bestrich ihr Brot mit Butter und Marmelade, und als sie davon abbiss, spähte der Kellner zu ihr herüber, nahm eine Zigarette aus seiner Schürze und trat nach draußen. Sie folgte seinem Beispiel. Er stand genussvoll mit geschlossenen Augen in der Sonne. Als er sie bemerkte, musterte er sie von Kopf bis Fuß und ließ einen Ring aus Rauch in die kühle Luft aufsteigen. «Wir hoffen, heute noch nach Andorra zu kommen», sagte sie auf Englisch. Als Antwort nickte er bloß, also wiederholte sie den Satz, dieses Mal auf Französisch.

«*Bonne chance*, Mademoiselle.» Er ließ seine Zigarette fallen, zertrat sie mit dem Schuh und verschwand im Café. Hatte sie die Anzeichen falsch gedeutet?

Nein. Da überquerte ein Mann die Straße, er schritt auf sie zu. Er trug die dicken Hosen eines Bergführers, sein breiter Filzhut war mit einer Feder geschmückt. «Monsieur», sagte sie. Seine Augen blitzten auf. Er tippte sich an den Hut. Sie folgte ihm um eine Ecke, wo ein Schuhputzer auf dem Gehweg auf sie wartete. «Können Sie mir sagen, wie man über die Grenze kommt?» Sie bot ihm die Francs an, die Catherine ihr gegeben hatte, und er klopfte auf die Bank neben sich und forderte sie auf, sich zu setzen.

«Leonora!» Catherine packte sie am Arm und drehte sie zu sich herum.

Michel hielt den Wagen am Straßenrand. «Steigt ein», sagte er. «Die Führer warten.» Schon?, dachte Leonora, erstaunt darüber, wie sich Informationen hier verbreiteten, so schnell und ohne auf Worte angewiesen zu sein. Michel und Catherine dankten ihr nicht dafür, dass sie die Führer besorgt hatte, aber das war für Leonora in Ordnung. Sie wusste, was sie wusste.

Michel nahm eine Straße Richtung Süden, auf die höheren Gipfel zu, und bald fuhren sie eine schmale Piste hinauf, umrundeten Furchen und hervorstehende Felsbrocken einen Steinwurf unter ihnen. In der Nähe des Bergkamms, wo die Straße endete, saßen zwei Andorraner auf einem Stein. Michel hielt den Wagen an. Er gab einem der Männer Catherines Schlüssel. Das war der Deal – ein sicherer Grenzübertritt im Austausch für das Auto. Sie schulterten die Taschen und begannen den steilen Hang hinaufzusteigen.

«Adieu, altes Auto», sagte Catherine und legte ihre Hand auf die zerbeulte Kühlerhaube des Fiats.

Die Männer, denen sie folgten, waren klein, ihre Haut war von der Sonne dunkel gebräunt. Sie erinnerten Leonora an Picasso, schnell und gleich zur Sache kommend. Sie lief ihnen hinterher, stellte aber fest, dass sie nicht stehen konnte, ihre Knie waren zu schwach, und die Welt drehte sich, drehte sich erneut. Leonora konnte nicht mehr bestimmen, wo oben war – obwohl die nackte Sonne ihr half, so heiß und nah, dass Leonora sicher war, in Flammen aufzugehen, wenn sie zu lange bewegungslos blieb. Sie kroch in einer schwankenden Bewegung seitwärts. Wie ein Krebs überquerte sie den zerklüfteten Pass und nutzte ihre Hände, um sich auszubalancieren. Sie musste lächerlich wirken, aber die Männer blickten nicht zurück. Sie behielten ihr Tempo bei, Catherine und Michel marschierten dicht hinter ihnen. Es gelang Leonora kaum, sie im Auge zu behalten.

Warum war Max nicht da? Er hätte sich um alles gekümmert. Alles wäre in Ordnung. Sie erstarrte bei dem Gedanken an ihn und saß wieder fest. Sie spürte seinen Pass in ihrer Rocktasche und trieb sich mit schierer Willenskraft an. Er war bei ihr. Sie trug ihn in die Freiheit.

Die Sonne versank am Horizont. Baumsegler stiegen auf und ließen sich fallen. Als Leonora den Berggipfel erreichte, wurde sie von einem Himmel in Violett und Orange empfangen. Im Tal leuchtete die Stadt. Sie wanderten im Licht des Vollmonds, eines Hexenmonds. Es war schön hier, sauber und rein, und sie wünschte, sie könnte hier in den Bergen bleiben und auf einem Bett aus Sand schlafen. Aber als sie sich hinlegte, zerrte Catherine sie wieder hoch, und bald stolperten sie alle einen dunklen Abhang hinunter auf entfernte Lichter zu.

Die Männer ließen ihre Taschen auf der Treppe des Hotel de France liegen – dem einzigen Hotel in der Stadt. Nachdem er es mit Läuten versucht hatte, hämmerte Michel mit der Faust an die verschlossene Tür. Als niemand erschien, fanden sie auf der Rückseite einen Dienstboteneingang, der offen stand, und stiegen die Stufen in die Lobby hinauf. Das Hotel war, abgesehen von einem einzelnen Dienstmädchen, menschenleer. Das Mädchen, das nicht älter sein konnte als fünfzehn, schrie bei ihrem

Anblick auf, schluchzte eine Entschuldigung und suchte ihnen Zimmer aus. Leonoras Kammer besaß die Größe eines Wandschranks, war kahl und mit einem Waschtisch, einem Fenster und einem Einzelbett ausgestattet, auf das sie sich fallen ließ, ohne sich die Mühe zu machen, die Kleider abzulegen.

Sonnenlicht pulsierte durch die schmutzige Fensterscheibe. Es dämmerte. Leonora hatte einen ganzen Tag lang geschlafen und war halb verhungert. Sie klopfte an Catherines und Michels Tür, schließlich noch einmal lauter, doch niemand öffnete. Koffer schleppende Flüchtlinge rempelten an ihr vorbei. Unten in der Halle schrie ein Baby. Leonora brauchte frische Luft, musste hinaus, unter den Himmel. Männer schubsten sie auf der Treppe zur Seite. Flach an die Wand gedrückt, ließ Leonora sie vorbei. Plötzlich stellte sie fest, dass sie sich nicht bewegen konnte. Die Wand bestand aus glatten Steinen, Flusssteinen.

Wasser rauschte, sang. Die Steine purzelten und waren lebendig! Dann still am Flussufer, warm in der Sonne.

Sie öffnete die Augen. Ein Mädchen starrte erschrocken zu ihr hinauf. Sie musste schlimm aussehen, ihr Haar ein Nest aus Knoten, ihr Gesicht vom Schlaf verquollen. Leonora drückte sich von der Wand ab, bewegte sich seitwärts, langsam wie auf dem Meeresgrund, von einer Meile Wasser niedergedrückt.

In der Lobby drängten sich eng die Menschen. Leonora schlängelte sich durch sie hindurch, um Berge von Gepäck herum, und bahnte sich mit den Schultern den Weg zur

Tür. Auf der anderen Straßenseite war ein Café, in dem Catherine und Michel beim Essen saßen. Sie konnte die beiden nicht sehen, aber sie wusste, dass die Freunde da waren. Leonora konnte ihren heißen Atem spüren, während sie an einem Ecktisch konspirierten.

Als sie die gepflasterte Straße überquerte, stellte sie fest, dass sie schlurfen musste, als wäre sie neunzig Jahre alt. Ein Auto hupte, und sie huschte ihm aus dem Weg.

Drinnen erkannte sie, dass sie recht gehabt hatte. Die beiden saßen zusammengekauert in einer Ecke. Michel winkte sie herüber. Er biss in ein Baguette. «Man kommt schwerer an Visen als gedacht», sagte er mit einer blässlichen Paste auf der Zunge, auf den Zähnen. «Und wir brauchen welche, um nach Spanien einzureisen.»

«Was ist mit deinem Vater?» Catherine strich Pastete auf eine Brotscheibe.

Leonora hielt sich die Nase zu, um nicht würgen zu müssen. «Was ist mit ihm?»

«Geht es dir nicht gut?» Catherine schob ihr eine Schüssel mit Tomatensuppe hin. «Iss. Ich bestelle mir eine neue.»

«Kann ich ihm wegen der Visen telegraphieren?», fragte Michel gezielt.

Die Suppe roch gut. Als Leonora den Löffel nahm, zitterte ihre Hand und sank wieder. Sie hatte Löffel immer gehasst. Sie hob die Schüssel an die Lippen und trank. «Vater?» Sie dachte an seine hitzigen Augen, seine vor Ärger geröteten Wangen. Seine Abschiedsworte fielen ihr ein: *Du wirst die Schwelle zu diesem Haus nie wieder übertreten. Ich hoffe, du stirbst ohne einen Heller.* «Gibt es eine andere Möglichkeit?»

Michel beugte sich vor, seine Stimme war leise. «Wir

können hier nicht lange bleiben. Die Stadt ist bereits überfüllt. Imperial Chemicals hat überall Niederlassungen. Dein Vater kann Dinge in Bewegung setzen.»

Das war genau das, was ihr Sorge bereitete. Catherine legte eine Hand auf die ihre. «Leonora, er wird es für *dich* tun.» Sie glich einer Gans mit ihrem langen gereckten Hals, den harten, dunklen Perlen der Augen.

«Ihr habt ihm bereits telegraphiert, nicht wahr?» Es war eine Tatsache. Die beiden bestritten sie nicht. Leonora stellte die Schüssel auf den Tisch. «Tut, was ihr tun müsst», sagte sie. «Ich gehe auf den Berg.»

Als sie sich durch das überfüllte Café schlängelte, berührte sie Stuhllehnen, um sich daran zu erinnern, wo oben war. Auf der Straße hielt sie sich nahe an den Geschäften, an den alten Steinhäusern, und bald war sie frei, heraus aus dem Menschengedränge, draußen zwischen den Felsen und Bäumen. Sie versuchte, den Berg zu erklimmen, aber die Schwerkraft war zu stark. Also gab sie nach und legte sich mit der Stirn auf den Boden eines Abhangs. Sie atmete aus und überließ sich der Erde.

Der Himmel wurde dunkel, der Mond stieg auf, und sie wurde zu nichts, vergaß den Krieg und Hitler, Catherine und Michel, vergaß sich selbst und sogar Max. Sie schlief. Als sie erwachte, kam sie auf die Beine, kletterte langsam höher, und bald konnte sie jede vertikale Felsplatte ersteigen, stark wie eine Eidechse, jetzt, da sie im Berg war und der Berg in ihr.

Als sie den Gipfel einer Anhöhe erreichte, erblickte sie eine Herde Wildpferde. Weiße und braune, Stuten und Fohlen, die im Mondlicht grasten. In einer langsamen, gleichmäßigen Schlangenlinie näherte sie sich ihnen, ging zwischen ihnen umher. Eine weiße

Stute war so nah, dass Leonora die Hand ausstreckte und über ihren Hals strich. Das Fell war weich wie Meeresluft. Sie blieb ganz still und ruhig stehen, und die Stute schnupperte an ihrem Ohr. Sie hatte die Sprache der Pferde schon immer verstanden, aber nun hatte es den Anschein, dass die Tiere sie verstanden, als sei Leonora eine von ihnen. Eine andere Stute schnupperte an ihr. Sie war braun mit einem weißen Stern auf der Blesse und weißen Socken an den Beinen und sah genauso aus wie Winkie. Ihre Augen glänzten im Mondlicht. Es war Winkie! Leonoras Brust schwoll an, und sie wusste, dass Winkie nun frei war, so wie sie selbst endlich frei war. Sie legte die Handfläche auf ihren Stern und ließ sie dort liegen. «Leonora!», rief eine Frau. Mutter!, dachte sie.

Mit zusammengekniffenen Augen sah sie, dass die Frau auf dem Hügel Hosen trug. Es war Catherine, neben ihr Michel. Sie stolperten über Steine, traten Kiesel los, die den Abhang hinunterrieselten, und die Pferde flohen in die Nacht.

Peggy, August 1940, Grenoble

Peggy zündet sich eine Pall Mall an und schlitzt den Briefumschlag von Max Ernst auf.

Sie hat ihn im Winter achtunddreißig in Paris kennengelernt. Seine Bilder hatte sie damals in London gesehen, in Rolands Haus, nachdem Max' Ausstellung unerwartet geschlossen worden war, da seine Werke von irgendeinem britischen Beamten für unmoralisch erklärt worden waren. Das alles nur wegen Leonora Carrington, Max' neuestem Liebchen, und deren kontrollwütigem Vater. Wenigstens war das die Geschichte, die Roland ihr eines Abends im Bett erzählte, bevor er ihr das seidene Elsa-Schiaparelli-Kleid über die Schultern schob, den dünnen Seidengürtel, der den gesamten Abend um ihre Hüften gelegen hatte, um ihre Handgelenke schlang, ganz gemächlich, und dann mit einer Zielstrebigkeit mit ihr schlief, die Peggy überraschte.

Als sie Max in seinem Pariser Atelier begegnete, war Leonora eine zu seinen Füßen zusammengerollte Katze, die den Raum mit ihrer stillen Schönheit wärmte. Die beiden waren ein unpassendes, märchenhaftes Paar – der

Hexenmeister mit dem weißen Haar und dem schwarzen Umhang und das Mädchen, das er verzaubert hatte. Halb rechnete Peggy damit, eine dünne Goldkette um ihr Fußgelenk zu erblicken, die magische Vorrichtung, die sie an seiner Seite hielt. Leonora war jung genug, um seine Tochter zu sein, und reihte sich ein in eine Kette vieler Liebchen – Frauen, von denen Peggy gehört hatte: Leonor Fini, Meret Oppenheim und seine Frau, Marie-Berthe.

Allerdings hatte Max trotz seines Alters etwas an sich. Die großartige Biegung der Nase, die blauen Augen. Etwas rechtmäßig Majestätisches umgab ihn, als wäre er daran gewöhnt, Hof zu halten. Und es leuchtete Peggy durchaus ein. Katzen werden immer von Vögeln angezogen. Sie fressen ihre Köpfe, zerkauen ihre Knochen, werfen ihre Kadaver herum wie Spielzeug. Doch Max war der Vogelobere, der Katzenzähmer der Surrealisten.

Ein Gemälde von Max faszinierte Peggy besonders – es war blau mit einem weißen Kreis in der Ecke, und zwei Pferde waren zu sehen, im Tanz ineinander verschlungen, oder in einem Machtkampf der Willensstärken, ekstatisch und bösartig; eines der Tiere bleckte sogar die Zähne. Sie fragte ihn nach dem Titel.

«*Die Windsbraut*», antwortete er. Dann wurde er still, und etwas in seinen Augen ließ Peggy über ihre Gemäldesammlung plappern, über ihre Galerie in London und dass sie hoffe, ein Gemälde von ihm in ihrer nächsten Gruppenausstellung zeigen zu können. Sie redete und redete, unfähig, aufzuhören. Die ganze Zeit über streichelte er Leonoras dunkles, glänzendes Haar. Als sie sagte, sie wolle das Bild kaufen, erklärte er ihr, es stehe nicht zum Verkauf. Es gehöre Leonora.

Als sie sich zum Gehen wandte, bemerkte sie ein weiteres Bild mit Pferden. Nicht in Max' rauem, expressionistischem Stil, sondern bunter, luzider, es pulsierte von Sexualität und Schrecken. Eines der Pferde war in einem Baum gefangen und nicht in der Lage, hinunterzugelangen, als hätte es früher in dieser Szene Flügel gehabt, als wäre es ein Vogel gewesen und ein trickreicher Gott hätte es in ein Pferd verwandelt. Die Augen des Tieres traten hervor, panisch wegen der großen Höhe. Wie das Pferd in *Guernica*, dachte Peggy. In diesen Augen lag solch greifbare Furcht. «Und dieses hier?», fragte sie.

«Meins.» Leonoras Stimme war sanft, aber selbstsicher. «Es heißt *Die Pferde des Lord Candlestick*. Ich habe es gemalt.»

Erstaunt darüber, sie sprechen zu hören – sie hatte ganz vergessen, dass Leonora ein Mädchen war und keine Katze in Mädchenform –, spürte Peggy, wie sie ein Schauer durchlief. Eine elektrische Sinneswahrnehmung, die bedeutete, dass sie das Gemälde kaufen würde, egal, was es kostete.

Sie liest Max' Brief schnell durch. Ja, natürlich wird sie den Brief für den Anwalt und das Geld schicken. Und im Gegenzug wird sie ein Bild verlangen.

Teil II

Die Hirtin der Sphinxen

Max,
August 1940,
La Roque-sur-Cèze

Die Morgensonne scheint warm auf seinen Rücken. Max sitzt mit Georges am Frühstückstisch und teilt sich mit ihm die Zeitung. Vichy gibt neue Gesetze aus, prüft die Einbürgerung von Einwanderern und arbeitet mit den Nazis zusammen. «Du stehst auf ihrer Liste. Du wirst von der Gestapo gesucht», bemerkt Georges so beiläufig, als sagte er, dass es heute regnen könnte. «Selbst im Süden Frankreichs wirst du gesucht. Ich habe einen Brief bekommen, in dem sie mich auffordern, Kriminelle sofort zu melden.» Er schaut Max über den Rand seiner Brille an. Er würde ihn nicht verraten. Nicht Georges.

Er schenkt Max noch einen Kaffee ein. Max trinkt. Das Getränk ist zu heiß, und er hat es zu schnell heruntergeschluckt. Er hustet.

Georges steht sofort auf, um ihm auf den Rücken zu klopfen. «Wenn ich diesen Brief erhalten habe, haben ihn auch die anderen Beamten.»

«Aber Leonora», erwidert Max, als könnte allein das Aussprechen ihres Namens sie von dort herholen, wo sie hingegangen ist.

Milton, der in einem Flecken Sonnenschein zu Georges Füßen liegt, hebt ein Ohr, macht sich aber nicht die Mühe, die Augen zu öffnen. Georges beugt sich über den Tisch und legt seine Hand auf Max. «Wenn du in ein deutsches Lager kommst, bist du ihr auch keine Hilfe. Bleib hier», sagt er, «bis du einen sicheren Ort gefunden hast.»

Peggy schreibt zurück, sie schickt Geld und einen Brief für den Rechtsanwalt, den Georges für Max sichert. Er wird Recherchen über die Anklage anstellen, verspricht der Rechtsanwalt, aber das wird dauern. In Frankreich geht alles drunter und drüber, und alles dauert länger, als es sollte. Peggy in Grenoble ordnet inzwischen ihre eigenen Angelegenheiten, versucht sich nach zwanzig Jahren aus Europa herauszuziehen und einen Weg zu finden, ihre Kunstsammlung in die Staaten zu transportieren. Sie wird bis zum Frühling nicht in Marseille sein, und Max kann erst im Dezember in der Villa Air-Bel unterkommen. Er ruft Roland an, aber der hat nichts mehr von Catherine gehört. Leonora könnte überall sein.

Der Herbst kommt. Auf dem Anwesen um die Burg herum wird das Laub der Kastanienbäume erst feurig rot, dann fällt es, und Max bleibt bei Georges.

Meistens verlässt Georges sein Arbeitszimmer nur, um in die Küche zu gehen oder zum Briefkasten und zurück. Seine Vorratskammer ist voll genug, findet er, um den Krieg aussitzen zu können – noch ein Jahr, höchstens zwei, undenkbar, dass das Ganze noch länger dauern kann.

Als er doch in die Stadt marschiert, bringt er Max Farben und eine riesige Leinwand mit. Er gibt ihm Unterkunft und Verpflegung im Tausch für ein Bild. Max beginnt sofort mit der Arbeit. Bald erscheint ein blauer Himmel, und davor ein orangerotes Sehnengeflecht, hervorgerufen durch die Décalcomanie-Technik. Die Komposition wirkt post-apokalyptisch. Die Erde ist auseinandergezogen und gestreckt. Kein bisschen Vegetation. Aber da ist eine Frau, die über eine Ebene hinwegschaut. Sie wartet. Sie steht mit dem Rücken zum Betrachter, aber selbst von hinten sieht sie aus wie Leonora. Er hätte ihr Gesicht malen sollen, aber er kann sich nicht daran erinnern, selbst dann nicht, wenn er die Augen schließt.

Hin und wieder klopft jemand an die Tür, und Georges lässt jeden ein, ob es nun ein Bürger ist, der seine Präfektendienste in Anspruch nehmen will, oder nur ein Freund. Er öffnet aber erst, wenn Max in seinem Schlafzimmer in der oberen Etage verschwunden ist, bei zugezogenen Vorhängen.

Max war noch nie so still, so ruhig. Die Nächte werden länger und die Tage kälter, und er schläft, wie er seit Jahren nicht geschlafen hat. Er träumt, als wäre es das Natürlichste der Welt, als würde er nie wieder damit aufhören. Aber Leonora will ihn in den Nächten einfach nicht besuchen. Und plötzlich, eines frühen Morgens, hört er ihr Lachen. Er folgt ihm einen endlosen Flur entlang, wo es mit den Flügeln gegen die Decke schlägt und panisch fliehen will. Ein dunkles Ding, zart und bösartig. Schließlich fällt es auf den Boden, ganz still und klein.

Er hört eine Frau, die in Reimen spricht. *Moi, mon âme est fêlée.* Ich, meine Seele zersprang. Baudelaire. Die Frau kommt auf ihn zu, wunderschön, strahlend – ihr preußischblaues Nachthemd gleitet ihre langen Beine hinauf, ihr weißes Haar bewegt sich über ihr, als wäre sie unter Wasser.

Dezember. Abenddämmerung. Das Licht ist trüb und richtungslos. Georges sitzt an seinem Schreibtisch, verbarrikadiert hinter Bücher- und Papierstapeln. Er stempelt Max' Ausreisevisum ab, laut, mit allen Stempeln, die er finden kann. Sein Bart ist gewachsen in den Monaten, die Max mit ihm zusammen war. Er ist außerdem ein wenig grauer geworden, da ist sich Max sicher. Georges steht auf und geht um den Schreibtisch herum. Er reicht Max das Visum und überrascht ihn mit einer Umarmung. Max drückt ihn ebenfalls. Wenn er jemals einen Engel malen sollte, wird er aussehen wie Georges. Er dankt ihm für alles, aber Georges besteht darauf, dass er der Dankbare ist, für Max' Gesellschaft und für sein Bild, das bereits an der Wand hängt.

Sie betrachten beide das Werk, die zerrissene Landschaft darauf, die Ruinen, die der Krieg hinterlässt. «Ich fürchte, es ist nicht besonders hoffnungsvoll», sagt Max.

«Hoffnung kann man nicht sehen», erwidert Georges und lächelt ein wenig, als wäre er amüsiert.

Max hüllt sich in seinen schwarzen Umhang, wirft sich den Rucksack über die Schulter. Georges und Milton begleiten ihn die Auffahrt herunter, wo Georges' Freund in seinem glänzenden, schwarzen Citroën sitzt und darauf wartet, Max nach Marseille fahren zu können, als wäre er ein Würdenträger.

Leonora,
Juli 1940,
Andorra

Leonora träumte von den wilden Pferden – den Pferden, die sie seit Wochen nicht mehr gesehen hatte, obwohl sie jeden Tag durch die Hügel gewandert war –, als sie ein Klopfen weckte. Es war so laut, dass es die Wände erzittern ließ. Die Sonne war noch nicht aufgegangen, und Leonora stolperte aus dem Bett und öffnete Michel die Tür, der ihr einen Zettel in die Hand drückte. Sie hielt ihn ins flackernde Licht des Flurs und erkannte, dass es ein Visum für Spanien war, ein Stempel mit den Worten *Imperial Chemicals* darauf. Michel nahm ihr das Blatt wieder aus der Hand. «Pack deine Sachen», sagte er, «der Zug nach Madrid fährt in einer Stunde.»

Am Bahnhof wimmelte es von Flüchtlingen mit ihren Familien. Eine Großmutter hielt ein Baby auf dem Arm; zu müde, um es zu wiegen oder zu beruhigen, ließ sie es heulen. Vor dem Zollbeamten bildete sich eine Schlange, und als Leonora, Catherine und Michel vor ihm standen, schüttelte er den Kopf und zeigte auf eine Einzelheit auf dem Zettel. «Gut für zwei.»

«Ich bleibe», bot Leonora an und dachte an die Pferde

und dass sie sie irgendwann finden würde, wenn sie nur weitersuchte. Dann würde sie auf einem von ihnen in die Wildnis reiten.

«Er ist *dein* Vater», insistierte Michel. «Ich finde einen anderen Weg.»

Leonora und Catherine setzten sich ans Fenster. Catherine legte ihre rechte Hand flach ans Fenster, und Michel legte seine linke von der anderen Seite darauf. Ihre gespiegelten Hände drückten gegen das Glas und ließen es beschlagen.

Als der Zug losfuhr und Catherine sich die Augen abtupfte, holte Leonora Max' Pass aus ihrer Rocktasche. Wärme durchströmte sie. Er war bei ihr. Er trug einen Anzug, seine Krawatte saß schief, und seine Augen blickten klar und kalt. Er war jung auf dem Foto, verliebt in Marie-Berthe, und doch war er hier, in Leonoras Hand. Er gehörte *ihr.* Sie berührte den Stempel, Adler und Hakenkreuz. Sie würde ihn finden, bevor es die Deutschen taten. Aber sie konnte ihn nicht zurück in ihren Rock stecken. Dort würde er ersticken. Also schob Leonora ihn in ein Seitenfach ihrer Handtasche. Sie würde ihn bei sich tragen, in Sicherheit.

Auf dem Bahnhof von Madrid drängten sich die Flüchtlinge und wirbelten durcheinander. Die Luft war schwer von Tränen und Schweiß. Im Gewirr der Sprachen, der Hände, die all die Koffer umklammerten, die sie halten konnten, passten die Kinder nicht mehr auf die Arme ihrer Eltern. Sie mussten laufen, um nicht zurückzubleiben. Ein kleines Mädchen hielt seine Puppe am Fuß fest, der Kopf baumelte gefährlich nah über dem Boden. In einer Ecke küssten sich Liebende voller Leidenschaft, und Leonora wusste sofort, dass dies ein Abschied war. Die Sommerhitze schloss sich eng um ihre Kehle. Oder hatte Madrid so etwas an sich? Eine erstickende Traurigkeit lag in der Luft, die niemanden verschonte.

Draußen drängten sich Catherine und Leonora durch die Menge auf die Straße. Catherine rief ein Taxi herbei. Sie sah Leonora an und hielt einen Finger an die Lippen. «Hotel Roma», sagte sie zu dem Fahrer.

Im Café des Hotels setzte Leonora eine Auster an die Lippen und kippte sie in ihren Mund. Sie aß den Salat mit den Fingern, ein Blatt nach dem anderen. Wie alle im vollen Café sprach Catherine mit leiser Stimme, für den Fall, dass jemand am Nebentisch lauschte. «Wir halten uns an den Plan. Warten auf Michel und reisen dann nach Portugal weiter, zu dritt.»

Ein Mann an der Bar drehte sich auf seinem Hocker um und sah sie an, als hätte er sie gehört. Er war neu, keiner der Stammgäste, die Leonora in den drei Tagen im Hotel kennengelernt hatte. Er erinnert an ein Reptil, dachte sie, als sie plötzlich merkte, dass der Hocker festgeschraubt war und der Mann nur seinen Kopf gewendet hatte. Schließlich spazierte er an ihren Tisch, einen jungen Mann neben sich. Er stampfte mit seinem Stiefel auf, verbeugte sich und stellte sich als Van Ghent vor. «Und das hier ist mein Sohn. Er arbeitet für Imperial Chemicals, die englische Abteilung.»

Leonora warf Catherine einen Blick zu, um sie zum Schweigen zu bringen. Diese Männer waren Spione, von ihrem Vater geschickt. Oder waren sie vielleicht hier, um zu helfen? Michel musste die Grenze nach Spanien überqueren, und sie brauchten alle ein Visum für Amerika – Max auch, fiel Leonora ein, und sie umklammerte ihre Handtasche fester.

Als die Männer Stühle heranzogen, um sich zu ihnen zu setzen, protestierte Leonora nicht. Sie waren in der Öffentlichkeit. Was konnten die Männer schon tun?

Der Sohn hatte dünnes blondes Haar und blasse Haut. Die beiden waren Niederländer, der Jüngere hatte jedoch in England gelebt. Und jetzt war er hier, eine Art Gesandter, wie er erklärte, und lächelte schwach, als wollte er sich entschuldigen. Der Vater bestellte Gin Tonic für alle. «Sie mögen bestimmt Gin», sagte er mit niederländischem Akzent. «Britische Mädchen mögen immer Gin.» Seine Brust schwoll wie die einer Taube, als er ein Päckchen Zigaretten auf den Tisch legte. «Nur zu. Sie können es sich teilen.»

Zigaretten gab es nur auf dem Schwarzmarkt, und da Catherine schon eine an den Lippen hatte und den Rauch einatmete, tat es Leonora ihr nach. Der Rauch schmeckte nach Paris, nach ihrem alten, verwegenen Leben. Aber genau das wollte er – dass sie in ihrer Wachsamkeit nachließ, dass sie sich entspannte. «*Warum* noch mal sind Sie hier?», fragte sie.

Van Ghent lächelte, wie eine Schlange oder eine Eidechse lächeln würde. Er zog seinen Pass hervor und ließ ihn über den Tisch gleiten, damit Leonora ihn ansehen konnte. Ein Hakenkreuz war darauf gestempelt, genau wie bei Max' Pass. Aber die Niederlande gehörten ja jetzt auch zu Deutschland. Van Ghent nahm das Papier wieder an sich und steckte es in die Jackentasche. «Ich bin Jude, aber sie lassen mich in Frieden. Ich *helfe* ihnen, wissen Sie.»

Eine Zigeunerin schob ihren Wagen zu ihnen. Sie war

in bunte Lumpen gehüllt und so alt wie die Erde, die dunkle Haut faltig, wie die verschmierte Farbe von Max' Décalcomanien. Leonora winkte sie heran. Im Wagen der Alten lag Schmuck. Leonora betrachtete die Armbänder und Ringe aus buntem Glas und wählte schließlich eine Brosche aus schlichtem Silber aus, eine Spirale. Langsam strich sie mit der Fingerspitze von außen nach innen und spürte, wie sich die Traurigkeit Madrids in ihrem Bauch drehte wie in einem Kessel. Es war die Traurigkeit der Welt, und indem Leonora sie aufnahm, konnte sie sie verwandeln. Sie konnte die Menschheit befreien. Aber natürlich! Es kribbelte auf ihrer Haut, ihre Poren öffneten sich bei dieser Einsicht. *Das* war ihr Zweck!

«Ich könnte die Frau jetzt festnehmen.» Van Ghent lachte. Unter seiner Haut leuchteten Schuppen.

Leonora beachtete ihn nicht und bot der Zigeunerin eine Handvoll Münzen an. Die Zigeunerin lächelte zahnlos, nahm eine der Münzen und schob ihren Wagen fort. Leonora befestigte die Brosche an ihrer Bluse, an jener, in der Leonor sie gemalt hatte, und die Verwandlung begann. Es passierte sofort. Ihr Magen zog sich zusammen, sie schmeckte Galle, und ihre Innereien grollten so laut, dass sie sich sicher war, dass es jeder hören musste. Sie rannte vornübergebeugt auf die Toilette, wo sie sich lange und heftig übergab.

Als sie zurückkehrte, waren die anderen schon bei der zweiten Runde. Catherines Wangen waren gerötet. Sie hatte jedes Geheimnis verraten. «Gin?», fragte Van Ghent und schob Leonora ein neues Glas zu. «Was ist mit Ihrer Brosche passiert?», fragte er lächelnd. Sie tastete nach der Stelle, an der sie sie befestigt hatte, aber da war sie nicht mehr. Wie hatte er sie ihr wegnehmen können? Plötzlich spürte sie ihn klamm und weich unter ihrer Haut, wie er zuckte und ihre Organe zusammendrückte. Was wollte er von ihr? Wenn sie seine Marionette wurde, wozu würde er sie dann zwingen?

«Sie finden sie in Ihrer Handtasche», sagte Van Ghent ganz ruhig. Sie öffnete die Tasche, und die Brosche lag ganz oben, auf Max' Pass. Sie hatte gar nicht mehr gewusst, dass sie ihn dort hineingesteckt hatte.

Wenn er so an ihren Dingen interessiert war, konnte er den Kram auch *haben.* Leonora kippte den Inhalt ihrer Handtasche auf den Tisch. Sie wollte nichts von all dem Zeug – Lippenstift und Parfüm.

Sogar ihre Pässe kamen ihr jetzt fadenscheinig vor, schmutzig und verdorben. «Nehmen Sie alles», sagte sie. Und damit verließ sie das Café, fuhr im Aufzug in ihr Zimmer hinauf und warf sich aufs Bett.

Der Türknauf bewegte sich. Sie hatte vergessen, abzuschließen. Van Ghent ragte über ihr auf, mit einer Kinnspalte, und er war ihr Vater. Er war Hitler, Mussolini, Franco. Es reichte nicht, sich gegen ihn aufzulehnen, sie musste ihn aufhalten. Er hatte Madrid versklavt, und sie war die Einzige, die es wieder befreien konnte. Leonora wusste es, und doch konnte sie sich nicht rühren. Van Ghent stellte ihre Handtasche auf den Nachttisch. «Sie sollten vorsichtiger mit Ihren Habseligkeiten umgehen», warnte er sie. «Ihr Pass ist darin. Sie wollen doch nicht Ihre Identität verlieren.»

Leonora blinzelte. Langsam. Hatte er sie unter Drogen gesetzt? Als sie die Augen öffnete, war er fort.

Sie schaute in ihre Handtasche. Alles war noch da. Alles, was sie nicht mehr benötigte. Sie würde jemand anderen finden, der die Sachen an sich nehmen würde. Und sie würde Catherine von Van Ghent wegbekommen. Ganz eindeutig ahnte die Freundin nichts von seiner schrecklichen Macht. Leonora warf sich die Handtasche über die Schulter. Ihr Gewicht war eine Last, die sie unbedingt loswerden wollte. Sie eilte ins Café, aber ihr Tisch war leer. An der Bar herrschte geschäftiges Treiben.

Eine Gruppe spanischer Requeté-Offiziere mit ihren roten Baretts und Schnurrbärten rief sie zu sich. Sie hatten auf der Seite Francos gekämpft, wirkten aber gesellig. Leonora war noch nicht bereit, in ihr Zimmer zurückzukehren. Die Offiziere bestellten ihr orangefarbenen *aguardiente*. Die klare Flüssigkeit brannte beim Herunterschlucken. Wärme breitete sich von ihrem leeren Magen aus, wärmte ihr Gesicht und ihre Hände, eine feurige Reinigung. Leonora erzählte einem der Offiziere von Van Ghent, dann noch einem, aber keiner wollte ihr zuhören. Als sie die Offiziere drängte, den Inhalt ihrer Handtasche zu nehmen, lachten sie. Einer schob ihr eine angezündete Zigarette zwischen die Lippen, ein weiterer tauschte ihr leeres Glas gegen sein volles. Leonora trank und rauchte, und die Bar um sie herum verschwamm.

Alle Gäste waren schon gegangen, so schien es, alle außer den Offizieren. Einer stützte sie, damit sie aufstehen konnte. Ein anderer nahm ihren freien Arm. Die Männer führten sie die Straße entlang und halfen ihr in ein Auto. Aber wer fuhr? Und wohin? Leonora hätte gefragt, aber ihre Lippen waren ganz taub, gelähmt, und außerdem würde sie es früh genug erfahren. Sie starteten, und die Straßen sahen alle so gleich aus, dass Leonora gar nicht erst versuchte, sich den Weg zu merken. Die Augen fielen ihr zu. Auf dem Rücksitz schwankte ihr Körper zwischen den Männern, das Auto fuhr schneller, wurde langsamer, bog nach rechts ab und nach links. Die Stimmen und das Gelächter trieben durch sie hindurch.

Leonora bestand aus Luft, war kaum da. Plötzlich vernahm sie ein Hämmern, erst ganz schwach, dann lauter, beständig und tief. Es war das Herz von Madrid. Die Männer brachten sie ins Herz der Stadt, zur Quelle ihrer Traurigkeit.

Das Auto stoppte. Ein Offizier stieg aus und hielt ihr die Tür auf. «Mademoiselle», sagte er. Sie bemerkte das Haus, die spanischen Balkone, alle Fenster waren dunkel. Der Mann neben ihr schob sie von ihrem Sitz. Leonora bewegte sich mit ihnen, die Treppen hinauf und in ein Zimmer. Sie erkannte chinesische Vasen, ein Bett unter einem roten Seidenüberwurf. Sie lag auf dem Rücken. Die Männer mit ihren roten Mützen wirbelten vor ihren Augen mit der Zimmerdecke durcheinander. Einer hatte sein Knie zwischen ihren Schenkeln und schob ihren Rock hoch. Schweiß tropfte von seinem Gesicht auf sie herab. Leonora krallte sich in seine Wangen, und die Wunden füllten sich mit Blut. Ihre Handgelenke über ihrem Kopf, ganz fest. Ihr Atem ein Sumpf, ihr Körper glitschig von Schweiß. Scharfe Nase, harte Augen, die Narbe über seiner Braue wie ein Riss im Stoff. Eine kahle, gezackte Unterbrechung in einem Leben. Das Gesicht, das sie niemals vergessen würde. Ihre Bluse, aufgerissen. Knöpfe, die auf die Fliesen sprangen. So viele Teile von ihr selbst überall, sie würde sie nie wieder alle aufsammeln können. Schneidende Stöße. Das Zimmer ein roter Schrei. Ihrer. Seine Hand auf ihrem Mund. Sie biss zu. Ein anderer auf ihr, in ihr. Totes Fleisch. Eine Flickenpuppe. Sie sparte sich ihre Kraft auf. Er erschauderte, zog sich aus ihr zurück, und sie drehte sich und rammte ihr Knie in seinen Schritt. Er schrie und fluchte. Sie stand auf, wurde wieder heruntergerissen. Seine Augen standen weit offen, er zeigte auf ihre Käferhalskette, wich zurück. «*Bruja*», sagte er und zerrte ihr die Kette vom Hals. Die Käfer fielen zu Boden. Leonora kroch auf den Knien, um sie einzusammeln, und überlegte es sich dann anders. Eine *bruja* würde die Käfer als Fluch dalassen. Sie schob sich den Rock herunter, schloss ihre zerrissene Bluse mit dem letzten Knopf. Da war ihre Handtasche, der Riemen über ihrer Schulter. Jemand goss eine Flasche Kölnischwasser über sie aus. *Natürlich*, dachte Leonora, denn jetzt war sie bereit für diese Stadt, nachdem sie das Schlimmste ertragen hatte, was sie zu bieten hatte.

Nein, nicht das Schlimmste. Da war ihr Körper, und er atmete.

Zwei Männer verfrachteten sie ins Auto, hielten an einem Park an, warfen sie hinaus. Sie stolperte und lief los. Sie verlor einen Schuh, also stieß sie auch den anderen von sich. Das Gras kühlte ihre Füße. Früher war sie ein Mädchen auf dem Rasen von Crookhey Hall gewesen und hatte Spatzen gejagt. Wer war sie jetzt? Leonora legte sich in einen Springbrunnen, den Kopf unter Wasser. Sie hielt den Atem an, und das Herz von Madrid, das in ihren Ohren pulsierte, verzehrte sie. Sie schrie unter Wasser, hoch und lang. Sie saß auf dem Rand des Springbrunnens, rang nach Atem, tropfnass.

Der Strahl einer Taschenlampe glitt über das Gras, landete auf ihrem Gesicht, blendete sie. Ein Polizist hüllte sie in eine Decke. Er fuhr sie in das Hotel, an dessen Namen sie sich irgendwie erinnerte. *Roma.*

In der Lobby schaute sie den Mann hinter der Rezeption nicht an, doch sie spürte seinen Blick auf ihrer feuchten Haut, als sie zu ihrem Zimmer hinaufstieg.

Auf ihrem Bett lagen zwei seidene Nachthemden, blassgrün und rosa. Ein Geschenk von Van Ghent? Eine Entschuldigung? Oder vielleicht ein Angebot, eine Anerkennung ihrer Kräfte. Die Nachthemden waren frisch gewaschen. Um sie anziehen zu können, musste sie ebenfalls sauber sein. Leonora füllte die Badewanne mit kaltem Wasser und tauchte ein. Wie der Fluss im Winter. Sie sprang aus dem Bad und rieb ihre Haut mit einem Handtuch ab, bis sie ganz rosig war. Sie schlüpfte ins grüne Nachthemd, zog es wieder aus, tauchte ins eiskalte Bad, trocknete sich ab und zog das rosafarbene an. Sie wechselte zwischen den Nachthemden hin und her, dem grünen und dem rosafarbenen, stieg wieder und wieder in die Badewanne, bis ihre Haut ganz wund war und sie nicht mehr spüren konnte, wo ihre Finger sie berührten. Irgendwann fühlte sie ihren Körper überhaupt nicht mehr. Sie legte sich aufs Bett, in glänzendes Grün gekleidet wie eine Raupe.

Van Ghent folgte Leonora durch ihre Träume wie durch die Räume eines Hauses. Sie verschloss eine Tür, um ihm zu entkommen, um in einem neuen Traum zu verschwinden, aber er glitt einfach durch die Tür hindurch. In einer Klosterschule war er der Priester und reichte Leonora eine vergiftete Hostie. In Saint-Martin war er ein Dorfbewohner, der mit den anderen flüsterte, bis sie alle ihre Fackeln entzündeten, Leonora umringten und bedrängten. *Sorcière*, riefen sie im Chor. *Sorcière* – Hexe!

Der Morgenhimmel leuchtete in einem schalen Blau, eine billige und trügerische Fassade. Sie spritzte sich Wasser ins Gesicht.

Im Spiegel über dem Waschbecken hatte ihr Bild zu verblassen begonnen. Sie verschwand erneut in der Spiegelwelt, wie damals im Kloster. Aber ihre Augen glühten so sehr, dass Leonora kaum hineinsehen konnte. Ihre Pupillen waren Sonnen, zwei brennende Sonnen, und um sie herum kreisten Planeten. Leonora blinzelte und schaute erneut hin. Die Sonnensysteme waren immer noch dort – eins in jedem Auge. Ihr Magen knurrte nach den Qualen von Madrid, verzehrte sie aber nicht mehr. Das konnte er nicht. Leonora verkörperte die Totalität. Sie war eins mit dem Kosmos, spürte den Schmerz und stand gleichzeitig über ihm.

Schließlich riss sie sich vom Spiegel los, zog ein sauberes weißes Kleid und Sandalen an und stopfte ihre Kleider von letzter Nacht in den Müll. Selbst die Bluse, die Leonor gehört hatte, die Bluse, die ihr Mut verliehen hatte. Sie brauchte sie nicht mehr.

Im Café saß Catherine und las Zeitung. Sie faltete eine Scheibe *jamon* und steckte sie sich in den Mund. Leonora bestellte Tee. «Willst du gar nichts essen?», erkundigte sich Catherine. Der *jamon* war gewöhnlich, von Fett durchzogen. Leonora musste würgen. Catherine trank ihren Kaffee, ein dunkles, dickflüssiges Gebräu. «Hast du vielleicht meine Nachthemden gefunden? Ich habe sie waschen lassen, und ich glaube, sie haben sie vielleicht aus Versehen in dein Zimmer geschickt.»

«Ja, ja, ich habe sie», sagte Leonora, aber sie dachte an ihre Pupillen, an den Kosmos darin. «Fällt dir irgendetwas an mir auf?», fragte sie und beugte sich vor. Catherine ließ ihre Zeitung sinken. «In meinen Augen?»

«Du schaust haargenau so aus wie immer», entgegnete die Freundin knapp.

«Sieh mal *richtig* hin.» Leonora riss die Augen auf. «Kannst du die Planeten erkennen?»

«Schätzchen, *bitte*», flüsterte Catherine und widmete sich wieder ihrer Zeitung.

Leonora ließ sie lesen, denn jetzt war Van Ghent in der Lobby erschienen. Sie musste gar keinen Blick hinwerfen. Sie spürte seine schlüpfrige Anwesenheit.

Catherine blickte über den Rand der Zeitung und seufzte. «Was wollten wir noch, erinnerst du dich? Als du und Ursula und ich damals Tee im Savoy tranken?» Sie hielt inne und wartete. Erwartete sie wirklich, dass Leonora darauf antwortete? Das war in einem anderen Leben gewesen. Leonora war damals jemand anders. «Wir wollten Kunst schaffen», sagte Catherine. «Wir wollten, dass *unsere* Kunst in die Welt kommt.» Wie konnte die Freundin nur so blind sein? Wie sollte Leonora ihr die Augen öffnen?

«Es gibt keine Welt mehr. Van Ghent hat sie hypnotisiert.» Sie nickte in Richtung Lobby, wo er mit seinem Sohn seinen nächsten Schachzug plante. «Siehst du das?» Leonora zeigte auf die Schlagzeile *Nazis Ataque Inglaterre Por El Aire*. «Das ist sein Werk.» Als sie es ausgesprochen hatte, wusste Leonora, dass das stimmte. «Die Zeitungen sind seine Hypnoseinstrumente.»

Catherine zündete sich eine Zigarette an. «Vielleicht solltest du auf dein Zimmer gehen und dich ausruhen.»

Leonora nahm das Päckchen – zwei Kippen waren noch darin –, und plötzlich war ihr klar, warum Catherine sie nicht verstehen konnte, warum sie es ablehnte, ihr zu helfen. Es waren die Zigaretten, die Van Ghent ihr geschenkt hatte. Leonora ließ sie in ihre Tasche gleiten und ging direkt an dem faschistischen Niederländer und seinem Sohn vorbei.

Draußen nahm sie einen Stapel Zeitungen vom Kiosk – so viele, wie sie halten konnte –, stellte sich vors Hotel an eine Stelle, wo er sie bemerken musste, zerriss eine nach der anderen und warf die Fetzen in den Wind. Die Leute wichen ihr aus. Sie starrten sie an, und Leonora schöpfte Kraft daraus. Sie würde Van Ghents Machenschaften aufdecken, aber sie konnte es nicht allein schaffen. Sie schleuderte die übrigen Zeitungen auf die Straße und rannte zurück ins Café, um Catherine zu überzeugen.

In der Lobby entschieden Van Ghent und sein Sohn über ihr Schicksal. Van Ghent packte sie am Arm und schrie: «Sie sind verrückt. Sie müssen damit aufhören. Ich habe Ihren Vater angerufen.» Der Sohn wich zurück, schuldbewusst und schwach. Es war nicht seine Schuld – natürlich nicht –, es waren die Väter, von denen sie sich befreien musste. Leonora packte Van Ghents behaarten Unterarm und rammte ihre Zähne hinein. Er heulte auf und ließ sie los.

Catherine schaute aus einer Ecke zu. «Komm», drängte Leonora, aber Catherine schüttelte nur den Kopf und senkte den Blick. Sie war ohnehin von keinerlei Nutzen. Leonora würde woanders Hilfe finden.

Sie eilte auf die Straße und rief ein Taxi herbei. «Britische Botschaft», sagte sie zu dem Fahrer. Die Fahrt schubste sie hin und her, genau wie in der Nacht zuvor, aber diesmal wusste sie, wo sie hinfuhr.

Max,
April 1941,
Marseille

Die Nacht ist kühler als erwartet, also zieht Max seinen schwarzen Umhang über die Schultern und hofft, dass der Mantel ihn unsichtbar macht. Schon seit Monaten lebt er mit den anderen Künstler-Flüchtlingen in der Villa Air-Bel, und obwohl sie nur einen Katzensprung von Marseille entfernt ist, begibt er sich so selten wie möglich in die Stadt, um das Risiko klein zu halten, aber heute trinkt er in einem Straßencafé Wein und wartet auf Peggy Guggenheim.

Das Vichy-Regime ist nun installiert und geht erschreckend systematisch vor. Das *Statut des Juifs* – das Judenstatut – wird jetzt in die Tat umgesetzt. Juden werden gefasst und in Lager transportiert. Der Schwarzmarkt ist voller Informanten in Zivil, und alle versuchen ein Visum zu bekommen und träumen von Amerika. Wenn seine reiche Freundin Bretons Ausreise organisieren konnte, vielleicht schafft sie es auch, ihn außer Landes zu bringen.

Breton wohnte noch in der Villa, als Max dort eintraf. Tagelang sprachen sie kaum ein Wort miteinander. Und dann, eines Abends, als sie ihr Abendessen aus kalter Kartoffelsuppe, grünem Salat und Lamm gegessen hatten, holte Breton ein Glas mit Gottesanbeterinnen hervor. Die winzig kleinen grünen Insekten krabbelten über die leeren Teller, über Hände und Arme hoch in ihre Nacken und in ihr Haar, krallten sich in der Haut fest, und plötzlich kamen Max all die großmäuligen Phrasen idiotisch vor. Breton und er kannten einander seit zwei Jahrzehnten. Sie waren vielleicht nicht immer einer Meinung, aber das war jetzt gleichgültig, hier, am Ende der bekannten Welt. Sie lachten und waren wieder Freunde.

Als Breton fort war, zog Consuelo de Saint-Exupéry, die Frau des Flieger-Schriftstellers, in dessen Zimmer. Sie verbringt ihre Tage unter den Zweigen der Platanen und liest. Der Maler Victor Brauner, der ein Glasauge hat, lebt schon ewig auf dem Anwesen. Man hat ihm kein amerikanisches Visum ausgestellt, weil die Quote für Rumänen schon erfüllt ist. Ihm wurde gesagt, dass es frühestens in zwei Jahren wieder welche gibt. Und Chagall kommt und geht und hofft, dass sein eigener Antrag auf eine Einreisegenehmigung für die USA bewilligt wird. Und immer noch kein Wort von Leonora.

In zwei Tagen wird Max fünfzig. Noch nie in seinem Leben hat er weniger besessen oder mehr verloren – die Skulpturen und Bilder befinden sich immer noch im Haus in Saint-Martin, und noch mehr seiner Bilder sind von den Nazis verbrannt worden, sobald die Ausstellung *Entartete Kunst* in München geschlossen wurde. Aber umgeben von Künstlern und belebt von den längeren Tagen, hat er endlich wieder angefangen, ernsthaft zu arbeiten. Er malt Frauen als Monolithen, als Gigantinnen, gehüllt in Décalcomanie – ein zerlumptes Gewebe aus Orange, Umbra, Rottönen –, und sie alle sind nackt, halb vor den

Blicken des Betrachters verborgen, und alle Frauen sind – *sie.* Leonora.

Plötzlich ist Peggy da. Sie steigt aus einem dunklen Auto, das Haar zu einem lockeren Dutt hochgesteckt. Den Saum der gebügelten weißen Bluse hat sie in einen maßgeschneiderten Rock geschoben. Das konservative Äußere kann ihn nicht täuschen. Er weiß – weiß das nicht jeder? –, dass Peggy ein wilder Charakter ist, der Männern reihenweise in die Betten fällt; ein bisschen wie er selbst. Lächelnd tritt sie auf ihn zu und schwenkt dabei die schmalen Hüften. Sie trägt den Flirt wie ein Parfüm, das Max schon von weitem riecht. Er lächelt, küsst ihre Wangen, die weichen Wangen seiner Retterin.

Als er das Auto abgestellt hat, gesellt sich Victor Brauner zu ihnen. Er trägt seinen Hut tief ins Gesicht gezogen, um seinen kahlen Kopf warm zu halten und sein Gesicht zu verbergen. Als jüdischer Surrealist gibt er sich Mühe, nicht aufzufallen.

Max bestellt eine Flasche Champagner. Er ist sich sicher, dass Peggy die Rechnung dafür übernehmen wird. Sie zündet sich eine Zigarette an. Lehnt sich auf ihrem Stuhl zurück und atmet eine Rauchwolke in die Nacht aus, dann lacht sie entspannt. Victor allerdings ist stiller als gewöhnlich. Sein echtes Auge will sie nicht ansehen, aber sein Glasauge starrt sie an. Er hat dieses Auge schon als verloren gemalt, bevor eine Glasscherbe es durchdrang. Eines Nachts eskalierte ein Streit in einem Café in Montparnasse. Max war dabei. Er sah, wie es passierte. Als er das Auge verlor, sagte Victor später zu Max, sei die Inspiration über ihn gekommen.

Peggy berührt ganz leicht Max' Hand und fährt mit ihren manikürten Fingern über seine Knöchel. Die Geste, gleichzeitig gedankenverloren und einen Hauch dreist, wirkt wie ein elektrischer Schlag, und er dreht seine Hand um und bietet ihr seine Handfläche dar. Sie fährt seine Lebenslinie entlang, und das Kitzeln fühlt sich köstlich an. «Ich höre, dass Sie malen», sagt sie. «Wann kann ich Ihre Arbeiten sehen?»

«Morgen.» Warum sollte sie ihn nicht morgen besuchen? Er schenkt den Rest Champagner aus. «Sie müssen morgen in die Villa Air-Bel kommen.»

Peggy wendet sich an Victor. «Darling, kannst du mich am Hotel abholen? Sagen wir, gegen Mittag?»

«Es ist mir ein Vergnügen», sagt Victor, der keineswegs vergnügt wirkt.

«Ich will mir alles anschauen. Vielleicht können wir einen Deal machen – ein Bild für den Preis Ihres Tickets nach Amerika.» Ihre Augen flackern im Kerzenlicht – sie haben einen hübschen Grünton. «Victor hat es Ihnen erzählt, nicht wahr? Ich eröffne eine Galerie, wenn ich wieder in New York bin.» Ihr Gelächter perlt in die Frühlingsluft. «Die New Yorker glauben, sich mit Kunst auszukennen.» Ihre Zungenspitze taucht plötzlich zwischen ihren geschlossenen Lippen auf und zieht sich ebenso schnell wieder zurück. Sie hebt die Augenbrauen. «Zusammen, mein Lieber, werden wir sie aus den Latschen hauen.»

Max verbringt den Morgen damit, seine Bilder an die Wände des Wohnzimmers zu hängen. Er arrangiert sie wie für eine Ausstellung, widmet seine ganze Aufmerksamkeit der Komposition, der Farbe und Größe, und denkt darüber nach, wie ein Bild zum nächsten führt. Er beginnt auf der linken Seite des Zimmers und geht dann im Uhrzeigersinn weiter, hängt seine neuesten Bilder neben alte, die er aus Saint-Martin retten konnte. Das Nachmittagslicht wird sie gut zur Geltung bringen. Er schuldet Peggy ein Bild. Er hat ihr versprochen, damit für seine Überfahrt nach Amerika zu bezahlen, aber vielleicht kauft sie sogar mehr. Er braucht eigenes Geld. Es ist ermüdend, auf die Großzügigkeit anderer angewiesen zu sein.

Peggy ist absolut geschäftsmäßig. Sie trägt Hosen und schüttelt seine Hand, wie ein Mann es täte. Sie sieht ihn kaum an, raucht ihre Zigarette und spaziert schweigend von einem Bild zum nächsten. Nur dass sie am Ende beginnt und gegen den Uhrzeigersinn durch den Raum läuft, exakt andersherum, als Max sich das vorgestellt hat. Und er hat nicht den Nerv, sie aufzuhalten. Er kommt sich dumm vor, so zu tun, als wäre das hier eine Kunstausstellung. Es wirkt eher wie ein Pfandleihhaus. Er ist ein verzweifelter Künstler, und sie eine amerikanische Erbin, sie kann nehmen, was sie will, und er wird es ihr für einen Apfel und ein Ei überlassen.

Dann kann er genauso gut den Armen spielen. Er bittet sie um eine Zigarette, und sie holt eine aus ihrem silbernen Etui. Pall Mall, amerikanische Zigaretten. Max hockt sich in eine Zimmerecke und raucht und sieht zu, wie Peggy die Arme vor den neuen Bildern verschränkt, besonders vor *Leonora im Morgenlicht.* «Für Leonora», sagt sie, indem sie die Aufschrift laut liest. Max zuckt zusammen, als er ihren Namen aus Peggys Mund hört. Die Amerikanerin schnaubt ein wenig und hustet, offenbar, um sich zu räuspern. Als sie *Die Einkleidung der Braut* betrachtet – Leonora in roten Federn, eine Muse mit eigenen Plänen, eine Königin mitten in der Bewegung, auf dem Weg nach Lissabon –, saugt Peggy die Wangen ein. Wenn sie ihm genug Geld gibt, schafft er es vielleicht rechtzeitig. Vielleicht wartet dieses Mädchen noch auf ihn.

Victor folgt Peggy und steht dicht genug bei ihr, dass es wie ein Murmeln klingt, wenn sie miteinander sprechen, dumpf und grausam. Die beiden erinnern Max an seine Eltern vor so langer Zeit, wenn sie darüber sprachen, was sie mit ihm anstellen sollten, wenn er nicht gehorchte. Victor nickt, schlurft zu ihm herüber, ein flügelloser, einäugiger Hermes. Er zwinkert, und eine Sekunde lang sieht ihn nur das Glasauge an. «Sie mag dein altes Zeug, aber wenn du ihr die alten Bilder gibst, nimmt sie auch ein paar von den neuen.»

«Sie *nimmt* sie?» Max spuckt sich in die Handfläche. Die Asche seiner Zigarette zischt, als er sie darin ausdrückt. Er steht auf, sein Gesicht ist ganz heiß. «Welche alten?», fragt er und weiß nicht mehr, warum er *Windsbraut* zu den anderen gehängt hat. Vielleicht aus Trotz? Oder weil er es noch einmal sehen wollte, als Erinnerung?

Peggy mustert das Bild genau, und als sie sich zu ihm umdreht, sind ihre Augen feucht. «Aber das hier ist das unverkäufliche Bild. Sie haben gesagt, es gehöre Leonora.»

Max lässt sich Zeit, als er zu ihr herübergeht, und stellt sich nahe genug neben Peggy, dass er ihr Parfüm riechen kann, so heiter wie der Frühling. Es dringt durch seine Rauchwolke. «Das ist jetzt alles vorbei», antwortet er, und obwohl er es kaum glauben kann, glitzern in ihren Augen Tränen, und er verspürt plötzlich den Drang, sie zu küssen, jemand zu werden, den sie braucht.

«Vergeben Sie mir.» Peggy wendet sich ab, um sich die Wangen abzuwischen. «Ich weiß auch nicht, was mit mir los ist.»

Victor tippt ihm auf die Schulter. «Soll ich auch deine Collagen holen?» Er ist zu freundlich. Zu selbstlos. Und Max ist offenbar die Sorte Mann, die die eigene Haut auf Kosten eines Freundes rettet. Er fühlt sich mit Dreck beschmutzt – wie damals in diesem Schweinestall. Nur dass er es diesmal verdient hat.

«Natürlich», sagt er. Alles, was sie nimmt, hat eine größere Chance, aus dem Land zu kommen. In Max' Händen sind die Collagen ein Todesurteil – eine *Verirrung*, wie die Nazis sie nennen –, aber in Peggys sind sie Kunst, sind Geschichte, Beispiele des Dada und der Tatsache, dass in Deutschland einst eine Bewegung frei von jeder Regel geboren wurde, bestehend aus unbekümmerten Zufallsmomenten und dem absurden Glauben daran, dass ein Leben ohne Krieg etwas sei, das man wählen konnte.

Victor holt die Collagen und breitet sie auf dem Boden des Wohnzimmers aus. Peggy kniet sich hin und betrachtet sie, diese Fossilien einer verlorenen Welt, eines untergegangenen Kontinents. Ein Arzt mit Rabenkopf lauscht durch ein Stethoskop den Herzschlägen eines schlafenden Mädchens. Ein löwenköpfiger Zauberer hält ein Kartenspiel in die Höhe. Und Peggy Guggenheim beugt sich über sie. Sie kauft Träume auf dem Schwarzmarkt. Seine Träume.

«Nehmen Sie sie alle», sagt er zu ihr.

Peggy steht auf, weil man geschäftliche Verhandlungen offenbar nicht vom Fußboden aus betreiben kann. Sie glättet ihre Hosen und willigt ein, ihm zweitausend Dollar zu geben, minus die sechstausend Franc, die er ihr schuldet, und dafür übereignet er ihr alle alten Bilder und ein paar seiner neuen, nicht *Leonora im Morgenlicht*, wovon ihr übel wird, aber die *Einkleidung der Braut*, an das sie sich, sagt sie, wohl wird gewöhnen können.

Die Einkleidung Leonoras hätte er es nennen sollen.

Aber war er nicht immer gut darin gewesen, weiterzumachen, loszulassen? Und außerdem, erinnert er sich selbst, war *sie* es, die ihn verlassen hat.

Sie schütteln sich die Hände, und Victor sammelt die Collagen wieder ein und nimmt die Bilder von den Wänden. Draußen leuchtet die Sonne durch das Laub der riesigen Platane. Max schlägt vor, dass sie den Handel mit der letzten Flasche von seinem Weinberg feiern. *Mein Weinberg*, sagt er, nicht *unserer*, oder genauer: *ihrer*.

Sie stoßen auf die erregende Frühlingsluft an, die ganz süß ist von Kirsch- und Aprikosenblüten, und auf den Sommer, der darauf folgen wird, auf Amerika, ein Wort, das – als Victor blass wird – Max lieber nicht in den Mund genommen hätte. Ihre Gläser klingen auf ihre Gesundheit, und während sie das Sonnenlicht von 1939 trinken, schließt Max die Augen, als wäre der Wein ein Trank, der ihn zurück nach Saint-Martin schicken könnte, in jenes unwiederbringliche Jahr, und diesmal würden sie, statt Freunde einzuladen und Kunst und Wein und Liebe zu machen, ihre Sachen packen und das Paradies in Richtung Amerika verlassen.

«Es ist *ihr* Wein», erklärt er schließlich, obwohl weder Peggy noch Victor ihn hören. Leonora beschnitt die Pflanzen und pflückte zusammen mit den Arbeitern die dicken Trauben und stampfte sie mit den bloßen Füßen, so wie sie den Wein in Sizilien herstellen, und jetzt trinkt er ihre Zehen, ihren Schweiß, das Salz ihres Nackens und ihrer Schlüsselbeine und unter ihren Brüsten. Die anderen trinken Wein, er trinkt Leonora.

Max' fünfzigster Geburtstag wird bei Sonnenuntergang mit Hummer und gedämpften Muscheln in Marseilles *Vieux Port* gefeiert. Es gibt Wein und Grappa und einen Spaziergang mit Verbündeten und anderen «Entarteten». Sie schlendern an den Fischern vorbei, die ihre Boote entladen, durch Gassen, in denen es von Vertriebenen nur so wimmelt – Italiener und Spanier und Deutsche, Tschechen und Belgier und Polen –, und durch die Hintertür eines Schwarzmarkt-Restaurants, wo Brot und Lamm serviert wird, mit Rosmarin und Pilzen, die in echter Butter geschmort sind. Zum Nachtisch wird Schokoladensoufflé mit Erdbeeren gereicht. Max geht es so gut wie das ganze Jahr nicht.

Varian Fry, Chef des American Rescue Committee, hebt sein Glas. Seine dunklen Augen glitzern hinter den Brillengläsern. Jimmy hat sich gemeldet, verkündet er, und hat außerdem seinen Chef eingeschaltet, den Direktor des Metropolitan Museum. Ein amerikanisches Visum für Max scheint endlich in Reichweite zu sein. Max soll diese Woche in Frys Büro vorbeikommen, um alles in die Wege zu leiten.

Der arme Victor Brauner hebt ebenfalls sein Glas, er hat Tränen in seinem echten Auge. «Ich werde dich vermissen, mein Freund», sagt er und schluckt seinen Burgunder, bestellt mehr Grappa und singt mit Edith Piaf mit. *Moi, j'suis malade, j'rêve à ma fenêtre.*

Max träumt auch aus dem Fenster, aber die salzige Luft regt seinen Appetit an, Peggys nacktes Bein ist an seins gedrückt, und er ist nicht mehr krank vor Traurigkeit. Er schließt die Augen, wiegt sich mit der Musik und stellt sich das Ufer New Yorks vor und die Freiheitsstatue, wie sie aus dem Nebel ragt.

Peggy steckt ihm eine Zigarette zwischen die Lippen, und er zündet sie an. Fry redet, aber Fry redet immer. «Chagall hat einen Vorschlag für dich», sagt der Chef des American Rescue Committee zu Peggy. «Er muss achttausend Dollar in die Staaten schleusen. Er will sie dem Committee geben. Du sollst sie ihm zurückzahlen, wenn er in New York eintrifft.»

«Für wen hält Chagall mich? Rockefeller?»

Fry lacht und fährt sich mit der Hand durchs Haar. «Vielleicht für eine Guggenheim?»

«Ja. Aber ich bin eine *arme* Guggenheim», meint Peggy und bestellt noch mehr Champagner. Sie nimmt ihr Glas und sieht Fry an. «Sag ihm, ich kann ihm tausend geben.»

«Verbindlichsten Dank», entgegnet Fry, entspannt sich sichtlich und zündet sich eine Zigarette an. «Du weißt, was sie jetzt tun, oder? Sie durchsuchen die Hotels nach Juden. Selbst die besten Hotels, selbst das Grand Hotel du Louvre et de la Paix.»

«Aber ich bin Amerikanerin.»

«Ja. Und außerdem bist du Jüdin.»

Max nimmt Peggys Zigarette zwischen die Finger, legt seinen Mund auf den roten Lippenstiftabdruck, nimmt einen Zug und gibt sie zurück. «Du hast absolut recht», meint er. «Wenn die Polizei dich befragt, Peggy, musst du darauf bestehen, dass du Amerikanerin bist.»

Fry schenkt allen Champagner ein. «Ich will nur sagen, dass du so schnell wie möglich von hier wegmusst.»

«Das mache ich auch. Natürlich sind da noch meine Kinder, die ich nach Hause bekommen muss, und Laurence, mein *Ex*-Mann», erklärt Peggy, speziell an Max gewandt, «und seine Frau und deren Kinder. Es ist nicht so einfach. Aber andererseits, was ist schon einfach heutzutage?» Sie bläst eine Rauchwolke über ihre Köpfe hinweg. «Es ist alles bereits veranlasst, vertrau mir, Varian. Aber erst muss ich Max' Bilder nach Grenoble schaffen, wo ich den Rest meiner Sammlung aufbewahre. Ich habe ihn im Keller des dortigen Museums verstaut. Was wäre ich für eine Kunstsammlerin, wenn ich mich von so etwas Flüchtigem wie einem Krieg abschrecken ließe?» Sie schnippt ihre Zigarettenkippe in eine Pfütze Schokoladensoße. «Eines Tages werde ich ein Museum haben, und das wird es noch lange geben, wenn dieser Egomane Hitler längst Wurmfutter geworden ist.»

Unter dem Tisch legt Max die Hand auf ihr Bein, auf die knotige Wolle ihres Rockes. Peggy strahlt etwas Androgynes aus. Sie kommt in jeder Gesellschaft zurecht, ist vollkommen selbstsicher, wie Leonora. Aber anders als diese verschmäht Peggy nicht das Geld ihrer Familie – allerdings hatte man es ihr auch gleich ausgehändigt, als ihr Vater mit der *Titanic* unterging, ohne Bedingungen. Und sie hat guten Gebrauch von dem Vermögen gemacht. Max hat keinen Zweifel, dass Peggy eines Tages ihr Museum haben und seine Kunst an dessen Wänden hängen wird.

«Hab ich euch erzählt, dass meine Sammlung in Paris war, als die Nazis einmarschierten? Ich musste einen Ort finden, wo ich die Bilder verstecken konnte. Der Louvre wollte sie mit dem Rest ihrer Kunstwerke in eins seiner geheimen Gewölbe auf dem Land schicken, aber als sie die Gemälde zu Gesicht bekamen, waren sie ihnen zu modern. Sie waren es nicht wert, gerettet zu werden. Könnt ihr euch das vorstellen? Also habe ich die Bilder in der Scheune einer Freundin verstaut, in einem winzigen Städtchen in der Nähe von Vichy. Zum Glück waren die Deutschen nur ein paar Wochen dort und hatten keine Ahnung, dass all diese *entartete Kunst* hinter den Heuballen in ihrer Scheune lag.»

Als das Abendessen vorbei ist und Peggy sich um die Rechnung gekümmert hat, hakt Max sich bei ihr ein. Sie gehen unter den Sternen spazieren, und er legt seinen Mund ganz nah an ihr Ohr. «Wo treffen wir uns?», hört er sich fragen.

Sie bleibt stehen und schaut ihm direkt ins Gesicht. «Im Café de la Paix, morgen um vier Uhr nachmittags. Ich wohne dort im Hotel. Um fünf halte ich immer ein Nickerchen, ohne Ausnahme, und ich hasse es so sehr, allein zu schlafen.»

Leonora,
Juli 1940,
Madrid

Leonora klingelte an der Eingangspforte der britischen Botschaft. Sie würde nichts zurückhalten und ihnen alles erzählen, was sie wusste. Ein echter englischer Butler, hochgewachsen und mit grauen Haaren, öffnete ihr die Tür. «Ich bin britische Staatsbürgerin», platzte es aus Leonora heraus. Sie drückte dem Mann ihren Pass in die Hand. Er wich zur Seite, damit sie eintreten konnte, und versuchte ihr die Papiere zurückzugeben. «Ich muss einen Konsul sprechen, sofort.»

«Haben Sie einen Termin?»

«Ich habe Informationen, hochgeheime Informationen. Er wird sich unbedingt mit mir treffen wollen.»

Der Butler blinzelte sie über seine Brille hinweg an. «Sehr wohl», sagte er und führte Leonora eine Treppe hinauf in ein Zimmer mit einem riesigen Fenster, von dem aus man einen Marktplatz überblicken konnte, auf dem Obst und Blumen verkauft wurden. Hinter dem Schreibtisch ließ ein alter Mann seine Zeitung sinken. Er fixierte erst den Butler, dann sie. Leonora fiel mit der Tür ins Haus. Hastig erzählte sie ihm von Van Ghent, dem jüdischen niederländischen

Nazi, der mit seinen Gedanken Madrid kontrollierte, und zum Beweis warf sie das fast leere Zigarettenpäckchen auf den Schreibtisch. «Sein Hypnosegerät. Genau wie das hier», sagte sie, nahm dem Konsul die Zeitung weg und zerknüllte sie. «Dieser Krieg ist ein metaphysischer Krieg, geführt von Hitler und Mussolini natürlich, aber Madrid ist Van Ghents Gebiet.» Sie schleuderte die Zeitung aus dem Fenster.

Der Konsul betrachtete sie jetzt mit einem anderen Blick. Er verstand, dass sie es ernst meinte. Er nahm ihre Hände in seine und führte Leonora zum Sofa. «Wer ist dieser Mann? Wo haben Sie ihn kennengelernt?»

Endlich hörte ihr jemand zu! Und in seinen Augen, wenn Leonora genauer hinsah, lagen ebenfalls Planeten und Sonnen, wie in ihren. «In unserem Hotel, dem Hotel Roma. Er behauptet, meinen Vater zu kennen. Und sein Sohn arbeitet für Imperial Chemicals, also hat er vielleicht sogar die Wahrheit gesagt.»

«Und Ihr Vater ist?»

«Harold Carrington.»

«Von Imperial Chemicals?» Der Konsul kritzelte den Namen in ein kleines Notizbuch, aber hörte er sie überhaupt? Er schien die Dringlichkeit der Angelegenheit gar nicht zu erfassen. Leonora gab sich alle Mühe, den Sachverhalt zu erklären. «Die einzige Möglichkeit, diesen Krieg zu beenden, ist, dass jeder Mensch seine Kraft erkennt. Wenn wir unsere Kräfte bündeln, hat Hitler keine Chance. Sie müssen Van Ghent konfrontieren. Sobald er weiß, dass wir hinter ihm her sind, wird seine Macht über die Stadt gebrochen sein.»

Der Konsul wählte eine Nummer. Rief er die Polizei an oder im Hotel Roma? Versuchte er, Van Ghent zu finden?

«Dr. Alonso, *por favor.*» Er ließ sie nicht aus den Augen, und die Planeten tanzten in seinen Pupillen.

Sie trat gerade aus dem Hotelbadezimmer, als der Zimmerservice erschien. «*Por favor, Señorita*, ziehen Sie zumindest einen Bademantel an.» Dr. Alonso legte Leonora den Arm um die Schultern und führte sie zurück ins Bad. Sie befanden sich in einer Suite im Ritz, und er wollte sie nicht gehen lassen. Also badete sie in der Wanne mit den Klauenfüßen, während er neben der Tür auf einem Stuhl saß, las und seine Pfeife rauchte. «Mir ist es egal, wenn Sie nackt sind, aber die Kellner! Sie könnten uns rauswerfen, und dafür sind wir noch nicht bereit.»

«Noch nicht bereit, uns mit Franco zu treffen?», fragte Leonora, denn das war der nächste Schritt. Sie würde Franco aus diesem Tyrannentraum erwecken, und Spanien und England würden ein Abkommen schließen. England und Deutschland wären die Nächsten, und bald würde sie in das Haus in Saint-Martin zurückkehren können.

Dr. Alonso schenkte ihr ein Gläschen mit einem Beruhigungsmittel ein. «Trinken Sie das aus, bevor Sie wieder erscheinen, aber diesmal angezogen», sagte er und schloss die Badezimmertür hinter Leonora. Angezogen? Sie verschwand jeden Tag ein wenig mehr im Spiegel. Sie sah nicht ein, warum Kleider dabei so wichtig sein sollten. Leonora trank die bittere Medizin, und ein Gefühl der Ruhe durchströmte ihr Blut und ihre Muskeln. Ihr Körper gehörte ihr, war aber doch nicht *sie.* Leonora hüllte ihn in weiße Handtücher und überlegte, wie sie sich angemessen förmlich für ihren Besuch bei Franco kleiden sollte.

Tage verstrichen, und niemand brachte sie zu Franco.

Dr. Alonso hatte den Ernst der Lage nicht verstanden, daher versuchte sie es immer und immer wieder. Sie musste Franco treffen, danach Hitler. Und wenn Hitler nicht nachgab, würde sie ein Attentat auf ihn verüben. Dr. Alonso schritt auf und ab. Er schenkte sich selbst ein Beruhigungsmittel ein und rief einen anderen Arzt an, Alberto, der am Nachmittag eintraf, um seinen Platz einzunehmen.

Alberto war anders, er hatte eine geradezu magnetische Leichtigkeit in seinen langen Gliedern. Wenn Leonora nackt und theoretisierend im Hotelzimmer herumlief, sagte er nichts dazu und wandte auch nicht den Blick ab. Vielmehr schaltete er das Radio ein. *Los ojos verdes*, sang ein Mann, und Alberto wirbelte Leonora im Zimmer herum. Seine Augen waren so grün wie die Ardèche, grün wie die Augen ihres Bruders und Michels, und Leonora wusste, dass ihre Brüder gekommen waren, um sie vor den Vätern zu retten.

Sie wollte Alberto so sehr, wie sie niemanden sonst wollte. Mehr sogar. Er war jung und hungrig, und sie spürte, wie das Blut in die Teile ihres Körpers zurückkehrte, die so lange blutleer gewesen waren. Sie bestellten Essen beim Roomservice und liebten sich auf jedem Quadratzentimeter des Zimmers. Sie war eine Hülle, aber jetzt war sie eine Frau, ein läufiges Tier. Er schenkte ihr Blumen und Früchte, Kleider und Parfüm, und er ging mit ihr tanzen und in Straßencafés.

Dann, eines Nachmittags, führte Alberto sie zu einem Treffen mit Mr. Gilliland aus, dem Direktor von Imperial Chemicals in Madrid, und bedeutete ihr, sie solle im Vorzimmer warten, während er und Mr. Gilliland miteinander sprachen. Alberto wurde von ihrem Vater bezahlt, das war offenkundig. Wie sonst hätten sie im Ritz wohnen können?

Leonora saß auf einem Stuhl mit steifer Lehne in der Lobby. Es war August und sehr warm. Sie trug ihr weißes Sommerkleid, aber selbst das war zu viel, und sie spürte, wie ihr der Schweiß den Rücken herunterrann. Im Spiegel an der gegenüberliegenden Wand konnte sie sich kaum ausmachen. Ihr Bild war schwach geworden, und sie musste näher herantreten, um überhaupt etwas zu erkennen. Die Umrisse ihres Gesichts überraschten sie. Ihr Haar war zu einem strammen Dutt hochgesteckt, wie bei einer Flamenco-Tänzerin. Das letzte Mal, als sie ihr Haar so trug, hatte sie ihr Debüt bei Hofe, weil ihr Vater das so wollte. Heute hatte Alberto den ganzen Morgen damit verbracht, ihr das Haar zu bürsten, es hochzudrehen, und beim Mittagessen hatte er ihr eine Hibiskusblüte hinters Ohr gesteckt. Sie nahm die Blüte und ließ sie fallen. Die Blüte war von einem lebhaften Rosa und voll erblüht. Man hatte sie wieder einmal hypnotisiert, diesmal mit Schönheit und Sehnsucht. Man hatte sie hereingelegt.

Die Sekretärin an ihrem Schreibtisch tippte auf ihrer Maschine und schaute immer wieder zu ihr hoch. Vielleicht war ihr aufgetragen worden, Leonora zu beobachten, weil sie fliehen könnte? Leonora lächelte und stand langsam auf. Sie rannte nicht in den Flur. Stattdessen öffnete sie die Tür zum Büro. Ruhig stand sie auf der Schwelle und blickte von Alberto zu dem Mann hinter dem Schreibtisch, Mr. Gilliland selbst, einem weiteren Eidechsenmann mit denselben kalten Augen, denselben langen Fingern wie Van Ghent. Alberto war ein Verräter. Er hatte die Väter um Hilfe gebeten. «Ich betrachte dich als das, was du bist, Alberto. Eine Schlange. Nein, so gut bist du nicht. Du bist ein Wurm. Eine Made», sagte sie, zog die Nadeln aus ihrem Haar, um den Dutt zu zerstören, den er sich so bemüht hatte zu glätten. «Du bist wegen dem Geld meines Vaters hier, nicht, um mich zu Franco oder Hitler zu bringen. Und Sie ...», damit wandte sie sich an Gilliland, «Sie sind ein lächerlicher Idiot, der zweifellos für meinen Vater arbeitet und genau das tut, was er befiehlt.»

«Leonora, bitte.» Alberto war aufgestanden. Er legte die Hand auf ihren Rücken und versuchte, sie zum Gehen zu bewegen. «Ich verstehe ja, dass du dich aufregst, aber hör zu ...»

«Wem soll ich zuhören? Zwei hypnotisierten Trotteln? Hast du ihm irgendetwas erklärt?»

«Warum erklären *Sie* es mir nicht selbst», sagte Gilliland, versteckt hinter seinem Schreibtisch. Er lächelte. «Was wollen Sie uns erklären, Leonora?»

«Den Zustand der Welt, die Wahrheit, der Sie nicht ins Gesicht sehen wollen.» Sie setzte sich auf den Stuhl, von dem Alberto aufgestanden war, und begann am Anfang.

Bald stand ein gewisser Dr. Pardo im Büro. «Leonora», sagte Gilliland, «würden Sie ihn freundlicherweise über diese Staatsangelegenheiten aufklären?» Sie wiederholte alles. Sie war daran gewöhnt, immer wieder alles wiederholen zu müssen, weil niemand in der Lage zu sein schien, sie zu verstehen. Dr. Pardo war ein alter Mann, schwerhörig, also schrie sie. Sie klang wie jemand, der auf einer Holzkiste an einer Straßenecke steht und zu jedem spricht, der zuhört, aber sie konnte nicht aufhören – aufzuhören würde bedeuten, die Menschheit aufzugeben. Wenn sie auch nur einen Menschen überzeugen konnte, gab es vielleicht Hoffnung.

Leonora hielt inne, um Luft zu holen, und stand plötzlich im Schatten. Die Sonne war untergegangen oder hatte sich hinter einem Gebäude versteckt. Sie schaute sich nach Alberto um, aber er war nicht mehr im Büro, und als Gilliland und Dr. Pardo sie herausführten, konnte sie ihn auch im Vorzimmer nicht entdecken. Alberto war ohne ein Wort verschwunden – die Sorte Mann, die man leicht kaufen und ebenso leicht verkaufen konnte. Die Sekretärin war ebenfalls fort. Niemand war Zeuge ihres Verschwindens.

Gilliland öffnete die Tür zum Rücksitz eines großen schwarzen Autos, und sie glitt hinein. «Treffe ich jetzt Franco?»

«Ja, meine Liebe.» Sein Blick war auf ihre Oberweite gerichtet, und er schloss die Autotür.

Dann setzte sich Dr. Pardo neben sie. Und Alberto saß hinter dem Steuer. Er hatte sie also doch nicht verlassen! Aber er wollte nicht zurücklächeln. «Warum so verdrießlich?», neckte sie ihn. Sie würde Franco treffen, *endlich*, und Alberto sollte sich mit ihr freuen. Leonora schaute zu, wie die Stadt weichen Hügeln wich, und summte ein Lied, das ihr schon seit Tagen im Kopf herumging, *El Barco Velero*, das Segelboot, das sie ins große Unbekannte trug. Sie rutschte zum Fenster, blickte zu den Sternen – die Katze und die Schnecke tief hinten am Horizont. *Max*, dachte sie. Aber sie würde alles aufklären. Sie würde ihn bald wiedersehen.

Die Hügel kräuselten sich wie die Falten des Gewandes einer Riesin, und Leonora überlegte, dass sie eines Tages gern eine Riesin malen würde, eine Erdgöttin, die über das Land herrschte. In diesem Moment spürte sie einen Stich im Arm, einen Schmerz, als hätte man sie geschlagen. Dr. Pardo zog eine Nadel aus ihrer Haut. Alles verschwamm vor ihren Augen – Albertos Gesicht, als sie ihn zu fragen versuchte, was los war, Worte, die sie nicht aussprechen konnte – und dann senkte sich eine Schwärze über Leonora, weich und wässrig und warm.

Peggy,
April 1941,
Marseille

Später am Morgen klopft jemand an Peggys Tür. «Max?», ruft sie. Hat er vielleicht etwas vergessen? Keine Antwort, nur eine Salve von Klopfgeräuschen.

Für das Zimmermädchen ist es noch zu früh, und der Roomservice würde warten, bis sie ihn hereinbittet, um das schmutzige Geschirr abzuräumen. Sie rafft ihren Morgenmantel zusammen. «Wir sind noch nicht ganz bereit», sagt sie laut genug, dass man es durch die Tür hören muss, in der Hoffnung, dass, wer immer dort steht, verschwindet. Sie will duschen. Leonor Fini kommt zum Mittagessen und bringt ihr ein Bild, das Peggy gekauft hat (auf Max' begeisterte Empfehlung), obwohl sie nur ein Foto davon kennt. Weil Leonor zehn Jahre jünger ist als sie und eine große Schönheit sein soll, will Peggy so gut wie möglich aussehen.

Sie öffnet die Tür und entdeckt einen Mann im dunklen Anzug. Sein Geruch trifft sie wie eine Beleidigung. Niemand, der im Hotel arbeitet, würde so riechen. *«Vos papiers, s'il vous plaît.»*

«Verzeihung?»

«Ihre Papiere, Madame.»

Er stößt die Tür auf. Sie baut sich vor ihm auf, barfuß in ihrem Morgenmantel, und schaut mit ihrem kältesten Blick auf den stinkenden Mann herunter. Das muss ein Irrtum sein. «Warum sollte ich Ihnen meine Papiere zeigen? Ich kenne Sie nicht. Sie müssen sofort gehen.»

Sie ruft an der Rezeption an. Sie wird ganz ruhig sein, aber entrüstet. Aber mit jedem Klingeln am anderen Ende der Leitung schlägt ihr Herz schneller. Sie drückt den Hörer ans Ohr, damit ihre Hand nicht zittert. Endlich nimmt eine Frau ab. «Hier ist ein Mann, der in mein Zimmer eingedrungen ist.»

Er holt eine Dienstmarke aus seiner Manteltasche und hält sie ihr hin.

«Oui, Madame», antwortet die Frau. «Keine Sorge. Sie suchen nur nach Juden.» Damit legt sie auf.

«Ich bin Amerikanerin», sagt Peggy. «Ich werde bald wieder in die Staaten reisen.»

«Ihre Papiere.» Der Mann riecht nach Fisch und altem Alkohol, und sein Körper stinkt, als hätte er seit einem Monat nicht geduscht. Sie tritt ans Fenster, um es aufzureißen, aber er packt ihre Hand und hält sie auf. «Sie versuchen mich hinzuhalten. Vielleicht sollte ich Sie gleich festnehmen?»

«Eine Sekunde», sagt sie. Ihre Handtasche – wo hat sie sie hingelegt?

Sie geht um das Bett herum, während der Mann sie dabei beobachtet. Auf der Decke liegt der Haufen mit den Kleidern von letzter Nacht – ihr Seidenkleid, Max' Hut und Krawatte, seine Hose und sein Hemd. Er hat keine Erlaubnis, sich in Marseille aufzuhalten, und wenn sie herausfinden, dass er bei ihr gewohnt hat, werden sie nicht nur *sie* festnehmen und befragen, sondern auch auf ihn warten, ihn verhaften oder, schlimmer noch, nach Deutschland schicken.

«Bitte, könnten Sie das Fenster öffnen? Ich habe Kopfschmerzen.» Sie legt die Hand auf ihre Stirn. Der Mann seufzt ein wenig, weil ihm das lästig ist, öffnet jedoch das Fenster und gibt ihr damit Zeit, das Kleid über Max' Sachen zu ziehen, während sie nach ihrer Handtasche sucht. Darin steckt neben ihren Papieren auch das Bündel Schwarzmarktgeld, das sie am Abend zuvor gesichert hat – genug, um Laurence und die Kinder durchzubringen, bis sie nach Amerika abreisen können, was, wie sie jetzt begreift, längst nicht schnell genug passieren wird. Peggy schließt die Handtasche, reicht dem Mann ihren Pass, in dem sich ihre Reisepapiere befinden, dann setzt sie sich aufs Bett, weil ihr Kopf jetzt wirklich hämmert. Sie hat ihre Reiseerlaubnis selbst geändert, vor Monaten schon hat sie das Datum überschrieben. Aber sie hätte nicht abreisen können, als das Visum ablief – es war noch so viel zu organisieren. Es hätte bedeutet, ihre Kunst zurücklassen zu müssen, die sie über Jahre gesammelt hat.

Der Mann hält die Reiseerlaubnis ins Tageslicht. «Die Papiere sind nicht mehr gültig. Sie müssen mitkommen.»

«Was meinen Sie damit? Warum?»

«Sie haben das Datum verändert.»

Peggy steht auf. Das Zimmer dreht sich. «Nein.»

«Nein?»

«Ich habe das Datum nicht verändert.» Sie denkt so rasch nach, wie sie kann. «Die Beamten in Grenoble haben es geändert. Sehen Sie? Der Stempel.» Peggy zeigt auf einen Stempel, der so verblichen ist, dass man ihn gar nicht mehr lesen kann.

«Warum haben Sie sich nicht in Marseille gemeldet?»

«Ich bin gerade erst angekommen. Ich wollte das heute erledigen.»

Er schaut sich im Zimmer um, geht langsam herum und hebt ihr rotes Kleid hoch. Sie zuckt zusammen, als sie den Stoff in seiner schmutzigen Hand bemerkt. Er wirft es beiseite und nimmt Max' Kleider, den Hut und die Krawatte, Beweise ihres Verbrechens. «Wen verstecken Sie? Vielleicht einen Juden?»

«Das sind die Kleider meines Mannes. Er ist heute Morgen nach Cassis abgereist, aber er wird in ein paar Tagen wieder da sein.» Kaum dass sie es ausgesprochen hat, weiß Peggy schon, dass sie das Falsche gesagt hat. Obwohl es stimmt, dass Laurence, ihr Exehemann, in Cassis ist, stimmt es eben auch, dass die Juden in Cassis selektiert und Gott weiß wohin geschickt werden.

«Cassis?» Der Mann öffnet erneut ihren Pass. «Guggenheim ist ein jüdischer Name, oder?»

«Nein. Mein Großvater war Schweizer. Er kam aus St. Gallen.»

«Ich weiß nicht, wo das ist», erwidert er. Und dann beginnt er, das Zimmer ernsthaft zu durchsuchen. Er schaut unter dem Bett, im Badezimmer nach. Er zeigt auf den Schrank. «Was ist dadrin?»

Sie reißt die Tür auf. «Sehen Sie? Da sind keine Juden drin.»

Der Mann wird ganz steif und mustert sie böse. «Ihre Papiere sind nicht in Ordnung. Sie müssen mit mir zur Polizei gehen.»

«So?», kontert sie und vergräbt ihre Hände in den Taschen des Morgenmantels.

«Madame dürfen sich gern anziehen. Ich habe nichts

dagegen.» Er steht gegen die Tür gelehnt und beobachtet sie.

«Dann werde ich das tun. Sie können im Flur warten. In einer Minute bin ich bei Ihnen.»

Sie hält ihm die Tür auf. Er hat ihren Pass in der Hand und tritt auf den Flur.

Sie schließt die Tür und versucht nachzudenken. Sie zieht Hosen und eine Bluse an, schließt einen Gürtel, bürstet sich kurz die Haare. Sie sollte Max' Sachen verstecken oder ihm zumindest eine Nachricht hinterlassen, für den Fall, dass sie nicht zurückkehrt, aber wo ist ein Stift?

«Ich kann mir kaum vorstellen, dass Sie noch mehr Zeit brauchen, Madame!», ruft der Mann jetzt und klopft gegen die Tür. Sie nimmt ihre Handtasche und einen Hut, stopft das Geldbündel in eine Socke und diese in eine Schublade – kein besonders gutes Versteck, aber das beste fürs Erste – und öffnet die Tür.

Der Flur ist leer. Wo ist er hingegangen? Sie könnte über die Hintertreppe fliehen, aber der Mann hat ihren Pass, und ohne den ist sie verloren. Sie könnte ja jeder sein. Und außerdem würde eine Flucht sie schuldig erscheinen lassen. Peggy hat keine Wahl, sie muss die Angelegenheit direkt anpacken. Sie schreitet den Flur entlang, ihre Absätze klappern auf dem Holzfußboden, und drückt auf den Knopf des Aufzugs.

Sie hat betont, dass sie Amerikanerin ist – genau wie Max es ihr geraten hat –, und es hat ihr gar nichts gebracht. Sie schwitzt unter ihrem Hut und in ihrer Kleidung, als sie in den Aufzug tritt – in den Narziss-Fahrstuhl, wie Max ihn nennt, weil alle Wände verspiegelt sind. In seinem beigefarbenen Anzug und dem passenden Hut sieht der Aufzugführer aus wie immer, mit roten Wangen und so rund, dass er hüpfen könnte. Er lächelt sie an. «Lobby?», fragt er und schließt das Metallgitter.

«*Oui. Merci*, Paul.»

Er betätigt den Hebel, und der Aufzugskäfig ruckt. Der Pfeil steht auf acht, dann sieben, fünf. Mit jedem Stockwerk fährt sie in die Hölle eines Krieges, über die sie es bisher irgendwie geschafft hat hinwegzugleiten, und ihr Spiegelbild fährt mit ihr.

Peggy versucht, ihr Gesicht in den Spiegeln zu ignorieren, besonders ihre Nase. Vor Jahren hatte sie versucht, sie verschönern zu lassen. Der Chirurg sollte sie schmaler machen und die Spitze leicht nach oben zeigen lassen. Aber er verpfuschte die Sache, und danach hatte Peggy solche Schmerzen, dass sie ihm sagte, er solle es dabei belassen. Jetzt, da sie ihre Nase im gegenüberliegenden Spiegel in immer kleiner werdenden Versionen betrachtet, wünscht sie sich, den Schmerz noch etwas länger ertragen zu haben.

Sie rückt ihren Hut zurecht, um die Nase zu verbergen, und die Bewegung setzt sich in der Unendlichkeit der Spiegel fort. Peggy überlegt, an welchem Punkt die Bewegung nicht mehr vom menschlichen Auge erkannt werden kann, sich aber dennoch fortsetzt und in einem nicht fassbaren Bereich des Zugrundeliegenden und des Angenommenen endet. Sie denkt an Liebe und Erinnerung, die beide ebenso in diesen Bereich fallen, und an die Sage von Echo, dieser glücklosen Nymphe, die sich in Narziss verliebte und am Ende nichts mehr hatte außer ihrer Stimme, verflucht zur ewigen Wiederholung.

Sie liebt Max zu sehr. Nach Beckett und Tanguy hatte sie sich geschworen, das nie mehr zu tun, sich nie mehr in einen Künstler zu verlieben, der zuerst seine Kunst und sich selbst und seine wunderschönen *femme-enfants* liebt und dann erst sie, Peggy. Sie würde immer nur der Rettungsanker, die Reserve, und ja, die Wohltäterin sein. Und doch konnte sie nicht genug von diesen Männern bekommen. Sie fühlte sich so lebendig in ihrer Gegenwart. Wenn sie ihre Aufmerksamkeit, wie kurz auch immer, auf Peggy richteten, wurde sie – anders konnte sie es nicht ausdrücken – zu einem Kunstwerk.

Die Spiegel in ihrer Nacktheit tun ihr leid. Sie kommen Peggy richtig obszön vor, wie lidlose Augen. Sie konzentriert sich auf den Pfeil, der jetzt auf null fällt. Paul zieht am Hebel und öffnet das Metallgitter. «Madame Peggy», sagt er und deutet eine Verbeugung an.

Sie bemerkt, dass der Polizist mit einem anderen großen Mann spricht, dessen Ausstrahlung darauf hindeutet, dass er die Verantwortung trägt. Er hält ihren Pass in der Hand. Sie geht direkt auf ihn zu. Sie wird sich festnehmen lassen. Max wird sehen, wie es ist, allein in Marseille zu sein, ohne die reiche Amerikanerin, die alles für ihn tun würde.

Max, April 1941, Marseille

Lou ist bereits im Büro des American Rescue Committee eingetroffen, als Varian Frys Sekretärin Max hereinbittet. Varian, der im Alleingang so vielen Flüchtlingen wie möglich dabei hilft, in die Staaten auszureisen, hat mit Jimmy über die Möglichkeit gesprochen, dass Lou anhand von Max' Visum ausreist. Jetzt sitzt sie da, die Handtasche auf dem Schoß, und starrt aus dem Fenster in den Himmel, ein leeres Blau. Sie trägt einen grauen Tweed-Rock und einen Mantel mit kleinen Löchern am Ärmel, wo die Motten sich satt gefressen haben. Sie wirkt erschöpft und dünner. Die Ringe unter ihren Augen sind dunkler geworden. Die Zeit in Gurs hat Lou altern lassen, genau wie seine Zeit in Les Milles ihn hat altern lassen.

Die liebe Lou. Wann hat er sie das letzte Mal gesehen? War das vielleicht auf Jimmys Abschiedsparty? Wie anders sie beide damals gewesen waren, so voll alberner Hoffnung, wie sie Champagner tranken und auf ihren wunderbaren Sohn anstießen.

Sie lächelt ihn mit ihren warmen braunen Augen an. «Max», sagt sie, steht auf und küsst ihn auf die Wangen. Sie riecht immer noch wie früher, Kaffee und Zigaretten und etwas, das sie selbst ist, herb und süß und überraschend, wie der Duft von Tulpen. Max denkt – *warum ausgerechnet jetzt, nach all der Zeit?* – an ihre mitternächtlichen Picknicks am Rhein, vor dem Ersten Weltkrieg. Sie waren damals noch Studenten, berauscht von Goethe und vom Mondlicht. Allein ihre Hand zu berühren war schon elektrisierend gewesen. Seine Augen füllen sich mit Tränen, und verwirrt blinzelt er sie fort.

Er hätte so viel mehr sein können. Er hätte der Mann sein können, den Lou zu heiraten geglaubt hatte – der Mann, der bei ihr blieb, bis dass der Tod sie schied, der nicht sie und ihr kleines Kind für seine Kunst, seine Seele, seine Freiheit verließ.

Er hat sie im Stich gelassen. Und er kann jetzt nichts mehr daran ändern.

«Kaffee? Tee?», fragt Fry, der versucht, heiter und höflich zu sein. Lou und Max lehnen höflich ab und setzen sich. Fry runzelt die Stirn. Er schüttelt den Kopf. «Ich habe Sie beide herbestellt, weil, na ja, wir dachten – *hofften* –, dass es funktionieren könnte. Wir haben gerade erst Nachricht bekommen, verstehen Sie.»

Max greift nach Lous Hand und drückt sie. Eine instinktive Geste. Er ist für sie da. Er wird ihr jetzt so gut helfen, wie er kann.

Fry räuspert sich. «Wie Sie wissen, haben wir ein amerikanisches Visum für Max Ernst und seine Frau», sagt er und schaut zwischen ihm und Lou hin und her. «Und als Jimmy mich anrief und andeutete, dass Sie vielleicht, mehr oder weniger, immer noch seine rechtmäßige Ehefrau sind – zumindest, soweit es die französische Regierung betrifft, denn Ihre Scheidung ist nur in Deutschland legal –, trugen wir die Sache Mrs. Roosevelt vor, die heutzutage immer mehr involviert zu sein scheint.» Fry nimmt seine Brille ab und reibt sich die roten Augen. «Um ehrlich zu sein, war ich es nicht, der die Angelegenheit Mrs. Roosevelt zutrug. Ich hätte das für keine gute Idee gehalten – ihr ist nicht bekannt, wie die Regeln, sagen wir, hier *gebeugt* werden.»

«Erklären Sie es uns», meint Lou. «Egal, was es ist, für mich ist es in Ordnung. Ich kann warten. Jimmy wird schon etwas organisieren. Er kümmert sich um mich. Das hat er immer getan.» Ihre Worte schneiden in Max' Herz – obwohl sie das nicht beabsichtigt hat, das ist ihm klar.

Fry seufzt. Er schaut zu Boden, putzt seine Brille und setzt sie wieder auf. «Es tut mir leid. Sie können nicht als Max' Frau ausreisen. Wenn die First Lady nein sagt, können wir die Regeln nicht umgehen, wie gern wir es auch täten.»

«Heirate mich.» Max ist auf die Knie gesunken, die Hände gefaltet. «Bitte, Lou.»

«Aber Marie-Berthe ...»

«Wir sind geschieden. Sie hat endlich zugestimmt.» Er nimmt Lous Hand in seine. «Du *musst* mich heiraten, Lou. Du verstehst das nicht.»

«Verstehen?» Sie schaut auf ihn herunter, und da liegt Zuneigung in ihrem Blick, echte Zuneigung nach all den Jahren. «Du willst, dass ich mein Leben gegen ein Visum nach Amerika eintausche? Wir gehören nicht mehr zusammen, Max. Wir leben seit zwanzig Jahren getrennte Leben.»

«Ich weiß, dass du mich nicht liebst, das erwarte ich auch gar nicht. Aber denk an Jimmy. Wenn du es nicht für mich tust, tu es für ihn! Es ist das eine, eine Intellektuelle zu sein. Aber du bist auch Jüdin!»

Lou lacht. «Du denkst, das wüsste ich nicht?» Sie küsst ihn auf den Scheitel und zieht die Hand zurück. «Es ist eine sehr liebe Geste, Max. Das schätze ich sehr. Aber ich kann nicht. Es wäre nicht richtig. Und außerdem ist es immer noch möglich, dass all das unnötig wird. Ich bin Optimistin.»

Peggy, April 1941, Marseille

In der Lobby des Grand Hotel du Louvre et de la Paix nähert sich Peggy dem Polizisten und dem großen Mann neben ihm, der ihren Pass in der Hand hält. Er nickt. «Polizeichef», sagt er und streckt ihr die Hand hin, die sie schnell schüttelt. Ihr Herz rast, aber sie steht aufrecht da.

«Der gehört mir, glaube ich», erklärt sie mit so viel Autorität, wie sie aufbringen kann.

Er wirft einen Blick auf ihr Foto und sieht sie dann an. «Madame, ich entschuldige mich», erwidert er, und sie erlaubt sich wieder zu atmen. Er mustert ihren stinkenden Verfolger: «Sie werden diese Frau – übrigens auch alle anderen Amerikaner – in Ruhe lassen, verstanden?» Peggy schaut dem schmutzigen kleinen Mann hinterher, der mit hängenden Schultern davonschlurft. Sie hat Glück gehabt. In dieser Woche sind Amerikaner gerade beliebt, weil sie Frankreich eine Bootsladung Lebensmittel geschickt haben.

Der Polizeichef reicht ihr den Pass zurück. «Aber bitte, Madame, Sie müssen sich noch heute bei der Polizei melden.»

«Aber natürlich.» Peggys Stimme ist wieder ganz ruhig, ihre Hände zittern nicht mehr. «Ich wollte heute Morgen genau das tun. Ich wusste nur nicht, wohin ich mich wenden soll.» Wenn es je den richtigen Zeitpunkt gab, die Wahrheit ein wenig zu verbiegen, dann ist es jetzt.

Der Polizeichef holt ein kleines Notizbuch aus seiner Tasche und zeichnet ihr eine Karte auf, da spaziert Max durch die Tür, eine zarte Frau in weißer Spitze am Arm. Peggy spürt, wie ihr das Blut aus dem Gesicht weicht. Lieber Gott, wie schrecklich verliebt sie in ihn ist. *Verdammt. Verdammt sei er.* Die Frau an Max' Seite hat einen weißen Sonnenhut auf und trägt etwas in Fleischpapier Gewickeltes bei sich, was ein Bild sein muss. Leonor Fini ist aus Monte Carlo gekommen und sieht aus, als gehöre sie in ein impressionistisches Picknick. Peggy fühlt sich wie ein Trampel. Die Bluse klebt ihr am Rücken. Sie wischt sich den Schweiß von der Stirn und zieht sich die Krempe ihres Hutes ins Gesicht. In Gedanken betet sie, dass die beiden nicht zu ihr kommen, jetzt, wo der Polizeichef direkt neben ihr steht.

Aus dem Augenwinkel bemerkt sie, wie die beiden miteinander lachen und ins Café neben der Lobby verschwinden. Max hat nicht einmal in ihre Richtung geschaut. Wenn er eine hübsche Frau am Arm hat, vergisst er die Welt – von der sie, Peggy, offenbar nicht zu unterscheiden ist.

Der Polizeichef händigt ihr die Zeichnung aus, und sie dankt ihm überschwänglich und entschuldigt sich. Dann fährt sie sich mit den Fingern durch das kurzgeschnittene Haar, damit es nicht so flach anliegt. Sie wollte besonders hübsch aussehen, und jetzt ist das unmöglich. Alles, das ganze Chaos ihres Lebens ist unmöglich.

Aber bin ich es nicht, mit der er schläft?, denkt sie und

strafft sich. Was muss sie beweisen? Peggy legt dunklen Lippenstift auf, atmet tief durch und geht ins Café de la Paix. Der Gastraum ist rappelvoll, die Atmosphäre angespannt. Ihr Herz rast, und sie braucht einen Moment, bis sie die beiden an einem Tisch ganz hinten entdeckt, nah beieinander und still.

Max schaut hoch, erkennt sie und steht auf, um sie auf die Wangen zu küssen. «Peggy, Leonor Fini. Leonor Fini, Peggy Guggenheim, Patronin der Künste», sagt er und zieht einen Stuhl für Peggy heran. Sie schüttelt Leonors behandschuhte Hand. Patronin? Warum hat er sie ihr nicht als seine Geliebte vorgestellt? Es versetzt ihr einen Stich, aber es ist Leonor, die Einspruch erhebt.

«Patronin? Was ist das denn für ein Wort? Du weißt schon, dass *patron* Vater bedeutet, oder, Max?»

«Herrgott, Leonor! Musst du ständig Haare spalten? Immerhin hat sie *dein* Bild gekauft.»

«Wofür ich ihr auch unendlich dankbar bin», sagt Leonor und lächelt Peggy an. «Aber ernsthaft, Max, *Patronin*?»

Das Wort fühlt sich an wie ein Dorn in ihren Rippen. Warum lässt Leonor nicht nach? Peggy wirft Max einen Blick zu, aber er ist damit beschäftigt, seinen jungen Schützling anzustarren, mit einem dummen Grinsen im Gesicht. Ihr Kopf schmerzt. Sie will verschwinden, die Treppe hinaufrennen und ein Bad nehmen, das so heiß ist, dass sie nicht mehr denken kann. Stattdessen bestellt sie einen Wodka-Martini.

«Du hast ja keine Ahnung, was für einen Vormittag ich hatte, Liebling», sagt sie. Und als sie ihnen von dem Mann in ihrem Zimmer erzählt, wird Max ganz bleich und unruhig.

«Oh, Sie armes Ding!» Leonor berührt ihre Hand. «Ich

habe gehört, dass es an den Bahnhöfen auch mehr Sicherheitsbeamte gibt. Ich muss mir keine Sorgen machen, wenigstens glaube ich das, aber ich bin trotzdem lieber mit dem Auto gefahren. All diese Uniformierten machen mich nervös.»

Max trinkt von Peggys Martini und lächelt Leonor an. «Wie wäre es, wenn du uns dein Bild zeigst?»

Leonor packt ihre Leinwand aus, und die drei treten ans Fenster, um es im Sonnenlicht zu betrachten. «Oh», entfährt es Peggy gegen ihren Willen. «Es ist wunderschön.»

Max strahlt. «Hab ich es nicht gesagt?»

In der Mitte des Bildes steht eine Kriegerin, nur mit einem winzigen Stück Stoff bekleidet, das mit Schnüren an ihren Hüften befestigt ist. Langhaarige, barbusige Sphinxe umringen sie. «Es heißt *Hirtin der Sphinxen*», erklärt Leonor, und Peggy stellt fest, dass Max den Blick nicht von der Sphinx in der Mitte wenden kann.

«Sie ist es», sagt er.

Leonor tut, als würde sie erschrecken. «Und jetzt willst du deine Muse nicht mehr teilen?»

Peggy weiß nicht genau, worüber sie sprechen, aber der Martini in ihrem Magen fühlt sich an wie Säure. Sie mustert das Gesicht auf dem Bild, und plötzlich begreift sie – die weichen Wangen, die dunklen Augen, das schwarze, fließende Haar – es ist dieselbe Frau, die auf jedem von Max neueren Bildern auftaucht. Es ist Leonora, und sie hat sie schon wieder gekauft.

Max berührt das Haar der Sphinx, fährt mit den Fingern den Hirtenstab entlang, bis hoch zum Gesicht der Hirtin, das, wie Peggy jetzt erkennt, Leonors ist. «Du beschützt sie», murmelt er.

Peggy merkt, wie Leonors Gesicht hart wird, nur eine

Sekunde lang, dann lässt sie ihren Zorn los. «Du hast also nichts von ihr gehört, nehme ich an», sagt Leonor.

Max schüttelt leicht den Kopf. In seinen Augen stehen Tränen.

Peggy ist sich jetzt sicher, dass sie unsichtbar ist. Und doch ist da ihre Hand auf der Leinwand, ihre Fingernägel mit dem Perlmuttlack, der an den Spitzen abblättert. Max hat ihr doch gesagt, dass all *das* beendet wäre – diese ganze Leonora-Carrington-Angelegenheit. Das hat er doch, mehr oder weniger? Sie hat den Kopf verloren und das Haus verschenkt. Sie könnte überall sein. Max hatte das ziemlich kalt von sich gegeben, aber jetzt spürt Peggy seine Sehnsucht nach diesem verlorenen Mädchen. Dieselbe Sehnsucht, die Peggy nach ihm verspürt, obwohl er hier ist, direkt neben ihr.

«Danke für das Bild, meine Liebe.» Peggy wickelt die Leinwand wieder ein und klemmt sie sich unter den Arm. «Ich muss mich wirklich hinlegen. Ich habe schreckliche Kopfschmerzen.»

Max,
Mai 1941,
Marseille

Die Villa Air-Bel liegt geruhsam in der Mittagshitze da.

«Hey, Max!» Consuelo de Saint-Exupéry winkt ihm und Peggy von einem Baum, auf dem sie hockt, zu. Jemand anders ist auch dort oben.

«Bonjour», sagt eine Frau und schaut von ihrem Buch hoch. «Wir lesen!»

Max blinzelt, um sie besser erkennen zu können. Selbst ihr Umriss ist unverkennbar. Das dichte Haar, das zu einem Dutt aufgesteckt ist, ihre Kurven, ihr Lächeln. Es ist Remedios Varo, die ihre Bilder in der letzten Surrealisten-Ausstellung in Paris gezeigt hat. «Das sehe ich!», brüllt er zu ihr hinauf.

«Wir übernehmen dein Zimmer!», schreit sie.

«Das Fenster klemmt.»

«Gut zu wissen.»

Peggy knufft ihm mit dem Ellenbogen in die Seite. Sie haben nur ein paar Stunden. Sie wollen diesen Nachmittag fahren, und er ist in die Villa gekommen, um seine Bilder zu holen und sich zu verabschieden. Und er ist wegen des Geldes gekommen.

«*Au revoir*, Max», sagt Remedios.

«*Je te verrai de l'autre côté!*»

«Ja, wir treffen uns auf der anderen Seite! Jetzt los!» Remedios schüttelt ihr Buch. «Ich habe noch zwei Seiten, kann ich sie bitte in Ruhe lesen?»

«Du hast das Mädchen gehört», meint Peggy und dreht ihn an den Schultern um.

Max könnte weinen, aber er muss diesen Ort verlassen. Er wird auch Leonora auf der anderen Seite treffen, zumindest hofft er das. Peggy zieht an seinem Arm, und er eilt mit ihr weiter, um Chagall zu finden, der ihm hoffentlich fünfzig Dollar leiht – genug, um ihn nach Lissabon zu bringen und dort ein paar Tage bleiben zu können, bis Peggy zu ihm stößt.

Sie wird mindestens drei Wochen brauchen, bis sie die fünfhundertfünfzig Dollar bei der Banque de France abheben kann, die sie auf ihrer Reise mit dem Clipper mitnehmen dürfen, dem Flugboot, für das sie beide Tickets nach Amerika haben. Peggys Exehemann Laurence, ihre Kinder, dessen Frau und *deren* Kinder werden sie begleiten. Peggys Geldbündel vom Schwarzmarkt ging an Laurence, der bereits gestern mit den Kindern nach Lissabon aufgebrochen ist.

Francs dürfen nicht ausgeführt werden, und sie haben keine Zeit mehr, sich eine Erlaubnis für das Bargeld zu besorgen. Ohne Geld zu reisen, ist verrückt, das weiß Max, aber er wird es trotzdem tun, wenn er muss. Marseille ist unerträglich geworden. Die Polizei ist überall. Es ist nur eine Frage der Zeit, bis ihn jemand nach seinen Papieren fragt und ihn fortschleppt.

Sie finden Chagall im Garten, wo er mit Kreide zeichnet. Es ist ein Bild von einer Frau auf einem fliegenden Pferd.

Ein Vogel sitzt auf ihrem Kopf. «Geld? Ich habe mit meinen Finanzen nichts zu tun.» Er hat einen grünen Fleck auf der Nase, bemerkt Max, der neidisch ist, dass Chagall Kunst produziert – selbst jetzt noch, wo die Nazis näher kommen. «Das ist das Gebiet meiner Tochter», erklärt Chagall und verleiht dem Vogelauge einen blauen Tupfer. «Sie ist gerade auf dem Markt, sollte aber in ein, zwei Stunden wieder da sein.»

Max nimmt an, dass Chagall sein Bargeld hier hat, vermutlich in seinem Zimmer. «Mir gefällt die Zeichnung», sagt er. «Besonders das Pferd.» Er nimmt Peggy beim Arm und führt sie weg, weil sie so aussieht, als würde sie den Mann gleich erwürgen.

«Jetzt das. Nachdem ich ihm mehr oder weniger tausend Dollar zugesteckt habe», sagt sie und zündet sich eine Pall Mall an. «Was tun? Ich weiß nicht, was wir jetzt tun sollen.»

«Ist schon gut», erwidert Max. «Ich bin schon öfters ohne Geld klargekommen. Ich schaffe es auch diesmal.»

Als sie in Marseille eintreffen, ist der Verkehr dicht. Max hat nur noch eine Stunde, um den Zug zu erreichen. Das Taxi lässt sie ein paar Blocks vor ihrem Hotel heraus, und sie rennen, Peggys Absätze klappern auf dem Pflaster. Plötzlich entdeckt er Varian Fry. Der Chef des American Rescue Committee eilt auf sie zu und scheint über dem Bürgersteig zu schweben, wie der Engel, der er tatsächlich ist. «Max!», ruft Fry und lächelt.

«Ich fahre», antwortet Max, und Fry zieht ihn an sich, um ihn zu umarmen.

«Tut mir leid mit Lou und allem ...», sagt er, aber Peggy unterbricht ihn.

«Max braucht fünfzig Dollar für die Reise.» Sie ist so

direkt, was Geldangelegenheiten angeht, dass Max sie einfach bewundern muss.

Fry greift in seine Tasche. Er hat genau fünfzig US-Dollar in seinem Portemonnaie und drückt sie Max in die Hand.

Er steigt aus dem Taxi. Peggy sitzt noch auf dem Rücksitz und tupft sich die Tränen ab. «Tja, Darling, das scheint dann wohl der Abschied zu sein.»

«Wir sehen uns in Lissabon», sagt er. Und sie klettert hinaus, um ihn richtig zu küssen und zu umarmen.

«Oh.» Sie zieht seine Fahrkarte aus ihrer Brieftasche. «Das hätte ich beinahe vergessen.»

Max nimmt die Fahrkarte, küsst Peggy erneut und geht. Er kann nicht anders, er muss sich umdrehen. Ihr Gesicht ist ganz fleckig, und sie winkt mit einem Taschentuch. Er winkt zurück. Im Gewühl des Bahnhofs spürt er, wie sie sich entfernt.

Ohne sie an seiner Seite ist ihm kalt. Trotz der Hitze spürt er eine Kälte tief in seinen Knochen. Vielleicht ist es ihr Geld oder die Tatsache, dass sie Amerikanerin ist und nicht denselben Gesetzen untersteht wie er und die anderen. Vielleicht ist es die Tatsache, dass sie ihn liebt. Wie dem auch sei, ihre Anwesenheit in seinem Leben hat ihm Hoffnung verliehen – sogar die Hoffnung darauf, dass er Leonora vielleicht doch noch wiederfindet. Womöglich ist sie schon in Lissabon und wartet auf ihn. Der Gedanke beschleunigt seine Schritte, als er sich durchs Gedränge schlängelt, den Koffer fest in der Hand, den Rucksack über die Schulter geschlungen. Darin sind Leonoras und seine Bilder – alles, was Peggy nicht gekauft hat, was nicht viel ist. Sein Visum nach Amerika steckt in der Manteltasche. Max tastet danach, um sich zu vergewissern, dass es noch da ist. Sein Ausreisevisum, das schon seit Monaten abgelaufen ist, ist auch dort.

Er geht an einem *gendarme* vorbei, dann an einem anderen, und blickt strikt geradeaus. Er vertraut darauf, dass seine gleichgültige Maske überzeugend wirkt und er mit der Menge verschmilzt. Er wird einen weiteren Aufenthalt im Lager nicht überleben – und auch sonst keine Art der Freiheitsberaubung –, aber er hat keine Wahl, er muss es jetzt riskieren zu reisen. Wenn er noch auf ein richtiges französisches Ausreisevisum wartet, wird sein amerikanisches Einreisevisum ungültig, und dann müsste er den endlosen Prozess erneut starten. Er muss es irgendwie mit seinem alten Visum schaffen. Er wird hoffen müssen.

Im Zug knipst ein Mann seinen Erste-Klasse-Fahrschein ab – nach Lissabon über Madrid. Max verstaut sein Gepäck im Netz über sich, setzt sich auf einen Platz am Fenster und richtet sich ein.

Sie verlassen Marseille. Sie fahren an Feldern und Pferden vorbei. Es ist unmöglich, nicht an Leonora zu denken. Aber er kann sich nicht mehr an ihr Gesicht, an ihre Augen erinnern. Nicht genau. Wenn er seine Farben und Pinsel hätte, könnte er sie auf der Leinwand zum Leben erwecken, aber er hat beides nicht, und als er einen Bleistift nimmt, um in seinem winzigen Notizbuch zu zeichnen, zittert seine Hand.

Das hier ist nicht der Geisterzug, und er ist kein Gefangener. Er sitzt in einem sauberen Abteil. Er könnte sich einen Kaffee besorgen, wenn er wollte, sogar ein Baguette. Aber er ist noch nicht frei. Er ist noch in Frankreich, und Frankreich wird von den Faschisten kontrolliert.

An der spanischen Grenze hält der Zug. Max nimmt sein Gepäck und stellt sich in die Schlange, um den Zug durch die einzige geöffnete Tür zu verlassen. «Ausreisevisum», schreit der Bahnhofsvorsteher. Max zieht seine Papiere aus der Tasche. Das Visum ist lächerlich, voller gefälschter Stempel. Das ist das Risiko, das er eingehen musste, aber jetzt kann er nicht mehr atmen. Die Schlange bewegt sich langsam vorwärts, und er ist wieder im Camp des Milles, wartet, schwitzt, ein Einzelner in einer Horde Menschen, er ist nicht mehr er selbst. Durch das Fenster entdeckt er eine Taube, die in den Bahnhof flattert, über die Menschenmenge hinweg. Sie fliegt außer Sicht, und Max beugt sich über die leeren Sitze und drückt sein Gesicht gegen ein Fenster, um die Taube besser sehen zu können. Der Vogel hat sein Nest in den oberen Sparren des Dachs gebaut. Aber warum hier? Wenn ich fliegen könnte, denkt er, würde ich überall hinfliegen, nur nicht hierher.

Als er die Spitze der Schlange erreicht, gibt er dem Bahnhofsvorsteher sein Ausreisevisum. Der Mann runzelt die Stirn, blinzelt. «Was ist das?», sagt er und wedelt mit dem Papier vor Max' Nase herum. «Und außerdem ist es abgelaufen. Wo ist Ihr Pass?»

Die ganze Arbeit für das amerikanische Einreisevisum für nichts. Es hatte alles überhaupt keinen Sinn. Er hätte sich von den Nazis direkt aus dem Camp des Milles holen lassen können. «Ich habe keinen Pass», antwortet Max. «Er wurde gestohlen.»

«Warten Sie in meinem Büro, Monsieur», sagt der Mann.

Sein Gepäck ist jetzt noch schwerer. Seine Arme schwingen wie höllische Pendel. Der spanische Zollbeamte winkt ihn herbei. Dann kann er auch gehen. Immerhin hat er nichts mehr zu verlieren. Er öffnet seinen Koffer, aber der

Mann schreit ihn an, er solle seinen Rucksack mit den großen Rohren öffnen, die daraus hervorragen. Max lockert die Kordel, und der Mann holt seine Bilder heraus. Eins nach dem anderen entrollt er auf dem Tisch. Ein paar kleinere Arbeiten sind auf Rahmen gespannt, und er breitet sie demonstrativ daneben aus.

«Bonito!», sagt der Zollbeamte, und ein anderer Beamter stimmt ihm zu, wobei er sich über den Schnurrbart streicht.

Max' Mitreisende schauen ebenfalls hin. Sie wirken vollkommen gebannt. Solche Bilder haben sie noch nie gesehen, mit diesen flüssigen Himmeln, den merkwürdigen, dunklen Strukturen aus Sehnen und Knochen. «Du meine Güte!», ruft eine Frau. Sie bemerkt die menschlichen Augen von Leonoras Hyäne und berührt ihre vollen Euter. Ein weiterer Passagier betrachtet *Leonora im Morgenlicht*, und Max könnte schwören, dass er Tränen in den Augen hat.

Aber da kommt der Bahnhofsvorsteher. Er hat Max' Visum in der Hand. Er trägt seinen dicken Bauch vor sich her und schaut sich die Bilder an. Dann gibt er ein Schnauben von sich. «Ich sagte, Sie sollen in mein Büro gehen, Monsieur. Sammeln Sie Ihre Sachen ein.»

Max rollt seine Bilder vorsichtig zusammen, als könnte er damit den rasenden Puls in seinen Ohren verlangsamen. Wenn das hier sein letzter Augenblick in Freiheit ist, wird er ihn im Dienst an seiner Kunst verbringen, an allem, was er noch hat auf der Welt. Er lässt sich Zeit, rollt sein Leben zusammen, legt die Bilder zurück in seinen Rucksack. Er schließt seinen Koffer und folgt dem Bahnhofsvorsteher in dessen Büro, das klein und voller Papiere ist.

«Bitte», sagt der Mann, «schließen Sie die Tür.» Er

bedeutet Max, sich hinzusetzen. Der Stuhl hat ein loses Bein und wackelt unter ihm. «Ich bewundere Talent. Sie haben eindeutig außerordentliches Talent, Monsieur. Ich respektiere das.» Der Bahnhofsvorsteher gibt ihm sein Visum zurück. «Folgen Sie mir.»

Max folgt ihm durch die Menge der Flüchtlinge auf den Bahnsteig, wo gerade zwei Züge abfahren.

«Das hier ist der Zug nach Pau. Es tut mir leid, aber ich muss Sie zurück nach Frankreich schicken», sagt der Bahnhofsvorsteher laut genug, dass ihm die Passanten verstohlene Blicke zuwerfen. «Ohne ein ordentliches Ausreisevisum oder einen Pass können Sie nicht nach Spanien einreisen.»

Dann deutet er auf den anderen Zug. «Und das da ist der Zug nach Madrid.» Jetzt ist seine Stimme leiser, sodass nur noch Max sie hören kann. «Was auch immer Sie tun, Monsieur, nehmen Sie *nicht* den falschen Zug.»

Und damit geht er und überlässt Max die Entscheidung.

Angst

Leonora, August 1940, Santander

Das Mädchen erwacht. Ein Raum entsteht vor ihren Augen. Weiße Decke und weiße Wände. Ein hohes Fenster führt zu einem anderen Zimmer, von wo aus sie Stimmen hört, aber die Sprache nicht verstehen kann. Keine Sonne, keine Andeutung eines Himmels.

Sie war schon einmal in dieser Welt, in dieser Unterwelt. Aber wo sind die Sidhe, die ihr endlich die Alchemie beibringen? Und warum kann sie sich nicht rühren? Sie liegt flach auf einem Bett, das so hart ist wie ein Tisch. Lederriemen fesseln ihre Hand- und Fußgelenke. In ihrer Nase steckt ein Schlauch, neben ihr stöhnt eine Maschine. Ihre Gelenke sind heiß vor Schmerz. Das muss ein Krankenhaus sein, denkt das Mädchen. Das Automobil muss mit etwas zusammengestoßen sein.

Sie hebt den Kopf, so hoch sie kann, nicht ganz drei Zentimeter, aber weit genug, um zu erkennen, dass sie unter den Gurten nackt ist. Neben der Tür sitzt eine Frau und strickt. Sie sieht genauso aus wie die Kinderfrau des Mädchens, ihre Nanny, und sie denkt, dass sie vielleicht zu Hause ist, aber als die Frau aufschaut, quellen ihre Augen hinter den dicken Brillengläsern hervor wie die eines Frosches. Sie riecht nach Sardinen. Das ist nicht Nanny.

«Wer sind Sie?», fragt das Mädchen. Die Worte scheinen von jemand anderem zu kommen. Ihre Zunge ist dick, die Stimme so weich wie trockener Sand.

«Frau Asegurado», antwortet die Frau.

Frau? Angst keimt in dem Mädchen auf, langsam, sie lässt sich Zeit. «Ist das hier ein deutsches Lager?»

Die Frau lächelt traurig. «Nein», antwortet sie.

Weil sie glaubt, dass sie vielleicht träumt, schließt das Mädchen die Augen. Um sich zum Aufwachen zu zwingen, öffnet sie sie wieder.

Nichts hat sich verändert.

«Wo ist Alberto?», fragt sie und erinnert sich. Oder hat sie ihn nur geträumt?

«Madrid.»

«Wo bin ich?», fragt sie weiter, obwohl sie weiß, dass die Frage viel zu groß ist, als dass sie jemand beantworten könnte. Sie ist an das Bett geschnallt und treibt weiter – auf dem Segelboot, wie in dem Lied, das sie im Auto summte, während sie in die Sterne schaute. Aber jetzt könnte sie überall sein. Sie könnte Jahre geschlafen haben.

«Sie sind an einem Ort, an dem Sie sich ausruhen werden», sagt die Frau.

Das Mädchen spürt, dass sich ihre Augenlider schließen wie die Deckel winziger Schachteln.

Sie wacht auf, als sich ein dicker Mann über sie beugt. «Vater?», sagt sie. Aber seine Augen sind dunkler als Vaters. Zwei dunkle Höhlen, zwei Gruben, sie geben nichts preis. Das Mädchen bleibt völlig bewegungslos, aber innerlich bebt sie. Dennoch muss sie fragen. «Warum bin ich hier?»

Sein Blick nimmt sie auf in seine Stille, seine Leere. Wortlos verlässt er das Zimmer.

Die Frau beugt sich so nah über sie, dass sich das Mädchen in den Poren ihrer langen Nase verliert.

«Sie müssen das verstehen. Don Luis ist ein großer Mann. Wie Hitler. Er spricht jede Nacht mit Ihnen. Und Sie antworten ihm, wie er es wünscht.» Sie trippelt hinter ihm hinaus und schließt die Tür.

Wie er es wünscht? Das Mädchen schaudert, denkt an ihren Vater, an seine Wut, wenn sie ihm die Stirn bietet, und mit welcher Freude sie das erfüllt. Aber in dieser merkwürdigen Welt ist er ein Arzt, und sie ist seine Patientin, seine Puppe, die er kontrollieren kann, wie es ihm gefällt. Die er hypnotisieren kann, wenn sie schläft. Und sie – schläft.

Sie wird wach bleiben. Sie wird ihr Bewusstsein bewachen, das schwört sie sich, als sich die Schächtelchen ihrer Augen schließen.

Tage. Wochen. Die Zeit hat aufgehört zu existieren. Kein Sonnenstrahl dringt in ihr Zimmer, um den Morgen vom Abend zu unterscheiden. Manchmal sitzt die Frau auf dem Stuhl an der Tür und strickt. Und manchmal legt ihr ein junger Mann mit dunklen Haaren eine Zigarette an die Lippen, und sie raucht, spürt, wie ihr Körper abhebt, als hätten sich die Gurte gelöst. Er lässt sie von seinen Äpfeln abbeißen, und seine Augen sind so grün wie Blätter; so grün wie die Augen ihres Bruders. Sein Name, sagt der Mann, ist José.

«*Hermano*», sagt sie. Bruder.

Als sie im Fieber schwitzt, tupft er ihren Körper mit

einem feuchten Tuch ab. Er säubert sie von Schmutz, Scheiße und Pisse, und erstaunlicherweise fühlt sie keine Scham. Ihr Körper ist nur ein Körper. Je beschränkter er ist, desto höher kann ihr Verstand fliegen und alles aufnehmen, was er braucht. Sie wird es irgendwie schaffen. Sie wird irgendwie fliehen.

Bei einem seiner Besuche spielt José eine verstimmte Gitarre und summt dazu, sodass sie ihn beinahe hören kann. Sie lässt sich von der Musik tragen. Sie ist das Segelboot, das den grünen Augen des Bruders folgt, der sie zwischen den Strophen mit durchsichtiger Sehnsucht mustert. Es ist nicht deine Schuld, will sie sagen. Es ist Vaters Werk.

Wenn sie den Mund öffnet, um zu sprechen, hat sie das Gefühl, dass ein Windstoß in ihren Körper eindringt, ein Geist. Er ist dunkler als Tod oder Qual oder Leere und erfüllt sie mit seinem Drang – zu zerstören. Die Vögel und Pferde und Katzen – all die Lebewesen, die sie liebt. Ihr Kopf pocht. Ihre Glieder sind schwer und heiß. Der Arzt hat Besitz von ihr ergriffen, und sie kann kaum atmen.

José legt die Gitarre ab. Er drückt einen Waschlappen auf ihre Stirn.

«Bitte», sagt sie. «Schnall mich los. Bring mich nach Madrid.»

«Aber der Arzt?»

«Ist nicht hier. Da bin ich mir ganz sicher. Er könnte das nicht mit mir machen, wenn er hier wäre.»

Er zögert. «*Sí*», antwortet er. Schnell löst er ihre Gurte, hilft ihr, sich anzukleiden, und zieht ihr Schuhe an die Füße, die mit einem Kribbeln aufwachen. Er schließt einen Schrank auf, und sie holt ihre Tasche heraus, in der alles ist, was sie besitzt. Sie gehen den Flur entlang, ganz ruhig, ganz ruhig. Sie sind beinahe an der Tür, die nach draußen führt. José dreht den Knauf, öffnet die Tür weit, und da steht der Arzt. Ihr Herz scheint einen Schlag auszusetzen. Der Arzt sieht das Mädchen bedächtig an, ohne jede Überraschung, als wäre das alles Teil seines Plans. Er sagt etwas auf Spanisch zu José, und der arme Junge blickt zu Boden. Er hat Vater auch nicht gehorcht. Seine Wangen brennen genauso wie beim Bruder des Mädchens, wenn sie dabei erwischt wurden, wie sie im Wald Hexen spielten. Das hättest du besser wissen müssen, sagte Vater, wobei seine Enttäuschung schlimmer war als eine Ohrfeige, und ihr Bruder war mit ihm gegangen. Aber sie war davongeflitzt, einen zugewachsenen Pfad entlang, wo sie niemand finden konnte.

Das Mädchen rennt einen Flur entlang – ihre Beine sind so steif, dass sie sich nicht richtig bewegen wollen –, um eine Ecke und um noch eine Ecke. Das Gebäude ist ein Irrgarten. Jetzt nach rechts. Im Laufen spürt sie die Freude an der Bewegung. Nach einer so langen Zeit der Ruhe fühlt es sich an wie Fliegen. Schon ist sie durch die letzte Tür hindurch und schwebt durch einen Apfelgarten. Die Blätter zu ihren Füßen leuchten gelb im Mondlicht. Wie lange war sie an das Bett gefesselt? Wie viel Leben hat sie verloren? Oder vielleicht träumt sie, und die Zeit ist nicht, was sie zu sein scheint?

«Das ist mein Traum!», ruft sie und hofft, dass sie jemand in der anderen Welt hört und aufweckt. Die Zweige zittern, es regnet Blätter. Sie stolpert über einen Apfel und verstaucht sich das Fußgelenk.

José atmet heftig über ihr. Sie riecht das Meer in der Luft. Er zieht sie hoch. *«Lo siento»*, flüstert er. Oder ist es der

Wind, der durch die Zweige streicht? José trägt sie zurück, denn sie trödelt. Das Mädchen schaut hinauf zum Vollmond und heult.

Es gibt das Zimmer, das Bett, ihren nackten Körper, und es gibt Träume, so viele Träume. Pferde wiehern in der Nacht, sie ist eines von ihnen und rennt über Berge. Ein Falke, der eigentlich ein Mann ist, ruft ihr vom Himmel aus etwas zu, wo er als kreisender Fleck im Blau zu erkennen ist. Dann ist er ein Nix und hüllt sie in Seegras. Maler in Paris feiern eine Party, und sie kann ihn nirgends finden, er hat sie ohne ein Wort verlassen, und sie öffnet eine Tür, hinter der er eine Frau auszieht, die sie einmal irgendwo getroffen hat. Liebst du mich nicht?, fragt sie. Liebe ist kompliziert, erwidert er und umarmt die nackte Dame.

José öffnet ihre Gurte, lässt ein Bad ein und bezieht das Bett neu. Im warmen Badewasser versucht sie sich an ihre Träume zu erinnern, aber es gelingt ihr nicht. Sie ist leer, so wie das Licht leer ist. Das Wasser hat sich noch nie so gut angefühlt, und sie schmilzt hinein, lässt sich unter die Oberfläche gleiten. Ihr Atem steigt in Blasen auf. Sie muss sich unter die Oberfläche der Dinge bewegen, muss loslassen. So will sie zurück in die Welt, die es noch geben muss – wenn sie nur den Weg dorthin finden kann.

José legt seine großen Hände unter sie und wuchtet sie aus dem Bad. Gierig atmet sie ein, als würde sie gerade geboren. Er trocknet das Mädchen mit einem rauen Handtuch ab, und ihre Haut ist plötzlich rosig und wie neu. Sie setzt sich auf einen Stuhl, und er kämmt ihr das Haar, wie es Nanny immer tat. Es ist verfilzt, aber José beginnt an den Haarspitzen und arbeitet sich mit wunderschöner Geduld hinauf. Nanny hätte dabei eine Geschichte erzählt, um ihnen die Zeit zu vertreiben, und das Mädchen denkt, dass sie eine erzählen könnte. Aber was passiert, wenn man innerhalb einer Geschichte eine Geschichte erzählt?, fragt sie sich. Und weil sie für die Antwort noch nicht bereit ist, summt sie stattdessen ein Lied. José küsst sie auf den glatten Scheitel.

Nach dem Bad fühlt sie sich ganz schwer, wie eine reife Melone am Weinstock, und sie liegt auf dem sauberen Bett und lässt José die Gurte befestigen. Wie kann sie die andere Welt erreichen? Welches Wissen muss sie dafür haben? Welches Rätsel lösen? Ihre Fragen fallen durch die Zimmerdecke. Sie ist losgelöst, sie ist bereit.

Sie ist losgelöst, sie wartet.

Jetzt steht da ein anderer Arzt über sie gebeugt. «Wir müssen Ihnen Blut abnehmen», sagt er. Um zu sehen, ob ich rein genug bin, dass man mir die Wahrheit anvertrauen kann, denkt sie. Aber als der Arzt sich ihr nähert, mit der Spritze in der Hand, erkennt sie, dass sie ihm nicht trauen kann. Er hat die braunen Augen ihres Vaters. Ihr Puls rast, aber sie kann sich nicht bewegen.

Sie wird es ihm ganz deutlich sagen, zivilisiert. «Sie sind nicht befugt, mich mit Nadeln zu traktieren. Ich habe nichts unterschrieben.»

Er schnippt gegen die Spritze. «Das mussten Sie auch nicht», antwortet ihr Arzt, der jetzt neben dem ersten Mann steht. Ihr Arzt hält ihre Hand. Er starrt sie an, starrt in sie hinein. Sie spürt den Schmerz in ihrem Schenkel. Sie öffnet den Mund, aber sie kann weder schreien noch sprechen. Die Augen des Arztes sind nur noch kahle Sonnenlichtpfützen. Eispickel spießen sie auf, und sie sinkt in einen Tunnel, einen Brunnen, schwarz und so kalt, dass sie nicht aufhören kann zu zittern. Sie klappert mit den Zähnen. Sie weiß nicht, wo sie sich befindet in diesem sternlosen Strudel. Sie ist niemand, niemand. Sie kann sich nirgends finden.

Sie keucht auf und öffnet die Augen, nur um diese schrecklichen lidlosen Augen zu sehen, in ihren hypnotischen Bann zu geraten. Ihre Kräfte sind nichts im Vergleich zu seinen. Er ist ein Hexer, und er hat ihr Herz gegessen. Sie schließt ihre Augen, um seine nicht mehr sehen zu müssen, aber er ist in ihr, oder sie ist in ihm, ihre Unterwerfung ist vollkommen. Sie gehört ihm.

Der Arzt löst ihre Gurte. Hat sie eine Nacht geschlafen oder eine Woche? Ihre Beine sind so schwer, dass sie nur unter Mühen ihre Zehen bewegen kann. «Es geht Ihnen also besser?», fragt er und hilft ihr, sich aufzusetzen. Er legt seinen Daumen zwischen ihre erschlafften Lippen, zwischen ihre Zähne, so sanft, dass sie ein warmes Pulsieren zwischen ihren Schenkeln spürt. Sie schließt den Mund um seinen Daumen und saugt daran. Er schiebt den Finger tiefer hinein, seine braunen Augen blicken so sanft, beinahe freundlich, dann zieht er den Daumen wieder heraus.

«Es scheint mir, junge Dame, dass Sie die Krallen eingezogen haben.» Er reicht ihr die Hand – die Hand eines Vaters –, und sie greift danach.

Das Sonnenzimmer besteht ganz aus Glas. Da steht ein Schreibtisch, ein Sofa. Sodann ein Tisch, darauf eine Vase mit Rosen und eine Schale Zitronen. Sie setzt sich auf das Sofa und isst alles auf, was José ihr bringt – Brot, Kekse, Milch, Beeren. Die Sonne zieht über den Himmel, als wäre ein Tag eine Stunde. Sie beobachtet, wie sich das Licht verändert, makellos wie Mathematik, sie spürt, wie es in ihre Poren dringt. Oh, wie sie die Sonne vermisst hat! Leonora widersteht nichts. Unersättlich isst sie auch die Zitronen mitsamt ihrer Rinde. Sie starrt stundenlang die Rosen an, fährt mit den Fingern über die glatten Stiele, bis sie begreift – jemand hat ihre Dornen entfernt.

Eine Tasche liegt neben ihr auf dem Sofa. Sie lässt den Verschluss aufspringen, und das dunkle Maul klafft auf. Sie holt ein goldenes Röhrchen heraus. Als sie es dreht, ragt daraus ein roter Stab hervor. Sie fährt damit über ihre Lippen. Der metallische Geschmack bleibt auf ihrer Zunge und erinnert sie an jemanden. Es ist nur ein Aufblitzen, ein vorüberfliegender Geist aus diesem anderen Leben, das vielleicht gar nicht wirklich war. Sie ist sich nicht mehr sicher.

In der Handtasche befindet sich eine kleine Tasche, ein geheimes Fach.

Sie schaut sich heimlich um, um sich zu vergewissern, dass sie nicht beobachtet wird, zieht den Reißverschluss des Geheimfachs auf und findet zwei Pässe darin, ineinandergesteckt, ihre Seiten wie die miteinander verschränkten Finger zweier Hände. Sie öffnet einen von ihnen.

Britisch. *Leonora Carrington* steht darin. Das Foto eines pausbäckigen Mädchens mit naivem Lächeln, die Augen direkt auf den Betrachter gerichtet. Ihr Selbstvertrauen ... Ja, sie sieht wirklich so aus, als wollte sie die Welt erobern. Der andere Pass gehört *Max Ernst.* Das Mädchen starrt den Mann mit dem weißen Haar und dem ausdruckslosen Gesicht an, dessen Augen eng beieinanderstehen und starr geradeaus blicken, als hätte er Angst vor etwas. Sie betrachtet das Symbol, das auf die Seiten gedruckt ist – einen Adler, der eine schwarze Spinne hält, ein Quadrat mit vier rechteckigen fehlenden Stücken. Sie betrachtet es, bis sie nur noch die fehlenden Stücke wahrnimmt. Es sind Flure, die einander kreuzen, und in jeder Richtung eine Sackgasse.

Sie hört die Schritte ihres Arztes und lässt die Pässe zurück in das Handtaschenfach gleiten. Ihr Finger ertastet etwas Scharfes – die Nadel einer Silberbrosche, eine Spirale, die sie schnell an ihr Kleid heftet. Sie fährt mit dem Finger von der Mitte aus im Uhrzeigersinn die Form der Spirale nach und spürt, wie sich ihr Herz öffnet. Sie glaubt zu verstehen. Der Arzt wird sie belohnen, indem er ihr den Kopf tätschelt. Vielleicht steckt er ihr wieder den Daumen in den Mund. Der Gedanke lässt etwas wie Elektrizität durch ihren Körper zucken, und bei dem Gedanken, wie sie ihn beglücken kann, wird ihr der Mund wässrig. Er wird feststellen, dass sie eine gute Tochter ist, und er wird ihr den Weg aus dieser schrecklichen Welt zeigen.

Als der Arzt das Sonnenzimmer betritt, macht sie einen tiefen und langen Knicks. Er lächelt beim Anblick ihrer roten Lippen, aber als er die Spirale bemerkt, löst er sie mit dicken, ungeschickten Fingern. «José hätte es besser wissen müssen», sagt er und steckt das Schmuckstück ein.

Jetzt, da sie gezähmt ist, lassen sie sie ohne Gurte schlafen.

Sie spaziert über das Gelände mit der Frau an ihrer Seite, überrascht, dass es hier noch andere Gebäude gibt außer dem, in dem sie untergebracht ist. Sie entdeckt eines hinter dem Obstgarten. Die hohen Fenster haben keine Gitter, und der Wind trägt von dort Gelächter zu ihr. «Was ist das für ein Gebäude?», fragt sie.

«Dort werden Sie bleiben, wenn es Ihnen wieder gutgeht», sagt die Frau. «Wir nennen es Abajo.»

«Unten?» Dieser Ort der Freude und der Freiheit, dieses Abajo, scheint nach ihr zu rufen. Das Mädchen eilt auf das Haus zu, ist sich sicher, dass der Weg zurück in ihr Leben irgendwo darin zu finden ist. Sie hatte recht, die andere Welt ist vielleicht oben, aber sie muss unter die Oberfläche der Dinge dringen, um dort anzukommen. Der Türknauf besteht aus Kristall, in dem sich das Licht bricht. Regenbogenreflexe tanzen auf dem Gras. Sie hält den Knauf in der Hand. Aber als sie ihn dreht, hält die Frau sie auf.

«Es geht Ihnen noch nicht gut genug.»

Eines Morgens schlurft eine andere Frau in ihr Zimmer, die genauso aussieht wie ihre Nanny. Sie trägt einen grauen Schal, wie ihn Nanny immer trug, aber diese Frau ist älter, dünner und viel blasser.

«Mein Liebling!», ruft sie, und da weiß das Mädchen, dass es wirklich Nanny ist, hier in dieser seltsamen Welt.

«Nanny, wie kommst du denn hierher?»

Sie setzt sich auf den Stuhl der ersten Frau. «Mit dem U-Boot», antwortet sie. «Gehört zur Flotte der Royal Navy.»

«Natürlich!» Wie sonst hätte Nanny zu ihr in dieses Land unter der Erde kommen können?

«Die Reise hat Tage gedauert. Es war furchtbar», sagt sie. Nicht so furchtbar, wie es hier ist, denkt das Mädchen und hofft, dass Nanny sie mit zurücknimmt, wobei es immer rätselhafter wird, wo dieses Zurück ist, was genau dieses Zurück ist. Ein Traum, an den sie sich nur erinnern kann, wenn sie träumt.

Nannys rechte Hand zittert, als sie sie aus ihrer Manteltasche zieht, um dem Mädchen den Arm zu tätscheln. «Na, na. Jetzt erzähl mir mal, wie das alles passiert ist.» Sie vollführt eine Handbewegung in den schlichten weißen Raum hinein. Das Mädchen hält die Hand ihrer Nanny, damit sie weniger zittert, aber sie erzählt ihr nicht viel. Wie könnte sie auch, zumal sie es selbst nicht weiß?

Als die erste Frau kommt, um das Mädchen in die Bibliothek zu bringen, holt sie den schwarzen Schal, den sie gestrickt hat, und legt ihn um die Schultern des Mädchens. Nanny sieht die Frau böse an, diese Frau, die sie ersetzt hat. Das freut das Mädchen, und sie geht leichtfüßig in den Tag, erfüllt von der Weisheit der Sprichwörter. «Man muss mit den Wölfen heulen, dann gehört die Welt den Mutigen.» Und: «Man kann niemanden zu seinem Glück zwingen, ohne Rost anzusetzen.»

Die Bibliothek ist sonnendurchflutet, und ihre Regale reichen bis zur hohen Decke. Es gibt eine Schiebeleiter, mit der man auch an die obersten Reihen gelangt. Dort stehen *Don Quichotte* und *Gullivers Reisen.* Sogar Baudelaires *Blumen des Bösen.* Das Buch, das ihr die Frau reicht, ist *The Philosophy of Loyalty.*

«Warum kann ich mir nicht selbst ein Buch aussuchen?»

«Sie werden warten müssen», sagt sie, «bis der Arzt entscheidet, dass Sie dazu bereit sind.»

Das Mädchen nimmt das Buch, weil jedes Buch besser ist als keins, und folgt ihr auf einen sonnigen Hügel, wo die Frau eine Decke ausbreitet und sie allein lässt.

Das Buch wiegt schwer in ihren Händen, und seine Worte sind noch schwerer und langweilig. Als sie wieder aufwacht, steht die Sonne tief am Himmel. Es ist kühl geworden. Sie fragt sich, welcher Monat es ist – Oktober? November? Sie könnte Nanny fragen, aber die Zeit verläuft hier anders, und sie ist sich nicht sicher, dass sie es ihr sagen kann.

Das Mädchen schleicht durch die Flure in die Nacht, jeder ihrer Schritte ist lautlos. Sie besucht den Prinzen von Monaco, der in einem benachbarten Pavillon wohnt. Er hat ihr versichert, dass sie sich das Recht verdient hat, durch die Flure zu gehen, aber sie glaubt ihm nicht. Hinter jeder Ecke erwartet sie, dass sie der Arzt packt, sie festzurrt und hypnotisiert.

Der Prinz sitzt in seinem Zimmer und tippt. Er hat eine Schüssel mit Zigaretten, und sie nimmt eine davon. «Diplomatenbriefe», sagt er und hämmert weiter auf der Schreibmaschine.

Sie raucht und betrachtet die Landkarten, die seine Wand bedecken. Hier ist eine Karte von Frankreich und Spanien. Eine rote Linie zeichnet eine Route von Südfrankreich über Andorra nach Madrid und zurück in den Norden nach Santander, Spaniens oberste Spitze direkt am Meer. Sie fährt mit dem Finger die Linie entlang und merkt, dass es ganz still im Zimmer ist. Der Prinz hat aufgehört zu tippen. «Kommt Ihnen das bekannt vor?», fragt er und rückt sein Monokel zurecht.

Sie nickt, ist sich aber nicht klar, warum sie nickt. «Wir befinden uns hier, nicht wahr?» Sie zeigt auf Santander.

«Sind wir. Die rote Linie ist Ihre Reise», erwidert er.

«So klein?» Sie versucht zu verstehen.

«Alles wirkt winzig, wenn man es an die Wand hängt.»

Neben der Karte hängt ein blauer Schmetterling hinter Glas. Seine Flügel sehen aus wie Zellophan und sind so groß wie ihre Hand. Sie starrt den Schmetterling an und erkennt ihr eigenes Gesicht im Glas. Ein Auge glänzt, und da ist der Schatten ihres Mundes. Wie kann es sein, dass sie das noch nicht bemerkt hat – hier gibt es keinen einzigen Spiegel.

Sie betrachtet die vage Spiegelung ihres Gesichts und stellt fest, dass der Fühler des Schmetterlings zuckt. Oder war es nur ihr Auge, das geblinzelt hat? Sie nimmt den gerahmten Schmetterling von der Wand. Der Prinz zieht ein Blatt Papier aus der Schreibmaschine und legt es auf seinen Papierstapel. «Das ist ein Morphofalter. Aus einem Wald in Mexiko.» Das Mädchen dreht den Rahmen um. Die Unterseite der Schmetterlingsflügel sind im Vergleich zur Oberseite ganz schlicht. Braun, mit sieben goldenen Kreisen, wie Augen. Der Prinz rückt sein Monokel zurecht und schaut das Mädchen an. «Damit er sich ausruhen und unbeachtet bleiben kann.»

Sie hält den Falter ans Licht, sodass der Prinz die Flügel zittern sehen kann. «Haben Sie das bemerkt?»

«Natürlich, *ma chérie*, aber Sie dürfen über solche Dinge nicht vor anderen Leuten sprechen. Sie müssen lernen, die Dinge, die Sie sehen und wissen, für sich zu behalten.»

«Wir sollten das Glas zerbrechen, damit er atmen und frei sein kann!»

«In Spanien würde er nicht überleben. Zu kalt und zu trocken. Nur in Mexiko», erklärt der Prinz, schiebt seine Streichholzschachtel mit alten Ausscheidungen auf und berührt sie leicht, so wie man eine Eidechse streicheln würde.

«Ist das von einem Fuchs?», fragt das Mädchen. Aber der Prinz lächelt nur.

Die Frau hält eine Liste in ihrer dicken, sommersprossigen Hand. Bücher, die der Arzt dem Mädchen verboten hat. Aber die Bibliothek ist voll von Büchern. Sie findet bestimmt ein gutes. Sie zieht *Gullivers Reisen* aus dem hoch aufragenden Regal, und die Frau findet es auf ihrer Liste. Sie holt *Don Quixote* heraus, das ebenfalls auf der Liste steht. Und dann stößt sie auf *Alice hinter den Spiegeln* und quiekt vor Freude darüber, es entdeckt zu haben.

Natürlich!, denkt sie, als sie es in der Hand hält. Sie ist durch den Spiegel gegangen und jetzt auf der anderen Seite. Deshalb kann ihr niemand bei der Flucht helfen. Sie wissen nicht, wie man wieder herauskommt. Aber dieses Buch wird ihr den Weg zeigen.

Der Kopf der Frau bewegt sich hin und her. Sie zeigt dem Mädchen den Titel, er ist der erste auf der Liste – als hätte der Arzt gewusst, welches Buch sie am liebsten lesen würde. Das ist nicht richtig, denkt sie, oder hat sie es laut gesagt? Dem Blick der Frau nach hat sie es sogar geschrien. Nun, auch gut. Es reicht ihr. Sie marschiert mit dem Buch in der Hand aus der Bibliothek.

Vor ihrem Zimmer hört sie den Arzt sprechen. Nanny sagt etwas wie «Mr. Carringtons Wünsche.» Das Mädchen hält inne. Wer ist Mr. Carrington? Der Vater des Mädchens, dessen Pass in ihrer Tasche liegt – dieses Überbleibsel aus der anderen Welt? «Ich kann sie mit zurücknehmen», sagt Nanny.

Zurück?, denkt das Mädchen. Hinter dem Spiegel hervor, gewiss, aber wohin?

Sie tritt ins Zimmer und hält das Buch hoch, damit Don Luis es sehen kann. «Sagen Sie mir einen Grund, warum ich das hier nicht lesen sollte? Himmelherrgott noch mal», sagt sie zu Nanny. «Du hast mir das vorgelesen, als ich sechs war!»

«Ganz genau», erwidert Don Luis. «Sie sollten keine Zuflucht in kindischem Verhalten suchen, junge Dame.»

«Ich akzeptiere Ihre Autorität über mich nicht.»

Ihre Stimme ist ganz klar. Sie erhebt sich aus der Erde, auf der ihre Füße fest stehen; sie erhebt sich aus ihrem Bauch, wo ihre Kraft liegt. Sie wird seine Herablassung nicht tolerieren, diese Beleidigung ihrer Intelligenz. Er kann sie umbringen, wenn er will, aber sie wird nicht nachgeben. Sie wird niemandes junge Dame mehr sein. «Sie haben mein Innenleben nicht zu kontrollieren.» Mit dem Buch in der Hand wendet sie sich zum Gehen, packt Nanny bei der Hand und zieht sie hinter sich her. Aber der Arzt greift ihre andere Hand und zieht ebenfalls. Auch Nanny zerrt an ihr, als wollten sie das Mädchen auseinanderreißen. Schmerz durchzuckt ihre Schultern. Eine Naht in ihrem Kleid reißt. Nanny liegt jetzt am Boden, und der Mann bringt das Mädchen dorthin, wo er es haben will. Sie weiß, was er mit ihr machen wird, und sie leistet keinen Widerstand.

Sie ist stärker.

Er schnallt sie am Bett fest. Der andere Arzt taucht neben ihm auf, derselbe wie vorher. Sie ahnt, dass die beiden in Wirklichkeit ein und dieselbe Person sind – oder dass ihr Arzt im Grunde zwei Ärzte ist. Er ist der Mann, der lächelt und ihre Hand hält, und er ist derjenige mit der schwarzen Tasche und der Injektionsnadel, der kommt, um ihr Blut abzunehmen, um zu überprüfen, ob sie immer noch ein Mädchen ist, um sicherzugehen, dass sie sich nicht in eine Hexe verwandelt hat. Sie spürt einen Stich und fällt, wie vorher, in die bodenlosen Brunnen seiner Augen, aber diesmal senkt sie die Lider und betet, dass er sie dort in der Dunkelheit nicht findet.

Sie wirbelt, fällt ohne einen einzigen Zeugen, spürt ein Fädchen Freiheit in der Finsternis. Es ist winzig. Ein einziges, glänzendes Härchen. Sie greift danach.

In einem Sessel neben ihrem Bett weint Nanny. «Mein Liebling! Was haben sie mit dir gemacht?»

Das Mädchen hat keine Worte, um es zu erklären. Sie sehnt sich danach, an Nannys Brust zu weinen, wie früher, aber als Nanny die Arme ausbreitet, kann sie nicht zu ihr, obwohl sie nicht festgeschnallt ist. Ihre Wärme ist wie ein Magnet, der sie nach Hause zieht, zurück zu Mr. Carrington, ihrem Vater. Sie kennt die Wahrheit. Sie ist das Mädchen auf dem Passfoto. Sie ist Leonora Carrington, und wenn sie mit Nanny ginge, würde sie niemals wieder frei sein. «Du musst mich verlassen», sagt sie. Nanny lässt wie eine welkende Blume den Kopf hängen, und das Mädchen spürt, wie mit ihr eine uralte Schuld verschwindet.

Sie öffnet die Tür zum Sonnenlicht. Endlich ist sie in Abajo.

An dem Tag, an dem es Echevarria gut genug geht, um mit ihr zu sprechen, ist die Luft kalt, die Zweige der Apfelbäume sind kahl. Sie zieht den Schal fester um ihre Schultern. José läuft neben ihr und gibt ihr eine Zigarette, und als er sich hinüberbeugt, um sie anzuzünden, staunt das Mädchen, wie wunderbar er aussieht mit seinem dichten Haar.

Er verlässt sie, als sie das Zimmer des Prinzen erreichen. Die Tür steht offen, und darin sitzt ein kleiner Mann mit silbernem Bart und schwarzer Baskenmütze sehr gerade auf einem niedrigen, gepolsterten Hocker. Seine Haut hat die Farbe schwerer Erde, und er hat die Hände eines Bildhauers, die sich bewegen, während er mit leiser und ungezwungener Stimme zu dem Prinzen spricht. Als er das Mädchen sieht, stützt er sich auf seinen Stock und erhebt sich. Der Stock besteht aus Ebenholz, Waldszenen sind hineingeschnitzt, wie das Mädchen erkennt, als sie sich bückt, um die Affen und Vögel genauer zu betrachten. «Setz dich, mein Kind», sagt der kleine Mann.

Der Prinz hämmert auf seiner Schreibmaschine. Vielleicht ist es der Rhythmus, der etwas in ihr erweckt, vielleicht auch Echevarrias freundliche Worte und die Art, wie seine Hand die ihre nimmt – nicht so fest, dass das Mädchen sie nicht zurückziehen könnte, aber fest genug, um seine Aufrichtigkeit zu vermitteln –, jedenfalls fühlt sie sich, als befände sie sich auf dem Kamm einer riesigen Welle, auf einem Hügel, den sie erklommen hat, um weiter schauen zu können als bisher, durch Luft, die glasklar ist. «Du wirst bald von hier fortgehen», sagt Echevarria.

Sie spürt ein Flattern in ihrer Brust. Wie sehr sie glauben möchte, dass das die Wahrheit ist. «Aber ich bin jetzt in Abajo», erwidert sie, weil sie in seiner Gegenwart glücklich ist.

Er zupft an seinem Bart und streicht mit seinem Daumen über ihre Hand. «Abajo ist ein Pavillon für die Geisteskranken, und du, meine Liebe, bist nicht geisteskrank.» Das Mädchen erzählt ihm von den wilden Pferden auf den Hügeln Andorras, wie sie ihre Gesichter berühren durfte, aber er kichert nur. «Natürlich sprichst du die Sprache der Pferde. Du bist eine verwandte Seele.»

Sie beugt sich ganz nah zu ihm und flüstert, für den Fall, dass jemand an der Tür lauscht: «Aber wie kann ich meinem Arzt entkommen? Seine Zauberkräfte sind mächtig.» Sie gesteht, dass sie sich von Don Luis angezogen fühlt, wie sie mehr wollte, als er seinen Daumen in ihren Mund steckte. «Warum sollte ich jemand so Schrecklichen begehren?»

«Das Begehren anderer ist Macht», sagt Echevarria leise. «An diesem Ort warst du machtlos. Aber er ist ein Schweinehund. Ein Arzt, der sich an seiner Kontrolle über die Patienten weidet.»

«Aber die Zauber, die er anwendet? Ich habe so schlimme Krämpfe.»

«Cardiazol», erklärt er. «Er hat dir ein Medikament gespritzt. Er hat gar keine Macht.»

Der Prinz hört auf zu tippen. In der Sonne erkennt das Mädchen alles ganz deutlich. Sie schaut zur Wand, bemerkt die mit rotem Stift eingezeichnete Route, ihre Reise von Frankreich durch Spanien hierher. Als sie Madrid entdeckt, erinnert sie sich an ihren Plan, die Welt von der despotischen Herrschaft der Väter zu befreien – von Hitler und Franco und diesem schrecklichen Mann Van Ghent. Was, wenn das M im Wort Madrid stattdessen für MICH steht?, denkt sie.

Was, wenn die Welt ist, wie sie ist, und ich es bin, die sich ändern muss?

Neben der Karte hält der Schmetterling in seinem Rahmen ganz still. Der Prinz nimmt ihn von seinem Haken und reicht ihn ihr. «Damit Sie ihn mitnehmen können», sagt er, und das Zimmer kommt ihr plötzlich traurig und klein vor. «Nach Hause, nach Mexiko.»

«Ich gehe aber nicht nach Mexiko», erwidert sie, aber der Prinz will den Schmetterling nicht zurücknehmen.

Es klopft. «Zeit fürs Mittagessen», sagt José.

Echevarrias Augen glitzern. «Du begehrst ihn, nein?», flüstert er.

«Oh!», lächelt sie. «Aber ja!»

Im Obstgarten zieht sie José hinter einen Baum, wo sie sich küssen, bis die Frau kommt und missbilligend mit der Zunge schnalzt. José und das Mädchen wischen sich die Münder ab, spazieren weiter und teilen sich eine Zigarette.

An diesem Abend erscheint Nanny im Zimmer des Mädchens. Ihre Augen sind rot und geschwollen. «Ich fahre morgen», sagt sie.

«Oh, Nanny.» Das Mädchen klopft neben sich aufs Bett, und Nanny setzt sich dorthin. Ihr Körper ist wie ein Sack voll nassem Sand. «Ich habe mich noch nie bei dir bedankt. Jedenfalls nicht genug.»

«Aber es ist meine Schuld.» Nanny zögert und schluckt. «Dieser magische Blick auf die Welt. Ich habe dir Geschichten erzählt, als du noch zu klein warst, um zu wissen, dass es nur Geschichten waren.»

«Du meinst die Sidhe?»

Nanny nickt. Tränen rinnen ihr die Wangen hinab. Die Sonne ist versunken, und im Zwielicht kommen und gehen die Gegenstände im Zimmer, sie sind da und doch nicht da – der Stuhl und der Schreibtisch, die nicht angeschaltete Lampe und der blaue Schmetterling, der dagegengelehnt steht. Nanny selbst kann sich nicht entschließen. Und das Mädchen sieht aus den Falten ihres Kleides die kleinen Wesen hervorschauen, transparent und leuchtend. Sie hört sie murmeln, ihre uralte Sprache so neblig wie die Ufer Irlands. «Nanny!», ruft sie und will es ihr erzählen, als die Flügel des Schmetterlings erbeben. «Das ist gar nicht so schlimm», antwortet sie stattdessen. Und dann dreht sie den Schmetterling um, sodass man nur noch das schlichte braune Muster erkennt.

In der Tür hält Nanny inne. «Deine Mutter hat ein Telegramm geschickt. Du hast einen Cousin in Santander. Er ist Chirurg. Ich treffe mich morgen mit ihm, bevor ich abreise. Er kann dich vielleicht hier herausholen. Du gehörst nicht hierher, mein Liebling.»

Gegen den Protest des Arztes trifft sich ihr Cousin mit ihr in der Bibliothek. Die Frau bringt ihnen Tee, und sie unterhalten sich über die Familie, über Internate und Marmelade. Er ist ein bisschen älter als das Mädchen, hat dunkles Haar und Augen, die so grün sind wie Josés. Der Cousin trinkt seinen Tee aus und notiert etwas auf einem Block. «Ich kenne den Botschafter in Madrid. Du kommst diese Woche noch raus», sagt er, und sie hört José, der gerade einen Stapel Bücher in die Regale räumt, hinter ihr schniefen.

Das Mädchen steht vor der Sonne auf und bringt ihren Schmetterling in den Garten, wo sie sich auf einen Grasflecken setzt. Sie ist allein und doch nicht allein. Als sich der Schleier der Nacht hebt, erkennt sie all die Wesen, die nur im Dämmerlicht existieren. Sie beobachtet, wie sie flimmern – die Geister katzenköpfiger Frauen, die Geister vogelköpfiger Männer –, beobachtet, wie sie sich in die Fetzen der Nacht zurückziehen, die immer noch in den Augenwinkeln des Mädchens hängen.

Sie hält den gerahmten Schmetterling vor sich, sodass das Glas die Sonne reflektiert. Weil sie die Rückseite mit dem schwarzen Stoff ihres Rocks bedeckt, sieht sie ihr Gesicht hinter dem Schmetterling schweben. Ein umgekehrtes Gesicht. Große, dunkle Augen, die Lippen fest zusammengepresst, als wollten sie ein Geheimnis bewahren. Das Mädchen fährt mit den Fingerspitzen über ihre hohlen Wangen, um sich zu vergewissern, dass es ihre sind. Sie betastet eine Falte zwischen ihren Brauen, die vorher nicht da war. Es sieht aus, als hätte sie sich sehr lange auf ein Problem konzentrieren müssen. Und da sie sich nicht mehr an das Problem erinnern kann, fragt sie sich, ob sie es nicht irgendwie gelöst hat.

Leonora,
Dezember 1940,
Santander

Als er sich am Bahnhof von ihr verabschiedete, drückte ihr José ein Päckchen Zigaretten in die Hand. Er holte etwas aus seiner Tasche. Es glitzerte im Licht, und Leonora erkannte ihre Spiralbrosche wieder, die sie der Zigeunerin in Madrid abgekauft hatte. «Don Luis hat sie dir weggenommen», sagte José und heftete ihr die Brosche ans Kleid, direkt unter das Schlüsselbein.

Sie legte die Hand an seine Wange. Er küsste sie mit seinen sanften Lippen, und sie spürte, wie eine kleine Sonne in ihrer Brust wuchs. Sie wünschte sich, sie könnte ihn mit sich nehmen. Warum konnte er nicht ihr Begleiter sein statt der Frau, die jetzt das Gewicht auf den anderen Fuß verlagerte und seufzte? *«Es hora.»*

«Sí», antwortete José, und seine grünen Augen leuchteten. «*Adios*, Leonora.»

Sie drückte die Brosche an die Brust, um ihre eigenen Tränen zu unterdrücken. Die Frau nahm sie beim Arm und drehte sie in Richtung der Züge. *«Adios!»*, rief Leonora und reckte den Hals nach José, bis ihn die Menge verschluckte und er fort war.

Es war Silvester, und der Nachmittag war so kalt, dass ihre Knochen schmerzten. Sie zog den Schal fester um sich. Die Leute hätten glauben können, dass die Frau ihre Tante wäre. Schweigend wie Schatten bewegten sich die beiden in ihren schwarzen Wollkleidern durch das Gedränge. Die Frau schritt mit ihrem Koffer unsicher voran, aber Leonora hatte nur ihre Handtasche bei sich, weil sie ihren Koffer vor langer Zeit in einem Hotelzimmer in Madrid gelassen hatte. *Roma*, dachte sie und erinnerte sich. *Hotel Roma*, ein ganzes Leben war das her. Es war Juli gewesen, und die Hitze war drückend. Sie erinnerte sich an Van Ghent und seinen Sohn, an die Offiziere mit den roten Baretts, an das Haus mit den schmalen Balkonen und das Bett mit der roten Seidensteppdecke. Sie war aufgewacht, weil sich das Universum in ihren Augen drehte, und dann hatte sie sechs Monate im Irrenhaus verloren.

Im Bahnhof eilten die Menschen an ihnen vorbei. Unter all den Vertriebenen waren auch festlich angezogene Paare, die das neue Jahr begrüßen wollten. Die Männer sahen todschick aus in ihren schwarzen Anzügen, mit tief ins Gesicht gezogenen Hüten. Die Kleider der Frauen glitzerten und schimmerten wie Mondlicht unter ihren Mänteln aus Murmeltier-, Bisam- und Biberfell, und Leonora musste ihren Drang zähmen, darüberzustreicheln. Sie beobachtete eine junge Frau, die sich auf die Zehenspitzen stellte, um einen Mann zu küssen. Plötzlich musste sie an Max denken, wie sie ihn auf dem Bahnhof in Paris getroffen hatte, wie sie nicht genug von seinem Geruch hatte bekommen können. Jetzt war er für sie verloren, selbst die Vorstellung von ihm ohne Grenzen war für sie verloren. Manchmal hatte sie das Gefühl, dass er hinter ihr wäre.

Sie hörte ein schwaches Pfeifen, wie Vogelgesang, aber als sie sich umschaute, war der Zweig leer und wippte noch nach.

Leonora kletterte vom Bahnsteig in den Zug und hatte das Gefühl, wieder in die Zeit einzutreten. Sie und die Frau setzten sich auf ihre Plätze. Leonora hatte den Fensterplatz inne, und als der Zug losfuhr, holte sie den gerahmten Schmetterling aus ihrer Tasche und hielt ihn so, dass die blauen Flügel im Licht aufleuchteten. Mexiko, hatte der Prinz gesagt. Aber das war unmöglich! Oder hatte er das als Metapher gemeint? In Mexiko war es warm, bunt und voller Schwung, zumindest hatte Breton erzählt, wie üppig und spontan dort alles war. Vielleicht ist ein Land in mir Mexiko, dachte sie, schloss die Augen und spürte das Pochen ihres weichen, feuchten Herzens.

In Avila hielt der Zug im Bahnhof. Die Kühle der Nacht drang durch das Fenster, und Leonora kuschelte sich in ihren Schal. Auf dem Nebengleis stand ein weiterer Zug, dessen Ladung aus Schafen bestand, die in die rohe Luft schrien. Ihre Schreie waren grausig, genauso wie die Männer, die die Tiere einluden und dort frieren ließen. Leonoras Magen zog sich angesichts der Qual dieser Schafe zusammen, und sie bemerkte, dass sie die Zähne aufeinanderbiss und die Hände zu Fäusten geballt hatte. Die Menschen waren grausam zueinander, aber sie waren noch grausamer zu Tieren. Die Frau schnarchte und sabberte. Leonora könnte hinausgehen und die Schafe befreien, aber das würde Chaos bedeuten, Schafe, die durch den Bahnhof rannten, und sie würde wieder eingesperrt werden, dessen war sie sich sicher. Also biss sie sich auf die Innenseite ihrer Wange und grub die Fingernägel in ihre Handflächen.

Schließlich ruckte der Zug an, und sie sausten in die Dunkelheit. So eine wunderbare Geschwindigkeit, die sie von dem Arzt und seinen tiefliegenden Augen fortbrachte. Auch fort von dem schönen José, der ihr einen kleinen Teil von ihr selbst zurückgegeben hatte. Leonora betastete die Spirale mit dem Finger und rauchte eine der kostbaren Zigaretten, während die Frau schlief.

Irgendwann wurde der Zug langsamer und hielt. Sie waren in Madrid, die anderen Passagiere stiegen aus. Leonora konnte mit ihnen gehen. In der Menge verschwinden und frei sein. Aber sie hatte nichts. Keine Freunde, kein Geld ohne die Hilfe ihrer Eltern, und die hatten dafür gesorgt, dass die Frau bei ihr blieb. Sie spürte ihren Vater dahinter. Die Frau war die Bedingung für ihre Entlassung.

Leonora weckte sie auf. Vor dem Bahnhof winkte sie ein Taxi heran.

Kurz vor Mitternacht trafen sie im Ritz ein. Es war dasselbe Ritz wie letzten August, als die Lobby mit Blumen gefüllt gewesen war. Jetzt war der Raum von Kerzenlicht erhellt, die Kronleuchter strahlten. Leonora schritt über den Marmorboden zur Rezeption und wurde langsamer. Eine eiskalte Erkenntnis durchfuhr sie. Sie war wieder im Herrschaftsbereich ihres Vaters, und wie zuvor plante er, sie hierzubehalten, eine naive Gefangene, bis er etwas *arrangieren* konnte und einen neuen Ort fand, wo er sie wegschließen konnte. Es war kein bisschen überraschend, dass sie nicht wusste, wohin sie sollte oder was als Nächstes kommen würde. Was ihr Sorgen bereitete, war, dass sie nicht einmal daran gedacht hatte zu fragen.

Die Frau meldete sie beide an, und Leonora spazierte in die Bar, wo gejubelt wurde, als würde dieses Jahr besser, so viel besser werden als das letzte. Korken knallten an die Decke, der Champagner schäumte, Gläser klirrten. «Auf 1941!», rief jemand, und alle küssten einander. Paare schwenkten einander zur Musik einer Jazzband. Ein Mann ragte aus der Menge hervor. Dunkelhäutig, mit weißem Haar, ein eleganter, talentierter Tänzer. Er wirkte vertraut. Sie kannte ihn, da war Leonora sich sicher. Er wirbelte seine Partnerin herum und sah sie direkt an.

Renato Leduc! Picassos Freund.

Renato kam direkt auf sie zu und umarmte sie fest. Dann führte er sie zu seinem Tisch und schenkte ihr ein Glas Champagner ein. *«Dios mío»*, sagte er und grinste. «Erzähl es mir. Wie geht es dir?»

Schon eilte die Frau auf sie beide zu, das Gesicht noch verkniffener als sonst. Aber der Champagner war trocken und leicht, und Leonora fühlte sich mädchenhaft und beinahe glücklich. *«Plus terrible»*, antwortete sie.

«Aber wo bist du gewesen? Wo ist Max?»

«Wir haben jetzt unser Zimmer.» Die Frau musterte Renato mit verengten Augen. Sie schloss ihre dicklichen Finger um Leonoras Handgelenk.

Leonora tätschelte die Hand der Frau, als wäre diese ein großes, eigensinniges Kind. Sie leerte ihr Champagnerglas und erzählte Renato – auf Französisch, damit es die Frau nicht verstand –, dass Vater sie in ein Irrenhaus gebracht hatte und Max gefangen genommen und von den Franzosen in ein Internierungslager gebracht worden war. «Aber jetzt – er könnte überall sein», sagte sie und versuchte, ihn sich nicht in den Händen der Nazis vorzustellen. «Und du – du wohnst in ...»

«Lissabon. Ich bin dort bei der mexikanischen Botschaft angestellt.»

«Oh, Renato, du hast ja keine Ahnung, wie schön es ist, dich wiederzusehen.» Leonora machte sich aus dem Griff der Frau los und schlang die Arme um ihn. Sein Rasierwasser, warm und würzig, roch nach Zuhause.

Sie brauchte richtige Kleider. In ihrem formlosen schwarzen Wollkleid mochte sie vielleicht als Nonne durchgehen, aber Kleider erforderten Geld, was bedeutete, dass sie an Vaters Leute herantreten musste, statt zu warten, bis sie zu ihr kamen. Also trafen sich die Frau und Leonora mit Mr. Gilliland, dem Direktor von Imperial Chemicals in Madrid, ebenjenem, der Leonoras Aufenthalt in Santander arrangiert hatte. Sie suchten ihn in seinem Büro auf, wo Mr. Gilliland hinter seinem großen Schreibtisch saß und Leonora von Kopf bis Fuß musterte.

«Sie scheinen sich sehr viel besser zu fühlen. Planen Sie noch immer ein Attentat auf Hitler?» Gilliland lachte leise, als amüsierte ihn Leonoras bloße Anwesenheit. «Sie brauchen also eine Garderobe? Das hier sollte reichen.» Er schob einen Stapel Peseten über den Schreibtisch, und obwohl Leonora ihre Hand ausstreckte, gab er das Geld der Frau, die es in ihrem Büstenhalter verstaute.

Später lud Mr. Gilliland sie ohne die Frau zum Abendessen ein. Seine Ehefrau saß ihr gegenüber, frisiert und steif und so nervös, dass sie sich das Steakmesser schnappte, das der Kellner Leonora hinlegte. «Aber wie soll sie ihr Fleisch essen, Schatz?» Mr. Gilliland nahm seiner Frau das Messer wieder weg und reichte es Leonora mit einem Augenzwinkern.

Er musste die Gefahr genießen, denn er arrangierte des Öfteren ein Treffen mit Leonora. Sie waren dann nur zu zweit. Mr. Gilliland besuchte mit ihr den Zoo, den Prado, um Goyas Gemälde anzusehen, und eines Tages, an einem stürmischen Abend, führte er sie in ein Restaurant mit weißen Tischdecken, Kristall, Porzellan und Kellnern, die so schön waren wie José. Sie aßen Paella und tranken Weißwein.

Mr. Gilliland setzte sein Glas ab und nahm Leonoras Hand. «Ich mag dich.» Er lächelte, und zwischen seinen Schneidezähnen steckte etwas Grünes. «Dein Vater hat angeordnet, dich in ein Sanatorium in Nordafrika zu schicken, aber davor kann ich dich bewahren. Du kannst hierbleiben. Ich bringe dich in einer *sehr* hübschen Wohnung unter.» Seine Hand legte sich auf Leonoras Schenkel und drückte zu. «Keine Sorge, du würdest nicht einsam sein, kein bisschen sogar.»

Das war etwas, worüber sie nachdenken musste. Noch ein Sanatorium würde sie umbringen. Es war reines Glück, dass sie aus dem ersten wieder herausgekommen war. Wenn man sie nach Afrika schickte, würde ihre Familie sie vergessen – was genau das war, was ihr Vater wollte. Er wollte vergessen, dass er je eine Tochter gehabt hatte. Und er war dazu fähig. Er hatte das Geld und die Mittel, und was sollte ihn auch aufhalten, außer das Begehren dieses Mannes? Vielleicht sollte sie Gillilands Angebot annehmen. Sie konnte den Krieg aussitzen und ihre Flucht planen, wenn sich die Lage wieder beruhigt hatte.

«Ich denke darüber nach», sagte sie und schob seine Hand mit einer möglichst zarten Bewegung fort.

Nach dem Abendessen, als er ihr die Tür öffnete und Leonora auf den Bürgersteig trat, blies ihr ein heftiger

Windstoß das Haar über die Augen. Er brachte das riesige, metallene Restaurantschild zum Klappern und riss es schließlich aus einer Befestigung. Das Schild krachte vor ihre Füße. Hätte sie nur einen Schritt näher gestanden, hätte es ihr vielleicht eine Hand oder sogar den Kopf abgehackt.

Sie strich sich das Haar aus dem Gesicht und sah Mr. Gilliland direkt in die Augen. «Meine Antwort lautet nein.»

Bevor die Woche verstrichen war, war schon alles arrangiert. An der Auffahrt zum Ritz tupfte sich die Frau hinter ihren dicken Brillengläsern die Tränen ab. Und Leonora überraschte sich selbst, als sie die Frau umarmte – ihre Aufpasserin mit der Figur einer Rübe, die sie durch ihre schlimmste Zeit begleitet hatte.

Gilliland brachte Leonora zum Bahnhof und setzte sie in den Zug nach Lissabon. Er reichte ihr eine Mappe mit den Papieren, die sie brauchen würde – Ausreise- und Einreisevisa, alle perfekt sortiert. Er ließ seinen Blick über ihre Brüste und Hüften gleiten, dann blieb er an ihren Beinen unter ihrem neuen, knielangen Rock hängen. «Was für eine Verschwendung», seufzte er. «Aber andererseits werden die Krankenpfleger dich lieben.»

Vor einem Jahr hätte sie ihm dafür eine Ohrfeige gegeben. Jetzt stieg sie einfach ins Abteil, ohne sich noch einmal umzudrehen. Als der Zug sich in Bewegung setzte, schaute sie geradeaus. Sie würde nicht nach Afrika fahren, das stand fest. Sie berührte den Schmetterling, ihren Talisman. Seine Flügel zuckten unter dem Glas. *Mexiko*, dachte sie, und direkt danach: *Renato.*

Die Tür zu ihrem Abteil öffnete sich, und der Schaffner

fragte nach den Fahrkarten. Sie gab ihm ihre, und als er sie abknipste und ihr zurückreichte, fiel ihr das Datum auf. 2. April 1941. Max' Geburtstag. Heute wurde er fünfzig. Was bedeutete, dass sie in vier Tagen vierundzwanzig werden würde. Eine Seite ihres Lebens, herausgerissen und verbrannt. Aber Max, fünfzig? Und da war sie nun, doch noch auf dem Weg nach Lissabon. Es war eine Art schrecklicher Scherz, ihre Ankunft war so spät, dass Leonora sich ganz hohl fühlte, wenn sie an ihn dachte. Als wäre Max in einem Raum in ihr eingesperrt gewesen, und sie hätte den Schlüssel verloren oder ihn vor sich selbst versteckt. Sie würde den Schlüssel gern wiederfinden, die Tür öffnen und ihn herauslassen, damit er wieder real sein konnte, ein Mensch, und nicht nur ihre Vorstellung von ihm, blass wie ein Geist. Ja, dachte sie, ich würde mir wünschen, dass er herauskäme und für sich selbst spräche. Wobei sie keine Ahnung hatte, was sie zu ihm sagen würde.

In Lissabon stieg sie aus dem Zug und begab sich in die Hände einer strengen, englischen Entourage, die Imperial Chemicals geschickt hatte. Sie waren allesamt schwarz gekleidet und schienen zu glänzen, wie Wächter. Steif und effizient stachen sie aus der Masse der wartenden und aussteigenden, weinenden und sich umarmenden Menschen heraus. Einer der Männer nahm Leonoras Koffer, der andere ihre Handtasche, während die Frau neben ihr herlief. Stämmig und gedrungen, wie sie war, hätte sie Leonora leicht bezwingen können. «Sie haben Glück, meine Liebe», sagte die Frau mit etwas lauterer und höherer Stimme, um den Lärm des Bahnhofs zu übertönen und freundlich zu klingen. «Sie bleiben ein paar Nächte in Estoril, einem hübschen Städtchen am Meer.»

«Wie wunderbar», erwiderte Leonora, die das Spiel mitspielte.

«Ja. Wir werden alle dort wohnen!» Die Frau deutete auf die Männer, als gehörten sie zu derselben Familie. «Eine Zeitlang», fügte sie hinzu und seufzte unter der Last ihrer Ehrlichkeit.

Sie zwängten sich in ein Taxi. Auf dem Rücksitz saß Leonora zwischen den beiden strengen Männern. Die Frau nahm vorn auf dem Beifahrersitz Platz. Die Gebäude links und rechts der Straße strahlten die Sonnenwärme ab, und Schweiß bildete sich an Leonoras Haaransatz und zwischen ihren Brüsten. Soweit sie es wusste, hatte einer der Männer eine Spritze in der Hand und würde sie ruhigstellen. Ihr Herz raste. *Denk nach. Denk nach. Du bist klüger als diese Leute.* Sie musste sie dazu bringen anzuhalten, auszusteigen.

Sie beugte sich zu der Frau. «Entschuldigen Sie, meine Liebe», sagte sie, wobei sie es so fein aussprach, dass ihr Vater stolz auf sie gewesen wäre. «Die Sonne ist die Hölle für meine Hände. Ich brauche unbedingt Handschuhe für die Reise, und einen Hut.»

Das Auto dämmerte in der heißen Stille. Leonora hielt den Atem an.

«Sie haben recht», antwortete die Frau schließlich. «Eine Dame braucht Handschuhe.»

Die Männer brummten. Sie wurden fürs Einkaufen nicht ausreichend bezahlt.

«Wir bringen Sie zum Büro, und dann übernehme *ich* das», verkündete die Frau.

«Ich glaube nicht, dass das eine gute Idee wäre», bellte

der eine Mann, und zu Leonoras Freude blickte ihn die Frau böse an. Sie wirkte wie eine Festung der Strenge, mit der nicht zu spaßen war.

In einer Boutique fand Leonora einen schlichten Sonnenhut und weiße Handschuhe. Die Frau, die Nancy hieß, und die ihr inzwischen vorkam wie eine entfernte englische Cousine der Frau aus dem Irrenhaus in Santander, probierte selbst Hüte auf, schicke, lächerliche Hüte. Leonora sagte ihr, sie sei fertig, aber da sich Nancy noch nicht entscheiden konnte, gab sie Leonora das Geld, damit sie ihre Käufe selbst bezahlen konnte. Es reichte gerade so eben, also tauschte Leonora die Handschuhe für ein billigeres Paar ein. Mit dem Wechselgeld in der Tasche, ihrem kleinen Sieg, erklärte Leonora der Frau, dass sie großen Hunger habe, weil sie seit Madrid nichts mehr gegessen habe. Und nachdem sich Nancy endlich für einen Hut entschieden hatte – schwarzer Filz mit einer tiefen, gebogenen Krempe und einer einzelnen roten Feder –, verschwanden sie beide in ein Café, das zum Glück für Leonoras Zwecke groß genug war.

Sie vertieften sich in die Speisekarte. Ein Kellner brachte Brot und Butter, und Leonora schlang alles in sich hinein. Sie war wirklich ausgehungert. Sie aß so schnell, dass ihr das, was sie als Nächstes vorhatte, leichtfiel. «Oh Gott», stöhnte sie. Sie krümmte sich, legte eine Hand auf den Bauch und die andere vor den Mund. «Wo ist die Toilette?» Vor lauter Angst, Leonora könnte sich direkt am Tisch übergeben, zeigte Nancy über Leonoras Schulter, zum anderen Ende des Cafés, und Leonora nahm ihre Handtasche und rannte dorthin.

Die Fenster in der Toilette lagen ganz weit oben und waren zu klein für sie. Leonora spähte aus der Tür. Nancy saß an ihrem Tisch und schaute in die Speisekarte. Die Krempe ihres Hutes verbarg ihr Gesicht. Jetzt oder nie, dachte Leonora und eilte zur Küche, durch eine Hintertür und den Häuserblock entlang, schlängelte sich zwischen den langsam spazierenden Menschen auf dem Bürgersteig hindurch, verschwand um eine Ecke und rief ein Taxi.

«Embajada de Mexico», sagte sie zum Fahrer. Das Blut rauschte in ihren Ohren. Viel zu gemächlich fuhr er von der Bordsteinkante los. Es war früher Nachmittag, nicht viel Verkehr, die Autos sausten vorbei. *Du bist schon fast da, du bist schon fast da.* Sie wiederholte die Worte wie ein Mantra, während das Taxi durch Lissabon Richtung Stadtmitte fuhr. Leonora war noch nie in Lissabon gewesen, und die Gebäude erinnerten sie an Paris – die schmiedeeisernen Schnörkel an den Balkonen, die Mansarden unter roten Ziegeldächern. Nur dass einige Gebäude hier schon alt und baufällig waren, andere nichts als Schutt. Leonora kurbelte das Fenster herunter, und die Meeresbrise zerzauste ihr Haar.

Fast da.

Die Straßen wurden enger, als das Taxi sich der Stadtmitte näherte. Leute strömten von den Bürgersteigen in die Straßen. Sie waren Flüchtlinge wie Leonora, trugen viel zu viele Kleiderschichten in der Hitze, aber sie lächelten. Zwei junge Frauen hielten sich an den Händen und lachten. Die Faschisten konnten ihnen hier nichts anhaben. Sie waren so frei, wie Leonora beinahe frei war. Das Taxi bog in eine Einbahnstraße, in der der Verkehr sich nur sehr langsam vorwärtsbewegte. Zu Fuß wäre sie schneller gewesen. *«Dónde está ...?»*

«O amarelo.» Der Fahrer zeigte auf ein blassgelbes Gebäude einen halben Häuserblock entfernt.

«Bueno. Cuánto?»

Er fuhr an den Kantstein. *«Sete»*, sagte er, und sie gab ihm eine Handvoll *Escudos*, mindestens doppelt so viel, wie er gefordert hatte; alles, was sie besaß. Sie mischte sich unter die Passanten, ging schnell zum mexikanischen Konsulat, wo sie die Türglocke läutete. Sie klopfte mit ihren behandschuhten Knöcheln gegen die Tür, zog dann den Handschuh aus, um noch lauter zu klopfen. Ein Polizist auf dem Bürgersteig blieb stehen und starrte sie an. Beiläufig zog sie auch den anderen Handschuh aus und faltete hinter dem Rücken die Hände.

Ihr Kopf schmerzte. Sie würden öffnen. Jemand würde kommen, wenn sie wartete. Sie senkte den Blick. Die Treppe war mit einem schwarz-gelb-grünen Mosaik aus winzigen quadratischen Fliesen bedeckt. Ein schwarzes Labyrinth, verziert mit Grün und Gelb, und sie stand in seiner Mitte. Leonora schaute sich um. Die Bürgersteige waren ein Teppich aus lebendigen Mosaiken, eines nach dem anderen. Wie konnte es sein, dass sie gar nicht bemerkt hatte, dass sie die ganze Zeit Kunst unter den Füßen hatte? Und dieser Polizist, Gott sei Dank, war weitergegangen.

Die Tür öffnete sich. *«Señorita?»*, sagte ein Mann, jung, schnurrbärtig, mit einer Mütze auf dem Kopf.

«Darf ich eintreten?»

«Por qué?» Er streckte den Rücken durch und sah auf sie herunter.

«Ich suche Renato Leduc», erklärte sie auf Spanisch. «Ist er hier?»

«Nein, ist er nicht. Kommen Sie später wieder. *Un momento*. Ich hole seine Karte.» Damit schloss er die Tür wieder.

In seiner dunklen Uniform und der Mütze schlenderte der Polizist wieder auf Leonora zu. Als der Mann die Tür öffnete, um ihr die Karte zu geben, huschte sie hinter seinem Rücken in die Botschaft hinein. «Ich warte.»

Sie setzte sich auf die Polsterbank am Fenster. «Ich störe auch nicht.»

«Aber *señorita*, warum hinterlassen Sie ihm keine Nachricht? Er ruft Sie dann im Hotel an.»

Sie schaute zu, wie der Polizist sich eine Zigarette anzündete und sich gegen einen Laternenpfahl lehnte. «Die Polizei ist hinter mir her», sagte sie und nahm sich selbst eine Zigarette aus der Handtasche.

«Ah, verstehe, *señorita.*» Der Mann zwinkerte ihr zu. «Sie können hier auf Renato warten.»

Nach einer Stunde erschien Renato. Er strahlte, als er sie sah. Er führte sie in sein Büro, und Leonora erzählte ihm von ihrer Flucht und davon, wohin sie ihr Vater schicken wollte. Ihre Hände zitterten, und Renato nahm sie in seine.

«Heirate mich», sagte er. «Als meine Frau hast du diplomatische Immunität. Dein Vater kann dann nichts mehr machen.»

Seine braunen Augen blickten Leonora ruhig an. Es waren Augen, denen sie vertrauen konnte. Sie bemerkte ein Fleckchen Grün darin. Es gefiel ihr, wie es im Sonnenlicht glitzerte. «Gehen wir nach Amerika?»

«Unbedingt. Amerika, und später vermutlich nach Mexiko. Ich glaube, du wirst es dort mögen.»

Sie tat gar nicht erst so, als wäre das, was sie fühlte, Liebe, die doch immer mit Verzweiflung und Euphorie gewürzt war. Leonora empfand etwas, was sie noch viel mehr brauchte, eine Erleichterung, die so unendlich war, dass ihr Körper schwach davon wurde. Renato war einer der Brüder, ein Bär von einem älteren Bruder, der sie vor der Welt beschützen würde. Er umarmte sie, und Leonora schluchzte in seinen Armen.

Teil III

Napoleon in der Wildnis

Max,
Juni 1941,
Lissabon

In der Dunkelheit des frühen Morgens zieht Max sich an. Er ist noch nie ein Frühaufsteher gewesen, aber inzwischen liebt er diese Zeit, ihre Kühle und Stille, die nur vom schwachen Pfeifen eines Fußgängers oder hin und wieder von einem vorbeifahrenden Auto durchbrochen wird.

Seit drei Wochen ist er schon in Lissabon und wartet auf Peggys Ankunft, und obwohl er kein Geld mehr hat, hat er so etwas wie Frieden gefunden, wenn Frieden eine Leere ist, eine glatte Höhlung, die das Licht manchmal füllen kann. Die meiste Zeit ist er hungrig, und dennoch könnte er nicht sagen, dass er Peggy vermisst - nicht, wenn er ehrlich ist. Was er vermisst, ist die Art, wie sie sich um ihn kümmert, darauf achtet, dass er gut isst und seine Kleider sitzen. Und jetzt, da sie auf dem Weg ist und am Nachmittag mit dem Zug aus Marseille ankommen soll, spürt er eine Spannung in der Luft, wie ein drohendes Gewitter nach einer langen Trockenzeit. Er kann bereits den Regen schmecken.

In seinem winzigen Zimmer in der Pension, einem Zimmer, das er erst bezahlen kann, wenn sie eintrifft, knöpft er sein ungewaschenes Leinenhemd zu und beobachtet, wie das erste Morgenlicht die Fenster der Wohnhäuser auf der anderen Seite des Boulevards in Flammen setzt. Er hat von Leonora geträumt und ist mit einem bleiernen Schmerz in der Brust aufgewacht. Der Traum war so real, ihre Stimme und ihr Lachen so lebensecht, dass es ihm vorkommt, als wäre sie hier, in Lissabon, so wie sie es damals geplant hatten. Es ist vielleicht ein Jahr später, aber er hat es geschafft. Warum sollte sie es nicht auch geschafft haben? Wenn sie noch lebt, natürlich.

Max verbringt die Tage damit, durch die Straßen zu schlendern und jeder dunkelhaarigen, elfenhaften Frau ins Gesicht zu schauen, überzeugt, dass er irgendwann um eine Ecke biegt, und dann steht sie da, mit diesem intelligenten, geheimnisvollen Leuchten in den Augen und irgendwie unberührt von den Krallen des Krieges. Weil er sich Leonora nicht verändert vorstellen kann. Das würde bedeuten, dass seine Jugend, selbst ihre letzten Ausläufer, unwiederbringlich fort wäre und er den Rest seiner Tage in ihrem Schatten verbringen müsste.

Gestern verfolgte er eine Frau von einem Brunnen im alten Teil der Stadt durch ein Labyrinth enger Gassen, bis er einen Blick auf ihr Gesicht erhaschen konnte. Die Frau, die, wie er sofort erkannte, nicht Leonora war, sah ihn mit demselben abwesenden Blick an, den Leonora so oft auf Fotos aufsetzte, als betrachtete sie etwas weit Entferntes, das nur sie erkennen konnte. Dann öffnete die Fremde die Tür zu einer Wohnung und schloss sie hinter sich.

Er schlüpft in seine Hose und beobachtet aus dem offenen Fenster, wie die Stadt erwacht. Ein Junge auf einem Fahrrad scheucht eine Schar Tauben auf, die sich daran erinnern, dass sie Vögel sind und fliegen können und auf eine Telefonleitung flattern. Ein Collie zieht einen alten Mann hinter sich her und bleibt stehen, um die Vögel anzubellen. Eine Frau, die einen Wagen mit Tulpen geschoben hat, stoppt, um mit dem alten Mann zu plaudern, auf diese entspannte Art, wie Menschen miteinander plaudern, wenn sie seit einer Ewigkeit Nachbarn sind. Anscheinend kennen die beiden sich bereits ihr ganzes Leben lang.

Die Szene bringt ihn zum Lächeln. Und er merkt, dass er an Deutschland denkt, an Köln, die Stadt des Dadaismus, und an die Wohnung, in der er mit Lou lebte und die sein Dreh- und Angelpunkt gewesen war – die nächtlichen Partys, die Tanzveranstaltungen und hitzigen Diskussionen und die Unbekümmertheit damals. Die liebe Lou.

Vor diesem Krieg und dem davor waren sie einmal an einem Feld voller gelber, rosafarbener, roter und weißer Tulpen entlanggegangen. Zu der Zeit waren sie noch Studenten. Sie waren jung und unsterblich, genossen den schweren Duft und sprachen über Dürer und Goya, als wären sie die ersten beiden Menschen, die die Kunst dieser Meister entdeckt hätten. Dann fällt ihm ein, was Lou ihm in Marseille erzählt hatte.

Nach jenem Treffen mit Varian Fry, als sie seinen Heiratsantrag ablehnte, obwohl er ihre Fahrkarte nach Amerika war, hatten sie das Büro gemeinsam verlassen. Auf dem Bürgersteig nahm Lou eine Zigarette aus ihrer Tasche und bot ihm eine an. Rauchend standen sie im Sonnenlicht. Der Tag war viel zu mild für April, zu hell, sodass das, was als Nächstes geschah, die ganze Welt falsch wirken ließ.

«Für den Fall, dass ich dich nie wiedersehe», hatte Lou nüchtern begonnen. «Für den Fall, dass ich festgenommen und in ein Lager für Juden gesteckt werde, sage ich es dir jetzt. Du sollst wissen, dass ich schwanger war, als du Jimmy und mich verlassen hast. Ich war schwanger mit deinem Kind.»

Er hatte wie ein Idiot dagestanden. «Warum hast du mir das nicht gesagt?», brachte er hervor.

Sie zuckte die Achseln und schaute an ihm vorbei die Straßen hinunter. «Du wolltest nicht mit mir zusammen sein. Dein Kind wegzumachen war der Preis dafür, dich loszulassen.» Sie hatte Tränen in den Augen.

«Aber», hatte er erwidert und den Satz nicht fortführen können. Er konnte ihr nicht einmal erklären, dass er dann vielleicht geblieben wäre. «Es tut mir leid», antwortete er.

Mit ihrem typischen Gleichmut schluckte Lou ihre Tränen herunter. «Verstehst du nicht? Dein Gehen hat Platz für mich gemacht. Ich hatte wieder ein eigenes Zuhause. Ich fand heraus, was ich konnte.»

«Ich habe dich im Stich gelassen», meinte er. Und sie küsste ihn erneut auf die Wangen, lächelte ihr traurigstes Lächeln und winkte ihm zum Abschied mit den Fingern, wie immer.

Es stimmte. Er hatte sie im Stich gelassen, wie er Marie-Berthe im Stich gelassen hatte und Jimmy und Leonora. Er hat sie alle im Stich gelassen.

Er zieht seine Schuhe an und bindet sie zu. An diesem Morgen will er zu einem Markt auf einer Plaza am Meer. Dort gibt es eine Obstverkäuferin, die ihm für eine seiner Zeichnungen ein Körbchen mit winzigen, frischen Erdbeeren gibt. Heute hat er fünf Bilder dabei, von denen sie sich eines aussuchen kann.

In der Morgensonne spaziert er durch die Straßen und spürt, wie er wieder lebendig wird. Lissabon wirkt gleichzeitig alt und jung, erregt von der Meeresluft und nicht ganz vertrauenswürdig. Max gefällt es hier. Lissabon ist eine Stadt, in der ich leben könnte, denkt er, wenn mir nur nicht der Krieg im Nacken säße. Auf dem Bürgersteig drängen sich bereits die Menschen. Jeden Tag kommen mehr Flüchtlinge an. Ein Grüppchen Kinder sitzt auf den Treppen eines Wohnheims. Drei kleine Jungen in ihren besten Anzügen, zerknittert und abgetragen, mit Flecken an den Knien. Ein älteres Mädchen verteilt Äpfel, und die drei beißen hinein und halten ihre Gesichter in die Sonne. Hier sind sie frei, nicht länger gejagt.

Auf dem Markt lässt sich die Erdbeerfrau Zeit mit der Begutachtung seiner Zeichnungen. Schließlich wählt sie die Bleistiftskizze eines Mannes mit Flügeln, der sich in einer Pfütze betrachtet und statt seines Spiegelbildes ein Pferd sieht. *«Obrigado»*, sagt sie und gibt ihm die anderen Zeichnungen zusammen mit einem Körbchen Erdbeeren zurück.

Max isst eine davon und schlängelt sich durch die Verkaufsreihen, an Ständen mit Blumen und Gemüse, Tomaten, Orangen und Fisch vorbei, Richtung Meer. Die Erdbeeren werden sein Magenknurren nicht besänftigen, aber sie sind köstlich, herb und süß, und er genießt jede einzelne.

Am Rand des Marktes verkauft eine Frau Eier und lebende Hühner. Wenn man eins von den Hühnern kauft, dreht sie ihm vor den Augen des Kunden den Hals um und steckt es in einen Jutesack, mit blutigen Federn und allem. Sie tut das so selbstverständlich, als würde sie einem Kind den Schuh zuschnüren oder eine Rotznase abwischen.

Und dann bemerkt Max die Frau, der sie jetzt ein Huhn reicht.

Offenes, dunkles Haar, so dick wie Leonoras, aber ihr Gesicht ist feiner gemeißelt. Sie trägt einen schwarzen Hut mit breiter Krempe und einem Netzschleier, der ihre Augen verbirgt. Aber auch so merkt man, dass diese Frau älter ist, ihr Profil strenger, wie das einer der Lehrerinnen in seiner Jugend, die sehr geschickt mit dem Lineal umgingen. Straffer Kiefer, geschürzte Lippen, sie lächelt nicht. Trotzdem ist sie wunderschön. Ihre Haut ist so blass, als wäre sie aus Marmor. Max schaut zu, wie sie die Marktfrau bezahlt und das Huhn in ihren Korb legt. Er wendet sich zum Strand, wo er hinwill, und merkt, dass er nicht weggehen kann.

Er schaut sich um, aber die Frau ist fort.

Verzweifelt eilt er über den Markt. Er biegt um eine Ecke und blickt eine weitere Verkaufsreihe entlang. Sie ist voller Menschen, hauptsächlich Frauen. Max schlängelt sich zwischen ihnen hindurch, sucht nach der Spitzenbluse der Frau, ihrem schwarzen Rock und Hut, ihrem dunklen Haar. Er hat nur ein paar Sekunden weggesehen. Er kann sie nicht verloren haben.

Und da ist sie, der Korb schwingt an ihrer Seite, ihr Rock schleift über den staubigen Mosaikweg und verwischt ihre Spuren.

Leonora,
Juni 1941,
Lissabon

Mit dem frisch geschlachteten Huhn in ihrem Korb schlendert Leonora einen Gang auf dem Markt entlang, um Rote Bete und Kartoffeln zu finden, die sie mit dem fetten Huhn zusammen braten will. Sie wird ein spätes Mittagessen zubereiten. Renato wird begeistert sein. Sie hat ihm nicht gesagt, dass sie auf den Markt geht – dann hätte er sich nur Sorgen gemacht. Sie sind noch nicht verheiratet, und obwohl sie niemanden von Imperial Chemicals getroffen haben, wenn sie draußen waren, will er, dass Leonora sich vornehmlich in seiner Wohnung aufhält. Aber heute ist der Himmel so blau, die Luft so leicht, dass sie es darin keine Sekunde länger aushalten konnte.

Sie drängt sich durch die Menge und spürt ein Prickeln im Nacken. Sie hat das Gefühl, beobachtet zu werden. Leonora zieht sich den Netzschleier ihres Hutes tiefer über die Augen und dreht sich um. Niemand starrt sie an. Aber sie beeilt sich besser. Sie wird ihre Rote Bete kaufen und schnell nach Hause zurückkehren.

Am Verkaufsstand sind die Roten Beten und Kartoffeln

ziemlich klein. Sie braucht jeweils sieben davon, mindestens. Sie sucht die größte Rote Bete aus, als sich ein Mann neben sie drängt. Ihre Ärmel streifen einander, und es fühlt sich an wie ein elektrischer Schlag. Aus den Augenwinkeln wirft Leonora einen Blick auf ihn. Sein weißes Haar wird von hinten von der Sonne beschienen, sodass es zu leuchten scheint. Sie dreht sich zu ihm um und blinzelt. «Nora?», fragt der Mann.

Sie hebt den Schleier. «Max?», sagt sie. Er ist dünner geworden, seine Haut verwittert, die Falten haben sich tiefer in sein Gesicht gegraben. Seine Augen sind feucht. Sie sind von einem Blau wie das Meer an einem wunderschönen Tag. Sie legt ihm die Hand an die Wange. Sie muss ihn spüren, um zu wissen, dass das hier wahr ist. Es *ist* Max.

Die Welt wirbelt um sie herum. Max sperrt den Mund auf, als wäre sie es, die von den Toten auferstanden ist. «Ah, Nora!», jubelt er. Er lässt sein Erdbeerkörbchen fallen und schlingt seine Arme um sie.

Sie spürt, wie sie in seiner Umarmung schmilzt. Sogar ihre Knochen schmelzen, das Gerüst, das sie die ganze schreckliche Zeit ohne ihn aufrecht gehalten hat. Ihr ist ein wenig schwindelig, es fühlt sich luftig an. Wenn sie jetzt ohnmächtig wird, fängt er sie auf. Aber sie wird nicht nachgeben. Sie hat für diese Stärke gearbeitet, dafür gelitten. Sie spürt, dass ihre Haut verhärtet, ein unsichtbarer Schild bildet sich, ein Exoskelett, innerhalb dessen sie geschützt ist vor ihrem Verlangen, sich der Liebe hinzugeben. Nie wieder. Sie wird niemals wieder einem Mann so vollständig vertrauen, sich nie wieder auf einen Mann so verlassen, wie sie sich auf ihn verlassen hat.

«Max», sagt sie erneut, als verstünde sie. Sie löst sich von ihm und greift mit ihrer freien Hand nach ihm. Den Korb hält sie mit der anderen.

Er ist hier, sie ist hier. Sie sind nicht eins.

Max,
Juni 1941,
Lissabon

Nach all der Zeit hat er sie gefunden.

Ihre Augen blicken ihn forschend an. Sie haben die dunklen, violett-schwarzen Ringe von jemandem, der seit Monaten nicht mehr gut schläft, oder seit Jahren. Es sind die Augen einer Hexe, einer Zauberin. Seine Nerven prickeln, als hätte sein Körper eine Ewigkeit geschlafen und erwachte jetzt wieder zum Leben. Er hat das Gefühl, dass er freudig mit ihr verschwinden würde, wenn sie nur blinzelte.

Aber etwas an ihr ist anders. Leonora bleibt merkwürdig steif, als wäre er nicht mehr als eine flüchtige Bekanntschaft für sie. Sie riecht auch seltsam, metallisch, wie die feuchtigkeitsgesättigte Luft in der Provence kurz vor einem Gewitter. Max tritt einen Schritt zurück, um sie zu betrachten, um sich zu vergewissern, dass sie es ist. Sie ist dünner, und obwohl er es nicht zugeben möchte, wirkt sie zerbrechlich, beinahe, als hätte sie Angst vor ihm. Ihre Augen, die ihn mustern, sind dunkel vor Geheimnissen und geben nichts von sich preis, und sie schauen so tief in ihn hinein, dass Leonora zweifellos seine Kindheitsängste erkennen kann, den nächtlichen Urwald, in dem er sich verirrt, den Löwen, der ihn jagt und dem dabei schon das Wasser im Maul zusammenläuft.

Es gibt nichts, was er vor ihr verbergen könnte.

«Ich wusste nicht mehr, ob du wahr bist oder nicht. Ich war mir nicht mehr sicher», sagt Leonora. Ihr Gesicht ist jetzt noch einen Hauch blasser als vorher, sie ist ein Gespenst.

Ein Traum. Er muss träumen. Er beißt sich auf die Zunge und schmeckt Blut. «Nora», wiederholt er. In ihrer Gegenwart benimmt er sich wie ein Idiot. Sie verschwimmt, und er betupft sich die Augen, erst das eine, dann das andere, voller Angst, dass Leonora jeden Moment verschwinden könnte. Doch ist sie immer noch da, kein Mädchen mehr, sondern eine Frau.

Sie blickt über den Markt und macht einen Schritt auf ihn zu, lässt den Schleier wieder fallen und zieht sich den Hut ins Gesicht. «Ich darf eigentlich gar nicht hier sein, in der Öffentlichkeit. Ich wollte Renato mit einem Mittagessen überraschen.»

«Renato?» Max steht in der Sonne und schwitzt. In seinem Nacken fühlt es sich kalt an.

«Du erinnerst dich an ihn.»

«Picassos langweiliger Freund?»

«Ich muss zurück.» Leonora kauft Rote Bete und Kartoffeln und verstaut die Sachen in ihrem Korb. «Geh ein Stück mit mir», sagt sie und nimmt seinen Arm.

Sie verlassen den trubeligen Marktplatz, steigen eine alte Steintreppe hinab und spazieren den leeren Strand entlang. Sie ziehen ihre Schuhe aus, laufen Arm in Arm. Die Flut wirft sich gegen sie und bricht in funkelnden Tröpfchen. Leonoras Rock ist nass bis zu den Knien, und sie knotet ihn an der Hüfte hoch. Sie sprechen miteinander und weichen den Steinen aus, die die Flut mitnimmt und wieder zurückwirft, und sie erzählt ihm, wie Catherine und Michel nach Saint-Michel kamen, wie sie aus Paris flohen und den Schrecken mitbrachten. Sie erzählt ihm merkwürdige Einzelheiten, dass ihr Körper sich manchmal nicht bewegen konnte, als hätte er ein eigenes Bewusstsein. Die wilden Pferde, deren Gesichter sie berühren durfte. Der Arzt, der sie zu seiner Gefangenen machte, der sie mit seinen schwarzen Augen und seinem Cardiozol hypnotisierte. Max versucht, die Bedeutung dieser Worte zu verstehen, versucht, ihre Reise nachzuvollziehen, aber er wird von ihrer Stimme eingelullt, der Stimme, von der er geträumt hat, der Stimme, an die er sich im wachen Zustand nicht mehr erinnern konnte, egal, wie sehr er sich danach sehnte. Und jetzt sei sie dem Zugriff der Leute ihres Vaters entglitten, sagt sie.

«Seiner Leute?», fragt Max nach, weil er jetzt wieder zuhört. Und sie erzählt ihm von dem Sanatorium in Südafrika, dem Gefängnis, in das ihr Vater sie wegsperren will.

«Aber du bist nicht verrückt.»

«Vielleicht war ich es ein wenig.» Leonoras Stimme ist auf einmal ganz klein, die Stimme eines Kindes. Dann räuspert sie sich und spricht wieder mit der erdigen Stimme, die er kennt. «Und außerdem kennst du Vater. So etwas Flüchtiges wie die Wahrheit hat ihn noch nie daran gehindert, zu bekommen, was er will. Er weiß genau, welche Gesetze er beugen und welche er nicht beugen kann, deshalb werden Renato und ich heiraten.»

«Eine Zweckehe. Eine Ehe auf dem Papier.»

«Eine Ehe ist eine Ehe.»

Max bleibt stehen, um sie anzusehen. Leonora bleibt ebenfalls stehen, scheint gerade so eben außerhalb seiner Reichweite zu verharren. Sie hat sich verändert, von Grund auf verändert. «Nora, das hast du nicht zu Ende gedacht.»

Sie schaut ihn böse an. Er kennt diesen Blick nur allzu gut von seinen Exfrauen. Sie verurteilt ihn. Leonora rennt, und er jagt sie, packt sie beim Arm, und der Korb wird weggeschleudert. Die Rote Bete und das Huhn fliegen auf den Strand. Er lässt sie nicht los. «Wann?»

«So bald wie möglich», antwortet sie derart seelenruhig, dass er sie eine Sekunde lang hasst. «Sobald er alles geregelt hat. Jetzt hilf mir bitte.» Sie schüttelt ihn ab, mit spitzen Ellenbogen. Sie sammeln die Lebensmittel ein und setzen sich in den Sand.

Kiesel kullern mit den Wellen im Sand. Er erzählt ihr vom Schrecken des Geisterzugs und wie furchtbar es war, ohne sie zu Hause zu sein. Sie schaut auf ihre Füße, als er das sagt, und wischt sich sorgfältig den Sand von jedem einzelnen Zeh. Er erzählt ihr von der Villa Air-Bell und davon, wie der Bahnhofsvorsteher ihn nur aus Frankreich ausreisen ließ, weil er seine Bilder mochte – unsere Bilder, fügt er hinzu. Er erzählt ihr, dass Peggy Guggenheim ihm hilft, nach Amerika zu reisen. Er verschweigt die Tatsache, dass Peggy und er miteinander geschlafen haben, und bietet an, dass sie vielleicht auch ihr, Leonora, helfen kann auszureisen.

«Renato kümmert sich darum», erwidert Leonora.

Er schweigt. Er hat nicht das Recht, mit ihr zu streiten.

Eine Möwe landet neben ihren Füßen und neigt den Kopf zur Seite. «Ich hatte Erdbeeren», sagt er zu der Möwe. «Ich hätte dir eine abgegeben.»

«Hier», meint Leonora. «Ich glaube, ich habe noch einen Keks.» Sie kramt in ihrer Handtasche und wirft dem Vogel das Gebäck Krümel für Krümel hin. Mit jedem Bissen kommt das Tier einen Schritt näher. Als sie die Hand ausstreckt, um den Vogel zu streicheln, fliegt er auf und kreist über ihnen. Etwas weiter landet er wieder und ruft die anderen Möwen herbei, die Max und Leonora jetzt in einem weiten Kreis umringen.

Über die kreischenden Vögel hinweg schaut sie zum blassen Horizont. Max dreht sich zu ihr um. «Nora», sagt er. «Heirate ihn nicht.»

Sie schüttelt den Kopf. «Wenn ich nicht das Eigentum meines Ehemanns bin, bin ich das Eigentum meines Vaters.»

«Aber *ich* kann dich heiraten. Ich kann dich jetzt heiraten. Die Papiere sind alle da.»

Sie steht auf und braucht ein wenig zu lange, um sich den Sand von den Kleidern zu klopfen. Als er versucht, sie anzusehen, blendet ihn die Sonne. «Ich muss heim», verkündet sie.

«Heim?» Eine orangefarbene und violette Sonne tanzt in seinen Augen und verdeckt ihr Gesicht.

«Renatos Heim», antwortet sie. Und als täte er ihr leid, streckt sie die Hand aus, um ihm aufzuhelfen. «Du kannst mich begleiten, wenn du willst. So weißt du, wo ich bin.»

Peggy, Juni 1941, Marseille

Peggy folgt ihrem Gepäckträger an die Spitze der Schlange. «Madames Pass und Ausreisevisum?», fragt der Bahnhofsvorsteher. Sie reicht ihm den an der richtigen Seite aufgeschlagenen Pass, damit er nur noch einen Blick hineinwerfen muss.

Ungeduldig klopft sie mit der Spitze ihres Valentino-Pumps auf den Boden. Warum stempelt der Mann ihr Visum nicht ab? Die Leute hinter ihr warten. Ihr Gepäckträger hat ihre Koffer vermutlich schon im Zug verstaut. «Gibt es Probleme?», fragt sie. Wortlos nickt der Bahnhofsvorsteher einem Beamten zu, der etwas an der Seite steht. Der Beamte tritt vor, nimmt Peggy beim Arm und zieht sie fort. «Aber meine Sachen», sagt sie.

«Es dauert nur eine Minute.» Der Beamte führt sie zu einer Tür, die von zwei Gestapo-Offizieren bewacht wird.

In der fensterlosen Zelle dahinter steht eine französische Abgesandte – eine große, grimmige Frau –, die Hände in die Hüften gestemmt. «Schließen Sie die Tür», befiehlt sie. Peggy tut, was man ihr sagt. «Sie werden jetzt Ihre Kleider ausziehen.» Peggy schiebt sich die Bluse über den Kopf, öffnet den Rock, streift die Schuhe ab.

«Alles?», fragt sie. Die Abgesandte nickt. Schnell hakt Peggy ihren Büstenhalter auf und schiebt sich die schwarzen Seidenhöschen herunter. Nackt schaut sie auf die Uhr. Ihr Zug fährt in zehn Minuten. Sie beobachtet, wie die Abgesandte jede ihrer Taschen durchwühlt, Rock und Bluse wendet und die Säume untersucht. Die Frau nimmt das Futter aus ihren Pumps und reibt ihre Höschen zwischen Daumen und Zeigefinger. *Vielleicht würden Sie gern auch noch mal in meiner Vagina nachschauen?*, würde Peggy am liebsten fragen, aber sie hat viel zu viel Angst, überhaupt einen Laut von sich zu geben.

Die Frau findet nichts, weil es nichts zu finden gibt. Peggy hat exakt die Summe Dollars mitgenommen, die sie aus dem Land ausführen darf, aber trotzdem kann sie den Gedanken nicht abschütteln, dass diese Frau sie in ein Lager schickt, obwohl sie alle Regeln befolgt hat. Peggy ist noch nie wie eine Verbrecherin behandelt worden, und es ist ihr nie zu Bewusstsein gekommen, wie leicht man sie ihrer Rechte und ihrer Habseligkeiten berauben kann.

«Sie können sich wieder anziehen», sagt die Frau schließlich, wobei ihr Blick auf Peggys Diamantkette und den Ohrringen hängenbleibt. Peggy schlüpft in die Unterwäsche und schließt ihren Büstenhalter. Sie zieht gerade wieder den Reißverschluss ihres Rocks hoch, als sie bemerkt, dass die Frau ihren Pass in der Hand hält. «Guggenheim ist ein jüdischer Name, oder nicht?» Wenn sie vom Bahnhof verschwände, würde niemand sie finden. Peggy wäre nur noch eine Jüdin, die Frankreich nur allzu gern loswerden würde.

«Ich bin Amerikanerin, mein Großvater war Schweizer»,

sagt sie und knöpft ihre Bluse zu, wobei sie sich zwingt, die zitternden Hände stillzuhalten.

Schnaubend gibt ihr die Frau den Pass zurück. «Sie können gehen.»

Peggy muss rennen, um den Zug zu erreichen, und schlüpft gerade noch durch die Tür, die sich schon schließt. Als sie endlich sicher auf ihrem Platz sitzt, trinkt sie den Rest Laudanum aus der Flasche. Erst als der Zug die Grenze zu Spanien überquert, wird ihr Atem wieder regelmäßig.

Der Zug wird langsamer und sie erwacht. Sie fahren gerade in den Bahnhof ein, aber Peggy schließt die Augen noch einmal, um sich an den Traum zu erinnern. Sie wurde an der Grenze zwischen der Vernunft – einem großen Wüstengebiet – und der Liebe – einem bergigen, sehr wasserreichen Staat – gefilzt. Die Beamtin aus dem Land der Vernunft war eine Frau mit Helm und blauer Jacke. Sie trug weiße Baumwollhandschuhe und ließ ihre Hände sanft über Peggys Körper gleiten, wobei sie nach Fingerabdrücken suchte, die Peggy nicht über die Grenze tragen durfte. «Alle Beweise für die Existenz Ihrer Liebhaber gehören uns», sagte die Frau.

Peggy öffnet die Augen. Sie fühlt sich exponiert, verwirrt und merkwürdigerweise auch erregt. Max wird dieser Traum gefallen, denkt sie, als sie zusieht, wie die anderen Passagiere ihre Hüte, Taschen und Kinder einsammeln. Die Grenze zwischen Vernunft und Liebe. Aber wenn sie an die echte Leibesvisitation denkt, muss sie tief durchatmen. Diesmal war es allzu knapp. Und doch hat sie es nach Lissabon geschafft. Der letzte Halt. Und Max hat versprochen, sie vom Bahnhof abzuholen.

Die meisten Passagiere sind bereits ausgestiegen, als Peggy von ihrem Platz aufsteht und ihre Taschen holt. Sie geht langsam, das Laudanum ist noch in ihrem Blut, aber als sie vom Zug auf den Bahnsteig tritt, schlägt ihr Herz schneller. Als sie Max in der Menge entdeckt, glaubt sie, noch nie so glücklich gewesen zu sein, jemanden zu sehen. Sein Haar ist auf eindrucksvolle Weise weißer, als sie es in Erinnerung hat. Er starrt auf das Pflaster, seine Schultern hängen, und gemahnt an einen gefallenen Engel. Laurence hat die Kinder mitgebracht, Pegeen und Sindbad – wobei die beiden mit sechzehn und achtzehn eigentlich keine Kinder mehr sind. Zwei ganze Wochen hat Peggy sie nicht gesehen, und es scheint ihr, als wären sie erstaunlicherweise gewachsen. Sie eilt zu ihnen. Alle meine Hübschen, denkt sie und fragt sich, wann sie zum letzten Mal so voller Freude war.

Doch plötzlich schaut Max auf, und sie stellt fest, dass sich etwas verändert hat. Seine Stirn ist gerunzelt, die Haut um seine Augen geschwollen, als hätte er sich aufgeregt. Laurence eilt auf sie zu. «Peggy!», ruft er mit seinem typischen Überschwang, und sie drängen sich alle um sie.

Max breitet die Arme aus, und Peggy beugt sich zu ihm. «Liebling», sagt sie, «du glaubst ja nicht, was mir passiert ist.»

Max drückt sie an die Brust, ungeschickt und stürmisch, er legt seinen Mund an ihr Ohr. Sein Atem riecht nach Alkohol. «Nein, *du* wirst es nicht glauben», flüstert er. Und dann erzählt er es ihr.

Im Bahnhof wird es still. Peggy löst sich aus seiner rührseligen Umarmung. Sein Mund bewegt sich weiter, aber sie hört nichts mehr. So fängt das Ende an, denkt sie. Mit den Worten *Leonora ist hier. Ich habe sie gefunden.* Ihre Haut ist ganz kalt. Der Bahnhof dreht sich um sie herum. Sie muss blinzeln, um Max deutlich sehen zu können. «Ich freue mich für dich», bringt sie heraus, tonlos, und ist sich sicher, dass sie sich übergeben muss.

Ihre Kinder umarmen sie ganz ungewöhnlich inbrünstig. Sie wollen mich beschützen, begreift Peggy, als die beiden sich Max zuwenden. Er hat ihre Kinder einmal getroffen, in Marseille, und ihnen eine Geschichte nach der anderen erzählt, wobei er sie mit besonders reißerischen Einzelheiten amüsierte. Camp des Milles, der Geisterzug, Saint-Martin, die entflohene Leonora, die vierfingrigen Männer, Georges und sein Hund. Aber jetzt halten sie Abstand zu ihm. Sindbad blickt finster drein. Sogar Pegeen schürzt die Lippen und blickt von Max zu Peggy und wieder zu Max.

Laurence nimmt ihre Koffer und summt dabei, versucht, den Konflikt zu beschönigen, wie er es immer tut, solange er nicht betroffen ist. «Einen Schritt näher. Ehe wir's uns versehen, sind wir alle in Amerika.»

«Lass mich das tun», bietet Max an und nimmt den kleineren ihrer beiden Koffer. Seine Hand zittert, das bemerkt Peggy, und seine Lippen sind aufgesprungen. Im Mundwinkel ist ein wenig Schorf, wo eine Wunde geblutet haben muss.

Sie hat ihn noch nie so aufgelöst erlebt. Sie eilt voran. Leonora kann ihn haben, beschließt sie, und geht noch schneller. Im Zug war ein sehr netter Engländer, der ihr seine Karte zugesteckt hat. Sie wird ihn anrufen und mit ihm zu Abend essen. Wer weiß, vielleicht wird er ihr nächster Ehemann, und sie zieht nach England und übernimmt einen Kriegsjob. Endlich etwas Sinnvolles tun.

Als sie Laurence diesen neuesten Plan gesteht, bei einem

Wein in seinem Hotelzimmer, findet er sie rücksichtslos. «Du hast Kinder, Himmel noch mal. Du könntest vielleicht mal versuchen, ihnen eine Mutter zu sein. Bring sie wenigstens nach Amerika.» Und obwohl Peggy gern mit ihm über diesen Punkt gestritten hätte – immerhin sind es auch seine Kinder –, weiß sie, dass er recht hat. Sie ist durch Europa gebummelt, als würde sie nur sich selbst gehören und könnte ihr Leben wegwerfen, wenn sie wollte. Aber jetzt ist die Zeit gekommen, nach Hause zurückzukehren.

Beim Abendessen im Hotel sitzt die ganze Gruppe beisammen wie eine ausgelassene Familie. Alle sprechen gleichzeitig und versuchen, sich Gehör zu verschaffen. Alle, nur nicht Max, der schweigend isst. Aber hinterher bittet er Peggy, mit ihm spazieren zu gehen, und sie stimmt zu.

Sie biegen von der lärmenden Hauptstraße voller Autos in eine enge, kleine Seitengasse, in der die Straßenlaternen trübe flackern, und Max nimmt ihre Hand. Er erzählt ihr seine Geschichte und alles über Leonora. Als er Leonoras Dilemma beschreibt, das sie dazu gebracht hat, Zuflucht bei dem «ungehobelten Mexikaner» zu suchen – dessen Namen Peggy nicht ganz versteht –, ist er so überwältigt, dass er Leonoras Qual zu seiner eigenen zu machen scheint. «Ich hätte einen Weg finden müssen, früher nach Hause zu kommen. Es war meine Schuld. Sie hat mir vertraut, und ich habe sie im Stich gelassen.» Er jammert den letzten Satz, schnieft und tritt ein Steinchen über den Bürgersteig. «Hast du eine Zigarette?»

Sie gibt ihm eine, die er anzündet und ihr anbietet, als sie einen Hügel hinaufsteigen. Sie hat ihn noch nie so besorgt um jemand anderen als sich selbst erlebt, und sie spürt, dass sie sich erneut in ihn verliebt. Der Schweinehund. «Warum erzählst du mir das?» Sie wird kalt und vernünftig sein. «Dann sei mit ihr zusammen, wenn es das ist, was du willst.»

Er nickt abwesend. «Sie hat sich verändert. Sie ist nicht wiederzukennen.» Er redet mehr mit sich selbst, und dann ist er wieder hier bei ihr. «Morgen», sagt er, «musst du sie kennenlernen.»

«Hältst du das für eine gute Idee?» Die Straße steigt jetzt steil an. Peggy bleiben stehen, um wieder zu Atem zu kommen, und Max wendet sich ihr zu. Seine Augen sind unglaublich blau, und sie hasst ihn.

«Vielleicht ...», sagt er. «Meinst du, du könntest? Nein. Das ist zu viel.»

«Was?»

«Könntest du ihr helfen, nach New York zu reisen?»

Wäre Peggy eine stärkere Frau, würde sie ihm eine Ohrfeige geben, ihm erklären, dass sie vorbei sei, diese Sache zwischen ihnen. Er könne allein versuchen, nach Amerika zu gelangen. Vielleicht würde der Mexikaner auch *seine* Überfahrt bezahlen. Wäre sie stärker, würde sie ihn hier und jetzt verlassen und allein zu ihrem Hotel zurückkehren.

Stattdessen schleicht sie neben ihm her, nicht ganz wie ein Welpe. So schlimm nicht. Sie bleibt stehen, um die Zigarettenkippe mit der Spitze ihres Pumps auszutreten, und merkt, wie sehr sie ihre Schuhe schmerzen. Peggy zieht sie aus und läuft barfuß weiter.

Sie erreichen eine der höheren Lagen der Stadt und finden sich in der Ruine einer Kirche wieder. Zusammen schreiten sie durch ein großes Loch, wo früher die Tür war. Das Dach ist eingestürzt und liegt als Schutt zu ihren Füßen. Der Himmel über ihnen hat die Farbe von altem Bourbon, dunkel und rein. Wenn sie ihn austrinken könnte, würde sie sich auflösen; ihre Haare und ihre Haut und ihre Knochen, sogar ihr Schmuck würde sich auflösen. Sie würde keinerlei Beweise hinterlassen. Peggy Guggenheim würde einfach verschwinden. Wie wunderbar, denkt sie und gibt etwas zwischen einem Seufzen und einem Stöhnen von sich.

Am folgenden Nachmittag nimmt Max sie mit zum Haus einer Engländerin, einer Freundin Leonoras, soweit Peggy es verstanden hat.

Leonora küsst Peggy auf beide Wangen, als sie ihnen öffnet. Sie gibt Max einen Kuss auf die Lippen – kurz, keusch – und führt sie auf eine Terrasse im Garten, die mit Jasmin und weißen Kletterrosen bewachsen ist. Als Leonora in der Küche verschwindet, rutscht Max auf seinem Sessel herum wie ein Schuljunge, als hätte er Angst, sie würde vielleicht nicht zurückkommen, und als müsste er sich sehr zurückhalten, ihr nicht hinterherzulaufen.

Aber schon bald ist sie wieder da, mit einer dampfenden Teekanne und Keksen und Kirschen. Sie trägt ein formloses blaues Baumwollkleid, und ihr Haar, das sie mit einer einzigen Spange aus dem Gesicht frisiert hat, umspielt Leonora wie eine dunkle Woge. Sie hat die Augen einer Dichterin, ruhelos und glänzend. Und sie hat exakt die Stupsnase, um die Peggy den Chirurgen gebeten hatte, der die Sache dann verpfuschte. Leonora ist vielleicht die schönste Frau, der sie je begegnet ist. Natürlich liebt Max sie. *Natürlich.*

Leonora schenkt ihnen Tee ein. Ihre Hand, die so weiß ist wie Alabaster und sich langsam und ruhig bewegt, scheint zu leuchten, Leonora selbst scheint zu leuchten, und Peggy hat das Gefühl, dass sie alle schweben, dass der ganze Garten schwebt, schwerelos wie Spinnweben. Sie sieht zu, wie Leonora ein Tellerchen mit Keksen und Kirschen für Max arrangiert, und versucht, objektiv zu bleiben. Er scheint für Leonora irgendwie mehr ein Onkel zu sein, ein lieber Onkel, den sie sehr gern hat.

«Peggy kann dir eine Fahrkarte auf dem Flugboot besorgen», sagt Max.

«Ich kann es versuchen», fügt sie hinzu und kneift die Augen ein wenig zusammen, als sie sich ihm zuwendet. Sie hatte gesagt, dass sie es *versuchen* würde.

Leonora, die sich sehr nah neben Max gesetzt hat, schenkt sich selbst Tee ein und scheint gar nicht zugehört zu haben. Max streckt die Hand aus, um ihren Arm zu berühren, faltet dann aber die Hände im Versuch, sich zurückzuhalten. Er ist ganz untypisch still, findet Peggy. Der Mann, der sonst ständig in Bewegung ist, ist ganz gehemmt in ihrer Gegenwart. «Aber Liebling», sagt Leonora, die offenbar doch zugehört hat, «das ändert nichts an meiner Passsituation.»

«Ich würde Ihnen wirklich sehr gern helfen.» Peggy trinkt ihren schwarzen Tee und merkt, dass das stimmt. Aber warum sollte sie so etwas sagen? Wenn Leonora den Mexikaner für einen Pass heiratet, warum sollte Peggy sie das nicht einfach tun lassen? So etwas Übereifriges wie eine Eheschließung hat zwar noch nie eine Liebesaffäre beendet, könnte sie aber erschweren.

«Sie sind zu freundlich. Aber Renato hat bereits einige Dinge arrangiert. Wir fahren wahrscheinlich mit dem

Flugboot nach New York. Sobald unsere Ehe legal ist, natürlich. Aber bitte ...» Leonora beugt sich so nah zu Peggy, dass sie sich von ihrem Glanz geradezu erleuchtet fühlt, wie elektrisiert. «Bitte sagen Sie nicht, dass Sie davon wissen. Renato ist in diesem Punkt sehr empfindlich. Er wäre schrecklich wütend, wenn er wüsste, dass ich euch davon erzählt habe.»

Als sie Renato erwähnt, zuckt Max zusammen. Er schweigt verdrießlich und trinkt seinen Tee. Als er spricht, klingt seine Stimme gepresst und zu laut. «Dieser Mexikaner ist *un homme inferieur.*»

«Max, *bitte*», erwidert Leonora. Es ist mehr ein Befehl als eine Beschwichtigung.

Der Garten ist zu klein für sie drei. «Entschuldigt mich», meint Peggy und steht auf. «Wo ist wohl die Toilette?»

Im Badezimmer schaut sie in den Spiegel, wischt das verschmierte Make-up unter ihren Augen weg. Sie trägt nie viel, aber in der Hitze zerfließt es immer. Sie könnte aus der Haustür gehen und sich ein Taxi zurück zum Hotel rufen. Die Situation überwältigt sie. Der wütende und böse Max, die so abwesende Leonora, die merkwürdigerweise doch beschwichtigen will. Herrje, Peggy sollte froh sein, dass er nicht in *sie* verliebt ist – jedenfalls nicht auf diese Weise. Wenn er das wäre, würde sie vermutlich fortlaufen. Immerhin bringt der Gedanke sie zum Lächeln.

Sie wäscht sich die Hände und spritzt sich Wasser ins Gesicht. Warum konnte ich nicht schön auf die Welt kommen, denkt Peggy und fixiert den Blick wie immer auf ihre Nase. Auf einmal hört sie Affen, Hyänen, sie hört zwei prähistorische Vögel streiten. Ihre Stimmen werden lauter, während Peggy durch die Wohnung schlendert, ohne jede Eile, dem Aufruhr beizuwohnen. Die Tür zur Terrasse ist geschlossen, und sie ist erleichtert, dahinter stehen und lauschen zu können.

«Ich habe sie gerettet, Max. Hättest du sie dort gelassen? Die Nazis waren überall. Und wo warst du? Wo warst du?»

«Sie haben mich abgeführt!» Es ist der Schrei eines Kindes – verzweifelt und hilflos. «Eine Woche! Ich habe Leonora um eine Woche verpasst! Warum konntest du nicht warten? Verdammt noch mal. Du sollst verdammt sein!»

«Bitte, Catherine, geh», sagt Leonora.

Eine Frau reißt die Tür auf. Sie drängt sich an Peggy vorbei und packt ihre Handtasche. «Ich rate Ihnen, sich fernzuhalten. Von beiden.» Sie verschwindet und wirft die Haustür hinter sich zu.

Max taucht von der Terrasse mit einer Rose am Revers auf. Sein Gesichtsausdruck ist verblüfft und gleichzeitig begeistert. Peggy nimmt seinen Arm und führt ihn hinaus in den weichen Lissabonner Nachmittag und ins Café auf dem Dach ihres Hotels, wo sie Martini trinken und in schweigendem Elend rauchen.

«Ich gehe lieber», sagt sie nach einer Weile.

«Ich fände es schön, wenn du bleiben würdest», erwidert Max. Und weil er es ernst zu meinen scheint, bestellt Peggy noch einen Drink. Sie versucht nicht, ihn zu trösten. Sie hat einfach nicht die Kraft dafür. Sie wird ihn untergehen lassen, wenn er das unbedingt will. Was sie betrifft, so ist ihr Fall hoffnungslos. Peggy hasst Dreiecksbeziehungen, und sind das hier nicht alles Dreiecksbeziehungen? Wenn nicht gar Vierecksbeziehungen. Vermutlich passiert das oft genug.

Leonora,
Juni 1941,
Lissabon

In dem Café, in dem sie beide gestern und am Tag zuvor zu Mittag gegessen haben, ein kleines Lokal am Rand der Stadt, sitzt er schon an ihrem Tisch auf der Terrasse, als sie eintrifft. Max raucht und schaut auf den Atlantik, eine offene Flasche Wein und eine Schüssel Oliven vor sich. Leonora steht im Schatten der Tür und beobachtet ihn hinter ihrem Schleier. Ihr Herz eilt ohne sie voran, ihre Muskeln sind wie erstarrt, sie hängt einen Moment lang fest, als wäre sie noch in den Pyrenäen. Sie kann sich nicht rühren.

Er bemerkt sie, lächelt, winkt. Und sie bewegt sich wieder, geht auf ihn zu.

Sie setzt sich. Er schenkt ihr Wein ein. Leonora nimmt sich eine Olive. Sie blickt sich auf der Terrasse um.

Paare, hauptsächlich. Ein paar Frauen, die zu Mittag essen. Niemand erinnert an einen Angestellten von Imperial Chemicals, niemand wirkt wie ein Detektiv. Sie nimmt ihren Hut mit dem Schleier ab und schiebt die Haarklammern tiefer in ihren Dutt. Hinter ihr unterhalten sich ein Mann und eine Frau. «Wie lange wird es wohl dauern, bis

Franco in Portugal einfällt?», fragt die Frau. «Wie lange, bis er sich mit Hitler verbündet? Wir können hier nicht schnell genug verschwinden!», ruft sie mit erstickter Stimme, als wäre sie ein Vogel, den man mit einer Nadel durch den Hals auf dem Boden fixiert. Leonora läuft es kalt den Rücken hinunter, ihre Handflächen werden feucht. Sie greift nach dem Wein und trinkt einen langen Schluck, ohne den Alkohol überhaupt zu schmecken.

«Ich habe von dir geträumt», erklärt Max und ergießt den Traum vor sie auf den Tisch. «Du sagtest, du wärst bald zurück, und dann warst du fort. Ich konnte dich nicht finden. Die Stadt war ein einziger Irrgarten. Schrecklich. Ich war völlig verloren.» Warum erzählt er ihr das? Max ist so ungeschickt und inbrünstig; Leonora fühlt sich schuldig, als wäre sein Traum wahr. «Als ich dich endlich fand, war es dir völlig egal, dass du mich verlassen hattest, dass ich nur noch ein jämmerlicher Haufen von einem Mann war. *Ich* war dir völlig egal.»

«So ist das nicht», entgegnet sie. Leonora stützt die heiße Stirn in die Hände. Ihr Kopf fühlt sich plötzlich zu schwer an für ihren Hals.

Der Kellner tritt an ihren Tisch. Max strafft sich, liest die Speisekarte und bestellt für sie beide. Gegrillten Tintenfisch und Abalone. «Und mehr Oliven, *por favor*», fügt Leonora hinzu und hält das kalte Weinglas an ihre Schläfen.

«Sim, senhorita», sagt der Kellner. Er gießt den Rest des Weins in Max' Glas. *«Outro?»* Max nickt, und der Kellner verschwindet und hinterlässt eine angespannte Stille.

Sie rauchen und trinken Wein.

«Tut mir leid», beginnt sie, «dass du wieder Albträume hast.»

«Wenn du darin vorkommst, können es keine Albträume sein. Nicht ganz. Waren deine Träume denn besser?»

Besser?, fragt sie sich und erinnert sich an den Traum, in dem er vorkam. Sie ist neugierig, wie er ihn wohl auslegen wird, daher beschließt sie, ihn Max zu erzählen. «Ich war mit dir in deinem Atelier. Ich lag zusammengerollt zu deinen Füßen auf dem Teppich, wie eine Katze.»

«Oh», antwortet er, und ein hoffnungsvolles Lächeln breitet sich auf seinem Gesicht aus.

«Ich war wie deine Farbtuben oder deine Pinsel- und Terpentingläser, ich war genau, wo du mich haben wolltest. Du nanntest mich dein wunderschönes Mädchen, und es hing auch ein Porträt von mir an der Wand, das du gemalt hattest. Doch als ich in den Spiegel schaute, blickte mich eine alte Frau daraus an. Sie hatte graues Haar und Falten, und sie lachte. Sie fand die Szene offenbar ausgesprochen lustig.»

«Aber du bist noch so jung, mein Liebling. Du hast noch dein ganzes Leben vor dir.»

Sie lacht. Sie kann nichts dagegen tun. Die alte Frau ist kein Problem für sie. Sie mag sie sogar. Was ihr ein Problem bereitet, ist das Gefühl der Befriedigung, das sie zu Max' Füßen empfand. Dass sie von seinem Bild träumte und nicht von ihrem eigenen. Sie zieht die Nadeln aus ihrem Dutt und lässt ihr Haar fallen.

Sie greift in ihre Handtasche und legt seinen Pass auf den Tisch. Max öffnet ihn und schüttelt den Kopf, als könnte er nicht glauben, dass der Pass da ist. «Du hast ihn immer noch, nach allem.»

Obwohl die Sonne direkt in sein Gesicht scheint, sind es ihre Augen, die feucht werden. «Du warst die ganze Zeit bei mir.» Sie erzählt ihm nicht, dass sie versucht hat, den

Pass wegzugeben. Das war ja auch nicht wirklich *sie* gewesen. Es war sie, nachdem sie in den Kaninchenbau gefallen war, in dem die Welt und ihre Regeln verändert waren. Jetzt sind sie es nicht mehr.

Der Kellner öffnet einen Alvarinho und füllt ihre Gläser nach. Er schmeckt gut, helle Säure und Zitrusaromen. «Mein Wein war besser.»

«Natürlich. Es war ja auch dein eigener.»

Sie hebt ihr Glas. «Auf die Gegenwart.»

«Ein Geschenk», sagt er, und ihre Gläser küssen sich und klingen.

Und da ist die Abalone mit ihrer irisierenden Muschelschale. Sie ist paniert und gebacken, zart und süß. Leonora hat Abalone noch nie probiert, und sie isst sie langsam und wischt dann die Krümel von der hübschen Schale, die sie in ihre Handtasche gleiten lässt. Der Tintenfisch ist ebenso wunderbar, besonders mit dem Wein, und der Nachmittag, denkt Leonora, ist der schönste, an den ich mich erinnern kann.

Als sie den Wein ausgetrunken haben, bestellt Max Champagner. Er hat Bleistifte und Papier mitgebracht, und sie sitzen schweigend da und zeichnen, bis die Sonne niedrig und gelb über dem Wasser schwebt.

Leonora ist so konzentriert auf ihre Skizze, dass sie kaum bemerkt, dass Max etwas in den Fingern bewegt. Sie gibt sich Mühe, nicht hinzusehen. Und dann kniet er vor ihr, und sie kann ihn nicht länger ignorieren. «Nora», sagt er. Er hält einen Drahtvogel in die Höhe, den er aus der Bügelagraffe des Korkens gebastelt hat. In seinem Schnabel klemmt ein Drahtring.

«Nicht», sagt sie. Aber da ist er, mit seinen leuchtenden, eifrigen Augen, und verwechselt die Dinge miteinander.

«Willst du ...»

«Bitte. Nicht.»

«Heirate mich.»

Wie oft hat sie schon von diesem Moment geträumt? Jetzt, da er gekommen ist, erscheint er ihr wie ein schrecklicher Scherz. Leonora dreht sich der Magen um, und sie schmeckt Säure und Tintenfisch. Sie sammelt ihre Sachen ein, steht auf und wischt sich die Tränen von den Wangen. «Du hast einen wunderschönen Nachmittag verdorben.»

«Du liebst ihn nicht.»

«Seit wann geht es bei der Ehe um Liebe?»

«Na gut. Heirate ihn, aber komm mit mir nach Hause. Leb mit mir zusammen. Ich bin nicht gut alleine, das weißt du.»

Die Flut zieht sich mit einem Säuseln zurück, einem silbrigen Atem.

«Ja», sagt sie. «Ich weiß.»

Max, Juni 1941, Lissabon

In dieser Nacht wartet Max auf Leonora. Er kann nichts dagegen tun. Die Nacht ist mild, und er sitzt an seinem Tisch, zeichnet, schaut aus dem offenen Fenster auf die Passanten und hofft jedes Mal, dass sie es ist.

Als Laurence an seine Tür klopft, um wie immer mit ihm spazieren zu gehen, bleibt Max ganz ruhig, bis Laurence wieder verschwindet. Sie kennen einander noch aus der Montparnasse-Café-Szene vor einigen Jahrzehnten, und im letzten Monat haben sie so etwas wie eine Freundschaft zueinander aufgebaut. Aber Max ist bewusst, dass Laurence ihm diese verbissene Verrücktheit ausreden würde, und außerdem muss er allein sein. Wenn er allein ist, kommt sie vielleicht.

Obwohl Peggy sich über die Situation mit Leonora völlig im Klaren ist, gibt sie ihm ein Taschengeld, von dem er die Mittagessen bezahlt hat. Eine Tatsache, die er so gut wie möglich verdrängt. Heute Abend hat er eine Flasche Whiskey – Leonoras Drink – gekauft, für alle Fälle. Aber jetzt ist es weit nach Mitternacht, und bald wird es hell, und die Flasche ist schon zur Hälfte leer.

Um sich die Zeit zu vertreiben, zeichnet er. Als Gegenleistung für das Taschengeld hat er Peggy ein großes Bild im Décalcomanie-Stil versprochen, das, wie sie glaubt, in New York gut aufgenommen werden wird. Obwohl er für seine Décalcomanie-Bilder niemals Skizzen anfertigt – das würde den Zweck des Prozesses gefährden, das Element der Überraschung –, bewegt sich sein Bleistift wie von selbst übers Papier, und Leonoras Gesicht taucht immer und immer wieder auf. Er weiß, dass sie in diesem Bild auftauchen wird. Ihre Gegenwart ist so unumgänglich wie die Luft zum Atmen.

Ihre Sachen, die Fotos und Bücher und aufgerollten Bilder, die er aus Saint-Martin mitgebracht hat, liegen nach wie vor in einer Ecke seines Zimmers. Bei Sonnenaufgang packt er alles zusammen. Er stolpert den Bürgersteig entlang, an Grüppchen von Flüchtlingen vorbei, die in Türeingängen und auf den Bänken der Plazas schlafen. Zusammen mit ein paar vereinzelten anderen Frühaufstehern läuft er über die Mosaiken. Er macht sich auf den Weg zu ihr. Schon vor Wochen hat Max sich den Weg eingeprägt, und mehr als einmal hat er sich dabei ertappt, dass er die Richtung zu ihrer Wohnung einschlug, obwohl er eigentlich woanders hinwollte. Schließlich biegt er in ihre Straße und scheucht einen Schwarm Tauben auf. In seinem beinahe schlafwandlerischen Zustand schaut er zu, wie die Vögel zu Sonnenlicht werden.

Die anderen Male, die er hierhergekommen ist, begnügte er sich damit, ganz still zu sein, sich an das gegenüberliegende Gebäude zu lehnen und zu ihrem Fenster im zweiten Stock hinaufzuschauen, dem mit den weißen Spitzenvorhängen, und sich zu fragen, ob sie wohl zu Hause war, und was sie in diesem Moment wohl gerade schrieb oder zeichnete oder träumte. Aber jetzt will er dieses Bündel bei ihr abgeben. Und daher nimmt er ein Steinchen, eckig und kalt, aus einem Blumenbeet. Ihr Fenster (wie kann es sein, dass er es für *ihr* Fenster hält?) ist geschlossen – sonst könnte er einfach pfeifen oder ihren Namen rufen. Max dreht den Stein in seiner Hand, und dann schickt er ihn mit einem harten Wurf in ihre Richtung.

Das Geräusch ist lauter, als er vermutete. Der Stein schlägt ein Loch ins Glas und hinterlässt Sprünge, die sich wie die Beine einer riesigen Spinne über die Scheibe ausbreiten. Volltreffer.

Aber es ist Renato, der die Vorhänge aufzieht, das Fenster öffnet und herunterschreit. «Max? *Dios mío! Eres loco!*»

Verrückt?, denkt Max. Aber natürlich bin ich das, ich bin verliebt!

Renato beugt sich aus dem Fenster, mit nacktem Oberkörper, sein weißes Haar ist vollkommen zerzaust. Er fuchtelt mit den Händen und spuckt Beleidigungen aus. «Komm runter», brüllt Max. «Wir regeln das wie Männer.»

Renato verschwindet in der Wohnung. Max legt die Tasche hin und rollt seine Hemdsärmel auf.

Leonora öffnet die Tür. Barfuß läuft sie auf den Bürgersteig. Ein weißer Seidenmorgenmantel bläht sich in der Luft, als wäre sie eine Heilige, die auf einer Wolke zu ihm reitet. Aber nein. Sie ist nicht sanftmütig. Ihre Haare stehen ihr vom Kopf ab wie die der Medusa, ihre Augen liegen in violetten Höhlen. Max kann sich nicht überwinden, sie anzusehen, und starrt stattdessen auf seine Füße. Er steht auf einem schwarz-weißen Mosaik im Schachbrettmuster. Sein rechter Schuh hat ein Loch in der Spitze, das er noch gar nicht bemerkt hat, und seine blasse Socke lugt durch das Leder.

Was hat er sich nur dabei gedacht, hierherzukommen? «*Je m'excuse*», murmelt er.

Sie steht auf dem Schachbrett, die Königin seines entbehrlichen Bauern. Ich werde mein neues Bild *Napoleon in der Wildnis* nennen, weil ich genau dort bin, denkt er, als er den Blick hebt.

«Armer Max», seufzt Leonora. Sie nimmt ihn in die Arme, und er weint schrecklich, seine Brust hebt und senkt sich krampfhaft. All das Fliehen war umsonst. Er hätte sich von den Nazis fangen lassen können, das wäre ihr egal gewesen. Sie will ihn nicht. Sie ist fertig mit ihm.

Er schiebt sie von sich. Die Gebäude schwanken. Max nimmt das Bündel und drückt es ihr in die Arme. «Deine Sachen. Die Sachen, die du zurückgelassen hast. Ich nahm an, du willst sie vielleicht haben.»

Ohne sich umzusehen, geht er zurück zu seiner Pension, wobei er sich gegen den Wind vom Meer stemmen muss, der dunkle und dichte Wolken mit sich bringt, ein echtes Unwetter. *Der Himmel soll sich öffnen*, denkt er. *Er soll mich ertränken.* Der Regen kommt plötzlich und sintflutartig, und Max ist froh darüber. Männer auf dem Weg zur Arbeit eilen an ihm vorbei, Männer mit Hüten und in Anzügen, Aktentaschen in der Hand, Schirme über die gebeugten Köpfe gespannt. Sein Hemd ist durchnässt und klebt am Körper, also zieht er es aus. Er legt den Kopf in den Nacken und schaut in den Himmel.

Einen halben Block von der Pension entfernt, vor dem Hotel, entdeckt er Laurence mit seinem Gepäck am Bordstein. Er ruft ein Taxi, und Max rennt los, um ihn noch zu erwischen.

«Wohin willst du?», fragt Max.

«Monte Estoril. Ich habe letzte Nacht an deine Tür

geklopft, um es dir zu sagen. Wir suchen uns dort ein Hotel, Peggy, Kay und die Kinder. Wir warten am Meer auf unsere Überfahrt. Es ist besser für die Kinder, besser für uns alle.»

«Nehmt mich mit», erwidert Max. «Bitte.» Weil er sich selbst nicht mitnehmen kann. Er hat nicht die Kraft.

«Ich glaube, ich kann noch etwas warten.» Laurence winkt das Taxi fort und legt den Arm um Max. «Komm. Wir holen deine Sachen. Peggy freut sich sicher, dich zu sehen.»

Peggy,
Juni 1941,
Monte Estoril

Ihr Hotel geht aufs Wasser hinaus, und Peggy hat es sich angewöhnt, sich abends bei Sonnenuntergang auf den kleinen Balkon ihres Zimmers zu setzen, um zuzusehen, wie die Sonne ins Meer gleitet, dieser schamlose Pfirsich einer Sonne. Peggy trinkt ihren Wein und stellt sich die runde Erde vor und versucht, ihre Bewegung zu erspüren, wie sie genau in diesem Moment mit Europa in der Dunkelheit versinkt.

Himmel und Wasser, in wogende Bänder aus Orange und Hellgelb gekleidet, erinnern sie an ihr Lieblingsbild von Tanguy, das sie ihm abgekauft hat, als sie ein Liebespaar waren. *Die Sonne in ihrem Schmuckkästchen.* Ein Titel, beinahe so leuchtend wie das Bild, und ebenso einsam. Sie wünscht sich, es jetzt sehen zu können – es hat sie immer beruhigt –, aber es liegt im Bauch eines Schiffes, irgendwo auf dem Atlantik, zusammen mit dem Rest ihrer Sammlung, den Hunderten von Bildern, die hoffentlich in Amerika auf sie warten, wenn sie dort ankommt. Peggy hat sie zusammen mit Lampen, Büchern und ein paar Töpfen und Pfannen losgeschickt und die Etiketten der Gemälde-

Kisten mit der Aufschrift *Haushaltsgegenstände* versehen, damit niemand ihren Inhalt in Frage stellt. Doch in der letzten Nacht träumte sie, ihre Sammlung ginge unter, genau wie ihr Vater, der auf der *Titanic* im eisigen Ozean ertrank.

Ihr Vater. Er ist jetzt nur noch eine vage Vorstellung, die durch ihre Kindheitserinnerungen geistert. Wie er sie auf seine Knie setzte und sie auf und nieder wippte, als sie klein war, wie er pfeifend die Treppen hinaufstieg, wenn er von der Arbeit kam, und wie sie losrannte, damit er sie auf den Arm nahm. Wie er sie auf ihr Zimmer schickte, weil sie beim Abendessen fragte, ob er vielleicht eine Geliebte habe, weil er so oft fort war von ihr und ihrer Mutter und den Schwestern. Es ist alles so weit entfernt, als gehörte es zu dem Leben einer Figur aus einem Buch, das sie vor langer Zeit gelesen hat.

Aber ihre Kunstsammlung – voller Panik wachte Peggy auf. Ihre Sammlung ist alles, was sie nach zwanzig Jahren in Europa vorzuweisen hat, ihrer Zeit in der Boheme, in der sie Kunst und Künstler sammelte. Tanguy, Beckett, Penrose und jetzt Max, den sie am meisten liebt und irgendwie auch am meisten hasst.

Heute Morgen kam er zum Hotel. Sie spazierten am Ufer entlang, und er erzählte ihr von Leonora und davon, dass sie ihren Mexikaner nicht verlassen wollte. «Es ist vorbei.» Max sagte es beinahe beiläufig, konnte aber den Jammer nicht verbergen, der in seinen Augenwinkeln lauerte. Seine Hand war schlaff, als er ihre zu halten versuchte. Peggy ließ sie fallen. «Es muss sehr hart für dich sein», meinte sie und entschuldigte sich damit, die ein oder andere Besorgung machen zu müssen.

Sie will ihm Raum geben, beschließt sie. Ihn loslassen,

und wenn er zu ihr zurückkehrt, nun, dann wird sie weitersehen, nicht wahr? Sie sollte nicht so verzeihend sein, das weiß sie, aber alles ist weicher am Meer. Der Käse und die Cracker auf dem Teller vor ihr, der rote Lippenstift, den sie sich auf die Lippen tupft, bevor sie sich nach unten zum Abendessen begibt.

An dem riesigen runden Tisch sitzt Max ihr gegenüber, aber Peggy gibt sich Mühe, ihn nicht anzusehen. Er sagt nichts, daher ist das nicht schwierig. Trotzdem kann sie nicht umhin zu bemerken, dass er immer erst eine Sache auf seinem Teller isst, bevor er sich der nächsten zuwendet. Er isst erst das Steak auf, dann den Hummer, dann erst den grünen Salat. Wenn er das nur auch mit seinen Frauen so machen würde.

Pegeen und Sindbad diskutieren ihre Pläne für die Zeit nach dem Abendessen. Es gibt einen Club mit Livemusik, von dem ein Mädchen Sindbad erzählt hat, als sie heute am Strand waren. O Gato Azul. «Und wenn ich hier nicht meine Jungfräulichkeit verliere, wie soll ich dann in die Staaten zurückkehren?», sagt Sindbad. «Ich bin fast neunzehn, um Himmels willen.»

«Nun, verlier sie nicht an eine Einheimische. In diesem Land grassieren Geschlechtskrankheiten. Oder willst du, dass dir die Nase abfällt?» Peggy schluckt ihren Wein herunter. Es hat unfreundlicher geklungen, als sie es wollte.

Pegeen wischt sich den Mund mit einer Serviette ab und steht auf. «Ich bin dabei. Wir gehen zur blauen Katze.»

«Ich auch», mischt sich Jacqueline ein, die andere Sechzehnjährige am Tisch. Pegeens Freundin aus dem Internat in Frankreich, die Laurence und seine künftige Exfrau Kay

Boyle so gut wie adoptiert hatten, lässt sich eine Auster in den Mund gleiten und mustert Sindbad mit solchem Verlangen, als würde sie förmlich schmelzen. Sie erinnert Peggy an sich selbst mit sechzehn – hoffnungslos hungrig nach Liebe. Nicht, dass sich seitdem allzu viel geändert hätte.

Kay plappert weiter. Zu ihrer großen Erleichterung hat sie ihren «Freund», den Mann, für den sie Laurence verlässt, nach Amerika verfrachtet, und jetzt wird sie sich darum kümmern, dass ihre Reise in die Staaten möglichst bald stattfinden wird. Kay sagt das mit solcher Selbstgefälligkeit, dass Peggy lachen muss. Sie kann nichts dagegen tun. Es wird sicher lustig, zuzusehen, wie Kay versucht, noch mehr dafür zu tun, als Peggy – die schon seit Wochen daran arbeitet – bereits getan hat. «Es ist höchste Zeit, dass wir Europa verlassen, meinst du nicht? Der ganze Kontinent bröckelt unter unseren Füßen.» Was für eine abgegriffene Metapher. Abgegriffen und leicht verdaulich, wie Kays schreckliche Romane. Sie schreibt ohne jeden Schwung, ohne eigene Stimme, findet Peggy, und die Frau ist noch nicht einmal schön. Vielmehr unscheinbar, mit einer langen Nase und kleinen, harten Äuglein. Obwohl Kay vier Jahre jünger ist als Peggy, sieht man ihr das Alter bereits an. Ihre Haut ist am Kiefer schlaff, ihre Arme sind weich und voller Sommersprossen.

Peggy kann einfach nicht erkennen, worin sich Laurence verliebt hat. Selbst jetzt, nach einem Jahr der Trennung, bedenkt er Kay mit verletzter Bewunderung, mit einer Zärtlichkeit, die Peggy auf die Nerven geht. Warum ist Laurence so nett zu ihr, obwohl sie ihn für einen anderen verlassen hat? Er war schrecklich zu Peggy, als *sie* sich trennten – er nahm ihr Sindbad weg und ließ sie vor sich kriechen, wenn sie nur einen Tag mit ihrem Sohn verbringen wollte. Peggy zündet sich eine Zigarette an und bläst den Rauch über die Köpfe der Anwesenden hinweg. Ihre Scheidung liegt ein Jahrzehnt zurück, fällt ihr auf, und sie hat nichts davon vergessen. Trotzdem sind sich Laurence und sie in diesem letzten Jahr wirklich nahegekommen. Sie sind bessere Freunde, als sie Eheleute waren – und das alles dank Kays Verliebtheit in jemand anderen. Vielleicht sollte Peggy ihr dankbar sein, irgendwann, wenn der Klang von Kays Stimme ihr nicht mehr in den Zähnen wehtut.

«Habt ihr davon gehört?», sagt Kay gerade. «Gestern ist schon wieder ein französisches Schiff gesunken, auf dem Weg nach New York, glaube ich.»

Peggy hat soeben einen Bissen von ihrem Hummer genommen, aber jetzt bleibt er in ihrem Hals stecken. Sie trinkt einen Schluck Wein, aber der Bissen steckt in ihrer Speiseröhre fest. «*Welches* Schiff?», krächzt sie.

«Oh», erwidert Kay. «Warum?»

«Meine Sammlung!», keucht Peggy. «Meine Kunst!»

Das weckt Max' Aufmerksamkeit. «Meine Bilder?», fragt er und wird bleich.

Kay bricht in Lachen aus. Es war nur einer ihrer abstoßenden Scherze.

Peggy kann ihr keine Sekunde länger ins Gesicht sehen. Sie trinkt den Wein aus, und der Hummerbissen rutscht herunter. Sie bestellt einen Cognac und nimmt ihn mit auf ihr Zimmer.

Sie beschließt, früh ins Bett zu gehen. Sie wird bei Sonnenaufgang aufstehen und einen langen Spaziergang unternehmen, und danach vielleicht schwimmen. Sie entledigt sich ihrer Kleider, schaltet das Licht aus und legt sich aufs Bett, aber die Nacht ist lau, selbst so nah am Meer, und von irgendwoher erklingt Musik – Gitarre, Trompete und Trommeln, lange Jazz-Riffs, die sie aufrütteln. Peggy wirft einen Morgenmantel über und macht sich auf die Suche nach Laurence, um gute Nacht zu sagen und vielleicht noch einen Schlaftrunk zu nehmen, nur dass sie sich nicht an seine Zimmernummer erinnern kann. Doch da ist Max, der im Flur auf sie zukommt, mit seinem schiefen Lächeln und diesen unerträglichen Augen.

«Kennst du Laurences Zimmernummer?», fragt sie ihn. «Ich will ihm gute Nacht sagen.»

Er macht einen Schritt auf sie zu, steht so nah bei ihr, dass sie seine Wärme spüren kann. «Ihm willst du gute Nacht sagen, und mir nicht?»

«Wir sagen uns doch gerade gute Nacht, oder nicht?» Peggy presst ihre Lippen aufeinander, ein Versuch, wenigstens noch ein wenig standzuhalten.

«Er hat Zimmer 26», erklärt Max und lächelt immer noch.

«Dann sehen wir uns morgen.» Sie geht und spürt, dass er ihr nachschaut. Kommst du oder gehst du, würde sie ihn gern fragen, aber die Frage ist viel zu langweilig, und wenn sie ehrlich ist, will sie die Antwort darauf gar nicht wissen.

Sie betritt den winzigen Aufzug, der sie ein Stockwerk tiefer bringt, und klopft an Zimmertür 26. Und Max öffnet ein wenig außer Atem die Tür. «Was für eine wunderbare Überraschung!», verkündet er.

Es ist *sein* Zimmer, zu dem er sie geschickt hat. Sie muss darüber lachen. Wieder hat sein Charme sie eingewickelt.

Sie verbringen die Nächte in ihrem Bett oder seinem, die Tage in der Sonne und im Meer. Die Wochen verstreichen. Peggy schaut zu, wie Max mit Pegeen im Schatten eines Sonnenschirms zeichnet, bei Ebbe lässt er mit Sindbad Kiesel über das flache Wasser hüpfen.

Und dann, eines Tages, taucht Leonora zum Mittagessen auf, und Max nimmt sie mit auf einen Ausritt übers Land. Sie sind den ganzen Nachmittag fort.

Als Max an diesem Abend an ihre Tür klopft, will Peggy ihn nicht hereinlassen. Sie öffnet die Tür, ohne die Kette zu lösen. «Peggy», jammert er. «Zwischen uns ist nichts passiert.» Er lehnt sich gegen die Wand, sein Mund ist ihrem ganz nah. Er riecht nach Whiskey. «Ich will immer noch *dich.*»

«Aber nichts davon ändert etwas an der Tatsache, dass du sie liebst», sagt sie zu ihm ebenso wie zu sich selbst.

Max schweigt. Er wird ehrlich zu ihr sein. Dafür immerhin ist sie ihm dankbar.

«Nein, ich nehme an, das ändert nichts», stimmt er zu, und Peggy schließt die Tür. Er klopft erneut, diesmal lauter. Sie öffnet die Tür ganz und tritt in den Flur.

«Wollen wir einen Spaziergang machen?», fragt sie, nimmt seine Hand und zieht ihn mit sich fort, um eine Szene zu vermeiden. Wenn sie oder er die Beherrschung verliert, will sie nicht, dass es im Hotel passiert.

Draußen weht eine warme Brise, der Vollmond taucht das Meer in ein silbriges Blau. Peggy führt Max am Meer entlang auf eine Felsenhöhle zu, die sie gestern erst entdeckt hat.

Es ist schon Ende Juni, ihre Überfahrt nur noch zwei Wochen entfernt. New York wird die Dinge verändern, dessen ist Peggy sich sicher. Max wird in Amerika zurechtkommen müssen, er wird sie brauchen. Aber sie wird dieses kleine Städtchen am Meer vermissen. Es gibt hier noch so viel zu entdecken, und ihr tägliches Bad im Meer wird ihr fehlen.

Sie reden kaum miteinander, während sie am Strand entlanglaufen, aber Peggy lässt ihn ihre Hand halten. Immerhin ist sie daran gewöhnt, ihre Männer zu teilen. Obwohl sie nicht sagen kann, dass ihr das gefällt, jedenfalls nicht, solange sie noch so sehr verliebt ist. Vielleicht sollte sie Leonora in *ihrem* Leben willkommen heißen, in ihrem und Max'. Das ist modern, oder? Der Beweis, dass Peggy zivilisiert ist und kein bisschen eifersüchtig.

«Wir sollten vor unserer Abreise eine Party feiern. Du kannst Leonora und ihren Mexikaner einladen – wie heißt der noch mal?»

«Renato», murmelt er. Sein Kiefermuskel spannt sich an.

«Ja, Renato», wiederholt Peggy und singt den Namen beinahe. «Laurence und Kay können kommen. Wir geben eine Abendgesellschaft in diesem Club, den die Kinder so gern mögen. O Gato Azul. Das wäre doch amüsant, meinst du nicht auch?»

Mittlerweile haben sie die Höhle erreicht, und Peggy zieht ihre Kleider aus und rennt ins kalte Wasser.

«Peggy!», ruft Max ihr hinterher. «Was machst du da? Komm zurück!»

Er jagt sie bis zum Rand des Wassers. Die Flut ist eingetroffen, und zu beiden Seiten der Höhle ragen zerklüftete Felsen in die Höhe. Unter ihr sind ebenfalls Felsen, und die Wellen sind höher, als sie sie hier je erlebt hat. Aber heute Abend, nachdem sie ein paar Fingerbreit Grappa zu ihrer üblichen Dosis Wein und Cognac getrunken hat, will Peggy sich jeder Herausforderung stellen.

«Komm da raus!» Max winkt mit den Armen und sieht aus wie eine Aufziehpuppe. «Du ertrinkst!»

«Aber es ist wunderbar! Du solltest auch reinspringen!», ruft sie.

Die Wellen folgen kurz hintereinander und werden immer größer. Peggy zählt sie. Vier, fünf, sechs. Die siebte ist viel höher als die vorhergehenden, ihr Kamm ragt über Peggy in den Himmel hinauf. Sie taucht unter der Welle hindurch, bleibt so nah am Grund, wie sie kann, aber die Welle reißt sie mit, und sie wird herumgeschleudert. Peggy taucht auf und bemerkt Max, der auf sie zuwatet, noch angezogen.

«Komm raus!», ruft er wieder. «Du hättest ertrinken können! Was soll ich ohne dich tun?»

Das ist eine gute Frage. Was würde er ohne sie tun? Wie würde er ohne sie nach Amerika kommen? Peggy lacht – worüber, weiß sie selbst nicht genau. Vielleicht über die Sinnlosigkeit von allem.

Im seichten Ufergewässer nimmt er sie in den Arm und begleitet sie zum Strand. Sie klettern die Felsen hinauf, finden eine flache Stelle, legen ihre Kleider als Matratze darauf und lieben sich.

So nass und nackt und im Freien fühlt sie sich unverfroren und unerschrocken; sie lässt die Augen offen, bewundert seine sehnigen Arme und die kräftige Brust, wie sein Körper im Mondlicht leuchtet. Max ist konzentriert und zu schnell für ihren Geschmack, aber sie lässt sich hinterher Zeit auf dem Felsen und schaut zum Mond hinauf. Und dann dringt ein Geruch zu ihnen. Der Wind muss sich gedreht haben. Ihr leidenschaftlichster Moment, begreifen sie und müssen lachen, fand direkt über dem städtischen Abwasserrohr statt.

Sie spülen Kleider und Körper im flachen Wasser und gehen zurück ins Hotel, wo sie getrennt voneinander duschen. Am nächsten Morgen lässt sie die Kleider zusammen mit einem Extratrinkgeld für die Hotelwäscherei liegen und hofft, dass das ganze Chaos kein Vorzeichen für die Dinge ist, die da noch kommen.

Leonora,
Juli 1941,
Monte Estoril

O Gato Azul ist ein winziges Lokal am Ufer und sehr voll, weil an diesem Abend der Geburtstag eines berühmten Stierkämpfers gefeiert wird, der mit seinem Gefolge gekommen ist. Ihre kleine Gruppe, bestehend aus Leonora und Renato, Peggy und Max, Kay und Laurence, sitzt um einen winzigen Tisch an der Tanzfläche herum und feiert ihre eigene Party. Sie versuchen, die Musik und einander zu übertönen. Obwohl Leonora nicht mehr als vier Worte mit Peggy gewechselt hat – *Danke für die Einladung* – und Peggy ebenfalls nicht viel gesagt hat. Peggy, den Rücken zu Max gewandt, spricht mit Renato und lacht laut, sobald er etwas auch nur annähernd Lustiges von sich gibt. Max ignoriert sie, flüstert mit Leonora über einen Traum, den er hatte – er saß in einer Eierschale und malte eine Tür darauf, und als sie sich öffnete, fand er sich in seinem Schlafzimmer in Saint-Martin wieder. Leonora lässt ihn reden – sie ist immer noch seinetwegen hier, trotz allem –, aber sie spürt, dass Peggy sie hasst. Die Eifersucht der Amerikanerin ballt sich zu einem Knoten zwischen Leonoras Schulterblättern. Warum hat Peggy sie überhaupt eingeladen, fragt Leonora sich, trinkt ihren Whiskey auf Eis und gibt sich alle Mühe, sich zu entspannen. Während Max mit den anderen spricht, beobachtet sie den Torero, einen jungen, dunkelhäutigen Mann mit breiten Schultern und einem wunderbaren Lächeln. Er erinnert sie an José. Der Torero steht inmitten der Tanzenden und dreht ein Mädchen vor sich herum. Plötzlich ist das nächste Mädchen in seinen Armen. Er jongliert mit ihnen und hat so viel Spaß, dass Leonora nicht ablehnt, als er sie bittet, mit ihm zu tanzen.

Die Band stimmt ein neues Lied an. «Jede Honigbiene ist voller Eifersucht, wenn sie dich mit mir sieht», schmachtet der Gitarrist. Der Torero dreht Leonora um ihre eigene Achse, und der Raum verschwimmt. Sie schwankt wie ein Boot auf aufgewühltem Meer und wirft einen Blick zurück zum Tisch. Max sitzt allein auf seiner Seite und trinkt seinen Drink mit einem Strohhalm. Peggy streckt die Hand aus und fordert ihn zum Tanzen auf, aber er rührt sich nicht, also wendet sie sich stattdessen an Renato. Sie tanzen, und Laurence und Kay schließen sich ihnen an.

Die Tanzfläche brodelt jetzt. Schweiß rinnt von Leonoras Nacken ihren Rücken herunter. Renato schwingt Peggy in seine Arme, aber sein Blick, das entgeht Leonora nicht, ist auf den Torero gerichtet. Am Ende des Liedes zieht er den Mann von Leonora weg und wechselt ein paar Worte mit ihm. Sie kann die beiden nicht genau verstehen, sie sprechen sowieso spanisch, aber ihre Haltung mit drohend geschwellter Brust sagt alles. Renato und sie sind noch nicht einmal eine Woche verheiratet, und schon ist er besitzergreifend. Es ist absurd. Aber Leonora bringt es nicht über sich, mit ihm darüber zu sprechen. Sie fühlt sich so zerbrechlich – jeder noch so kleine Konflikt versetzt sie in Panik.

Auf einmal tritt Peggy zwischen die beiden Männer. «Komm, wir schnappen ein bisschen Luft», sagt Leonora und greift nach Renatos Hand. Und weil die Band gerade eine Pause einlegt, nimmt der Rest ihrer kleinen Gesellschaft ihre Drinks und tritt mit ihnen auf die Terrasse.

Leonora atmet die Meeresluft ein. Die Brise ist wunderbar, und sie hebt ihren Rock, um sie besser zu spüren.

«Schön, und was machen wir jetzt?», fragt Kay und zündet sich eine Zigarette an. «Nicht, dass das hier langweilig wird.»

«Wie wäre es mit einer Geschichte», sagt Renato. «Nora, *querida*?»

Max' Augen weiten sich. Das war sein Name für sie. Leonora merkt, wie er in sich zusammensinkt, den Kopf in die Hand stützt, und wünscht sich, sie und Renato wären nicht gekommen. Peggy setzt sich mit einem selbstzufriedenen Lächeln neben Max. Sie hat diese Party veranstaltet, um ihn zu quälen, das wird Leonora jetzt klar.

«*Por favor?*» Renato neigt den Kopf zur Seite und fährt mit dem Finger über ihre Schulter.

Sie zuckt zusammen. «Ich weiß nicht», erwidert sie und wirft Max einen Blick zu. Er wirkt so verletzt, sie fühlt sich schrecklich.

«Leonora hat sie erst an diesem Nachmittag fertiggestellt», sagt Renato zu Kay. «Und die Geschichte ist wunderbar, wirklich. Ein echter Genuss.»

«Gut.» Leonora holt ihr Notizbuch aus der Tasche. «Mal sehen, ob ich meine eigene Handschrift lesen kann. Sie ist noch schlimmer geworden, seit …» Plötzlich ist sie nervös, lacht, hustet. Dann findet sie ihre Stimme wieder.

Sie sagen, dass er die Damen im Herrenhaus in Angst versetzt. Mich ängstigt er nicht.

Es ist wahr, er weiß nicht, wie man Tee aus einer Porzellantasse trinkt. Der Earl Grey tropft von seinem Kinn, und wenn er die öden, schwachsinnigen Manieren satthat, isst er die Tasse und auch noch die Untertasse.

Er schläft am Tag, und in der Nacht geht er an den Hecken entlang. Er ist so weiß wie der Mond, mit weißen Hörnern, und er leuchtet aus sich selbst. Ich sehe ihn von meinem Fenster aus. Er bewegt sich im Uhrzeigersinn durch den Garten, und dann dreht er sich um und läuft denselben Weg zurück. Er sucht jemanden, der verschwunden ist – eine Frau, die er noch liebt.

Sie war die einzige Tochter einer Familie, die sonst nur Söhne hatte, daher passten die Eltern auf das Mädchen auf und bezahlten Bedienstete, damit sie ebenfalls auf die Tochter achtgaben. Sie hatte schon als kleines Kind gern auf dem Kopf gestanden, und zu viel Blut im Kopf führt zu Halsstarrigkeit. Als sie siebzehn war, sprach ihre Mutter über nichts anderes als über ihr Debüt am Hof – wer ihr Kleid schneidern sollte und welche heiratsfähigen Männer erscheinen würden. Voller Angst vor dem Fest träumte das Mädchen, dass man ihren nackten Körper auf einem riesigen Silbertablett präsentierte, dass man ihr ein Beruhigungsmittel spritzte und sie unfähig war, sich zu rühren. Die Männer nahmen ihre Gabeln und Messer in die Hand und schnitten in ihre Schenkel und Brüste, als wäre sie ein gegrillter Vogel. Als sie zu ihrem Herzen kamen, teilten sie es gerecht auf. «Köstlich», sagten sie. «Das perfekte Mahl.»

Die Albträume ließen nicht nach, und bald konnte das Mädchen gar nicht mehr schlafen. Stattdessen streifte sie durch den Garten.

Zuerst sah sie den Minotaur am See. Er saß am Ende des Steges und betrachtete sein Spiegelbild im schwarzen Wasser. Er hätte alles mit ihr tun können, was er wollte, das sagten ihr seine dunklen Augen, aber sie schrie nicht. Und als eine Träne zwischen ihre nackten Zehen fiel, wusste er, dass er sie liebt.

Jede Nacht traf sie sich mit ihm, und er brachte ihr die Regeln des Okkulten bei – wie man seine Träume ans Tageslicht brachte, wie man in die Vergangenheit reiste, indem man im Schneidersitz auf dem Boden saß, die Augen schloss und rückwärts zählte, während man einen Apfel in einem Rutsch schälte.

Der Minotaur wachte stets auf, wenn die Sonne versank, und dann suchte er nach ihr.

Es war Ende September, die Blumen waren verwelkt. Er rieb sich die Augen, öffnete sie und entdeckte das Mädchen. Sie ging mit dem Mann, mit dem sie verlobt war. Der Mann wirkte altmodisch mit seinem Zylinder und dem Monokel, und obwohl er noch jung war, stützte er sich auf einen Stock, hustete in ein Taschentuch und blinzelte in den Garten und in den Himmel, als könnte man der Natur nicht trauen. Der Diamant an ihrem Finger fing das letzte Sonnenlicht ein und schickte es zurück zu ihrem Minotaur. Er dachte an die Träne zwischen ihren Zehen, wie sie geglitzert hatte, und er wusste, dass dies der Abschied war. Er schaute dem Mädchen nach, als sie sich abwandte und die Tür hinter sich und ihrem Verlobten schloss. Er schrie auf, aber der Wind war gegen ihn und schickte seine Trauer weit hinaus aufs Meer.

Das ist fünfzig Jahre her, und der Minotaur wartet noch immer. Manchmal sitzt er am See und pellt ein Ei. Vielleicht vermisst sie ihn und tut, was er sie gelehrt hat. Vielleicht öffnet er eines Nachts die Augen, und sie ist wieder jung und sitzt neben ihm.

Gottesanbeterinnen nisten in seinem Haar. Sie schlagen mit ihren staubigen Flügeln und versuchen ihn zu trösten.

Alle schweigen, als Leonora endet. Man hört nur noch das Rauschen der Wellen. Max blickt sie nicht an. Sie hätte die Geschichte nicht vorlesen sollen. Der trauernde Minotaur war zu viel für ihn.

«Breton würde das gefallen», sagt er schließlich. «Du hast seinen geliebten Minotaur vermenschlicht.»

Sie schließt ihr Notizbuch. Es ist alles zu schmerzhaft, zu wund. Ihre Brust pocht, und der Mond, der sich über dem Wasser wiegt, ist einsamer, als sie ertragen kann.

«Tja, ich verschwinde dann mal», verkündet Kay. «Großartige Geschichte.» Sie küsst Laurence auf beide Wangen und winkt den anderen zu, dann nimmt sie die Handtasche über die Schulter. «Ich schreibe das Ende meines Romans. Ich sehe es vor mir. Danke, Leonora!»

Wenn Kay dieser traurigen Veranstaltung entfliehen kann, dann kann Leonora es ebenfalls. «Ich muss mal aufs Klo», verkündet sie und kehrt zurück in den Club.

«Ich auch», hört sie Peggy sagen, und die Tür hinter ihr fällt zu.

In der Damentoilette pinkeln Leonora und Peggy in benachbarten Kabinen. Leonora erkennt den schwarzen Lacklederpumps und das knochige Fußgelenk der Amerikanerin wieder. Sie sprechen kein Wort. Peggys Abneigung ihr gegenüber ist mit Händen zu greifen, warum musste sie ihr jetzt auch noch auf die Toilette folgen?

Vor dem Spiegel kramt Leonora in der Handtasche nach ihrem Lippenstift, und Peggy lässt sich viel Zeit damit, sich die Hände zu waschen. Eine Frau steht zwischen ihnen und tupft sich Puder auf die Nase. Als sie den Raum verlässt, dreht Peggy den Hahn zu, trocknet sich die Hände mit einem kleinen weißen Handtuch ab und spricht Leonora mit einer Direktheit an, die diese überrascht. «Wenn du ihn liebst, warum bist du dann nicht mit ihm zusammen?»

«Max?»

«Du glaubst doch wohl nicht, dass ich Renato meine, oder?» Peggy lässt das Handtuch in den Eimer fallen und verschränkt die Arme vor der Brust. «Entweder du kehrst zu ihm zurück und machst ihn glücklich – oder du lässt ihn sein Leben mit mir verbringen. Weißt du eigentlich, welches Leid du ihm zufügst, indem du ständig kommst und gehst?»

Peggy trägt ein Kleid mit einem Muster aus Vögeln und Blumen darauf, und trotzdem ist etwas Formelles an ihr. Sie hat ihre Forderung gestellt und ist bereit, sie zu verteidigen. Schließlich platzt es aus Peggy heraus: «Ich liebe ihn.» Es dringt so ungeplant aus ihr heraus, mit solcher Durchsichtigkeit, dass sich Leonora schämt. Sie hat nicht gewusst, dass die beiden zusammen sind. Oder hat sie es vor sich selbst nur nicht zugeben wollen?

«Lass ihn mir», sagt Peggy. «Ich bitte dich.»

Leonora weicht zurück, zur Tür. «Natürlich. Ich wusste gar nicht, dass ihr beide ...» Ihre Hand liegt schon auf dem Türknauf. «Es tut mir leid, ich habe mich mit ihm aus Mitleid getroffen», sagt sie, obwohl ihr bewusst ist, dass das nicht stimmt.

Peggy drängt sich an ihr vorbei, öffnet die Tür und hält sie für Leonora auf. «Danke», erwidert Peggy. Es klingt aufrichtig, und Leonora fürchtet schon, Peggys Beine könnten unter dem Gewicht ihrer Dankbarkeit nachgeben. Sie nimmt Peggy bei der Hand und zieht sie hinter sich her zur Terrasse. Dort beschließt sie, Max an Peggy zu übergeben. Und dann wird sie gehen, die beiden in Ruhe lassen, und das Chaos wird ein Ende haben.

Auf der Terrasse hält Laurence eine laute Rede, er lallt. «Wartet nur. New York wird das nächste Kunstmekka. Breton. Duchamp. Und sobald wir eintreffen», er gibt Max einen Klaps auf den Rücken, «wird die ganze Szene explodieren.»

Leonora schaut auf Max herunter und drückt dabei Peggys Hand. Max hebt den Blick zu ihr, mit seinem zerknitterten Hemd und seinem zerknitterten Lächeln. Sie hasst es, ihm Schmerzen bereiten zu müssen, aber sie tut das Richtige. Immerhin ist sie jetzt mit Renato verheiratet. Sie schiebt Peggy zu ihm und tritt zurück. Aber sie bringt es nicht über sich zu verschwinden. Sie muss sehen, wie die Szene endet. Also bleibt sie in einer dunklen Ecke des Balkons an einer Tür stehen.

«Was war das?», fragt er Peggy, die weint. «Was hast du getan?»

Renato erhebt sich, sein Stuhl fällt um. «Wo ist meine Frau?», fragt er und leert sein Brandyglas. *Meine* Frau? Als wäre sie nicht mehr als ein Besitz? Verblüfft steht Leonora da und gibt keinen Laut von sich. Das Mondlicht beleuchtet die anderen, und sie ist unsichtbar im Schatten.

«Deine Frau?», sagt Max.

«Wir haben Dienstag geheiratet, hat sie dir das nicht erzählt?»

Max wirkt, als hätte man ihn in den Magen geboxt. Er beugt sich über das Geländer der Terrasse und übergibt sich auf die Felsen darunter. Leonora spürt, wie sich ihr eigener Magen umdreht, als wäre diese schreckliche Szene irgendwie ihre Schuld.

Peggy steht neben Max und streichelt seinen Rücken. «Ich habe ihr gesagt, sie soll sich nicht mehr mit dir treffen.

Wenn sie dich liebt, soll sie mit dir zusammen sein oder dich mir überlassen.»

«Was?» Er schlägt ihre Hand so heftig weg, dass Leonora zusammenzuckt. «Was gibt dir das Recht dazu?» Peggy bricht in Schluchzen aus, aber er packt sie bei den Schultern.

«Du gehst sie jetzt suchen. Verstehst du? Such sie und sag ihr, dass du einen Fehler gemacht hast. Sag ihr, dass ich ohne sie verloren bin. Sag ihr, dass sie mich treffen muss, wann und wo sie nur kann. Sag es ihr, oder ich will nichts mehr mit dir zu tun haben, gar nichts.»

Als sie das hört, fühlt sich Leonora merkwürdig körperlos. Sie hat davon geträumt, dass er sie so ganz und gar liebt, mehr als alle anderen. Und jetzt kommt seine Liebe zu spät.

Peggy nickt, trocknet sich die Tränen und eilt in das kleine Lokal, um Leonora zu suchen. Max lässt sich in einen Stuhl fallen.

«Was war das alles?», fragt Renato. «Ich habe wohl etwas verpasst.»

«Es ist alles falsch.»

Renato trinkt Leonoras Whiskeyglas bis zur Neige; der Alkohol ist braun und wässrig, das Eis schon lange geschmolzen. «Und wo ist Leonora?», fragt er. Sie bleibt still und versucht, ihn kraft ihrer Gedanken dazu zu bringen, nicht in ihre Richtung zu schauen.

«Vermutlich tanzt sie mit dem Torero», erwidert Laurence und schenkt sich noch etwas Wein ein.

«Nun, es ist Zeit zu gehen. Diese Aufregung ist nicht gut für sie. Gar nicht gut.»

Wirklich?, denkt Leonora. *Weil er jetzt mein Ehemann ist, glaubt er zu wissen, was für mich das Beste ist?* Aber als sie ihre

Hände umklammert, damit sie nicht zittern, überlegt ein Teil von ihr, ob Renato nicht vielleicht recht hat.

Max steht auf und hindert Renato daran, durch die Tür zu treten. «Sie hat dich nur geheiratet, um dem Einfluss ihres Vaters zu entfliehen. Du hast kein Recht, ihr zu sagen, was sie tun darf und was nicht.»

Renato hat die Faust geballt, und Leonora fürchtet schon, dass er Max schlägt, aber sie kann immer noch kein Wort herausbringen. Max will, dass sie frei ist, aber ist sein Wunsch nach ihrer Freiheit nicht auch eine Art Anspruch auf sie? Und was will *sie* eigentlich? Es war meine Entscheidung, Renato zu heiraten, ermahnt Leonora sich.

Renato tritt einen Schritt zurück. Er ist ganz ruhig, plötzlich nüchtern. «Ich bin ihr Mann, Max. Eine Rolle, die, soweit ich das verstanden habe, dir nie besonders gut gelegen hat. Ich habe vor, Leonora zu beschützen, sie nach Amerika zu bringen. Würdest du mir freundlicherweise den Weg frei machen?»

Max lässt ihn vorbeigehen. Es war nicht fair, was Renato da gerade gesagt hat, und sie würde es Max am liebsten erklären, aber Leonora will keine Hoffnungen in ihm wecken. Sie sieht zu, wie Max sich wieder setzt und sich eine Zigarette anzündet. Er schaut hinaus zum einsamen Mond auf dem Meer, da öffnet sie ganz vorsichtig die Tür und betritt die schwüle Bar.

Die Band spielt wieder, und sie schlängelt sich durch die warme, tanzende Menge. Renato spricht wieder mit dem Torero, aber jetzt ist er entspannt und lacht über etwas, was der Torero sagt. Leonora nimmt seine Hand und zieht ihn in Richtung Tür.

«Bring mich nach Hause», sagt sie zu Renato. «Ich bin erschöpft.»

Max,
Juli 1941,
Lissabon

Max ist noch nie geflogen und hätte nicht gedacht, dass er so ängstlich sein würde. Als Peggy extra ein Fläschchen Laudanum kaufte, lachte er sie aus, aber der Whiskey vor dem Flug hat seine Nerven kein bisschen beruhigt. Jetzt, da der Clipper, eine Art Flugboot, zum Abheben ansetzt, bittet er sie darum.

«Ein Tröpfchen ist schon eine große Hilfe», sagt Peggy, lächelt verträumt und zieht langsam die Augenbrauen hoch. Er tröpfelt die dunkle Flüssigkeit hinten auf die Zunge und schluckt. Das Laudanum ist bitter, und Max muss husten, als es seine Kehle hinabgleitet, aber sofort sind alle Kanten weicher, abgerundeter. Peggy auf ihrem Platz neben ihm sieht wunderschön aus mit ihren geschlossenen Augen. Und als der Clipper aufsteigt, als Max den Druck des Antriebs auf seiner Brust spürt, der seinen Kopf in den Sitz drückt, erinnert er sich an sein Glück. Welches Glück er hat, dass Peggy seine Kunst und ihn mag. Es hätte auch ganz anders kommen können.

Mittlerweile hat das Flugboot vom Wasser abgehoben und schwingt sich in den Himmel. Max drückt die Stirn gegen die Scheibe, wie früher als Kind, wenn er aus dem Zugfenster geschaut hat. War damals sein Vater mit ihm unterwegs gewesen? Seine Mutter? Ein warmer, großer Körper war da gewesen, ein Gefühl des Beschütztseins. Und in welche Stadt waren sie gereist? Die Erinnerung ist verloren, ebenso, wie seine Familie verloren ist, und Deutschland ebenfalls – er ist fortgelaufen, ohne zurückzuschauen. Max hat alles schon so lange hinter sich gelassen. Wenn er daran zurückdenkt, kommt es ihm wie das Leben eines anderen vor.

Höher und höher fliegt Max. Zum ersten Mal bewegt er sich durch die Luft. Das Flugzeug neigt sich, und er sieht, wie sich der blaue Stoff des Ozeans bewegt, ein Schiff durch seine weißen Schaumkronen fährt und eine Kielwasserspur hinter sich herzieht wie einen riesigen Fischschwanz. Peggy beugt sich zu ihm und späht durch das Fenster. «Leonora ist heute losgefahren, nicht wahr? Ich wette, dass das ihr Schiff ist.»

«Ja», sagt er. «Ich nehme an, das ist es.»

Leonora bringt seine Bilder mit. Es ist, als wäre der Teil von ihm, der real ist – seine Seele und Träume und seine Vorstellungskraft –, dort unten bei ihr, sicher auf dem Wasser, statt durch die dünne Luft zu schaukeln.

Seine letzte Leinwand war gerade trocken genug, dass man sie aufrollen konnte, er brachte ihr alles, achtzehn Leinwände – alt und neu. Er vertraute sie Leonora an. Es war eine praktische Angelegenheit. Sie hatten keinen Platz für die Bilder auf dem Clipper, jeder Passagier durfte nur einen Koffer und eine Reisetasche mit sich führen, aber Max gefällt es, dass Leonora seine Bilder verwahrt und sie über den Ozean geleitet.

Vor einigen Tagen in ihrer Küche in Lissabon, als

er dabei zusah, wie sie in ihrem langen Rock auf dem Küchenboden kniete, um eine Leinwand nach der anderen in ihre Koffertruhe zu packen, neben ihren eigenen Bildern, die er aus Saint-Martin gerettet hatte, spürte Max, wie er sich auf eine Weise entspannte, die er schon lange nicht mehr gekannt hatte. Wieder waren ihre Leben miteinander verwoben. Dann war Leonora aufgestanden und hatte ihn umarmt – eine echte Umarmung, die erste seit ihrer langen Trennung. An ihre Brust geschmiegt, hatte er sich gewünscht, sterben zu können. So will ich mein Leben beschließen, denkt er, während er jetzt in den Schlaf gleitet. Ich will von dem wundersamen Sumpf ihres Herzens verschluckt werden.

Leonora, Juli 1941, auf der Überfahrt nach Amerika

Leonora steht allein an Deck. Renato hat sich mit einem Mann angefreundet, einem jüngeren, sehr gut aussehenden Franzosen, und ist hineingegangen, um mit ihm an der Bar etwas zu trinken. Sie lehnt an der Reling und blickt über das Wasser, bis dorthin, wo es sich in die weit entfernten, tiefhängenden Wolken wölbt.

Nach Westen. So fühlt es sich an, nach Westen zu reisen, in die Freiheit. Der Wind hebt den Saum ihres Rockes an, weht ihr das Haar in die Augen und in den Mund. Leonora zwirbelt alles in einen Dutt. Sie hofft, dass er hält. Sie will sehen, wo sie hinfährt, so weit nach vorn schauen, wie sie kann.

Hoch über ihr schwebt ein riesiges Flugzeug vorbei. Der Clipper. Das muss er sein. Als sie das Flugzeug den strahlenden Himmel entlang verfolgt, füllen sich ihre Augen mit Tränen. Obwohl sie so darauf bestanden hat, getrennt von ihm zu sein, fahren Max und sie gemeinsam nach Amerika. Das Pferd auf dem Wasser und der Vogel in der Luft.

Wenn sie an die Endgültigkeit von allem denkt und daran, dass sie vielleicht nicht zurückkehrt, wird Leonora klar, dass sie Europa noch einmal sehen muss. Sie hatte geglaubt, bereit dafür zu sein, nicht mehr zurückzublicken, hatte geglaubt, dass sie das weiße Pferd auf ihrem Selbstporträt wäre, das aus dem Fenster ihres Kinderzimmers in die weite Welt springt, aber jetzt marschiert sie zum Heck des Schiffes, schlängelt sich durch die Trauben von Männern und Frauen und Kindern. Sie will zuschauen, wie sich der Kontinent entfernt, will erleben, wie er zu einem braunen Fleck wird, bevor er sich in das reine Blau der Erinnerung verwandelt. Sie denkt an Mutter und die Brüder, und ob sie ihre Lieben wohl wiedersehen wird. Dann denkt sie an Vater, der in einem recht hatte: Sie wird die Schwelle zu seinem Haus nie wieder übertreten. Sie wird auf einem anderen Kontinent leben, und ein Ozean wird zwischen ihnen liegen.

Als Leonora das Heck erreicht, setzt sie sich auf eine Bank und nimmt einen Bleistift und ein Skizzenbuch aus ihrer Tasche. Abwesend zeichnet sie ein Pferd, ein Pony. An seinem Herzen nimmt eine Art blühender Stern Form an, und durch seine hohen Beine jagen sich die Figuren. Sie sind klein und leicht, kaum sichtbare Formen, mit Körpern, die durch Wände gehen können. Eine Gestalt hat ein Ei in der Hand, und um die andere kreisen Sphären und Spiralen.

Eine Möwe schwebt hinter dem Schiff und reitet auf einem Luftstrom. Schließlich landet sie auf der Reling und neigt den Kopf zur Seite. Leonora holt einen Keks aus ihrer Tasche, bricht ein Eckchen ab und wirft es ihr zu.

Leonora
im Morgenlicht

Max,
Juli 1941,
New York City

Max ist der Erste, der am La Guardia Marine Air Terminal aus dem Flugzeug steigt. Der Clipper war ein klimatisierter Albtraum. Kay und Peggy zickten sich die ganze Zeit an wie dehydrierte Schildkröten, beide betrunken von ihren Gin Tonics, beide atmeten den Rauch der jeweils anderen ein. Aber jetzt ist er frei. Er hat wieder festen Boden unter den Füßen.

Peggy holt ihn ein, als sie in den Warteraum geführt werden. Die vielen Leute, die Luft heiß und drückend. Max sucht im Meer der Gesichter und sieht Jimmy, bevor der Junge ihn sieht. Mit seinen vor sich gefalteten Händen und seinem leichten Lächeln wirkt er wie seine Mutter. Und doch besitzt er nicht ihre Stärke. Es ist, als hätte Jimmy die Zerbrechlichkeit des Herzens von beiden geerbt. Oder vielleicht hat es etwas damit zu tun, dass Max nicht da war. Der Junge war vaterlos – aber jetzt nicht mehr. Max winkt, und Jimmy eilt auf ihn zu.

«Du musst Jimmy sein», sagt Peggy und umarmt ihn.

Der Junge wird rot. «Deine Bilder sind angekommen!», sagt er heiter. Er wendet sich Max zu und breitet die Arme aus, und Max ist übel vor schlechtem Gewissen. Lou hätte zuerst nach Amerika kommen sollen, nicht er.

Ein Mann tritt zwischen sie, ein anderer packt Max von hinten. Einwanderungsbeamte umringen sie. Blitze flammen auf. Kameras werden ihnen ins Gesicht gedrückt, sie klicken hungrig. Hat die Presse Wind bekommen? Max droht unter dem Gewicht von allem zusammenzubrechen. Aber andererseits hilft es mir bestimmt, meine Bilder zu verkaufen, denkt er bitter.

«Wie hoch ist die Kaution? Ich bezahle sie!», schreit Peggy. Aber es gibt eine Anhörung auf Ellis Island. Pan-American Air hat nicht die Befugnis, einen Bürger des Dritten Reiches – *der dessen Gesetzen untersteht* – ohne Anhörung in die Vereinigten Staaten einreisen zu lassen, erklärt der Beamte.

«Sie können ihn nicht ausliefern. Er ist Hitlers Feind! Er würde sofort verhaftet, man würde ihn umbringen!», schreit Peggy, während Max weggeführt wird.

Auf dem Rücksitz eines Autos, eingezwängt zwischen zwei Beamten, die in ihren blauen Anzügen schwitzen, ist er schon wieder ein Gefangener. *Aber das hier ist Amerika*, sagt er sich benommen. *Das ist doch immerhin etwas.* Und Leonora ist auf dem Weg. Das Letztere ist eher aufregend als ein Trost. Mein Gott, wie sein Körper immer noch reagiert, wenn er nur an sie denkt!

Das Auto biegt um eine Kurve, und er ist sich sicher, dass er sich übergeben muss. *«Pardon me»*, sagt er. Er kann nicht genug Englisch, um genau erklären zu können, was er will, aber der Beamte muss seinen Blick bemerkt haben, denn er kurbelt gerade noch rechtzeitig ein Fenster herunter. Hastig beugt sich Max über ihn und atmet tief die Luft ein, und der Beamte knurrt etwas auf Englisch und tauscht mit ihm den Platz.

Die Stadt riecht nach Automobilen, wie es keine europäische Stadt tut. Alles ist ein einziger Nebel aus Schwarz und Weiß und Grau; die Menschen auf dem Bürgersteig sind bunte Tupfen, wie Konfetti, und strömen in die Gebäude und wieder heraus. Eine Frau in einem gelben Kleid mit einem breiten, weißen Sonnenhut bleibt stehen, um die Sonne zu genießen. Ein Mann trägt einen blattgrünen Schlips. Kinder, die hintereinander herrennen, Lavendel und Fuchsia und Mint. Als wäre ein Jahrmarkt hindurchgezogen und hätte seine fröhlichen, verblichenen Spuren im Staub hinterlassen, denkt Max. Die Wahrheit ist, diese New Yorker sind voller Hoffnung, begreift er ehrfürchtig. Der Krieg ist weit von ihnen entfernt auf der anderen Seite des riesigen Teichs. Er war schon immer sehr weit entfernt.

Max schaut nach oben und versucht, die Dächer der Wolkenkratzer zu erkennen, die aus irgendeiner grellen und unausweichlichen Zukunft zu kommen scheinen, aber die Türme sind zu hoch, und die Sonne spiegelt sich zu hart in ihren Fenstern.

Auf der Fähre, die zur Insel übersetzt, ist es ruhiger, geradezu friedlich. Max verliert sich erneut im Blau, an das er sich gewöhnt hat, und die Meeresluft ist kühl und rein. Er kann die Freiheitsstatue sehen, die er vom Clipper nicht ausmachen konnte. Sie hebt ihre Fackel zum Gruß, den die Franzosen den Staaten entboten – dieselben Franzosen, die ihn internierten. Ein halbes Jahr seines Lebens hinter Stacheldraht. Der Grund, weshalb er Leonora verlor. Welches Recht hat er zu hoffen? Und doch ist er so nah dran. Sie können ihn nicht fortschicken. Jimmy ist hier und arbeitet im Museum of Modern Art, Peggy ist hier, mit ihrer Liebe zu ihm und mit ihrem Geld. Es wird schon gutgehen.

Auf der Insel kommt ein junger Beamter mit rundem, rosafarbenem Gesicht auf ihn zu, der ihn zum Gebäude führt. Max atmet die Meeresluft tief ein und geht hinein. Ellis Island ist ein Schock, auf den er sich nicht vorbereitet hat, voller Menschen und einer Kakophonie von Sprachen. Es ist heiß hier, und er glaubt schon, dass er schwankt, weil der Beamte langsamer wird und ihn von der Seite mustert. Braucht er Hilfe? Max schüttelt den Kopf. Er braucht keine Hilfe.

Sie treten in eine große Halle. Der Beamte deutet nach oben, als wollte er Max die hohe, gewölbte Decke und die Fenster zeigen, durch die die Sonnenstrahlen auf die vertrauten Umrisse erschöpfter Menschen fallen. Ein Kind heult. Hier findet die Abfertigung statt, denkt Max und ergibt sich seinem Schicksal. Aber zum Glück führt ihn der Beamte hinaus und in einen Schlafsaal. Er zeigt Max sein Bett. «Wir wissen, wer Sie sind, Sir», sagt er. «Sie sind ein großer Künstler. Wir haben Ihnen ein Bett am Fenster zugewiesen. Aber erst müssen Sie etwas essen.»

Die langen Tische im Speisesaal sind voll. Da die meisten Einwanderer bereits essen, ist die Schlange vor der Essensausgabe nur kurz. Warmes Essen. Max wusste gar nicht, dass er hungrig ist, aber jetzt, da er in der Schlange steht, könnte er einen Bären verschlingen. Er vernimmt Gesprächsfetzen, heißt die Sprachen willkommen – Niederländisch, Spanisch, Portugiesisch und solche, die er nicht einordnen kann. Bald wird er nur noch Englisch hören, eine Sprache mit den harten Kanten des Deutschen, aber ohne die Romantik. Er setzt sich an einen Tisch und kostet die Hühnersuppe. Es ist vielleicht nicht das Le Flore, aber auch nicht Camp des Milles.

Nein, Ellis Island ist überhaupt nicht wie Camp des

Milles. Er hat ein Bett, eine richtige Matratze – zwar so dünn, dass er die Sprungfedern spürt, aber jede Matratze ist immer noch besser als ein harter Fußboden mit ein paar Handvoll Stroh darauf. Und es gibt Toiletten mit ordentlichen Rohrleitungen.

Er lernt andere Deutsche und Italiener kennen. Er spielt sogar Schach – das Peggy nicht spielt – und merkt, wie sehr er es vermisst hat. Tatsächlich herrscht hier ein merkwürdiger Frieden, so weit entfernt von Peggy und der Welt.

Wenn überhaupt, dann hat Max in den Tagen, in denen er festgehalten wird und auf seine Anhörung wartet, zu viel Zeit zum Nachdenken. Er schaut zu, wie der rechteckige Sonnenflecken auf dem Fußboden des Schlafsaals länger wird, und fragt sich, ob er Peggy irgendwann einmal geliebt hat. Als sie zusammenkamen, in Marseille? Er weiß, dass er sich in ihrer Nähe gut fühlte und dieses Gefühl liebte. Wieder sichtbar zu sein. Aber mein Gott, was hat er für ein Glück. Was, wenn er kein Künstler wäre? Dann säße er vermutlich jetzt in Deutschland fest. Aber andererseits hätte man ihn auch nicht als «entartet» bezeichnet. Seine Kunst hat ihn gerettet und gleichzeitig verdammt.

Am dritten Tag wird er zur Anhörung in den Gerichtssaal gebracht. Peggy und Jimmy wollen sich gerade setzen, als der Richter Jimmy als Zeugen aufruft und der Junge in den Zeugenstand tritt. Beim Anblick der großen blauen Augen und des lieben Lächelns seines Sohnes weiß Max, dass er gerettet ist. Jimmy hat Empfehlungsschreiben des Museum of Modern Art bei sich, und der Richter überfliegt sie. «Und Sie, Miss Guggenheim, werden Mr. Ernst eine Unterkunft bieten?»

«Das werde ich, Euer Ehren», sagt Peggy gerührt. Sie hat Tränen in den Augen.

Er schluckt und spürt, dass er sich an seinem Sitz festkrallt. Er ist wieder ein Kind, ein Kind auf einem Jahrmarkt, das merkt, dass es in einem Fahrgeschäft sitzt, in dem es gar nicht sein will. Aber jetzt ist es zu spät auszusteigen. Er ist dabei. Er muss warten, bis die Fahrt zu Ende ist.

Der Richter schlägt mit seinem kleinen Hammer auf den Tisch. «Es steht Ihnen frei, sich Ihren Freunden anzuschließen.»

Peggy und Max nehmen sich Zimmer im Shelton, Einzelzimmer, die nicht durch eine Tür verbunden sind. Jimmy hat darauf bestanden. Er hat sie daran erinnert, dass New York 1941 nicht mehr wie in den Zwanzigern ist, und Europa ist es auch nicht. Sie sollten lieber unauffällig bleiben. Was Max recht ist.

Zusammen erkunden sie die Stadt und besuchen jedes Museum. Abgesehen vom Museum of Natural History und dem American Indian Museum findet Max die Kunst der Stadt altbacken. Selbst die neueren Werke gehören zum Realismus, der in der Zeit vor dem Ersten Weltkrieg aktuell war – als wäre Dada nie gewesen. Sie besuchen Breton, der sehr angenehm ist und froh zu sein scheint, Max wieder in seiner Nähe zu haben. Sie treffen Tanguy und seine Frau, Kay Sage, die Breton und seine Familie in einer Wohnung untergebracht und Peggy überredet haben, ihm ein monatliches Stipendium in Höhe von zweihundert Dollar zu zahlen.

Peggy ist jetzt sparsamer mit dem Geld, auf das Max Zugriff hat. Aber er hat schon ein paar Bilder verkauft. Und als sie Jimmy eine Anstellung als Sekretär anbietet, sodass er nicht mehr in der Poststelle des MoMA arbeiten muss, kann Max seinem Sohn eine Hundert-Dollar-Note in die Hand drücken und ihm sagen, er solle abwarten, ob es da draußen nicht vielleicht noch etwas Besseres gibt, bevor er das Angebot annimmt. Aber Peggy liebt den Wettbewerb, und sie redet lange auf Jimmy ein, der zu gutmütig ist, um abzulehnen. Jetzt, da sie ihre Sammlung bei sich hat, beginnt sie mit seiner Hilfe, einen Katalog zusammenzustellen. Sie ist entschlossen, den perfekten Ort für ihre Galerie zu finden, und dann soll auch der Katalog fertig sein.

Peggy und Max sitzen gerade bei ihrem abendlichen Drink vor dem Essen in seinem Zimmer, als es an die Tür klopft, schnell und heftig. Max spürt, wie sich sein Herz zusammenzieht, er ist sich sicher, dass es ein Beamter ist, der ihn abholt. Peggy öffnet die Tür, und Jimmy steht davor, rot im Gesicht und stammelnd. «Ich habe sie getroffen! In der Apotheke. Leonora hat Aspirin gekauft.» Max' Gesicht wird ganz heiß, seine Hände sind feucht. Er lächelt Jimmy an. Er ist sich sicher, dass Peggy seine alberne Hoffnung bemerkt, aber es ist ihm egal.

«Sie hat mir ihre Adresse gegeben.» Jimmy holt einen Zettel aus seiner Manteltasche und gibt ihn Max. «Sie hat gesagt, du sollst morgen früh vorbeikommen. Um deine Bilder abzuholen», fügt er stolz hinzu.

Mit dem angespannten Lächeln, das so typisch für sie ist, schwenkt Peggy ihr Glas Gin Tonic, als wäre es Wein. «Ja. Wir können sie vor unserem Lunch mit Breton besuchen. Das ist morgen um ein Uhr, wenn du dich erinnerst.»

«Ja», sagt Max. «Vielleicht.» Und zum ersten Mal, seit sie gelandet sind, merkt er, dass er glücklich ist.

Peggy mixt sich einen neuen Gin Tonic. «Wie war dein Tag mit Leonora?», fragt sie.

Er hat Leonora jetzt seit einer Woche jeden Tag getroffen, und obwohl er Peggy nichts davon erzählt, weiß sie es irgendwie immer. Und sie scheint das Thema stets zwischen ihrem zweiten und dritten Cocktail anzuschneiden.

In müder, glücklicher Benommenheit lässt sich Max auf das Sofa fallen. Was soll er ihr sagen? Dass es wunderschön war? Nicht von dieser Welt? Soll er ihr sagen, dass er in Leonoras Gegenwart mindestens dreißig Zentimeter über dem Boden schwebt? Aber jetzt redet Peggy weiter. Sie wollte gar keine Antwort. «Weißt du, du trägst nur Rasierwasser, wenn du mit ihr verabredet bist.»

In dieser Nacht schleicht er in Peggys Zimmer, und ihre Tür ist nicht verschlossen. Andererseits ist sie nie verschlossen. Sie vögeln wild und unberechenbar miteinander. Peggy gräbt ihre Fingernägel in seine Arme, seinen Rücken, und zwingt ihn, sie anzusehen, ihr zu sagen, dass er sie liebt. Er sagt es, um Ruhe zu haben, um in die Welt hinter seinen Augenlidern zurückzukehren, wo er mit Leonora zusammen ist.

«Lass uns auf eine Reise gehen», schlägt sie vor, als sie fertig sind. Nur die Stille in ihrem dunklen Schlafzimmer antwortet ihr. Aber Max denkt jetzt nach. Leonora ist hier, und sie zu treffen ist jedes Mal eine unvergleichliche Qual. Aber wenn er nicht mit ihr zusammen ist, findet er, dass New York noch genauso überfüllt und humorlos ist wie auf seiner Fahrt nach Ellis Island. Es scheint, als gefiele es ihm jeden Tag weniger. Und es ist August, die Hitze und der Geruch nach Müll sind unerträglich. «Meine Schwester will, dass wir sie in Los Angeles besuchen. Wir nehmen Pegeen und Jimmy mit. Vielleicht könnten wir dort ein Auto kaufen und damit wieder zurückfahren. Ein bisschen was vom Land sehen.»

Als er Leonora von der Reise erzählt, schweigt sie. «Ich werde dich vermissen», sagt sie, und er spürt, dass das die Wahrheit ist. «Wenn es dort einen Fluss gibt, versprichst du mir, dass du darin schwimmen wirst?»

Hazel, Peggys Schwester, hat ein Haus in Santa Monica, wo Max auf der Schlafveranda malt. Sie besuchen Man Ray, der jetzt hier in Kalifornien lebt, und Max trifft einen Reporter von *Art Digest*, der ihn fragt, welche amerikanischen Bilder er am meisten bewundert. Als Max ihm antwortet, dass er die Bilder und die Tonwaren der amerikanischen Ureinwohner liebt, weil sie so wahr sind, so voller Phantasie, will der Reporter nicht weiter mit ihm sprechen.

«Ich weiß gar nicht mehr, was ich gesagt habe», gibt Max später zu, als Peggy den wütenden Mann anruft.

«Er hat es nicht als Beleidigung gemeint, und es sollte auch kein grausamer Witz sein», sagt sie zu dem Reporter. «Er bewundert wirklich ihre Kunst.»

Max hört, dass der Mann in den Hörer schreit. «Und das ist etwa keine Beleidigung der amerikanischen Kultur?»

Aber was könnte amerikanischer sein, fragt Max sich, als Felsbilder?

Peggy kauft ein silberfarbenes Buick Cabriolet. Früh am Morgen verlassen sie Los Angeles, um die Mittagshitze in der Mojave-Wüste zu vermeiden, die sogar schon vor zehn Uhr vormittags drückend ist. Max ist es egal. Der blaue Himmel über der Wüste ist wie ein Traum, seine Tiefe ist berückend.

Aber in Sedona, Arizona, muss Max das Auto an den Straßenrand fahren. Er traut seinen Augen nicht. In der Ferne ragen riesige rote und orangefarbene Monolithen ins Blau. «Die sehen genauso aus wie in deinen Bildern», sagt Peggy. Jimmy stimmt ihr zu. Und sie haben recht. Es ist wie in seinen Décalcomanie-Bildern, die er in Saint-Martin malte, als er mit Leonora zusammen war, und nach seiner Zeit im Camp des Milles, wo er sie so vermisste. Peggy berührt ihn an der Schulter. Es müssen draußen fast vierzig Grad sein, und ihm läuft ein kalter Schauer über den Rücken. Seine Zähne schmerzen. Es ist Schicksal. Alles – Leonora und der Krieg und Peggy – all das hat ihn hierhergeführt, in diese surrealistische Landschaft, an diesen Ort, wo er ein neues Leben beginnen wird, wo *sie* ein neues Leben beginnen, wie in Saint-Martin, aber ohne den Krieg. Weit unter der Straße funkelt ein Fluss. Er steigt zu ihm herunter, und Peggy ruft ihm nach: «Das meinst du nicht ernst, Max! Was sollen wir jetzt machen? Es sind draußen hundert Grad Celsius!»

«Komm, wir gehen schwimmen», ruft er zurück. «Peggy! Jimmy! Pegeen!» Aber er läuft schnell, duckt sich unter einem Eichengebüsch und folgt einem zugewachsenen Pfad ans Wasser herunter. Er zieht seine Kleider aus und steigt in den Bach. Das Wasser ist klar und kalt und reicht ihm nur bis zur Taille, aber er macht ein paar Schwimmzüge und trinkt davon, und es schmeckt köstlich.

Den ganzen Weg zum Grand Canyon spricht Peggy kein Wort mit ihm, aber das macht Max nichts aus. Er denkt an Sedona. Schon der Name ist wunderschön. Im Canyon besteht Peggy wie ein trotziges Kind darauf, ganz am Rand des Abgrunds zu stehen. «Sei vorsichtig», sagt er zu ihr. Worauf sie lacht.

«Denn was würdest du ohne mich tun. Hab ich recht?»

Er lässt sie in ihrem kleinen Drama und spaziert in einen Hopi-Laden voller Kachina-Puppen – den geschnitzten und bunt bemalten Ahnengeistern der Hopi-Indianer. Sie sind so bemerkenswert, dass Max sich nicht für eine entscheiden kann. Er berührt den Schnabel einer vogelköpfigen Figur, fährt mit der Fingerspitze über die Federn seiner Flügel. «Kauf sie doch alle», meint Peggy, die sieht, wie er die Figuren bestaunt. «Du kriegst doch immer irgendwie, was du willst.»

Es stimmt, was Peggy sagt. Er will sie alle.

Der neue Buick ist mit vier Leuten und ihrem ganzen Gepäck viel zu voll. Trotzdem schaffen sie es, auch noch den letzten Winkel mit Kachina-Puppen zu füllen.

Sie fahren durch New Mexico und Texas und Louisiana und bleiben gerade lange genug in jedem Staat, dass Peggy Jimmy zum Gericht schicken kann, wo er sich nach den jeweiligen Heiratsgesetzen erkundigen soll. Max protestiert nicht. Es geht das Gerücht, dass Amerika in den Krieg eintritt. In diesem Fall wird er sofort wieder ein feindlicher Ausländer, solange er nicht mit einer Amerikanerin verheiratet ist. Was soll die Behörden daran hindern, ihn erneut in ein Internierungslager zu sperren, wenn er keine Heiratsurkunde hat? Ein dünnes Stückchen Papier sichert seine Freiheit.

Leonora,
März 1942,
New York City

Leonoras Atelier ist die Küche ihrer Etagenwohnung im zweiten Stock ohne Fahrstuhl in der Upper West Side. Am Morgen, wenn Renato zur Arbeit geht, macht sie sich Tee, während draußen Martinshörner ertönen, Bremsen quietschen und Autofahrer schimpfen – auf Englisch, der gröbsten aller Sprachen. Leonora schaut hinunter auf die schwärzlichen Schneehaufen, die den Bürgersteig säumen, auf die Passanten, die geduckt in ihren dunklen Mänteln vorbeieilen, so schnell wie sie können, um sich warm zu halten. New York ist Paris ohne die Romantik. Es ist Lissabon ohne die bunten Mosaike, ohne die verfallenen Gebäude, die der Stadt ihre Seele verleihen. Wenn diese Stadt sie an eine andere erinnert, dann an London mit seiner kalten Förmlichkeit. Hier ist alles geregelt, das Raster der Stadt breitet sich aus, weniger wie ein Labyrinth als wie ein Gefängnis. Leonora hatte New York wirklich mögen wollen. Gib der Stadt eine Chance, hatte Jimmy ihr gesagt. Er hatte diesen Ort auch zuerst gehasst und will jetzt nirgends sonst mehr leben. Aber Leonora ist schon länger als acht Monate hier, und sie hat erst ein Bild begonnen. Sie könnte behaupten, dass sie nie genug Zeit hat, aber das stimmt nicht ganz. Sie ist hier einfach zu weit von der Erde entfernt. Sie malt in der Luft.

Ihre Leinwand ist klein. Sie steht auf der Staffelei, die auch ihr Kochbuch offen hält. Es stammt aus dem 16. Jahrhundert, in Leder gebunden, mit Seiten, die so brüchig sind wie trockene Blätter. Leonora hat es eines Nachmittags von einem Straßenhändler erworben, als Max und sie spazieren gingen, und sie verbringt mehr Zeit damit, danach zu kochen, als zu malen.

Es ist nicht einfach, manche Zutaten – Igel, Schildkröten, Biberschwänze – sind nicht leicht zu bekommen. Nicht, dass Leonora Schildkröten oder Biber essen wollte. Sie ist auch mit anderen Dingen zufrieden – Kalbskopf statt Schildkröte, Hasen statt Igel. André und Jacqueline kommen zum Abendessen, außerdem Tanguy und seine Frau Kay, Max und Marcel Duchamp. Sie lädt auch Peggy ein, aber Max meint, dass Peggy damit beschäftigt ist, Räumlichkeiten für ihre Galerie zu finden. Irgendwie hat die Frau ständig zu tun.

An den Abenden, an denen Leonora kocht, bleibt Renato zu Hause. Er spielt den Ehemann. An anderen Abenden betrinkt er sich in der Bar und muss auf dem Sofa eines Freundes schlafen. Oder er ist unterwegs, wie er ihr vorher ankündigt, in Botschaftsangelegenheiten.

Sie sagt sich, dass es ihr egal ist. Sie mag schließlich ihre Einsamkeit. Aber sie wagt es nicht, nachts zu malen. Sie hat Angst davor, wo sie hingeraten würde, wer in ihrer Küche erscheinen könnte. Leonora ist nicht bereit, die kleinen leuchtenden Menschen zu Gast zu haben. Die Stadt ist so hart, metallisch und gnadenlos – nicht die Umgebung, in der sie sich solche Besuche leisten kann.

Morgens jedoch vertauscht sie ihr Kochbuch mit der Leinwand. Sie trinkt ihren Tee, raucht und taucht ihren Pinsel in das Grün englischer Weiden nach dem Regen. Sie malt eine gepflegte Landschaft. Eine Frau in einem Kreis, in ein Tuch eingesponnen, wie früher die Hexen, wenn sie an den Füßen aufgehängt und zu einem Geständnis gezwungen wurden. Außerdem ist ein Kessel mit Hirschen in dem Bild, ihre weißen Geweihe verzweigen sich. Und ein unterirdisches Fledermausland, weitere eingesponnene Frauen und ein Vogel, der seine Eier beschützt. Und schließlich, als Teil der Szenen oberhalb der Erde, malt Leonora zwei Pferde, beide an einem Halsband an einen Baum gebunden, der aus dem Schwanz des jeweils anderen wächst. Die beiden schauen in entgegengesetzte Richtungen. Sie können nirgends hin.

Als Renato sie fragt, was das bedeutet, schüttelt Leonora den Kopf. «Es ist einfach», antwortet sie, und er hakt nicht nach. Kunst ist etwas, was man tut, beschließt Leonora, nicht etwas, worüber man sprechen muss. Ohnehin hat jeder seine eigene Interpretation eines Bildes.

Natürlich schließt diese neue Theorie die Meinung von Max aus, und sie kann es kaum erwarten, ihm das Bild zu zeigen – vielleicht heute, wenn sie den Birnbaum fertigstellen kann, bevor er kommt.

Sie trifft ihn immer noch häufig, obwohl er jetzt Peggys Mann ist. Er hat sie direkt nach Pearl Harbor geheiratet. Er musste. Dann holte ihn das FBI zur Befragung, und zum Glück war er mit einer Amerikanerin verheiratet, sonst hätten sie ihn wieder eingesperrt. Sie sind alle zusammengezogen – Peggy, Max, Jimmy und Pegeen –, in ein dreistöckiges Haus am Hudson, wo Max ein großes, lichtdurchflutetes Atelier hat.

Es klingelt. Leonora legt den Pinsel ab. Herrgott. Sie braucht seine Anerkennung noch genauso wie in Paris und Saint-Martin. Nach all der Zeit, in der sie getrennt waren, ist es, als hätte sich nichts verändert. Sie hängt ein Tuch über das Bild und zieht es gleich wieder herunter. Sie kann nichts dagegen tun. Sie muss wissen, was er davon hält.

Als sie es ihm zeigt, schweigt Max so lange, dass sie das Tuch wieder darüberhängen will. «Wir gehen», sagt sie und zupft an seinem Ärmel. «Es ist irgendwie noch nicht fertig.»

«Nein. Es ist kraftvoll. Die Unterwelt ist vollkommen surrealistisch. Es ist deine eigene Vision. Es ist brillant, Nora, aber ...»

«Ja?» Jetzt kommt sie, seine wahre Meinung.

«Obwohl du so viel herumgekommen bist, hältst du noch immer an England fest – an der Vorstellung, dass du nicht frei bist.»

Und an dir, denkt Leonora.

«Hast du das Gefühl, hier in der Falle zu sitzen?», fragt Max. «Wir könnten wegziehen – nach Sedona. Die roten Felsen und der weite blaue Himmel. Dort kann man die Erde spüren.»

«Max ...»

Er nimmt ihr Gesicht in seine warmen, glühenden Hände und dreht sie zu sich, ganz langsam. Er küsst sie. Diesmal lässt sie es zu. Und spürt diese alte, wilde Regung. Sie macht ihr Angst.

Sie löst sich von ihm und hält seine Hände, damit ihre nicht so zittern. «Ich bin halb verhungert», sagt sie. «Gehen wir mittagessen?»

Wochen verstreichen, bevor sie ihn wiedersieht. Sie ist erkältet, sagt sie, wenn er anruft, vielleicht sogar die Grippe. Aber jetzt ruft sie ihn an. Sie ist wieder gesund, lügt sie, jedenfalls gesund genug, um am Treffen mit Breton teilzunehmen, das in Max' und Peggys neuer Wohnung stattfinden soll.

Leonora war schon einmal dort, zur Einweihungsparty – einer Abendveranstaltung, die heiß und schäumend bis in die frühen Morgenstunden dauerte. Irgendwann in dieser Nacht verkaufte Max ein Bild an die Königin des Striptease, Gypsy Rose Lee, und als Peggy protestierte, dass er es zu billig verkauft habe, schenkte er Gypsy noch eins als Geschenk zum Jahrestag. Das Haus hatte in dieser Nacht wie eine leere Leinwand gewirkt, als würden die Gäste, Flüchtlinge aus Europa gemischt mit Exzentrikern aus New York, eine ganz neue, explosive Komposition ergeben, wenn man sie schüttelte. Vielleicht hatte der Krieg sie alle zusammengebracht, aber hier konnte er sie nicht erreichen.

Sie konnten laut und absurd sein. Sie konnten im selben Atemzug schreien und lachen, wenn sie wollten – und genau das tat Peggy, während Leonora sich in eine Ecke zurückzog und eine stille Partie Schach mit Ozenfant spielte, der ebenfalls in New York gelandet war und sich sehr freute, sie wiederzusehen.

Heute, unter dem schweren Himmel, wirkt das Haus feierlich und trotzig, als hätte es den Kragen hochgeschlagen, das Kinn gereckt. Leonora klopft an die schwarz lackierte Tür. Als niemand öffnet, versucht sie, den Knauf zu drehen, und tritt ein, weil die Tür nicht verschlossen ist.

Sie sucht nach dem Wohnzimmer, wandert dann aber von einem Stockwerk ins nächste. Nichts an diesem Haus erinnert an Max. Keine Zementfiguren sprießen aus den

Wänden, und es gibt auch keine Wandgemälde. Die Zimmer scheinen gar nicht bewohnt zu sein. Es kommt Leonora vor, als flöge Max noch immer, genau wie sie. Schließlich findet sie sein Atelier. Die Tür steht offen, und sie tritt ein.

Die Decke ist hoch, die Wände weiß. Riesige Fenster gehen auf den grauen Industriefluss hinaus. Ganz anders als die Ardèche; in diesem Fluss hier würde man nicht schwimmen wollen. Aber das schwache Sonnenlicht spiegelt sich im Wasser, das erste des Tages, und darin liegt etwas Hoffnungsvolles. Staubpartikel wirbeln in der hellen, faulen Luft. Kachinas bevölkern ein Regal. Die geschnitzten Schutzgeister aus Arizona. Sie sind rot, schwarz, türkis und gelb angemalt, geometrisch und nicht von dieser Welt. Sie erinnern Leonora an die Miniaturen von Max' Skulpturen. Dieses Atelier, das erkennt sie jetzt, ist der Ort, an dem er lebt, wo er träumt. Die Farben auf seiner Palette sind noch ganz feucht. Leonora taucht einen Finger in das Himmelblau, einen anderen in Krappbraun. Himmel und Erde.

Die große Leinwand auf der Staffelei ist von der Tür abgewandt, also geht Leonora um sie herum, um das Bild zu betrachten. Es verschlägt ihr den Atem, es erinnert sie so sehr an *Die Einkleidung der Braut.* Da ist dieser flüssigblaue Himmel, wie der Himmel in Saint-Martin. Da ist die Frau im roten Umhang im Décalcomanie-Stil, eine Brust exponiert, die Wölbung des Bauches. Und da ist ihr Gesicht, ihr eigenes. Schon wieder.

Und dann entdeckt Leonora die Bilder, die an die Wand gelehnt stehen. Die Szenen sind unterschiedlich, aber auf jedem von ihnen ist die Frau im roten Umhang dieselbe. Leonora entfernt sich rückwärts, bis die Wand sie aufhält.

Es ist beunruhigend, sich selbst in diesem Licht zu sehen, vervielfältigt und umfunktioniert. Vereinfacht. Keine Falte zwischen ihren Brauen, eine glatte Stirn, unbesorgt.

Wenn Gala recht hat, wenn es ausreicht, die Muse eines großen Mannes zu sein, warum leckt Leonora sich dann die Farbe von den Fingerspitzen, als könnte das bittere, giftige Öl einen kreativen Funken in ihr entfachen? Einen erleuchteten Raum erschaffen. Eine Methode, einen Mythos. Es liegt auf der Hand. Sie will, was Max hat.

«Hast du dich verirrt, meine Liebe?» Peggy steht in der Tür. Sie geht auf Leonora zu und bleckt die Zähne; es muss der Versuch sein zu lächeln. «Bewunderst du dich selbst?»

«Oh, nein, nein, ich ...» Was soll sie sagen? Leonora hat ihn nicht darum gebeten, diese Bilder zu malen.

«Von mir will Max kein einziges Bild malen. Aber offenbar kann er gar nicht damit aufhören, dich zu malen.»

Leonora geht um die Staffelei herum, und Peggy folgt ihr, scheucht sie zur Tür. Als Leonora das Bild bemerkt, das Max ihr in Saint-Martin geschenkt hat, bleibt sie stehen: *Leonora im Morgenlicht.* Er hatte gewollt, dass sie es an sich nimmt, als sie gerade in New York angekommen waren, aber sie bestand darauf, dass er es behalten sollte, noch ein wenig, diesen Teil von ihnen. «Er weigert sich, es zu verkaufen, weißt du. Jemand hatte Interesse daran, und Gott weiß, dass er das Geld braucht. Aber er sagt, es gehört dir.» Peggy wirkt eher resigniert als wütend, und einen Augenblick lang stehen sie beide nur da und betrachten das Bild. Leonora fällt ihr Haar auf, wie wild es ist, eine Kraft an sich. Seit sie in New York ist, trägt sie es zurückgebunden, die Locken gekämmt und an den Kopf geschmiegt. Ich wurde gezähmt, denkt sie traurig. Der Krieg hat mich gezähmt. Wenn sie ehrlich ist, macht ihr das winzige Skelett im Dornengestrüpp immer noch ein bisschen Angst.

Plötzlich stürmt Jimmy herein. Er trägt einen zerknitterten braunen Anzug und eine rote Fliege und sieht einen Augenblick lang aus wie ein jüngerer Max. Er bleibt sofort stehen, als er Leonora erkennt. «Duchamp ist am Telefon», sagt er zu Peggy. «Er hat in der 57. Straße Räumlichkeiten gefunden, die, wie er glaubt, perfekt sein könnten für deine Galerie.»

«Wunderbar», erwidert Peggy und eilt an ihm vorbei. Die Hand in die Hüfte gestemmt, dreht sie sich um. «Bringst du sie bitte ins Wohnzimmer?» Ihr Ton ist knapp und abweisend. Du meine Güte, wie diese Frau sie hassen muss.

Jimmy lächelt, als wäre es ihm peinlich. «Geht es dir besser?», fragt er, als Peggy fort ist, und für einen kurzen Augenblick weiß Leonora nicht, worauf er sich bezieht. Dann erinnert sie sich – ihre vorgebliche Erkältung.

«Endlich», antwortet sie und hustet ein wenig. Als sie Max' Atelier verlassen, erkennt sie an der zerfransten Kante ein Bild, das neben der Tür lehnt. Die Sonne scheint direkt darauf, sodass Leonora durch die Leinwand schauen kann – das blaue Zimmer, die Hyäne, das weiße Schaukelpferd, das über dem Mädchen mit der Woge von Haar schwebt, die weißen Reithosen spannen über ihren Schenkeln. Als Max versuchte, ihr das Bild zu schenken, hatte sie sich geweigert, es anzunehmen. Sie verband es zu sehr mit ihrem Leben mit ihm, als dass sie es hätte behalten können. Wenn man nach vorne blicken will, hatte sie sich gesagt, kann man nicht gleichzeitig zurückschauen.

Jimmy und sie gehen den Flur entlang und schweigen, doch dieses Schweigen ist nicht entspannt. Sie hat das

Gefühl, dass Jimmy sie besser leiden könnte, wenn sein Vater sie nicht so sehr mögen würde. «Hast du etwas von deiner Mutter gehört?», fragt sie.

Sein Gesicht hellt sich auf. «Oh, hast du das noch gar nicht erfahren? Das amerikanische Konsulat stellt ihr ein Visum aus. Sie wartet jetzt nur noch auf die Ausreiseerlaubnis.»

«Oh Jimmy, ich bin ja so froh», sagt Leonora, nimmt seine Hand und drückt sie, weil sie gedrückt werden muss, Jimmy muss gedrückt werden, und wenn sie ehrlich ist, sie selbst auch.

So erscheinen sie auf dem Treffen, Hand in Hand. Es ist nur eine kleine Gesellschaft. André, Tanguy und Kay, Max und Luis Buñuel, der Filmemacher. Max sieht sie und sagt nichts. Jimmy hockt sich auf den Stuhl neben ihm, und Leonora nimmt neben Luis auf dem Sofa Platz.

Max sitzt auf einem Möbel, das man nur als Thron bezeichnen kann. Leonora hat bereits von Bretons Thron gehört, aber ihn noch nie gesehen. Der riesige Sessel ragt mehr als einen Meter über Max' Kopf empor und lässt ihn wie einen sehr verzogenen Jungen wirken. Wie einen Prinzen. Er trägt einen weißen Pelzmantel, und im Zimmer ist es eiskalt, als wollte es seiner Marotte entgegenkommen.

Luis nickt ihr zu, als Leonora sich setzt. Er besitzt eine stille Intensität, die sie an etwas erinnert, was sie nicht recht zuordnen kann. Sie lehnt sich auf dem Sofa zurück und versucht sich zu entspannen, versucht, André zuzuhören, der etwas über Duchamps Ausstellung erzählt, die er kuratiert, um die französische Frauenhilfsvereinigung zu unterstützen, aber Leonora sieht nur Max an, der ihren Blick nicht erwidern will.

Draußen ist die Sonne hinter den Wolken hervorgekommen, und er wird von hinten angestrahlt. Der weiße Pelz könnte auch ein Gefieder sein. Sein Aussehen erinnert Leonora an das Porträt, das sie in ihren letzten Tagen in Saint-Martin von ihm angefertigt hat. In ihrem Bild ist Max teils Fisch, teils Mann, in einer eisigen Landschaft. Er versucht durchzuhalten, denkt sie. Aber sie auch.

Sie holt ihr Notizbuch aus der Tasche, und während André spricht, zeichnet Leonora zwei Liebende, die sich so fest umarmen, dass sie sich einen Körper zu teilen scheinen. Ihre Haare verschmelzen zu einem einzigen Knoten. Um ihre Taille malt sie ein Band, das sie umschlingt. Wie der Ring in dem Bild, das Max ihr bei ihrem ersten gemeinsamen Weihnachtsfest schenkte – *Die Windsbraut.* Das Band umschließt die Liebenden wie ein Zirkusreifen, wie ein Zaubertrick, als könnte er sie fortzaubern an einen Ort, an dem sie allein sein, wo sie sich ihre eigene Welt erschaffen können. Als könnte es alles noch einmal geschehen. Und dann beißt Leonora sich auf die Zunge und zeichnet eine Schere, zeichnet sie offen, sodass sie das Band zerschneidet. Sie schaut auf und stellt fest, dass Max sie anstarrt, mit Hundeblick, und sie spürt, dass ihr die Tränen in die Augen treten, Tränen, die sie sich bisher nicht erlauben wollte. Leonora blinzelt sie fort, schreibt die Worte, und das ist der schwierigste Teil. *Das ist Vergangenheit, ist vergangen.*

Buñuel muss ihre Zeichnung bemerkt haben. «Darüber hat André die ganze Zeit gesprochen», flüstert er ihr zu. «Nur dass du es besser ausgedrückt hast.»

«Was habe ich denn gesagt?», fragt sie.

«Automatismus. Die Verbindung mit dem Unterbewussten», erklärt er, aber sie schaut ihm in die Augen. Es sind die Augen des Arztes. Es ist Don Luis, der neben ihr sitzt, und er erfüllt das Zimmer mit einer Spannung, mit Angst, wie Leonora klarwird. Sonst scheint niemand diese gespannte Atmosphäre zu bemerken, weder Tanguy oder seine Frau, die jedes Wort Andrés aufsaugen, noch Max, der aus dem Fenster starrt. Und Leonora begreift, dass das, was sie fühlt, *ihre* Angst ist, die jetzt in ihren Mund aufsteigt. Sie fürchtet, sich übergeben zu müssen. Luis' Augen ziehen Leonora in sich hinein, schlucken sie, wie damals, als sie festgeschnallt auf diesem Bett lag.

Langsam steht Leonora auf, um ihr Inneres nicht aufzustören. Am Ende des Flurs findet sie ein Badezimmer und schließt die Tür ab. Sie schaltet das Licht ein, und statt ihres Gesichts sieht sie nur die graue Wand hinter sich. Sie spürt, wie das Blut aus ihrem Gesicht weicht. Sie tastet nach der Wand und lässt sich vorsichtig in die Wanne hinunter.

Wasser, denkt sie. Der Fluss hat ihren Körper immer zum Leben erweckt. Er hat ihr immer geholfen, klar zu sehen. Sie steckt den Stöpsel in die Wanne und dreht den Wasserhahn auf. Das warme Wasser füllt als Erstes ihre Schuhe. Es durchnässt ihre Hosen und kriecht ihre Bluse hinauf. Sie dreht das kalte Wasser zu und macht ihr Bad so heiß, wie sie es gerade noch ertragen kann. Sie atmet aus und spürt, wie ihr Körper und ihr Gesicht untertauchen. In der Schwärze hinter ihren Lidern erkennt sie die Bilder, die Max von ihr gemalt hat. Ihre nackten Brüste und ihr Bauch, ihr Gesicht so glatt wie das eines Mädchens. Wenn sie ihm wieder ihr ganzes Selbst überlässt, wie soll es ihr dann möglich sein zu altern? Wie soll sie dann die Frau, die Künstlerin werden, die sie sein kann? Ihr Atem blubbert an die Oberfläche.

Sie hat nichts mehr. Nur noch sich selbst.

Und das ist genug. Mehr als genug.

Leonora schießt empor und ringt nach Luft. Sie dreht das heiße Wasser zu und lässt das kalte Wasser in der Wärme stehend über sich laufen. Sie streckt die Arme aus und beobachtet, wie sich ihre Finger bewegen.

Zitternd tritt sie aus dem Bad, und doch strahlt Hitze von ihrer Brust ab. Sie geht am beschlagenen Spiegel vorbei ins Wohnzimmer. Dort zanken sich die anderen auf Französisch. Ihre Stimmen klingen weit entfernt, als würden sie sich am anderen Ende eines langen Tunnels befinden. Breton sagt Max, er solle aufhören, Kachinas zu kaufen, Peggy mache sich Sorgen – er spare gar nichts für die Steuern. Auf seinem Thron, einen Kopf größer als die anderen, spricht Max ganz leise. Prinzen müssen die Stimme nicht erheben. «Wenn sie dir nicht eine monatliche Zuwendung zahlen würde, hätten wir genug für die Steuern übrig.»

Leonora setzt sich neben Buñuel. «Du bist ein attraktiver Mann. Du siehst genauso aus wie mein Arzt», erklärt sie und merkt, dass sie es auf Spanisch gesagt hat.

Die Männer starren sie an. Ihr Schweigen ist steif und lastend.

Peggy schreit. «Da ist Wasser im Flur! Jimmy! Max! Helft mir doch, um Himmels willen!» Jimmy eilt zum Badezimmer und dreht die Dusche zu. Peggy geht zu Max, als sie Leonora entdeckt. «Sie macht das neue Sofa ganz nass», schreit sie und packt Leonoras Arm. «Aufstehen!» Peggy zieht Leonora hoch, zieht an ihrem Haar, und Leonora jault auf. Sie steht jetzt, und unter ihr bildet sich eine Pfütze.

«Fass sie nicht an», knurrt Max. Er packt Peggys Handgelenke und schleudert sie beiseite.

Peggy landet auf dem Boden und schaut ihn wütend an. «So kannst du mich nicht behandeln.»

Es ist eine schreckliche Szene, aber Leonora kann einfach nicht wegschauen.

«Es ist vorbei, hörst du?», sagt Max. Sein Körper ist ganz verkrampft und unter Spannung. Peggy erhebt sich und blickt finster.

Jimmy tritt dazwischen. «Hört auf. Beide. Das hier ist nicht der Ort für so etwas.»

Peggy streicht sich das Haar aus dem Gesicht. «Ich gehe mit Marcel mittagessen», verkündet sie, als wäre es an alle gerichtet, und verlässt das Zimmer, wobei sie die Tür hinter sich zuknallt. Tanguy und Kay sind offenbar ebenfalls schon verschwunden, Buñuel mit ihnen.

Breton sitzt noch da. Auf seinem Gesicht liegt die Andeutung eines Lächelns. «Du musst deine Erfahrungen aufschreiben, Leonora.»

«Niemand kennt das Innere eines Irrenhauses», sagt sie. «Man muss dort gewesen sein, um es zu verstehen.»

«Ganz genau», erwidert er.

Sie hört, wie draußen ein Auto angelassen wird. Jimmy wickelt ein Handtuch um sie, und Max legt eine Decke über ihre Schultern. Tränen rinnen seine Wangen herunter. Er schlingt beide Arme um sie, drückt sie an seine Brust, und sein Herz schlägt so gleichmäßig und ruhig, dass Leonora im Stehen schlafen könnte, sie könnte sich hier sehr lange verstecken, in diesem Turm, in diesem Traum der Vereinigung.

Aber schon als sie ihn ebenfalls drückt, weiß sie, dass das hier in Wirklichkeit das Ende ist. Sie muss heilen. Um wieder sie selbst zu werden, muss sie herausfinden, wo Max endet und sie beginnt, und um das zu tun, muss sie diese Schere in die Hand nehmen und schneiden.

Max,
September 1942,
New York

Max hält die Zügel kurz und drückt der Stute die Knie in die Rippen, um nicht herunterzufallen. Er treibt sie so schnell voran, wie sie kann, und doch ist Leonoras Stute schneller. Sie fliegen über ein Feld. Rechts und links von ihnen brennen die Bäume. Indischrot, Scharlachrot, Chromgelb und Ocker. Seit er als Kind im Wald hinter seinem Haus herumlief, hat Max solche Farben nicht mehr gesehen. Und hier ist er jetzt, ein Kind von einundfünfzig Jahren. Gerade erst ist er neben Leonora geschlüpft, und die Welt ist neu.

Plötzlich endet das Feld. Leonoras Pferd fällt in den Schritt, und er holt sie ein. Im pulsierenden Nachmittagslicht reiten sie durch die Wälder.

Leonoras Haar ist ein tintenschwarzes Gestrüpp aus Blättern und Zweigen. Sie hat nie schöner ausgesehen. Vor einem Monat hat Max sie zuletzt getroffen. Seit dem Vorfall mit der Dusche war sie distanziert, fand immer wieder Ausreden, um ihm nicht zu begegnen, und er war unerträglich einsam. Ein heftiger Windstoß fährt durch die Baumkronen und lässt Blätter auf sie hinabregnen. Er wünscht sich, hierbleiben zu können, mit ihr, bis diese Bäume Skelette sind, bis sich der Blätterteppich in Schnee verwandelt.

Ihre schwarzen Augen glänzen. Leonora hebt die Stimme, um den Wind zu übertönen. «Ich kann das nicht mehr.»

«Was kannst du nicht mehr? Reiten?»

«Ich kann dich nicht mehr treffen. Ich kann es einfach nicht.»

Der Windstoß fliegt weiter zu einem anderen Wald, zu einem anderen Feld. Max muss nur flüstern, dann hört sie ihn schon, aber was gibt es hier zu sagen?

Er versucht, gegen den Kloß in seiner Kehle zu sprechen: «Warum?»

Sie schüttelt langsam den Kopf, versunken in ihrer eigenen Welt, die so verzwickt und unverständlich ist. «Ich brauche Zeit, allein.»

«Ich warte auf dich.»

Sie schaut geradeaus. Ihr Profil verrät nichts. «Tu das nicht», sagt sie.

In der Ferne hört Max den Ruf eines Virginia-Uhus. «Aber ich brauche dich», erwidert er leise, obwohl er sie am liebsten anschreien würde, sie, das Universum, den Gott, an den er nie geglaubt hat. Er hat sie so oft gefragt. Warum kann sie nicht wieder mit ihm zusammen sein, wie früher? Aber sie antwortet immer nur mit Schweigen oder mit logischen Rätseln. Wenn er es nur verstehen könnte, könnte er sie vielleicht loslassen. Ihre Stute neigt den Kopf, um an einem Fleckchen Gras zu rupfen, also lässt er seine ebenfalls fressen. «Nora, bitte erkläre mir, warum.»

Sie mustert ihn mit solcher Zärtlichkeit im Blick, dass er denkt, hofft, sie könne sich anders entschieden haben. Auf ihrem Gesicht breitet sich ein Lächeln aus – dasselbe freie, wilde, offene Lächeln, mit dem sie ihn an jenem ersten Abend angesehen hatte, als er mit dem Daumen ihre Bierflasche am Überlaufen hinderte. «Es gibt Räume, die man nicht mehr betreten kann, wie schön sie auch sein mögen», sagt sie.

Er ist verwirrt. «Wie kann es sein, dass du nicht traurig bist?»

«Weil du in diesem Moment bei mir bist. Später werde ich traurig sein, wenn ich Zeit habe.»

Die Sonne ist hinter den weit entfernten Hügeln untergegangen, einfach so.

In ihrem Schatten wenden sie die Pferde und reiten zurück zu den Ställen. Sie reiten gegen den Wind, der jetzt kalt ist. Max muss etwas sagen, irgendetwas, oder der Augenblick verstreicht, und dafür ist er nicht bereit.

«Was ist mit Sedona? Wir könnten dort leben wie in Saint-Martin. Es ist wild dort, richtig wild. So viel Wildnis, ein Bach, Wälder und Tiere, der weite Himmel. Du würdest es lieben. Du wärst dort frei.» Eine Bö weht zwischen sie. Seine Glieder sind so schwer, als bestünden sie aus Zement, wie seine Skulpturen.

«Es ist zu spät.» Ihre Worte sind dünn und trocken wie das fallende Laub.

Was von seinem Leben übrigbleibt, scheint sich vor ihm zu erstrecken, ein leerer Ozean aus Wind, und er ist wie versteinert. «Aber ich – ich habe dich endlich gefunden.»

«Ja, das hast du», sagt sie und strahlt wieder. Es ist so merkwürdig. Als wäre sie glücklich über das alles – über diese ganze unvorhersehbare, unter einem schlechten Stern stehende, wunderbare Reise.

«Das hast du», wiederholt sie. «Und ich auch.»

Schweigend reiten sie zur Lichtung, und Leonora galoppiert wieder los. Pferd und Frau werden zu einem Körper, der über das Feld fliegt. Seine Stute stürzt voran, will ebenfalls galoppieren, aber er zieht an ihrem Zügel und hält sie zurück. Diesmal wird er nicht versuchen, Leonora zu fangen. Diesmal sitzt er auf seinem Pferd am Waldrand und staunt. Er sieht ihr nach, schaut zu, wie sie in der Ferne und im nachlassenden Licht verschwindet. Mein Gott, denkt er, sie ist umwerfend.

Peggy,
Januar 1943,
New York City

Zur Eröffnung ihrer dritten Ausstellung, Exhibition By 31 Women, steht Peggy in ihrer Galerie auf einem Tritt vor einem Meer von Gästen. Normalerweise würde sie zu einer solchen Gelegenheit nicht sprechen – das wäre, als spräche man ein Grußwort auf seiner eigenen Party, etwas, was sie nicht im Träum täte –, aber Marcel hat darauf bestanden.

Marcel schlägt mit einem Messer gegen sein Champagnerglas und schaut sich mit vorsichtiger Ungeduld um, wie immer. Während Peggy darauf wartet, dass die Gäste verstummen, hört sie ihr Herz so laut in den Ohren klopfen, dass sie fürchtet, alle anderen könnten es ebenfalls vernehmen. Sie schauen sie an, eine Schar von Gesichtern. Breton und Jimmy, Marcel und Max, Gypsy Rose Lee und Kay Sage. Leonoras und Max' neuester Schützling, Dorothea Tanning, eine hübsche Blondine aus einem winzigen Städtchen in Illinois. Die Ausstellung sollte nur die Werke von dreißig Frauen zeigen, aber als Max die Bilder der jungen Frau sah, bestand er darauf, dass sie die einunddreißigste sein musste. Selbst jetzt, vor Peggy und allen anderen, schlängelt er sich dicht an sie heran. Er schiebt ihr eine rosafarbene Locke hinters Ohr. Und ist das sein Arm um Dorotheas Taille? Die Leute drängen sich vor die beiden, sodass Peggy es nicht genau erkennen kann.

Sie weiß, dass es ihre eigene Schuld ist – sie hat ihn die Ausstellung kuratieren lassen, hat zugelassen, dass Max die Frauen in ihren Ateliers besuchte, ihre Bilder aussuchte und sie persönlich zur Galerie fuhr. Aber andererseits wusste Peggy, was sie tat. Sie wusste, dass sie nicht stark genug war zu gehen.

Schließlich schiebt sie den Gedanken an die liebreizende Miss Tanning beiseite, lächelt die erwartungsvolle Menge an und wischt sich die feuchten Hände am Rock ab. Vor einer Gruppe zu sprechen, irritiert sie immer – es kommt ihr wie eine Anmaßung vor –, aber sobald sie ihren Rhythmus gefunden hat, ist sie sich sicher, dass sie es gut machen wird. Sie hat kein Skript, keine Notizen. Reden sind spontan am besten, so wie das Leben.

«Die letzten zwanzig Jahre meines Lebens habe ich offenbar damit verbracht, mich in Künstler zu verlieben.» Lachen rieselt durch die Menge, Gott sei Dank. Peggy entspannt sich, atmet tief durch, bewegt die Zehen in ihren Pumps. «Und sich in einen Künstler zu verlieben bedeutet, sich in seine Kunst zu verlieben.

Ich sage ‹seine›, denn wenn wir an Kunst denken, denken wir meistens an Männer. Wenn man die Begriffe Dada und Surrealismus hört, welche Namen fallen einem dann ein? Dalí? Duchamp? Tanguy? Ernst? Na ja, ich nehme an, mir würde tatsächlich Max einfallen», fügt sie hinzu und wirft einen Blick in seine Richtung. Mehr Kichern. Max lächelt schwach, peinlich berührt.

«Aber es gibt auch eine Gruppe moderner Künstler, die größtenteils im Schatten geblieben sind, nicht, weil sie weniger interessant wären, weniger wert, Aufmerksamkeit zu bekommen als die Männer, sondern weil sie Frauen sind, und Frauen sollten, wie wir glauben, mit anderen Dingen beschäftigt sein. Zum Beispiel mit ihren Kindern, mit Kochen, Putzen, damit, den Männern eine Muse zu sein, was auch immer das bedeuten soll.» Peggy bemerkt, dass Breton ziemlich sauer dreinschaut. Obwohl er es immer noch ablehnt, Englisch zu lernen, hat er ganz sicher den Teil mit der ominösen *Musen*-Sache verstanden. Bestimmt wird sie später noch davon hören. Aber jetzt redet sie weiter und fühlt sich unerklärlich mächtig, als sie diesen Punkt anspricht, selbst überrascht von der Wahrhaftigkeit dessen, was sie da sagt.

«Wir erwarten nicht, dass Frauen Kunst erschaffen, und noch weniger erwarten wir, dass sie beachtenswerte Kunst erschaffen. Die Wahrheit ist, dass Frauen weit mehr Hürden als Männer überwinden müssen, um in dieser Welt etwas von Wert zu erzeugen. Mehr Mauern, über die sie klettern müssen. Aber diese Mühen, diese Triumphe werden allzu oft nicht anerkannt. Wenn es um die Kunst von Frauen geht, sind wir daran gewöhnt, Kommentare zu hören wie ‹Das ist wirklich gut, *für eine Frau*›. Ich hoffe, diese Ausstellung wird dieses Vorurteil außer Kraft setzen.

So gern ich selbst die Kunst dieser Frauen ignoriert hätte – zumal sie jung und wunderschön sind und bewundert von all den *männlichen* Künstlern ...», Peggy legt eine Pause ein, bis das Lachen verstummt, «... aber leider Gottes konnte ich das nicht.» Sie hat jetzt ihren Ton gefunden und schaut über Leonora hinweg, über die noch lästigere Dorothea. «Sie müssen sich nur umsehen, dann verstehen Sie, warum.» Peggy vollführt eine Handbewegung, die die ganze Galerie einschließt, The Art of This Century, diesen Raum, den sie erschaffen hat, diesen Schrein für die Kunst *lebender* Künstler. Ihr kleiner Beitrag.

«Diese Ausstellung zeigt einunddreißig der größten Künstler unserer Zeit – Künstler, die zufällig alle Frauen sind. Und ich bin stolz, die erste Ausstellung dieser Art auf der Welt zu eröffnen. Ich bin Marcel Duchamp sehr dankbar, dass er mir die Idee geschenkt hat, und Max Ernst für seine *harte* Arbeit, um die Idee Wirklichkeit werden zu lassen.»

Hat sie das Wort *hart* zu stark betont? Und warum sollte sie das überhaupt interessieren? Die Menge applaudiert, und Peggy bemerkt, dass Max' Arm tatsächlich um Dorotheas schmale Taille liegt. Er grinst die junge Frau an und leuchtet dabei von innen. Und Peggy weiß, dass ihre Ehe vorbei ist. Sie hat ihn verloren.

Sie wirft Marcel einen Blick zu, dem wunderbaren Marcel, der sogar noch aufrechter dasteht als sonst, so als wäre er wirklich zufrieden. Er hebt sein Glas.

«Auf Peggy», sagt er, und die Champagnerflöten klingen.

Leonora, Januar 1943, New York City

Leonora stößt mit Max und Dorothea an. «Prost», sagt sie. «Auf Peggy!»

Dorothea lächelt vage, trinkt von ihrem Champagner und meidet ihren Blick. Neben ihr grinst Max strahlend. So hat sie ihn seit jenen Wochen nicht erlebt, die sie in Lambe Creek verbrachten, und später, hin und wieder in Saint-Martin. Als er ihr erzählte, dass er Dorothea mit nach Sedona nehmen wolle, um dort mit ihr zu leben, hatte Leonora sich für ihn gefreut. Er war noch nie jemand, der viel Zeit verschwendete. Aber jetzt, da sie die beiden Hand in Hand sieht, beide im Licht des anderen heller strahlend, wird Leonora ein bisschen übel. Sie musste ihn verlassen, musste eigenständig werden. Sie hatte nur nicht gedacht, dass es so schwer werden würde.

Sie entschuldigt sich und küsst Dorotheas und Max' kühle Wangen. Sie lässt die beiden stehen und fühlt sich so schwer, dass sie befürchtet, durch den Boden zu brechen. Sie hat einen Kloß im Hals, den sie zu schlucken versucht. Sie weiß, dass sie niemanden je wieder so lieben wird, wie sie Max liebt.

Sie geht von Bild zu Bild. Einige von ihnen sind ihr vertraut, andere erfreulich neu. Es gibt Stücke von Kay Sage, Meret Oppenheim und sogar von Gypsy Rose Lee. Eins muss man Peggy lassen, die Frau hegt keinen Groll. Und wie wunderbar sie alles arrangiert hat. Der Raum selbst ist ein Kunstwerk mit seinen abgerundeten Korkwänden, den Holzdecken und -böden. Die Bilder sind an Drähten aufgehängt, sodass sie in der Luft zu schweben scheinen.

Zufällig landet Leonora vor ihrem eigenen Bild, *Das Pferd des Lord Candlestick*, dem Bild, das Peggy ihr im Winter 1938 abgekauft hatte. Leonora betrachtet die grüne Stute im Baum, die solche Angst hat, weil sie so weit vom Boden entfernt ist, und würde sie am liebsten aus dem Baum befreien, auf die Erde stellen und laufen lassen.

Über ihrem Bild hängt Finis *Hirtin der Sphinxen*. Leonora hat es noch nie gesehen, und sie kommt nicht umhin zu bemerken, dass die schwarzhaarige Sphinx ihr ziemlich ähnlich ist. Ihrem alten Ich. Auf dem Bild ist die Sphinx weich, aber selbstbewusst, und blickt halb neugierig, halb spöttisch an ihrem Schwanz vorbei den Betrachter an. Die Hirtin, eindeutig Fini, hält schützend einen Stab in der Hand. Und inmitten der Herde barbusiger Sphinxe um sie herum, wie soll Leonora da ein Leid geschehen? Sie spürt einen Schauder, als hätte jemand die Tür geöffnet. Sie hatte die ganze Zeit eine Hirtin in ihrem Rücken, und hier ist der Beweis.

Sie hört Breton hinter sich mit Peggy sprechen. «Ist mir egal, ob Max sie liebt. Leonor Fini ist weit unter deinem Niveau», sagt er auf Französisch. Leonora lächelt. Manche Dinge ändern sich nie. Wäre Fini hier und nicht in Monte Carlo, hätte sie einiges dazu zu sagen.

Breton hakt sich bei Leonora ein. «Komm, ich will dir was zeigen.»

«Einen Moment», sagt sie zu ihm. Sie berührt Peggy an der Schulter. Peggy dreht sich ein wenig erschrocken und, wie Leonora findet, irgendwie hoffnungsvoll um. «Die Ausstellung ist spektakulär», meint Leonora.

«Ja», erwidert Peggy. «Das ist wirklich was, oder?» Und dann spricht sie mit jemand anderem und preist ihm genau das Bild an, das Breton für weit unter ihrem Niveau hielt.

Leonora findet ihn an der Bar, wo er seinen geleerten Manhattan durch einen frischen austauscht. Sie bestellt einen Whiskey auf Eis. «Hast du gehört», sagt Breton, «Lee ist jetzt Kriegskorrespondentin. Sie ist bei der U.S.-Armee und fotografiert Gott weiß was für Schrecklichkeiten.»

Leonora trinkt von ihrem Whiskey und spürt, wie seine Wärme sie durchdringt. «Ich wusste immer, dass sie etwas Erstaunliches machen würde», antwortet sie und ist sich dessen bewusst, wie unterschiedlich sie und Lee sind. Der Krieg hatte Leonora zutiefst verängstigt, sie war in dieser Angst völlig aus der Bahn geraten. Und dann ist da Lee, die sich mitten ins Auge des Sturms begibt, angstfrei und entschlossen, eine moderne Jeanne d'Arc. Sie erinnert Leonora an eine andere starke Frau, Lou, und sie fragt Breton, ob er etwas von ihr gehört hat.

Er schaut zu Boden, seufzt und schüttelt den Kopf. «Niemand hat irgendetwas gehört.» Im November, als Hitlers Truppen in Vichy einmarschierten, war Jimmy am Boden zerstört. Jede Chance, seine Mutter aus Frankreich herauszubekommen, war zunichtegemacht. «Hoffen wir, dass sie sich gut versteckt hat», sagt Breton.

Er begleitet Leonora zum Ende der Galerie, wo ein Bild

allein hängt, klein und mächtig, wie ein Magnet. In der Mitte sitzt eine Frau, die eine Schere in der Hand hält. Sie sieht aus wie ein Mann, aber der Anzug, den sie trägt, ist drei Nummern zu groß. Das Zimmer um sie herum ist leer, ihre abgeschnittenen Locken liegen auf dem Boden verstreut. Trauer. Erfolg. Eine ruhige Entschlossenheit.

«Frida Kahlo», sagt Breton. «*Plus charmante.* Ich habe sie in Mexico City mit Trotzki und Diego, ihrem Ehemann, kennengelernt. Er hatte offenbar eine Affäre mit ihrer jüngeren Schwester. Ich kann gar nicht sagen, dass dieses Bild mein Lieblingsbild von ihr ist. Ich bevorzuge die Selbstporträts, auf denen sie in festlicher mexikanischer Tracht zu sehen ist und ihr Haar lang trägt. Ah», unterbricht er sich. Er holt kaum Atem und wendet sich an Kay, die gerade vorbeigeht. «*Mademoiselle* Sage, hier gibt es etwas, das ich Ihnen zeigen muss.» Und damit schüttelt Breton sie ab.

Leonora betrachtet das Gemälde, und die Stimmen im Raum, die klirrenden Eiswürfel in den Gläsern werden immer leiser. Sie liest die gemalten Worte über dem Porträt, *Mira que si te quise, fué por el pelo, Ahora que estás pelona, yo no te quiero.* «Siehst du, wenn ich dich liebte, dann wegen deines Haares, Jetzt, da du kahl bist, liebe ich dich nicht mehr.» Musiknoten sind unter die Worte gemalt. Es ist die Strophe eines Liedes. Leonora spürt wieder diesen Kloß im Hals, spürt, wie die Tränen aus einer Quelle tief in ihr hinaufsteigen, eine Quelle, die so lange verstopft war, dass sie sie schon vergessen hatte. Sie wischt sich die Wangen mit dem Blusenärmel ab, aber es ist sinnlos. Es lässt sich nicht eindämmen, ihr gesamter Körper zittert. Mit jeder Gefühlswelle heben sich ihre Schultern auf ebenso alberne Weise wie damals als Kind. Diese Frau, Frida Kahlo, malte ihre Qual. Roh und schlicht, ohne einen Rest von Tarnung, hängt sie hier, damit jeder sie betrachten kann. Sie versteckt nichts. Um die Meisterin zu werden, hat sie die Muse getötet. So einfach ist das.

Jemand tippt Leonora auf die Schulter. Es ist Renato, der meinte, dass er es heute Abend nicht schaffen werde vorbeizuschauen.

«Ich bin bereit zu gehen», sagt sie.

«Aber ich bin gerade erst gekommen.»

«Nach Mexiko», erklärt sie. «Ich bin bereit, nach Mexiko zu ziehen.»

Epilog

Max,
Mai 1943,
Sedona, Arizona

Max wacht mit dem ersten Vogelzwitschern auf, Stück für Stück, als tauche er vom Boden eines Meeres, in dem er atmen kann, nach oben, langsam. Inmitten der Meereswesen schwebt er hinauf zum Licht und der Luft. Er öffnet die Augen und sieht das Mädchen neben ihm – mondgesichtig, wenn sie schläft. Dorothea. Amerikanisch wie Pie, stark und blühend, praktisch. Charakterzüge, die ihn an Lou erinnern, nur dass er jetzt, mit zweiundfünfzig, endlich bereit ist, sich niederzulassen, Wurzeln zu schlagen, die Welt weiterlaufen oder sie zu ihm kommen zu lassen, wenn sie will, wie damals in jenem wundersamen Sommer in Saint-Martin, mit Lee und Roland, Man und Ady, mit Leonor Fini, die zu Besuch kam und sich entschloss, eine Weile zu bleiben.

Dorothea und Max bleiben über den Sommer hier, aber sie haben schon begonnen, Pläne zu schmieden. Dorothea führt Listen – für das Haus, das sie bauen wollen, dessen Gelände von Skulpturen bevölkert sein soll, und was eingepackt werden muss, bevor sie ihre Wurzeln kappen und hierherziehen können. Zum Glück sind sie in New York nur sehr schwach verwurzelt. Selbst die Scheidung von Peggy sollte nicht allzu schwierig werden. Sie hat keine Zeit verloren, ihr Leben weiterzuführen, und scheint froh, ihn losgeworden zu sein.

Er küsst die glatte Haut von Dorotheas Stirn und tritt nackt aus der Hütte ins strahlende Sonnenlicht. Er stellt sich auf einen Stein, pinkelt auf die Felsen und ins Gestrüpp und ins hohe Gras unter ihm. Diese Hütte ist das einzige Gebäude weit und breit, und unter ihm glänzt der Bach wie eine Schlange aus Himmel und windet sich durch die Felsen und den roten Sand, bis er hinter der Biegung verschwindet. Max setzt sich auf den Stein, spürt, wie die Sonne seine Haut wärmt und ihn nährt, und er wird so friedlich wie eine Pflanze.

In der blauen Ferne leuchten die Spitzen der roten Felsen, und er hat das überwältigende Gefühl, sich in einem seiner Bilder zu befinden, in einem der Gemälde aus den Saint-Martin-Jahren mit Leonora darin.

Es ist immer noch schwer, an sie zu denken, zu wissen, dass er sie vermutlich nie wiedersieht, aber in Sedona hat er das Gefühl, dass sie in der Nähe ist – als käme sie jeden Moment den Bach entlanggewandert, barfuß über die Kiesel im Wasser, um ihm einen Schluck kalten, klaren Wassers aus ihrer hohlen Hand anzubieten.

Die Felsspitzen scheinen sich gegen den Himmel zusammenzudrängen, ein Ältestenrat. Zerfurcht und verfallen, geformt von Wind und Wasser und Zeit, strahlen diese Zacken die Weisheit und Gleichgültigkeit derer aus, die bleiben. Ihr roter Sandstein weicht dem blassesten Gelb dort, wo sie ins Blau ragen.

Er spürt, dass die Erde bereits heiß wird, spürt, dass er in der Sonne schwitzt. Er atmet die trockene Luft. Vielleicht lernt man so, der Welt wieder zu vertrauen, der Welt, die trotz allem immer noch da ist, still und pulsierend.

Über ihm kreisen drei Raben und nutzen den Aufwind. Auf einem Felsen hüpft ein Schluchtenzaunkönig entlang, bleibt stehen und neigt den Kopf, um Max anzusehen. Eine Motte hängt noch flatternd in seinem Schnabel. Der Zaunkönig fliegt in eine Felsspalte, und die Schreie seiner Küken steigen in die Luft.

Leonora,
Mai 1943,
Mexiko

Ihr Schiff fährt dicht an der Küste entlang. Die Sonne ist gerade versunken, und Leonora trinkt an Deck ihren Tee. Dunst hängt über dem Land wie ein Traum, an den man sich beinahe erinnert, wie der Atem von tausend Pferden, die sich in der Sonne auflösen. Die Sonne wiederum glüht, wenn sie aufgeht, so stark und heiß wie in jenem letzten Sommer in Saint-Martin, als Leonora im Garten arbeitete, bis sie rein und glatt und stark wurde.

Renato ist in einer der Kabinen. Er hat ein paar Mitspieler für sein Pokerspiel gefunden, um die Zeit totzuschlagen. Aber Leonora verbringt jede Minute, in der sie nicht schläft oder isst, an Deck. Ihr wird flau, wenn sie zu lange unter Deck ist, und außerdem will sie die Entfernung spüren, die sie überwindet, will sie in ihrem Körper spüren, will erleben, wie sie sich selbst mit der Landschaft verändert.

Mexiko ist ein dichtes, grünes Land, das sich direkt aus der Luft ernährt, einer Suppe, die so warm und dick ist, dass Leonora sie schmecken kann. Erde und Schnecken, Laub, das sich in einem leichten Regen zersetzt. Der heiße

Atem der Eidechsen und die glänzenden Froscheier. Blüten singen aus vollem Hals weiche Vokale. In dieser Luft ist ihr Haar lebendig geworden, ein eigenes Wesen, das sich rastlos kringelt und vom launischen, salzigen Wind in alle Richtungen geweht wird. Ihre Haut ist so feucht, dass Leonora das Gefühl hat, Blumen könnten aus ihren Armbeugen spießen, aus ihren Kniekehlen, aus der Haut hinter ihren Ohrläppchen und aus den Gruben ihrer Schlüsselbeine.

Leonora und Renato lassen sich im alten Zentrum Mexico Citys nieder. Es ist verlassen und heruntergekommen, aber sie können sich hier die Miete leisten. Das Viertel ist im 16. Jahrhundert von den Spaniern auf den Ruinen der aztekischen Hauptstadt Tenochtitlan erbaut worden und vermittelt ihnen das Gefühl, zwischen den Jahrhunderten und Kulturen zu schweben. In einem Zimmer ihrer Wohnung, die in der verlassenen russischen Botschaft liegt, richtet Leonora sich ihr Atelier ein. Das großartige Skelett des Gebäudes ist noch intakt, und ihr Atelier hat eine hohe, gewölbte Decke und geschnitzte Türen, die auf einen Balkon hinausführen.

Der Morgen ist wolkenlos, und Leonora öffnet die Holztüren und lässt das Licht und den betrügerischen Wind herein, der ohne Vorwarnung hineinstiebt und die feuchte Luft aufwirbelt, sodass Bonbonpapierchen und Papierfetzen, Blätter und blasse Blütenblätter hoch über die Dächer der Gebäude tanzen. Es ist immer noch Frühling, aber in ihrem Atelier ist es warm. Leonora zieht die Schuhe aus. Ihr Rock klebt an ihren Schenkeln, Haarsträhnen an ihrem Nacken. Sie dreht die ungezähmte Mähne zu einem Dutt auf ihrem Kopf zusammen – weder glatt noch ordentlich, aber es hält.

Dann packt sie ihren Koffer aus, holt ihre Pinsel und Farben hervor. Sie stellt eine Staffelei auf, die Renato ihr erst gestern gekauft hat, zusammen mit einer Rolle Leinwand und einem Brett, auf dem sie sie spannen kann. Sie hat bereits eine Leinwand aufgespannt, beinahe 60 mal 90 Zentimeter groß, groß genug, glaubt Leonora, dass viele feine Einzelheiten auf ihr Platz finden, und jetzt stellt sie sie auf die Staffelei und schraubt sie fest. Leonora hat ein kleines Tischchen für ihre Farben, einen Tonkrug für ihre Pinsel, eine Holzpalette, Gläser für das Terpentin. Sie hat alles, was sie braucht, aber das Zimmer ist noch zu sauber, als dass sie wirklich darin malen könnte. Wenn sie wüsste, was sie zeichnen wollte, wäre das vielleicht anders. Aber sie weiß es nicht. Solche Ideen müssen zu einem kommen, denkt sie. Es ist nicht so, als könnte man einfach rausgehen und sie finden.

Sie holt noch mehr Dinge aus dem Koffer – Max' Collagenroman und die Bücher, die sie mit seinen Illustrationen geschrieben hat. In *Das Haus der Angst* findet sie das Foto, das Lee von ihnen auf den Stufen ihres Bauernhauses aufgenommen hat. Sie sitzen nebeneinander, die Rücken zur Mauer, und doch ragt Max neben ihr auf, wirkt doppelt so groß, den Arm beschützend um sie gelegt. Wie winzig sie ausschaut – glücklich, aber so klein. Leonora legt das Foto zurück ins Buch und stellt es zusammen mit den anderen auf ein Regal. Vielleicht bringt sie es eines Tages an der Wand an, aber jetzt nicht.

Dennoch gibt es ein paar Dinge, die sie sofort aufhängen will. Sie holt *Leonora im Morgenlicht* aus dem Koffer und schlägt einen Nagel in die Wand. Sie streicht das Bild glatt und tritt zurück, um es sich anzuschauen. Der Dschungel ist mythisch und wild und fruchtbar. Es ist Mexiko, merkt sie, als sie es aufhängt. Als hätte Max gewusst, dass sie irgendwann hier landen würde.

Am Morgen, bevor sie losfuhr, kam er zu ihr, sobald Renato ausgegangen war. Sie tranken Tee zusammen. Sie schenkte ihm das Porträt, das sie von ihm gemalt hatte, und das Fotoalbum ihrer gemeinsamen Zeit, das sie aus Saint-Martin gerettet hatte.

«Macht es dir immer noch Angst?», fragte er. «Jetzt nicht mehr», antwortete sie, weil es stimmte. Dann schmiegte er sich an sie, drückte sein Ohr an ihr Herz, und sie hielt ihn ein letztes Mal fest.

Sie holt den gerahmten Morphofalter aus dem Koffer und hält ihn ans Licht. Unter dem Glas rühren sich die Flügel nicht. Sie hat sie nicht einmal zucken sehen, seit sie in jenem Zug nach Lissabon saß. Aber jetzt, da er wieder zu Hause ist, ist es irgendwie falsch, dass der Schmetterling noch in seinem Rahmen ist. Außerdem, obwohl sie nicht weiß, warum, möchte sie ihn berühren.

Sie öffnet die Hand und bemerkt, wie der Rahmen fällt. Er scheint eine Sekunde in der Luft zu schweben, bevor er auftrifft. Glassplitter gleiten über den gefliesten Boden. Sie fliegen durch die Luft und glitzern im Sonnenlicht, bevor sie auf den Boden treffen. Der Morphofalter liegt vor Leonoras nackten Füßen auf der Vorderseite, daher ist nur die braun-weiße Unterseite seiner Flügel zu sehen, sie wirkt wie tote, trockene Blätter. *Damit er sich ausruhen kann*, hatte der Prinz gesagt. Leonora bückt sich, um den Schmetterling aufzuheben, und dabei löst sich ihr Dutt. Sie nimmt den Falter vorsichtig am Rand eines Flügels, dreht ihn um und legt ihn sich auf die flache Hand. Sie geht auf Zehenspitzen über die Glasscherben zum Balkon.

Ganz leicht streicht sie über den schlanken, dunklen Körper des Schmetterlings. Sie fährt mit dem Finger die verästelten Adern nach, das Gerüst seiner Flügel, wo sie aus seinem Rumpf wachsen, bis zu den dünnen, geschuppten Rändern. In der Sonne leuchten die blauen Schwingen auf. Unter ihr liegt der Hof und die Straße dahinter hell, heiß und ausgeblichen da. Der Hof ist leer, abgesehen von zwei Katzen, die im Schatten eines ausgetrockneten Springbrunnens schlafen. Selbst für diese Gegend der Stadt ist es hier sehr verlassen, alle sitzen beim Mittagessen oder halten Siesta. Leonora betrachtet den Schmetterling in ihrer Hand, oder zumindest versucht sie es. Ihre Augen scheinen einen blinden Fleck von seinem Leuchten zu haben, denn wenn sie den Falter anschaut, erkennt sie nur ein weißes Loch. Sie legt die andere Hand über den Schmetterling, berührt ihn nicht, sondern versucht, das Leben in ihm zu erspüren – diese unsichtbare Kraft, die bedeutet, dass er aufwachen könnte. Ihre Handflächen werden ganz warm. Und sie denkt an jenen Vogel, das Rotkehlchen, das an dem Tag, an dem sie Max kennenlernte, gegen die Scheibe flog, wie es in ihrer Hand wieder zurück ins Leben kam. Plötzlich spürt sie, wie sich die Luft zwischen ihren Händen ausdehnt, ein ganz leichtes Drücken. Sie könnte schwören, dass sie fühlt, wie winzige Füßchen die Haut eines Fingers greifen. Sie hält sich den Schmetterling vor die Augen, blinzelt, um ihn genauer zu betrachten. Seine Fühler scheinen sich auszustrecken, die Luft zu prüfen. Oder ist es nur der Luftzug?

In der Sonne bewegen sich seine Flügel. Sie schließen und öffnen sich.

Und dann weht ihr ein Windstoß das Haar ins Gesicht. Sie schiebt die langen Strähnen zurück und sucht den Balkon nach dem Schmetterling ab, aber er ist fort. Sie schaut in den Himmel und glaubt, dort die braun-weißen Unterseiten seiner Flügel zu erkennen, wie sie sich im Blau ausbreiten. Fällt er oder steigt er auf? Der Wind nimmt ihn mit, und er ist jetzt unter ihr, ein Stück blaues Zellophan, das zum Springbrunnen hinunterfällt.

Vielleicht ist es nur der Wind, der ihr Streiche spielt, aber Leonora rennt die Treppe herunter und hinaus auf den Hof, um dem Schmetterling des Prinzen dorthin zu folgen, wo er sie hinführt.

Die Straße und dann noch eine hinunter segelt der Morphofalter, er erhebt sich und fällt, berührt aber nie den Boden. Als er über die Straße fliegt, springt Leonora vor einen Ford, den sie nicht hat kommen sehen. Der Wagen bremst quietschend, und sie läuft der blauen Fee um eine Ecke auf die Gabino-Barreda-Straße hinterher.

Im Garten eines Doppelhauses, bewachsen mit Bougainvillea und Ackerwinden, Hibiskus und Gardenien, findet der Morphofalter einen anderen seiner Art, obwohl Morphofalter hier nicht allzu häufig zu sein scheinen, und die beiden wirbeln in einem Tanz so weit nach oben wie eine Wolke, bis sie sich zuletzt im Himmel auflösen.

«Hola», sagt eine Frau vom Balkon. Ihr braunes Haar fällt auf ihre weiße Bluse. Sie wischt sich die Hände an einem Lappen ab und tritt ans Geländer.

Sie steht im Garten der Frau, stellt Leonora fest, barfuß, und starrt wie eine Irre in den Himmel. Die Frau beschirmt ihre Augen mit der Hand und blinzelt. «Leonora? Bist du das? Ich habe gehört, dass du nach Mexiko gezogen bist.» Leonora tritt näher. Die Frau lächelt ein Lächeln, das keinerlei Gegenleistung fordert, wie die Sonne. Obwohl sie bekannt anmutet, kann Leonora sie nicht einordnen. «Komm rauf», sagt die Frau.

Leonora bewegt ihre Zehen im Gras und schaut noch einmal in den Himmel, aber die Schmetterlinge, die einander gefunden haben, sind im Blau verschwunden. Sie steigt die Treppe hinauf. «Die Tür ist kaputt», brüllt die Frau von innen. «Geh einfach durchs Fenster.»

Leonora zieht den Kopf ein und klettert durch den Rahmen. Schwarze Katzen, fünf an der Zahl, sitzen auf dem Küchentisch um Schüsseln mit Futter. Töpfe dampfen auf dem Herd. Auf jedem Fensterbrett, jedem Regal und jeder Fläche steht ein Schrein, auf dem Steine und Muscheln akkurat angeordnet sind. Leonora lässt die Fingerspitzen über das weiche Innere einer Abalone gleiten. Sie ist genau wie die, die sie immer noch bei sich hat, seit dem Mittagessen mit Max, als er um ihre Hand anhielt.

«Leonora?» Die Stimme ertönt vom anderen Ende des Flurs, aus einem Hinterzimmer, wo sie die Frau findet. Sie malt. Sie macht nur winzige Pinselstriche und beugt sich ganz nah zur Leinwand. Leonora geht um die Frau herum, um einen Blick auf ihr Profil zu werfen. Als sie einen Blick auf das Bild erhascht, ist sie überwältigt. Leonora weiß nicht genau, was sie da sieht. Ein Schachbrett-Boden windet sich aufwärts und formt das Kleid einer Frau, die über eine Nähmaschine gebeugt sitzt und das Kleid, den Fußboden, den Stoff der ganzen Welt näht, in der sie sich befindet. Es ist außergewöhnlich. Die Künstlerin schaut Leonora an und lächelt.

«Remedios?» Hier in Mexico City, nur ein paar Häuserblöcke entfernt, wohnt Remedios Varo.

«Ich musste nur noch …» Remedios tippt mit dem Pinsel

auf die Leinwand und fügt Lichtreflexe auf den Türmen eines Schlosses im Hintergrund hinzu. «So. Komm, wir trinken Kaffee.»

Leonora hatte sie in Paris kennengelernt, auf der Surrealismus-Ausstellung, wo ihre Arbeiten nebeneinander hingen. Remedios hatte sie bei der Hand genommen und sie aus dem dunklen, überfüllten Raum geführt, der ihr die Luft zum Atmen nahm. Und hier ist sie nun und gießt ihnen beiden ein Tässchen von ihrem dickflüssigen, schwarzen Gebräu ein. Sie setzen sich an den Tisch mit den Katzen, die ihr Fressen unterbrechen, um sie beide mit den Nasen anzustupsen. Leonora nimmt eine von ihnen auf den Schoß und streichelt ihr weiches Fell. «Wie ich die vermisst habe.»

«Du hast keine Katzen?» Remedios wirkt geradezu erschrocken.

«Ich hatte welche, vor Jahren, aber Renato, mein Mann, ist allergisch.»

«Renato? Picassos Freund?»

Leonora lächelt. «Das ist eine lange Geschichte.»

«Tja», sagt Remedios. «Wenn ich etwas habe, dann Zeit.»

Bei manchen Menschen weiß man schon in dem Moment, in dem man sie kennenlernt, dass sie Freunde werden. Zwischen ihnen und einem selbst öffnet sich etwas, wie eine Lichtung im dichten Wald. Und in dieser hellen Wärme unterhält man sich mit ihnen oder tanzt oder kocht oder malt. Man teilt einen Ort, der nur für den anderen und einen selbst existiert. Wenn man sehr viel Glück hat, passiert das einmal oder vielleicht sogar zweimal im Leben. Für Leonora passierte es, als sie Max kennenlernte. Und jetzt passiert es erneut, in Mexico City.

«Oh!», sagt Remedios und springt auf. Der große

schwarze Topf kocht über, und sie schaltet die Hitze herunter und rührt um. «Frida und Diego erneuern morgen Abend ihr Ehegelübde, und ich habe gesagt, dass ich für das Essen und die Blumen sorge. Würdest du mir vielleicht helfen?»

«Morgen ist Vollmond?»

«Ja. Ich dachte mir, dass das Essen und die Blumen weiß sein sollten.»

«Um das Mondlicht zu verstärken.»

Sie bringen Platten mit Jícama, geschältem Rettich und hartgekochten Eiern, eine Terrine mit kalter Kartoffel-Lauch-Suppe, auf die sie weiße Rosenblätter gestreut haben, eine Platte mit mexikanischen Hochzeitskeksen, Shortbread mit Puderzucker, und sie stellen alles auf Tische im Hof zwischen Diegos und Fridas Häuser. Sie lassen Gardenienblüten in Wasserschüsseln schwimmen und arrangieren langstielige Lilien in schlanken Vasen. Andere Gäste sind ebenfalls beschäftigt, sie hängen Ketten mit Glühbirnen in kleinen Papierlaternen auf, drapieren Ranken über der Kuppel und stellen Stuhlreihen auf.

Frida empfängt sie in ihrem weißen Spitzenkleid im Hof. Sie hat ihre Zöpfe wie Brezeln hochgesteckt und sie mit einer einzelnen weißen Lilie geschmückt. Sie sieht aus wie in ihren Bildern, nur mit Haaren, und sie wirkt so viel glücklicher, dass Lenora fast auch irgendwann einmal aus Liebe heiraten möchte. Frida ist winzig, und als sie Leonora die Hand hinstreckt, wagt es Leonora kaum zuzugreifen, aus Angst, sie zu zerdrücken. Frida wirkt auf sie wie eine Prinzessin, und bevor Leonora sich zurückhalten kann, beugt sie sich über Fridas Hand, um sie zu küssen.

Diego und Frida erneuern ihr Gelübde bei Mondlicht. Leonora tupft sich immer wieder die Augenwinkel mit einem Taschentuch ab, das sich Remedios und sie teilen. Renato ist bei einem Stierkampf, und sie sitzt zwischen Remedios und ihrem Mann Benjamin Peret, der sich zu ihr beugt und ihr ins Ohr flüstert: «Der Mond macht uns alle zu Lügnern.»

Sosehr Leonora ihm auch glauben will – als sie der winzigen Frau und dem massigen, dickbauchigen Mann dabei zusieht, wie sie sich an den Händen halten und sich in die Augen schauen und sagen, dass sie einander zum Ehegefährten nehmen wollen, solange sie auf Erden wandeln – auf dieser Erde, die in einem wirbelnden Universum wirbelt, das aus der Musik von Sternen, Planeten und Monden besteht –, da weiß sie, was sie weiß. Und sie denkt an Max und fragt sich, wie das Mondlicht auf den roten Felsen Sedonas aussehen mag, und was er wohl gerade tut unter diesem erleuchteten Himmel.

Als Frida und Diego die Ringe tauschen, verschwimmen die Bilder in Leonoras Kopf. Ihr Herz schwillt an und wird platzen, wenn sie die Bilder nicht herauslässt. Eier, riesenhafte Eier, Katzen, Frauen mit den Körpern von Heuschrecken, Frauen mit Gesichtern in der Form von Schmetterlingen, mit Haaren, die aus Ästen bestehen; eine Küche mit einem Kessel, ein Tisch, gedeckt für die Sidhe; eine riesige Schüssel voll goldener Suppe und Granatäpfeln darauf, und um den Tisch sitzen die weißen, leuchtenden kleinen Leute.

Schimmernde Lichtkugeln, Monde und Vögel, weiße Vögel, die am Nachthimmel aufleuchten. Ein Minotaur, ein Labyrinth, eine Schlange, die sich spiralförmig ringelt, und eine Riesin, um die sich die Kreaturen der Erde geschart haben. Gänse flattern aus ihrem Mantel empor.

Später, nach dem Tanzen und dem Trinken, als das weiße Essen gegessen ist, die Kerzen heruntergebrannt und alle erschöpft sind, schlendert Leonora nach Hause und summt vor sich hin – *El Barco Velero*, das Segelboot-Lied, das es irgendwie aus Spanien hierher geschafft hat. Sie schließt die Tür ihres Ateliers und malt, bis die Sonne aufgeht.

Und dann malt sie noch ein wenig weiter.

Dieser Roman basiert auf historisch verbürgten Ereignissen und Figuren. An manchen Stellen jedoch habe ich mir die künstlerische Freiheit genommen, von den realen Fakten abzuweichen und Gespräche, Gedanken und Gefühle der Figuren zu fingieren.

Michaela Carter